STEPHAN M. ROTHER

Das Babylon-Virus

Buch

Seit Jahrhunderten beschäftigen sich die größten Gelehrten der Geschichte mit einem unvorstellbar komplizierten Rätsel. Getrieben von akademischer Neugier und der Sorge um einen alten Freund, lässt sich auch der junge Restaurator Amadeo Fanelli auf das wissenschaftliche Spiel ein – das sich jedoch bald als tödlicher Ernst erweist. Beinahe zu spät wird Amadeo bewusst, dass von seiner Fähigkeit, das Rätsel zu knacken, nicht weniger abhängt als das Schicksal der gesamten Menschheit…

Autor

Stephan M. Rother wurde 1968 im niedersächsischen Wittingen geboren und ist studierter Historiker mit dem akademischen Grad eines Magister Artium. Seit 1994 hat er als Magister Rother – Deutschlands einziger Standup Historian, mehr als 2000 Auftritte auf Deutschlands Bühnen, in Funk und Fernsehen absolviert. »Das Babylon-Virus« ist sein zweites spannendes Mystery-Abenteuer um den jungen Restaurator Amadeo Fanelli.

Außerdem lieferbar

Die letzte Offenbarung. Roman (37115)

Stephan M. Rother

Das Babylon-Virus

Roman

blanvalet

FSC
Mix
Produktgruppe aus vorbildlich
bewirtschafteten Wäldern und
anderen kontrollierten Herkünften

Zert.-Nr. SGS-COC-001940
www.fsc.org

Verlagsgruppe Random House FSC-DEU-0100
Das FSC-zertifizierte Papier *Holmen Book Cream* für dieses Buch
liefert Holmen Paper, Hallstavik, Schweden.

1. Auflage
Originalausgabe November 2010
bei Blanvalet, einem Unternehmen der
Verlagsgruppe Random House GmbH, München.

Umschlaggestaltung: HildenDesign, München
Umschlagmotiv: © HildenDesign unter Verwendung von Motiven
von mr. Brightside/Shutterstock; kmiragaya/Shutterstock
Redaktion: Dr. Rainer Schöttle
UH · Herstellung: sam
Satz: Uhl + Massopust, Aalen
Druck: GGP Media GmbH, Pößneck
Printed in Germany
ISBN 978-3-442-37443-4

www.blanvalet.de

Nichts, was sich jemals entwickelt hat,
existiert für sich allein.

Ervin Laszlo

Tag eins

Rom

Amadeo Fanelli rannte um sein Leben.

Er konnte nicht sagen, wie er in die Domkirche von San Pietro gelangt war, deren kalter Marmor das Ächzen seiner gehetzten Atemzüge zurückwarf, das Echo seiner eiligen Schritte.

Er wusste nur, dass sie hinter ihm her waren mit ihren unauffälligen Kleinkaliberpistolen und der Entschlossenheit, ihn zu töten.

Der Petersdom war ein Labyrinth aus aufgetürmtem Stein, jahrhundertealt, und in der Tiefe, in den Katakomben mit den Särgen längst verstorbener Päpste, verstärkte sich dieser Eindruck noch.

Unvermittelt fand sich Amadeo im erdrückenden Dunkel der Grabstätte wieder, suchte mit klopfendem Herzen seinen Weg zwischen der düsteren Pracht der marmornen Sarkophage. Was tat er hier? Wer waren die Verfolger, deren Anwesenheit er in seinem Rücken spürte?

War er allein? Er war nicht zum ersten Mal hier, und damals wäre er nicht mit dem Leben davongekommen, wäre er allein gewesen – ohne einen alten Mann mit Schnapsnase und Nickelbrille.

Ohne Ingolf Helmbrecht.

»Professor?«

Amadeo war sich nicht sicher, ob er das Wort laut ausgesprochen hatte. Für eine Sekunde glaubte er etwas gesehen zu haben, eine huschende Bewegung am Rande seines Blickfelds.

War das Helmbrecht gewesen? Das hatte er nicht erkennen können. War der Professor überhaupt noch in der Lage, sich in einer solchen Geschwindigkeit zu bewegen? Auf schwer zu beschreibende Weise hatte die ferne Gestalt sich *angefühlt* wie Helmbrecht. Was tat er hier unten?

Eine verwinkelte Flucht von Torbögen, halbdunklen Gängen voller Verzweigungen und Irrwege. Nicht mehr der matte Schimmer alten Marmors umgab Amadeo nun, sondern ockergelber, unbehauener Stein, eine unregelmäßige Höhle, die aussah, als wäre sie auf natürliche Weise entstanden. Woher das Licht kam, war nicht festzustellen, doch da war Licht, und es schien sich an einem Punkt zu sammeln, vielleicht zwanzig Schritte voraus. Da war etwas, eine Tür, ein Durchgang, eine Pforte.

Und daneben stand Helmbrecht, gestützt auf seinen Krückstock, und betrachtete kritisch eine altertümliche Taschenuhr. Die ewig ungeputzte Nickelbrille war ihm tief auf die knollenartige Schnapsnase gerutscht.

»Sie sind spät dran«, murmelte der alte Mann.

»Was tun Sie hier?«, flüsterte Amadeo. Ein dumpfer Hall begleitete seine Worte.

»Wir haben keine Zeit mehr.« Der Blick des Professors hob sich. In seinen Augen stand ein Ausdruck, den Amadeo nicht einordnen konnte, und selbst die Stimme des alten Mannes klang ungewohnt.

Die Verfolger! Ihre Schritte… Konnte Amadeo ihre Schritte hören? Nein, er hörte nichts, doch er spürte, dass sie näher kamen. Der Rückweg war versperrt.

Aber direkt vor ihm war die Pforte, an der Helmbrecht verharrte.

»Sie sind gleich da!«, flüsterte Amadeo. »Wir müssen weg! Da durch!«

Der Blick des Professors hatte sich nicht verändert. »Sie ist verschlossen«, sagte er. »Amadeo, Sie müssen den Schlüssel finden!«

»Was?«

»Sie müssen die Kleinigkeiten im Auge behalten, mein lieber Amadeo.« Für eine Sekunde nahm die Stimme einen vertrauten Klang an. »Ich glaube, das sagte ich Ihnen schon einmal. In den Kleinigkeiten liegt der Schlüssel.«

»Wir haben keine Zeit für …« Gehetzt wandte Amadeo sich um.

Sie waren heran, nein … *Es* war heran. Amadeo öffnete den Mund, doch kein Ton kam heraus, kein Wort jedenfalls, nur ein entsetztes, fassungsloses Geräusch, ein Keuchen, ein …

»*Capo?*«

Amadeo fuhr auf. Ein Stechen in seinem Kopf, ein Schwindel, das grelle Licht seiner Schreibtischlampe.

Er blinzelte. Sein Herzschlag, jagend in der Kehle. Ein Traum! Ein irrsinniger, unglaublicher Traum, aber so deutlich, so plastisch, so …

»*Capo*, sind Sie in Ordnung?«

In der Bürotür stand eine Gestalt.

Niccolosi.

Fabio Niccolosi, der jüngere der beiden Auszubildenden der *officina*. Im Moment war nur sein schwarzer Lockenkopf zu sehen hinter einem Stapel verschnürter Postsendungen.

»Ich bin …« Amadeo räusperte sich. »Es geht mir gut.«

Helmbrecht. Ein Traum. Es war nur ein Traum gewesen, doch noch war Amadeo nicht vollständig im Hier und Jetzt angekommen.

»Das ist der Posteingang?«, fragte er heiser.

Der Junge antwortete nicht. Es war offensichtlich, dass das Ungetüm der Posteingang war. Schwankend stand Amadeo auf, packte mit an. Gemeinsam schafften sie das Monster zum Schreibtisch.

»Die Werbung…« Fabio holte Atem. »Kataloge und Werbung hab ich schon aussortiert. Das waren siebzehn Sendungen – siebenunddreißig Prozent.« Erwartungsvoll sah er seinen *capo* an.

Doch der war noch immer nicht vollständig zurück in dem kleinen Raum mit den gewaltigen Fenstern zur Via Oddone hin: seinem Büro. Das Büro des *capo*, des Geschäftsführers der *Officina di Tomasi et figlii*, Roms führendem Unternehmen bei der Restaurierung historischer Bücher.

Siebenunddreißig Prozent, dachte Amadeo wirr. Er wusste, dass Fabio Niccolosi ein Zahlengenie war. Erwartete der Junge jetzt ein Lob? Amadeo war noch nicht in der Lage dazu.

Helmbrecht. Das Bild war so deutlich gewesen. Noch immer glaubte er den Professor beinahe riechen zu können, das etwas aufdringliche Aroma von Altherrenrasierwasser.

Old Spice.

Amadeos Finger zitterten so stark, dass er Mühe hatte, die krakeligen Buchstaben der Absenderzeile zu entziffern: Professor Ingolf Helmbrecht vom Institut für Paläographie in Weimar.

Es musste eine logische Erklärung für Amadeos Tagtraum geben. Etwas anderes war nicht denkbar. Wie lange hatte Fabio schon in der Tür gestanden, bevor er seinen *capo* ansprach? Dieser Umschlag, der mitten im Posteingangsstapel gelegen hatte, war dermaßen durchtränkt mit Helmbrechts Rasierwasser: Als die Tür sich geöffnet hatte, mussten sich die ätherischen Öle den Weg bis in Amadeos Unterbewusstsein gebahnt und dort einen Traum ausgelöst haben. Einen Traum von Helmbrecht, von einer Pforte in einem unterirdischen Höhlenlabyrinth, von …

Was hast du gesehen?

Amadeo hatte gespürt, wie in seinem Rücken etwas näherkam. Er hatte sich umgewandt – doch dann hatte sein Unterbewusstsein seine Tore geschlossen, und nun war die Erinnerung fort. Oder war es irgendein Schutzmechanismus seines Verstandes? Nein, er wollte sich gar nicht erinnern.

Dieser Traum war bedeutungslos, ein Nichts. Ein Traum eben.

Sie müssen die Kleinigkeiten im Auge behalten, mein lieber Amadeo.

Amadeo wischte den Gedanken beiseite, schüttelte sich, griff entschlossen nach dem Brieföffner. Fort mit Albträumen und Schimären.

Er zog einen Briefbogen aus dem Umschlag, stutzte überrascht. In den vier oder fünf Jahren, die er den alten Mann jetzt kannte, hatte der Professor noch niemals einen derartig schlampig zusammengefalteten Brief auf die Reise geschickt. Und der Text selbst, die Schrift, fahrig, zittrig, kaum zu entziffern. Nicht dass es viel zu entziffern gegeben hätte:

Amadeo!
Lesen! Lösen! Herbringen!
H.

Amadeo starrte auf das Schreiben. Lesen? Was lesen?

»Was zur …«, flüsterte er, schaute noch einmal in den Umschlag.

Er war nicht leer. Ein zweites, kleineres Kuvert. Verwirrt

ließ Amadeo es auf den Tisch gleiten. Ein handelsüblicher Briefumschlag, graues Recyclingpapier, unbeschriftet und nicht verschlossen. Amadeo öffnete ihn. Wieder war es nur ein einziger Briefbogen, doch dieser Bogen sah völlig anders aus: älter, sehr viel älter. Nicht so alt wie die antiken Codices und Manuskripte, mit denen sie in der *officina* zu tun hatten, aber doch mehrere Jahrzehnte. Das Papier war vergilbt und dünn, durchsichtig fast, als wäre es viel in Gebrauch gewesen. Ein langer Text, mit einer mechanischen Schreibmaschine getippt.

Ein langer Text … Amadeos Stirn legte sich in Falten, als er zu lesen begann. Seine Augenbrauen zogen sich zusammen, bis sie einander beinahe berührten:

Die Geschichte des Turmbaus zu Babel ist altbekannt. Alle Welt hatte eine Zunge und Sprache, aber die Menschheit war taub und blind gegen die Guete des Herrn in ihren Heimstaetten zu Sinear. Und also sprachen die Menschen dort untereinander: »Wohlauf, lasst uns streichen und brennen die Ziegel!« Und so nahmen sie Lehm sich vom Fluss bei der Hand und Erdharz nun als Moertel und sprachen: »Wohlan, lasst uns eine Stadt und einen Turm bauen, auf dass seine Spitze bis hinauf an den Himmel reiche, damit wir uns auf Erden einen Namen machen. Denn wir koennen sonst nicht allesamt beieinanderbleiben. Und siehe, es wird uns der HErr zerstreuen.«
Da eilte der HErr hernieder und sah der Menschen Turm und Stadt und sprach in Erbitterung: »Siehe, es ist einerlei Sprache unter

ihnen allen, und dies ist nun der Anfang ihres Tuns. Nun wird ihnen nichts mehr verwehrt werden koennen, was sie sich vorgenommen haben.« Da der HErr aber ergrimmt war, sprach er: »Wohlan, so lasset den Menschen uns Einhalt gebieten und gen Sinear Pestilenz senden, sodass jener Ort als Babel bekannt sein soll. Denn es wird dort der HErr ihr GOtt jenen Menschen seinen Engel senden und ihre Sprache verwirren.«
Und so stieg mit einem Gefaesse der Engel des HErrn hinab zu den Menschen, die wohnten zu Fuessen der Berge, und es wurde freigelassen die Seuche, auf dass den Menschen so ihre einerlei Sprache und einerlei Wort genommen werde. So zerstreute sie der HErr von Sinear in alle Laender, dass sie ablassen mussten davon, eine Stadt zu bauen.
Weil er nun indes zwar gedachte, die Sprache zu verwirren, jedoch den Menschen, den er geschaffen hatte nach seinem Bild, zu schonen, wurde entsandt mit einem zweiten Gefaesse ein neuer Engel des HErrn, und so wurden sie alle geheilt von der Seuche.
Es misstrauten jedoch einige der Gabe des HErrn und verbargen diese an einem fremden Ort, der hier verzeichnet ist.

»*… der hier verzeichnet ist.*« Automatisch hatte Amadeo die letzten Worte leise vorgelesen.

Er blickte auf das Schreiben.

Da war nichts verzeichnet.

Was zur Hölle sollte das? Was wollte ihm der Professor

mitteilen? *Lesen! Lösen! Herbringen!* – Lesen? Das hier? Das hatte er getan. Was lösen? Was herbringen? Helmbrecht konnte doch nicht ernsthaft …

»Das ist wie ein Traum«, flüsterte Amadeo. »Ein sehr, sehr merkwürdiger Traum.«

Er widerstand dem Impuls, sich in den Arm zu kneifen. Nein, er träumte nicht mehr. Das hier war die Wirklichkeit, eine surreale, unerklärliche Wirklichkeit, in der er jede Unebenheit des Blattes spüren, die feinen Erhebungen erkennen konnte, mit denen sich Punkte und Kommata durchs Papier gedrückt hatten.

Durchs Papier!

Amadeo drehte das Blatt um.

Da war noch mehr! Ein kurzer Absatz auf der Rückseite.

Lieber Ingolf Helmbrecht,

ich glaube, dass Sie der Richtige sind.
Fragen Sie nicht, was das hier zu bedeuten hat.
Versuchen Sie nicht, mich zu kontaktieren. Ich werde Ihnen nicht antworten.
Finden Sie die Lösung und handeln Sie danach.
Wenn Ihnen das bis zu Ihrem Tode nicht gelingt, geben Sie diesen Text weiter an denjenigen, den Sie für den – nach Ihnen – größten Geist Ihrer Zeit halten.

Mit freundlichen Grüßen

Amadeo kniff die Augen zusammen. Der Name des Absenders war per Hand vermerkt, und er brauchte einen Moment, um die Unterschrift zu deuten.

»*Albert Einstein*«, murmelte er.

Amadeo war es eiskalt.

Diese Geschichte war keine Nachricht von Helmbrecht.

Sie war eine Nachricht *an* Helmbrecht.

Eine Nachricht von Albert Einstein, dem großen Physiker, dem Entdecker der Relativitätstheorie: m mal c, Masse mal Beschleunigung, im Quadrat. Albert Einstein, der irgendwann um die Mitte des letzten Jahrhunderts gestorben war.

Das erklärte das Alter des Papiers.

Wie Helmbrecht zu diesem Schreiben gekommen war, erklärte es nicht, genauso wenig wie es die krude Geschichte erklärte, von der das Schriftstück berichtete: die Erzählung vom Turmbau zu Babel mit einem zusätzlichen Schlenker um eine göttliche Seuche samt zugehörigem Heilmittel am Ende, das die Babylonier sonst wohin geschleppt hatten.

Doch diese Geschichte war in Amadeos Bewusstsein vollständig an den Rand gerückt. An einem einzelnen Satz, einer einzelnen Formulierung auf der Rückseite, hatten seine Augen sich festgesaugt und wollten sich nicht wieder lösen.

Wenn Ihnen das bis zu Ihrem Tode nicht gelingt, geben Sie diesen Brief weiter.

Amadeo hielt das Schreiben in den Händen – das sagte alles. Helmbrecht *hatte* den Brief weitergegeben.

»*Maledetto!*«, flüsterte er. »Professor!«

Er hatte Helmbrecht gesehen, vor ein paar Minuten erst, in einem Traum, der auf eine so erschreckende Weise wirklich, lebendig erschienen war, dass Amadeo noch immer Mühe hatte, in die Wirklichkeit zurückzufinden. Zu sehr glich diese Wirklichkeit einer irrwitzigen Fortsetzung des Traumgeschehens: die vorsintflutliche Taschenuhr, die Helmbrecht in der Hand gehalten hatte wie das Kaninchen aus Alice im Wunderland, seine Worte: *Wir haben keine Zeit mehr*. Und nun hatte Amadeo einen Brief vor sich, den Helmbrecht vor seinem Tod unbedingt noch hatte weitergeben sollen.

Mechanisch griff er nach einem Kasten mit Karteikarten: H wie Helmbrecht. Drei verschiedene Nummern waren vermerkt. Mit zitternden Fingern wählte Amadeo den Büroanschluss des alten Mannes, wartete, dass die Verbindung über die Alpen sich aufbaute. Das Freizeichen. Er wartete … und wartete. Eineinhalb Jahre seines Lebens hatte er in Weimar mit Helmbrecht zusammengearbeitet. Er wusste, dass die Telefonanlage des Instituts nach viermal Klingeln auf die Zentrale umschaltete. Also wartete er weiter, bis … Nach einer Minute verwandelte sich der Rufton in ein Besetztzeichen, ohne dass jemand abgehoben hatte. Amadeo beendete den Anruf, betrachtete unruhig das Telefon. Es war mitten am hellen Vormittag. Irgendjemand musste doch Dienst haben im Institut!

Die zweite Nummer war Helmbrechts Privatanschluss. Amadeo zögerte, doch höchstens für eine halbe Sekunde. Der Rufton, ein greller Sinusrhythmus, Ton auf Ton. Amadeo lauschte, hörte das Ticken der schlichten analogen Uhr an der Wand gegenüber, murmelnde Stimmen, die sich jenseits seiner Bürotür unterhielten, in der Werkstatt. Schließlich das Besetztzeichen. Auch bei Helmbrecht zu Hause hatte niemand abgenommen.

Blieb die letzte Nummer. Der Professor hatte sich immer geweigert, sich ein Handy zuzulegen, bis ihm Amadeo – oder offiziell die *officina*, als Gegenleistung für wissenschaftliche Beratung – kurzerhand ein Gerät gekauft hatte. Helmbrecht war unberechenbar; Amadeo erinnerte sich an eine Klettertour mitten im Winter, als der Professor unbedingt mal eben etwas hatte nachsehen wollen – in Goethes Berghütte auf dem Kickelhahn, achthundert Meter über dem Meeresspiegel. Ihm war einfach wohler, wenn Helmbrecht ein Mobiltelefon dabeihatte. Trotzdem zögerte er diesmal einen Augenblick länger. Diese Nummer war für den Notfall gedacht. *Wir haben keine Zeit mehr.* Wenn das kein Notfall war!

Das Anrufzeichen. Es klang anders diesmal, drängender. Dreimal, viermal …

»Amadeo!«

»Profess …«

»Sparen Sie sich die Mühe, mich zu unterbrechen«, tönte die blecherne Stimme. »Dies ist eine automatische Ansage. *Lesen! Lösen! Herbringen!* Dem ist nichts hinzuzufügen. ›Versuchen Sie nicht, mich zu kontaktieren‹ – das gilt auch für Sie. Finden Sie die Lösung, oder ich spreche kein Wort mehr mit Ihnen, wenn ich tot bin.«

Ein Klicken. Ein kurzer Piepton.

»*Maledett* … Professor?«

Amadeo horchte. Der Anrufbeantworter. Helmbrecht hatte gesprochen; wenn Amadeo ihm etwas mitteilen wollte: Dies war seine Chance, die einzige vermutlich. Er holte Luft, formulierte sorgfältig: »Professor, ich mache mir Sorgen um Sie. Ich weiß nicht, wann Sie das … das da eben aufgesprochen haben.« Jedenfalls nachdem der alte Mann den Brief abgeschickt hatte. »Ich …« Amadeos Gedanken überschlugen sich. Was der Professor von ihm erwartete, war klar. *Lösen. Herbringen.* »Ich schau's mir an«, sagte er matt. »Was auch immer. Aber bitte geben Sie mir ein Lebenszeichen!« Er wartete noch einen Moment, ob sich etwas tat, doch das war nicht der Fall. Ohne ein weiteres Wort beendete er den Anruf.

Betäubt starrte er seine Telefonanlage an, bis sein Blick weiterglitt zu dem Schreiben mit der Unterschrift Albert Einsteins.

Lösen. Herbringen.

Es misstrauten jedoch einige der Gabe des Herrn und brachten diese an einen fremden Ort, der hier verzeichnet ist.

Das Heilmittel Gottes.

Professor Ingolf Helmbrecht war der bedeutendste lebende Experte für historische Handschriften. Ein solcher Mann konnte diese Babylon-Geschichte doch unmöglich für bare Münze nehmen! Wie sollte irgendjemand etwas verstecken, das gar nicht existierte? Etwas, das Albert Einstein überhaupt erst erfunden hatte für seine abstruse Erzählung?

Auf der anderen Seite ... Wenn es einen Menschen gab, der zweifelsfrei beurteilen konnte, ob eine Unterschrift echt war, dann war das Helmbrecht. Der Brief auf Amadeos Schreibtisch stammte von Albert Einstein, so viel stand fest. Eine Karte, mit einem eingezeichneten fernen Ort gab es nicht, aber war eine Karte die einzige Möglichkeit, einen Ort zu verzeichnen? Ein Text konnte mehr als eine Bedeutung haben, mehr als die eine offen sichtbare. Ein zweiter verborgener Sinn innerhalb des Babylon-Textes.

»Ein Code«, flüsterte Amadeo.

Und Helmbrecht hatte ihn nicht knacken können, ein halbes Jahrhundert lang nicht, wenn er den Brief irgendwann kurz vor Einsteins Tod bekommen hatte ... Also hatte er ihn weitergegeben, wie angewiesen. Amadeos Augen glitten über Einsteins Anschreiben: *An denjenigen, den Sie für den – nach Ihnen – größten Geist Ihrer Zeit halten.*

Amadeo spürte eine Gänsehaut. Weniger, weil er sich selbst für den größten Geist seiner Zeit hielt, sondern vielmehr, weil Helmbrecht das offenbar tat. *Oder vielleicht doch nur für den größten Geist, den er gerade erreichen konnte?*, flüsterte ein kleines Teufelchen in seinem Hinterstübchen. Der Restaurator schüttelte den Kopf, stellte sich vor, wie er dem Teufelchen einen herzhaften Tritt versetzte. Der Professor war eine Koryphäe der Wissenschaft. Amadeo Fanelli kam es nicht zu, die Einschätzung eines solchen Mannes in Zweifel zu ziehen.

Schon gar nicht, wenn es bei Licht betrachtet eine höchst schmeichelhafte Einschätzung war.

Und doch war ihm klar, dass er spätestens an dieser Stelle allen Grund hatte, vorsichtig zu werden. Helmbrecht war ein Großmeister der Manipulation, und er kannte Amadeo nur zu gut. Er wusste genau, dass der junge Mann auf der Stelle alles stehen und liegen lassen würde, um ihm seinen letzten Wunsch zu erfüllen.

Wenn es denn tatsächlich sein letzter Wunsch war! War Helmbrecht tatsächlich krank? Wie ließ sich das nachprüfen, wenn er sich jeder Kontaktaufnahme verweigerte!

Wir haben keine Zeit mehr.

»Aber das war ein Traum«, flüsterte Amadeo. Bis in seine Träume konnte selbst ein Ingolf Helmbrecht nicht vordringen.

»Unmöglich«, murmelte er.

Amadeo stützte den Kopf in die Hände. Er hatte den gesamten Babylon-Text in seine Textverarbeitung getippt und in verschiedenen Versionen abgespeichert. Probehalber hatte er Satzzeichen und Wortzwischenräume entfernt, weil er wusste, dass die allermeisten historischen Codes ausschließlich auf der Basis von Buchstaben funktionierten, von der kabbalistischen Deutung der Bibel über die Geheimkorrespondenz der Maria Stuart bis zur legendären deutschen *Enigma*-Verschlüsselung im Zweiten Weltkrieg. Eintausendfünfhunderteinundzwanzig Buchstaben waren übrig geblieben.

Und nun, seit zwei Stunden, saß Amadeo vor seinem Monitor und wartete auf die Erleuchtung. Doch die Erleuchtung wollte nicht kommen.

Caffè.

Sehnsüchtig blickte er zur Bürotür. Er wusste, was geschehen würde, wenn er sie öffnete und in die Werkstatt trat, und er konnte es den angestellten Restauratoren nicht einmal verübeln. Tausend Anliegen, Fragen, Details – er war der *capo*.

Doch wie sollte ihm ein Durchbruch in der kryptologischen Wissenschaft gelingen, wenn ihm das grundlegendste Werkzeug einer jeden wissenschaftlichen Tätigkeit fehlte: frisch gebrühter, dampfender *caffè*?

Lautlos trat er an die Tür, legte das Ohr gegen das Holz, lauschte. Nichts zu hören im Moment. Wahrscheinlich waren alle in ihre Arbeit vertieft. Wenn er Glück hatte, sich ganz leise bewegte …

Vorsichtig legte er die Hand auf die Klinke, drückte sie nieder und spähte durch den entstandenen Spalt.

Der größte Teil der *Officina di Tomasi* wurde von einem unsymmetrisch geschnittenen Arbeitsraum eingenommen, in dem die Tische der angestellten Restauratoren Rücken an Rücken standen, gegeneinander abgeschirmt durch niedrige Trennwände.

Tatsächlich waren momentan sämtliche Köpfe beflissen über ihre Arbeit gebeugt – eine Spur zu beflissen sogar, als dass er ihnen abgenommen hätte, dass das den ganzen Tag so ging. Hatte tatsächlich niemand den *capo* bemerkt oder wollten sie ihn nicht bemerken? Im Augenblick war es Amadeo gleichgültig.

Ich lasse sie in Ruhe, dachte er. Und sie lassen mich in Ruhe.

Damit konnte er leben. Geräuschlos schob er sich durch die Tür, verharrte einen Moment, als sein Blick auf die Arbeitstische fiel, auf die mittelalterlichen Codices aus Pergament oder frühem Papier, die man als schwerkranke Patienten in Roms traditionsreichstes Bücherrestauratorenunternehmen einlieferte. Es gab Augenblicke, in denen er noch immer nicht fassen konnte, dass er den geheimnisvollen Schätzen der Vergangenheit so nahe sein durfte.

Deshalb war Amadeo Fanelli aus seinem abgelegenen Heimatdorf am Rande der Abruzzen nach Rom gekommen. Deshalb hatte er Geschichte studiert, Kunstgeschichte, Theologie sogar und vergleichende Kulturwissenschaften. Weil er Geheimnisse liebte. Deshalb hatte er begonnen, der *officina* zuzuarbeiten, als wissenschaftlicher Berater zunächst und inzwischen als *capo*, als Geschäftsführer. Weil jede dieser Handschriften einzigartige Geheimnisse barg, ihre eigene, mysteriöse Geschichte hatte. Irgendwann, vor sechs-, sieben-, achthundert Jahren hatten die verkrampften Finger eines Mönchs oder Scriptors jene heute fast verblassten Zeichen auf kostbares Pergament gebannt. Jedes dieser Stücke war durchtränkt von den Geheimnissen der Vergangenheit.

Das Unangenehme war, dass Amadeo nicht mehr dazu kam, diese Geheimnisse zu ergründen. Der alltägliche Bürokram, den er als *capo* zu erledigen hatte, Posteingänge, Dienstpläne, Rechnungen, Kostenvoranschläge – dieser Trott fraß ihn auf. Ein Albtraum.

Eine seltsame Ironie, dachte er, als er sich eine schneeweiße Porzellantasse von der Anrichte nahm und sie in die Maschine stellte. Ein Albtraum, aus dem ihn ein Albtraum ganz anderer Art aufgestört hatte, nachdrücklich und unwiderruflich. Der Albtraum und Helmbrechts Brief.

Während seiner Grübeleien über dem Babylon-Text hatte Amadeo sich einen längeren Monolog zurechtgelegt, den er dem Professor vortragen würde, sobald er ihn zu fassen bekam. Manipulation, Erpressung, Rücksichtslosigkeit waren die Stichworte. Mangelnder wissenschaftlicher Anstand. Hätte er nur nicht allzu gut gewusst, wie Helmbrecht darauf reagieren würde. Mit waidwundem Blick würde der alte Mann ihn ansehen und nur einen einzigen Satz sagen: *Aber Sie hätten doch einfach Nein sagen können.*

Tatsache aber war, dass Amadeo dazu einfach nicht in der Lage war.

Dieser Text war exakt jene Art von Geheimnis, der er sich nicht entziehen konnte, weil er von Geheimnissen nun einmal angezogen wurde wie ein Bergsteiger vom Gipfel eines Achttausenders. Hätte man ihn nach dem Warum gefragt, so hätte er auch keine befriedigendere Antwort geben können als der Bergsteiger: Weil er da war, der Berg. Weil es da war, das Geheimnis, weil es ihn ansprang, sich mit gefletschten Zähnen in sein Hirn verbiss.

Und dies war nicht irgendein Geheimnis. Hier stand etwas auf dem Spiel – Helmbrechts Leben womöglich. Auch der Professor liebte Geheimnisse. Warum sollte er einen solchen Text nach mehr als einem halben Jahrhundert auf einmal aus der Hand geben? *Vor Ihrem Tod …*

Amadeo schauderte. Das fadendünne bräunliche Rinnsal, in dem sich der dampfende *caffè* in seine Tasse ergoss, schien sich vor seinen Augen in einen strudelnden Mahlstrom zu verwandeln.

Wir haben keine Zeit mehr. Und dann: *Sie müssen die Kleinigkeiten im Auge behalten.*

Und im selben Augenblick hatte Amadeo gespürt, dass sich in seinem Rücken etwas näherte, und er hatte sich umgedreht. Und was er gesehen hatte …

»Capo?«

Mit einem Keuchen fuhr er herum. Eine etwas füllige junge Frau mit einem Kurzhaarschnitt. Gianna. Gianna gehörte zum Urgestein der *officina*, Amadeo kannte sie seit Jahren. Neu war der skeptische Blick, mit dem sie ihn musterte. Mit Sicherheit zeichnete das Entsetzen sich auf seinen Zügen ab.

»Ich bin in Ordnung«, versicherte er ihr, bevor sie noch zum Fragen kam.

»Wenn Sie das sagen«, erwiderte sie mit Zweifel in der Stimme.

Gianna hatte etwas Mütterliches an sich, keine Frage. Nach ihrer dritten Babypause hatte sie im Sommer die Arbeit wieder aufgenommen, während ihr Mann sich um die Kleinen kümmerte: Raffaelo, Leonardo und Michel Angelo. Amadeo hatte schon gegrübelt, ob wohl noch ein Tiziano nachkommen würde... Oder ob die beiden für ein Mädchen bei der Namensgebung variieren würden: Frida Kahlo vielleicht?

»Wenn ich Sie mal stören darf?«, fragte sie vorsichtig.

Amadeo nickte. Jetzt hatte er sich wieder unter Kontrolle. »Gianna, Sie stören doch nie«, log er und griff nach dem *caffè*. »Sie haben den Staufercodex am Wickel?«

Sie nickte. »Den von den *Suevi*, meinen Sie? Ja. Ich hatte gehofft, dass ich das wieder hinkriege mit der ursprünglichen Bindung, aber schauen Sie selbst...« Die junge Frau wies über die Schulter. »Da ist nichts zu machen.«

»*Porca miseria*«, murmelte Amadeo. Bestürzt musterte er den Stapel mehr oder weniger fliegender Blätter. Der Codex stammte aus dem dreizehnten Jahrhundert, vom Hofe des kultivierten Stauferkaisers Friedrich II. noch dazu, Amadeos heimlichem historischem Idol. Eines jener Stücke, über die sich der Restaurator am liebsten persönlich hergemacht hätte, und eigentlich hatte der Einband sogar recht gut erhalten ausgesehen, als er in der *officina* eingetroffen war, wobei *erhalten* in diesem Fall ein eher relativer Begriff war. Der Auftraggeber, ein Museum auf Sizilien, hatte den Wunsch geäußert, man solle in dem voluminösen Codex tatsächlich wieder blättern können. Ausgeschlossen. Jetzt sah es Amadeo auf den ersten Blick.

Gianna traf dabei keine Schuld. Die Bindearbeiten des Hochmittelalters waren zwar von einer Qualität, von der die moderne Fließbandproduktion nur träumen konnte, doch irgendwann gingen auch der festeste Ledereinband und die robusteste Fadenheftung den Weg alles Irdischen.

»Dann müssen wir tricksen«, sagte er nachdenklich. »Binden Sie ihn neu, Gianna, aber außen setzen Sie den ursprünglichen Einband vor. Die Pergamente …« Er hob eines der Blätter an und strich vorsichtig über den Rand. »Wahrscheinlich werden Sie die Seiten zum Einband hin verstärken müssen, sonst reißen sie aus.«

»Aber das wird man sehen.«

Amadeo nickte. »Das lässt sich nicht verhindern.« Er seufzte. »Und es ist auch das Ehrlichste.« Er hielt nichts davon, Teile eines restaurierten Werkes nachträglich auf alt zu trimmen. Das erschwerte späteren Generationen nur die Arbeit, wenn sie versuchten, das Stück zu datieren.

Gianna hob die Schultern. »Sie sind der *capo.*«

Noch einmal nickte Amadeo. »Ich schreibe dem Kurator eine Mail, ob das so in Ordnung ist.«

»Gut.« Gianna zögerte. »Dann wäre da allerdings noch das Problem mit den Seiten. Also mit der Reihenfolge. Ich fürchte, die ist mir ein bisschen …«

Amadeo hob das Blatt noch einmal an, das nächste. »Griechisch«, murmelte er.

»Sie können das lesen.« Sie nickte. »Wenn Sie mir vielleicht die Reihenfolge irgendwie …«

»Ich sortiere das für Sie durch«, murmelte Amadeo und saß schon auf ihrem Stuhl. Einen Moment lang überlegte er, ob er mit dem Bleistift Markierungen anbringen sollte, kleine Zeichen, die Gianna die Arbeit erleichtern würden, aber das ließ der Zustand des Pergaments nicht mehr zu. Sie würden sich nicht vollständig entfernen lassen.

Kleine Zeichen …

Abrupt hielt er inne.

»Alles in Ordnung, *capo*?«

Amadeo neigte stumm den Kopf. Kleine Zeichen. Eine Idee in seinem Hinterkopf. Rasch sortierte er die Seiten zurecht. Gianna hatte sie nicht übermäßig durcheinandergebracht. Aufmunternd nickte er ihr zu. »Sie schaffen das!«

»Grazie«, sagte sie lächelnd.

Amadeo machte ihr den Stuhl frei und griff nach seiner Tasse. Der *caffè* war inzwischen kalt. Er würde sich einen neuen machen, aber zuerst … Zuerst wollte er etwas ausprobieren. Eine Idee, eine Vision, die er plötzlich vor Augen gehabt hatte: kleine Zeichen.

Amadeo eilte hinüber ins *secretum*, das Speziallabor der *officina*, dessen aufwendige technische Gerätschaften besonders kniffligen Fällen vorbehalten waren. In aller Regel war der Raum abgeschlossen – es gab nur zwei oder drei Restauratoren, denen er die Schlüssel überhaupt anvertraute: Gianna etwa oder Pisano, der aber seit letzter Woche mit Grippe im Bett lag.

Amadeo öffnete eine der Schubladen unter der großen, stählernen Arbeitsfläche, auf der man historische Manuskripte durchleuchten konnte wie auf einem Seziertisch. Das würde ihm nicht weiterhelfen bei der Babylon-Erzählung, aber vielleicht ja … Amadeo zögerte einen Moment und wählte dann die stärkste verfügbare Leselupe.

Sorgfältig schloss er den Raum wieder ab, bevor er sich auf den Rückweg in sein Büro machte. Diesmal gelang es ihm, die Werkstatt ohne Zwischenfälle zu passieren.

Der Rechner auf seinem Schreibtisch hatte sich inzwischen auf Standby geschaltet, doch im Augenblick brauchte Amadeo ihn auch nicht. Wonach er suchte, war in seiner abgetippten Version nicht vorhanden.

Er zog Einsteins Original zu sich heran, spähte durch die Lupe auf das grobporige Papier. *Die Geschichte des Turmbaus zu Babel ist altbekannt.* Buchstabe für Buchstabe folgte er dem Text, Wort für Wort. Geheimcodes konnten ganz unterschiedlich funktionieren, und eine der Möglichkeiten waren kleine Zeichen oder Markierungen an bestimmten Buchstaben. Zeichen, die mit bloßem Auge nahezu unsichtbar waren.

Doch Zeile für Zeile sank seine Hoffnung. Nichts. Sämtliche Unregelmäßigkeiten des Papiers ließen sich auf das relativ hohe Alter zurückführen. In der oberen rechten Ecke konnte Amadeo einen verblassten Fleck ausmachen. Kaffee? Rotwein? Wahrscheinlich war Helmbrecht irgendwann in den letzten fünfzig Jahren ein Malheur passiert.

»Das ist es nicht«, murmelte er enttäuscht. Wieder ein Schlag ins Wasser.

Dumpf brütend lehnte er sich zurück. Mehr als ein halbes Jahrhundert lang hatte der Professor diesen Text in der Hand gehabt – und Amadeo wollte verdammt sein, wenn der alte Mann in dieser Zeit nicht alle möglichen und unmöglichen Theorien und Ansätze durchprobiert hatte! Und Amadeo erwartete ernsthaft, dass ihm die Erleuchtung an einem gemütlichen Vormittag zuflog? Helmbrecht jedenfalls schien genau das zu erwarten: *Lesen. Lösen. Herbringen.* Amadeo warf einen finsteren Blick auf das knappe Anschreiben des Professors. Er hätte ja wenigstens eine kleine Auflistung darüber beilegen können, was er schon versucht hatte.

Schließlich gab es unzählige Möglichkeiten, nach denen ein Code funktionieren konnte, und jede von ihnen besaß ein bestimmtes Schema. Markierungen waren eine Möglichkeit, eine andere war die Caesar-Verschlüsselung, nach der man nur jeden dritten, vierten, x-ten Buchstaben lesen durfte. Amadeo hatte diese Möglichkeit bereits ausprobiert, nach der siebten oder achten Variante aber aufgegeben.

Oder es gab die Buchstabensubstitution, bei der man einzelne Buchstaben gegeneinander austauschte: D und M zum Beispiel oder P und J. Das war hier undenkbar: Bei einem solchen Code würde sich der Ausgangstext lesen, als hätte man Sonnenblumenkerne über der Tastatur verstreut und dann eine Finkenkolonie drauf losgelassen. Er konnte keinen Sinn ergeben.

Aber der Babylon-Text ergab einen Sinn. Abgesehen vom Ende, von der Seuche, dem Heilmittel und dem geheimen Ort las er sich fast wie das Original in der Bibel.

Amadeo hielt inne. »Wie in der Bibel«, sagte er leise. Wie in einer besonders altertümlichen Bibelausgabe, der ältesten, die in deutscher Sprache überhaupt existierte.

Er stand auf. Hinter seinem Arbeitsplatz nahm ein deckenhohes Bücherregal die gesamte Front des Raumes ein. Natürlich gab es Fächer, die der einschlägigen Fachliteratur des Restauratorenhandwerks gewidmet waren, eine kleine Abteilung jedoch hatte sich Amadeo, kaum dass er das Büro des *capo* bezogen hatte, für seine persönlichen Schätze reserviert: Erstausgaben, frühe Drucke – nicht so unerschwinglich wie jene Stücke, die die Restauratoren in der Werkstatt betreuten, aber eben doch kleine Kostbarkeiten. Dazu zählten auch einige Faksimiles, akribische Nachdrucke von Originalen, die in den Museen der Welt hinter Sicherheitsglas ihr Dasein fristeten.

Amadeos Finger glitten über die Buchrücken, hielten inne und zogen einen ledergebundenen Folianten aus dem Regal. Fast zärtlich strich er über den Einband, bevor er das Buch auf dem Schreibtisch ablegte und die erste Seite aufschlug: *Biblia/das ist/die gantze Heilige Schrifft Deudsch. Mart.*

Luth. Wittemberg. Begnadet mit kürfurstlicher zu Sachsen freiheit. Bedruckt durch Hans Lufft. M. D. XXXIIII.

1534 also. Die 34 – XXXIIII – am Ende der Jahreszahl entsprach in ihrer Schreibweise in römischen Ziffern nicht der strengen Norm: dreimal zehn, viermal eins ergab zwar vierunddreißig, doch es galt als unfein, mehr als dreimal dasselbe Zeichen hintereinander zu schreiben. XXXIV hätte es heißen müssen: dreimal zehn, einmal fünf weniger eins. Solche Details waren es, die alte Texte zu etwas Besonderem und Kostbarem machten: ihre Unvollkommenheit, ihre winzigen Variationen.

»Ich muss die Kleinigkeiten im Auge behalten«, murmelte Amadeo. Der Professor hatte recht – der Professor aus seinem Traum zumindest. Der Babylon-Text lehnte sich eng an Martin Luthers Bibelfassung an; irgendwo in den feinen Unterschieden musste sich der Schlüssel zu Einsteins Code verbergen. Die Seuche, natürlich, war neu, das Heilmittel und der geheime Ort. Doch war das der einzige Unterschied?

Amadeo begann zu blättern. Die Geschichte vom Turmbau zu Babel war fast am Beginn der Bibel zu finden, im elften Kapitel des ersten Buchs Mose. Er würde vergleichen, Wort für Wort. Den Zeigefinger auf dem Einstein-Text, bewegten sich seine Augen über die Schwabacher Lettern, in denen Lufft die Übertragung Luthers vor einem halben Jahrtausend gesetzt hatte: *Es hatte aber alle Welt einerley zungen vnd sprache./da sie nu zogen gen Morgen/funden sie ein eben Land/im lande Sinear/vnd woneten daselbs.*

Einstein hatte einen Satz vorweggeschickt, quasi als Überschrift: *Die Geschichte des Turmbaus zu Babel ist altbekannt.* Danach stieg er ganz ähnlich ein wie die Bibel, erwähnte das Land Sinear und die Lehmziegel, mit denen der Bau ausgeführt wurde.

Trotzdem: In der Formulierung, im Bau der einzelnen

Worte gab es winzige Unterschiede. Einstein, das war Amadeo schon aufgefallen, hatte in seinem Text auf Umlaute, auf das ä, das ö, das ü verzichtet. Ebenso auf das ß. Luther hingegen hatte sehr wohl mit Umlauten gearbeitet, gleichzeitig aber das ei gerne mal als *ey* geschrieben, was pittoreske Worte wie *einerley* ergab.

Amadeo zog einen Schreibblock heran, begann den Text Buchstabe für Buchstabe durchzugehen, die Unterschiede zu notieren. Ihm war klar, dass er zur entscheidenden Differenz erst mit der Seuche kommen würde, doch auch jetzt schon …

Es klopfte, schüchtern irgendwie.

»Komm rein, Fabio«, murmelte Amadeo.

Die Tür öffnete sich einen Spalt. Der schwarzgelockte Schopf schob sich hindurch, ohne dass der Junge eintrat.

»Woher wussten Sie, dass ich das bin?«, fragte er staunend.

»Erfahrung«, erwiderte Amadeo geheimnisvoll.

Aus dem Blick des Jungen sprach Bewunderung. Amadeo wusste nur zu gut, dass Fabio ihn als seinen persönlichen Helden betrachtete. Vielleicht weil er den Jungen so bereitwillig eingestellt hatte, obwohl die Zeugnisse nun wahrlich nicht berauschend gewesen waren. Doch Fabios Vater, Taddeo Niccolosi, war bis zu seinem schrecklichen Tod sein Lieblingskollege gewesen. Amadeo hatte erst gar nicht lange überlegt – und bisher schlug der Junge sich wacker.

Im Moment allerdings schien es Fabio in seiner Haut irgendwie nicht recht wohl zu sein. Der Junge sah zu Boden. »Also … Ich wollte nur sagen: Vincenzi ist krank. Die Grippe. Gianna sagt aber, das ist kein Problem. Sie kann das übernehmen, wenn sie mit dem Codex von den Suevi so weit ist.«

»Grippe?«

»Dieselbe, die auch Pisano hat – und meine Mutter. Die Grippe eben, die Eastcoast-Grippe. Sie wissen schon, die aus dem Fernsehen.«

»Ich habe keinen Fernseher«, sagte Amadeo. Eine glatte Lüge, aber wenn der Junge ihn schon zu seinem Vorbild erkoren hatte … Von der Grippe hatte Amadeo natürlich gehört. Die Nachrichten waren voll davon, und sie hatte nicht nur Rom im Griff, sondern war überall unterwegs, von den Vereinigten Staaten, wo sie ihren Namen bekommen hatte, bis sonstwohin, bis …

»Helmbrecht«, hauchte er unvermittelt. Wie gefährlich war diese Grippe? Er hatte bisher kaum auf die Berichterstattung geachtet, doch mit Sicherheit gab es auch Todesfälle, wie bei jeder Grippewelle, und Helmbrecht war steinalt und alles andere als gesund.

»Wir haben keine Zeit mehr«, flüsterte Amadeo.

»*Capo?*«

Er blinzelte, sah den Jungen an. Wieder blickte Fabio zu Boden, als hätte er irgendwas angestellt. Was hatte er nur? Die Zeiten, da der Überbringer einer schlechten Nachricht enthauptet worden war, waren lange vorbei. Da steckte doch noch mehr dahinter!

»Und du möchtest heute Nachmittag frei haben?«, erkundigte sich Amadeo einer Eingebung folgend.

Mit großen Augen starrte der Junge ihn an. Amadeos Mundwinkel zuckten. Er hatte schon läuten hören, dass Fabio eine neue Freundin hatte. War das nicht das Zentrum des Lebens mit siebzehn Jahren? Mit Mitte dreißig sollte es nicht anders sein, dachte er mit einem Anflug von Resignation, als sein Blick zurück zum Schreibtisch wanderte. Rebeccas Foto musste er irgendwo unter dem Posteingang verbuddelt haben.

»Dann sehen wir uns morgen um neun, denke ich mal«, sagte er.

»*Affare fatto!*«, keuchte der Junge. »Ich bin pünktlich, ganz bestimmt!« Er war schon halb an der Tür, blieb noch mal stehen, bückte sich. »Ihr Kreuzworträtsel«, sagte er und reichte Amadeo einen Ausdruck der babylonischen Buchstaben. Auf den ersten Blick konnte man sie wirklich für ein Kreuzworträtsel halten.

Und ist es das nicht auch?, dachte Amadeo, während die Tür sich hinter Fabio Niccolosi schloss und seine Schritte sich rasch entfernten. Ein gigantisches, ungeheuer kompliziertes Kreuzworträtsel, in dem man selbst die Hinweise erst einmal suchen musste?

Schwer ließ sich Amadeo auf seinen Bürostuhl sinken. Kurz vor zwölf.

Pisano war krank und nun auch noch Vincenzi. Wenn noch ein Ausfall dazukam, würde die Personaldecke gefährlich dünn werden. Und Amadeo selbst … Dräuend ragte der Posteingang über ihm auf, den er heute Morgen komplett beiseitegeschoben hatte, als er Helmbrechts Schreiben gewittert hatte.

Es war unmöglich, sich jetzt auf irgendwelche Kostenvoranschläge zu konzentrieren, für Projekte, von denen er wusste, dass sie sowieso niemals zustande kommen würden.

Ruhelos stand er wieder auf, trat ans Fenster. Dem unfreundlichen Wetter zum Trotz waren auf der Via Oddone etliche Spaziergänger unterwegs. Sein Blick blieb an einem jungen Paar haften, das eng umschlungen dem Park auf der anderen Straßenseite entgegenstrebte – einem beliebten Treffpunkt für Liebespaare, besonders natürlich nach Einbruch der Dunkelheit. Amadeo spürte einen Stich der Eifersucht.

Wo die Frau, die er liebte, sich zu diesem Zeitpunkt aufhielt, wusste Gott im Himmel. Und wenn selbst der es nicht wusste – dann doch zumindest sein Bodenpersonal.

Würde Amadeo sich jemals daran gewöhnen? Er hatte sich Sätze zurechtgelegt, kurze Formeln, mit denen er sich zu beruhigen versuchte, wenn ihm aufging, dass Rebecca sich schon wieder tagelang nicht gemeldet hatte: *Es ist nur ein ganz, ganz kleiner Geheimdienst, für den sie arbeitet, in einem ganz, ganz kleinen Land.*

Das kleinste Land der Welt sogar. Mit Abstand.

Der Vatikan.

Nur dass ausgerechnet der Vatikan rund um den Globus seine Finger im Spiel hatte. Und sie sich hin und wieder gefährlich verbrannte, die Finger.

Und dann trat Rebecca auf den Plan.

Eine Kampfmaschine, dachte Amadeo. Ich liebe eine Kampfmaschine.

Eine Woche war es jetzt her, dass sie wieder einmal verschwunden war, wie üblich, ohne ein Ziel anzugeben. Und wie üblich war sie auf dem Handy nicht erreichbar, wenn sie auf einer ihrer Missionen unterwegs war.

»Nein!«, flüsterte er. Wenn er anfing, über Rebecca nachzugrübeln und über die Gefahr, in der sie in diesem Augenblick ohne jeden Zweifel schwebte, würde er gar keinen klaren Gedanken mehr fassen können. »Nein!«, wisperte er. »*Wir haben keine Zeit mehr!*« Der Klang der Worte wollte nicht aus seinem Ohr verschwinden. Lag es einfach nur daran, dass er diesen Satz den ganzen Vormittag über wiederholt hatte, immer aufs Neue? Nein, es war die Stimme des Professors, die sie in seinem Kopf sprach, auf beunruhigende Weise verändert.

Amadeo griff nach dem Telefon. Die Handynummer probierte er diesmal als Allerserstes. Vielleicht, wenn Helmbrecht seine Nachricht auf dem Anrufbeantworter gehört hatte? Doch er meldete sich nicht, und sein Sprüchlein war dasselbe wie am Morgen.

Auch zu Hause ging der alte Mann nicht ans Telefon, genauso wenig in seinem Büro. Selbst in der Zentrale des Paläographischen Instituts wurde nicht abgenommen. War sie etwa gar nicht besetzt? Sah es in Weimar so übel aus mit der Grippe?

Amadeos Stimmung verdüsterte sich von Minute zu Minute.

Er rief eine deutsche Nachrichtenseite auf den Bildschirm und überflog die Meldungen. Neben einer neuen Offensive der internationalen Allianz im Norden Afghanistans nahm die Grippe einen der wichtigsten Plätze ein. Überfüllte Krankenhäuser, die Pandemiepläne aktiviert – ganz wie in Italien. In den Vereinigten Staaten, wo die neue Krankheit sich zuerst gezeigt hatte, war das öffentliche Leben ohnehin schon fast zum Stillstand gekommen. Amadeo scrollte tiefer. Wenigstens die Zahl der Todesfälle hielt sich in Grenzen – noch. Was den Medizinern Sorgen machte, war wohl vor allem die Hartnäckigkeit der neuen Krankheit, bei der eben nicht nach drei, vier Tagen Fieber das Schlimmste ausgestanden war.

Und nirgends ein Engel des HErrn in Sicht, dachte er unbehaglich. Einer von der zweiten Sorte aus Einsteins Geschichte. Einer, der spontan mit dem ersehnten Gegenmittel vorbeischaute.

Der junge Mann biss die Zähne zusammen und schloss das Browserfenster. Stattdessen rief er das Mailprogramm auf und tippte eine Nachricht an den Professor mit der flehentlichen Bitte, sich zu melden. Einen Moment lang war er kurz davor, seinen Albtraum zu erwähnen, ließ es dann aber sein.

Im selben Augenblick fiel ihm das Museum auf Sizilien ein, Giannas Staufercodex. Amadeo formulierte vorsichtig. Er hatte keine Lust auf Vorwürfe, die Handschrift sei in der *officina* beschädigt worden. Aber damit rechnete er eigentlich nicht. Sie wollten blättern auf Sizilien, und sie würden was zum Blättern bekommen.

Es war zwanzig Uhr durch, als Amadeo das letzte Schreiben des Posteingangs als erledigt beiseitelegte.

Am Ende hatte er sich doch noch über den Bürokram hergemacht, aus reiner Verzweiflung. Weil er ganz genau spürte, dass er nach kaum einem halben Tag in eine Sackgasse geraten war mit dem Babylon-Text. Lächerlich, wenn er daran dachte, wie lange Helmbrecht selbst über diesem Schriftstück gegrübelt hatte. Dabei glaubte Amadeo schon jetzt, alles versucht zu haben. Alles, was ihm in den Sinn gekommen war. Wort für Wort hatte er die beiden Texte gegeneinander abgeglichen, Einsteins Version und die aus der Bibel, hatte die Unterschiede minutiös aufgelistet, ohne dass ihn irgendeine Art von Eingebung überfallen hätte. Die wesentlichste Abweichung war diejenige, die ihm von Anfang an ins Auge gesprungen war: die göttliche Pestilenz, der Einstein die Verwirrung der Sprachen zuschrieb. Das aber war kein Ansatz für eine Lösung, sondern ein Teil des Rätsels: ohne Seuche kein Gegenmittel, und ohne Gegenmittel kein geheimes Versteck, dessen Lage es zu verschlüsseln galt. Finden Sie die Lösung, hatte Einstein geschrieben. Handeln Sie danach.

Es ist eine Kleinigkeit, dachte Amadeo. Er wusste es. Er *spürte* es. Auf die Kleinigkeiten musste er Acht geben, und mit tödlicher Sicherheit hatte er ein um das andere Mal über die eine entscheidende Kleinigkeit hinweggelesen bei der Lektüre der eintausendfünfhunderteinundzwanzig babylonischen Buchstaben.

Wie sollte er vorankommen, wenn er nicht wusste, wo er ansetzen sollte? Dieser Code war wie eine Packung Käse aus dem Supermarkt! Durch die transparente Hülle drang ein verführerischer Duft, doch was fehlte, war die Markierung an der Aufreißlasche!

Sein Magen rumorte. Zweimal war er zwischendurch an der Espressomaschine gewesen, und irgendwann gegen vier hatte ihm einer der Restauratoren etwas zu essen gebracht, an das er sich jetzt schon nicht mehr erinnern konnte. Sein Bauch war voll und leer zugleich, und in seinem Hirn sah es nicht anders aus. Er konnte keinen klaren Gedanken fassen.

Noch einmal versuchte er, den Professor zu erreichen, probierte jede ihm bekannte Nummer, doch das Ergebnis war dasselbe wie am Morgen und am Nachmittag. Und auf seine Mail war auch keine Antwort gekommen. Stattdessen hatten sich die Sizilianer gemeldet, und die Reaktion sah ganz wie erwartet aus: Hauptsache blättern. Wahrscheinlich hatte Gianna heute sowieso schon mit der Arbeit angefangen.

Amadeo fuhr den Rechner runter und schaltete die Schreibtischlampe aus. Eigentlich war dies genau die Zeit des Tages, zu der er erst so richtig zur Hochform auflief: wenn die angestellten Restauratoren gegangen waren und es still wurde in der *officina*. Das war der Augenblick, auf den er sich den ganzen Tag freute. Dann konnte er mit einer Tasse *caffè* durch den menschenleeren Arbeitsraum schlendern, einen Blick auf die laufenden Projekte werfen, mit den Fingern über die Codices streichen und sich für Momente an das Gefühl erinnern, wie es gewesen war, selbst mit diesen Kostbarkeiten arbeiten zu dürfen.

Vielleicht würde ihm das ja auch heute helfen. Vielleicht kam der entscheidende Geistesblitz, wenn er Handschriften betrachtete, die noch um so vieles älter waren als Einsteins Text – wenn auch nicht älter als die ferne Geschichte, von der er berichtete.

Nein, dachte Amadeo, noch besser: Er würde einen langen Spaziergang machen durch das nächtliche Rom. Sich ablenken, er musste sich ablenken, bewusst an etwas anderes denken als an Einstein, an Babylon und den Professor. Warum nur ging niemand ans Telefon in Weimar? Was, wenn Helmbrecht schon im Krankenhaus lag? Wenn er ernsthaft krank war, gehörte er da auch hin, aber was war mit seiner Frau? Wenn es nun tatsächlich die Grippe war? Wenn beide Helmbrechts krank waren?

Wir haben keine Zeit mehr. Sie müssen den Schlüssel finden.

Amadeo öffnete die Tür zur Werkstatt.

Stocksteif blieb er stehen. Eine flüchtige Bewegung in der hintersten Reihe der Schreibtische. Es war Viertel nach acht. Kein Mensch in der *officina* machte ungefragt Überstunden, von ihm selbst einmal abgesehen, und die Reinemachefrau kam erst morgens um sechs oder sieben.

Er hielt den Atem an, lauschte.

Gegen seinen Willen musste er an jenen Abend vor mehr als einem Jahr denken, als er zu später Stunde noch einmal in die *officina* zurückgekehrt war und Niccolosi – Fabios Vater – auf der Toilette gefunden hatte, blutüberströmt, sterbend, die Werkstatt selbst ein Chaos, nachdem die Schergen des Kardinalstaatssekretärs in den Räumen gewütet hatten.

Heute war es völlig anders als damals. Alles war wie immer. Das trotzdem vorhandene Chaos war jene Art von Chaos, die nach einem jeden Arbeitstag zurückblieb. Auf Beppo Farneses Schreibtisch lag ein angebissener Apfel, und der dicke Luigi hatte seine Schubladen so schlampig zugemacht, dass der Restaurator schon von der Tür aus ein Heftchen mit leicht bekleideten Damen erkennen konnte. Ja, alles war wie immer zu dieser Tageszeit, wenn Amadeo die menschenleere Werkstatt betrat.

Alles bis auf ein unterdrücktes Rascheln, das sich wiederholte, während er in den Raum horchte, der hätte leer sein müssen.

Amadeo war kein Feigling. Er war einfach ein Mann mit Fantasie, und das, was er vor einem Jahr hier in der *officina* erlebt hatte, war noch ein ganzes Stück über die grauenerregendsten seiner Fantasien hinausgegangen.

Auf Zehenspitzen trat er ein Stück in den Raum, zögerte. Mit zehn Schritten konnte er am Aufzug sein. Dazwischen war nur noch die Panzerglastür, zu der er den Schlüssel besaß. Wenn er da einmal durch war, hinter sich absperren konnte ... Ja, *wenn*.

Die Frage war, ob ihm für diese zehn Schritte Zeit bleiben würde, wenn der Eindringling merkte, dass noch jemand in der Werkstatt war.

Wie zur Hölle war überhaupt jemand nach Dienstschluss in die *officina* gekommen? Amadeo hatte nach Niccolosis Tod sämtliche Schlösser auswechseln lassen, und der letzte Angestellte, der abends die Werkstatt verließ, schloss die Tür ab, selbst für den Fall, dass der *capo* noch in seinem Büro war. Darauf konnte Amadeo sich verlassen.

Was, wenn der Fremde einen der Restauratoren abgefangen hatte? Ihm wurde eiskalt. Der Fremde, dachte er, oder *die Fremden*? Er? Sie? Oder ... oder *es*? Was war ihm in seinem Traum auf den Fersen gewesen, hatte auf ihn gelauert an der Pforte?

Mit klopfendem Herzen sah er sich nach einer Waffe um. Doch es war nichts zu entdecken, selbst der Schirmständer war leer. Da fiel sein Blick noch einmal auf Farneses Schreibtisch. Die Klingen der präzisen Restauratorenwerkzeuge maßen nur wenige Zentimeter, doch sie waren spitz wie medizinische Lanzetten. Amadeo hielt den Atem an, beugte sich vor, streckte seine Finger Zoll um Zoll nach dem Messer aus ...

»Mamma mia, *capo*!« Aus fünfzig Zentimetern Entfernung blickten Giannas Augen über die schulterhohe Trennwand zwischen ihrem und Beppo Farneses Tisch. »Wollen Sie, dass ich einen Herzinfarkt kriege?«

Amadeo war sich gerade nicht sicher, ob er nicht selbst unmittelbar vor einem Infarkt stand. Krächzend brachte er ihren Namen hervor. »Himmel, Gianna, was tun Sie so spät noch hier?«

»Dasselbe wie Sie, denk ich mal.« Sie wuchtete einen schweren Gegenstand hoch und präsentierte ihm den Staufercodex. Die Bindung war bereits fertig präpariert, lediglich der lederne mittelalterliche Einband, den sie zum Schluss wieder umlegen sollte, fehlte noch. »Das Buch muss jetzt erst einmal ruhen. Wenn Sie so weit zufrieden sind, kann ich mich morgen an Vincenzis Auftrag machen.«

»Das … das wäre super«, sagte Amadeo, noch immer eine Spur heiser, aber das schien sie nicht zu bemerken.

»Rocco ist ganz froh, wenn er den Abend mal für sich hat«, erklärte Gianna und legte die Handschrift ab. »Die Kleinen sind jetzt im Bett, da hat er Zeit zum Arbeiten. Er brütet an einem neuen Projekt.« Bei den letzten Worten deutete sie ein Nicken an, über Amadeos Schulter hinweg. Automatisch folgte er ihrem Blick.

Raffaelo, Leonardo und Michel Angelo – Gianna und ihr Mann hatten die Namen für ihren Nachwuchs nicht aus Willkür gewählt. Rocco war nicht allein promovierter Kunsthistoriker und auf seinem speziellen Feld Amadeo durchaus überlegen, sondern sah sich obendrein selbst in der Tradition der legendären italienischen Maler, wenn er auch offen zugab, dass seine eigene Kunst *anders* war.

Doch, dachte der Restaurator, *anders* traf es recht gut. Amadeo hatte in den Geschäftsräumen so viel verändert, nachdem er die Leitung der *officina* übernommen hatte.

Irgendwie war er geradezu moralisch in der Pflicht gewesen, für das Großraumbüro eines von Roccos Bildern zu erwerben. Nur zu gut erinnerte er sich an Giannas Gesichtsausdruck, als sie ihm hatte erklären müssen, wie herum er das gute Stück aufzuhängen hatte. Roccos eigene Bilder waren einfach weniger, nun, *gegenständlich* als die Werke seiner Renaissanceidole.

»Dieses noch«, murmelte Gianna. »Wenn es diesmal nicht der Durchbruch wird, will er sich nach einem Lehrauftrag umsehen.«

Amadeo nickte verständnisvoll. Ein Lehrauftrag für Rocco war mit Sicherheit das Beste, was der fünfköpfigen Familie passieren konnte. Doch darüber musste er sich nicht auch noch den Kopf zerbrechen.

»Ich werde einen Spaziergang machen«, sagte er leise. »Wollen Sie wirklich ganz allein noch hierbleiben? Sie wissen, dass um diese Zeit niemand mehr im Haus ist, auch in den anderen Stockwerken nicht.«

Gianna sah ihn an, fuhr sich mit der Zunge über die Lippen. Einen Moment lang hatte Amadeo das Gefühl, als wollte sie ihm etwas sagen, etwas, das vielleicht wichtig sein konnte. Aber was hätte das sein sollen? Wieder traten die ungebetenen Erinnerungen vor sein inneres Auge. Entschlossen trieb er sie fort – und im selben Augenblick war auch der unschlüssige Ausdruck auf Giannas Gesicht verschwunden. Wenn er denn überhaupt jemals da gewesen war.

»Ich spanne das jetzt noch in die Presse«, sagte sie. »Wenn Sie die Seiten nicht sortiert hätten, hätt ich das nie so schnell hingekriegt. Ich frag mich sowieso, warum die griechisch geschrieben haben bei den *Suevi*. Das waren doch eigentlich Deutsche, oder? *Suevi* – aus Schwaben.«

»Federico Secondo, der letzte Stauferkaiser, sprach ein halbes Dutzend Sprachen«, murmelte Amadeo.

»War das nicht der, der den Leuten den Bauch aufgeschnitten hat, um die Verdauung zu überprüfen?«

»*Stupor mundi.*« Der Restaurator nickte. »Das Staunen, wahlweise auch das ›Entsetzen‹ der Welt. Ein Wissenschaftler auf dem Thron und eine schillernde Persönlichkeit auf jeden Fall. – Solche Experimente sind aus moderner Sicht natürlich monströs«, fügte er eilig hinzu. »Einen Sterbenden in ein Fass zu sperren und dann abzuwarten, ob die Seele durchs Spundloch hinausschlüpft. Eine Gruppe von Säuglingen mit aller Sorgfalt aufziehen zu lassen, aber zu verbieten, ihnen das Sprechen beizubringen.«

Gianna betrachtete ihn von oben bis unten, mit einem nicht zu deutenden Gesichtsausdruck. Amadeo schwankte zwischen dem Impuls, ihr zu versichern, dass er sich selbstverständlich in aller Deutlichkeit von solchen Methoden distanzierte, und der Entschlossenheit, sein heimliches historisches Idol zu verteidigen.

»Aber das war eben auch wissenschaftliche Neugier«, sagte er schließlich. »Falsch verstanden, nach heutigem Maßstab, aber ihrer Zeit durchaus voraus. Federico ist fest davon ausgegangen, dass die Kinder ganz von alleine anfangen würden zu sprechen, und er wollte wissen, welche Sprache das sein würde: diejenige ihrer Eltern oder die ihrer Ammen, eingesogen mit der Milch sozusagen. Oder das Hebräische des Alten Testaments oder …«

Amadeo hielt inne. Hebräisch. Die Originalversion der Babylon-Geschichte war auf Hebräisch verfasst worden. Albert Einsteins Wortlaut erinnerte an die Lutherbibel, Luther aber hatte seinen Text ins Deutsche übertragen, aus lateinischen und griechischen Vorlagen, die selbst bereits Übersetzungen aus dem Hebräischen waren. Einsteins Vorfahren waren Juden gewesen. Hatte er das Hebräische beherrscht? Doch, mit Sicherheit. Wenn Amadeo Einsteins Text ins Hebräische übersetzte und dann einen Vergleich mit dem Urtext aus der jüdischen Thora anstellte? War es denkbar, dass erst dann der Code deutlich wurde?

»Nein«, murmelte er. »Das ist unmöglich.«

»Vor allem ist es erschreckend«, kommentierte Gianna, die nicht wissen konnte, was in seinem Kopf vorging.

Amadeo nickte zerstreut. Eine Übersetzung ins Hebräische traute er sich zu – er beherrschte die Sprache. Doch wie konnte er sicher sein, dass er genau den Wortlaut traf, den Einstein im Kopf gehabt hatte? Und viel wichtiger: Hätte Einstein sicher sein können, dass das funktionieren würde?

Zu viele Unbekannte. Das war es nicht. Eine codierte Botschaft musste eindeutig zu entziffern sein, wenn man den Schlüssel kannte.

Er schüttelte den Kopf, griff nach seinem Mantel. »Wenn Sie wieder mal so was haben, Gianna, einen Text, den Sie nicht lesen können, sagen Sie mir einfach Bescheid, falls ich nicht selbst dran denke.«

Mit einem Nicken war er durch die Tür und rief den Fahrstuhl.

Amadeo trat hinaus auf den Fußweg an der Via Oddone. Eisige Luft empfing ihn. Gefroren hatte es noch nicht, doch er schmeckte es auf der Zunge: Es würde frieren, später in der Nacht vielleicht, gegen Morgen mit Sicherheit.

Der junge Restaurator schlug den Kragen seines Mantels hoch und machte sich auf den Weg Richtung Park. Die Gartenanlagen selbst würde er meiden. Sie wurden nach Anbruch der Dunkelheit kaum beleuchtet – das machte sie so anziehend für heimliche Verabredungen, aber eben auch für allerhand tagesscheues Gelichter, dem er nicht unbedingt begegnen wollte. Stattdessen wandte er sich am Ende der Straße nach rechts, wenige hundert Meter weiter wieder nach links, auf die antike Pyramide des Cestius zu und die Porta di San Paolo, hinter der das historische Zentrum der Ewigen Stadt begann.

Die Straßen und Gehsteige waren belebt um diese Uhrzeit. Die Heerscharen von Touristen ließen sich von Dunkelheit und Kälte nicht abschrecken und von den Reisewarnungen wegen der Grippe wohl ebenso wenig. In diesem Punkt konnte Amadeo die Leute allerdings verstehen. Welchen Sinn hatten Reisewarnungen, wenn die Grippe sowieso schon auf der ganzen Welt unterwegs war? Und was die Kälte anbetraf: Die Gruppe direkt vor ihm, borstige rote und blonde Haare, konnte er auf Anhieb als Deutsche identifizieren. Die waren die Kälte ohnehin gewöhnt, und solche Gewohnheiten saßen tief bei den Leuten von jenseits der Alpen. Wenn sie auch heute nicht mehr mit Axt und Keule kamen wie ihre gotischen und vandalischen Ahnen: Sie waren noch immer genauso lästig. Amadeo hatte keine Chance, an den nordischen Hünen vorbeizukommen.

Schwäbisch, stellte er nach einer Weile fest. Eine beleibte Dame, offenbar die Reiseführerin, hatte gerade selbst für ihn als Italiener erkennbar »geschwäbelt«. Das also waren die Nachfahren von Federico Secondo. Amadeo seufzte lautlos. *Tempora mutantur*, dachte er. Wie die Zeiten sich ändern.

An der Porta di San Paolo, einer burgartigen Anlage in der Stadtmauer des Kaisers Aurelian, gelang es ihm endlich, die Deutschen zu überholen. Er konnte nicht nachdenken mit so vielen Stimmen um sich herum. Dazu das ständige Hupkonzert und die grellen Scheinwerferlichter – aufatmend schlug er eine der Nebenstraßen ein.

Sofort schien es mehrere Grade kälter zu werden. In Wolken stieg sein Atem in die Abendluft, und spontan kamen ihm die Thermen des Caracalla in den Sinn, wo die antiken

Römer an kalten Tagen ihre Glieder gewärmt hatten. Gut, die Thermen lagen seit anderthalbtausend Jahren in Trümmern, aber auf jeden Fall war es eine hübsche Strecke für einen Spaziergang, und vor allem war sie garantiert touristenfrei.

Tatsächlich hallten schon nach wenigen Metern nur noch Amadeos eigene Schritte von den Fassaden wider. Dieser Teil der Stadt hatte seit der Antike hauptsächlich als Weinberg gedient und war erst in der zweiten Hälfte des neunzehnten Jahrhunderts wieder besiedelt worden. Eine Wohngegend, die er sich niemals hätte leisten können, direkt am Rande des *centro storico,* der historischen Altstadt, und doch schön ruhig. Für den Moment hatte er diesen labyrinthischen Winkel der Ewigen Stadt für sich allein – labyrinthisch wie seine Gedanken, die wieder und wieder um das Rätsel eines Textes kreisten, der ein halbes Jahrhundert alt war oder doch mehrere Jahrtausende, ganz wie man es betrachten wollte.

Der junge Restaurator betrachtete es mittlerweile mit Verzweiflung. Der Code musste einen bestimmten, komplizierten Rhythmus haben, eine Art unsichtbarer Signatur. Diese Signatur musste man kennen, dann war die Entschlüsselung ein Spiel – wie beim Tanzen, wenn man die Schrittfolge beherrschte.

Zum Hall seiner eigenen Schritte hatte sich jetzt ein Echo gesellt, das um eine Winzigkeit versetzt war. Eine andere grüblerische Seele vielleicht, die sich mit ihren persönlichen Rätseln und Gedanken umtrieb und im Irrgarten der Gassen einen Weg durch das Chaos im eigenen Kopf suchte.

Amadeo blieb einen Moment stehen, um den Fremden passieren zu lassen. Er mochte das Gefühl nicht, dass ihm jemand folgte, heute schon gar nicht, nach allem, was dieser Tag gebracht hatte.

Der Restaurator stutzte.

Es war nichts mehr zu hören, nur noch der gedämpfte Verkehrslärm, ein, zwei Straßenzüge entfernt auf der anderen Seite der Stadtmauer.

Amadeo drehte sich um, spähte die Gasse hinab. Alle fünfzig Meter glomm das gelbliche Licht einer Laterne durch die Nacht, doch es reichte nicht aus, um alle Winkel des Gehwegs zu erhellen. Es war kalt an diesem Abend, aber das hieß noch nicht, dass die Luft auch klar war. Feiner Dunst lag in den Gassen, der es schwer machte, Entfernungen, Umrisse, Schatten abzuschätzen.

Nirgendwo war ein Mensch zu entdecken. Ob sein unsichtbarer Weggefährte angekommen war, wo er hingewollt hatte? Jemand, der hier irgendwo wohnte, mit Sicherheit. Wer verlief sich schon in diese Ecke, wenn er kein festes Ziel hatte?

Unwirsch schüttelte Amadeo den Kopf, wandte sich auf dem Absatz um und ging weiter. Er hatte mehrere Möglichkeiten, um von hier aus zu den Ruinen der Thermen zu kommen. Er konnte an der nächsten Ecke nach links abbiegen, weiter durch die Gassen, oder sich rechts halten, bis er auf die Stadtmauer stieß. Dort würden dann auch wieder mehr Menschen unterwegs sein, und es gab eine bessere Straßenbeleuchtung.

Aber genau das hatte er doch vermeiden wollen!

Die Schritte waren wieder da.

Waren es dieselben Schritte? Sie bewegten sich nahezu in derselben Frequenz wie seine eigenen. Schwere Schritte, eher dumpf, soweit sich das sagen ließ, mit Sicherheit Männerschritte. In Stiefeln vielleicht? Amadeo hatte die Gabelung der Gasse fast erreicht. Er biss die Zähne zusammen. Nein, er würde sich nicht von einem Phantom in Panik versetzen lassen!

Entschlossen wandte er sich nach links, tiefer in das Gewirr der Gassen hinein.

Die Gehsteige waren schmal hier, begrenzt von hohen Gartenmauern, die zum Teil mit Efeu berankt waren, schwarzes Laub im trüben Laternenlicht. Unruhig glitt Amadeos Blick über das Mauerwerk, suchte nach einer vertrauten Wegmarke. Die Namen auf den Straßenschildern waren nicht zu entziffern, doch er war hier schon häufiger gewesen – bei Tageslicht. Die Nächste wieder rechts? Oder erst weiter geradeaus? Wenn er sich rechts hielt, musste er so oder so auf die Thermen zukommen, es sei denn, er lief in eine Sackgasse. Nein, das wollte er sich nicht vorstellen!

Wieder kam ihm sein Traum in den Sinn, gegen seinen Willen: der Dom von San Pietro und dann unvermittelt jener andere, labyrinthische, fremde Ort. Gab es irgendwelche Ähnlichkeiten zu dem, was ihn jetzt umgab? Es waren Höhlen gewesen in seinem Traum, da war er sich sicher, raue, unbehauene Gänge, die sich durchs Gestein zogen, tief unter der Erde.

Nein, keinerlei Ähnlichkeit – abgesehen von dem Gefühl in seinem Innern, der Ahnung, ja, der Gewissheit, dass etwas hinter ihm war.

Amadeo horchte in die Nacht, über das Pochen in seinen Schläfen hinweg. Waren die Schritte überhaupt noch da?

Das waren sie, wurden jetzt aber übertönt, als es hundert Meter voraus schlagartig hell wurde und ein Fiat quer über die Straße schoss. Eine Kreuzung, und die andere Straße war etwas breiter als die Gasse, der Amadeo folgte. Andere Menschen – vielleicht.

Er stellte fest, dass er automatisch schneller ging, und die anderen Schritte … sie passten sich an, legten ebenfalls zu!

Die eisige Nachtluft stach in seinen Lungen. Die Kreuzung. Jetzt konnte er das Straßenschild entziffern. Die Via di San Saba, Alleebäume zu beiden Seiten, totes Laub gespenstisch im Laternenlicht. Das Kloster von San Saba befand sich mehrere hundert Meter links, tiefer im Gewirr der Gassen, aber wenn Amadeo sich nach rechts wandte: die Piazza Albania mit ihren schicken Bistros und Clubs, in denen die halbe Nacht Trubel herrschte und wo man keine zehn Schritte laufen konnte, ohne mit den Herren von der Polizia di Stato zusammenzustoßen.

Schon sah er die Lichter, den Lindwurm der Fahrzeuge, die sich auf der mehrspurigen Fahrbahn von Ampel zu Ampel wälzten. Nicht mehr weit, doch zu viel Zeit zum Nachdenken, zum Lauschen, das jetzt sinnlos war, so nahe am Lärm der Piazza. Amadeo stolperte voran, erreichte die Lichter, sah über die Schulter zurück …

Er starrte ins Nichts. Kein Verfolger, niemand. Menschenleer lag die Gasse im Zwielicht, in weiten Abständen von den funzelartigen Laternen erhellt.

Aber da musste jemand sein! Irgendjemand war ihm gefolgt! Immer wenn er stehengeblieben war, waren auch die Schritte des anderen …

Und wenn es ein Phänomen gewesen war, das man landläufig als *Echo* bezeichnete? Aber das war unmöglich! Diese Schritte waren anders gewesen als seine eigenen, der Rhythmus um eine Winzigkeit verändert. Sie hatten nicht sofort innegehalten, wenn Amadeo stehenblieb, sondern mit einer kaum wahrnehmbaren Verzögerung. Oder lag das an der besonderen Akustik in den engen Gassen?

Noch immer spähte Amadeo in die Finsternis. Mit einem Mal kam er sich dämlich vor. Was bot er für einen Anblick, wie er da stand und mit irrem Blick in die Schwärze stierte? Übersehen konnte man Amadeo wohl kaum. Er stand jetzt im Hellen, in der Festbeleuchtung der Ausflugslokale. Ein fantastisches Ziel, nebenbei, wenn man eine Pistole hatte.

Maledetto! Kein Verfolger, keine Pistole!

Abrupt wandte Amadeo sich ab, wütend auf sich selbst. Sein Herz jagte, und er verfluchte es dafür. Es war dieser Tag, der verrückte Traum, die Sorge um den Professor. Anders war es nicht zu erklären, dass er sich aufführte wie... ihm fehlten die Worte.

Sein Blick fiel auf ein kleines Bistro, in dem er das eine oder andere Mal mittags eingekehrt war, wenn er nur einen kleinen Imbiss wollte. Der *caffè* dort war nicht übel. Und *caffè* brauchte er jetzt. Irgendwie musste er sein Herz beruhigen.

Mit schwankenden Schritten trat er an den offenen Ausschank, um den bereits einige junge Leute gammelten. Er nahm sie kaum wahr, bestellte sich eine Tasse Ristretto.

»*Ristretto*?« Die Augenbrauen des Mannes hinter dem Tresen hoben sich.

»*Ristretto!*«, brummte Amadeo. So und so hatte er Zweifel, dass er heute Nacht ein Auge zutun würde. Da machte der stärkste denkbare Espresso auch keinen Unterschied mehr.

Eine Hand legte sich auf seine Schulter.

Mit einem Keuchen fuhr er herum, die Hände zu Fäusten geballt.

»Hey, *capo*!« Fabio Niccolosi blinzelte verwirrt. »Ist was nicht in Ordnung?«

Der Junge trug eine rasant geschnittene Lederjacke und hatte Gel im Haar wie Marlon Brando in seinen schlimmsten Zeiten. Den Arm hatte er um ein Mädchen gelegt, nein, eine junge Frau. Nein. Amadeo kniff die Augen zusammen. Eine gar nicht mehr ganz so junge Frau! Die dezent geschminkte Dame mit der neckischen Pelzstola war mindestens zehn Jahre älter als Fabio!

»Alyssa, das ist mein Chef, von dem ich dir so viel erzählt

habe«, stellte der Junge vor. »*Dottore* Fanelli von der *officina*. – *Capo*, das ist …«

»*Piacere!*«, murmelte Amadeo und streckte der Dame die Hand entgegen. »Ich freue mich, Sie kennenzulernen.«. Sie zögerte einen Moment, bevor sie seine Hand schüttelte, ohne eine Miene zu verziehen. Ein Händedruck wie ein toter Fisch. Der Restaurator konnte sich kaum vorstellen, dass sie von seinen eigenen eiskalten Fingern begeisterter war.

»Na, wohin sind Sie noch auf Achse?«, erkundigte sich Fabio.

Amadeo konnte sich für die Antwort einen Moment Zeit lassen. Sein Ristretto war fertig.

»Ein Spaziergang«, murmelte er schließlich, während er den *caffè* an die Lippen führte. Guter *caffè*, und heiß vor allem. Er verbrannte sich gerade die Zunge, war aber fest entschlossen, sich vor dem Jungen und seiner Flamme nichts anmerken zu lassen. »Den Kopf freipusten«, erklärte er.

»Geht's nicht voran mit Ihrem Kreuzworträtsel?«, fragte Fabio verständnisvoll.

Von einem Moment zum anderen war Amadeos Contenance dahin. »Das ist kein Kreuzworträtsel!«, knurrte er. »Das sind einfach Buchstaben! Ein berufliches Projekt! Tausendfünfhunderteinundzwanzig gottverdammte Buchstaben! – Zufrieden?«, brummte er etwas weniger polterig, als er Fabios betretenen Gesichtsausdruck sah. »Noch irgendwelche Anmerkungen?«

Der Junge blinzelte. »Tausendfünfhunderteinundzwanzig? Äh, das sind neununddreißig zum Quadrat.«

Amadeo war perplex. Fabio Niccolosi und sein Zahlentalent. Er brauchte Sekunden, bis er begriff, was der Junge da gerade gesagt hatte.

Er stellte seinen *caffè* ab. »Rechne noch mal nach! Das stimmt mit Sicherheit?«

»Das stimmt«, meldete sich Alyssa. Wer war die Frau? Seine Nachhilfelehrerin?

Doch Amadeos Gedanken überschlugen sich. Wenn das tatsächlich stimmte, neununddreißig im Quadrat, neununddreißig mal neununddreißig, dann war das eine Regelmäßigkeit, ein Schema innerhalb des Einstein-Textes! Dann konnte das genau der Punkt sein, nach dem er die ganze Zeit gesucht hatte. Die Markierung an der Aufreißlasche der Käseverpackung!

Zum Quadrat. Das bedeutete, dass man die Buchstaben tatsächlich im Quadrat schreiben konnte, neununddreißig senkrecht, neununddreißig waagerecht, und dann …

»*Capo?*«

Amadeo sah ihn an. »Schon gut«, murmelte er. »Mir ist gerade etwas eingefallen. Euch beiden …« Er machte eine vage Handbewegung. »Noch einen schönen Abend. Und vielen Dank, Fabio! Du hast mir sehr geholfen.«

»Geholfen?« In den Augen des Jungen stand vollständige Verwirrung.

Der Restaurator ließ das Pärchen einfach stehen. Aus dem Augenwinkel hatte er beobachtet, wie sich der Verkehr auf der Piazza zu stauen begann. Amadeo erkannte seine Chance und huschte über die Straße. Beinahe direkt gegenüber begann schon der Park, an dessen jenseitigem Ende sich das Bürogebäude mit der *officina* erhob. Zwischen den Bäumen war es nicht heller als vor einer halben Stunde, doch außen herum zu gehen hätte einen Zeitverlust von zehn bis fünfzehn Minuten bedeutet. Eine Viertelstunde Verzögerung, bevor er erfahren würde, ob er tatsächlich richtig lag? Bevor er die babylonischen Buchstaben mit seiner Textverarbeitung neu gliedern konnte, in neununddreißig Zeilen à neununddreißig Zeichen? Ausgeschlossen.

Amadeo bremste ab, als ihm aus einem spärlich beleuchteten Kiesweg ein Herr entgegenkam, der augenscheinlich nicht mehr ganz sicher auf den Beinen war. Schwaden von Wermut schlugen dem Restaurator entgegen. Einen Moment lang kämpfte er gegen eine Welle der Übelkeit, doch mit zwei Schritten war er aus der Gefahrenzone, und der Kies knirschte unter seinen Füßen.

Seine Sicherheit wuchs mit jedem Schritt: Die Symmetrie des Textes war der erste Ansatz einer Spur, den er überhaupt zu fassen bekam, und sie konnte kein Zufall sein, nicht bei Albert Einstein, der in einer Welt der Zahlen und Formeln zu Hause gewesen war!

Neununddreißig. Warum gerade neununddreißig? Welche Bewandtnis hatte es mit der Neununddreißig? Zahlen konnte man von mehreren Seiten betrachten, wie alles in der Welt.

Amadeo blieb stehen und betrachtete kurz etwas anderes, den matt schimmernden Kies des Weges, der sich vor seinen Füßen verzweigte. Rechts? Oder links? Gleichgültig. So groß war der Park nicht, und durch das kahle Geäst der Bäume schimmerten schon die Lichter der Via Oddone.

Ein Stück hinter ihm knirschte noch jemand anders über die kleinen Steinchen. Irgendwo in seinem Hinterstübchen war ihm klar, dass ihn diese Geräusche vor einer Viertelstunde noch in eine mittelschwere Panik gestürzt hatten, doch in diesem Moment war er einfach zu gefangen von seinen Grübeleien, um sich wegen so etwas Gedanken zu machen.

Zahlen. Amadeo war selbst kein mathematisches Genie. Bei den Abrechnungen der *officina* war er bis heute auf die tätige Mithilfe seines Tischrechners angewiesen, und die Geheimnisse der doppelten Buchführung bestaunte er mit derselben ehrfürchtigen Scheu, die ein gläubiger Jude der Bundeslade entgegenbrachte. Das bedeutete allerdings noch längst nicht, dass ihm Zahlen als solche fremd waren: Die

Kulturgeschichte der großen Zivilisationen, von den Bewohnern des Zweistromlandes über die alten Griechen, Römer und Chinesen bis zu den christlichen und muslimischen Kulturen des Mittelalters, war auch eine Geschichte der geheimen Bedeutungen von Zahlen, wobei sich Amadeo mit der christlichen Symbolsprache am besten auskannte. Es gab einen fundamentalen Unterschied, ob der Chor einer Klosterkirche nun in einem sechs- oder achteckigen Abschluss gestaltet war. In einer einzigen Zahl konnte sich ein ganzes theologisches Programm verbergen.

Jede Zahl hatte ihre Bedeutung. Die Drei stand für die Heilige Dreieinigkeit, die Sechs hingegen war eine böse, unvollkommene Zahl, was sich noch in der berüchtigten 666 der Apokalypse zeigte. Die Zehn wurde wieder positiv gesehen, schon wegen der Zehn Gebote.

Nur wofür stand die Neununddreißig? Unschlüssig blieb Amadeo stehen. Ein Rondell. Es gab zwei Rondelle im Park, und keines von beiden befand sich auf der idealen Linie zur *officina*. Wenn er linksherum ging, lag er jedenfalls nicht falsch. Am Rande seines Blickfelds nahm er zwischen den Blumenrabatten undeutliche Bewegungen wahr, sah genauer hin und schüttelte im Stillen den Kopf. Nun, er war selbst einmal jung gewesen, und mit den Trieben war das so eine Sache in manchen Situationen. Aber die beiden da drüben würden sich eine Erkältung holen bei dem Wetter.

»Neununddreißig«, sagte er eindringlich und zwang seine Gedanken zurück. Ihm war exakt eine einzige Stelle im Neuen Testament bekannt, an der die Zahl eine gewisse Rolle spielte: Im zweiten Brief des Paulus an die Korinther behauptete der Apostel, für seinen Bekennermut hätte er bereits fünf Mal jeweils neununddreißig Geißelhiebe erhalten und zudem sei er drei Mal mit Stöcken geschlagen worden. Ach ja, und gesteinigt hätte man ihn auch schon mal. Ob diese ominöse Passage nun einen tieferen Sinn besaß oder nicht: Amadeo konnte sich beim besten Willen nicht vorstellen, dass hier der Schlüssel zu Einsteins Code verborgen lag.

Nein, die Neununddreißig als solche kam in der Bibel faktisch nicht vor. Das aber musste nichts heißen. Im schlimmsten Fall musste man eben kombinieren. Zwölf zum Beispiel galt nicht nur wegen der zwölf Apostel als heilig, sondern auch, weil die Heilige Dreieinigkeit da gleich vierfach vorkam. Die Vier war natürlich ebenfalls heilig. Wenn er nun also die Neununddreißig…

»Dreizehn«, murmelte Amadeo, und sein Gesicht hellte sich auf. Dort drüben erspähte er den Ausgang zur Via Oddone hin. »Dreizehn mal drei.«

Na also! Das große Einmaleins war auch nicht schwieriger als das ABC. »ABC«, murmelte er und zählte mit, während er die Straße überquerte. »Eins, zwei, drei…« In der *officina* brannte kein Licht mehr, also genoss inzwischen auch Gianna ihren Feierabend. »Eins A, zwei B, drei C…« Oh, und die dreizehn…

Amadeo erstarrte mitten auf der Straße. C, der dritte Buchstabe des Alphabets. Und der dreizehnte war… Amadeo wusste es! Er wusste es, noch bevor er die Buchstaben im Geiste durchgezählt hatte. Die Dreizehn war das M!

Dreizehn mal drei zum Quadrat. M – Masse – mal C – Beschleunigung – zum Quadrat.

Einsteins Relativitätstheorie!

DieGeschichtedesTurmbauszuBabelistaltb e
kanntAlleWelthatteeineZungeundSprachea b
erdieMenschheitwartaubundblindgegendie G
uetedesHerrninihrenHeimstaettenzuSinea r
UndalsosprachendieMenschendortunterein a
nderWohlauflasstunsstreichenundbrennen d
ieZiegelUndsonahmensieLehmsichvomFluss b
eiderHandundErdharznunalsMoertelundspr a
chenWohlanlasstunseineStadtundeinenTur m
bauenaufdassseineSpitzebishinaufandenH i
mmelreichedamitwirunsaufErdeneinenName n
machenDennwirkoennensonstnichtallesamt b
eieinanderbleibenUndsieheeswirdunsderH E
rrzerstreuenDaeiltederHErrherniederund s
ahderMenschenTurmundStadtundsprachinEr b
itterungSieheesisteinerleiSpracheunter i
hnenallenunddiesistnunderAnfangihresTu n
sNunwirdihnennichtsmehrverwehrtwerdenk o
ennenwassiesichvorgenommenhabenDaderHE r
rabererergrimmtwarspracherWohlansolasset d
enMenschenunsEinhaltgebietenundgenSine a
rPestilenzsendensodassjenerOrtalsBabel b
ekanntseinsollDenneswirddortderHErrihr G
OttjenenMenschenseinenEngelsendenundih r
eSpracheverwirrenUndsostiegmiteinemGef a
essederEngeldesHErrnhinabzudenMenschen d
iewohntenzuFuessenderBergeundeswurdefr e
igelassendieSeucheaufdassdenMenschenso i
hreeinerleiSpracheundeinerleiWortgenom m
enwerdeSozerstreutesiederHErrvonSinear i
nalleLaenderdasssieablassenmusstendavo n
eineStadtzubauenWeilernunindeszwargeda c
htedieSpracheZuverwirrenjedochdenMensc h

```
endenergeschaffenhattenachseinemBildzu s
chonenwurdeentsandtmiteinemzweitenGefa e
sseeinneuerEngeldesHErrnundsowurdensie a
llegeheiltvonderSeucheEsmisstrautenjed o
cheinigederGabedesHErrnundverbargendie s
eaneinemfremdenOrtderhierverzeichnetis t
```

Amadeo fror. Ob die Temperatur draußen vor den Fenstern inzwischen unter den Gefrierpunkt gefallen war? Das machte keinen Unterschied. Als er frisch bei der *officina* angefangen hatte, hatten sämtliche Fenster gerade eine sündhaft teure Mehrfachisolierung bekommen. In den Büros herrschten exakt einundzwanzig Komma sieben Grad, Tag und Nacht, sommers wie winters, schon im Interesse der kostbaren Handschriften, die oft monatelang hier zu Gast waren. Nein, die Kälte, die Amadeo spürte und die ihn zwang, die Finger zu öffnen und zu schließen, diese Kälte kam von innen.

Es war unglaublich!

Einer seiner allerersten Gedanken war richtig gewesen: die Caesar-Verschlüsselung. Einsteins Code war nichts als die allerpopeligste Caesar-Verschlüsselung, nur dass nicht jeder vierte oder fünfte, sondern nur jeder neununddreißigste Buchstabe gelesen werden musste, damit der Sinn der geheimen Botschaft deutlich wurde.

Er war auf der richtigen Spur gewesen, hatte dann aber in die vollständig falsche Richtung gedacht. Nur weil er selbst besessen war von zweitausend Jahren abendländischem Bildungsballast, hatte er derartige Scheuklappen aufgehabt, dass er auf den einfachsten Gedanken nicht gekommen war: Der Schlüssel zu Albert Einsteins Code lag in Albert Einsteins bedeutendster Entdeckung: der Relativitätstheorie.

Masse mal Beschleunigung, M mal C, die Symbole der

physikalischen Abkürzung, zum Quadrat. Wenn man diese Buchstaben durch ihre jeweilige Position im Alphabet ersetzte, dreizehn und drei, hieß das Ergebnis neununddreißig, und diese neununddreißig im Quadrat war das Schema des Babylon-Textes. Einstein hatte eine Anweisung gegeben: So, genau so, soll dieser Text gelesen werden.

Und genau so hatte Amadeo ihn jetzt mit Hilfe seiner Textverarbeitung ausgerichtet, wobei er das letzte, neununddreißigste, Zeichen einer jeden Zeile um eine Stelle abgerückt hatte. Untereinander gelesen ergaben sie das Ergebnis, den Einstein-Code.

Vor Amadeo stand ein dampfender Espresso. Seit heute Morgen um neun hatte die Maschine keine Chance bekommen, auf Standby zu schalten.

Ein paar Sekunden lang wärmte er seine abgestorbenen Finger an der Tasse, dann begann er zu notieren: *e b Grad b a min b E s bin o r d* (oder: *b i nord*) *ab Grad ei min c h sea ost.*

Einige Buchstabengruppen gehörten eindeutig zusammen, schon das war ein Beweis, dass er sich nicht täuschte. Zwei Mal tauchte allein das Wort »Grad« auf, auch die Buchstabenfolge »min« erschien zwei Mal, außerdem einmal »ost« und möglicherweise auch »nord«. Dann musste er allerdings das »bin« streichen, das er glaubte, isoliert zu haben.

Amadeo zögerte. Beim »sea« war er sich ebenfalls unsicher. Irgendwie passte das Wort recht gut, wenn man sich vorstellte, wie einige Babylonier dem Mitbringsel des Gottesboten nicht so recht trauten und es daraufhin irgendwo versteckten – an einem fremden Ort eben. Ein Ort wurde gesucht, ein Versteck, und warum sollte sich dieses Versteck nicht an der *sea*, am Meer, befinden? Vielleicht sogar unter Wasser. Die historische Stadt Babylon hatte im Landesinnern gelegen, aber nur ein- oder zweihundert Kilometer von der Küste entfernt. Auch in der Antike keine unüberbrückbare Entfernung – und in altbabylonischen Augen mit Sicherheit ein *fremder Ort*, wie Einstein behauptete.

Doch »sea« war ein englisches Wort, »Grad«, »ost« und »nord« dagegen waren deutsch. Einstein hatte die letzten Jahre seines Lebens in den Vereinigten Staaten verbracht, doch seine Muttersprache war das Deutsche gewesen.

Amadeo beschloss, das Meer einstweilen in seinen Ufern zu lassen, und notierte: »*e b* Grad *b a* min *b E s b i* nord ab(?) Grad ei(???) min *c h s e a* ost«. Er betrachtete sein Werk. Beim »ei« und beim »ab« hatte er noch seine Zweifel, doch grundsätzlich ergaben nun fünfundzwanzig der neununddreißig Buchstaben einen Sinn.

Die große Frage war, worin dieser Sinn bestand. Was hatte es mit den mindestens vierzehn Zeichen auf sich, die er noch nicht zu deuten wusste?

»Wo im Norden?«, murmelte Amadeo. »Wo im Osten?«

Plötzlich sog er die Luft ein.

Hätte Einstein es exakter ausdrücken können? *Grad*, da stand es klar und deutlich. Grad, das war das Stichwort!

Ein Kreuzworträtsel, hatte Fabio Niccolosi gesagt. Ja, es war ein Kreuzworträtsel, im wahrsten Sinne des Wortes! Senkrecht und waagerecht, Längen- und Breitengrade und ihre feinsten Unterteilungen!

»xy Grad, xy Minuten, xy Sekunden«, flüsterte Amadeo. In diesen Einheiten gab man Positionen an! Beim Militär, in der Seefahrt … Jede Navigationssoftware, jede Kartendarstellung arbeitete letztendlich nach diesem System. Zweimal Grad hatte Amadeo bereits erkannt, und jetzt ergab auch das doppelte min einen Sinn, die Abkürzung für Minuten. Anschließend kamen jeweils zwei Buchstaben, die er noch nicht einordnen konnte, doch dahinter in beiden Fällen ein s, die Abkürzung für Sekunden!

Die beiden Buchstaben, die dann noch folgten, bevor sich das Nord für die nördliche Breite und das Ost für die östliche Länge anschloss, waren vermutlich eine zusätzliche, feinere Unterteilung.

Albert Einstein hatte eine Positionsbestimmung verschlüsselt, wie sie genauer nicht hätte sein können! Die Lage des *hier*, des Ortes, an dem die Bewohner Babylons ihr Geheimnis versteckt hatten, mit seiner exakten nördlichen Breite und östlichen Länge!

Mit zitternden Fingern führte Amadeo seine Tasse an die Lippen. Dieses eine Mal drang nichts vom Aroma in sein Hirn durch. Zu sehr war sein Verstand gefangen von der unglaublichen Entdeckung, die ihm gerade gelungen war.

Er, Amadeo Fanelli, hatte Albert Einsteins Code geknackt, das große Geheimnis, dem Ingolf Helmbrecht mehr als ein halbes Jahrhundert lang vergebens nachgeforscht hatte.

Er, Amadeo Fanelli, wusste …

Seine Euphorie verflog so schnell, wie sie gekommen war.

Ja, was wusste er denn?

Sokrates, entsann sich Amadeo, der große griechische Philosoph, hatte sich einmal mit einem bestimmten seiner Zeitgenossen verglichen und am Ende festgestellt, dass sie im Grunde beide nicht besonders viel wussten. Jener allerdings sei nun fest davon überzeugt, die Weisheit mit Löffeln gefuttert zu haben, während er, Sokrates, sich zumindest bewusst sei, an und für sich überhaupt nichts zu wissen. Wenn man es so betrachtete, war es schon ein ganz beachtliches Wissen, zu wissen, dass man *nichts* wusste.

Nichts? Nein, das war nicht richtig. Ruhelos trat Amadeo ans Fenster. Er war auf der richtigen Spur. Einstein war ein großer Logiker gewesen, der gesamte Code, so weit Amadeo ihn bisher begriff, war streng logisch und nachvollziehbar. Die Neununddreißig und wie sie zustande kam, indem man

Buchstaben durch Zahlen ersetzte. Das letzte Stück musste sich irgendwie erschließen lassen.

»Logik«, flüsterte er. »Logik.« Ein drittes Mal wiederholte er das Wort, wie eine Beschwörung: *»Lo-gik!«*

Amadeo stutzte. Er suchte nach der Lösung? Er brauchte sie nicht zu suchen! Er *kannte* sie längst! Wenn M und C, der dreizehnte und der dritte Buchstabe des Alphabets, durch die Zahlen Dreizehn und Drei wiedergegeben würden, was konnten dann umgekehrt EB Grad bedeuten? Der fünfte und der zweite Buchstabe des Alphabets: 52 Grad!

Mit zitternden Fingern notierte er: 52 Grad 21 Minuten 25 Sekunden 29 nördlicher Breite, 12 Grad 59 Minuten 38 Sekunden 51 östlicher Länge.

Er konnte förmlich spüren, wie sein Körper neues Adrenalin produzierte. Aus dem Wust seiner Ausdrucke und Skizzen brachte er die Tastatur des Rechners zum Vorschein, klappte das Fenster mit dem Einstein-Text an den Bildschirmrand und rief das GoogleEarth-Programm auf. Es schien Stunden zu dauern, bis die Anwendung bereit war, dann, endlich, hatte er den Globus im Blick, schob den Ausschnitt des Satellitenbildes hin und her. Die aktuelle Position im Koordinatennetz des Planeten wurde unten am Bildschirmrand automatisch angezeigt: Breiten- und Längengrade, auf Minuten, Sekunden und Teile von Sekunden genau.

Automatisch zoomte Amadeo Mesopotamien an, das Zweistromland der Antike. Eine große, dunkle Wasserfläche markierte den Persischen Golf. Von links oben mündeten zwei Flüsse ein, Euphrat und Tigris, Bänder fruchtbaren Landes inmitten der Wüste und an ihren Rändern die ältesten städtischen Ansiedlungen der Menschheit, Uruk, Ur und eben Babylon. Amadeo hielt inne. 32 Grad nördlicher Breite, 44 Grad östlicher Länge. Der Ort, der aus den entschlüsselten Koordinaten hervorging, lag in einer vollkommen anderen Gegend der Welt, viel weiter nördlich und… Die Computermaus wollte Amadeos Fingern nicht richtig gehorchen.

»Das ist in Deutschland«, flüsterte er. Ein Ort im tiefsten, beschaulichsten Brandenburg, an den Havelseen bei…

»Caputh«, wisperte Amadeo. Er hatte die Funktion aktiviert, mit der er automatisch Fotos aus der Umgebung aufrufen konnte, fuhr über die unterschiedlichen Symbole. Dort! Ein paar hundert Meter entfernt von der Position, die er enträtselt hatte.

»Einsteinhaus.«

Nahe Coromoto, Venezuela

Rebecca Steinmann verzog keine Miene, als die Spitze der Klinge ihre Haut berührte, einen Augenblick verharrte und mit präzise dosiertem Druck einen halben Zentimeter tief ins Fleisch schnitt.

»Einmal muss ich noch«, murmelte Duarte. »Dann kann ich sie holen.«

Die rothaarige Frau nickte. Sie nahm die Dinge wahr, die um sie herum geschahen, und doch erreichten sie ihr Bewusstsein nur gedämpft, wie durch einen Filter: Duartes Stimme, seine Finger, die sich bemühten, die Kugel aus ihrem linken Oberschenkel zu entfernen. Weiter weg die halblauten Unterhaltungen der Männer, die um das Lagerfeuer saßen, und die Ahnung beißenden Brandgeruchs, den die Abendbrise zu ihr trug. In der Ferne stand ein rötlicher Schimmer am Nachthimmel und kündete von dem flammenden Inferno, das die Halle verschlang, in der sie auf das Kokain gestoßen waren.

Duarte hatte die Hubschrauber schon benachrichtigt; in ein paar Stunden würden sie in einem Flieger zurück nach Italien sitzen.

Für diesmal war ihre Mission zu Ende.

»Soooooooo…« Ein Schattenriss schob sich vor Rebeccas Augen. »Da haben wir den Übeltäter.« Kirschkerngroß und bösartig hing das Projektil in der Gefangenschaft einer chirurgischen Pinzette. »Ein paar Zentimeter weiter, und es hätte den Knochen erwischt«, sagte der dunkelhäutige Mann in der Priestersoutane streng. »Oder eine der großen Adern. Du weißt, was das bedeutet hätte. Nächstes Mal denkst du nach, bevor du in einen Raum spazierst, den wir noch nicht gesichert haben.«

»Wir wussten nicht, ob es nicht Geiseln gibt…« Ihre Zunge wollte ihr nicht richtig gehorchen. »Kinder.«

Duartes Antwort bestand in einem missbilligenden Brummen. »Ich mache die Wunde jetzt zu. Du willst wirklich kein richtiges Analgetikum?«

»Nein«, flüsterte Rebecca. »Das Zeug ist verdammt gut.«

Sie hatte nicht genau verstanden, wie die Substanz sich schimpfte. Zwei der Indios, die wie sie in der Lagerhalle verletzt worden waren, hatten sich vehement geweigert, sich eine Lokalanästhesie verpassen zu lassen. Rebecca war einfach neugierig gewesen. Natürlich war es kein *Curare* – das berühmt-berüchtigte Pfeilgift wirkte auf das zentrale Nervensystem und war damit ungeeignet für die lokale Anwendung. Doch was immer es war: Rebecca spürte nicht mehr als ein leichtes Kribbeln rund um die Schussverletzung. Nichts, was man als Schmerz hätte bezeichnen können. Obendrein machte das Zeug angenehm leicht im Kopf.

»Okay«, seufzte Duarte. »Ich würd an deiner Stelle in den nächsten Wochen keinen Marathon laufen, dann sollte das wieder werden. Lass dich ein bisschen verwöhnen von Amadeo, wenn wir wieder in Rom sind.«

»Der verwöhnt im Moment eher seine Bücher.« Rebecca legte den Kopf in den Nacken und sah dem Rauch des Lagerfeuers nach, der unter dem sternklaren Himmel zerfaserte.

»Das ist sein Job.« Der dunkelhäutige Mann hatte sich von den Flammen abgewandt und einen Behälter mit reinem Alkohol geöffnet. Nacheinander ließ er seine chirurgischen Instrumente in die Flüssigkeit gleiten. »Das hast du gewusst.«

»Ich hab mich nicht beschwert«, murmelte sie.

»Und er beschwert sich?« Duarte verschloss das Gefäß und wischte sich die Finger an seiner Soutane ab. »Er wusste doch genauso, worauf er sich einlässt mit dir.«

Rebecca nickte stumm. Der Mann im Priestergewand betrachtete sie ohne Regung; einzig der Widerschein der Flammen verlieh seinen dunkelhäutigen Zügen geisterhaftes Leben. Vielleicht sind heute Nacht tatsächlich Geister in der Luft, dachte sie. Die Geister der Toten, denen die Urbevölkerung in diesem Land eine abergläubische Verehrung entgegenbrachte. Dann waren es allerdings nicht allein die Toten des heutigen Tages, die Männer, die an der Lagerhalle gestorben waren. Andere Bilder, andere Gesichter – sie schienen den Flammen zu entsteigen und sich vor Duartes Züge zu schieben. Ein tiefes Seufzen war zu hören. Kam es von Rebecca selbst, oder war es das Flüstern des Nachtwinds?

Das offene, ewig unrasierte Gesicht ihres Vaters. Nur an seinen Augen war zu erkennen, dass er in seinem Leben zu viele Dinge gesehen hatte, die ein Mensch nicht hätte sehen sollen. In Chile, im Kampf gegen die Junta, und später, als sie sich in die Berge zurückgezogen hatten. Bis zu jenem Tag … Der Rauch verwirbelte im Lufthauch, suchte sich neue Ahnungen von Formen, weichere Züge, aus denen Freundlichkeit sprach, zugleich aber auch messerscharfer Intellekt und jene unbeugsame Entschlossenheit, die Rebecca von ihrer Mutter geerbt hatte. *Durchhalten!* Durchhalten nach jenem Tag, an dem Rebeccas Vater nicht zurückgekommen war von einer seiner Missionen. Eine Frau mit zwei kleinen Mädchen in einer Welt, in der man sich tagsüber verstecken musste vor den Nachstellungen der Junta und in der schon die Kinder lernten, mit der Waffe in der Hand zu kämpfen. Rebecca blinzelte, wollte sich die Augen reiben. Ihre Mutter, die das Blut irischer Vorfahren genauso wenig verleugnen konnte wie Rebecca selbst, ihre Mutter *war* nicht tot, genauso wenig der Mann, dessen Züge ihr jetzt für Momente aus dem Rauch entgegentraten: *Die Mächtigen stößt der Herr von ihren Thronen und erhebt die Niedrigen. Selig sind, die hungern und dürsten nach der Gerechtigkeit.* Pedro de la Rosa, der ein zweiter Vater für sie geworden war. Der Mann, dessen geheimer Auftrag sie auch auf ihre heutige Mission gesandt hatte: Seine Heiligkeit Papst Pius XIV.

Rebecca sah, wie de la Rosa den Mund öffnete – und in diesem Augenblick wurde es ihr zu viel. Sie schüttelte sich. Möglicherweise war dieses Indiokraut doch keine ganz so gute Idee gewesen. Dermaßen konzentriert kam ihr Leben ihr vor wie die Fieberträume eines Freaks. Wie musste das erst wirken, wenn man Amadeo Fanelli war, aus den italienischen Marken, vage vergeistigter Bücherrestaurator und Geschäftsführer der *Officina di Tomasi*?

»Amadeo stellt keine Fragen«, sagte sie leise zu Duarte. »Es reicht schon aus, wie er mich manchmal ansieht.«

Der dunkelhäutige Mann stieß ein schnaubendes Geräusch aus. Tadel? Belustigung? Von beidem etwas? Rebecca war sich nicht sicher. »Er war schließlich mittendrin bei der Jagd nach der Letzten Offenbarung«, murmelte Duarte. »Er wird sich vorstellen können, wie es auf unseren Missionen zugeht. Willst du ihm einen Strick draus drehen, dass er sich Sorgen macht?«

»Wahrscheinlich ist er deshalb so viel in der *officina* zugange.« Vorsichtig winkelte sie das Bein an, damit Duarte die Mullbinden anlegen konnte. »Ich habe nicht das Gefühl, dass es ihm im Moment besonders viel Spaß macht. Vielleicht muss er einfach mal wieder raus.«

»Wir können ihn ja mitnehmen beim nächsten Mal«, grinste Duarte. »Was denkst du?«

Rebecca konnte ein Kichern nicht unterdrücken. »Wenn du mich fragst, hatte er beim letzten Mal genug Abenteuer für den Rest seines Lebens. Wahrscheinlich ist er im Moment gerade froh, wenn er sich nicht weiter vom Schreibtisch entfernen muss als bis zur Espressomaschine.«

Rom, Via Oddone

Das Lächeln der Nachrichtensprecherin musste in ihrem Gesicht festgetackert sein. Amadeo bekam schon vom Hinsehen Zahnschmerzen, fragte sich, warum er sich RAI uno eigentlich antat. Vermutlich weil der Durchschnittsitaliener alles, was man dort einer Meldung für würdig befand, automatisch für relevant hielt.

Die Grippe stand noch nicht an erster Stelle. Die nahmen Querelen um Vorentscheidungen zur Miss Italia ein.

Und auch nicht an zweiter. Das glatzköpfige Konterfei, das auf dem Bluescreen das Gesicht der Miss-Kandidatin ersetzt hatte, war kein ästhetischer Gewinn. *General F. W. von Stoltenbeck, ISAF* wurde in mikroskopisch kleiner Schrift eingeblendet.

»Was macht Sie so sicher, General«, flötete die Sprecherin, »dass Sie es diesmal wirklich schaffen werden?«

Amadeo hörte kaum mit halbem Ohr hin. Er hatte Kopfschmerzen, und irgendjemand hatte den Medizinschrank der *officina* geplündert. Der Glatzkopf erzählte von irgendwelchen Aufständischen, die den friedlichen Wiederaufbau Afghanistans behinderten. Angesichts einer bisher nicht dagewesenen Konzentration von Militär gedächte er sie nun endgültig zum Teufel zu jagen.

»Dann drücken wir doch alle die Daumen, General!« Die falsche Blondine schenkte Amadeo ein falsches Lächeln. »Bevor wir zum Sport kommen, jetzt noch das Neueste von der Grippe.«

Kein Gesicht mehr im Hintergrund. *Todesgrippe* wurde in nachtschwarzen Lettern eingeblendet. Gebannt lauschte der Restaurator.

In den Vereinigten Staaten war der nationale Notstand ausgerufen worden, die Nationalgarde trat auf den Plan. In Europa schien es noch nicht ganz so weit, doch auch hier begann sich das Chaos auszubreiten.

Die Moderatorin hatte einen neuen Interviewgast, einen Mediziner, dessen verschrumpeltes Gesicht aus einem schreiend bunten Halstuch blickte.

»*Professore?*«, erkundigte sich die Sprecherin. »Was sagen Sie dazu? Haben Sie als Experte einen Ratschlag, wie die Bevölkerung sich gegen die Grippe schützen kann?«

Der alte Mann blinzelte in die Kamera. »Sind wir schon auf Sendung?«

Das Lächeln der Frau hielt eisern. »Können Sie unseren Zuhörern einen Ratschlag …«

»Menschenansammlungen«, murmelte der greise Experte. »Halten Sie sich fern von Menschenansammlungen. Und … Atemschutzmasken. Die bieten einen gewissen Schutz.« Eine Pause. »Glauben wir«, fügte er undeutlich hinzu.

Amadeo schüttelte stumm den Kopf. Wer Verstand hatte,

hatte sich ohnehin schon vor Tagen mit Vorräten für ein, zwei Wochen eingedeckt und verbarrikadierte sich im Haus, bis der Sturm vorüber war.

Er selbst hatte gerade den nächsterreichbaren Flug nach Berlin gebucht.

Wir haben keine Zeit mehr.

Die Lippen der Nachrichtensprecherin bewegten sich weiterhin, doch Amadeo achtete nicht mehr auf ihre Worte. Seine Gedanken irrten davon. Niemals hätte er sich träumen lassen, dass er das Rätsel des Professors – Einsteins Rätsel – in einer solchen Geschwindigkeit entschlüsseln würde. Natürlich, er hatte unerwartete Hilfe von Fabio Niccolosi gehabt, doch im Grunde hatte er es von Anfang an gewusst: eine Kleinigkeit. Eine, auf die er im Leben nicht gekommen wäre. Die simple Zahl der Buchstaben war der Schlüssel gewesen. Einstein, der Herr der Zahlen und Formeln: Im Nachhinein war der Gedanke von einer geradezu zwingenden Logik.

Lesen. Lösen. Herbringen. Die ersten beiden Schritte lagen hinter Amadeo, der dritte stand noch aus.

Warum nur war er sich so sicher, dass er sich als der schwierigste von allen erweisen würde?

Noch einmal hatte er alles Mögliche und Unmögliche probiert, um den Professor zu erreichen, mit unverändertem Ergebnis. Die Ansage auf dem Anrufbeantworter konnte er inzwischen auswendig: *Finden Sie die Lösung, oder ich spreche kein Wort mehr mit Ihnen, wenn ich tot bin.*

Helmbrecht.

Amadeo war im Grunde kein rührseliger Mensch, und er hasste es, seine eigene Geschichte als das Märchen vom Jungen aus einer der ärmsten Gegenden Italiens zu betrachten, der es zum Leiter der angesehensten Restauratorenwerkstatt Roms gebracht hatte. Nur änderte das nichts daran, dass dieses Märchen nun einmal der Wahrheit entsprach, und die gute Fee in der Geschichte war zweifellos ein alter Mann mit Schnapsnase und Nickelbrille. Unendlich viel hatte Ingolf Helmbrecht für ihn getan, und wenn auch reine Menschenfreundlichkeit nicht das alleinige Motiv dafür gewesen war, wusste Amadeo doch sehr gut, was er dem Professor verdankte. Durch Helmbrecht hatte er die Faszination alter Bücher für sich entdeckt, und daraus hatte sich später die Zusammenarbeit mit der *officina* ergeben. Fachlich hoch qualifiziert war Amadeo zu diesem Zeitpunkt schon gewesen, sonst hätte es ihn gar nicht erst nach Weimar verschlagen, ohne den Professor jedoch hätte er heute als wissenschaftlich hoch angesehener, aber miserabel bezahlter akademischer Angestellter sein Dasein gefristet.

Und dann war da noch die Sache mit dem Krummstab gewesen, in der Krypta von San Pietro, doch das war nun wirklich eine völlig andere Geschichte.

Amadeo hatte nie eine echte Gelegenheit bekommen, sich bei dem alten Mann zu revanchieren. Das babylonische Geheimnis war die erste wirkliche Chance – und wie die Dinge lagen, würde es auch die letzte sein.

Und das war nicht einmal der einzige Grund.

Ein ferner Ort, an dem die Babylonier ihr Geheimnis verborgen hatten. Ein ferner Ort in einem See in Deutschland? Mitteleuropa war zur Zeit der babylonischen Hochkultur ein einziger Urwald gewesen, dessen Bewohner sich von ihrer entfernten Verwandtschaft im Neanderthal weniger in Bezug auf Sitten und Gebräuche, sondern höchstens in der DNA unterschieden hatten. Dorthin sollten die Überlebenden des Turmbaus ihren größten Schatz verschleppt haben? Und ein paar tausend Jahre später hatte Albert Einstein rein zufällig einen Steinwurf entfernt sein Sommerhaus hingesetzt?

Blanker Unsinn. Amadeo zweifelte nicht daran, dass auf dem Grund eines Havelsees etwas Besonderes auf ihn wartete, aber nicht die alten Babylonier hatten es dort versenkt, sondern Albert Einstein höchstpersönlich.

Der Text selbst, vermutete Amadeo inzwischen, war nicht mehr als ein Mittel zum Zweck: Die Geschichte des Turmbaus zu Babel war eben tatsächlich altbekannt, wie Einstein völlig richtig schrieb. Indem der Physiker aber die Seuche und das Gegenmittel eingebaut hatte und obendrein noch ein geheimes Versteck – es war gekommen, wie Einstein sich das gewünscht hatte: Amadeo hatte Lunte gerochen, und nun war der Code entschlüsselt, und das vor mehr als einem halben Jahrhundert verborgene Geheimnis wartete auf ihn.

Worin es bestand? Amadeo hatte keinen Schimmer. Wohl kaum ein Heilmittel aus dem Zweistromland. So oder so: Er musste nach Deutschland, und die Grippe war vielleicht sogar das geringste Problem. Wie er die Presseberichte verstanden hatte, gab es anscheinend eine ganze Zahl von Menschen, die eine natürliche Immunität gegen die Krankheit besaßen. Nachdem es auch in der *officina* in den letzten Tagen mehrere Krankheitsfälle gegeben hatte, Amadeo sich aber weiterhin pudelwohl fühlte, konnte er sich begründete Hoffnung machen, dass er selbst zu den Glücklichen gehörte. Vielleicht brachte er ja eine besonders solide Physis mit als Kind der Abruzzen. Erst gestern hatte er mit seiner Mutter telefoniert: In seinem Heimatdorf hatte es bisher noch keine Erkrankungen gegeben.

Was also stand einer Reise nach Deutschland im Wege? Die Sicherheitsvorkehrungen aufgrund der Grippe waren inzwischen kaum noch der Rede wert: An den Flughäfen und Bahnhöfen wurden nur noch Stichproben genommen, und selbst da brauchte sich Amadeo keine Sorgen zu machen. Schließlich war er gesund.

Etwas schwieriger sah es mit der *officina* aus. Sie hatten schon zwei Leute zu wenig wegen der Grippe, und er musste damit rechnen, dass noch weitere dazukamen. Wenn er nun selbst noch ausfiel... Und wem sollte er die Leitung der Werkstatt übergeben, solange er nicht da war? Luigi würde sich mit Sicherheit Chancen ausrechnen als dienstältester Mitarbeiter, doch der Dicke war ein Chaot, und Amadeo hatte keine Lust, bei seiner Rückkehr eins von seinen Schweineheftchen in der Geschäftskorrespondenz vorzufinden. Gianna andererseits war fast genauso lange bei *di Tomasi et figlii* beschäftigt, und ihr Organisationstalent stand außer Frage mit einem Stall voller Kinder samt künstlerisch ambitioniertem Vater und Ehemann. Gianna war die richtige Wahl.

Amadeo rief den Briefkopf der *officina* auf den Schirm und begann eine entsprechende Verfügung zu tippen, überflog das Schreiben noch einmal und ließ es ausdrucken. Er würde es in einem versiegelten Umschlag in Giannas Postfach hinterlassen. Falls es unter den Angestellten böses Blut gab deswegen, ließ sich das nicht verhindern. Amadeo würde sowieso nichts davon mitkriegen – zu diesem Zeitpunkt würde er sich schon irgendwo über den Alpen befinden, wenn alles nach Plan lief.

Der Restaurator stand auf und blickte aus dem Fenster in die römische Nacht. Um diese Uhrzeit, da die Lichter in den Häusern und entlang der Straßen nach und nach verloschen, waren am Himmel einzelne, stecknadelkopfgroße Punkte zu erkennen, die sich trügerisch langsam bewegten: Flieger, die den Flughafen Ciampino ansteuerten oder den Aeroporto Leanordo da Vinci, Fiumicino, außerhalb der Stadt, auf die Küste zu. Amadeos Vorfreude auf diesen Teil der Reise war deutlich gedämpft. Flugreisen hatte er nie gemocht und würde er auch niemals mögen, doch die Sorge um Helmbrecht war einfach stärker und die Neugier auf das, was ihn in Caputh erwarten würde. Nein, dachte er, nicht Neugier: Akademischer Ehrgeiz. Das klang einfach besser, edler irgendwie.

Vielleicht konnte er sich daran festklammern, wenn ihm über den Wolken erwartungsgemäß speiübel werden würde.

Er kehrte zurück an seinen Schreibtisch, faltete den Einstein-Text sorgfältig zusammen, steckte das Anschreiben des Professors dazu, den beachtlichen Stapel an Notizen, die er im Laufe des Tages angefertigt hatte, und verstaute alles in seiner Aktentasche.

Es würde noch dunkel sein, wenn seine Maschine startete, und bis dahin hatte er jede Menge zu packen.

Und Rebecca. Den Gedanken an sie hatte Amadeo den ganzen Tag hindurch beiseitegedrängt, wie er das immer tat, wenn sie *unterwegs* war. Das war die einzige Möglichkeit, nicht den Verstand zu verlieren. Rebecca. Irgendwie musste er Rebecca erreichen.

Tag zwei

Rom, Trastevere

Rebecca Steinmann hatte sich oft gefragt, was das für ein Gefühl sein musste für Amadeo, nach der Arbeit in eine leere Wohnung zu kommen.

Jetzt wusste sie es.

Auf dem Couchtisch des kleinen Appartements hatte einer von seinen Post-its geklebt: Er liebe sie, vermisse sie, sei mit den Gedanken ständig bei ihr, müsse aber auf der Stelle in einer *dringenden Angelegenheit* verschwinden. In ein paar Tagen werde er wohl wieder zurück sein. Sogar ein verschnörkeltes Herzchen hatte er daneben gemalt.

Eine Retourkutsche, dachte sie. Der Zettel hätte von ihr selbst stammen können; nur das Herzchen hätte sie gleichmäßiger hingekriegt.

Vor den Fenstern dämmerte der Morgen über der Ewigen Stadt.

Rebecca hing in ihrem Sessel. Die Narbe in ihrem Oberschenkel pochte, das verletzte Bein hatte sie auf den Couchtisch gelegt. Ihr Kopf dröhnte vom Transatlantikflug und den Nachwehen des indianischen Betäubungsmittels. Im Fernseher bewegten sich stumm und unheilverkündend die botoximprägnierten Lippen der Nachrichtensprecherin, während im Hintergrund ein Einspielfilm über die neue Grippeepidemie lief.

Rebecca starrte auf den gerahmten Mapplethorpe-Akt an

der Wand, einen Veteranen aus Amadeos Singlezeit, starrte auf ihren Seesack mit den schmutzigen Klamotten aus Südamerika, starrte ins Leere.

Sie hatte selbst den größten Teil ihres Lebens allein gewohnt und war immer der Meinung gewesen, dass das die einzige Art war, in der ein Mensch wie sie überhaupt leben konnte. Heute kam sie zum ersten Mal ins Grübeln.

Umständlich zog sie das Bein von der Tischfläche und begann im Zimmer auf und ab zu gehen. Amadeo gegenüber hatte sie im Moment einen entscheidenden Vorteil: Er hatte sein Handy mitgenommen. Sie brauchte nur bei ihm durchzuklingeln. Sie schüttelte den Kopf. Nein, das ging einfach nicht. Wie würde das aussehen für ihn? Wie würde sie selbst sich dabei vorkommen?

Und doch ließ ihr der Gedanke keine Ruhe. Wo steckte Amadeo? War es ihm zuzutrauen, dass er sich mit einem halben Dutzend seiner Bücher irgendwo in einer Pension einmietete, nur um ihr zu zeigen …? Unsinn.

Rebecca blieb stehen. Die Digitaluhr über dem Fernseher zeigte neun Uhr drei. In der *officina* an der Via Oddone würde jetzt allmählich die Arbeit losgehen.

Mit drei Schritten war sie an der Tür und nahm den Autoschlüssel vom Haken. Fünf Minuten später umfing sie der römische Berufsverkehr.

Rebecca wusste, dass sie ein kalkuliertes Risiko einging: Es gab einfach zu viele Unternehmen, die im Viertel rund um die *officina* ihren Sitz hatten, ganz zu schweigen von den gefühlten drei Dutzend kirchlicher Institutionen.

Um diese Uhrzeit irgendwo in der Nähe der Via Oddone einen Parkplatz zu finden war ein Glücksspiel, doch wenn man stur genug war, standen die Chancen recht gut, dass man irgendwann einen Treffer landete.

Normalerweise. Mittlerweile aber drehte Rebecca die

dritte Runde um den Block, immer die gleiche Strecke: am mehrstöckigen Gebäude mit der Werkstatt vorbei, dann links, am Park mit der Bushaltestelle entlang, wieder links und wieder und noch einmal links – und noch immer war nichts frei geworden.

Beim vierten Mal hatte sie die Nase voll. Rechts! Und jetzt ein bisschen Zickzack – die ganze Gegend bestand aus Einbahnstraßen. Wie von Geisterhand hatte sich in ihrem Kopf ein Bild manifestiert. Zwei Blocks entfernt gab es eine Stelle, die sie noch nie probiert hatte, aber dort war jedenfalls *immer* was frei.

Der Straßenbelag veränderte sich. Glatter Asphalt wich einer rissigen Betondecke, hier und da schaute holperiger Kopfstein hervor. Rebecca spürte ein unangenehmes Ziehen im verletzten Bein, dann, endlich, traten die düsteren Häuserfassaden vergangener Jahrhunderte zurück, und der Toyota bog auf eine große Pflasterfläche ein. Automatisch griff Rebecca nach der Sonnenbrille, die einsatzbereit über dem Rückspiegel hing. Na also: Auf der rechten Seite gab es jede Menge Platz im Schatten einer Mauer. Die sah zwar aus, als hielte sie nur noch aus alter Gewohnheit zusammen, doch innerhalb der halben Stunde, die Rebecca den Wagen hier stehen lassen wollte, würde sie schon nicht umfallen. Anscheinend machten sich ja auch die beiden Herren von den carabinieri keine Sorgen, die direkt daneben parkten.

Rebecca warf ihnen ein freundliches Lächeln zu, während sie zurücksetzte. Schwungvoll stieg sie aus, passte lediglich auf, dass sie das Bein nicht zu sehr belastete.

Ein Hüsteln. Der ältere der beiden Uniformierten, ein Typ mit Schnauzer, zupfte an seiner Krawatte. »*Signorina …*« Er musterte Rebecca von oben bis unten, brachte es aber fertig, nicht allzu deutlich auf ihr Augenbrauenpiercing zu starren – das musste man ihm lassen. »Sie haben dieses Schild gesehen? Hier ist reserviert für Angehörige …«

Immer noch lächelnd hatte Rebecca ihre Brieftasche gezückt und präsentierte ihm ein Dokument: *Pontifica Commissione per lo Stato dell' Vaticano* prangte in dicken Buchstaben am Kopf der Seite. Für den gewünschten Effekt hätte wohl auch schon das Wappen ihres Arbeitgebers gereicht, die gekreuzten Schlüssel des Heiligen Petrus, die etwas weiter unten kunstvoll ins Papier geprägt waren.

Der Blick des Mannes war seltsam starr geworden. Unerklärlich, dachte Rebecca. Sie trug sogar Schwarz, die Farbe der Nonnen. Gut, es waren Cargohosen und Dockers, und den Blazer hatte sie sich nur lose über die Schultern gehängt, aber die Farbe stimmte.

»Dieses Gelände gehört nun allerdings nicht dem Heiligen Stuhl.« Der andere *carabiniere* trat zu ihnen, die Hand wie beiläufig an seiner Hüfte, wo der Schlagstock baumelte. »Der Ritterorden von Malta ist ein souveränes völkerrechtliches Subjekt. Bei den Ordensbrüdern haben Sie also ein Anliegen?«, erkundigte er sich betont höflich.

Quer gegenüber, auf der anderen Seite der Pflasterfläche, kam eben eine Gruppe von Geistlichen aus einem barockbombastischen Torbogen. Rebeccas Lächeln verstärkte sich, als sie den Arm in die Höhe riss: »Ah, *fra* Giuseppe! Ciao, *fra* Giuseppe!«

Einer der Kuttenträger, ein Dicker mit sehr wenigen Haaren, blinzelte, hob aber die Hand und winkte huldvoll zurück.

Mit verbindlicher Miene nickte Rebecca den beiden *carabinieri* noch einmal zu und ließ sie stehen. Im Vorbeigehen griff sie nach der Hand des Geistlichen, hauchte, für die Staatsdiener deutlich sichtbar, einen Kuss auf und schlenderte davon. So viele Kuttenträger in vorgerücktem Alter auf einem Haufen: Die Wahrscheinlichkeit war einfach ziemlich groß gewesen, dass ein Giuseppe dabei war.

Zur Via Oddone waren es ungefähr zweihundert Meter den Aventin hinab. Rebecca war fest entschlossen, sich gar nicht erst auf Kompromisse einzulassen mit ihrem Bein. Sie musste die Muskeln gleich wieder an die Bewegung gewöhnen, und nach einem bisschen Puckern und Murren spielten sie auch mit.

Trotzdem war sie froh, als sie durch eine gläserne Drehtür ins Foyer des Bürogebäudes trat, in dem die Räume der *officina* untergebracht waren, selbst wenn man bei all dem Marmor hätte glauben können, man wäre bei den ritterlich-maltesischen Herren zwei Blocks weiter gelandet. Rebecca wusste, dass das Ambiente eher auf das Konto der Mieter eine Etage über der Restauratorenwerkstatt ging: Das Bestattungsunternehmen zählte unter anderem den Heiligen Stuhl zu seinen Kunden.

Passt eigentlich ganz gut, dachte sie, während sie auf den Fahrstuhl wartete. Die Restauratoren präparierten die Handschriften der heiligen Kirche, und einen Stock höher wurden diejenigen präpariert, denen die Handschriften zu verdanken waren.

Dann aber, als der Aufzug bereits nach oben fuhr, kam sie doch noch ins Grübeln. Sie war noch nie in der *officina* gewesen, wenn Amadeo nicht da war. Die Angestellten würden doch nicht glauben, dass sie schnüffelte? Nun, dachte sie, streng genommen kam sie natürlich, um zu schnüffeln – nur ob Amadeos Leute jetzt ihre Arbeit oder die Füße auf den Tisch legten, war ihr denkbar gleichgültig. Sie wollte eigentlich nur wissen, wo ihr Junior-*capo* steckte.

Der große Arbeitsraum war menschenleer. Überrascht drückte Rebecca gegen die Glastür – sie war offen, und irgendjemand befand sich auch in den Räumen: Rebecca hörte ein Geräusch wie … Stimmen. Viele Stimmen. Nein, *sehr* viele Stimmen. Und diese Stimmen kamen aus dem Gang, der zum Sekretum, dem Speziallabor der *officina*, führte und von dem noch mehrere Türen abzweigten. Lautlos durchquerte Rebecca den Arbeitsraum, bis sie einen Blick in den Flur hatte. Eine der Türen stand offen, unruhiges Licht fiel auf den Gang und …

»Schieß doch endlich, du Flasche! *Schieß doch!*« – »*Ooooooooooooooh …*«

Ein vielstimmiger Chor der Enttäuschung.

»Wie kann man so bescheuert sein!« Rebecca kannte die Stimme. Das war der Dicke, der seinen Schreibtisch gleich vorne hatte, kurz vor der Tür zu Amadeos Büro. Seinen Namen hatte sie vergessen. »*Porca miseria!* Den hätt doch wirklich jeder …«

»Stimmt«, antwortete eine andere Stimme. »Den hättest sogar du verwandelt.« – »Hey, jetzt hör mal auf!«

Eine Bewegung am Ende des Flurs. Rebecca wandte den Kopf. Gianna. Rebecca grinste. An diesen Namen konnte sie sich gut erinnern, war Gianna doch ihrer Meinung nach der einzige echte Kerl in der *officina*. Die Frau mit den kurzen Haaren erwiderte das Grinsen, legte einen Finger auf die Lippen, während sie in der anderen Hand einen ledergebundenen Codex balancierte. Mit einem Nicken bat sie Amadeos Partnerin zurück in die große Werkstatt.

»Das Benefizspiel«, sagte Gianna leise und legte die Handschrift auf ihrem Tisch ab. »Sie wissen schon, in Afghanistan, gegen General Stoltenbecks ISAF-Auswahl – deshalb um diese Uhrzeit. Ich hab den Jungs erlaubt, sich das anzusehen; vernünftig was arbeiten werden sie sowieso nicht, solange das läuft. Dafür haben sie mir hoch und heilig versprochen, sich den Rest des Tages fleißig ranzuhalten. – Fragt sich nur, ob sich das Geschäft in diesem Fall auch lohnt für sie.« Ihr Mundwinkel zuckte. »Wie sich das anhört, verliert Lazio wohl gerade. – Der *capo* ist aber nicht hier.«

»Ich weiß.« Rebecca nickte. Nun, als sie so vor Gianna stand, kam sie sich doch etwas merkwürdig vor. Durchschaute die Frau sie etwa? Jedenfalls war da ein seltsames Glitzern in ihren Augen.

»Gehen Sie nur.« Gianna nickte zur Tür des Chefbüros. »Aber ich kann Ihnen nicht versprechen, dass keiner von den Jungs reinplatzt. Ich muss zurück ins Sekretum.« Ihre Finger kramten zwischen den Unterlagen auf dem Tisch.

»Ich pass auf«, versprach Rebecca. »Wenn ich die Tür nur anlehne, krieg ich mit, wenn jemand kommt.«

Gianna schien gefunden zu haben, wonach sie gesucht hatte. Sie war im Begriff, sich mit einem Lächeln zu verabschieden, blieb dann aber noch mal stehen.

»Vielleicht sollte ich das nicht sagen.« Sie zögerte, sah über die Schulter. »Aber ... Keine Ahnung, ob das wichtig ist, aber ich habe Amadeo gestern Abend zuletzt gesehen, und irgendwie kam er mir ...«

Rebecca kniff die Augen zusammen. Da war etwas in Giannas Blick, das ihr nicht gefiel. Doch die Frau sprach nicht weiter, sondern schüttelte nur den Kopf. »Heute früh lag ein Brief in meinem Postfach«, sagte sie schließlich. »Ich soll ihn vertreten. Luigi war nicht begeistert, aber der Fußball hat ihn wohl wieder versöhnt.«

»Er kam Ihnen ... *wie* vor?«, fragte Rebecca. »Hatten Sie das Gefühl, dass er sich Sorgen macht?«

Die Frau mit den kurzen Haaren seufzte. »Vielleicht. Er war sozusagen etwas, naja ... schreckhaft.«

Rebecca hob die Augenbrauen.

Gianna massierte unbehaglich ihren Nacken. »Jedenfalls war er den ganzen Tag nicht richtig hier, selbst als er noch, nun, *hier* war, und …« Sie brach ab. Ihre Zunge spielte über die Zähne.

»Bitte sagen Sie es mir.« Rebecca sah der Frau fest in die Augen.

Giannas Blick ging an ihr vorbei, als versuchte sie sich ein Bild ins Gedächtnis zu rufen. »Da war ein Mann. Mitte vierzig, Jeansanzug. Schneeweiße Haare, etwa bis hier.« Sie deutete auf eine Stelle knapp unter ihren Ohren. »Typischer Tourist, würde ich sagen, und eigentlich sah er nicht mal aus, als ob er sich für die *officina* interessierte. Aber er stand morgens da draußen an der Bushaltestelle.«

»Und?«

»Als ich mittags zum *pranzo* ging, war er wieder da. Oder immer noch.«

Rebecca fuhr sich übers Kinn. »Vielleicht hat er ein Dauerticket – kreuz und quer durch Rom.«

Giannas Mundwinkel zuckte: »Wo waren Sie die letzte Woche über? Die Verkehrsbetriebe streiken wieder mal.«

Rebecca biss sich auf die Lippen. Das erklärte zumindest die Parksituation. Doch was Gianna da gerade erzählt hatte, war mehr als irritierend. »Was macht ein Mensch stundenlang an einer Bushaltestelle«, sagte sie langsam, »wenn gar keine Busse fahren?«

Gianna nickte. »Das habe ich auch gedacht. Irgendwie seltsam. Als ich Feierabend machte, war der *capo* gerade auf einem Spaziergang – und der Mann …« Sie legte die Stirn in Falten. »Der Mann war verschwunden. Aber Sie müssen sich keine Sorgen machen um Amadeo«, fügte sie rasch hinzu. »Er muss wieder zurückgekommen sein. Er hat mir ja die Nachricht geschrieben.«

Rebecca überlegte. Das war zweifellos richtig. Trotzdem hatte sich gerade ein äußerst mulmiges Gefühl in ihrem Magen eingenistet. Sie hatte Feinde, mächtige Feinde, und seit der Geschichte mit der Letzten Offenbarung war auch Amadeo ins Visier dieser Leute geraten.

Sie musste herausfinden, wo er steckte und warum er verschwunden war – sehr überraschend verschwunden war, wie sich das anhörte.

Und wenn sie ihn doch anrief …

Nein. Sein Schreibtisch. Aber wenn ihr dort keine Spur ins Auge stach, musste sie noch einmal nachdenken.

Mit einem Nicken dankte sie Gianna und öffnete die Tür zum Büro.

Berlin, Flughafen Tegel

Amadeo Fanelli stand an sechzehnter Stelle in der Warteschlange vor der Gepäckausgabe. Sie waren diszipliniert, die deutschen Passagiere, das musste man ihnen zugestehen, niemand versuchte sich vorzudrängeln. Vielleicht ließen sie sich auch nur einschüchtern von den Uniformen der Flughafenangestellten. In Italien hatte kein Mensch Respekt vor Uniformen, aber in Italien wäre das Personal auch gar nicht erst auf die Idee gekommen, an der Gepäckausgabe für Ordnung zu sorgen.

Der junge Restaurator war fast dankbar für die erzwungene Ruhepause. Sie gab ihm Gelegenheit, überhaupt richtig am Boden anzukommen, nachdem er die eineinhalb Stunden an Bord der kleinen Maschine in einem Zustand verbracht hatte, dem der Begriff »bei Bewusstsein« nur ungenügend gerecht wurde. Sechs oder sieben Mal hatte er eine Broschüre durchgeblättert, die mit *Verhalten im Notfall* betitelt war und sich in erster Linie mit den Details einer Notwasserung auseinandersetzte, welche sich auch sehr durchdacht anhörten – wäre da nicht der unschöne Umstand gewesen, dass es auf der Flugroute von Fiumicino nach Berlin-Tegel keine irgendwie nennenswerte Wasserfläche gab. Schließlich hatte Amadeo den Wisch beiseitegelegt und stattdessen begonnen, sich über Albert Einsteins Leben kundig zu machen, mit Texten, die er sich heute Morgen noch aus dem Internet besorgt hatte.

Einstein hatte ganz klare Vorstellungen gehabt, als er sich im Jahre 1929 am Rande des Örtchens Caputh ein Sommerhaus bauen ließ: Ein Fluchtort hatte es werden sollen, weit weg vom Großstadttrubel Berlins, ein Ort der Inspiration. Obwohl er mit seiner Familie insgesamt nur vier Sommer dort verbringen konnte, bevor die Nazis ihn aus dem Land jagten, hatte er diese Zeit später als die glücklichste seines Lebens bezeichnet. Seine Beschreibungen stundenlanger Segeltouren auf den umgebenden Seen, mit denen er anscheinend jede freie Minute zugebracht hatte, lasen sich fast schon schwelgerisch.

An dieser Stelle hatte Amadeo die Dokumente nachdenklich sinken lassen: Was, wenn diese Ausflugsfahrten noch einen ganz anderen Sinn gehabt hatten? Für Einsteins Biographen bedeutete die Segelei kaum mehr als eine Fußnote, doch die Biographen wussten nicht, was Amadeo wusste. Für ihn waren die Bootsausflüge etwas völlig anderes: ein Zeichen, eine Bestätigung, ein Beweis beinahe. Einstein hatte sich auf den Gewässern sehr genau umgesehen auf der Suche nach dem perfekten Ort für ein Versteck. Dem perfekten Ort, um dort was, ja, was, zu verbergen?

Das war die große Frage, über die er sich seit gestern Abend permanent das Hirn zermarterte, unterbrochen eigentlich nur von den wiederholten Versuchen, den Professor doch noch zu erreichen, ihn mit der Botschaft zu überraschen, dass er Teil eins und zwei seiner Aufgabe bereits gelöst hatte. Doch das Einzige, was er zu hören bekommen hatte, war das ewig gleiche Sprüchlein: *Finden Sie die Lösung, oder ich spreche kein Wort mehr mit Ihnen, wenn ich tot bin.*

Wenigstens schien jetzt Bewegung in die Warteschlange zu kommen. Bewegung? Im selben Augenblick begriff Amadeo, dass er einer kolossalen Fehleinschätzung erlegen war. Die Deutschen waren diszipliniert – solange kein Gepäck zu sehen war. Mit einem *Pling!* sprang das Laufband an. Es war, als hätte dieses Geräusch eine Art Schlüsselreiz ausgelöst. Von einer Sekunde zur anderen verwandelte sich die Wartehalle in ein Knäuel schwitzender, um sich keilender Leiber. Etwas rempelte Amadeo von rechts, doch er konnte nicht ausweichen, weil er den linken Fuß nicht freibekam. Er konnte nicht mal sagen, wer ihm gerade auf den Zehen stand. Eine ältere Dame, so breit wie hoch, der Amadeo gerade noch weltmännisch seinen Platz in der Warteschlange hatte anbieten wollen, pflügte durch die Menge, wobei sie einen Rollator vor sich herschob wie den Kuhfänger einer Wildwest-Lokomotive. Dazu ein Geschimpfe und Gebrüll: Sämtliche durch anderthalb Jahrtausende der Zivilisation mühsam übertünchten gotischen Gene der Eingeborenen, jetzt kamen sie zum Vorschein. Amadeo hatte gar keine Chance, dem Gedränge zu entkommen. Was sollte er tun? Sich mittragen lassen in einem Meer von Adrenalin, Schweißgeruch und billigem Aftershave, hoffen, dass es ihn irgendwann am Gepäckband ans Ufer spülte?

Mit einem Mal war sein Fuß wieder frei, als ein älterer Herr im Lodenmantel sich beherzt nach vorn warf. Für eine Sekunde hatte Amadeo freien Blick auf das Laufband, wo die Rollatorin zwischen den Gepäckstücken kramte, die Wurstfinger nach einer tartangemusterten Reisetasche ausstreckte und alles beiseitezerrte, was ihr im Weg war. Da! Amadeos Koffer, dunkles Leder, der ihn schon aus den Marken in die große, fremde Stadt Rom und später nach Weimar begleitet hatte. Prustend schloss die Dicke die Finger um den Henkel ihrer Kilttasche, zerrte sie mit einem Ruck vom Band. Mit einem Poltern ging Amadeos Koffer zu Boden. Selbst auf diese Entfernung glaubte der Restaurator das Geräusch zu hören, mit dem die Schließen aufschnappten.

Jeder Mensch hatte seine Grenzen, auch ein Amadeo Fanelli aus den Marken. Mit einem Mal sah er die Gestalten um sich herum an einen anderen Ort versetzt, auf die qualmenden Ruinen Roms vor tausendfünfhundert Jahren – die Dicke trug einen Helm mit kleinen Geierflügeln.

Inmitten des Gewühls sog der Restaurator Luft in seine Lungen. »*Das – ist – meiner!*«, brüllte er aus Leibeskräften. Die Worte hallten in seinen Ohren wie der Kriegsschrei der Legionen. Mochten die germanischen Horden ihm sein Rom nehmen, vielleicht sogar seinen Koffer, aber niemals, niemals seine Ehre!

Die Schweinsäuglein der Dicken blinzelten. Im selben Moment war Amadeo heran, packte den Koffer, an dem sich zum Glück nur eine einzige von drei Schließen geöffnet hatte, und schlug sich an den Rand der Menge durch, wo er sekundenlang keuchend innehielt. Den Zug. Nächstes Mal würde er den Zug nehmen. Vierundzwanzig Stunden Zeitverzögerung erschienen als geringes Opfer gegen *das hier*.

Als er sich umdrehte, sah er, dass die letzten Mohikanerinnen noch immer um ihre Reisetäschchen kämpften, während der größte Teil der Passagiere bereits der Illusion eines zollfreien Einkaufs entgegenstrebte.

Sein Blick blieb an einem Zeitungskiosk hängen. Reiselektüre brauchte er nun wirklich nicht, doch ein Ständer mit Sonderheften *Todesgrippe – Wie SIE überleben* zog ihn auf magische Weise an: nicht so sehr wegen der wenig distinguierten Schlagzeile, sondern aufgrund der graphischen

Gestaltung. Das T von Todesgrippe wurde nicht im selben Zeichensatz wie der Rest des Titels wiedergegeben, sondern besaß die Form eines Kruzifixes: der Heiland am Kreuz. Amadeo trat an den Verkaufsstand, nahm eines der Hefte in die Hand.

»Die haben Ideen«, murmelte er.

»Wollen Sie nicht überleben?«

Er sah sich um. Ein Herr mit einem Kofferwägelchen und blonder, nein, weißer Mähne – er hatte im selben Flieger gesessen wie der Restaurator und in der Schlange ein paar Plätze vor ihm gestanden.

Amadeo schüttelte den Kopf, wies auf das Titelblatt. »Das ist das Gerokreuz«, erklärte er. »Aus dem Kölner Dom. Mehr als zwei Meter hoch. Eines der ersten Großkruzifixe nördlich der Alpen – und das erste in Deutschland, das Christus nicht als Triumphator zeigt, sondern tatsächlich am Kreuze hängend als leidenden, gequälten Menschen, als …«

Der Weißhaarige hing auch, nämlich mehr oder weniger auf Amadeos Schulter, als er neugierig auf das Heft spähte. »Respekt«, sagte er anerkennend. »Sie wissen Bescheid. – Ich denke, ich werd mir auch eins kaufen.«

Amadeo schüttelte den Kopf und trat einen Schritt zur Seite – vorsichtig, damit der Mann Gelegenheit hatte, sich wieder aufzurichten. »Nehmen Sie das hier«, sagte er. »Ich hab sowieso keine Zeit zum Lesen.«

Er drückte dem Mann das Heft in die Hand und wandte sich ab.

Wo war der Autoverleih? Er brauchte einen fahrbaren Untersatz.

Rom, Via Oddone

Es war hell in Amadeos Büro, die Jalousien waren hochgezogen. Man hätte glauben können, der *capo* wäre nur kurz nach nebenan auf die Toilette verschwunden. Nicht einmal der Papierkorb war geleert worden.

Rebecca behielt das im Gedächtnis. Den Papierkorb würde sie sich gleich vornehmen, doch zunächst ging sie hinter den Schreibtisch, ließ sich auf Amadeos Bürostuhl sinken. Genau diesen Blick hatte er bei der Arbeit gehabt, genau diese Perspektive. Sie waren beinahe gleich groß.

Auf der linken Seite des Tisches stand eine Metallablage mit der Aufschrift *to do*. Sie war leer bis auf ein paar Staubflusen. Gegenüber, auf der rechten Seite, war das Pendant postiert: *erledigt – sofort in die Post*. In dieser Ablage befand sich ein Stapel von Briefen, die Amadeo gestern noch vorbereitet haben musste. Der Zeitpunkt für das »sofort« war offenbar noch nicht gekommen.

Rebecca streckte die Hand aus, zog sie dann aber zurück. Das waren Interna der Restauratorenwerkstatt. Ihr Instinkt sagte ihr, dass sie nichts mit Amadeos Verschwinden zu tun haben konnten. Schließlich war dieser Posten schon erledigt – den überstürzten Aufbruch des *capo* würde er nicht erklären.

Irgendetwas hatte Amadeo den ganzen Tag beschäftigt. Es war also eine Sache gewesen, über die er erst einmal hatte nachgrübeln müssen. Erst irgendwann spät am Abend hatte er sich dann entschlossen, deswegen die Stadt zu verlassen – für ein paar Tage, wie auf dem Post-it an Rebecca gestanden hatte. Hatte sein ominöser Abendspaziergang damit zu tun gehabt? Hatte er sich vielleicht vor Ort etwas ansehen wollen, bevor er seine Entscheidung traf? Dann musste es etwas sein, an das er abends noch herankam, also kein gewöhnliches Archiv oder dergleichen. Oder hatte er sich mit jemandem getroffen, einem Mann mit langer weißer Mähne und Jeansjacke möglicherweise? Doch warum hätte dieser Mann dann den ganzen Tag an der Bushaltestelle lauern sollen, draußen auf der Straße?

Das waren nur einzelne Puzzleteile, und Rebecca war sich nicht einmal sicher, ob sie überhaupt alle zum selben Bild gehörten – aber sie gefielen ihr nicht.

Der Papierkorb. Sie glitt vom Stuhl und ging in die Hocke.

Im selben Moment bereute sie die unbedachte Bewegung. Der Schmerz biss in ihre Wade wie eins von diesen tückischen kleinen Schoßhündchen, die zu reißenden Bestien wurden, wenn man sie nicht regelmäßig mit Schokolade fütterte. Rebecca fluchte unterdrückt. Duartes Naht. Sie wusste, dass er nur improvisiert hatte, als er die Wunde geschlossen hatte, und eben war deutlich zu spüren gewesen, wie einer oder sogar mehrere der Fäden gerissen waren.

Mit zusammengebissenen Zähnen ließ sie sich auf die Knie nieder. Wenn sie schon mal hier unten war, konnte sie den Inhalt des Papierkorbs auch in dieser Position sichten. Der Schreibtisch gab ihr sogar zusätzliche Deckung, falls jemand zufällig durch die Tür hereinschaute.

Sie machte sich an die Arbeit, verteilte ihre Fundstücke auf zwei Stapel: *unwichtig* und *noch einmal genau anschauen*. *Unwichtig* war alles, was mit Rechnungen und Kostenvoranschlägen zu tun hatte. *Unwichtig* war in Windeseile wesentlich höher als *noch einmal genau anschauen*.

»*Capo?*«

Mitten in der Bewegung hielt Rebecca inne. Schritte. Jemand war an der Tür, unter dem Tisch hindurch sah sie seine Schuhe, Sportschuhe.

»*Capo?*«

Eine Männerstimme, sie hörte sich jung an. Sollte das ein extrem leises Rufen sein oder ein extrem lautes Flüstern? Es klang nach jemandem, der sich irgendwie verpflichtet fühlte, nach Amadeo zu rufen, aber im Stillen darum betete, dass der *capo* ihn nicht hören würde, weil er Gott sei Dank gerade nicht im Büro war.

Rebecca rührte sich nicht; ihre Augen waren das Einzige, was sich bewegte. Konnte der junge Mann sie sehen? Sie hatte keine Lust, ihm zu erklären, was sie hier gerade anstellte. Für die neue Reinemachefrau würde er sie nicht halten.

Ihr Blick fiel auf die verchromten Rollen von Amadeos Arbeitsstuhl. Da gab es Schutzkappen, ebenfalls verchromt, und eine davon stand in einem Winkel, dass sich das verzerrte Rechteck der Tür darin spiegelte und die Gestalt des Mannes, der auf der Schwelle stehengeblieben war.

Stehen war allerdings nicht ganz das richtige Wort für die vorgebeugte Haltung, in der der … nein, auch *Mann* war nicht das richtige Wort. Jetzt erinnerte sich Rebecca an Amadeos Lieblingsazubi, den Jungen mit der Frisur wie explodierte schwarze Zuckerwatte. Fabio. Fabio beugte sich fast bis zum Boden, um unter die Tischplatte spähen zu können. Rebecca wollte ihre Reize nun nicht überbewerten, war sich aber doch recht sicher, dass ihr Hintern in diesem Moment das Interessanteste war, was unter dieser Tischplatte zu sehen war.

»Der Postausgang ist links«, bemerkte sie. »Von dir aus. Etwa einen Meter höher.«

Die Spiegelung zuckte zusammen, richtete sich kerzengerade auf. »Ich wollte das gleich heute früh, ich …« Rebecca hob die Augenbrauen. Aus dem Stimmbruch sollte der Junge doch raus sein? »Ich … Gleich als Erstes, wirklich!«

Er verschwand aus ihrem Blickfeld, machte sich an der Ablage zu schaffen, während Rebecca sich am Schreibtisch in die Höhe hievte. Ihr Bein brannte wie Feuer. Sie kam sich vor wie achtzig, daran konnte auch die Wertschätzung nichts ändern, die ihre Heckansicht gerade erfahren hatte.

»Ich geh jetzt gleich sofort auf der Stelle!« Flehend sah Fabio sie an. »Bitte sagen Sie dem *capo* nichts! Ich wollte das wirklich …«

Rebecca schüttelte den Kopf, schon damit er diesen unerträglichen Hundeblick abstellte. »Unten am Park ist ein Kasten. Wirf das einfach irgendwann vor sechs da ein, und kein Mensch merkt was. – Du dachtest, *dottore* Fanelli wäre hier im Büro?«

Der Junge nickte. »*Certo*. Wo ist er denn?« Er beugte sich vor, als rechnete er damit, dass sich Amadeo auch noch unter dem Tisch versteckt hatte.

»Nicht hier«, sagte Rebecca. »Weg. Wann hast du ihn denn zuletzt gesehen?«

»Wann?« Er sah zu Boden. »Gestern Abend. Auf der Piazza Albania.«

Sie spürte ein unerwartetes Kribbeln. Also hatte der Junge ihn nach Gianna noch gesehen. »Ich weiß, dass er einen Spaziergang machen wollte«, sagte sie. »War er allein?«

Erbost funkelte Fabio sie an. »Natürlich war er allein!«

Rebecca verkniff sich ein Grinsen. Er hatte die Frage falsch verstanden. Doch sie wusste, wie der Junge seinen *capo* verehrte, und natürlich musste er ihn verteidigen. Seine Antwort wäre immer die gleiche geblieben – und wenn er Amadeo mit zwei *lucciole* am Arm angetroffen hätte, sternhagelvoll und schmutzige Lieder schmetternd.

Sie wurde ernst. »Dein *capo* ist für einige Tage verreist«, erklärte sie. »Aber möglicherweise hat er sich gestern Abend noch mit jemandem getroffen. Ein Mann, Mitte vierzig, mit längeren weißen Haaren. Ein Mann in einem Jeansanzug.«

»Möglicherweise? Können Sie ihn nicht fragen?«

Damit hatte er sie auf dem falschen Fuß erwischt. Rebecca biss sich auf die Lippen.

Fabio blinzelte überrascht. »Hat er irgendwelchen Ärger? Er war irgendwie seltsam gestern mit seinem Kreuzworträtsel.«

»Kreuzworträtsel?«

Der Junge schielte hinüber zum Papierkorb. »Er hatte das den ganzen Tag am Wickel. Tausendfünfhunderteinundzwanzig Zeichen, hat er gesagt. Das sind neununddreißig mal neununddreißig – das hab ich ihm gesagt, als wir ihn auf der Piazza getroffen haben. Ich war mit Alyssa da. Alyssa ist meine Freundin.«

Rebecca nickte. Das hatte sie nun auch vermutet. »Ein Kreuzworträtsel?«, wiederholte sie.

Fabio hob die Schultern. »Es sah aus wie eins. Aber als ich ihm das mit den neununddreißig zum Quadrat gesagt habe, ist er plötzlich irgendwie … Naja, er hat auf dem Fuß kehrtgemacht und ist rüber in den Park. Also durch den Park – zurück zur *officina*.« Er zögerte, holte Luft. »Der Mann im Jeansanzug ist dann hinterher.«

Rebecca keuchte. »Der Mann hat ihn verfolgt?«

Abwehrend hob der Junge die Hände. »Woher sollten wir wissen, dass der Typ mit ihm zu tun hat, Alyssa und ich? Der *capo* ist über die Straße, und eine halbe Minute später ist der Typ in den Jeans auch über die Straße. Ich hab noch was gesagt zu Alyssa, aber sie meinte, das ist sicher einer von denen, die sich da was zum Spritzen holen.«

Rebecca hörte nur halb hin. Sie wusste sehr gut, dass der Park nachts nicht ganz geheuer war, und Amadeo wusste das noch wesentlich besser als sie. Trotzdem war er geradewegs durch den Park spaziert, oder wohl eher gehetzt – und nicht er allein.

»Neununddreißig«, murmelte Rebecca. »Neununddreißig im Quadrat. – Gib mir mal den Stapel da unten. Ich hab gestern eine Kugel ins Bein gekriegt.«

Stirnrunzelnd sah der Junge sie an. Sie winkte ab. In diesem Moment war ihr gleichgültig, ob er ihr glaubte oder nicht.

Fabio reichte ihr den niedrigeren der beiden Stapel, die sie aus dem Inhalt des Papierkorbs zusammengestellt hatte. Es waren ganze fünf Blätter, allesamt Seiten aus Amadeos Notizblock, einige nur zur Hälfte beschrieben.

Vorsichtig ließ sich Rebecca wieder auf dem Bürostuhl nieder und zog einen Becher mit Stiften zu sich heran. Ein Bleistift – sie hatte Glück.

Sie strich die oberste Seite glatt. Die Adresse eines Museums auf Sizilien, dazu ein paar Notizen über Gianna und einen Codex, an dem Amadeos Stellvertreterin arbeitete. Nichts, was mit dem Jeansmann oder dem Kreuzworträtsel zu tun hatte. Sacht setzte Rebecca den Bleistift an und begann quer über die Seite zu schraffieren, kniff die Augen zusammen: nein, nichts.

Sie griff nach dem zweiten Blatt, dem dritten. Das vierte …

Beinahe hatte sie den unteren Rand erreicht, als sich auf dem Papier helle Konturen hervorzuschälen begannen.

»Da steht was«, flüsterte Fabio. Er blickte über ihre Schulter. »Das muss durchgedrückt sein von der Seite darüber! Können Sie das lesen?«

Rebecca ließ sich nicht hetzen. Sie drehte das Blatt um neunzig Grad, trug eine zweite Schraffur auf, im rechten Winkel zur ersten.

»Helmbrecht«, murmelte sie. »*Weimar. Krankenhaus.* Hinter dem Krankenhaus ein Fragezeichen.«

Die Worte waren mit flüchtiger Hand dahingekritzelt. Keine eigentliche Gedächtnisstütze vermutlich – eher das, was Amadeo gerade durch den Kopf gegangen sein musste.

»Da unten ist noch was«, wisperte der Junge. Gebannt folgte er den raschen Bewegungen der Bleistiftmine. »*Wir* …«, flüsterte er, »… *haben* … *keine* … *Zeit* … *mehr.*«

Eine Gänsehaut war auf Rebeccas Unterarme getreten, doch sie hielt nicht inne. Noch eine Zeile, ganz am Ende der Seite.

»Ein großes *A*«, hauchte Fabio. »Und ein großes *B*. Und dahinter? Ist das eine Acht?«

»Das ist eine Flugnummer«, sagte Rebecca. »Ein Flug nach Berlin. Der nächste internationale Flughafen – wenn man nach Weimar will.«

Nahe Caputh, Deutschland

Alles war grau. Der Himmel war grau und die weite Wasserfläche aufgewühlt von einem unsteten Wind, der von Norden und Osten heranfegte. Selbst die Luft besaß eine irgendwie gräuliche Färbung, die die bunten Punkte der Sommerhäuser am jenseitigen Seeufer hinter einem Schleier von Dunst undeutlich und verschwommen machte.

Amadeo hatte den Kragen seines Mantels bis zur Nasenspitze hochgeschlagen. Er war sich nicht sicher, ob es hier am Ufer des Schwielowsees wirklich kälter war als am Vorabend auf seinem Spaziergang durch Rom. Auf jeden Fall war es bedeutend ungemütlicher.

In einem Fachgeschäft nicht weit von der Autobahn hatte er die Punkte auf seiner gedanklichen Einkaufsliste einen nach dem anderen abhaken können. Er war wohlgerüstet, hatte alles in eine frisch erworbene Sporttasche gepackt. Bereit für das Abenteuer, so bereit man nur sein konnte mit dem Bild im Kopf, wie der Professor mit dem Tode rang – *Wir haben keine Zeit mehr!* Ja, so bereit man nur sein konnte an einem unfreundlichen Tag wie diesem und in einem Ort, der an eine Geisterstadt erinnerte. Auf den Straßen war kaum ein Mensch zu sehen, offenbar nicht allein wegen der Furcht vor der Grippe in diesem Fall. An jedem zweiten Haus entdeckte Amadeo Schrifttafeln: *Fremdenzimmer frei*. Angesichts der aktuell herrschenden Witterung würde sich das so schnell auch nicht ändern.

Amadeo schulterte seine Ausrüstung, vergrub die Hände in den Manteltaschen und warf einen letzten Blick auf die sturmgepeitschten Wellen. Entschlossen machte er sich auf den Weg zu einer weit in den See vorragenden Halbinsel. Alle paar Schritte hatte er seine Navigation im Blick, die er mit Einsteins Zielkoordinaten gefüttert hatte.

Es war nicht etwa das Gerät aus dem Mietwagen – das war in dem Gefährt fest eingebaut. Amadeo hatte den mobilen Apparat aus seinem Fiat dabei, der ihm schon gute Dienste geleistet hatte. Er hatte von Anfang an gewusst, dass er noch einmal dankbar sein würde für das Kartenmaterial, das ganz Europa abdeckte. Wichtiger als die Karten war in diesem Moment allerdings die GPS-Anzeige, deren Präzision durchaus an das GoogleEarth-Programm heranreichte, mit dem er sich in der *officina* die Situation an einer Nebenbucht des Schwielowsees angeschaut hatte. Am Ende der Halbinsel führte ein Damm quer über den See und schnitt das letzte Stück der Wasserfläche, den Petzinsee, ab. Dort, auf Höhe einer kleinen Insel und nur wenige Meter vom Damm entfernt, befand sich sein Zielpunkt. Ob Einstein diese Stelle ganz bewusst gewählt hatte? Damit man notfalls vom Ufer aus Zugriff hatte? Noch konnte Amadeo die Frage nicht beantworten – nicht bevor er wusste, was in den eisigen Wassern verborgen war.

Einem schmalen, gewundenen Pflasterweg folgte er ins Innere der Halbinsel, und schon nach wenigen Schritten nahmen ihm Bäume und hohe Zäune den Blick auf den See. Irgendwo, nicht allzu weit weg, kläffte ein Hund. Ein unfreundliches Kläffen, fand Amadeo, von einem unfreundlichen Hund. Einem *großen* unfreundlichen Hund.

Rechter Hand befand sich nun ein Campingplatz, ausgestorben wie der gesamte Ort. Als Nächstes musste ein Bootsclub kommen, und dann… Abrupt blieb Amadeo stehen. Der Weg endete vor einem verschlossenen Tor. Am Zaun entlang führte nur eine Art Trampelpfad weiter. Doch der Damm musste sich direkt geradeaus befinden, unmittelbar hinter dem eingezäunten Grundstück. Unschlüssig trat Amadeo näher. Eine Klingel war nirgends zu sehen, doch am Tor gab es einen Drücker…

Das Gebell wurde plötzlich lauter. Ein Knurren.

Amadeo fuhr herum.

»Halt!« Das Wort, aus tiefster Kehle hervorgestoßen, klang selbst beinahe wie ein Kläffen. »Das ist Privatbesitz! Was haben Sie hier zu suchen?«

Der Mann war nicht viel älter als Amadeo, soweit sich das sagen ließ – er trug eine Atemmaske. Dafür hatte er einen Hut auf, bei dessen Anblick der Restaurator an seinen Großonkel Adolpho denken musste. *Zio Adolpho* hatte auch eine ganz ähnliche Schrotflinte besessen wie der Unbekannte, nur der Hund… Der Fremde hielt ihn an einer Kette – nicht an einer Leine, sondern tatsächlich an einer *Kette* –, und er sah gefährlich aus, gefährlicher noch als sein Herr, der seine Waffe locker in der Hand hielt.

»Ich wollte nur schauen, ob jemand da ist«, sagte Amadeo. »Ich will eigentlich nur durch zum…« Unter den misstrauischen Blicken von Onkel Adolphos Wiedergänger öffnete er seine Sporttasche, suchte nach dem Screenshot, den er sich in der *officina* ausgedruckt hatte. »Ich will weiter zum Damm.«

»Zum Bahndamm?« Der Mann klang noch keine Spur freundlicher. Den Kolben seiner Waffe stützte er in einer übertriebenen Pose auf die Hüfte.

»Genau. Zum Bahn …« Amadeo brach ab. »Bahndamm?«

Der Mann sagte etwas. Amadeo sah, wie sich seine Lippen bewegten, doch im selben Augenblick war ein Fauchen zu hören, ein Stampfen, ein Geräusch, das in Sekundenschnelle lauter wurde. Mit einem stummen Kläffen warf sich der Hund in seine Kette, doch sein Herr riss ihn mit roher Gewalt zurück. Hinter einer kahlen Baumreihe, zehn, fünfzehn Meter links von Amadeo raste donnernd eine Lokomotive durch, mehrere Passagierwaggons, so nahe, dass die Druckwelle an seiner Wetterjacke riss.

Ein Bahndamm. Gleise. Er hatte sie schlicht nicht zur Kenntnis genommen.

Als das Monstrum endlich vorbei war, hatte Amadeo ein Klingeln in den Ohren. Resigniert blickte er auf seinen Ausdruck, den er endlich zum Vorschein gebracht hatte.

»Ich wollte zu der kleinen Insel«, sagte er schwach. »Kurz vor …« Er sah auf den Screenshot. »Kurz vor der Brücke.«

»Zur Insel?« Herr und Hund starrten ihn an, weniger feindselig jetzt, eher wie einen Schwachsinnigen. »Dann nehmen Sie doch ein Boot.«

»Ein Boot«, murmelte Amadeo. Sein Blick fiel auf das anderthalb Meter hohe Transparent über dem Metalltor des Bootsclubs. »Kann ich bei Ihnen eins mieten?«

»Können Sie. – In der Saison. Saison ist von Mai bis Oktober.«

»Ja?« Abwartend sah Amadeo ihn an.

»Heute ist der dritte November.«

Der Restaurator kniff die Augen zusammen. Er war fest davon überzeugt gewesen, es wäre noch Oktober. *Eindeutig,* dachte er. *Ich arbeite zu viel.* Doch im Moment ging es um Wichtigeres.

»Können Sie nicht eine Ausnahme machen?«, fragte er vorsichtig, wobei er vielsagend auf die Manteltasche klopfte, in der sich seine Geldbörse verbarg. »Sie haben die Boote doch garantiert noch nicht für den Winter …«

»Eine Ausnahme?« Der Mann schien endgültig zu der Ansicht gekommen zu sein, dass er einen Geistesgestörten vor sich hatte. Sein Kopf nickte Richtung Caputh. »Versuchen Sie's im Dorf. Hier ist alles dicht bis dreißigsten April.«

Amadeo entdeckte den Angler erst, als er den Landungssteg einen Steinwurf vom Caputher Fährhaus schon fast erreicht hatte. Die Erscheinung des Mannes war im selben schmuddeligen Graubraun gehalten wie die gesamte Gegend am Ufer des Schwielowsees an diesem Morgen. Reglos saß er am Rande des Stegs und blickte auf den See hinaus, wobei seine gummibestiefelten Beine über dem Wasser baumelten. War der Mann überhaupt ein Angler? Eine Angel war nirgends zu sehen.

Der Restaurator trat auf die Bohlen, die unter seinen Füßen unheilverkündend knarrten. Er räusperte sich.

Der Angler rührte sich nicht.

»Kein schönes Wetter heute«, bemerkte Amadeo.

Schweigen, keinerlei Regung. Ob der Fremde taub war? Dann hätte er zumindest die Vibrationen des Holzes unter seinem Allerwertesten spüren müssen.

Ganz offensichtlich bestand kein Interesse an irgendwelchem Smalltalk. Und doch war der Mann das erste menschliche Wesen, das Amadeo zu sehen bekam, seitdem er mit einer Fähre über die Havel gesetzt und das Dorf, Capuths trostloses Zentrum, betreten hatte. Zuerst hatte er es drüben versucht, am anderen Ufer, war von Pontius zu Pilatus gelaufen, von einem Bootsvermieter zum nächsten, hatte den doppelten Mietpreis geboten, seinen Reisepass als Kaution, sein hochheiliges Ehrenwort geleistet, dass sie ihr Gefährt heute noch zurückbekommen würden. Umsonst. Und mit jeder Minute verrann Zeit, die Amadeo nicht hatte. Angler oder kein Angler – der Mann war seine letzte Hoffnung.

»Ist das schon länger so?«, erkundigte sich Amadeo. »Das Wetter? Sind Sie häufiger hier?«

»Jeden Tag.« Diesmal kam die Antwort sofort.

Amadeo atmete auf. Er war sich zwar nicht sicher, welche seiner Fragen der Mann beantwortet hatte – vielleicht ja beide –, aber auf jeden Fall konnte er sprechen.

»Ich hatte überlegt, ob Sie mir vielleicht helfen können«, sagte Amadeo vorsichtig. Keine Reaktion. Er biss sich auf die Lippen. Jetzt durfte er auf keinen Fall locker lassen. Irgendwie musste er den Mann neugierig machen. »Ich begreife das nicht«, murmelte er. »Habe ich wirklich ein dermaßen außergewöhnliches Anliegen, dass mir niemand ... naja ...« Er sah selbst hinaus auf das Wasser, ließ den Satz im Ungefähren stehen.

Ganz langsam drehte der Angler sich um. Er war älter, als Amadeo im ersten Augenblick gedacht hatte, an die siebzig bestimmt. Ein Netz von Falten um seine Augen schien von einem Leben zu erzählen, das sich vor allem unter freiem Himmel abgespielt hatte. Der Alte betrachtete den Restaurator mit einem Gesichtsausdruck, aus dem, nein, nicht Misstrauen, das war zu viel gesagt, aber auf jeden Fall Wachsamkeit sprach. Und er machte keinen Versuch, das zu verbergen.

Für einen Ort, der vom Fremdenverkehr lebt, ist die einheimische Bevölkerung nicht sonderlich aufgeschlossen Fremden gegenüber, dachte Amadeo düster. Aber vielleicht schalten sie ja einfach nur um vom einunddreißigsten Oktober auf den ersten November.

Der Blick des Anglers war wieder bei Amadeos Gesicht angekommen. Ganz leicht schüttelte der Alte den Kopf.

Amadeo biss sich auf die Lippen. Der Mann wusste noch nicht mal, was er überhaupt von ihm wollte! »Ich bin auf der Suche nach einem Boot«, erklärte der Restaurator. »Ich würde gerne eins mieten, nur für ein, zwei Stunden.«

Der Angler hob die Augenbrauen. »Jetzt? Im November?«

Amadeo biss die Zähne zusammen. »Jetzt. Heute.« Er nickte.

Der alte Mann stand umständlich auf, holte ein Zigarettenetui aus der Jackentasche und zündete sich eine an. »Das können Sie sich sparen. Drüben im Bootsclub haben sie welche, für die Sie keinen Führerschein brauchen. Aber nur …«

»Nur in der Saison, schon klar. Ich hab mich erkundigt.« Amadeo versuchte freundlich zu bleiben, aber das war eine Herausforderung.

Sollte er dem Mann erzählen, dass das Leben eines Menschen davon abhing, dass er ein Boot bekam? Klang das zu dramatisch? Aber Helmbrechts Leben stand nun mal tatsächlich auf dem Spiel. Lesen, lösen, herbringen, das war alles, was Amadeo für ihn tun konnte. Schließlich wollte er keine Vergnügungstour machen!

»Es muss doch irgendjemanden geben in diesem … diesem *Dorf*, der mir ein Boot vermietet! Von mir aus auch privat, das ist mir egal.«

Der Wind trieb Regen heran – keinen Wolkenbruch, aber die Sorte von Niesel, der durch jede Art von Kleidung drang. Amadeo schniefte.

Sofort veränderte sich der Blick des Alten. Amadeo hatte den Eindruck, als ob er einen Schritt zurückwich. Aber das war nicht möglich. Sie standen direkt an der Kante des Landungsstegs.

»Ich bin gesund«, sagte der Restaurator rasch. »Das Wetter ist einfach …«

»Ebend.« Der Mann sprach das Wort mit einem d am Ende. »Da vermietet Ihnen kein Mensch ein Boot.«

Er wandte sich ab, blickte wieder hinaus auf das Wasser. Das Gespräch schien beendet, doch dann kratzte er sich nachdenklich am Kopf. »Sie könnten höchstens eins kaufen.«

Amadeo klappte der Unterkiefer runter. »Ich soll ein Boot kaufen?«

Der Alte hob die Schultern. »Sie müssen ja nicht. Ist ja wirklich kein Wetter heute. Aber ich hätte zufällig eins im Angebot.«

Sturmkönigin, ein stolzer Name für ein stolzes Schiff.

Am Heck dieses Seelenverkäufers nahm er sich geradezu lächerlich aus. Eine Kabine gab es nicht, die *Sturmkönigin* war ein offenes Holzbötchen mit Ruderbänken für zwei, maximal vier Personen. Der Motor war nachgerüstet worden, zu Einsteins Zeiten vermutlich.

Amadeo beobachtete, wie der Landungssteg mitsamt dem rüstigen Herrn Fernwaldt hinter ihm zurückblieb. *Fernwaldt*, mit diesem Namen hatte der Alte sich vorgestellt und die Kaufsumme quittiert.

Amadeo hatte gerade ein Boot gekauft.

Er fragte sich, wann genau während der vergangenen vierundzwanzig Stunden er eigentlich den Verstand verloren hatte.

Wenigstens hatte Fernwaldt seine Bereitschaft erkennen

lassen, die Transaktion im Anschluss rückgängig zu machen. Für den Fall, dass Amadeo denn tatsächlich zurückkam. Was dann passieren würde, konnte der Restaurator sich schon ausrechnen: Die Bootspreise am Schwielowsee würden natürlich spontan ins Bodenlose gefallen sein.

Trotzdem: Er konnte es selbst kaum glauben, aber er genoss diese Fahrt.

Der Motor, so betagt er auch sein mochte, war in tadelloser Form, und die Lenkung gehorchte tatsächlich so *einwandfrei*, wie Fernwaldt ihm versichert hatte. In Böen trieb der Wind schaumgekrönte Wellen vor sich her, die gegen die Planken brachen. Amadeo spürte jede Erschütterung, jedes Rucken des hölzernen Bootsrumpfs.

Er hatte sich seit Monaten nicht so lebendig gefühlt, beinahe zurückversetzt in die Sommer als ganz junger Mann, an die Touren mit seinen ersten Freundinnen durch geschützte Buchten am Rande der Adria.

Von diesen romantischen Plätzchen hätte der Schwielowsee allerdings nicht weiter entfernt sein können. Amadeo warf einen Blick nach rechts, wo über der Wasserfläche neuer Regen aufzog. Von der Anlegestelle hatte er das Boot auf jenen Arm des verzweigten Gewässersystems hinausgelenkt, den er vorhin mit der Fähre überquert hatte. Fernwaldt hatte ihn vor dieser Stelle gewarnt: Die Strömung der Havel, kaum spürbar auf der weiten Fläche des Sees, nahm kurz vor der Engstelle rapide zu. Amadeo sollte sich möglichst weit rechts halten, hinaus auf das offene Wasser, dann könne nichts passieren.

Nur war das leichter gesagt als getan. Schon jetzt war die Strömung heftig und drückte tückisch gegen den Kiel, während über dem Wasser der Sturm heranfauchte.

Mit klammen Fingern öffnete Amadeo seine Sporttasche und zerrte eine Regenjacke hervor. Hastig schlüpfte er in die

Ärmel, während er mit dem Knie für eine Sekunde das Ruder fixierte. Die Jacke zu schließen war jetzt keine Zeit. Eiskalter Nieselregen peitschte heran, scharfkantig wie Hagel. Immer stärker wurde das Boot von der Strömung erfasst. Amadeo fluchte, legte sich mit seiner ganzen Kraft ins Ruder. Einen Moment lang tat sich überhaupt nichts. Eine neue Böe fegte über das Boot hinweg, drehte den Bug noch eine Winzigkeit weiter nach links, auf die Engstelle zu. Dann, plötzlich, Windstille.

Amadeo hielt den Atem an. Die *Sturmkönigin,* eben noch Spielball der Wellen, nahm wieder Fahrt auf. Von einem Augenblick zum anderen spürte er, wie der untergründige Sog nachließ. Er hatte die Strömung des Flusses hinter sich, war für den Moment außer Gefahr, solange er dem Ufer nicht zu nahe kam: Dort, links vor ihm, das musste der Campingplatz sein, mit Stegen und Böschungen, an denen die schmutzig weiße Gischt meterhoch emporschoss, und fest vertäuten kleinen Booten ähnlich seinem eigenen, abgedeckt für den Winter.

Eilig schloss Amadeo den Reißverschluss, blickte zurück zur Anlegestelle. Seine Augen tränten vom eisigen Wind.

Am jenseitigen Ufer, noch immer am Rande des Stegs, entdeckte er Fernwaldt. Der alte Mann hatte die Hände wie einen Trichter vor den Mund gelegt, schien etwas zu rufen, doch über das Tosen des Sturms hinweg war kein Wort zu verstehen. Amadeo schüttelte den Kopf, war sich aber nicht sicher, ob Fernwaldt das erkennen konnte, und das Steuerruder loszulassen, wagte er nicht. Doch der Alte begriff offenbar. Er nahm die Hände vom Mund und gestikulierte nach rechts, auf den See hinaus.

Der Restaurator nickte. Im Augenblick konnte er seine Navigation nicht auspacken, doch er hatte sich die Gegebenheiten eingeprägt. Gleich hinter der Campinganlage warnte eine Boje vor Untiefen, zwang ihn zu einem neuen Schlenker hinaus auf die Wasserfläche. Mit zusammengebissenen Zähnen legte er das Ruder um und verfolgte, wie sich der Bug der *Sturmkönigin* gegen den Wind drehte. Sofort wurde die Dünung wieder heftiger. Wellen rollten heran, hoben den Kiel aus dem Wasser und ließen ihn Augenblicke später wieder nach unten sacken. Schlammgraues Wasser schlug über die Bordwand. Amadeos Magen vollführte Purzelbäume, doch verbissen klammerte der junge Mann sich am Ruder fest, steuerte weiter geradewegs auf den See hinaus und beobachtete angespannt, wie das Positionszeichen näherkam.

Neue Brecher wogten ihm entgegen, packten das Boot und warfen es meterweit zurück. Schon mit dem folgenden Wellental konnte Amadeo die verlorene Strecke wiedergutmachen und mehr dazu, doch er riss entsetzt die Augen auf, als er sah, wie nahe ihn das unfreiwillige Manöver an die Boje getragen hatte. Im letzten Augenblick vermochte er den Kurs zu korrigieren, schrammte so nahe an dem wild auf den Wellen tanzenden Positionszeichen vorbei, dass er es mit der Hand hätte berühren können.

Erleichtert stieß er den Atem aus, als er direkt dahinter scharf zurück in Richtung Ufer steuern konnte.

Die Brücke. Nach und nach kam sie in Sicht, als das Boot dem Verlauf des Dammes folgte. Ein stählerner Bogen überspannte die vielleicht zwanzig Meter lange Konstruktion, und jenseits davon, noch unsichtbar hinter dem Bahndamm, lag Amadeos Ziel, die kleine Insel. Einsteins Koordinaten.

Doch die Stimmung des Restaurators verdüsterte sich, je näher er der Durchfahrt kam. Der Durchlass war schmal, sehr viel schmaler, als er auf dem Satellitenbild ausgesehen hatte. Noch immer hielt Amadeo einen Kurs im Schutz des Damms, doch er hatte keine Chance, die *Sturmkönigin* aus diesem Winkel durch die Lücke zwischen den Brückenpfeilern zu manövrieren. Unschlüssig drosselte er den Motor. Auf der Stelle war zu spüren, dass das Boot den Wellen nun eine sehr viel bessere Angriffsfläche bot. Der Restaurator legte sich ins Ruder, drehte den Bug in den Wind. Es blieb ihm nichts anderes übrig: Er musste den Winkel verändern, mit der Wucht des Sturms in seinem Rücken geradewegs in den Durchlass hinein, das war seine einzige Chance.

Ein letztes Mal lenkte er die Sturmkönigin hinaus auf das freie Wasser und setzte zu einem Wendemanöver an, beschrieb einen weiten Halbkreis, für den er sich gezwungenermaßen aus dem Schutz des Dammes entfernen musste. Für einen Augenblick lag der Bootskiel quer zur Dünung. Jetzt, fast war es geschafft…

Doch auf diesen Augenblick musste der Sturm gewartet haben. Ein Geräusch war plötzlich in der Luft, anschwellend wie die Turbinen eines startenden Düsenjets, nur gewaltiger noch, furchteinflößender: das wütende Brausen des Orkans, der unvermittelt zu voller Macht erwachte. Die Bäume zu beiden Seiten der Durchfahrt bogen sich, der Sturm riss die letzten Blätter von den Zweigen.

Und gleichzeitig ein anderer Ton. Stimmen! Menschliche Stimmen, düster grollend wie ein Chor ertrunkener Seeleute: *Vai pensiero sull'ali dorate…*

Und sie ertönten aus Amadeos Sporttasche. Sein Klingelton! Helmbrecht, das musste Helmbrecht…

Mit einem Fluch fuhr Amadeo in die Höhe, warf sich mit seinem gesamten Gewicht ins Ruder, drückte es durch bis zum Anschlag. Aber das Handy… Nein, nicht jetzt. Wenn der Orkan die *Sturmkönigin* aus diesem Winkel erwischte…

Eine unsichtbare Pranke fuhr auf den Restaurator nieder. Krampfhaft klammerte er sich ans Ruder, doch sein Griff war unsicher, das Holz feucht und rutschig von der

Gischt. Das Boot ruckte, als ein Brecher ungebremst gegen das Heck prallte. Die Tasche! Blitzartig griff Amadeo zu, doch seine Finger bekamen sie nicht zu fassen. Auf den feuchten Planken schlitterte sie nach vorn, prallte gegen die Innenseite der Bootswand, außerhalb seiner Reichweite ... Im selben Moment hob eine neue Woge die *Sturmkönigin*. Die Tasche stoppte, dann ein Ruck, als das Boot in ein Wellental glitt. Wie ein lebendiges Wesen schien die Tasche in die Höhe zu federn, berührte kurz noch einmal die Reling ...

Ächzend ließ Amadeo das Ruder los, schnellte nach vorn. Seine Hand packte zu, schloss sich um den Griff – doch da war die Tasche bereits halb im Wasser. Verzweifelt versuchte er sie zurück an Bord zu ziehen, doch je wilder er zurrte und zerrte, desto stärker legte sich die *Sturmkönigin* auf die Seite. Schwarze Panik griff nach ihm, graues, aufgewühltes Wasser dicht vor seinen Augen.

Mit einer letzten Anstrengung stemmte er die Füße gegen die Bordwand, warf sich nach hinten. Es war ein Gefühl, als würden ihm die Arme aus den Schultern gerissen, doch dann, auf einen Schlag, gaben die tosenden Wasser ihre Beute frei. Hart schlug sein Rücken auf die Ruderbank, die Tasche sackte auf seine Brust, vollgesogen mit Wasser, zentnerschwer, und trieb ihm den letzten Atem aus den Lungen.

Mühsam blieb er bei Bewusstsein, kämpfte gegen den Schwindel, der nicht länger nur vom mutwilligen Spiel der Wellen rührte, sondern aus seinem Kopf kam, seiner Erschöpfung.

Und dann, von einem Moment zum nächsten, war es vorbei. Die Wut des Orkans war verebbt. Amadeos Puls jagte, seine Augen brannten. Ächzend stützte er sich auf alle viere, kroch zurück ans Ruder und sank schwer atmend über dem Holz zusammen.

Es war vorbei. Auch der Klingelton war verstummt, der Chor der Gefangenen aus Nabucco. Hatte der Professor aufgegeben, oder war das Wasser … Amadeo mochte an die Alternative nicht denken.

Er durfte nicht, nicht in diesem Moment. In diesem Augenblick hatte er tatsächlich *keine Zeit*.

Hektisch korrigierte er die Fahrtrichtung, vollendete das Wendemanöver und scherte auf die Durchfahrt hin ein. Jetzt, Momente lang, war der Sturm sein Helfer, der ihn mit stetig zunehmender Gewalt in die immer schmaler werdende Fahrrinne drückte, bis die Strömung Besitz von dem Boot ergriff, es mit sich zog, in sich aufsog in den Durchlass hinein. Die Hände um das nun nutzlose Steuerruder gekrallt, überließ sich Amadeo der Macht der Elemente. Links und rechts schoss der Schaum an gemauerten Böschungen empor. Sogar ein stählernes Geländer gab es, genau wie weiter oben auf der Brücke selbst, wo …

Amadeo traute seinen Augen nicht. Drei Knirpse, keiner von ihnen älter als zehn, mitten auf der Brücke. Sie hatten das Kinn auf das Geländer gelegt, klammerten sich fest, als eine neue Böe an ihren Jacken, ihren Haaren zerrte.

»*Maledetto!*« Aus seiner Kehle kam ein heiseres Krächzen. »Der Sturm! Seid ihr des …« Über das Toben des Orkans hinweg hörte er ein anderes, ein unverkennbares Geräusch, einem Nebelhorn ähnlich: das Signal eines sich nähernden Zuges. Amadeo erstarrte, sein Herz überschlug sich. »Der Zug! Macht, dass ihr da wegkommt!«

Doch die Jungen rührten sich nicht. Sie sahen Amadeo an, mit offenen Mündern.

Der Wind trieb ihn weiter auf die Durchfahrt zu. Schon musste er den Kopf in den Nacken legen, um die Knirpse im Blick zu behalten.

»Wir stehen auf dem Fußweg«, meldete sich der mittlere

der drei. »Der kommt am Campingplatz wieder raus, um den Zaun vom Bootsclub rum.« Wie auf ein Kommando beugten alle drei sich neugierig nach vorn. »Das sah richtig cool aus, was Sie da gerade gemacht haben draußen auf dem See. Können Sie das noch mal?«

»Fußweg?« Amadeo blinzelte. Das war sein Glück. Nur deshalb landete die feuchte Ladung Spucke zwar in seinem Gesicht, nicht jedoch in seinen Augen.

Eine Sekunde später war das Boot direkt unter der Konstruktion aus Eisen und Beton, und Amadeo hörte, wie die Rasselbande kichernd wegrannte. Im nächsten Moment stampften Tausende Tonnen von Stahl über die Brücke. Donnernd brach sich der Schall am Betonbett der Durchfahrt, schlug über Amadeo zusammen.

Als er es wagte, sich aus seiner kauernden Haltung aufzurichten, befand sich die *Sturmkönigin* bereits auf der Wasserfläche des Petzinsees.

Es war wie im Traum. Noch immer war alles grau um ihn her, doch hier, auf der anderen Seite des Bahndamms, war das Wasser trügerisch ruhig. Er hatte es geschafft, bis hierhin hatte er es geschafft und den schlimmsten Teil seiner unfreiwilligen und ganz und gar überflüssigen Bootsreise überstanden.

Ein Fußweg. Er konnte es nicht fassen. Der Trampelpfad am Bootsclub!

Aber der Wächter, Onkel Adolphos nachgeborener Zwillingsbruder ... Amadeo hätte sich ohrfeigen können! *Bahndamm?*, hatte er gefragt, und der Mann hatte ihm geantwortet, doch genau in diesem Augenblick war eine Lokomotive vorbeigerauscht, genau wie gerade eben. Amadeo hatte sein eigenes Wort nicht verstehen können. Aber nicht dass er noch mal nachgefragt hätte! Oh, nein. *Ich wollte zu der kleinen Insel.* Er konnte dem Mann gar keinen Vorwurf machen: Wenn man zu einer Insel wollte, war ein Boot kein übler Ratschlag.

Mit dem Ärmel der Regenjacke wischte Amadeo sich die Stirn ab. Er war durchgeweicht bis auf die Knochen, nur dass er sich im Moment nicht sicher war, ob er überhaupt noch so etwas wie Knochen besaß. Alle Kraft schien seinen Körper verlassen zu haben.

Die Grippe? Ha! Wozu brauchte Amadeo Fanelli aus den Marken eine Grippe? Er war ganz selbstständig in der Lage, sich den Tod zu holen. Völlig ohne fremde Hilfe.

Dabei lag seine eigentliche Mission noch vor ihm. Mit wenig Hoffnung musterte er die Tasche, um die sich auf dem Schiffsboden eine schmutzig graue Pfütze gebildet hatte. Die beiden Frotteehandtücher aus dem Sportbedarf würden keine Hilfe mehr sein. Vielleicht war wenigstens die Thermoskanne mit Automatenkaffee ganz geblieben. Und sein Handy, Helmbrechts Anruf! Die Navigation, seine einzige Chance, die exakten Koordinaten zu finden! Im Moment fehlte ihm die Kraft, die Tasche auch nur zu öffnen, um nachzuschauen.

Doch er riss sich zusammen, blickte sich um. An den Ufern konnte er Ferienhäuser ausmachen und weitere Landungsstege. Scharf nach links, an der Rückseite des Damms entlang, entdeckte er die mit Gestrüpp bewachsene kleine Insel. Nichts von dem Gesträuch dort konnte älter sein als einige wenige Jahre, ein paar Weiden, die hinter niedrigeren Büschen aufragten, waren schon der Gipfel der Evolution. Hatte es die Insel zu Einsteins Zeiten überhaupt schon gegeben?

Amadeo stoppte den Motor und wartete, bis das Boot einigermaßen ruhig an Ort und Stelle lag. Hier unten waren die Wellen im Moment nur ein gleichmäßiges, aber eisig kaltes, tiefgraues Auf und Ab. Er massierte seine Hände. Das

Gefühl war erst ansatzweise in seine Finger zurückgekehrt. Ungeschickt öffnete er den Reißverschluss der Sporttasche und begann in der klammen Nässe zu kramen, bis er das Handy gefunden hatte.

Mit klopfendem Herzen zog er das Gerät hervor, klappte es auf. Wasser tröpfelte ihm entgegen, das Display war blind. Amadeo drückte eine Taste – nichts geschah. Hilflos schüttelte er das kleine Instrument – keine Reaktion.

»*Maledetto*«, murmelte er. Jetzt hatte der Professor sich endlich … Doch konnte er sich überhaupt sicher sein, dass Helmbrecht der Anrufer gewesen war? Genauso gut konnte es Gianna gewesen sein. Sie würde ihn nicht ohne Not alarmieren, doch womöglich brannte in der *officina* die Luft. Oder Rebecca hatte sich ausgerechnet diesen Zeitpunkt ausgesucht, um nach Hause zu kommen. Oder seine Mutter hatte plötzlich Sehnsucht nach ihm. Nein, der Professor war nicht die einzige Möglichkeit. Aber trotz allem hoffte, betete er beinahe, dass es eben doch Helmbrecht gewesen war: ein Lebenszeichen, mehr wollte er doch gar nicht.

Amadeo biss die Zähne zusammen. Vielleicht gab es ja doch noch Hoffnung: für den Professor, aber auch für sein *telefonino*. Er verzog das Gesicht, als er von Neuem in der Tasche zu suchen begann. Ein kompakter Gegenstand: die Navigation. Vorsichtig zog er das Gerät ins Freie – und atmete auf. Es lief noch, sogar GPS-Empfang hatte es! Es war ein Wunder! Ohne Navigation hätte er gleich wieder einpacken können.

Angespannt betrachtete er das Display: *52 Grad, 21 Minuten, 26 Sekunden 49 Nord* und *12 Grad, 59 Minuten, 40 Sekunden 56 Ost*. Die Bruchteile unterhalb der Sekundenebene sprangen bei der winzigsten Bewegung des Bootes wild hin und her, doch das waren Kleinigkeiten. Entscheidender waren die Sekunden selbst: Amadeo befand sich etwa eine Sekunde zu weit nördlich und beinahe zwei Sekunden zu weit östlich, Distanzen, die sich in mitteleuropäischen Breiten im Bereich von dreißig, vierzig Metern bewegten. Auf jeden Fall war es die falsche Seite der kleinen Insel, auf deren ihm zugewandter Seite er bei näherem Hinsehen einen verfallenen Landungssteg entdeckte.

Noch einmal griff er in den Bugraum und brachte ein Paar Ruder zum Vorschein. Vorsichtig bugsierte er das Boot auf die improvisierte Landestelle zu und vertäute es an den Resten der Holzkonstruktion, bevor er die Sporttasche vollends aufschnürte.

Seine frisch erworbene Anglerhose war ein Monstrum. Amadeo spürte einen solchen Widerwillen, das schwere, gummierte Gewebe über die Füße zu ziehen: Es war, als sollte er in ein U-Boot steigen, das viel zu eng war für einen Menschen und ohne jede Luftzufuhr – oder in einen Sarg. Doch gab es eine Alternative? *Lesen! Lösen! Herbringen!*

Irgendwo hier in der Nähe, nur noch Meter entfernt, lag Albert Einsteins Geheimnis, unter der Wasseroberfläche mit ziemlicher Sicherheit, halb vergraben im Schlamm. Wenn Amadeo nicht binnen fünf Minuten erfrieren wollte, sobald er in die Fluten stieg, musste er den erstickenden Käfig aus Gummi in Kauf nehmen. Als es ihm endlich gelungen war, das Ungetüm bis zu den Hüften hochzuziehen, kam er sich vor wie frisch gewindelt. Zum Abschluss folgten noch die wasserdichten Handschuhe, deren Stulpen bis über die Ärmel der Regenjacke reichten. Amadeo wusste sehr gut, dass das alles nur zweite Wahl war – doch ihm war fast das Herz stehengeblieben, als er den Preis für einen Taucheranzug gesehen hatte.

Er warf einen Blick zum Himmel. Grau und trübe wie zuvor, aber die Wolken waren in Bewegung geraten, jagten dahin, als wollten selbst sie diesen unwirtlichen Winkel des Havellands nicht länger ertragen als notwendig.

Amadeo holte Luft und nahm allen Mut zusammen. Mit einem Griff nach oben erhaschte er das Astwerk eines fast schon kahlen Baumes, prüfte, ob es ihn tragen würde. Er hatte keine Ahnung, wie tief der See an dieser Stelle war. In dieser Montur konnte er jedenfalls keine zwei Züge schwimmen. Eine falsche Bewegung, und er würde jämmerlich ertrinken.

Doch der Ast machte einen stabilen Eindruck. Mit einer ruckartigen Bewegung löste Amadeo sich vom Boot. Eine Sekunde lang trug der verkrüppelte Baum sein gesamtes Gewicht, bis er den Fuß hinüber aufs feste Land setzte.

Der Boden war tatsächlich überraschend fest und machte nicht den Eindruck, als sei die Insel erst vor Kurzem entstanden. Und offenbar war es auch nicht immer völlig einsam hier; davon zeugten die Abfälle, die überall herumlagen. Leere Getränkedosen, ein ganzes Nest von Zigarettenkippen und, ausgebleicht von der Sonne, ein Heftchen von der Sorte, an denen der dicke Luigi aus der *officina* seine Freude hatte. Und es stank bestialisch hier, als wäre ganz in der Nähe etwas ziemlich Großes verendet.

Amadeo hatte seine Navigation in der Tasche der Regenjacke verstaut, holte sie jetzt wieder hervor. Eine halbe Sekunde näher an sein Ziel war er bereits gelangt. Er behielt die Zahlen im Auge, während er Äste beiseitedrückte und sich durch das Gestrüpp vorankämpfte. Wie ein Astronaut kam er sich vor in dieser Montur, doch selbst auf dem Mond konnte es nicht so trostlos aussehen wie hier, und da gab es wenigstens nicht diese Hindernisse, stachlige Zweige, vergammelte Stauden, über die man hinwegklettern musste. Noch zehn, zwölf Schritte …

Sein rechter Fuß rutschte weg. Unter wütendem Krakeelen flog ein Schwarm Möwen auf. Keuchend suchte Amadeo Halt, klammerte sich ins Gestrüpp und starrte auf das brackige Wasser, das unter ihm schimmerte. Die Insel war wahrhaft winzig, und hier, gegenüber der Anlegestelle, bildete sie eine Art Bucht auf den Bahndamm hin. Der Restaurator sah auf die Positionsanzeige: 52 Grad 21 Minuten 25 Sekunden 23 nördlicher Breite, 12 Grad 59 Minuten 38 Sekunden 58 östlicher Länge.

Wenige Meter, vielleicht nur Zentimeter von der im Babylon-Text verschlüsselten Stelle. Vielleicht war es sogar genau diese Stelle, vielleicht war Einsteins Geheimnis direkt zu seinen Füßen verborgen. Die Fehlertoleranz der Navigationssoftware lag bei mehreren Metern.

Stirnrunzelnd sah er sich um. Nein, ein idyllisches Fleckchen hatte Einstein sich nicht ausgesucht, wobei der Pappbecher mit McDonalds-Aufdruck, der auf der schlammigen Wasseroberfläche trieb, erst lange nach seiner Zeit hier gelandet sein konnte, vermutlich aus einem Zugabteil heraus. Durchdringender Fäulnisgestank stieg in Amadeos Nase, und ein giftig schimmernder Ölfilm lag auf dem Wasser.

Es *musste* hier einfach anders ausgesehen haben zu Einsteins Zeit.

Der Restaurator hielt sich mit beiden Händen im Geäst fest und ging in die Hocke. Vorsichtig ließ er einen Fuß ins Wasser gleiten, dann den anderen. Die schmatzenden Geräusche, die dabei entstanden, drehten ihm den Magen um. Er tat das für Helmbrecht, immer wieder musste er sich das einhämmern. Er war dem alten Mann so vieles schuldig – aber nach diesem Unternehmen würden sie auf jeden Fall quitt sein, dachte er finster.

Amadeo schob sich noch ein Stück näher ans Ufer, glitt vollends in das verpestete Nass, wobei er sich weiterhin in den Zweigen festhielt. Einen Moment lang spürte er Widerstand unter den Füßen, Wurzeln, abgestorbenes Holz, dann war wieder nur unbestimmte Leere unter ihm. Wie eine eisige Faust schloss sich das Wasser um seinen Körper, drang gluckernd unter die Regenjacke und presste ihm den Atem aus der Brust. Für eine Sekunde überkam ihn Panik. Er schien vergessen zu haben, wie man atmete. Seine Lungen selbst waren es, die schließlich ächzend protestierten und die froststarre Luft einsogen.

Amadeo wartete, dass sein Pulsschlag sich beruhigte, blickte noch einmal suchend um sich. Er war am richtigen Ort, wenigstens annähernd. Was erwartete ihn nun? Eine Flaschenpost war natürlich der Klassiker, und tatsächlich dümpelte ein Stück entfernt eine bräunliche Glasflasche auf den Wellen, doch das Etikett war noch gut zu entziffern und eindeutig neueren Datums.

Wonach suchte er überhaupt? Was hatte Einstein hier versteckt? Der dechiffrierte Code gab eine Antwort auf das Wo, verriet aber nicht mal eine ungefähre Größe. Es blieb nur der Hinweis in der Erzählung selbst, die von Gefäßen berichtete, in denen die Engel die Gaben des HErrn befördert hatten. Tönerne Amphoren vermutlich, das babylonische Gegenstück zur Flaschenpost. Doch das war Unsinn. Dieser Teil der Geschichte war Einsteins Erfindung, ein Platzhalter, der lediglich deutlich machen sollte, dass an einem bestimmten Ort etwas auf denjenigen wartete, dem es gelang, den Code zu entschlüsseln – den größten Gelehrten der Menschheit in Anglerhosen und Gummistiefeln.

Mit äußerstem Widerwillen ließ Amadeo sich bis zum Hals in die bräunlichen Fluten sinken. Während er mit der rechten Hand einigermaßen sicheren Halt im Wurzelgeflecht fand, begann die andere, unter Wasser die Uferböschung abzutasten.

Da bewegte sich etwas! Amadeos Hand zuckte zurück.

Was für Viecher vegetierten in dieser Brühe? Im selben Moment spürte er, wie sich etwas unter seine Regenjacke schob, etwas Glitschiges wie ein … Ein Aal? Aale waren Aasfresser, wenn man Günter Grass und seiner *Blechtrommel* glauben konnte. Auf einen Schlag war Amadeo dermaßen übel, dass er Mühe hatte, nicht den Griff um seinen einzigen Halt zu verlieren.

Unter Aufbietung aller Kräfte zwang er sich, mit seiner Untersuchung fortzufahren. In den Seen Brandenburgs lebten keine Raubfische, keine jedenfalls, die Menschen angriffen.

Nach fünf Minuten fand Amadeo eine völlig verrostete Getränkedose, kurz darauf etwas Zähes, das ihm zweimal aus der Hand flutschte, bevor er ein gebrauchtes Kondom ans Tageslicht beförderte. Nun, dachte er schaudernd, das Inselchen war zumindest weit ab vom Schuss – aber welch ein Ort für ein romantisches Stelldichein.

Doch noch immer keine Spur von Einsteins Geheimnis. Der Restaurator hatte sich bereits drei oder vier Meter am schlammigen Ufersaum entlanggehangelt, zuerst nach links, nun nach rechts. Es musste hier irgendwo sein – es sei denn, die Wasserpflanzen und Weidenwurzeln hatten den verborgenen Gegenstand schon vor Jahrzehnten überwuchert. Doch hätte Einstein damit nicht rechnen müssen, wenn er schon einkalkuliert hatte, dass Helmbrecht das Rätsel zu seinen Lebzeiten nicht würde lösen können? Hätte er nicht irgendwie Vorsorge getroffen?

Wieder ließ Amadeo seine Hand suchend in die lichtlose Tiefe gleiten, reckte die Finger so weit wie nur möglich, verrenkte sich den Hals, um den Kopf über Wasser zu halten.

»Ertrinken Sie gerade?«

Die Stimme klang nicht eigentlich besorgt. Vor allem

klang sie neugierig, und Amadeo erkannte sie auf der Stelle wieder, noch bevor er sich umständlich umgedreht hatte.

Die Knirpse standen am höchsten Punkt des Bahndamms und beobachteten ihn staunend.

Nein!, wollte er schnauzen. *Ist doch tolles Wetter heute. Ich musste mich einfach mal abkühlen.*

Doch im letzten Moment biss er sich auf die Zunge. Mit jeder Minute, die er in diesem stinkenden Morast zubrachte, wuchsen seine Zweifel, ob er nicht einen kapitalen Fehler beging. Und er hatte *keine Zeit mehr*! Amadeo fasste einen Entschluss. Mit Sicherheit kannten die Knirpse sich hier aus und kamen aus der Gegend – Urlauber waren ja keine mehr da.

»Ihr dürft das niemandem weitererzählen«, sagte er mit verschwörerisch gedämpfter Stimme, gerade laut genug, dass sie ihn trotzdem noch verstanden. »Ich suche nach einem geheimen Schatz.«

Die drei machten große Augen. »Haben Sie eine Schatzkarte?«, fragte der Größte von ihnen, anscheinend der Anführer.

»So etwas in der Art.« Amadeo nickte geheimnisvoll und musste aufpassen, dass er den Kopf über Wasser behielt. »Aber ich bin mir nicht sicher, ob das hier die richtige Schatzinsel ist. Diese Schatzkarte ist sehr alt, müsst ihr wissen.«

»Die Insel gibt's schon immer.« Der Junge zögerte. »Also schon sehr lange jedenfalls. Bestimmt so lange wie den Bahndamm. Den hat mein Opa mitgebaut, der ist auch sehr alt.«

Der Restaurator stutzte. Wie selbstverständlich war er davon ausgegangen, dass zumindest der Damm schon zu Einsteins Zeiten existiert hatte, gerade wenn es ein Bahndamm war. Vorortbahnen hatten ihre Hochzeit um die Wende vom neunzehnten zum zwanzigsten Jahrhundert erlebt. Doch der

Junge war keine zehn. Wie lange brauchte die einheimische Bevölkerung, um sich zu reproduzieren?

»Weißt du, wie lange das her ist, dass dein Opa den Damm gebaut hat?« Amadeo drehte sich mühsam um und wuchtete seinen gummierten Leib zurück ans Ufer.

»Das war in der DDR«, sagte der Junge nachdenklich. »Die DDR war sowas wie Krieg.«

Amadeo nickte finster. Das änderte alles. Die DDR war als Folge des Zweiten Weltkriegs entstanden – mehr als eineinhalb Jahrzehnte nachdem Einstein sein Haus am Schwielowsee verlassen hatte.

Amadeos Gedanken fuhren Karussell: Es hatte hier völlig anders ausgesehen zu Lebzeiten des Physikers. Kein Bahndamm und vermutlich auch keine Insel mit Schilf und Wurzelwerk und Aalen und namenlosem Ungeziefer. Und einem verborgenen Geheimnis. Es war vollkommen sinnlos, jetzt noch weiterzusuchen.

»Ah ja«, murmelte er und betrachtete voller Ekel die schlierige Schlammschicht, die seine Anglermontur bedeckte.

»Sie sehen aber ziemlich bäh aus«, bemerkte der Knirps.

»Danke, dass du mir das sagst.« Der Restaurator widerstand eben noch dem Impuls, sich mit dem verdreckten Handschuh über die Stirn zu wischen. »Passt mal auf: Ich fahre jetzt zurück zur Anlegestelle – die ist drüben im Ort, in Caputh. Kennt ihr die?«

Die Jungen nickten synchron.

»Ihr müsst die Fähre nehmen«, erklärte Amadeo vorsichtshalber, wandte sich dann an den Anführer: »Ich würde mich gern mal mit deinem Opa unterhalten. Wenn du mir da hilfst, kriegst du … dann kriegt ihr von mir jeder eine Tafel Schoko …«

»Zigaretten.«

Amadeo verschluckte sich. In seiner Kindheit hatte man ihm eingebläut, von fremden Männern keine Süßigkeiten anzunehmen. Die heutige Jugend war offenbar flexibler.

»Darüber reden wir am Steg«, sagte er ausweichend. Auf seinem rechten Handschuh kroch ein Etwas, das entschieden zu viele Beine hatte. Mit einer hektischen Bewegung versuchte er es abzuschütteln, machte einen Schritt zur Seite. »Ich werde ein bisschen brauchen, bis ich mit dem Boot da bin. Wohnt dein Opa in der Nähe? Vielleicht könnt ihr schon mal …«

Amadeo kniff die Augen zusammen.

Die Jungen waren nicht mehr zu sehen, er hörte nur noch ihre Schritte.

Amadeo stellte fest, dass er eine Gänsehaut hatte, und das lag nicht allein an der eisigen Luft, die ihm plötzlich wieder zu Bewusstsein kam.

Wenn es Damm und Insel zu Einsteins Zeit noch nicht gegeben hatte, was hatte sich dann an dieser Stelle befunden? Und wo war dieses Etwas abgeblieben?

Möglicherweise gab es einen Menschen, der ihm das verraten konnte.

Die Kinder warteten am Steg auf ihn, und der Großvater des Anführers war auch schon dabei. Amadeo hätte es ahnen müssen: Mit einem nicht zu deutenden Gesichtsausdruck blickte Fernwaldt ihm entgegen.

Irgendetwas an dem Mann hatte sich verändert, ohne dass Amadeo hätte sagen können, was es war. Die Wachsamkeit in Fernwaldts Miene war etwas anderem, etwas Stärkerem gewichen, das aber auch nicht Misstrauen war, sondern … Angst? Das ergab keinen Sinn. Warum sollte der Alte Angst vor ihm haben?

Während die Knirpse am Strand einen empört schnatternden Erpel verfolgten, machten Amadeo und der alte Mann den Kauf der *Sturmkönigin* rückgängig. Zu seinem grenzenlosen Erstaunen bekam der Restaurator exakt denselben Preis ausgezahlt, den er für das Boot auf den Tisch gelegt hatte.

Er nahm drei zehn Euro-Scheine aus dem Bündel und zählte sie dem Mann in die Handfläche. »Für die Jungs. – Fürs Sparschwein«, betonte er. Die Zigaretten zu erwähnen schien ihm kein guter Gedanke.

Fernwaldt betrachtete ihn von oben bis unten, nickte dann. »Geht jetzt spielen!«, sagte er, ohne die Jungen noch einmal anzuschauen. Aus schmalen Schlitzen blieb sein Blick auf Amadeo gerichtet. Er griff in seine Windjacke und zog seine Zigaretten hervor.

»Die kleine Insel an der Rückseite des Bahndamms?« Fahrig klemmte er sich eine Kippe zwischen die Zähne. »Ein geheimer Schatz?«

Amadeo nickte verwirrt. Die Kinder mussten dem Alten ihre Geschichte erzählt haben, aber warum diese Veränderung in seinem Verhalten?

»Wissen Sie, was ich nicht begreife?«, wollte Fernwaldt wissen. »Warum haben Sie mich nicht einfach gefragt? Wenn ich mit allem gerechnet hätte … Aber dass *Sie* einer von denen sind.« Er brachte ein Feuerzeug zum Vorschein, schnippte über das Rädchen, ohne dass etwas passierte. Ein zweites Mal … Seine Hände zitterten. Sie zitterten so stark, dass er ein halbes Dutzend Versuche brauchte, bis die Flamme zündete.

»Einer von *denen*?«, fragte Amadeo verwirrt.

»Ich habe auf Sie gewartet. Und vor mir hat mein Vater auf Sie gewartet – bis zu seinem Tod. Ob es geregnet oder geschneit hat, selbst wenn das Eis so dick gefroren war, dass man zu Fuß über den verdammten See laufen konnte. Jeden Morgen ist einer von uns hier an diesen Steg gekommen und hat gewartet. Und nun sind Sie da.« Er blickte über die Schulter und nickte knapp, als er feststellte, dass die Kinder sich tatsächlich entfernt hatten. »Natürlich konnten wir nicht wissen, wen sie schicken würden.«

»*Sie?*«

»*NKWD. KGB.*« Die Spitze der Zigarette glomm auf, als Fernwaldt den Tabakqualm einsog. »Oder wie nennen Sie sich heute? *FSB, Federalaia Slushba Benopanosti?*«

Einen Moment lang war Amadeo sich sicher, dass er sich einfach verhört haben musste. NKWD. KGB. Der ehemalige sowjetische Geheimdienst. Auf einen Schlag befand sich sein Magen irgendwo auf Höhe der Kniekehlen.

»Wovon zum Teufel reden Sie?«

»Mussten Sie die Kinder mit reinziehen?« Es stand kein Vorwurf in Fernwaldts Augen, sondern einfach nur Unverständnis. Das war vielleicht das Schlimmste. »Glauben Sie, ich hätte nicht ausreichend Angst vor Ihnen?«, fragte der Alte. »Wozu die Komödie mit dem Boot? Hätten Sie mich nicht einfach beiseitenehmen können vorhin?«

Amadeo hatte nicht die leiseste Ahnung, was hier vorging. Er wusste nur eines: Es jagte ihm eine Heidenangst ein.

»Wovon reden Sie?«, wiederholte er heiser.

Die Augen des Alten gingen an ihm vorbei auf die Weite des sturmgepeitschten Sees:

»Zweiundfünfzig Grad einundzwanzig Minuten fünfundzwanzig Sekunden neunundzwanzig nördlicher Breite, zwölf Grad neunundfünfzig Minuten achtunddreißig Sekunden einundfünfzig östlicher Länge.«

Amadeo stand auf festem Grund, doch auf einmal schien der Boden unter ihm zu schwanken wie in den schlimmsten Augenblicken an Bord der *Sturmkönigin.* Einsteins Koordinaten! Auf die winzigsten Sekundenbruchteile genau!

»Was …?«, flüsterte er. »Wo haben Sie das her?«

»Wir wussten, dass Sie kommen würden.« Fernwaldt schien zu sich selbst zu sprechen. »Die Botschaft war ja deutlich. Und doch ist es immer unwirklicher geworden mit den Jahren. Kann es denn heute überhaupt noch wichtig sein?« Erst jetzt sah er Amadeo wieder an. »Was wollen Sie noch damit? Sie müssen doch längst viel weiter sein!«

»Weiter?« Amadeo war sich nicht mehr sicher, ob er am Verstand des alten Mannes zweifeln sollte oder an seinem eigenen. »Ich begreife immer weniger!«

»Versprechen Sie mir eins.« Fernwaldts Augen fixierten ihn. »Ich weiß, dass in Ihrem Geschäft andere Regeln gelten, eigene Regeln. Dass ein Menschenleben nicht besonders viel wert ist. Aber ich schwöre Ihnen eines: Die Kinder wissen von nichts. Ganz gleich, was Sie glauben, tun zu müssen: Lassen Sie die Kinder aus dem Spiel!«

Amadeo schüttelte den Kopf, bereute es jedoch sofort, als er sah, wie sich Fernwaldts Blick veränderte. »Nein«, sagte er leise. »Ich meine: Ja! Natürlich! Das verspreche ich Ihnen.« Himmel, er war der letzte Mensch, der einem alten Mann oder irgendwelchen Kindern etwas antun würde. Selbst wenn es dieselben Kinder waren, die ihm vor einer Stunde auf den Kopf gespuckt hatten. Er musste ja erst einmal begreifen, was hier überhaupt vorging! »Wenn wir uns vielleicht einfach in Ruhe unterhalten könnten?«, schlug er vor. Er fror mehr denn je, hatte sich nicht mal abtrocknen können mit den klitschnassen Handtüchern. Und er stank, doch dagegen konnte er im Augenblick nichts tun. »Vielleicht bei einem Kaffee?«

Berlin-Charlottenburg, Deutschland

Ein unfreundlicher Windstoß fauchte durch die Häuserschluchten.

Steffen Görlitz schlug den Kragen seines Mantels hoch.

Ein Hustenanfall schüttelte ihn, und sein Gesicht verzog sich zu einer Grimasse, als er sah, wie die Leute automatisch einige Schritte zurückwichen.

Die Grippe. In Berlin griff die Hysterie um sich. Seit ein, zwei Tagen war es ganz schlimm.

Eine seltsame Ironie, dachte Görlitz. Wie sich die Gesichter der Passanten plötzlich verändert hatten. Als wäre er von einem Augenblick zum anderen zu einer tödlichen Gefahr für sie geworden. Wie recht sie doch hatten, grübelte er, und wie sehr sie sich täuschten. Niemand musste Angst vor ihm haben – zumindest nicht wegen der Grippe.

Er war vor einem Schaufenster stehengeblieben: ein Spielwarengeschäft, schon für das Weihnachtsfest dekoriert. Durch seine verspiegelte Sonnenbrille musterte er die Auslagen. Es war der richtige Laden, kein Zweifel, einen halben Block von der U-Bahnlinie, die genau vor seinem Haus hielt, und direkt gegenüber einem Schnellrestaurant.

Unauffällig sah er auf die Uhr. Die Stimme am Telefon hatte es fürchterlich dringend gemacht, doch das allein hätte Görlitz nicht beeindruckt. Weit beunruhigender war, dass dieser Mann seine Nummer überhaupt kannte.

In der Schaufensterscheibe musterte er die Gestalten, die mit raschen Schritten vorübereilten. Man wusste nie, wie diese Leute aussahen. Ein Teil ihres Geschäfts bestand darin, dass man sich schwer an sie erinnern konnte. Es konnte der junge Mann auf der anderen Straßenseite sein, der so offensichtlich desinteressiert vor dem Imbiss stand und eine

Zigarette rauchte, doch Görlitz bezweifelte das. Wer wirklich etwas von diesem Geschäft verstand, wusste sehr gut, dass zur Schau getragenes Desinteresse ebenso verräterisch sein konnte wie ein Feldstecher, durch den man das Zielobjekt anvisierte.

Und wenn es eine Falle war? Der Lauf einer schallgedämpften Pistole aus einem Fenster auf der anderen Straßenseite? Es waren genug Leute unterwegs, trotz der Grippe. Bis die Polizei auftauchte, würde der Schütze längst verschwunden sein.

Aber das hätten sie einfacher haben können. Sie hatten seine Nummer rausgekriegt, trotz der neuen Identität, die seine Verbindungsleute ihm besorgt hatten. Mit Sicherheit kannten sie auch seine Adresse.

»Sie sind pünktlich.«

Görlitz zuckte zusammen. Er hatte weder gehört noch gesehen, wie der andere herangetreten war.

Der Mann war an die fünfzig und trug eine ausgewaschene Jeansjacke. Seine Haare reichten fast bis zum Hals, blond mit Strähnen von Weiß oder umgekehrt. Seine Nase sah aus, als wäre sie mehr als einmal gebrochen gewesen, und die ungepflegte, grobporige Haut trug ein Übriges dazu bei, dass man sich an dieses Gesicht erinnerte.

Das widersprach allen Regeln des Geschäfts.

Görlitz wusste sehr gut, dass er selbst in diesem Geschäft nie mehr gewesen war als ein ganz kleines Licht. Sein Wissen reichte gerade aus, um in diesem Fall die einzig logische Schlussfolgerung zu ziehen: Dieser Mann war ein Spezialist, ein echter Profi. Er hatte es schlicht nicht nötig, unauffällig zu sein.

Der Fremde musterte ihn mit einem Ausdruck, bei dem es Görlitz eiskalt den Rücken runterlief: aufmerksam, ja, höflich interessiert, doch in einer Art und Weise, als könnte er wie selbstverständlich jeden einzelnen Gedanken nachvollziehen, der Görlitz gerade durch den Kopf ging.

»Und?«, fragte der Blonde mit einem Nicken Richtung Fenster. »Schon was gefunden zu Weihnachten?«

»Wer sind Sie?«, zischte Görlitz. »Woher haben Sie meine Nummer?«

»Sie sind nicht so dumm, Herr Görlitz, dass Sie darauf ernsthaft eine Antwort erwarten.« Neue Böen fauchten durch die Häuserschlucht. Der Fremde schüttelte seine strähnige Mähne, als wären sie ein laues Lüftchen. »Ich möchte mich lediglich ein wenig mit Ihnen unterhalten und Ihnen möglicherweise ein Angebot machen.«

»Und wenn ich mich nicht mit Ihnen unterhalten will?«

»Dann wären Sie nicht gekommen«, stellte der Fremde fest. »Sie wollten wissen, woher ich Ihre Nummer kenne. Sagen wir, wir haben gemeinsame Bekannte, und ich bin auf der Suche nach einem Spezialisten.«

»Sehe ich aus, als wäre ich noch im Geschäft?«, knurrte Görlitz. Er lockerte seinen Schal, den er bis zur Nase hochgezogen hatte, und hob gleichzeitg die Sonnenbrille für einen Moment an, ließ den Mann einen Blick auf das werfen, was von seinem Gesicht übrig geblieben war nach dem Tag im Petersdom in Rom. Mühsam zusammengeflickt von den Privatärzten, die seine Gönner ihm finanziert hatten – wusste Gott, ihr geliebter römisch-katholischer Herrgott, warum? Vielleicht weil sie sich doch noch irgendwas von ihm erwarteten. Vielleicht stand die Antwort ja gerade vor ihm.

Der Blonde verzog keine Miene. Hatten sie ihn auf den Anblick vorbereitet?

»Ihr Aussehen ist unerheblich für das, was wir von Ihnen erwarten, Herr Görlitz.« Seine Stimme klang vollständig neutral. »Niemand hat die Absicht, Sie auf eine Schönheitskonkurrenz zu schicken.«

»Sondern?«, erkundigte sich Görlitz. »Warum sollte ich mich darauf einlassen?«

Der Blonde betrachtete ihn von oben bis unten. »Weil ich Ihnen etwas bieten kann, das Sie von niemand anderem bekommen können«, sagte er.

Fragend hob Görlitz die Augenbrauen. In der Schaufensterscheibe sah er, wie eine alte Dame langsam hinter ihnen vorbeiging, schwerbepackt mit Einkaufstüten. Sie trug eine Atemmaske. Die Leute hamsterten Vorräte zusammen, als gäbe es kein Morgen.

Der Fremde wartete ab, bis die Frau vorüber war, dann sah er Görlitz unverwandt an und sagte nur ein einziges Wort.

»Rache.«

Caputh, Deutschland

Der Mann auf dem Foto war Albert Einstein.

Amadeo klammerte sich an seine Kaffeetasse. Die Schwarzweißaufnahme, die der alte Mann aus einer verstaubten Fotobox geholt hatte, zeigte den Physiker in einer Gruppe von Menschen, einer Familie. Neben Einstein stand ein Mann, der Fernwaldt selbst hätte sein können, in jüngeren Jahren, aber der Alte hatte Amadeo erklärt, dass es sich um seinen Vater handelte, daneben seine Mutter und Großmutter und einige seiner älteren Geschwister, die heute allesamt tot waren.

»Als ich geboren wurde, war Onkel Albert schon in Princeton«, sagte Amadeos Gastgeber mit müder Stimme. »Leider habe ich ihn nie selbst kennengelernt. Das war unmöglich damals, kurz nach dem Krieg.« Er saß dem jungen Restaurator gegenüber auf einem stoffbezogenen Sofa.

Irgendwie gefiel Amadeo das winzige Häuschen am Rande von Caputh sogar, wenn auch etwas arg viel Nippes rumstand für seinen Geschmack, Schnitzereien aus dem Erzgebirge, kleine Sammeltassen aus Meißner Porzellan. Auf dem Fensterbrett über der Heizung war eine Auswahl gehäkelter Deckchen ausgebreitet – Werke von Fernwaldts verstorbener Frau. Auf einem davon lag Amadeos *telefonino* zum Trocknen.

Doch in Wahrheit besaß der Restaurator gar nicht die Nerven, groß auf die Einrichtung des Häuschens zu achten.

Gebannt hing er an Fernwaldts Lippen.

»So vieles war unmöglich damals«, sagte der Alte. Er nickte zu seinem Kaffee, nahm einen Schluck. »Die einfachsten Dinge. Sie können sich nicht vorstellen, wie wir hier gelebt haben. Manchmal habe ich selbst Mühe damit, heutzutage.«

»Einstein ...« Amadeo schluckte. »Albert Einstein war Ihr Onkel?«

Fernwaldt schüttelte den Kopf. »Nicht im... wie sagt man? Nicht im biologischen Sinne. Mein Vater war mit ihm befreundet, durch das Segeln, und das hat sich gehalten, so lange Onkel Albert lebte – und das will was heißen in diesen Zeiten. Zuerst der Krieg und die Nazis, dann die Russ... Die amerikanische Aggression«, verbesserte er sich.

Amadeo machte eine wegwerfende Handbewegung. Er war kein Agent, weder vom KGB noch von dessen Nachfolger im Geiste, auch wenn er das noch nicht offen gesagt hatte, weil er befürchtete, Fernwaldt würde auf der Stelle stumm werden wie die Hechte im Schwielowsee.

Dabei schrie alles in ihm danach, dem Alten die Wahrheit zu sagen. Fernwaldt hatte Jahrzehnte seines Lebens in einer Diktatur verbracht, in der die Menschen auf Schritt und Tritt überwacht wurden, von heute auf morgen verschwanden und nie wieder gesehen wurden. Was sollte er erwarten, als dass Amadeo im nächsten Moment eine Kleinkaliberwaffe ziehen würde, um das Wissen zu schützen, das Familie Fernwaldt so lange Zeit gehütet hatte?

Doch Amadeo wagte es nicht, seine Karten auf den Tisch zu legen. Irgendwie musste er die Balance halten, weder zugeben, wer er wirklich war, noch den Mann zu sehr einschüchtern durch übertriebenes Agentengehabe. Am sichersten war es, wenn er so wenig wie möglich sagte. Fernwaldt schien fast erleichtert, endlich über die Dinge sprechen zu können, über die er so lange hatte schweigen müssen.

»Natürlich mussten wir vorsichtig sein.« Der alte Mann stellte seine Tasse ab. »Mein Vater war schon lange davon überzeugt, dass Onkel Albert irgendwie mit dem Geheimdienst zu tun haben musste. Er war ja einer der schärfsten Kritiker des Wettrüstens damals, und seine politische Überzeugung, seine Sympathie für den Sozialismus, war kein Geheimnis. Und woran er arbeitete, sein Wissen um die Grundlagen der Bombe, das wusste die ganze Welt. Und die Amerikaner … Er lebte ja nun in Princeton. Wahrscheinlich wussten sie sogar, dass er mit Ihnen zu tun hatte.«

Amadeo nickte stumm. Die Szene war unwirklich, doch Fernwaldt schien nicht zu bemerken, in welcher Verfassung sich der Restaurator befand.

Mit leiser Stimme fuhr der Alte fort: »Dass Briefe hin und her gingen, ließ sich nicht verheimlichen. Meist stand auch gar nichts drin, das man hätte verheimlichen müssen. Aber eine Möglichkeit gab es eben doch: Onkel Albert hatte sich da was ausgedacht, das wir als Kinder ungeheuer spannend fanden: Man musste einfach nur jeden neununddreißigsten Buchstaben lesen, dann kam noch eine versteckte Botschaft zum Vorschein, doch selbst die war meist ganz harmlos: *Und was macht die Schule, Robert?* – Solche Sachen. Schon klar, Ihnen muss das lächerlich vorkommen.« Er nickte Amadeo zu.

»Lächerlich«, bestätigte der Restaurator. Klang er eine Spur heiser, oder hatte er seine Stimme unter Kontrolle? *Man musste einfach nur jeden neununddreißigsten Buchstaben lesen.* So weit zu dem undurchschaubaren Geheimnis, das er glaubte, geknackt zu haben. So weit zum Durchbruch in der kryptologischen Wissenschaft. Doch wenn man *wusste*, wie ein Code funktionierte, konnte eben wirklich jedes Kind ihn dechiffrieren. Und Fernwaldt und seine Geschwister hatten gewusst, wie sie vorgehen mussten. Anders als Amadeo.

»Bis dann der letzte Brief kam.« Der Gesichtsausdruck des Alten veränderte sich. »Wenige Monate vor Onkel Alberts Tod. Dieser Brief war anders – nicht im Ton, der war locker wie immer, aber in der Botschaft.«

»Und die lautete?«, fragte Amadeo. Doch er ahnte es bereits.

»*Zweiundfünfzig Grad einundzwanzig Minuten fünfundzwanzig Sekunden neunundzwanzig nördlicher Breite*«, bestätigte der alte Mann. »*Zwölf Grad neunundfünfzig Minuten achtunddreißig Sekunden einundfünfzig östlicher Länge.*«

Amadeo schluckte: »Und da haben Sie einfach ... nachgeschaut an der Stelle?«

Sein Gastgeber schüttelte den Kopf. »Wir hatten genaue Anweisungen.«

Der Restaurator hob eine Augenbraue. »Muss ein ziemlich langer Brief gewesen sein, wenn Sie nur jeden neununddreißigsten Buchstaben ...«

»Glauben Sie?« Für eine Sekunde blitzte der Schalk in den Augen des Alten. »Nein, die Anweisungen hatte Onkel Albert ganz offen niedergeschrieben: Er würde uns ja noch immer ganz fürchterlich beneiden, dass wir ständig angeln gehen könnten auf dem Petzinsee. Da könnte man ja einen *fantastischen Fang* machen und hätte auch gleich was im Haus, wenn ein *besonderer Gast* vorbeischaute.« Mit einem Nicken wies er auf Amadeo.

Der hatte Mühe, ein Keuchen zu unterdrücken.

»Also sind wir rausgefahren mit der *Sturmkönigin*«, murmelte Fernwaldt. »Und als wir die Stelle einmal gefunden hatten, waren auch die Zusammenhänge schnell klar. In seinem letzten Brief hatte mein Vater den bevorstehenden Bau des Damms erwähnt, quer durch den See. Davon hatte Onkel Albert natürlich nichts ahnen können, als er aus Deutschland wegging, zwanzig Jahre vorher. Und glauben Sie mir, als wir später losgelegt haben mit dem Bau … Das hat den gesamten Seegrund aufgewirbelt, metertief. Es hat Jahre gedauert, bis da wieder Fische leben konnten. Mit Sicherheit wäre das Depot entdeckt worden.«

»Das Depot«, hauchte Amadeo.

Der alte Mann nickte. »Die Unterlagen befanden sich in einem versiegelten Metallbehälter. Das Wasser war nicht besonders tief an dieser Stelle, vier oder fünf Meter höchstens.«

»Ein Behälter«, murmelte Amadeo. »Ein *Gefäß* sozusagen. Wo ist er jetzt?«

»Wir haben ihn verschwinden lassen. Die Schriftstücke waren schon schwierig genug zu verstecken. Wir dachten, das sei besser so.«

Amadeo nickte nachdenklich. Was war der Familie übrig geblieben, wenn sie davon ausgehen musste, dass eine geheimdienstliche Angelegenheit im Gange war?

»Wir mussten ihn öffnen«, sagte Fernwaldt rasch. Wieder hörte Amadeo das Zittern in seiner Stimme. »Wir waren dazu gezwungen. Wir hatten keine Wahl. Mein Vater war sich nicht sicher, ob bei der Bergung nicht Wasser eingedrungen war. Aber es … es war alles in Ordnung, so weit wir das beurteilen konnten.« Er sah den Restaurator an, mit einem Blick, dass Amadeo nur unter Aufbietung aller Kräfte dem Drang widerstand, dem Mann reinen Wein einzuschenken, hier und gleich und auf der Stelle.

»Ich schwöre Ihnen …« Die Stimme des Alten klang wie eine rostige Feile. »Ich schwöre Ihnen, dass ich keine Ahnung habe, was das hier zu bedeuten hat.«

Fernwaldts Finger zitterten, als er noch einmal in die stoffbezogene Fotobox griff und ein Kuvert zum Vorschein brachte. Es war nicht viel größer als Professor Helmbrechts Umschlag, mit dem für Amadeo alles begonnen hatte.

Ein Umschlag. Kein babylonisches Heilmittel. Ein Umschlag.

Am Anfang ein Umschlag, dachte er, und am Ende ein zweiter. Irgendwie passte das.

Einsteins Geheimnis.

Lesen. Lösen. Herbringen.

Mit einer Scheu, die ihn selbst erstaunte, nahm Amadeo das Kuvert entgegen. Es war nicht verschlossen.

Vorsichtig schob er die Lasche auf und spähte hinein.

Auf wackligen Beinen verließ Amadeo das Häuschen, in dem Fernwaldt seit dem Tod seiner Frau alleine lebte – und seinetwegen auch weiterleben sollte bis an sein seliges Ende. Bis zum letzten Augenblick musste der alte Mann damit gerechnet haben, dass sein *besonderer Gast* ihn jetzt doch noch liquidieren würde.

Amadeo hatte nicht den Hauch einer Absicht, irgendjemanden zu liquidieren. Er setzte sich hinter das Steuer seines Mietwagens und verharrte dort minutenlang, ohne sich zu rühren.

Einsteins Geheimnis. Er hatte Albert Einsteins Geheimnis im Gepäck. Noch hatte er nur einen kurzen Blick in den Umschlag werfen können, doch was er dort gesehen hatte …

Amadeo schüttelte den Kopf. Er brauchte Abstand, bevor er sich damit befassen konnte. Mechanisch legte er den Gang ein, startete den Wagen und beschloss, nach Potsdam hineinzufahren.

Auf einem Parkplatz nahe des Schlosses Sanssouci stellte er das Auto ab und spazierte aufs Geratewohl in den herbstlichen Park hinein. Der Wind wehte unvermindert, doch die Wolken hatten sich verzogen, und über den Gartenanlagen spannte sich ein stahlblauer Himmel. Amadeo hatte ihn beinahe für sich allein. Die Grippe hielt die Menschen in ihren Häusern.

Auch das kleine Café, das er nach einer Viertelstunde ansteuerte, musste unter normalen Umständen ein Publikumsmagnet sein, heute aber waren nur die wenigsten Stühle besetzt. Amadeo wählte einen Platz am Fenster, ein Stück entfernt von zwei alten Damen, die leise miteinander tuschelten. Beide trugen Atemmasken, anders als eine Gruppe von Jungs im Teenageralter, die sich am Nebentisch lümmelten. Ab und zu stieß einer von ihnen ein übertriebenes *Hatschi!* hervor, woraufhin die beiden Damen instinktiv zusammenzuckten und die jungen Leute sich vor Kichern schüttelten. Als Amadeo sich eine *latte macchiato* bestellte, kam noch ein Typ mit kahlrasiertem Kopf und Sonnenbrille herein und suchte sich ebenfalls einen Platz am Fenster.

Amadeo waren diese Kerle unheimlich. Erst als der Mensch hinter einer Zeitung unsichtbar wurde, schaute er für einen Augenblick hin und konnte die Schlagzeile auf der Vorderseite des Revolverblatts erkennen: *Killergrippe – aus geheimem Armeelabor entkommen?*

Er selbst fühlte sich noch immer keine Spur kränklich.

Nachdem ihm nicht mal seine Badetour den Rest gegeben hatte, gehörte er wohl wirklich zu den Glücklichen, die immun waren.

Ein Lichtblick, dachte er, doch rechte Freude wollte nicht aufkommen. Nicht wenn er an Helmbrecht dachte, um dessentwillen er dieses Abenteuer auf sich genommen hatte. *Lesen. Lösen. Herbringen.* Amadeo hatte Einsteins Geheimnis gefunden und würde dem Professor seinen letzten Wunsch erfüllen – wenn er noch rechtzeitig kam. Ja, sie hatten keine Zeit mehr, das wusste er.

Doch noch war er nicht bereit. Helmbrecht hatte noch etwas anderes gesagt in seinem Traum, und das war etwas, das Amadeo auch im Wachzustand schon mehr als einmal von ihm zu hören bekommen hatte: Sie müssen die Kleinigkeiten im Auge behalten.

Genau das würde er jetzt tun, noch bevor er sich auf den Weg nach Weimar machte.

Amadeo öffnete seine Aktentasche und holte den Umschlag hervor. In einem Behälter war er versteckt gewesen, einem *Gefäß* – genau wie das Heilmittel in Einsteins Geschichte. Ein Zufall? Wohl eher eine Notwendigkeit, wenn man ein Geheimnis unter Wasser deponierte.

Amadeo zog die Lasche auf und ließ den Inhalt des Kuverts auf den Caféhaustisch gleiten. Ein merkwürdiges Déjàvu überkam ihn: ein Stapel zusammengefalteter Seiten und ein zweiter, etwas kleinerer Umschlag mit den Initialen A.E. – Albert Einstein. Amadeo legte ihn zunächst beiseite.

Stirnrunzelnd nahm er sich stattdessen den Stapel loser Seiten vor: Vier Blätter, fünf, und sie sahen alt aus, *wirklich* alt. Die Bögen waren handbeschrieben, mit einer schnörkeligen, ein wenig zittrigen Schrift, die sich vom Gilb des Hintergrunds kaum noch abhob. Amadeo kannte dieses Phänomen: Tinte hielt sich nicht ewig. Im Laufe der Jahrhunderte verblasste sie immer mehr, bis nur noch ein Schatten des geschriebenen Wortes von vergangenen Geheimnissen kündete.

Jahrhunderte! Spontan datierte Amadeo diese Schrift auf den Beginn des neunzehnten Jahrhunderts, lange vor Einsteins Geburt auf jeden Fall. Der neue Text, Einsteins Geheimnis, stammte überhaupt nicht von Albert Einstein!

Einen Moment lang fiel ein Schatten auf das Blatt, als das junge Mädchen, das an den Tischen bediente, dem Glatzkopf seine Bestellung brachte. Amadeo spürte den Impuls, die Seite mit den Fingern zu verdecken, ließ es dann aber bleiben. Nein, er musste keine Angst haben, dass ihm irgendwelche finsteren Gestalten über die Schulter spähten. Fernwaldts fixe Idee, dass Einsteins Vermächtnis irgendwas mit seinen Atomforschungen zu tun haben musste, war aus der Perspektive des Alten zwar nachvollziehbar, aber sie war mit Sicherheit falsch. Als dieser Text geschrieben wurde, hatte die Welt noch nichts geahnt von der Relativitätstheorie oder der atomaren Spaltung. Zu dieser Zeit hatte sich kaum Isaac Newton richtig durchgesetzt.

Zu dieser Zeit… Automatisch hatte Amadeo angefangen zu lesen, Buchstabe für Buchstabe. Er hatte größte Mühe, sich die Worte, die Zeilen zusammenzureimen.

Ja, zu reimen. – Im wahrsten Sinne des Wortes. Dieser Text… Er war ein Gedicht!

Als der Menschen Schar dereinest
nach dem Osten auf sich machte,
wusst' der Eine stets aufs Feinest,
was der And're sprach und dachte.
Fröhlich im Vereine
rief man sich im Nu
hier das Allgemeine
stets im Urwort zu.

»Was beim …«, murmelte Amadeo. Seine Augen glitten tiefer, doch in den folgenden Strophen konnte er nur hier und da einzelne Worte entziffern. Er blätterte vor auf die nächste Seite, suchte nach einem Anhaltspunkt, einer Bestätigung seiner Ahnung. Wie sich das anhörte, war das … Hier!

Engel, eilet!
Dies zu enden
will ich senden
Pestilenzen.
Die ihr Krankheits Keim verteilet,
weiset mir dies Volk in Grenzen!

Es gab keinen Zweifel: An dieser Stelle sprach kein Geringerer als der alttestamentarische Herrgott persönlich. »Dieselbe Geschichte!«, hauchte Amadeo. Ganz genau dieselbe Geschichte wie bei Einstein selbst: die Menschen, die sich zusammentaten, in Babel einen Turm erbauten und damit das göttliche Strafgericht heraufbeschworen in Form einer schrecklichen Seuche. Amadeo zweifelte nicht daran, dass auch in dieser Version am Ende Gott ein Einsehen hatte und ein Gegenmittel vorbeischickte.

Was in Dreiteufelsnamen hatte das zu bedeuten? *Das* war das Geheimnis? Einstein hatte das jahrhundertealte Manuskript eines Gedichts versteckt und den Standort in einem Text verschlüsselt, in dem er genau dieses Gedicht in seinen eigenen Worten nacherzählte?

Was war so unglaublich wichtig, so bedeutsam an diesem Gedicht? Von wem stammte es überhaupt? Irgendetwas an der Wortwahl, an der Form der Reime kam Amadeo vertraut vor. Es war die Stimmung des Gedichts, das *Gefühl* der Worte …

Hastig blätterte er weiter. Die Schrift wurde immer undeutlicher, als hätte der Verfasser zuletzt in großer Eile geschrieben. Als Amadeo die letzte Seite erreichte, waren seine Finger so feucht, wie sein Mund trocken war. Das Gedicht endete, und darunter waren einige Zeilen freigelassen, bevor sich noch ein Nachsatz anschloss. Auch das, dieses Schema, kannte er. Es war dasselbe Schema wie bei Einsteins eigenem Text, nur dass der Physiker seine Anmerkungen auf der Rückseite platziert hatte.

Die Buchstaben dieser Nachbemerkung hier waren kaum noch zu entziffern. Einzig diejenigen ganz am Ende, in der Unterschrift, konnte Amadeo ohne Schwierigkeit lesen.

Weil er diese Unterschrift kannte.

Professor Helmbrecht besaß eine ganze Sammlung davon in seinem Institut in Weimar.

J. W. v. Goethe, las Amadeo.

Johann Wolfgang von Goethe.

Potsdam, Deutschland

Steffen Görlitz spürte den Luftzug, als die Caféhaustür sich hinter Fanelli schloss. Er wartete noch einige Sekunden, dann ließ er seine Zeitung sinken.

Sein Gesicht verzog sich zu einem Grinsen, bei dem die Kinder auf der Straße schreiend wegliefen, wenn sie es zu sehen bekamen.

Wie oft er es verflucht hatte, dieses Andenken an den Tag in Rom: Es war nur ein Streifschuss gewesen, der seine linke Gesichtshälfte erwischt hatte, und doch ließen diese Narben sich kaum verbergen. Die Sonnenbrille, mehr war nicht zu machen. Genau diese Brille aber hatte gerade ihren Wert bewiesen, ebenso die grauenhafte Glatze, die er den Privatärzten verdankte.

Er konnte es kaum fassen: Wie selbstverständlich war er ins Café spaziert und hatte sich zwei Tische von Fanelli entfernt niedergelassen. Ganz deutlich hatte er gespürt, wie der Blick des Restaurators kurz in seine Richtung huschte, sich aber eilig wieder abwandte. Und es hatte kein Erkennen in diesem Blick gelegen – im Gegenteil.

Durch die Fensterscheibe folgten Görlitz' Augen jetzt Fanellis Gestalt, die sich in Richtung Schlosspark wandte.

Amadeo Fanelli. Es war Schicksal. Görlitz weigerte sich, an etwas anderes zu glauben. Zum dritten Mal kreuzten sich nun ihre Wege, wenn man die Zeit in Weimar mitzählte. Er, Görlitz, war Professor Helmbrechts rechte Hand gewesen und hatte die Nachfolge als Leiter des Instituts praktisch in der Tasche gehabt – bis Fanelli kam. Fanelli, der nicht mal vom Fach war! Kulturhistoriker! Theologe! Ja, Fanelli war gekommen – und wieder verschwunden. Doch danach war nichts mehr gewesen wie zuvor. Görlitz hatte seine Zelte in Weimar abgebrochen; ein neuer Lebensabschnitt, vielleicht doch noch die Chance auf eine Karriere. Und irgendwann hatte er auf der Gehaltsliste des Kardinalstaatssekretärs der Heiligen Römischen Kirche gestanden und war in einer ganz anderen Sache hinter Fanelli her gewesen. Doch nicht den Restaurator, sondern ihn hatten die Kugeln erwischt im Dom von San Pietro.

Görlitz griff nach seinem Handy: Die Mobilnummer des Blonden hatte er gespeichert. Verholen, so hatte der Mann sich vorgestellt, als Görlitz auf sein Angebot eingegangen war. Er ging nicht davon aus, dass das sein echter Name war, doch das war ihm auch gleichgültig.

Rache, dachte er und betrachtete die fotokopierte Textseite, die vor ihm auf dem Tisch lag. *Die Geschichte des Turmbaus zu Babel ist altbekannt…* Eine Nacherzählung der biblischen Geschichte aus der Schreibmaschine Albert

Einsteins. Ein Text, in dem sich etwas versteckte, ein Code, ein Hinweis, ein geheimer Ort.

Über die genauen Zusammenhänge hatte Verholen sich bisher in Schweigen gehüllt, doch sie waren auch kaum von Bedeutung für Görlitz. Wichtig war nur die Gelegenheit: Steffen Görlitz oder Amadeo Fanelli, Amadeo Fanelli oder Steffen Görlitz – nur einer konnte der Erste sein, dem es gelang, diesen Code zu entschlüsseln. Nur einer von ihnen konnte der *Beste* sein. Görlitz würde dem Restaurator ins Gesicht lachen im Gefühl seines Sieges. Der Kerl sollte wissen, wer ihn besiegt hatte, das war Görlitz' einzige Bedingung an Verholen gewesen. Danach konnte der Blonde mit Fanelli anstellen, was er wollte.

Beim dritten Klingeln nahm Verholen den Anruf entgegen. »Ja?« Die Stimme klang unfreundlich. »Was ist los?«

»Ich habe ihn gesehen«, sagte Görlitz leise. »Er ist es tatsächlich.«

»Ich habe Ihnen gesagt, dass er es ist«, knurrte Verholen. »Warum sollte ich Sie anlügen? Hatte er Papiere bei sich?«

»Er hatte Papiere.« Görlitz nickte. »Mehrere lose Seiten. Altes Papier auf jeden Fall, mehr konnte ich nicht erkennen.«

»Wie weit sind Sie mit dem Einstein?«

»Ich …« Görlitz zögerte. Er stand noch am Anfang. Während er ein halbes Auge auf den Restaurator gehabt hatte, hatte er begonnen, Einsteins Version mit dem Wortlaut der Lutherbibel zu vergleichen. »Möglicherweise habe ich eine Spur«, sagte er.

»Vergessen Sie's«, brummte Verholen. »Ich brauche Sie nicht mehr für den Einstein. Fanelli hat den Code bereits entschlüsselt.«

Görlitz erstarrte, zu keiner Bewegung fähig. Es war, als hätte sich eine Falltür unter seinem Caféhausstuhl geöffnet.

Das Spiel war vorbei, ehe es begonnen hatte, und Görlitz hatte verloren. Der Blonde brauchte ihn nicht mehr. Und Görlitz wusste, was aus Plänen – und Menschen – wurde, die man nicht mehr brauchte in diesem Geschäft.

»Wir haben einen neuen Text«, sagte Verholen unvermittelt.

Görlitz antwortete nicht. Die Worte waren noch nicht in seinem Kopf angekommen.

»Hören Sie noch zu?«, knurrte der Blonde.

»Ich … ich höre.«

»Das Original hat Fanelli«, ertönte die Stimme aus dem Handy. »Unser Freund hat sich heute Vormittag sehr angeregt mit einem älteren Herrn unterhalten. Dieser Herr hat Einsteins Geheimnis anscheinend jahrzehntelang aufbewahrt, und wie das Leben so spielt, hatte er sich doch tatsächlich eine Kopie angefertigt. Er war sehr gesprächig – vor seinem Tod.«

Görlitz spürte einen Kloß in seiner Kehle. Doch das ging vorbei. Das gehörte dazu, wenn man sich auf solche Spiele einließ. Er hatte selbst getötet, mehr als einmal. Während der Jagd auf die Letzte Offenbarung des Johannes war gar keine Zeit zum Nachdenken gewesen. Töten – oder getötet werden.

»Wir sind in zehn Minuten bei Ihnen«, sagte Verholen knapp. »Dann können Sie zeigen, was Sie wert sind.«

Bundesautobahn 9, Deutschland

Goethe.

Amadeo starrte auf das Heck eines Mercedes Diesel. Im Schritttempo kroch der Wagen auf der deutschen A 9 vor ihm her, irgendwo in der Nähe eines Ortes namens Bitterfeld.

Goethe. An die Stelle eines kryptischen Einsteintextes war ein kryptisches Goethegedicht getreten. Beide zum Turmbau zu Babel, beide komplett mit Seuche, Heilmittel und geheimem Versteck – und bei Goethe mit einer Anweisung an einen namentlich nicht genannten *würdigen Freund*, der sich doch bitte einen Reim auf dieses hübsche kleine Poem machen möge. Sollte ihm das aber nicht gelingen, möge er – der Freund, der würdige – den Text vor seinem Tod an den größten Gelehrten seiner Zeit weitergeben. Den größten Gelehrten nach ihm selbst, versteht sich.

Exakt wie bei Einstein, nur schwurbeliger ausgedrückt. So weit hatte Amadeo sich den Nachsatz zusammenreimen können.

Er war so weit wie am Anfang.

Lesen! Lösen! Herbringen! Professor Helmbrecht hatte ihm ein Rätsel Albert Einsteins geschickt – und was hatte Amadeo nun im Gepäck? Ein neues Rätsel. Ein Rätsel des Johann Wolfgang von Goethe mit einem neuen, unbekannten Code, einem Goethe-Code.

Oh, und das kleinere Kuvert natürlich, das mit im Umschlag gelegen und ein Schreiben Albert Einsteins enthalten hatte, offenbar auf derselben Maschine getippt wie sein Babylon-Text: Einsteins Glückwunsch an den Finder – Helmbrecht oder dessen Nachfolger im Geiste. Und eine knappe Anweisung: *Jetzt sind SIE dran.* – Er, Amadeo also, sei jetzt dran, die Babylon-Geschichte neu zu erzählen, einen eigenen Code zu entwickeln und das Geheimnis weiterzugeben an den größten Gelehrten einer neuen Generation. Ach, und Einsteins Geheimnis möge er dann bitte wieder an Ort und Stelle versenken – die Regeln verlangten das so. Das müsse man nicht verstehen.

Und *so was* kam von Albert Einstein!

Das war das Geheimnis.

Es war ein Geheimnis um des Geheimnisses willen, ein Geheimnis, das sich in einer intellektuellen Inzucht wieder und wieder selbst reproduzierte, von Generation zu Generation, von einem großen Denker zum nächsten. Wann das Ganze losgegangen war, wusste Gott im Himmel. Einstein offenbar hatte es nicht gewusst. Für den hatte es auch einfach nur mit einem abstrusen Text angefangen – dem Goethetext. Immer dieselbe Geschichte, neu verpackt und weitergegeben.

Das war das Geheimnis.

Was das Ganze sollte? Es war ein Spiel von Gelehrten. Amadeo kannte solche Spiele – aus der Literatur. Im Mittelalter, in der Renaissance war so was mordsmäßig in Mode gewesen, aber dass eine solche Überlieferung bis heute überlebt hatte, das war … Der Restaurator schüttelte stumm den Kopf.

Der Mercedes-Diesel stand jetzt. Betäubt starrte Amadeo auf das wuchtige Heck des Gefährts und drehte den Zündschlüssel. Das Motorengeräusch verstummte, und die Klänge von Händels *Saul*-Oratorium erfüllten stattdessen den Mietwagen. Es war Amadeos Lieblingsaufnahme, die sich das Soundsystem des Fahrzeugs von seinem Datenstick holte. Musik, die ihm half zu denken – normalerweise.

Aber nicht in diesem Augenblick.

Er hatte die ganze Sache noch nicht ansatzweise verarbeitet, geschweige denn, dass er wusste, was er davon halten sollte.

War er enttäuscht? Was hatte er erwartet an Einsteins Zielkoordinaten? Eine babylonische Amphore hatte er faktisch ausgeschlossen, aber er hatte doch zumindest mit etwas Greifbarem gerechnet. Mit einer Antwort, keiner neuen Frage.

Doch dann waren da diese Namen, große Geister ihrer Zeit: Goethe. Einstein. Helmbrecht. Und nun Amadeo Fanelli aus den Marken, der Geschäftsführer der *Officina di Tomasi et figlii* in Rom. Welch eine Ahnenreihe!

Und der Professor… Helmbrecht war der größte Goetheexperte unter der Sonne. Was würde der Professor sagen, wenn Amadeo ihm mit einem rätselhaften Goethegedicht ins Haus schneite, einem rätselhaften und – da war sich Amadeo sicher – bis heute *unbekannten* Goethegedicht?

Letzter Wunsch? Nein, Amadeo kannte den Professor: Wenn er diesen Text zu sehen bekam… Nur allzu deutlich konnte Amadeo sich das Bild ausmalen. Die Auferweckung des Lazarus war nichts dagegen. Wobei der biblische Lazarus natürlich schon tot gewesen war.

Wir haben keine Zeit mehr.

Amadeo wusste, dass es wenig Sinn hatte, doch er musste es einfach noch einmal versuchen. Er streckte die Hand nach dem Handy aus…

…und griff ins Leere.

Sein *telefonino*! Das Handy lag auf einem Häkeldeckchen in Fernwaldts Haus! Er musste rausfahren, umkehren… Sobald überhaupt wieder die Rede sein konnte von Fahren.

Aber zurück nach Caputh? Das hieß dann eine Stunde hin und eine weitere, bis er wieder das lauschige Bitterfelder Land erreichte – selbst ohne Stau. Wie spät würde es sein, bis er unter diesen Umständen in Weimar ankam? Zehn Uhr, elf Uhr am Abend? Zu spät, um sich noch auf die Suche nach Helmbrecht zu machen, im Institut, in seinem Häuschen am Stadtrand oder sonstwo.

Langsam schüttelte er den Kopf. Sein Handy war im Moment unwichtig. Helmbrecht war krank, und die vergilbten Seiten in Amadeos Aktentasche waren ein stärkeres Heilmittel als jede Penicillindosis. Lesen! Lösen! Herbringen! Wenn er dem Professor helfen wollte, war das seine einzige Chance.

Vorausgesetzt, es gelang ihm, den alten Mann aufzuspüren. Was zur Hölle war los in Weimar, dass man keinen Menschen ans Telefon bekam?

Amadeo fröstelte. Es war noch viel zu früh für den Sonnenuntergang, und doch besaß der Himmel über Bitterfeld eine seltsam rötliche Färbung – rot wie Blut, das tröpfchenweise in das kalte Herbstfirmament sickerte.

Weimar, Deutschland

Die Chronisten schrieben den 14. Oktober des Jahres 1806, als das Verhängnis über Weimar hereinbrach.

Bei Jena und Auerstedt hatten die verbündeten Preußen und Sachsen eine vernichtende Niederlage einstecken müssen. Nichts stand nunmehr zwischen Napoleons siegreicher Invasionsarmee und der kleinen herzoglichen Residenzstadt. An die schreckliche Nacht, die auf das Gemetzel auf dem Schlachtfeld folgte, sollten die Zeitgenossen sich später ihr Leben lang erinnern.

Die öffentliche Ordnung war vollständig zusammengebrochen. Die Sieger drangen in die Häuser ein, plünderten, schändeten, mordeten, wie es ihnen in den Sinn kam. Einzig im Goethehaus am Frauenplan konnte Christiane Vulpius die tobende Soldateska zurückhalten – zum Dank dafür reichte der Dichterfürst ihr einige Tage später die Hand zum Bund fürs Leben. Doch der Rest der Stadt: ein Chaos, ein Sengen, ein Brennen und …

Amadeo Fanelli hatte sich der Vergangenheit selten so nahe gefühlt.

Längst hatte sich der Abend über Weimar gesenkt, als er von der Autobahn her das Ortsschild erreichte, doch es war nicht dunkel in der Stadt. Die Straßenlaternen brannten, und nicht sie allein. Schon an der Einfallstraße kam Amadeo an zwei qualmenden Autowracks vorbei. Als er den Ring um die Innenstadt erreichte, sah er huschende Gestalten auf den Bürgersteigen – die ersten Menschen, die er überhaupt zu Gesicht bekam, und sie sahen nicht vertrauenerweckend aus. Was schleppten die Leute mit sich herum? Der Restaurator wurde langsamer.

Ein Schlag traf den Mietwagen. Amadeo keuchte, trat in die Bremse. Ein schemenhafter Umriss auf der Fahrbahn direkt vor ihm. Ein Mensch! Er riss das Steuer herum. Für den Bruchteil einer Sekunde erfasste der Scheinwerfer eine dunkel gekleidete Gestalt mit einem … einem Knüppel? Einem Baseballschläger? Amadeo stieg aufs Gas. Ein protestierendes Quietschen: Die Reifen drehten durch, der Wagen bockte, gehorchte dann doch noch. Eine Sekunde später war Amadeo aus der Gefahrenzone.

Plünderer. Kalter Schweiß stand ihm auf der Stirn. Was war in dieser Stadt im Gange? In Caputh, in Potsdam waren die Straßen nahezu menschenleer gewesen, keine Spur von einem solchen Chaos! Hatte die verdammte Grippe Weimar so viel heftiger getroffen? Würde es in ein paar Tagen in *jeder* Stadt so aussehen, wenn die Krankheit weiter um sich griff?

Amadeo kam an Geschäften vorbei; die Schaufenster waren verbarrikadiert und vernagelt. Von irgendwoher ertönte das Geräusch einer Polizeisirene.

Der Restaurator biss die Zähne zusammen und setzte den Blinker links. Er kam sich dabei lächerlich vor. Seit dem Ortsschild war er vielleicht einem halben Dutzend Fahrzeugen begegnet. Jedenfalls würde er sich nicht ohne Not in die Innenstadt wagen. Wenn Helmbrecht krank war, hatte er an dem kleinen Häuschen am Stadtrand sowieso die besseren Chancen.

Tatsächlich wurde es in den Außenbezirken etwas ruhiger. Hier und da sah Amadeo sogar Menschen auf der Straße, die augenscheinlich nicht aufs Plündern aus waren. Vielleicht war es sogar eine Art Bürgerwehr, die genau das verhindern wollte.

Seine Navigation lotste ihn in eine Vorortsiedlung voller gepflegter Gartengrundstücke. Noch einmal rechts in eine Sackgasse – der Professor und seine Frau wohnten ganz am Ende.

Direkt vor dem Haus brachte Amadeo den Wagen zum Stehen. Es lag ein Stück von der Straße zurück hinter hohen Hecken, doch schon jetzt war zu erkennen, dass kein Licht brannte. Überhaupt schien in der gesamten Straße niemand zu Hause zu sein, ausgenommen in einem Mehrparteiengebäude am Eingang der Sackgasse.

Amadeo stellte die Zündung ab und verharrte einen Augenblick schweigend. Mehrere andere Fahrzeuge parkten am Straßenrand; Menschen waren nicht zu sehen. Der Restaurator holte Luft, öffnete die Tür und kletterte ins Freie, griff nach der Aktentasche mit den Unterlagen aus Einsteins Depot.

Leichter Dunst lag in der Luft, nicht viel anders als am Vorabend in Rom. Allerdings war es wesentlich kälter dabei, und es war still. Gespenstisch still, dachte Amadeo, wie auf dem Friedhof. Ein Schauer durchfuhr ihn, der nichts mit der Kälte zu tun hatte.

Helmbrecht war nicht tot! Amadeo weigerte sich, den Gedanken auch nur in Betracht zu ziehen. *Lesen! Lösen! Herbringen!* Ein Toter stellte keine solchen Forderungen, und auch auf dem Anrufbeantworter hatte der alte Mann sich keineswegs schwächlich angehört, höchstens heiser. Und heiser war Helmbrecht, seit Amadeo ihn kannte. Wäre da nicht sein Traum gewesen …

Unwillig schüttelte er den Kopf. Den ganzen Tag über hatte er kaum an diesen Traum gedacht. Er war mit einem Bootswrack quer über den Schwielowsee gefahren, hatte im jaucheartigen Wasser nach Einsteins Vermächtnis gesucht – warum kam die Erinnerung gerade jetzt zu ihm zurück?

Weil dies die Stunde der Wahrheit war.

Wenn Amadeo ganz und gar ehrlich zu sich selbst war, konnte er nur eines mit Bestimmtheit sagen: Helmbrecht war noch am Leben gewesen, als er seinen Brief abgeschickt hatte, doch beim Arbeitstempo der italienischen Zustellung war das mit Sicherheit Tage her. Amadeo verfluchte sich jetzt, dass er nicht auf den Poststempel geschaut hatte.

Es half nichts. Jetzt war es zu spät.

Wir haben keine Zeit mehr.

Mit einem wortlosen Fluch drückte er gegen die schmiedeeiserne Tür in der Lebensbaumhecke: Sie war nur angelehnt. Finster lag der Garten des Hauses vor ihm. Was von der Straßenlaterne an Licht kam, schien nach wenigen Metern zu versickern. Schemenhaft konnte Amadeo hellere Trittsteine erkennen, Inseln, auf denen die Finsternis eine Spur weniger vollkommen war. Zwischen unsichtbaren Beeten wanden sie sich hin und her auf die Eingangstür des Einfamilienhauses zu, die nicht einmal eine Ahnung war.

Amadeo war ein- oder zweimal hier gewesen während seiner Zeit in Weimar, doch für gewöhnlich hielt der Professor Beruf und Privatleben strikt getrennt. Manchmal schien es kaum vorstellbar, dass der alte Mann so etwas wie ein Privatleben überhaupt besitzen sollte. Seine Frau jedenfalls hatte Amadeo niemals kennengelernt. Nun, es gab für alles ein erstes Mal, dachte er, und gewöhnlich waren die Umstände nun beim besten Willen nicht zu nennen.

Die Spur der Trittsteine endete. Gleich hier vorne musste die Treppe… Mit einem dumpfen Laut stieß Amadeos

Schienbein gegen die Granitkante. Er biss sich auf die Zunge. Jeder Mensch hatte heute einen Bewegungsmelder, nur der Professor nicht!

Keckernd lachte irgendwo ein Vogel über sein Missgeschick. Amüsier dich nur, dachte Amadeo düster. Wo war nun die Treppe? Mit der Schuhspitze tastete er sich voran. Der Vogelruf wiederholte sich.

Amadeo hielt inne, lauschte. Was war das für ein Vogel? Wie viele Vögel kannte er, die nachts riefen? Ein blecherner, ja, metallischer Laut, beinahe wie ein Ratschen oder…

Eine Jalousie, ein Rollladen! Noch einmal wiederholte sich der Laut, und jetzt war Amadeo sich ganz sicher. Das Geräusch kam von links, wo eine Gruppe hoher Nadelbäume das Straßenlicht schluckte. Dort, auf der ruhigsten Seite des Hauses, hatte der Professor sein privates Arbeitszimmer. Hatte Helmbrecht eben den Rollladen heruntergelassen? Aber warum sollte er das mehrmals hintereinander tun?

Und wenn das so war, hätte die Jalousie dann ja bis eben offen sein müssen. Gut, eines der Spezialgebiete des Professors war die finsterste Zeit des Mittelalters, doch seit wann arbeitete er deshalb im Dunkeln? Außerdem hatte sich das Geräusch nicht angehört, als wenn der Rollladen geschlossen wurde, sondern ganz im Gegenteil. Da war es schon wieder! Ein leiser, schabender Laut, wie er entstand, wenn jemand versuchte, die Lamellen von außen hochzuschieben, und dann, im nächsten Moment, das kurze metallische Rattern, mit dem sie wieder nach unten rasselten, zurück in Position.

Amadeo hatte die Plünderer gesehen, die vermummten Gestalten, die durch die Straßen Weimars streunten wie Napoleons marodierendes Gesindel vor zweihundert Jahren. Die ruhige Siedlung am Stadtrand war voll mit Eigenheimen wehrloser, womöglich kranker alter Menschen wie der Helmbrechts. Gut situierter, wehrloser, womöglich kranker alter Menschen obendrein.

Ohne auch nur nachzudenken, hatte Amadeo bereits den ersten Schritt gemacht, weg von der Treppe und den undeutlichen Schatten der Gehwegplatten. Verräterisch knirschte Reif unter seinen Schuhsohlen, als er sich huschend auf die Bäume zubewegte.

Seine einzige Orientierung waren die im Dunst verschwimmenden Lichter der Straßenlaternen, die über die Lebensbaumhecke ragten. Er versuchte sich ungefähr parallel zu ihnen zu halten. Die Tannen musste er passieren, sich dahinter rechts halten, auf den Steingarten zu, die Terrasse und Helmbrechts Arbeitszimmer. Tausend Möglichkeiten, sich die Knochen zu brechen.

Amadeo zuckte zusammen, als ein vorstehender Tannenast über seine Stirn schrammte. Er machte einen Schritt zur Seite, war für einen Moment aus der Balance, dann ging es wieder.

Schon konnte er um die Bäume herumsehen, auf den geschützten, selbst bei Tag von der Straße aus unsichtbaren Bereich des Grundstücks. Vom Gebäude an der Straßenecke fiel ein diffuser Streifen Helligkeit in den Garten und ließ den Reif auf der Rasenfläche glitzern wie Tausende winziger Sterne. Schimmernde Reflexionen brachen sich auf dem kleinen Gartenteich, dessen Wasser zu dieser Jahreszeit durch eine Solaranlage gewärmt wurde, damit sein Bewohner den Winter überstand: ein fetter Karpfen, den der Professor nach dem Kanzler der deutschen Wiedervereinigung getauft hatte.

Nach der fast vollständigen Dunkelheit war Amadeo für eine Sekunde abgelenkt durch diese winzigen Ahnungen von Licht. Erst als ein Schatten auf der Terrasse sich bewegte, wurde er aufmerksam, doch in diesem Moment war es zu spät.

Der Schatten, noch eine Spur dunkler als die Finsternis ringsum, schnellte herum, war mit zwei Schritten am Rand der mit Feldsteinen abgestützten Böschung, federte ab, auf den jungen Restaurator zu.

Keuchend wich Amadeo zurück. Er hatte keine Waffe, er hatte nicht einmal …

Der Schatten kam auf dem Rasen auf, machte einen Schritt vorwärts – und knickte mit einem überraschten Keuchen zur Seite weg.

Amadeo starrte auf die Gestalt. Alles war so schnell gegangen, schon rappelte der Fremde sich wieder auf.

Lauf!, schrie eine lautlose Stimme in Amadeos Kopf, doch er konnte nicht, stand da wie festgefroren, was kein völlig entlegener Gedanke war bei diesen Temperaturen. Noch immer starrte er auf die schattenhafte Gestalt, wusste selbst nicht warum, aber da war etwas in ihrer Haltung gewesen, ein Detail ihrer Bewegungen, das …

Sein Mund schmeckte nach Asche. Er öffnete sich selbsttätig.

»Rebecca?«, krächzte er.

»Näher ran!«, brummte Rebecca. »Ich brauche mehr Licht.«

Amadeo gehorchte wortlos, doch er konnte nicht verhindern, dass der helle Fleck der Stablampe zitterte, während er sich auf dem Fahrersitz seines Mietwagens vorbeugte und einen Abschnitt ihrer entblößten Haut beleuchtete. Um die richtige Stelle zu treffen, musste er gezwungenermaßen hinsehen, und wenn er hinsah, wurde ihm übel.

Auf der Außenseite von Rebeccas Oberschenkel, etwa zwei Handbreit unter dem Ansatz ihres Hinterns, befand sich ein Ypsilon-förmiger Schnitt – ein sonderbarer und auf eine perverse Weise faszinierender Kontrast zu ihrem aufregend nachtschwarzen Slip. Die Wunde war mit groben Stichen vernäht worden, doch mehrere dieser Stiche waren aufgerissen, und die Wundränder leuchteten in einem ungesunden, beinahe violetten Rot. Zweimal bereits hatte Rebecca mit einem Wattebausch das frisch hervorsickernde Blut entfernt, doch schon wieder trat ein dünnes, scharlachrotes Rinnsal aus der Verletzung.

Rebecca musste sich verrenken, als sie einen metallischen Gegenstand an die aufklaffende Naht setzte.

»Was ...« Amadeo schluckte. »Was ist das für ein Gerät?«

»Wie sieht es denn aus?«, knurrte sie.

Es sah aus wie ein Tacker, doch das konnte er nun kaum ...

»Es ist ein Tacker«, stellte sie fest.

Amadeo blieb die Luft weg. »Du kannst doch nicht ...«

Das schnappende Geräusch, mit dem sie den kleinen Apparat auslöste, bewies, dass sie es konnte, dreimal, viermal hintereinander – und jedes Mal zuckte der Strahl der Taschenlampe in Amadeos Hand.

»Das war die Längsnaht«, murmelte Rebecca.

»Du kannst da doch nicht mit einem Tacker rangehen!«

»Mit Nadel und Faden kann ich an der Stelle nicht arbeiten, ohne mir vorher ein paar Rippen rauszunehmen. Außerdem ist es ein medizinischer Tacker, die sind dafür gebaut. – Aber wenn du natürlich willst ...« Sie nickte zu ihrer Handtasche, die geöffnet auf dem Armaturenbrett stand.

Entschieden schüttelte Amadeo den Kopf. Rebecca stieß ein Brummen aus, als der Lichtkegel die Bewegung mitmachte.

»Und jetzt die Schrägnaht Nummer eins«, sagte sie leise.

Amadeo schloss die Augen.

Als er sie wieder öffnete, war Rebecca bereits dabei, das medizinische Werkzeug zu verstauen.

»Was ist das für eine Verletzung?«, flüsterte er. »Wo hast du die her?«

»Allgemeines Berufsrisiko.« Sie hob die Schultern, zog eine Einwegspritze aus ihrer Tasche, die sie sich durchs Hosenbein in den Oberschenkel jagte. »Ich hab schon Schlimmeres überlebt.«

Er nickte mit zusammengebissenen Zähnen. Das hatte sie. Er war selbst dabei gewesen.

»Und wie kommst du hierher?«, fragte er. »Nach Weimar?«

»Genau wie du. Erst der Flieger, dann ein Mietwagen.«

Er verdrehte die Augen. »Du weißt genau, was ich meine. Warum bist du hier? Meinetwegen? Woher weißt du, dass ich nach Weimar wollte? Das hab ich keiner Menschenseele erzählt.«

Ein leichtes Lächeln zeigte sich auf ihren Lippen. »Der älteste Trick der Welt: mit dem Bleistift über die Zettel aus deinem Papierkorb schrabbeln: *Helmbrecht. Weimar. Krankenhaus?* Dazu deine Flugverbindung und ein paar Telefonnummern. Hab ich alle probiert: ist kein Mensch rangegangen.«

»Da meldet sich schon seit gestern Vormittag niemand«, brummte er. »Höchstens im Krankenhaus. Da hab ich's noch nicht versucht.«

Rebecca schüttelte den Kopf. »Alle Krankenhäuser durchtelefoniert, in der ganzen Stadt. Da ist er nicht, es sei denn, sie haben im Grippe-Chaos den Überblick verloren. Ist es denn die Grippe beim Professor?«

Amadeo zögerte. »Ich weiß es nicht«, gab er zu. Er holte Luft und begann zu berichten, was sich seit gestern Morgen ereignet hatte, angefangen mit seinem Albtraum und dem ominösen Schreiben des Professors: *Lesen! Lösen! Herbringen!* bis zu dem Punkt, an dem Amadeo die Lösung in der Hand gehalten hatte: die Koordinaten im Petzinsee.

»Verstehst du?«, fragte er. Er sah ihr in die Augen und wusste im selben Moment, dass die Frage überflüssig war. Sie war Rebecca Steinmann, die Frau, die er liebte, und doch noch so viel mehr. Rebecca war der einzige Mensch, mit dem er so offen über seine wahren Beweggründe sprechen konnte. Speziell der Traum, der ganz am Anfang gestanden hatte, der unheimliche Schatten, den dieser Traum auf alles, was seitdem geschehen war, gelegt hatte ... Dinge, die der Logik und dem analytischen Denken nicht zugänglich waren und die zu akzeptieren ihm selbst schwerfiel, waren für Rebecca mit ihrer nebelhaften südamerikanischen Vergangenheit ein selbstverständlicher Bestandteil des Lebens.

Sie musste nichts sagen. Ihr Blick genügte, der aufmerksam auf ihm ruhte, während er seine Geschichte erzählte – ohne den leisesten Hauch von Zweifel.

»Ich musste einfach nach Deutschland«, sagte er schließlich. »Zu Helmbrecht. Nachdem ich jetzt wusste, wo sich Einsteins Depot befand. Ich weiß, er hat eine ruppige Art manchmal, aber für mich ist er eben auch irgendwie wie ein ...« Er schüttelte den Kopf. »Ich denke, du verstehst mich«, sagte er leise.

Sie nickte knapp. »Und jetzt bist du in Weimar. Demnach hast du das Depot gefunden. Es war also an der Stelle, die im Code beschrieben wird?«

»Seltsamerweise war es das nicht.« Er öffnete die Aktentasche und nahm die Blätter vorsichtig heraus, Einsteins Seiten und die vergilbten Papiere mit der Handschrift Goethes. »Aber ich habe es trotzdem. Jemand hatte es geborgen, auf Einsteins Anweisung, ohne zu wissen, was es zu bedeuten hat. Fernwaldt. Robert Fernwaldt, ein alter Mann, dessen

Familie mit Einstein befreundet war, sogar im Kalten Krieg noch. Er hat mich für einen KGB-Agenten gehalten.«

Erst bei diesen Worten sprach der erste Hauch von Zweifel aus ihrer Miene. »KGB?« Sie nahm die Seiten entgegen, überflog sie. »Auf den älteren hier kann ich kein Wort lesen.«

Er schüttelte den Kopf. »KGB oder der moderne Nachfolger. Federallala sonstwas.«

»*Federalaia Slushba Benopanosti*«, murmelte sie automatisch. »FSB.« Sie zögerte. »Aber das ist unwahrscheinlich.«

»Jetzt schau dir doch erst mal an, was das ist! – Das ist nicht einfach nur unwahrscheinlich! Das ist *undenkbar*! Diese Texte haben nichts mit irgendwelchen Geheimdiensten zu tun. Das ist eine spannende Sache, aber eben nur für Leute wie Helmbrecht und mich – oder Goethe und Einstein. Das ist ein Gelehrtenspielchen, da gibt es jahrhundertealte Traditionen. Schon im Mittelalter hat man sich gegenseitig solche Rätselaufgaben gestellt, und das wurde dann weitergegeben von Kloster zu Kloster: Wie berechnet man den Flächeninhalt eines gleichschenkligen Dreiecks? Wie viele Engel haben auf einer Nadelspitze Platz? Haben Frauen eigentlich eine Seele?«

Ihre Augen verengten sich um eine Winzigkeit. »Und?«, fragte sie. »Haben wir?«

Er biss sich auf die Lippen. »Ich glaube, am Ende hat man die Frage mit einem Ja beantwortet. Aber genau das meine ich: So ein Rätsel ist auch das hier, ein Spielchen unter Intellektuellen – seit ein paar hundert Jahren. Nichts mit Agenten und Geheimdiensten und irgendwelchen Leuten, die einem …«

»Ein Mann«, unterbrach sie ihn. »Mitte vierzig, weiße Haare, ungefähr bis zum Hals. Trägt wohl gerne einen Jeansanzug.«

Amadeo hatte mitten im Satz innegehalten. »Was?«, krächzte er.

»Er hat auf der Via Oddone auf dich gewartet«, erklärte sie. »An der Bushaltestelle, gestern den ganzen Tag über. Nur dass keine Busse fahren, weil die Gewerkschaft wieder mal im Streik ist.«

Amadeo starrte sie an.

»Du kennst den Mann?«, fragte sie.

Amadeo nickte, schüttelte den Kopf, nickte dann wieder. »Kennen …«, murmelte er. »Er saß in meinem Flieger heute Morgen. Wir haben uns am Flughafen noch über die Zeitung unterhalten, über das Gerokreuz.«

»Gerokreuz?«

»Er kannte es nicht … glaube ich.« Amadeo versuchte sich die Szene ins Gedächtnis zurückzurufen. War es derselbe Mann, den Rebecca beschrieb? Waren seine Haare tatsächlich weiß gewesen? Eher blond, soweit er sich erinnerte, aber da konnte er sich täuschen. Der Rest kam hin. »Kann das nicht ein Zufall sein?«, fragte er. »Es gibt viele langhaarige Männer.«

»San Francisco war voll davon.« Rebecca nickte. »So um 1970. Dieser Mann hat gestern auf dich gewartet, und als du dann deinen Spaziergang gemacht hast, ist er dir hinterher. Fabio und Alyssa haben ihn gesehen.«

»Der Junge sollte sich ein Mädchen in seinem Alter suchen«, murmelte Amadeo.

Sie hob eine Augenbraue. »Du bist in Ordnung?«, erkundigte sie sich.

Er nickte ruckartig, bekam aber keinen Ton heraus. Auf einen Schlag war seine Unruhe wieder da. Sein Spaziergang, nein, kein Spaziergang: eine panische Flucht durch das Viertel zwischen der Porta di San Paolo und den Thermen des Caracalla. Schritte, die ihm gefolgt waren, Schritte, die er schließlich wütend dem Echo zugeschoben hatte – oder seiner überreizten Fantasie. Amadeo hatte die Erinnerung beiseitegedrängt, bis zu diesem Augenblick. Und nun erfuhr er, dass die Schritte kein Echo gewesen waren und keine Phantasmagorie, sondern Wirklichkeit.

»Aber das ergibt keinen Sinn«, flüsterte er. »Die KGB-Geschichte hat sich Fernwaldt nur eingebildet! Weder der Einsteintext noch der Goethetext sind für irgendeinen Menschen interessant, der sich nicht mit der Materie beschäftigt. Und wie soll sich jemand damit beschäftigen? Woher hätte irgendjemand wissen können, dass ich diesen Text überhaupt habe – Einsteins Text? Woher sollte irgendjemand wissen, dass dieser Text überhaupt *existiert*?«

»Das ist eine gute Frage«, sagte sie leise. Ihr Blick ging nach draußen, durch die Windschutzscheibe. Amadeo hatte die Taschenlampe ausgeschaltet, das einzige Licht kam von der Beleuchtung des Armaturenbretts und der Straßenlaterne vor Helmbrechts Haus. Insekten umtanzten das gedämpfte Licht, der Kälte zum Trotz.

Sie grübelte. Sie hatte eine Theorie, Amadeo spürte es. Doch er wusste genau, dass es keinen Sinn hatte, sie zu drängeln. Sie würde reden, sobald sie den Augenblick für gekommen hielt, und keine Sekunde früher.

»Aber wenn …« Seine Unruhe wuchs von Sekunde zu Sekunde. Er war verfolgt worden, von dem Augenblick an, in dem Helmbrechts Brief bei ihm eingetroffen war. Exakt genauso lange war der Professor nicht zu erreichen. Und Helmbrecht war bei ihm gewesen in seinem Traum, als sich die unfassbare Bedrohung in ihrem Rücken näherte.

»Wo ist der Professor?«, murmelte er unbehaglich. »Er ist nicht im Krankenhaus, und er ist auch nicht hier. Wenn er mitgekriegt hätte, was du an den Rollläden angestellt hast, wär er mit dem Stock gekommen.«

Sie hob die Schultern. »Woher sollte ich wissen, ob ihr nicht beide tot im Haus liegt? Nachdem du auf meine SMS nicht geantwortet hast.«

»Mein Handy liegt in Caputh, bei Fernwaldt. Seit heute Mittag konnte ich nicht mehr bei Helmbrecht anrufen, um mir seine Ansage auf dem AB anzuhören: *Finden Sie die Lösung, oder ich spreche kein Wort mehr mit Ihnen, wenn ich tot bin.* – Die Lösung haben wir jetzt. Wir müssen es im Institut versuchen, das ist die letzte Chance. Wenn er dort nicht ist ...«

Amadeo schüttelte den Kopf.

Nein! Er würde es nicht aussprechen.

Mehr als mit seiner Frau war Professor Helmbrecht mit seiner Arbeit verheiratet. Amadeo erinnerte sich nur zu gut, zu welchen unglaublichen Tages- und Nachtzeiten man seinen Mentor im Institut hatte antreffen können, wo er fieberhaft über irgendwelchen Handschriften brütete, Details der spätkarolingischen Minuskel untersuchte, ohne sich daran zu stören, dass der ganz überwiegende Teil der Menschheit niemals erfahren würde, dass so etwas wie eine spätkarolingische Minuskel überhaupt existierte. Es gab Dinge, die Ingolf Helmbrecht wichtig waren, und Dinge, die dem Rest der Welt wichtig waren, und die Schnittmenge zwischen beiden war nicht übermäßig groß.

Das Institut, ihre letzte Hoffnung. Es war eine realistische Hoffnung, doch zunächst einmal mussten sie das Institut erreichen.

Wie selbstverständlich hatte Rebecca ihre Kleinkaliberpistole ausgepackt. Wachsam blickte sie durch die Windschutzscheibe. Die Situation in der Weimarer Innenstadt hatte sich kaum verändert. Einmal raste ein paar hundert Meter entfernt ein Fahrzeug mit Blaulicht durch, doch bei diesem isolierten Anzeichen für die Anwesenheit der Staatsgewalt blieb es dann auch. Den größten Teil der Strecke waren die Straßen menschenleer, bis unvermittelt eine Gruppe Jugendlicher sichtbar wurde, die sich um mehrere brennende Mülltonnen scharte. Amadeo kam sich vor wie in einem Musikvideo aus den Achtzigern.

Glücklicherweise nahm niemand Notiz von ihnen. Einige Minuten lang hatte er das Gefühl gehabt, dass ein Scheinwerferpaar dem Mietwagen mit einigem Abstand folgte, doch kurz hinter den Mülltonnen war das andere Fahrzeug abgebogen.

»Gleich sind wir da«, sagte er schließlich, als er aufatmend in die Zielstraße einbog.

Das Institut für Paläographie war in einem schmalen, dreistöckigen Haus aus der Goethezeit untergebracht. Die klassizistischen Formen waren hundert Jahre später dem neuen Zeitgeschmack angepasst worden, doch insgesamt wirkte das Ganze recht harmonisch – bei Tageslicht zumindest.

Direkt vor dem Gebäude brachte Amadeo den Wagen zum Stehen. Einen Spalt breit öffnete Rebecca die Beifahrertür, lauschte, spähte in die Nacht. In der Ferne war ein Rumpeln und Krakeelen zu hören, und hundert Meter geradeaus, wo sich die Straße zu einem kleinen Platz erweiterte, erahnte man mehrere schemenhafte Gestalten, die aber keine Anstalten machten, sich in ihre Richtung zu bewegen. Rebecca nickte knapp; sie stiegen aus.

Einschüchternd ragte das Gebäude über ihnen auf. Die rothaarige Frau legte den Kopf in den Nacken, und Amadeo folgte ihrem Blick. »Da ist ein Licht!«, flüsterte er.

Es war eines der Fenster in der obersten Etage. Helmbrechts Büro befand sich direkt unter dem Dach, aber war es genau dieses Fenster? Amadeo spürte, wie sein Herzschlag holpernd beschleunigte. Gab es sonst irgendjemanden im Institut, dem er es zutraute, dass er um diese Uhrzeit noch über der Arbeit brütete? Ein einsames, kleines Licht.

Es war merkwürdig. Urplötzlich und denkbar unpassend spürte Amadeo eine irgendwie romantische Stimmung in sich aufsteigen. Aber war das ein Wunder? Eine Woche waren Rebecca und er voneinander getrennt gewesen. Die Umstände ihrer Begegnung hatten ihm noch gar nicht wirklich zu Bewusstsein kommen lassen, dass sie wieder da war, so nah bei ihm, dass er durch den Stoff ihrer Jacke hindurch die Wärme ihres Körpers zu spüren glaubte. Er roch ihren Duft – wenn auch überdeckt durch irgendein antiseptisches Zeug, das sie sich auf die Verletzung gesprüht hatte.

Ob sie es auch spürte? Ob sie dasselbe fühlte wie er in diesem Moment? Versuchsweise tastete er nach ihrer Hand in der Dunkelheit. Das Paläographische Institut ragte über ihnen auf, wie ein geheimnisvolles Märchenschloss beinahe, und das einsame kleine Licht …

»Ein Licht«, murmelte Rebecca. »Wie in der Rocky Horror Picture Show.«

»Stimmt.« Rasch zog Amadeo die Finger zurück. »Die Szene ganz am Anfang.«

Überrascht sah sie ihn an: »Du kennst den Film? Ich denke, du hörst nur Händel und den anderen, den …«

»Natürlich«, brummte Amadeo. »Du meinst die Stelle, als Brad und Janet auf Dr. Furters Spukschloss zukommen, und plötzlich fängt eine Stimme an zu singen …«

»Bitte nicht«, sagte sie rasch. »Das ist schon unheimlich genug hier. – Also gehen wir rein? Anscheinend ist ja jemand da.«

Amadeo nickte ruckartig. So viel zur Romantik.

Drei ausgetretene Steinstufen führten zu einer mit geschnitztem Rankenwerk verzierten Tür empor. Eine Lampe im Türsturz verbreitete diffuses Licht.

Amadeo streckte die Hand nach der Klingel aus und hielt überrascht inne.

Die Tür stand einen Spaltbreit offen.

»Vielleicht ist sie einfach nicht ins Schloss gefallen.« Seine eigene Stimme klang dünn in seinen Ohren.

»Du bleibst von jetzt an hinter mir!«, erwiderte sie knapp.

Das Foyer des Instituts lag im Dunkeln. Die Funzel über dem Türsturz erreichte nur den vordersten Abschnitt der Marmorfliesen und tauchte ihn in unbestimmtes Halblicht.

Amadeo brauchte einen Augenblick, um sich zu orientieren.

»Die Treppe nach oben ist geradeaus vor uns«, sagte er leise. »Ein kleines Stückchen rechts.«

»Und der Lichtschalter ist gleich hier drüben.«

Eine rasche Bewegung. Amadeo keuchte auf, als die Lichter in den altertümlichen Deckenleuchtern aufflammten und jeden Winkel erhellten. Das Foyer lag menschenleer vor ihnen.

»Wenn sich da jetzt jemand versteckt hätte!«, japste er.

Rebecca hob die Schultern: »Dann wärst du gerade ein perfektes Ziel für ihn gewesen, vor dem Licht von draußen – und er unsichtbar für uns. – Du hast verstanden? Du bleibst immer hinter mir, egal, was passiert!«

»Und dein Bein?«

»Wozu hab ich mir wohl dieses Giftzeug in den Oberschenkel gejagt?«, zischte sie. »Ich werd drei Tage nicht richtig aufs Klo können, aber die nächsten paar Stunden hab ich jedenfalls Ruhe mit dem Bein.«

Katzengleich betrat sie das Foyer. Amadeo folgte ihr – wie ein Geist, dachte er, der an die einstige Stätte seines Wirkens zurückkehrte.

Die Szene war unwirklich. Eine der elektrischen Kerzen im hintersten der Kronleuchter hatte einen Wackelkontakt. Sie glomm auf, verlosch, glomm wieder auf in einem verwirrenden, nicht erfassbaren Rhythmus. In der Helligkeit, die die Gesamtheit der Lichter in dem weitläufigen Raum verbreitete, war das nur ein winziges Flackern, doch den Schatten im Winkel unter der Treppe verlieh es ein geisterhaftes Leben. Sie veränderten sich, schienen für Augenblicke zu verblassen, um sich im nächsten Moment wieder zu vertiefen.

Die Treppe knarrte, als Rebecca ihren Fuß auf die unterste Stufe setzte.

»Und hier hast du gearbeitet?« Ihr Plauderton stand im Widerspruch zu der Waffe, deren Mündung sie mal hierhin, mal dorthin richtete wie eine Taschenlampe, während sie die Treppe Stufe um Stufe hinaufstieg. »Hattest du ein eigenes Büro?«

Er schüttelte den Kopf: »Wir hatten eine Werkstatt direkt bei der Anna-Amalia-Bibliothek, wo wir nach dem Brand die Schäden gesichtet haben.«

Sie blickte einen schmalen Flur hinab. Mit den Kronleuchtern im Foyer waren auch die Lichter im Treppenhaus angegangen. Der Korridor selbst lag im Halbdunkel. »Wo geht es dort hin?«

»Magazine«, sagte er. »Archive. Da drüben gibt's noch mehr davon.« Er deutete in einen zweiten Flur, in der entgegengesetzten Richtung.

»Jedenfalls brannte zur Straße raus sonst kein Licht«, stellte sie fest und nahm die Treppe zum zweiten Stock in Angriff. »Und Helmbrecht führt die Aufsicht über die Restaurierungsarbeiten?«

Amadeo schüttelte den Kopf, obwohl er wusste, dass sie es diesmal nicht sehen konnte. »Nein. Helmbrecht ist Paläograph. Er hat weniger mit gedruckten Büchern zu tun – eher mit Handschriften, mit der Form der einzelnen Buchstaben. Er kann dir sagen, aus welcher Zeit ein Text stammt, in welcher Gegend er entstanden ist. Vielleicht sogar, wer ihn geschrieben hat – also aufgeschrieben. Jeder Schreiber hat seine Eigenheiten, damals wie heute.«

»Ein Kringel über dem u zum Beispiel«, nickte sie, und er hörte das Grinsen in ihrer Stimme. »Oder Herzchen als i-Punkte. – Runter!«, brüllte sie unvermittelt.

Amadeo gehorchte sofort. Ein Reflex, der einem in Fleisch und Blut überging, wenn man mit Rebecca Steinmann unterwegs war.

Rebecca stand hoch aufgerichtet. Sie hielt die Waffe mit beiden Händen vor sich gestreckt und zielte den Flur hinab.

»Drehen Sie sich ganz langsam um«, sagte sie mit ruhiger Stimme. »Und ich will Ihre Hände dabei sehen. Beide!«

Einen Augenblick herrschte Schweigen, dann noch einmal ihre Stimme, jetzt schärfer: »Ich zähle bis drei. – Eins.«

Amadeo war in die Hocke gegangen, hatte sich halb hinter das Treppengeländer geduckt. Sein Herz überschlug sich. Mit wem sprach sie? Einem Mann in einem Jeansanzug, mit langem Haar, das weiß sein konnte oder doch blond?

»Und zwei.«

Wer hatte hier auf sie gelauert, hier in der zweiten Etage? Im Erdgeschoss lagen die Arbeitsräume, im ersten Stock der größte Teil der Magazine. Und im zweiten Stock …

»Und …«, begann Rebecca.

Amadeo sah, wie sich ihr Griff um die Waffe veränderte. »Halt!«, schrie er. Auf einen Schlag hatte er begriffen. »Nicht schießen!«

Mit zwei Sätzen war er bei ihr. Er hatte sich nicht getäuscht.

Der Fremde wandte ihnen seine Kehrseite zu und rührte

sich nicht. Nein, er trug keinen Jeansanzug. Falls doch, war er unsichtbar unter einem langen dunklen Mantel. Der Widerschein der Lampen lag auf seinem rötlich blonden Haar, das einen ganz anderen Ton besaß als bei dem Mann, den Amadeo am Vormittag in Berlin gesehen hatte. Die rechte Hand des Unbekannten befand sich, locker zur Faust geballt, auf seinem Rücken. Der linke Arm dagegen, vor seinem Körper angewinkelt, war für Amadeo und Rebecca nicht zu sehen. Die Hand konnte leer sein – oder eine entsicherte Pistole umklammert halten.

»Nicht schießen«, bat Amadeo. Er holte Luft. »Das ist Schiller.«

Rebecca zwinkerte, doch die Mündung ihrer Waffe bewegte sich keinen Zentimeter.

»Es tut mir leid«, sagte er zerknirscht. »Ich hatte es einfach vergessen. Wir waren mitten in den Vorbereitungen, als ich nach Italien zurückging. Die Ausstellung sollte hier, in der zweiten Etage …«

»Ausstellung?«

Er nickte: »Schiller.« Langsam drehte er sich um, und mit einem letzten misstrauischen Blick auf die Gestalt folgte Rebecca der Bewegung. Amadeo wies den gegenüberliegenden Flur hinab. »Und Goethe.«

Die lebensgroße Goethefigur war mit einem breitkrempigen Hut ausstaffiert, wie ihn Tischbeins berühmtes Gemälde von der Italienischen Reise zeigte. Dazu trug sie einen weiten, beigen Überwurf, unter dem die Schöße eines Gehrocks hervorsahen. Die Hände hatte sie auf dem Rücken ineinandergelegt und blickte aus dem Fenster auf das nächtliche Weimar.

»Tut mir leid, dass ich nicht schneller geschaltet habe«, sagte Amadeo. »Bei Goethe hättest du gleich gesehen, dass er unbewaffnet ist.«

Erst jetzt ließ Rebecca langsam ihre Waffe sinken. »Goethe«, murmelte sie und drehte sich um. »Und Schiller.«

Amadeo nickte: »Die Ausstellung zeigt vor allem Autographen, also Manuskripte, die die beiden mit eigener Hand geschrieben haben. Spannend für die Wissenschaft, klar, aber für die Allgemeinheit? Die Figuren sollten das etwas auflockern, etwas lebendiger gestalten.«

»Sehen verdammt lebendig aus«, murmelte Rebecca und trat ein paar Schritte auf die Schillerfigur zu. »Das sind aber alle, oder?«, erkundigte sie sich. »Da oben warten nicht noch Herder und Klopstock? Oder Mephistopheles?«

»Eher nicht.« Amadeo schüttelte den Kopf. »Es sei denn, er ist in Helmbrecht gefahren. Wenn er es ist, der da oben auf uns wartet.«

»Sie sind nicht Möbius!«

Mit fiebrig glänzenden Augen visierte der alte Mann seine Gäste an.

Helmbrecht lebte. Amadeo war eine Last von den Ausmaßen des Institutsgebäudes vom Herzen gefallen, als er die verhutzelte Gestalt erkannt hatte.

Ja, er fühlte sich erleichtert, und doch war sein allererstes Gefühl ein anderes gewesen. Lag es an Helmbrechts Gesicht, das weiß war wie Wachs bis auf die schnapsrote Nase? War es das zerstrubbelte, schüttere Haar, das ihm einen Moment lang eine gespenstische Ähnlichkeit mit Einstein verlieh? Nein, vor allem war da dieser Blick, der ziellose, unruhige Blick hinter der Nickelbrille, der im Raum umherhuschte, unfähig schien, länger als ein paar Momente stillzuhalten.

Nicht tot, dachte der Restaurator. Aber krank, schwer krank.

»Wer ist Möbius?«, fragte Rebecca leise.

»Keine Ahnung«, murmelte Amadeo. *Möbius*. Irgendetwas sagte der Name ihm, doch er konnte ihn nicht einordnen. Er holte Luft, versuchte seine Stimme so normal klingen zu lassen, wie er das hinbekam in diesem Moment. »Hallo, Professor! Ich bin es, Amadeo Fanelli. – Wir sind es, Amadeo und Rebecca.«

Helmbrecht kniff die Augen zusammen. Der Restaurator musste selbst blinzeln. Er hatte Helmbrechts Büro gut in Erinnerung: seine *Hobbithöhle*, wie das Reich des Professors unter den Institutsangehörigen genannt wurde – selbstredend nur, solange der alte Mann nicht dabei war. Das an sich großzügig geschnittene Zimmer war vom Boden bis zur Decke vollgestopft mit Regalen voller Bücher und Dokumente, wie sie sich auch im Zentrum des Raumes auf einer Arbeitsfläche türmten, die einer italienischen Großfamilie als Esstisch hätte dienen können. Nur dass dort nichts Essbares zu entdecken war, sondern eine Ansammlung von feinen Pinseln, Skalpellen, Lupen und Tinkturen des paläographischen Handwerks.

Um diesen Arbeitstisch herum war normalerweise gerade genug Platz, um sich mit eingezogenem Bauch an den Bücherregalen vorbeizuquetschen. Normalerweise, wohlgemerkt; im Moment war nicht einmal das möglich. Ganze Batterien von Leuchten und Neonstrahlern waren entlang der Tischkanten aufgereiht. Der Professor musste jede einzelne Lichtquelle aus dem gesamten Institutsgebäude hier versammelt haben, und alle Helligkeit war auf einen bestimmten Bereich in der Mitte gerichtet: eine auf einen Holzrahmen gespannte großformatige Leinwand, auf der sich blasse Schriftzeichen abhoben.

»Amadeo.« Der Professor wirkte noch immer wie ein Maulwurf, der sich unverhofft ans Tageslicht verirrt hatte, doch jetzt nickte er eifrig. »Amadeo. Natürlich. Amadeo. Schön. Sehr schön. Bitte … Helfen.« Er deutete auf den Rahmen, trat mit unsicheren Schritten ein Stück zurück. »Reproduktion«, erklärte er knapp. »Aber erstklassig. Einzelstück. Assyrisch. Angeblich. Vermutlich älter.«

»Sind Sie in Ordnung, Professor?« Zögernd hob Amadeo die Leinwand an, um sie auf Helmbrechts Anweisung hin in einer Ecke des Raumes gegen ein Regal zu lehnen. Zufällig fiel sein Blick dabei auf die Telefonanlage, deren Kabel nutzlos in der Luft baumelte. Vermutlich hatte der Professor die Steckdose für seine Strahler gebraucht.

»Müde.« Helmbrecht kniff die Augen zusammen. »Nur müde. Etwas müde. Sonst in Ordnung.«

Das war eine glatte Lüge. Der Professor war ganz und gar nicht in Ordnung. Auf jeden Fall war er anders, als Amadeo ihn je zuvor erlebt hatte. Diese Augen … Und seine Sprache …

Amadeo und Rebecca tauschten einen Blick.

Krankenhaus, formten die Lippen der rothaarigen Frau.

Fast unmerklich schüttelte Amadeo den Kopf. Sie hatte ihm selbst erzählt, dass in den Krankenhäusern nichts mehr zu wollen war.

»Geh nicht ins Krankenhaus!«, knurrte Helmbrecht.

Amadeo zuckte zusammen. Was auch immer mit dem Professor los war: So schnell entging ihm nichts.

»Müde. Nur müde. Verstehe … alles. Muss … weiter untersuchen.« Mit einer fahrigen Handbewegung wies er auf seine Handschriften, bezog auch die Reproduktion mit ein, die jetzt in der Ecke lehnte. Aus dem fiebergetrübten Blick sprach Entschlossenheit. »Kann wichtig sein. Details. Müssen aufpassen. Alles möglich. Alles!«

»Dann sollten Sie vielleicht etwas vorsichtiger sein mit der Außentür«, warf Rebecca ein. »Die stand offen.«

Aus glasigen Augen sah Helmbrecht sie an. Zögernd glomm Erkennen auf. »Soll offen«, betonte er. Sein Blick flackerte, löste sich von ihr, glitt über die Schulter des Restaurators hinweg.

»Möbius«, murmelte er.

Amadeo stutzte, drehte sich langsam um.

Möbius.

»Der Professor war einer unserer ersten Fälle«, murmelte Dr. Möbius, während er sein Stethoskop wieder in seiner Arzttasche verstaute. »Glücklicherweise ist er gleichzeitig einer derjenigen, bei denen die Krankheit bisher einen eher milden Verlauf nimmt.«

»*Das* ist ein milder Verlauf?« Amadeo grauste es bei der Vorstellung.

Möbius nickte. Im selben Moment, in dem der Mann den Raum betreten hatte, war Amadeo klar geworden, weshalb ihm der Name von Anfang an so bekannt vorgekommen war: Möbius war eine Zeit lang mit Helmbrechts Tochter liiert gewesen, und offenbar war der Kontakt zum Professor bis heute nicht abgerissen. Diesem Umstand verdankte Helmbrecht es dann wohl auch, dass er jetzt nicht in einem anonymen Krankenzimmer lag, sondern hier im Institut behandelt wurde.

Wie es aussah, hatte Möbius die Sache gut im Griff. Kaum dass er den Raum betreten hatte, hatte er dem Professor eine Injektion verabreicht, dazu genau abgezählte Tropfen aus einer kleinen Ampulle – das war offenbar Routine. Seitdem dämmerte Helmbrecht in seinem Lehnstuhl vor sich hin. In einer halben Stunde werde es ihm wesentlich besser gehen, hatte der Arzt Amadeo und Rebecca versichert.

»Sagen wir: ein *vergleichsweise* milder Verlauf«, korrigierte Möbius mit leiser Stimme. »Möglicherweise ist sein hohes Lebensalter von Vorteil, bestimmte Details des Stoffwechsels, die im Alter nur noch eingeschränkt funktionieren. Jedenfalls hat er kein hohes Fieber, anders als andere Patienten, bei denen die ersten Symptome sehr viel später aufgetreten sind. Ich glaube nicht, dass sich das Fieber noch einstellen wird.« Er blickte auf. »Aber das ist natürlich nur eine These.«

»Und wann werden Sie mehr haben als eine These?«, fragte Rebecca. »Können Sie ihn überhaupt richtig behandeln?«

Möbius sah sie von oben bis unten an, und an seinem Gesichtsausdruck erkannte Amadeo, dass ihm gefiel, was er sah. Eifersucht spürte der Restaurator nicht – dazu wirkte der Mediziner einfach zu abgekämpft, mindestens ein Jahrzehnt älter als der Mann, an den er sich erinnerte.

Zögernd nickte Möbius. »Wir behandeln die Symptome. Alles andere … Wir haben natürlich Tamiflu, noch aus Zeiten der Schweinegrippe.« Er schüttelte den Kopf. »Aber dieser Erreger ist resistent gegen so ziemlich alles, was wir zur Verfügung haben. In den letzten Jahrzehnten hatten wir fast ausschließlich mit H1- und H3-Subtypen der Influenza-A zu tun. Das hier ist etwas völlig anderes. Kein Mensch war darauf vorbereitet.«

»Und das hier ist das Endstadium?«, flüsterte Amadeo. »Die Leute können nicht mehr richtig … sprechen?«

Bis der Brief des Professors eingetroffen war, hatte er die Berichterstattung über die Grippe nur mit einem halben Auge verfolgt. Selbst als die ersten Fälle in der *officina* aufgetreten waren. Eine Grippe eben, mit Fieber und den üblichen Unerfreulichkeiten; eine von der fieseren Sorte anscheinend. Er konnte sich nicht erinnern, irgendwas von Sprachproblemen gelesen zu haben.

Möbius schüttelte den Kopf.

»Noch haben wir wenig Vergleichsmöglichkeiten. Wie gesagt: Der Professor war einer der ersten Infizierten in der

Stadt. In den Vereinigten Staaten mag das anders aussehen, doch hier bei uns gibt es vielleicht eine Handvoll Patienten, die dem Virus bereits ähnlich lange ausgesetzt sind wie Professor Helmbrecht.«

Dr. Möbius hielt inne. Nachdenklich musterte er zunächst Amadeo, dann Rebecca. Beim Eintreten hatte er dem Restaurator zugenickt – Möbius erinnerte sich an ihn, wie auch er selbst sich an den Arzt erinnerte.

Der Mediziner holte Luft. Er lehnte sich gegen die Arbeitsfläche, schüttelte den Kopf, als könne er sich nicht entschließen, ob er weitersprechen sollte.

Schließlich richtete sein Blick sich wieder auf Amadeo: »Ich weiß, dass Sie ein besonderes Verhältnis mit Professor Helmbrecht verbindet, Doktor Fanelli, doch Sie werden zugeben, dass dies ein seltsamer Zeitpunkt für einen Besuch ist. Sie wussten doch, dass der Professor krank ist, oder?«

»Ich ...« Amadeo war verwirrt. Worauf wollte der Mann hinaus? »Ja, er ist krank. Ich wollte ihm ...« Er hatte dem alten Mann seinen letzten Wunsch erfüllen wollen. Doch alles in ihm wehrte sich dagegen, Möbius davon zu berichten. Soweit er wusste, war der Mediziner ein anständiger Mensch, doch dieses Geheimnis, das Babylon-Geheimnis, das war eine Sache zwischen Amadeo Fanelli und Ingolf Helmbrecht. Und Einstein. Und Goethe. Das Spiel der Gelehrten, so unbedeutend es erschien in der augenblicklichen Situation, war generationenlang zwischen den größten Geistern der Menschheit weitergegeben worden. Amadeo hatte bereits Rebecca eingeweiht, schon das war eine Übertretung der ungeschriebenen Gesetze solcher Geheimzirkel. Er hatte nicht das Recht, dieses Wissen mit Dritten zu teilen.

»Warum sind Sie hier?«, fragte Möbius. »Er hat viel von Ihnen gesprochen in den letzten Tagen.«

»Von mir?« Amadeo fröstelte. *Lesen. Lösen. Herbrin-*

gen. Hatte er es nicht gewusst? *Wir haben keine Zeit mehr.* Es war dem Professor ernst gewesen mit seiner Anweisung. Todernst.

Möbius ließ ihn nicht aus den Augen. »Dem Professor ist bewusst, dass er sehr krank ist. Offenbar war er in Sorge, dass er nicht mehr fertig werden würde mit seiner Arbeit. Und Sie, wie ich das verstanden habe, sind seine einzige Hoffnung.«

»Das hat er gesagt?«, fragte Amadeo mit rauer Stimme.

Der Arzt betrachtete ihn unverwandt. »Seine exakten Worte waren: *Er ist die einzige Hoffnung. Für uns alle.* – Wovon hat er gesprochen, Doktor Fanelli? Woran haben Sie beide geforscht? Warum sind Sie wirklich hier? Hat es …« Er schüttelte den Kopf, biss sich auf die Lippen, schüttelte noch einmal den Kopf. »Hat es mit der Grippe zu tun?«

Amadeo kippte die Kinnlade herunter. »Mit der …« Er verstummte.

Hat es mit der Grippe zu tun?

Er war kein Mediziner.

Er war Restaurator. Sein Beruf – seine Berufung – waren alte Handschriften. In den letzten Tagen hatte er sich mit Texten Albert Einsteins und Johann Wolfgang von Goethes auseinandergesetzt. Einem jahrhundertealten Gelehrtenspielchen.

Hat es mit der Grippe zu tun?

Die größten Geister vergangener Generationen hatten einander verschlüsselte Texte zugeschickt, Texte, in denen scheinbar die Geschichte vom Turmbau zu Babel erzählt wurde, mit einem kleinen Schlenker, der das Ende der Bauarbeiten einer Seuche zuschrieb, deren Heilmittel irgendwo versteckt war.

Hat es mit der Grippe zu tun?

Und genau zu diesem Zeitpunkt befand sich die Welt

in den Klauen einer neuen, unbekannten Krankheit. Einer Grippe.

Die Krankheit aus Goethes und Einsteins Erzählung raubte den Menschen das Verständnis für die Sprache des anderen.

Helmbrecht, einer der ersten Infizierten der neuen Grippe, hatte auf einmal Schwierigkeiten mit dem Sprechen.

Amadeo suchte Halt an der Arbeitsfläche, tauschte einen Blick mit Rebecca. Sie nickte stumm. Offenbar hatte sie es im selben Moment begriffen wie er selbst.

Möbius hatte den Restaurator und seine Partnerin stumm betrachtet. Mit zusammengebissenen Zähnen neigte er den Kopf. »Also habe ich recht«, sagte er leise. Sollte das eine Frage sein? Er schien auf eine Antwort zu warten.

Amadeo konnte nicht antworten. Sein eigener Verstand hatte noch nicht ansatzweise verarbeitet, was mit einem Mal mit einer solchen Klarheit und Selbstverständlichkeit auf dem Tisch lag, dass er sich fragte, warum er nicht längst darauf gekommen war: die gottgesandte Seuche von Babel und die moderne Eastcoast-Grippe – es war ein und dieselbe Krankheit! Und die moderne Medizin war hilflos gegenüber einem jahrtausendealten Virus.

Aber wie war das möglich? Wie war das denkbar? Die Seuche gab es *wirklich*? Wie konnte sie ausgerechnet jetzt wieder ausbrechen, da Amadeo zuerst Einsteins Text und dann Goethes Gedicht in die Hand bekam?

Wo war die Verbindung? Gab es eine Verbindung?

»Wie verzweifelt muss ich eigentlich sein«, murmelte Möbius, »dass ich nach einem solchen Strohhalm greife? Ich habe nicht die Fantasie, mir auszumalen, wie Paläographen dazu beitragen sollten, mit dieser Heimsuchung fertigzuwerden. Ich weiß lediglich, dass wir – die Schulmedizin – uns in einer Sackgasse befinden mit dem Wissen, das wir hier in Deutschland haben. Und die Informationen, die durchsickern aus den Vereinigten Staaten... Sie fragen nach der Sprache, Doktor Fanelli? Ob das das Endstadium ist? Ja, es gibt Anzeichen, dass die Krankheit bei ihrem Fortschreiten auf das Gehirn übergreift, und wie es aussieht, sind bestimmte Hirnareale bevorzugt betroffen.«

Rebecca hob die Augenbrauen: »Eine *gerichtete* Enzephalitis?«

Möbius betrachtete sie. Sein Blick hatte sich verändert. »Sie sind vom Fach?«

»Ich weiß das eine oder andere über die Materie«, erwiderte Rebecca. »Und von einer Entzündung, die sich selbsttätig bestimmte Teile des Gehirns ausguckt, höre ich zum ersten Mal.«

»Da sind Sie nicht allein«, brummte der Mediziner. »Und doch ist das das Bild, wie es sich uns darstellt nach den wenigen, bruchstückhaften Informationen: ein Erreger, der zunächst Symptome einer gewöhnlichen schweren Grippe verursacht und dann, in einem zweiten Schritt, bestimmte ausgewählte Hirnareale befällt. Glauben Sie mir, der Professor kann noch froh sein. – Oder auch nicht. In seinem Fall ist das Broca-Zentrum betroffen.« Er sah zu Amadeo. »Das Broca-Zentrum ist für die motorischen Anteile beim Sprechen zuständig, wenn Sie so wollen. Deshalb seine Probleme bei der Formulierung längerer Sätze. Andererseits versteht er jedes Wort – im Moment natürlich nicht, aber sobald er wieder bei sich ist. Broca-Patienten bekommen alles mit, was um sie herum geschieht. In den Vereinigten Staaten scheinen allerdings die wenigsten Fälle ausschließlich auf diese Broca-Variante beschränkt zu sein.«

»Die Leute können gar nicht mehr sprechen?«

Wieder schüttelte Möbius den Kopf. Langsam ließ er seine Hand an Helmbrechts Augen vorbeiwandern, und

Amadeo sah, dass die Pupillen des Professors reagierten. »Ein erheblicher Teil der Patienten spricht sogar sehr viel. Bei ihnen ist ein anderes Hirnareal sehr viel stärker betroffen: das Wernicke-Zentrum. Diese Patienten können ohne Probleme lange Sätze bilden. Grammatisch völlig korrekte Sätze und …« Sein Mundwinkel zuckte. »Sehr, sehr viele Sätze. Nur das, *was* sie reden, ist kaum verständlich – und umgekehrt haben sie größte Schwierigkeiten, zu begreifen, was man ihnen sagt. Und verstehen nicht, warum man *sie* nicht versteht.«

»Vielleicht bin ich ja ganz normal, sprach der Hirtenhund«, murmelte Amadeo. »Vielleicht ist ja die Herde verrückt.«

Möbius lächelte müde. »So ungefähr.«

Und es wurde freigelassen die Seuche, auf dass den Menschen so ihre einerlei Sprache und einerlei Wort genommen werde. So zerstreute sie der HErr von Sinear in alle Länder, dass sie ablassen mussten davon, eine Stadt zu bauen.

Eine durchdringende Kälte hatte von Amadeo Besitz ergriffen. Vor Tausenden von Jahren war die Krankheit Gottes über die Menschheit hereingebrochen und hatte das ehrgeizigste Projekt zum Erliegen gebracht, das die Spezies sich bis zu diesem Zeitpunkt auf die Fahnen geschrieben hatte. Und heute, in der globalisierten Welt, in der alles mit allem, jeder mit jedem vernetzt war? Selbst wenn es den Medizinern gelang, die Symptome zu behandeln, selbst wenn sie das Fieber in den Griff bekamen und die Krankheit nicht in allen Fällen zum Tode führte: Was würde es bedeuten, wenn sich die Menschen nicht mehr miteinander verständigen konnten, einige wenige vielleicht ausgenommen, die gegen das Virus immun waren?

Den vollständigen Zusammenbruch der Zivilisation, mindestens. Wenn nicht noch mehr, wenn nicht noch Schlimmeres. Wenn nicht irgendjemand mit benebeltem Kopf in irgendeinem Atomkraftwerk oder an den Schaltkontrollen hochgezüchteter Waffensysteme den falschen Knopf drückte.

Die gesamte Welt, die gesamte Menschheit stand am Abgrund.

Rom, Via Oddone

Fabio Niccolosi schimpfte vor sich hin.

Er schimpfte leise, nicht einmal Zimmerlautstärke. Nur zwei Türen weiter, im Sekretum, war Gianna noch bei der Arbeit, und Fabio hatte heute bereits herausfinden müssen, dass er diese Frau völlig falsch eingeschätzt hatte.

Nein, Gianna war ganz und gar nicht wie sein *capo*, und es war ihr absolut gleichgültig, dass er heute Abend ein *appuntamento* mit Alyssa hatte. Gianna interessierte nur, dass Beppo Farnese eine Stunde vor Feierabend plötzlich angefangen hatte zu zittern und zu niesen und nach Hause gegangen war – der dritte Grippefall in der *officina*.

Zusammen mit *dottore* Fanelli fehlten damit vier Mann in der Werkstatt. Das aber werde die Kunden der *Officina di Tomasi* nicht interessieren, behauptete Gianna. Woher sie das so genau wusste, hatte sie nicht verraten. Stattdessen hatte sie allen, die das Pech gehabt hatten, sich zu diesem Zeitpunkt noch im Büro aufzuhalten, Sonderschichten aufgebrummt.

Normalerweise hätte Fabio es sogar richtig spannend gefunden, an einem eigenen Codex arbeiten zu dürfen; deshalb hatte er sich den Job schließlich ausgesucht. Aber nicht um neun Uhr abends! Nicht, wenn Alyssa auf ihn wartete und nicht ans Handy ging!

Er biss die Zähne zusammen und streifte ein Paar Handschuhe über, die aussahen wie aus dem OP. Vorsichtig griff er in eine kleine Wanne mit stinkenden Chemikalien, in der eine einzelne Pergamentseite eine Dreiviertelstunde lang gelegen hatte – keine Minute mehr, keine Minute weniger. Für ihn sah das Pergament genauso aus wie vorher, nur eben nass jetzt. Gianna würde wissen, warum das so wichtig war.

Während er das Blatt mit spitzen Fingern über die Wanne hielt, damit es abtropfen konnte, suchten seine Augen nach einem freien Platz, an dem er es zum Trocknen ablegen konnte. Neben Luigis Schreibtisch gab es große Matten aus einer Art Moosgummi, die dafür vorgesehen waren, doch Fabio hatte direkt an den Fenstern gearbeitet. Er hätte mit dem tropfenden Blatt quer durchs Büro gemusst.

Sein Blick fiel auf das Regalbrett oberhalb seiner Arbeitsfläche, das eigentlich als Ablage für Schriftstücke gedacht war. Im Moment stand dort nur ein Stiftebecher. Jede Menge Platz, und es war ja nur für eine Minute, bis er eine von den Matten geholt hatte. Dann konnte er das Blatt auf der Moosgummiunterlage rüber zu Luigis Tisch tragen.

Er wartete noch einen Moment, bis sich zwei Tropfen von den Ecken des Pergaments gelöst hatten. Jetzt! Mit Schwung beförderte er die Seite in Richtung Regal.

Fabio war erst seit ein paar Monaten in der *officina*, und er hatte mit diesem konkreten Regalbrett noch keine nähere Bekanntschaft geschlossen. Er wusste nicht, dass es nur locker auflag, damit man es mit einem einzigen Handgriff herausnehmen und Platz schaffen konnte, um großformatige Codices hochkant auf der Arbeitsfläche aufzustellen.

Als das feuchte Pergament das Brett berührte, hörte er ein leises, schabendes Geräusch. Sofort zog er die präparierte Seite zurück, doch genau das war sein Fehler. Der nasse Pergamentbogen haftete an der Oberfläche. Im nächsten Augenblick sauste das Brett mitsamt dem Stiftebecher in die Tiefe, polterte auf die Arbeitsfläche, erwischte den Rand der Wanne mit der stinkenden Brühe, die wie eine Fontäne in die Höhe schoss.

Geistesgegenwärtig sprang Fabio zurück, das Pergament schützend an seinen Körper gedrückt. Er wagte nur noch durch den Mund zu atmen. Der Gestank!

Die Fenster über der Arbeitsfläche durften nur im äußersten Notfall geöffnet werden – die konstanten einundzwanzig Komma sieben Grad in der *officina* waren wichtiger als alles andere. Doch das hier *war* ein Notfall.

Fabio hielt den Atem an, hechtete auf die Fensterbank und riss mit aller Kraft am Hebel. Das Quietschen ging ihm durch Mark und Bein, doch der Alurahmen gehorchte, schwang auf.

Keuchend sog der Junge die Luft ein. Bunte Farben tanzten vor seinen Augen, von den Chemikalien vielleicht oder vom Schock, er wusste es nicht. Er musste sich am Fensterrahmen festhalten, während er in raschen Zügen atmete.

Drei Stockwerke unter ihm, auf der Via Oddone, waren noch ein paar Leute unterwegs. Ein alter Mann sah kurz zu ihm hoch, wandte den Blick aber sofort wieder ab, und eine junge Frau …

Fabio blinzelte. Blonde Haare, halblang, ein langer Mantel, schwarz oder dunkelblau, aus Seide oder irgendeiner Kunstfaser, und die Art, wie sie …

Die Frau ging schnell, in Richtung Park. Sie wandte ihm den Rücken zu, und sie sah sich nicht um, aber Fabio … Er kannte Alyssa! Er kannte doch die Frau, mit der er zusammen war!

Krächzend versuchte er ihren Namen zu rufen, doch der Gestank der Lauge war überall, biss ihm in den Hals, in die

Augen. Nein, unmöglich. Er konnte ja nicht mal richtig sehen, und schon war die Frau verschwunden.

Er musste sich getäuscht haben. Er musste …

»Was zur …«

Fabio fuhr herum.

Gianna stand reglos im Flur, der zum Sekretum führte. Sie starrte ihn an.

Nein, sie war ganz und gar nicht wie sein *capo*.

Weimar, Institut für Paläographie

»Kaffee!«

Helmbrecht klang noch immer heiser, doch das besaß als solches keinen Krankheitswert. Heiser klang er schließlich immer.

Der Professor blickte nicht auf. Seine Augen hafteten auf dem vergilbten Papier mit Goethes Gedicht, das er in den zitternden Händen hielt.

Dr. Möbius hatte sich vor etwa einer halben Stunde verabschiedet, mit Sicherheit noch nicht in den Feierabend. Zehn Minuten später war der Professor allmählich aus seinem Dämmerschlaf erwacht und hatte Amadeo ultimativ aufgefordert, Einsteins Geheimnis rauszurücken. Deshalb sei der Restaurator schließlich gekommen.

Amadeo hatte gehorcht – und sei es nur aus Dankbarkeit, dass der Professor imstande war, das rüde Anliegen in einem vollständigen, syntaktisch korrekt formulierten Satz vorzubringen.

Seitdem war Helmbrecht in den zweihundert Jahre alten Schnörkeln versunken, während Amadeo ihm berichtet hatte, wie er auf das Geheimnis der Neununddreißig gekommen war. Er hatte nicht den Eindruck, dass der komplizierte

Lösungsweg den Professor überhaupt sonderlich interessierte. Für den alten Mann zählte nur Goethes Text, in dem er jetzt zurück an den Anfang blätterte. Er musste ihn bereits von vorn bis hinten durchgelesen haben, in einer Geschwindigkeit, die sich Amadeo vielleicht bei der Lektüre der Tageszeitung zugetraut hätte.

»Ich spreche jetzt deutlich, oder?« Für einen Moment blickte Helmbrecht nun doch auf. »Rebecca!« Wie zufällig fiel sein Blick auf Amadeos Partnerin. »Jedes Mal, wenn ich Sie sehe, sind Sie noch eine Spur hübscher geworden. Würden Sie einem alten Mann wohl eine Tasse Kaffee holen?« Amadeo sah, wie sie den Mund öffnete, doch Helmbrecht ließ sie nicht zu Wort kommen. »Nein, nein, was denken Sie von mir? Ich würde Sie doch niemals vor die Tür jagen in die große, dunkle, feindselige Welt unter diesen Umständen! Wir haben selbst-ver-ständ-lich was im Haus! Die Küche ist ganz hinten rechts, am Ende des Flurs. – Nehmen Sie eine Taschenlampe mit. Die Küchenleuchte hab ich hier gebraucht. – Und denken Sie an den Zucker, bitte?«

Rebecca warf ihm einen Blick zu, der kein Wort nötig hatte, aber sie nickte knapp und verschwand.

Der Professor sah ihr nach. »Nennen Sie mich uncharmant«, murmelte er, »aber lahmt Ihre Gefährtin nicht irgendwie? – Sie ist mir doch nicht böse?«, wandte er sich an Amadeo. »Dass ich sie rausgeschickt habe? Ich wollte einen Moment mit Ihnen allein sprechen.«

Amadeo hob die Schultern. Selbst er hatte das durchschaut. Rebecca war es mit Sicherheit nicht entgangen.

Helmbrecht schwieg. Amadeo wusste, dass das unmöglich war, doch er glaubte sehen zu können, wie der alte Mann die Ohren spitzte, als er Rebeccas Schritten nachhorchte, die sich den Flur hinab entfernten. Als ob sich seine Ohrmuscheln eine Winzigkeit einrollten.

»Sie haben es also begriffen?«, flüsterte der Professor hastig. »Sie sind identisch: die Grippe. Die Seuche von Babel!«

Amadeo starrte ihn an. »Sie haben das tatsächlich gewusst?«

»Dazu kommen wir noch.« Der Professor winkte ab, hob stattdessen die vergilbten Blätter an. »Ist Ihnen klar, was das hier bedeutet?«

Amadeo nickte. »Ein Gelehrtenspiel«, sagte er leise. »Weitergegeben von Generation zu Generation. Von Goethe an Einstein, von Einstein an Sie. Sie hätten mir wenigstens schreiben können, welche Codes Sie schon durchprobiert hatten in den letzten fünfzig Jahren!«

»War nur zu Ihrem Besten«, brummte der alte Mann. »Sie sollten unvoreingenommen rangehen. Und es hat doch funktioniert, oder? Ansonsten haben Sie recht: ein Gelehrtenspiel. Zugegeben, das ist eine unerwartete Verzögerung.«

»Verzögerung?«

»Na, es war nicht das Heilmittel, das am Ende auf Sie gewartet hat, sondern dieser Goethe-Wisch hier.«

Amadeo starrte den alten Mann an. Er konnte nicht glauben, dass die Stimmbänder des Professors in der Lage sein sollten, eine solche Despektierlichkeit über sein literarisches Idol hervorzubringen.

»Ja, eine schmerzhafte Verzögerung«, murmelte der Professor. »Aber eben doch nur eine Verzögerung. Wir müssen die Spur zurückverfolgen, immer weiter zurück. Bis an den Beginn. Bis nach Babylon selbst vielleicht. Bis zum Heilmittel.«

»Sie glauben ernsthaft, es gibt dieses Heilmittel wirklich?«

Der alte Mann verdrehte die Augen. »Mein lieber Amadeo, da wandeln Sie tagelang auf den Spuren eines der größten mathematischen Genies der Geschichte, und dann hakt es beim lumpigsten Dreisatz? Gab es eine Seuche? Positiv. Ist die Menschheit damals ausgestorben? Negativ. Conclusio: Irgendeine Substanz hat die Menschen geheilt. Vulgariter: ein *Heilmittel.*«

»Und Sie denken …«

»Würde ich nicht denken, wär' ich die falsche Adresse gewesen für Einstein«, knurrte der alte Mann. »Ist Ihnen überhaupt klar, was das für eine ungeheure Tradition ist, in der wir beide jetzt stehen? Der exklusivste Club der Geschichte! Ein genialer Gelehrter am nächsten, und kein Mensch hat all die Jahre geahnt …« Helmbrecht hielt inne, blickte auf den Türrahmen. Irgendwo, weit entfernt, war ein gedämpftes Klappern zu hören. Offenbar kämpfte Rebecca noch mit der Kaffeemaschine.

»Ihre Freundin?«, murmelte der Professor.

»Ja«, sagte Amadeo. »Sie haben sie gerade Kaffeeholen geschickt.«

»Sie wollen mir doch nicht etwa sagen, Rebecca weiß Bescheid über alles?«

Der Restaurator nickte. »Wir haben keine Geheimnisse vorein …« Er schüttelte den Kopf. »Jedenfalls habe ich keine Geheimnisse vor ihr. Übrigens haben wir uns vor einer Stunde erst getroffen, hier in Weimar. Da wollte sie gerade in Ihr Haus einbrechen.«

Helmbrechts Nickelbrille hob sich um einen halben Zentimeter. »Von jetzt an kein Wort mehr an irgendjemanden!«, schärfte er Amadeo ein. »Diese Angelegenheit ist zu wichtig. Sie wissen, wie sehr ich Ihre Freundin schätze, doch Sie wissen auch, welche Kontakte sie besitzt. Außerdem ist sie eine Frau.«

Amadeo hüstelte.

»Die Frau ist ein *mas occasionatus* laut Thomas von Aquin«, murmelte der Professor. »Ein unvorhergesehener

Zwischenfall beim Zeugungsvorgang. Kommt immer wieder vor, ist auch erfreulich, aber eben nicht ohne Risiken. Also, bitte, gehen Sie keins ein.«

»Es geht Ihnen mit Sicherheit besser?«, erkundigte sich Amadeo.

»Sie wissen genau, wie ich das meine«, brummte der alte Mann. »Das Geheimnis der Babylon-Geschichte ist seit Jahrhunderten weitergegeben worden, von einem großen Geist zum nächsten. Wer weiß, wie lange das geheim geblieben wäre, wenn eine Frau …«

»Wo ist eigentlich *Ihre* Frau?«

Helmbrecht brach ab. »Bei ihrer Mutter«, sagte er knapp. »Auf Usedom. Für den Fall, dass sie krank wird.«

»Sie haben die Grippe, und Ihre Frau fährt weg, um ihre Mutter zu pflegen, die noch gar nicht krank ist? Oder meinten Sie, falls Ihre Frau selbst …«

Unwirsch winkte der Professor ab. »Ist doch gleichgültig, wer jetzt krank ist. Wichtig ist der neue Text. Und, bitte: von jetzt an Diskretion!«

Amadeo biss sich auf die Zunge und schluckte seine Erwiderung herunter, dass es schließlich ihm, Amadeo Fanelli, gelungen war, Einsteins Code zu knacken – und nicht etwa dem Professor, der sich ein halbes Jahrhundert daran versucht hatte. Bei Amadeo lag die Verantwortung, bei ihm und einzig und allein bei ihm. Welche Dimensionen dieses Unternehmen annehmen würde, war noch unabsehbar, aber er würde den Teufel tun, sich von Helmbrecht diktieren zu lassen, wie und mit wem er daran arbeiten würde.

Schritte ertönten im Flur, und eine Sekunde später stand Rebecca im Türrahmen. »Heißer Kaffee!« Sie stellte einen dampfenden Becher vor dem Professor ab und reichte Amadeo einen zweiten. Für sich selbst hatte sie eine Tasse Tee zubereitet, die noch einen Moment ziehen musste.

»So.« Ihr Blick fixierte den Professor. »Sie haben Ihren Kaffee. Jetzt raus mit der Sprache: Warum haben Sie Amadeo Einsteins Text *wirklich* geschickt?«

»Es muss vor ungefähr drei, vier Wochen gewesen sein.« Helmbrecht nippte an seiner Kaffeetasse. »Anfang Oktober, als die ersten Meldungen über diese neue Grippe durch die Presse gingen. In aller Regel blättere ich ja gleich vor zum Kulturteil, aber diesmal...« Mit einem halblauten Ächzen beugte er sich vor und langte nach einem seiner Bücherstapel.

Amadeo konnte so schnell keinen Blick auf den Titel des Werkes werfen, doch es wurde auch schon klar, dass es dem Professor gar nicht um das Buch ging. Eine ausgerissene Zeitungsseite lag zwischen den Blättern wie ein Lesezeichen.

»Hier!« Eine kleine Meldung unten rechts in der Ecke war mit dickem rotem Filzstift eingekreist. *Pandemie?*, hieß es in der fett gedruckten Überschrift. »Wie Sie vielleicht wissen, spricht man nach den offiziellen Kriterien erst dann von einer Pandemie, wenn sich eine neue Krankheit auf wenigstens zwei unterschiedlichen Kontinenten ausbreitet«, erklärte der Professor. »Also in Australien und Asien etwa oder in Nord- und Südamerika. In diesem Fall war man sich nicht einig, ob eine solche Ausbreitung bereits gegeben war.«

Rebecca pflückte ihm die Zeitung aus der Hand. »*Obwohl die ersten Fälle der Eastcoast-Grippe nun auch unter Angehörigen der US-Interventionsstreitkräfte im Irak festgestellt wurden*«, las sie vor, »*ist innerhalb der WHO nach wie vor umstritten, ob damit die Voraussetzungen für die Ausrufung der höchsten Pandemie-Warnstufe vorliegen.*«

»Das wären doch zwei Kontinente«, wandte Amadeo ein. »Nordamerika und der Mittlere Osten – also Asien.«

»Einerseits ja.« Vergeblich versuchte der Professor, die

Zeitung wieder an sich zu bringen. »Andererseits leben die ausländischen Militärangehörigen im Irak im Wesentlichen auf ihren Stützpunkten, und diese Stützpunkte lassen sich natürlich abschotten, dass es eine Freude ist. Man könnte also argumentieren, eine US-Basis im Irak, in der jeden Tag Maschinen aus den Vereinigten Staaten landen, gehöre eher zu Nordamerika als zu Asien. Genau das haben jedenfalls einige dieser *Experten* getan.«

Der Tonfall, in dem er das Wort *Experten* aussprach, war dem Restaurator vertraut. Helmbrecht hatte ihn exklusiv für die unerfreulichen und unappetitlichen Dinge des Lebens reserviert – kalifornischen Rotwein zum Beispiel.

»So ganz unrecht haben sie ja auch wirklich nicht«, sagte Amadeo. »Wenn sich ein Soldat zu Hause ansteckt, bringt er die Grippe natürlich mit. Was war so Besonderes an dieser Meldung, dass Sie sie ...« Er wies auf das Buch, in dem Helmbrecht den Zeitungsartikel gepresst hatte wie andere Leute ein besonders hübsches Exemplar eines Gänseblümchens. Jetzt konnte er auch den Titel lesen: *Real-Encyclopädie der classischen Alterthumswissenschaft.*

Der alte Mann betrachtete Amadeo. Hinter den wie üblich nicht sehr sauberen Brillengläsern entdeckte der Restaurator ein Funkeln, das ihm gar nicht gefiel. Genüsslich lehnte Helmbrecht sich in seinem Armsessel zurück. »Mein lieber Amadeo, Sie haben sich doch so eingehend mit Albert Einstein beschäftigt in den letzten Tagen ...« Er zögerte, setzte seine Tasse an die Lippen, ließ sie mit demonstrativer Überraschung wieder sinken. »Na so was aber auch! Wie ist die so schnell leer geworden?«

Amadeo biss die Zähne zusammen. Er spürte keinerlei Bedürfnis auf einen weiteren Dialog unter vier Augen. »Sie bekommen noch einen«, versprach er. »Sobald Sie uns erklärt haben, was an diesem Artikel so wichtig ist.«

»Das ist Erpressung!«, schnaubte Helmbrecht.

»Es ist eine Frage der Perspektive«, widersprach der Restaurator. »Ich nenne es wahren Forschergeist. Schließlich habe ich von einem der Besten gelernt.«

Helmbrecht stierte ihn an, doch Amadeo sah, wie sich das Funkeln in seinen Augen veränderte und der Humor des alten Mannes erwachte. »Nun, wenn Sie das so sagen.« Er kicherte leise, wurde aber wieder ernst, als er sich mühsam aus seinem Lehnsessel aufrichtete und an die Arbeitsfläche trat. »Dabei sind Sie sehr nah dran, mein lieber Amadeo, wenn Sie sagen, es ist eine Frage der Perspektive. Die Relativitätstheorie! Wie wir aus Einsteins Spezieller Relativitätstheorie wissen, ist die Bewegung von Objekten in Raum und Zeit niemals *absolut* messbar, sondern immer nur *relativ* – relativ zur Position und der Bewegung des Betrachters.«

»Und wenn der still steht?«, erkundigte sich Rebecca.

»Bewegt er sich trotzdem als Teil des Raum-Zeit-Kontinuums und das Kontinuum mit ihm. Und das Licht bewegt sich auf jeden Fall …« Helmbrecht pfefferte sein Buch zurück auf die Arbeitsfläche, eine Spur heftiger, als notwendig gewesen wäre. »Wollen Sie nun wissen, warum der Artikel wichtig ist? Dann unterbrechen Sie mich nicht mit solchen Spitzfindigkeiten!«

Wenn er jetzt irgendwas über Frauen sagt …, dachte Amadeo. Doch der Professor war klug genug, den Mund zu halten.

Stattdessen betrachtete er die *Real-Encyclopädie*, nahm sie wieder in die Hand und legte sie auf einen abgewetzten Codex, der ein bedeutend größeres Format besaß: nicht etwa in die Mitte, sondern in die obere rechte Ecke.

»So«, sagte er, spähte über den Tisch und griff nach einem Stift. »Sie sehen diesen Kuli mit der Aufschrift *CSTx – Mobile Solutions*?« Prüfend blickte er den Restaurator und seine Partnerin an. Beide nickten. »Werbegeschenk«, murmelte der Professor und platzierte den Kugelschreiber exakt im Zentrum der Real-Encyclopädie. »Nun?«, fragte er. »Wo liegt er?«

Amadeo trat an seine Seite. »Mitten auf dem Buch«, sagte er leise. »Auf dem oberen Buch jedenfalls. Aber das obere Buch …«

»Bingo!« Beifällig klopfte ihm der alte Mann auf den Rücken. »Ich sag's doch: Im Grunde wissen Sie alles. Jetzt müssen wir unser Bild lediglich übertragen. Wir sehen einen Kuli und ein Buch, eine Seuche und die Vereinigten Staaten von Amerika. Wo ist das Zentrum? In den Vereinigten Staaten natürlich – solange wir nur dieses eine Buch im Blick haben. In Wahrheit aber …« Wieder betrachtete er seine Gäste. »Was war zuerst da?, habe ich mich gefragt. Die Henne oder das Ei? Eine Seuche, an der Menschen in den Vereinigten Staaten erkranken und *nun auch* im besetzten Irak, oder ganz im Gegenteil …«

»Aber von der Eastcoast-Grippe hatte die Presse vorher schon tagelang berichtet«, unterbrach ihn Amadeo. »Die ersten Fälle sind eindeutig in den Vereinigten Staaten aufgetreten und erst *danach* im Irak.«

»Mein lieber Amadeo!« Der alte Mann schüttelte den Kopf, auf dem Gesicht einen Ausdruck tiefer Bekümmerung. »Was glauben Sie wohl, was es die Welt interessiert, ob irgendein Kurde oder Beduine an einer Grippe leidet? Oder welche Grippe das nun gerade ist und ob er womöglich vermehrte Probleme bekommt mit der Aussprache des Kurdischen und Beduinischen? Versteht doch sowieso kein Mensch. Wie lange, glauben Sie, ist diese Grippe im Irak schon unterwegs gewesen, bis irgendein Pressefritze ihr das hübsche Etikett Eastcoast aufgepappt hat?«

»Das …« Amadeo schüttelte den Kopf. Er wollte den Professor widerlegen, doch es war nicht zu leugnen, dass Helmbrechts Theorie zumindest eine Möglichkeit war. Allerdings gab es keine Spur eines Beweises. Genauso gut hätte er auch behaupten können, die neue Krankheit sei ein Mitbringsel von Außerirdischen – oder die Boten Gottes hätten mal wieder reingeschaut. Je nach persönlicher Weltanschauung lief beides sowieso auf dasselbe hinaus.

»Seit dem zwölften August«, bemerkte Helmbrecht.

Der Restaurator blinzelte. »Was?«

»Am zwölften August dieses Jahres ist die babylonische Seuche zum zweiten Mal ausgebrochen, in einem hübschen kleinen irakischen Städtchen namens Al Hillah. – Gut«, schränkte der Professor ein. »Ich weiß weder, ob es hübsch ist, das Städtchen, noch habe ich einen Überblick über die Einwohnerzahlen. Dürften inzwischen geschrumpft sein, fürchte ich.«

»Wie zur Hölle kommen Sie darauf?«

Steifgliedrig wandte Helmbrecht sich um, deutete auf die Ecke des Raumes, in der Amadeo die aktuelle Forschungsarbeit des Professors verstaut hatte. »Holen Sie das mal wieder raus«, bat er.

Eigentlich bat er nicht, doch dem Restaurator fiel es leichter, der Anweisung Folge zu leisten, wenn er sie im Geiste in eine Bitte übersetzte. Umständlich wuchtete er den mit Leinwand bespannten Rahmen zurück auf die Tischfläche.

»Das *corpus delicti*«, erklärte der Professor. »Keine Sorge – es ist nur eine Reproduktion. Eine sehr, sehr gute allerdings.«

Amadeo kniff die Augen zusammen, versuchte die Zeichen zu entziffern – doch es war Jahre her, dass er sich mit den Keilschriften des Zweistromlandes beschäftigt hatte. »In diesem Text wird von der Krankheit berichtet?«

Helmbrecht hob die Schultern. »Ich habe nicht die geringste Ahnung. Vermutlich weiß das zu diesem Zeitpunkt niemand, und im Moment hat wohl auch kein Mensch die Muße, sich eingehender damit zu beschäftigen. Außer mir natürlich. Dieser Text ist wahrscheinlich wesentlich älter als jede uns bisher bekannte Schrift. Er wurde, zusammen mit zig weiteren vergleichbaren Tafeln, am zwölften August dieses Jahres von einem amerikanischen Ausgrabungsteam unweit von Al Hillah gefunden – am äußersten Rand der Ruinenstadt, die man heute als Babylon bezeichnet. Und damit fing es an.«

»Die …« Amadeo stutzte. »Die Archäologen sind auf die Ruinen des Turms von Babel gestoßen? Ich dachte, die wären längst identifiziert und vermessen und …«

»Auf jeden Fall sind sie auf etwas gestoßen, das vergleichbar alt ist, wenn es verseucht war mit dem Virus. Doch genau das war ja die Frage. Das musste ich natürlich prüfen.«

»Sie …« In Amadeos Hirn keimte ein unglaublicher Verdacht. »Sie haben …«

»Ich habe ein bisschen rumtelefoniert«, gab der Professor zu. Versonnen strichen seine gichtigen Finger die Konturen der Keilschriftzeichen nach. »Von den Ausgrabungen wusste ich schon seit einiger Zeit, aber Mesopotamien ist ja nicht mein Spezialgebiet. Doch als ich nun diesen Zeitungsartikel las, musste ich plötzlich an den Einstein-Text denken, der irgendwann mal in meinem Briefkasten lag – 1952 oder 53 muss das gewesen sein. Irgendwie schien das, nun, zu passen. Und da kam ich dann ins Grübeln mit der Henne und dem Ei und habe den einen oder anderen Anruf gemacht. Ein akademischer Freund von mir kannte jemanden, der mit diesen Ausgrabungen zu tun hat – von Deutschland aus. Und der wiederum kannte ein paar Leute vor Ort. Sie wissen, wie das ist. Also konnte ich mich ein wenig erkundigen, nach dem Befinden der Mannschaft an der Ausgrabungsstätte, nach den Ausfällen durch die Grippe. Man war überrascht, dass ich von diesen Ausfällen gehört hatte. Und schließlich hatte ich noch eine kleine Bitte.«

Rebecca legte die Stirn in Falten. »Diese Ablichtung?«

Helmbrecht warf ihr einen unfreundlichen Blick zu.

»Eine Ablichtung hätte mir nicht geholfen«, sagte er leise. »Eine Ablichtung wäre kein Beweis gewesen. Sie hatten so viele Originale dort gefunden – ob nun eins mehr oder weniger ... Drei Tage später hatte ich mein Täfelchen.«

Forschend betrachtete er seine Gäste. Amadeo hatte Mühe, sich auf den Beinen zu halten. Er wusste, was kommen würde.

»Und eine Woche später hatte ich die Grippe«, schloss der Professor.

In Helmbrechts Hobbithöhle war es mit einem Mal so still, dass man die unruhigen statischen Entladungen einer seiner Lampen hören konnte, deren Leuchtkörper kurz davor stand, den Geist aufzugeben.

Ganz so weit war es mit dem Professor selbst noch nicht, doch sein langer Bericht hatte ihn sichtbar angestrengt. Er löste sich von der Arbeitsfläche und humpelte zurück zu seinem Lehnstuhl, ließ sich mit einem dankbaren Seufzen nieder.

»So, nun wissen Sie Bescheid«, sagte der alte Mann. »Gedenkminute vorbei. Ist sowieso verfrüht. Noch leb ich ja. – Wo ist mein Kaffee?«

»Sie haben sich *mit Absicht* angesteckt?«, flüsterte Amadeo.

Der Professor hob die Schultern. »Denken Sie an Siegmund Freud, der sich mit Vorliebe selbst analysierte. Denken Sie an Johann Wilhelm Ritter, der seinen Körper unter Strom setzte, um der Galvanisierung auf die Spur zu kommen. Eine wissenschaftliche Pioniertat! Stellen Sie sich vor, was wir von dem Mann für Aufschlüsse hätten gewinnen können, wäre er anschließend noch in der Lage gewesen, vernünftig zu schreiben!«

»Ich glaube …«, murmelte Amadeo.

»Oder an John Hunter, der sich den Eiter eines an der Syphilis Erkrankten ins eigene Glied spritzte, um …«

»… ich hole jetzt den Kaffee«, beendete Rebecca den Satz des Restaurators und hatte den Raum bereits verlassen.

»Interessant«, sagte Helmbrecht leise. »Gerade kommt mir in den Sinn, dass alle bedeutenden medizinischen Selbstversuche von Männern vorgenommen wurden. Es muss diese ganz besondere Form der wissenschaftlichen Neugier sein, die bei uns einfach stärker ausgeprägt ist, mein lieber Amadeo.«

Der Restaurator betrachtete ihn schweigend.

Helmbrecht winkte ab. »Jedenfalls ist das Selbstexperiment heute eine weithin akzeptierte wissenschaftliche Versuchsanordnung. Im Grunde hat sie ausschließlich Vorteile: Es gerät kein Dritter in Gefahr, und man kann aus erster Hand berichten, wenn man überlebt.«

»*Wenn man überlebt*«, betonte Amadeo.

»Hab ich doch«, erwiderte der Professor leutselig. »Bisher jedenfalls. Und sehen Sie es mal so: Früher oder später hätte mich die Grippe so oder so erwischt – immun bin ich ja offenbar nicht. Und was hätte es dann noch für einen Nutzen gehabt? Na, sehen Sie?«

»Und welchen Nutzen hat es *jetzt*?«, fragte der Restaurator. »Nicht nur, dass Sie selbst sich angesteckt haben! Ist Ihnen klar, was in der Stadt los ist? Seit gestern zerbreche ich mir den Kopf, warum es gerade Weimar so heftig erwischt hat. Ihretwegen! Einzig und allein Ihretwegen! Sie waren einer der ersten Fälle, sagt Möbius, aber das stimmt nicht.

Sie waren *der allererste Fall überhaupt in Deutschland*! Absichtlich und vorsätzlich!«

»Nun hören Sie aber mal auf!« Kopfschüttelnd griff Helmbrecht nach den vergilbten Goethe-Blättern. »Dann wären diese Leute eben ein paar Tage später krank geworden. Geholfen hätte ihnen das so wenig wie mir. Hätte ich mich aber nicht infiziert, hätten wir keinen Beweis, dass diese Seuche – die Babylonische Seuche – wirklich existiert. Einsteins Manuskript wäre weiter in meinem Nachtschränkchen verstaubt, anstatt sich zu Ihnen auf den Weg nach Rom zu machen, damit Sie in aller Ruhe die Lösung rausknobeln. Bei allem Neid, mein lieber Amadeo: ein Riesenkompliment zu Ihrem Arbeitstempo.«

»In aller Ruhe?«

Rebeccas Tempo konnte sich ebenfalls sehen lassen. Schon wieder balancierte sie mit zwei Tassen dampfendem Kaffee in den Raum, für sich selbst wiederum ein Glas Tee, aus dem diesmal das Fähnchen eines Teebeutels hing.

»Andere Sorte?«, fragte Amadeo verwundert.

»Kamillentee«, sagte sie, während sie dem Professor seinen Nachschub reichte. »Mir ist etwas flau. Vielleicht das Schmerzmittel.«

Vielleicht, dachte Amadeo. Er versuchte sie nicht allzu offensichtlich anzustarren. Rebecca sah blass aus, schon den ganzen Abend. Andererseits hatte sie vor ein paar Tagen eine Kugel ins Bein gekommen – ein normaler Mensch hätte sich anschließend eine Woche lang ins Bett gelegt. Mindestens.

Doch das war nur die eine Möglichkeit. Die Alternative war weit beunruhigender.

Sie funkelte ihn an. »Ich bin in Ordnung!«, sagte sie überdeutlich. »*Blaukraut bleibt Blaukraut und Brautkleid bleibt Brautkleid*. – Zufrieden? Alles funktioniert.«

»Das Gestammel geht erst nach ein paar Tagen los, falls es die Grippe ist«, warf Helmbrecht ein. »Da müssen Sie noch ein bisschen warten. – Was nun diesen Text hier betrifft …«

»Moment!« Rebecca sah zwischen Amadeo und dem alten Mann hin und her. »Bevor wir das vergessen«, sagte sie an den Professor gewandt. »Ein Mann um die vierzig, weiße, vielleicht auch blonde Haare bis zum Hals. Er trägt einen Jeansanzug. Haben Sie diesen Mann schon mal gesehen?« Ihre Hand war automatisch zu der Ausbuchtung ihres Blazers gewandert, unter der sich ihre Pistole verbarg – als könnte Amadeos Verfolger aufs Stichwort in den Raum spazieren.

Ist das unmöglich?, dachte der Restaurator beklommen. Der Mann ist in Deutschland. Ob Dr. Möbius die Außentür hinter sich ins Schloss gezogen hat?

Helmbrecht kratzte sich hinter dem Ohr. »Am Frauenplan verkauft so einer ziemlich hässliche Aquarelle vom Goethehaus. Meinen Sie den?«

»Eher nein, denke ich mal«, sagte Rebecca nachdenklich. »Entweder war er nicht hier, oder er arbeitet nicht allein – womit ich beinahe rechne.«

»Die arbeiten in ganzen Kolonnen«, brummte der Professor. »Und ein Bild ist schlimmer als das andere.«

Amadeo schüttelte den Kopf, und Helmbrecht lauschte, während er und Rebecca von dem Mann erzählten, der am Vorabend vor der *officina* gelauert hatte und ein paar Stunden später in derselben Maschine wie Amadeo nach Berlin geflogen war.

»Nein.« Helmbrecht überlegte einen Augenblick. »An so einen Mann kann ich mich nicht erinnern. Doch was heißt das schon? In diesen Cowboyhosen laufen die jungen Leute heutzutage doch fast alle rum. Denken Sie, die schau ich mir noch genauer an? Mir reichen schon die in den Vorlesungen.«

Amadeo tauschte einen Blick mit Rebecca. An dieser Stelle kamen sie nicht weiter. Die Bedrohung durch den Jeansmann schwebte weiter über ihnen – wenn es diese Bedrohung wirklich gab. Es konnte noch immer ein Zufall gewesen sein, ein merkwürdiger, verunsichernder Zufall.

»Gut.« Amadeo nickte. »Also der Text. Wenn wir einmal annehmen, dass diese Texte tatsächlich mehr sind als ein Gelehrtenspiel, dass sie ein Wissen überliefern, das Wissen um ein Heilmittel gegen die Grippe, die Seuche, die Pestilenz oder was auch immer … Dann müsste es doch einen Hinweis geben. Goethes Text müsste an bestimmten Stellen detaillierter sein als der von Einstein.«

»Exakt, mein Lieber.« Helmbrecht kniff die Augen zusammen. »Haben Sie meine Brille gesehen?«

»Dort, wo sie hingehört«, bemerkte Rebecca. »Auf Ihrer Nase.«

Der Professor tastete nach dem Bügel, grunzte zufrieden, während er im Goethe-Text vorblätterte. »Hier«, murmelte er und deutete auf eine Stelle auf der letzten Seite.

So erreicht in letzter Stunde
der verstreuten Menschen Wohnung
ihrer Rettung frohe Kunde:
Gottes Gabe der Verschonung.
Doch nach kurzem Fristen
sorgt man sich um Trug
und entführt mit Listen
jener Heilung Krug.

»Voilà, der Beweis.« Der alte Mann ließ die Blätter sinken. »Ein Krug. Einstein spricht von einem abstrakten Gefäß, bei

Goethe ist es etwas Konkretes: ein Krug. Goethe ist präziser, denn Goethes Text ist der ältere, näher dran am Original – wie auch immer das Original aussah und wann es entstanden ist. Ein typisches Bild, wenn Sie mit alten Überlieferungen zu tun haben: Der eine schreibt vom anderen ab, und mit jeder neuen Version wird die Wahrheit verschwommener, undeutlicher. Besonders natürlich dann, wenn derjenige, der den späteren Text verfasst, gar nicht mehr weiß, auf welche Wahrheit es eigentlich ankommt, weil er das Ganze für ein neckisches Spielchen hält. Wenn dann noch was durchschimmert, können wir von Glück sagen.«

»Und hier schimmert was«, stimmte Amadeo ihm zu.

»Und nicht nur hier«, bestätigte der Professor. »Goethe ist präziser in Bezug auf den Krug, und, was viel wichtiger ist: Er ist auch präziser bei der Route, an deren Ende sich unser Heilmittel verbirgt.«

Zu den Bergen
gegen Morgen
voll der Sorgen
durch die Pforte
zieh'n sie, winzig klein gleich Zwergen,
bergen ihn an diesem Orte.

»Das Heilmittel?«, fragte Rebecca. »Oder doch wieder nur ein neues Versteck? Die Stelle, an der Goethe den Text seines Vorgängers versteckt hat.«

»Heilmittel«, sagte Helmbrecht überzeugt. »Schauen Sie hier, in Goethes Nachsatz: Der Adressat soll nach seinem Gutdünken verfahren, *so es ihm gelingen sollte, sich einen Reim darauf zu machen*. Einen Reim muss man sich nur auf etwas machen, das nicht offen ausgeschrieben ist. Die Berge im Osten und die Pforte werden offen genannt.«

»Ein Pass vermutlich«, sagte Rebecca. »Unmittelbar östlich an die mesopotamische Tiefebene grenzt das iranische Hochland. Nicht gerade eine nette Urlaubsgegend.«

»Möglich.« Der Professor nickte. »Aber im Shell-Atlas werden Sie mit solchen Angaben nichts finden. Die Pforte, die Berge im Osten, sind nicht mehr als eine ferne Erinnerung an eine Route, die im Originaltext mit Sicherheit sehr viel ausführlicher beschrieben worden ist. Egal, worauf wir noch stoßen, das müssen wir im Hinterkopf behalten. Einzig aus diesem Grunde existiert dieses gesamte Spiel, und nur das ist am Ende wichtig für uns: der Weg zu dem fernen Ort in den Bergen, der Weg zum Heilmittel. Der sollte überliefert werden. Nur dass diese Einsicht offenbar verschüttgegangen ist zwischendrin, bei den Geistern, den großen. *Aber …*« Aufmerksamkeit heischend hob er den Zeigefinger. »Mit jedem neuen Text wird die Route deutlicher werden. Also mit jedem *älteren* Text natürlich – wir bewegen uns ja rückwärts in der Zeit. Und um den nächsten Text zu finden – Goethes Vorlage von seinem hochgeistigen Vorgänger –, müssen wir seinen Code knacken, und dazu müssen wir feststellen, was er *nicht* offen ausgesprochen hat.«

»Der größte Geist in der Generation vor Goethe«, murmelte Rebecca. »Wer wäre das? Newton?«

Helmbrecht hob die Schultern. »Unsere Perspektive und diejenige der Zeitgenossen müssen nicht identisch sein. Es könnte Newton sein, Lichtenberg, Kant oder Benjamin Franklin – oder Graf Cagliostro mit seinem Stein der Weisen. Streng genommen wissen wir nicht einmal, ob wir wirklich nur eine Generation zurückgehen müssen oder womöglich mehrere. Der Text, der schließlich bei Goethe ankam, kann bereits durch drei Dutzend Hände gegangen sein. Er könnte aus der Antike stammen; damit wären wir zwei Jahrtausende näher dran an Babylon.«

Nachdenklich betrachtete Amadeo das mürbe Papier in der Hand des alten Mannes. »Goethes Text hat Einstein ja auch nicht direkt erreicht. Als Einstein geboren wurde, war Goethe lange tot. Das Gedicht muss von Hand zu Hand gegangen sein: Alles große Geister, aber keiner von denen hat den Code entschlüsseln können – bis Einstein kam.«

Helmbrecht hob die Schultern. »Passiert den Besten von uns.« Sein Gesichtsausdruck veränderte sich. »Nur jetzt darf es nicht noch einmal passieren. Einstein glaubte, es sei ein Spiel, Goethe glaubte, es sei ein Spiel. Ich selbst glaubte es mehr als fünfzig Jahre lang. Doch das ist es nicht.« Er deutete auf das Gedicht. »Dieses angebliche Spiel ist unsere einzige Chance, und um unseren nächsten Schritt zu machen, müssen wir das hier deuten.«

»Und das können Sie nicht?« Amadeo bemühte sich, seine Enttäuschung nicht zu deutlich werden zu lassen – mit begrenztem Erfolg, wie Helmbrechts säuerliche Miene bewies.

»Ich kann es lesen«, brummte der alte Mann. »Deuten können Sie doch so hübsch, oder wie war das mit der Neununddreißig?«

»Da hatte ich Hilfe«, murmelte Amadeo. Der junge Niccolosi, Rom, die gesamte *officina* schienen gerade ein ganzes Leben weit entfernt zu sein. »Fällt Ihnen denn irgendwas Besonderes auf an diesem Gedicht?«, fragte der Restaurator.

»Hmmm …« Helmbrecht hielt das Blatt dicht vor seine Nase. »Das Metrum haben Sie bemerkt?«

»Es ist unregelmäßig.« Amadeo nickte. »Hat Goethe ja häufig gemacht. Im Erlkönig geht das hin und her, Trochäen, Daktylen …«

»Metrum?« Rebecca hatte sich an der Arbeitsfläche vorbeigeschoben und blickte dem Professor über die Schulter. »Das ist der Rhythmus des Gedichts, oder? Der Takt, wie in der Musik.«

»So ähnlich«, murmelte Amadeo. »Die Abfolge der betonten und unbetonten Silben. *Zu den Bergen/gegen Morgen* – mit einer betonten Silbe fängt es an, dann unbetont, betont, unbetont und so weiter. Das ist ein Trochäus. Das ganze Gedicht ...« Er ging neben dem Professor in die Hocke und ließ die Augen über die Zeilen gleiten. Jetzt, nachdem Helmbrecht vorgelesen hatte, fiel es ihm leichter, die Buchstaben zuzuordnen. »Das ganze Gedicht ist in Trochäen geschrieben. In jeder Zeile geht es mit einer betonten Silbe los und dann immer abwechselnd. Was sich ändert, ist die Zahl der Silben in den einzelnen Zeilen. Das merkst du, wenn du den Text leierst. In den kürzeren Zeilen etwa hast du immer zwei betonte und zwei unbetonte Silben: ZU den BER-gen/GE-gen MOR-gen/VOLL der SORgen/ZIEHN sie ...«

»Ach, das meinst du! WAL-le WAL-le/MAN-che STREcke/DASS zum ZWE-cke/WASS-er FLIE-ße/UND in REIchem/VOLL-em SCHWA ... Amadeo?«

Der Restaurator starrte sie an. »Das ist identisch«, flüsterte er. »Professor! Hören Sie das?«

Helmbrecht hatte schon zurückgeblättert, prüfte eine der früheren Strophen. »Die Zahl der Silben wechselt«, flüsterte der alte Mann. »Aber sie wechselt regelmäßig. Genau wie das Reimschema. Das ist ...«

»Das ist der *Zauberlehrling*!«, hauchte Amadeo. »Goethes berühmtestes Gedicht! Dasselbe Schema! Versmaß *und* Reimschema! Hat Goethe das häufiger gemacht?«

Helmbrecht zögerte, schüttelte dann den Kopf. »Das wäre mir nicht bekannt, und ich behaupte, dass ich so ziemlich alles gelesen habe, was Goethe geschrieben hat.« Er blickte auf die Handschrift. »Jetzt jedenfalls.«

»Das Schema!« Amadeos Herz überschlug sich. »Wenn wir das Schema erkannt haben, können wir den Code knacken! Genauso war es bei Einstein! Und das hier ist viel einfacher!«

»Für euch vielleicht«, wandte Rebecca ein. »Aber für Einstein? Der kam doch ganz woanders her, wissenschaftlich.«

Der Restaurator nickte. Sie hatte recht. Wahrscheinlich war es genau das, was einen besonders großen Geist ausmachte – dass er über den Tellerrand hinwegsehen konnte, auf die Dinge, die eigentlich so gar nicht seine Welt waren. Der Schlüssel zu Einsteins Code hatte letztendlich in der Mathematik gelegen, einer völlig fremdartigen Materie für einen Paläographen. Goethes Code zu durchschauen sollte für Amadeo selbst und den Professor tatsächlich sehr viel einfacher sein.

»*Als der Menschen Schar dereinest / nach dem Osten auf sich machte …*«

Helmbrecht begann den Text mit leiser Stimme vorzutragen, von Anfang an und in einem Ton, der den alten Mann nicht eben für die höheren Weihen der Rezitationskunst empfahl. Doch Amadeo begriff den Grund: Durch diese leiernde Sprechweise wurde die Regelmäßigkeit, die Abfolge und Anzahl der betonten und unbetonten Silben erst deutlich.

»Bei Einstein war es jedes neununddreißigste Zeichen«, überlegte der Restaurator laut. »Mathematik, die Welt der Zahlen. Bei Goethe waren es eher die Worte – vielleicht wirklich das Metrum, das Reimschema – oder aber die Geschichte selbst, die Art und Weise, wie er sie erzählt. Er könnte etwas reingebracht haben, das dort nicht hineingehört. Ein Motiv, das uns …«

»*… Stein auf Steine / Schicht auf Schichte / hin zum Lichte / aufwärts steige …*« Der Professor ließ sich von der mangelnden Aufmerksamkeit seines Publikums nicht beirren.

»Aber das haben wir doch schon.« Auf Rebeccas Stirn zeigte sich eine steile, senkrechte Falte. »Die Seuche gehört nicht rein.«

Amadeo schüttelte den Kopf. »Die Seuche gab es wirklich, die hatte er aus dem Vorgängertext. Es muss etwas anderes sein. Der Schauplatz vielleicht. Oder es hängt mit der Vorlage zusammen, mit dem Zauberlehrling.«

»Der Zauberlehrling spielt auf einer Burg«, grübelte Rebecca. »Jedenfalls in *Fantasia*. Du weißt schon, der Film mit Micky Maus.«

»Eine Burg«, murmelte der Restaurator. »Ich glaube nicht, dass im Gedicht eine Burg vorkommt. Und den Film hat Goethe nie gesehen.«

»Hören Sie zu!«, unterbrach ihn der Professor. »Die Stelle hier ist gut. Jetzt wird's dramatisch. Gottvater Jahwe spricht!«

Engel, eilet!
Dies zu enden
will ich senden
Pestilenzen.
Die ihr Krankheits Keim verteilet,
weiset mir dies Volk in Grenzen!

»Eindrucksvoll«, murmelte Amadeo. Das musste man Helmbrecht lassen: Den grollenden Tonfall des alttestamentarischen Herrgotts bekam er nicht übel hin. Der Restaurator glaubte die folgende Szene geradezu bildlich vor sich zu sehen, die Verwirrung, den Unglauben der Menschen, die plötzlich nicht mehr verstehen konnten, was sie zueinander sprachen:

Menschen, die gleich Brüdern waren,
sieht man Zung' und Sprach' sich wirren.
Matt lässt's Volk die Steine fahren,
um in fernste Land zu irren:
Dumpfer Wälder Hitze,
Nordlands eis'ge Luft.
Gottes Erben Sitze,
Gottes Sohnes kühle Gruft.

Süden, Norden,
Osten, Westen,
zieh'n die Besten …

»Halt!« Amadeo keuchte. Er lauschte den Worten nach. »Zurück!«, flüsterte er. »Bitte, die Strophe davor! *Dumpfer Felder Hitze …*«

»Wälder!«, widersprach Helmbrecht. »Nuschel ich? Möbius' Spritze sollte doch noch wirken, oder?«

»Wälder.« Amadeo nickte. »Bitte!«

Der Professor holte Atem:

Dumpfer Wälder Hitze,
Nordlands eis'ge Luft.
Gottes Erben Sitze,
Gottes Sohnes kühle Gruft.

»Das ist es!« Amadeos Stimme war rau. »Hört ihr das?«

Rebecca legte den Kopf schräg. »Zweimal kurz hintereinander nennt er Gott. Meinst du das?«

»Nein«, murmelte Amadeo. »Nicht die Worte. Das Versmaß! Das Geheimnis liegt im Versmaß! Genau wie bei Einstein: Das Geheimnis liegt in der Form, nicht im Inhalt! In der letzten Zeile sind zwei Silben zu viel!«

Der Professor blickte auf die verschnörkelten Buchstaben. »Himmelhundehölle, Sie haben recht, Amadeo! *Nordlands eis'ge Luft*. DA-da DA-da DA. Aber dann – *Gottes Sohnes kühle Gruft*. DA-da DA-da DA-da DA. Ein Dada zu viel!«

»Und wenn das ein Versehen war?«, warf Rebecca ein.

»*Versehen?*« Amadeo und sein Mentor überbrüllten einander beinahe in ihrer Empörung.

»Goethe unterlaufen keine *Versehen*«, bemerkte Helmbrecht pikiert. »Außerdem sind diese Silben ...« Er schüttelte den Kopf. »Das *kühle* ist doch völlig überflüssig.«

»Gottes Sohnes kühle Gruft«, sagte Amadeo leise. »Das ist der Hinweis, und das ...« Ihm blieb die Luft weg. »Das ist eine Ortsangabe! Die Gruft des Gottessohnes! Das Heilige Grab in Jerusalem!«

»Donner und Andrea Doria«, murmelte Helmbrecht. »Mein lieber Amadeo, Sie haben es! Es ist tatsächlich ...« Der alte Mann verstummte.

»Professor?« Alarmiert beugte Amadeo sich über ihn. »Sind Sie nicht in Ordnung?«

»Moment. – Holen Sie mal eine von den Lampen!«

Irritiert gehorchte Amadeo und löste einen der Klemmstrahler vom Rand der Arbeitsfläche. Über Helmbrechts Schulter hinweg leuchtete er auf den Schreibbogen. »Was ist denn los?«, fragte er leise.

»Und eine Lupe!«, befahl der Professor. »Die große runde. – Haben Sie meine Brille ...?«

»Nase!«, knurrte Amadeo, während Rebecca suchend an den Tisch trat. »Was haben Sie denn? Steht das *kühle* doch nicht da?«

»Wenn ich Wörter sehe, die nicht da sind, können Sie mich begraben«, brummte der alte Mann. »Lupe?«

Rebecca drückte ihm das Vergrößerungsglas in die Hand.

»Ist irgendwie verschmiert«, murmelte Helmbrecht.

Seine Brille ist verschmiert, dachte Amadeo, doch er hielt den Mund.

»Schau an«, sagte der Professor leise. »Schau an. Der Kringel.«

»Kringel?«

»Kringel.« Helmbrecht blickte auf. »Ein kleines gerolltes Kringelchen wie das Schwänzchen von einem Schweinchen.«

»Schweinchen?«

»Keins da!« Der Professor stützte sich ab, kam in die Höhe und trat mit den Blättern an die Arbeitsfläche. »Kein Schweinchen, kein Schwänzchen, kein Kringelchen. Und kein Gottch … Lassen wir das. Hier!« Die Spitze seines knotigen Zeigefingers bohrte sich in die Handschrift wie ein Dartpfeil. »Das ist kein o!«

Amadeo und Rebecca beugten sich über den Text, links und rechts an der klapprigen Gestalt des alten Mannes vorbei.

Rebecca schüttelte den Kopf. »Die meisten anderen Buchstaben kann ich nicht erkennen, aber das o sieht für mich eindeutig aus.«

»Amadeo?« Helmbrechts Blick löste sich nicht vom Manuskript. Er streckte dem Restaurator die Lupe entgegen.

Amadeo nahm sie und spähte hindurch. Da war Helmbrechts Fingernagel – er sah angeknabbert aus. Da das Wort, auf das er deutete. Ein verschnörkeltes G, dahinter das o. Mit einem Kringel.

»Er sitzt in der Mitte«, sagte Amadeo zögernd. »Das o in der Zeile darüber hat er anders geschrieben. Da ist der Kringel oben rechts.«

»Das Untere ist kein o«, widersprach der Professor. »Weil es kein Kringel ist. Strengen Sie Ihr Adlerauge an!«

»Das …« Der Restaurator war sich noch immer nicht sicher. Die verblassten Linien der Schrift schienen vor seinen Augen zu verschwimmen. Kein Kringel? Nein. Goethe hatte die Schreibfeder abgesetzt und den Kringel, der angeblich ein Kringel war, nachträglich eingezeichnet. Es war…

»Ein Dreiviertelkreis«, sagte er leise.

»Ja?« Aus der Stimme des Professors sprach Selbstzufriedenheit. »Ein Dreiviertelkreis – und was gehört noch dazu?«

»Das vierte Viertel?«, schlug Rebecca vor.

»Nein!«, japste Amadeo. »Eine waagerechte Linie, und die steht schon da! Die obere Rundung des o! – Das kein o ist! So konnte man damals ein ö schreiben! Ein o, das am höchsten Punkt von einem kleinen e geschnitten wird!«

»Sehen Sie?« Der Professor zog seinen Finger weg.

»Dann steht dort nicht *Gottes*, sondern *Göttes*?«

»Vergleichen Sie!«, forderte Helmbrecht ihn auf. »Eine Zeile weiter oben, dasselbe Wort – oder etwa nicht?«

Amadeos Pupillen huschten zwischen den beiden Zeilen hin und her: *Gottes Erben Sitze* und *Gottes* – oder *Göttes* – *Sohnes kühle Gruft*. Das verschnörkelte G war identisch, das o durch ö ersetzt. Dann das erste t. Identisch. Das zweite t… Amadeo stutzte. Goethe hatte die beiden t-Buchstaben jeweils auseinandergeschrieben, doch hier, beim zweiten t in der unteren Zeile stand der t-Strich seltsam schräg, fast wie ein Häkchen oder…

»Das ist kein t«, flüsterte er. »Das ist ein h! Ein altes deutsches h!«

»Der Kandidat hat hundert Punkte! – Ich denke, das muss gefeiert werden. Mit einem Kaffee vielleicht?«

»Dann steht da nicht Gottes?«, fragte Rebecca. »Dann steht da Göthes? – Oder, nein, Goethes, mit einem o und einem kleinen e! Sein eigener Name!«

»Sein eigener Name!« Helmbrecht grunzte bestätigend. »Und – ergo – sein eigener Sohn!«

»Goethe hatte einen Sohn?«

»Der ihm weder viel Freude machte«, bestätigte der Professor, »noch ihn überlebte. Und der begraben wurde, nicht etwa wie der Sohn Gottes in Jerusalem, sondern …«

»In Rom!« Amadeos Stimme war kaum hörbar. »Auf dem *cimitero acattolico*, dem Protestantischen Friedhof! Einen Steinwurf von der Porta San Paolo und der *Officina di Tomasi*!«

Tag drei

Ockergelber Fels umgab Amadeo, schroff und unregelmäßig. Das Licht war unbestimmt, die Schatten trügerisch. Jeder Schritt konnte den Tod bedeuten.

Doch er hatte *keine Zeit mehr*, keine Zeit, auf seine Schritte zu achten. Sein Atem ging gehetzt, seine Füße trommelten über den Felsboden. Die Verfolger waren dicht hinter ihm, er spürte ihre Anwesenheit. Sie hatten seine Spur nicht verloren an der Pforte.

Sie müssen den Schlüssel finden. Die Worte des Professors. Amadeo konnte sich nicht erinnern, was danach geschehen war, doch er war sich sicher, dass er die Pforte durchschritten hatte und, ja, noch eine zweite.

Sein Blick war auf den Boden geheftet, auf die Wände, die im Rausch der Bewegung schemenhaft vorbeihuschten: Felsgestein, höchstens oberflächlich geglättet. Die Kleinigkeiten. Er musste die Kleinigkeiten im Auge behalten und er durfte nicht langsamer werden dabei, nicht für einen Augenblick. Sie waren ganz in der Nähe, in der Dunkelheit, die bedrohlich nach seinen Fersen griff.

Der asymmetrisch geformte Gang verbreiterte sich, öffnete sich in eine Höhlung, deren Dimensionen er nicht abzuschätzen vermochte. Überall war Licht und nirgends; die Wände schienen aus sich selbst heraus zu leuchten wie überall in der fremdartigen Tiefe. Ein Leuchten, das ungleichmäßig war: Es gab Bereiche, die beinahe im Dunkeln lagen, und andere, an denen die Helligkeit ausgeprägter schien, als ob rötlich glühende Lava dicht unter der Oberfläche lauerte.

War die Felsenhalle leer? Oder war sie angefüllt mit geisterhaften Gestalten, die in Gruppen beieinanderstanden, sich mit langsamen Schritten hin und her bewegten? Ein Flüstern und Murmeln erfüllte die Wölbung.

Amadeo spürte einen Widerwillen, die Halle zu betreten, doch *sie* waren hinter ihm, rückten näher mit jedem Schritt. Er rannte weiter, ohne abzubremsen. Genau gegenüber, in einem schattendunklen Abschnitt des Gesteins: ein sorgfältig behauener Torbogen. Eine neue Pforte.

Amadeo hatte die Höhle zur Hälfte durchquert, als er die Hand sah. Woher sie gekommen war, konnte er nicht sagen. Sie war ein heller Fleck vor den Schatten des Wandabschnitts. Eine Hand, eine menschliche Hand, mehr nicht, körperlos, doch nicht ohne Willen: Sie *schrieb*. Mit ausgestrecktem Zeigefinger vollführte sie im Halbdunkel komplizierte Bewegungen, und wo der Finger die Wand berührte, wurden gleißende Bahnen aus Licht sichtbar, die geschwungenen Linien einer fremdartigen Schrift.

Ich kenne das, schoss es Amadeo durch den Kopf. Er kannte die Form der Buchstaben! Er hatte sie gesehen, vor ganz kurzer Zeit erst, vor … Er zögerte.

Nein. Nein, er zögerte nicht. Er schwankte, Schwindel griff nach ihm.

Seine Füße! Der Boden unter seinen Füßen war verschwunden! Seine Schuhe, die Beine bis hinauf zu den Knien versanken in Schwärze. Doch er fiel nicht, nein. Es war Schwärze, die sich *bewegte*! Schwärze, die *Geräusche* von sich gab! Ein glänzendes, schwarzes, ein chaotisches Gewimmel, ein Meer von …

Mit einem Keuchen fuhr Amadeo auf.

Sein Mund war trocken wie der Boden der Wüste, der

Puls jagte in seinen Ohren. Übelkeit… ein Dröhnen war in seinem Kopf.

Ein Traum!

Sein Atem ging in heftigen Stößen. Eine Fortsetzung seines verrückten Traums aus der *officina*!

Für ein paar Minuten hatte er die Augen schließen wollen auf der letzten Raststätte vor dem Berliner Ring, während Rebecca kurz verschwunden war, um sich frisch zu machen. Vermutlich wechselte sie ihren Verband.

Als Amadeo hinüber zum Restaurant blickte, war sie schon auf dem Rückweg. Ihre Verletzung war ihr im Moment nicht anzumerken.

»Irgendwie siehst du blass aus«, bemerkte sie, als sie sich vorsichtig auf den Beifahrersitz gleiten ließ und nach einem Taschentuch griff. »Bist du dir sicher, dass du immun bist gegen die Grippe?«

Amadeo schüttelte den Kopf. Er mochte jetzt nicht über seinen Traum reden. Später vielleicht, wenn er selbst sich klar geworden war, was er gesehen hatte. Er murmelte etwas über die ungewohnte Frischluft hier draußen auf dem Lande. Rebecca hob zweifelnd eine Augenbraue, doch ihre Worte konnte er nicht verstehen: Im selben Moment stampfte ein Vierzehntonner an ihnen vorbei und stieß Abgase aus, die zum Husten reizten.

Sie waren vielleicht zehn Minuten unterwegs, als Rebecca schon wieder eingeschlafen war. Amadeo wusste, dass sie noch mit den Nachwirkungen des Jetlags zu kämpfen hatte – von allem Übrigen mal abgesehen.

Sollte sie schlafen, solange Zeit dazu war. Er selbst hatte inzwischen fast Angst vor dem nächsten Schläfchen. Wieder war er im entscheidenden Moment aufgewacht, eben als er im Begriff gewesen war, das jenseitige Ende der großen Höhle zu erreichen und sich wiedergefunden hatte in einem… Er durchforschte seine Erinnerung. Schwärze, Bewegung in der Schwärze, schimmernd, bösartig schillernd. Doch was es gewesen war…

Öl?, dachte er. Der Boden des südlichen Mesopotamien war durchtränkt mit *petra oleum*. War das Ringen um dieses Öl nicht der eigentliche Auslöser gewesen für diverse Golfkriege?

Aber was sich im Traum um seine Füße bewegt hatte, war kein Öl gewesen. Er hatte nicht die geringste Ahnung, was er gesehen hatte, aber *es war kein Öl*. Und die Schrift, die geheimnisvolle Schrift…

Belsazar, dachte er. Eine Episode aus dem alttestamentarischen Buch Daniel, die sich Jahrhunderte nach dem Turmbau zu Babel zugetragen hatte: Belsazar, König von Babylon, hatte in seiner Festhalle zu Tisch gebeten und den Aperitif ausgerechnet in den heiligen Gefäßen servieren lassen, die seine Altvorderen aus dem Tempel Salomos geraubt hatten. Während der Feierlichkeiten aber war die geisterhafte Hand Gottes erschienen und hatte magische Zeichen an die Wand der Halle geschrieben: *mene mene tekel u-pharsin*. Worte unheilvoller Vorbedeutung. *Die Tage deines Königtums sind gezählt*, hatte der jüdische Prophet Daniel übersetzt. *Gewogen wurdest du und für zu leicht befunden*. Bis in die Gegenwart war umstritten, ob das die wahre Bedeutung war. Nicht ohne Grund galt ein *Menetekel* noch immer als undurchschaubare, unheilverkündende Warnung.

Den Babyloniern hatte sie offenbar genügt. In derselben Nacht noch war Belsazar von seinen panischen Hofschranzen ins Jenseits befördert worden. Wahrhaft aufmunternd.

Amadeo wusste, dass die Geschichte sich nur in Teilen mit der historischen Wirklichkeit deckte, und er glaubte auch zu wissen, wie sie den Weg in sein Unterbewusstsein gefunden hatte: Babylon, das Alte Testament – und Helmbrechts todbringende Tafel von der Ausgrabungsstätte mit ihren nicht zu entziffernden Zeichen. Ein grauenerregender Cocktail.

So weit die logische Erklärung. Die Kälte, die sich in Amadeos Magen eingenistet hatte, konnte sie nicht vertreiben. Warum kamen diese Träume zu ihm? Was versuchten sie ihm mitzuteilen? Hatte sein Traum in der *officina* nicht einen unmittelbaren Bezug gehabt zu dem, was gleich darauf geschehen war: Helmbrechts Brief und seine Krankheit. *Wir haben keine Zeit mehr.*

Mit zusammengebissenen Zähnen starrte Amadeo auf die Asphaltbahn, die weitgehend frei war an diesem Morgen. Nein, er hatte keine Zeit mehr, keine Zeit für Träume und Spukgebilde. Welche albtraumartige Gefahr konnte bösartiger, gewaltiger sein als die Heimsuchung, mit der er in der Wirklichkeit konfrontiert war?

Er hatte die Leute auf der Raststätte beobachtet. Jeder Zweite trug inzwischen eine Atemmaske. Amadeo selbst und Rebecca verzichteten nach wie vor darauf. Der Restaurator war sich nicht sicher, woher er die Gewissheit nahm, aber er war immun, ohne jeden Zweifel. Und bei Rebecca … Ihre Hand hielt im Schlaf das Taschentuch umklammert. Den ganzen Morgen war sie am Schniefen und Niesen. Es war die Grippe bei ihr. Wenigstens hatte Dr. Möbius ihnen am Morgen noch den Namen der Substanz notiert, mit der er Helmbrecht behandelte. Helmbrecht … Beim Abschied vom Professor war schon unüberhörbar gewesen, dass die Wirkung des Mittels nachließ.

Amadeo versuchte, nicht daran zu denken. Möbius hatte ihnen zwar versichert, dass akut keine Lebensgefahr bestände, doch als der Restaurator sich nach der langfristigen Prognose erkundigt hatte, war der Blick des Arztes deutlicher gewesen als jede weitschweifige Erläuterung.

Helmbrecht würde sterben, und nicht er allein. Millionen, vielleicht gar Milliarden von Menschen würden sterben – wenn es Amadeo nicht gelang, der Spur der Babylontexte bis an den Beginn zu folgen, in die Zeit des Turmbaus vor Tausenden von Jahren.

Im Augenblick befand er sich auf seiner Zeitreise bei Johann Wolfgang von Goethe – ganze zwei*hundert* Jahre in der Vergangenheit. Angenommen, der Turmbau hatte sich vor fünftausend Jahren zugetragen – was eine vorsichtige Schätzung war –, mit wie vielen Texten, wie vielen Codes musste er dann rechnen? Goethe war im neunzehnten Jahrhundert eine Entschlüsselung gelungen, Einstein im zwanzigsten, Amadeo im einundzwanzigsten. Ein neuer Text also alle hundert Jahre, hochgerechnet? Fünfzig Texte, die meisten von ihnen mehrere tausend Jahre alt? Und die sollten alle noch erhalten sein in ihren Verstecken? Und die sollte Amadeo allesamt *entschlüsseln*?

Die Vorstellung war aberwitzig. Warum in Gottes Namen ließ er sich auf ein solches Abenteuer ein?

Weil es die einzige Chance war. Das Einzige, was er tun konnte.

Amadeo umklammerte das Steuer. »In Gottes Namen«, murmelte er – und stutzte. Wenn Gott tatsächlich existierte: Woher wollte Amadeo sicher sein, dass er auf ihrer Seite stand?

Damals, vor ein paar tausend Jahren, hatte der alttestamentarische Herrgott zuletzt ein Einsehen gehabt und sich entschlossen, die Spezies, die er nach seinem eigenen Bilde erschaffen hatte, doch nicht vollständig auszutilgen. Er hatte ein Heilmittel gesandt. Doch wo blieb diese Einsicht heute?

Ein nagender Zweifel war in Amadeo erwacht: Was, wenn sie es diesmal übertrieben hatten? Sie – die Menschen? War nicht der Turm von Babel selbst eine Chiffre in diesem

Abenteuer, das vollgestopft war mit Codes und Verschlüsselungen? Wofür stand dieser Turm anders als für die unglaubliche Arroganz der Menschen, die davon überzeugt waren, alles erkennen, alles durchschauen, alles erreichen zu können? Aus eigener Kraft in den Himmel vordringen, Gott gleich werden zu können?

Wenn Amadeo einmal versuchte, sich in die Lage Gottes zu versetzen, was nun möglicherweise auch wieder mit einer kleinen Spur Überheblichkeit verbunden war, was sah er dann vor sich? Eine Spezies, die inzwischen vollständig aus der Bahn geraten und drauf und dran war, sich ihre eigene Schöpfung zusammenzuklonen mit den Mitteln der Gentechnik und virtuellen Spielereien. Eine Spezies, deren Angehörige sich übertrafen in ihrem kleinlichen Egoismus, wenn es darum ging, die globale Erwärmung zu verlangsamen, die Verschmutzung der Ozeane zu stoppen, die Vernichtung der Umwelt. Eine Spezies, die das Letzte heraussaugte aus dem Planeten, der ihr anvertraut war, ohne Rücksicht auf Verluste, ohne echte Gedanken an morgen oder übermorgen.

»Gut«, dachte Amadeo laut. »Aber schließlich hab ich damals auch selbst gesagt: *Macht euch die Erde untertan.* Da bin ich dann auch ein Stück weit selbst mit schuld. Also: *wäre* natürlich. Wenn ich Gott wär.«

Er schüttelte den Kopf. Wie er es auch betrachtete: An Stelle des Herrgotts würde er sich ganz genau überlegen, ob es sich lohnte, dem *homo sapiens* schon wieder eine neue Chance zu geben.

Die Menschheit war auf sich allein gestellt bei der Suche nach der Heilmittelreserve, die die vorausahnenden Babylonier irgendwo im Osten gebunkert hatten, hinter einer Pforte in den Bergen. Doch Amadeo tat gut daran, sich dem Rest der Menschheit nicht anzuvertrauen.

Er musste an die Szene am Morgen denken, als Rebecca

und er sich auf den Aufbruch vorbereitet hatten. Sie mussten zurück nach Rom, das war dem Professor so klar wie ihnen. Im Grab des früh verstorbenen August von Goethe auf dem *cimitero acattolico* wartete der nächste Text auf sie.

An dieser Stelle aber hatte es eine Meinungsverschiedenheit gegeben. Helmbrecht hatte fast schon den Hörer in der Hand gehabt, um das internationale Gremium zu informieren, in dessen Händen die Verwaltung des Protestantischen Friedhofs lag. Mit Mühe nur hatte Amadeo den alten Mann von dieser Idee abbringen können. Was hätte er den Leuten erzählen sollen? Goethe habe ihn aufgefordert, seinen Sohn auszugraben? Das Schicksal der Menschheit stände auf dem Spiel wegen der Seuche von Babel? Im besten Fall hätte man ihn für ein Grippeopfer gehalten, das im Fieberwahn lallte.

Wenn Rebecca und er eine Chance hatten, dann lag sie in der Geheimhaltung. Und schnell mussten sie handeln: Mit jedem Tag, jeder Minute griff die Krankheit weiter um sich. Menschen erkrankten, Menschen verloren ihre Sprache, Menschen starben an der Seuche.

Sie mussten eine Möglichkeit finden, auf das Gelände des Protestantischen Friedhofs zu gelangen, aber heimlich, ungesehen, im Schutze der Dunkelheit.

Kurz bevor sie die deutsche Hauptstadt erreichten, setzte Amadeo den Blinker und verließ die Autobahn. Rebecca wachte blinzelnd auf, als er an einer Ampel hielt.

»Schon am Flughafen?«, fragte sie.

»Caputh«, murmelte Amadeo. »Wir haben noch Zeit, bis der Flieger geht, und es liegt fast auf dem Weg. Ich will mein Handy holen.«

Aus irgendeinem Grund war ihm nicht wohl bei dem Gedanken. Er hatte Fernwaldt zwar kein Versprechen gegeben, dass er Amadeo nie wieder zu Gesicht bekommen würde, doch er konnte sich den Gesichtsausdruck des alten Mannes nur zu gut vorstellen, wenn sein *besonderer Gast* plötzlich wieder auf der Matte stehen würde. Amadeo würde es so kurz wie möglich machen und hoffen, dass Fernwaldt nicht schon bei seinem Anblick der Schlag traf.

Wie auf ein Stichwort – oder einen Stichgedanken – kam ihnen ein Leichenwagen entgegen, als sie in Fernwaldts Straße einbogen. Unbehaglich folgten Amadeos Augen dem dunkel verhängten Gefährt im Rückspiegel.

Rebecca sog die Luft ein. »Geh aufs Gas!«

»Was?«

Amadeo schüttelte sich – und im selben Moment sah er es selbst.

Polizeifahrzeuge, drei Stück. Sie hielten vor dem gepflegten Häuschen, in dem Fernwaldt lebte. *Lebte?*

Quer über dem Gartenweg spannte sich ein rotweißes Absperrband. Die aufgedruckten Buchstaben, die das kleine Anwesen als Tatort eines Verbrechens auswiesen, schienen in Amadeos Kopf zu verschwimmen, als er den Wagen hart an der erlaubten Höchstgeschwindigkeit am Grundstück vorbeijagte:

Mene mene tekel.

Rom, Parco della Resistenza

Fernwaldt war tot: Der Mann, der jahrzehntelang Albert Einsteins Vermächtnis gehütet hatte, der Eigner der *Sturmkönigin,* der Alte, der sein Leben lang in Angst gelebt hatte vor einem *besonderen Gast* vom Geheimdienst, den es doch gar nicht geben konnte.

Fernwaldt war tot.

Amadeo hatte Mühe, sich auf den Beinen zu halten. Inzwischen war es an die zwölf Stunden her, dass sie die schreckliche Entdeckung gemacht hatten, doch noch immer wollte die Wahrheit nicht in seinen Kopf.

Fernwaldt war tot, doch er *konnte* nicht tot sein. Es gab keine Geheimagenten in dieser Geschichte, im Spiel der Gelehrten. Dass es bei diesem Spiel um sehr viel mehr ging als zunächst angenommen, machte dabei keinen Unterschied. Kein Mensch wusste von Einsteins Vermächtnis, von Goethes Gedicht und der jahrhundertealten Tradition der Codes, mit denen das Babylon-Geheimnis weitergegeben wurde. Und selbst wenn jemand davon gewusst hätte: Warum hätte Fernwaldt deswegen sterben müssen?

Das ergab keinen Sinn! Und doch war der alte Mann tot, und angesichts des Polizeiaufgebots konnte er kaum einem spontanen Schlaganfall erlegen sein.

Amadeos Panik war zurück, die bereits nach ihm gehascht hatte, als Rebecca ihm von dem blonden Mann erzählt hatte. Den gesamten Flug zurück nach Italien hatte er in einem Zustand der Betäubung verbracht, und selbst hier in Rom hatte die Angst sich nicht gelegt. Nicht zu Hause in dem kleinen Apartment in Trastevere und auch nicht am Abend in der menschenleeren Werkstatt in der Via Oddone. Was war Paranoia, was war Wirklichkeit? In der *officina* hatte Amadeo sekundenlang geglaubt, einen stechenden Geruch wahrzunehmen, doch als er sich näher umgesehen hatte, war nichts Außergewöhnliches festzustellen gewesen. Auf Gianna war Verlass, er hatte es gewusst.

Doch was hatte er nicht alles geglaubt zu wissen? Ein wissenschaftlich aufregendes, aber ganz und gar harmloses Spiel von Gelehrten … Als er vorhin in der Werkstatt gestanden hatte, hatte ihn eine urplötzliche und beinahe unwiderstehliche Sehnsucht nach seinem beschaulichen Büroalltag überfallen.

Daran war natürlich nicht zu denken. Er sollte sich Gedanken darüber machen, ob es in ein paar Tagen und Wochen noch einen Arbeitsplatz gab, an den er zurückkehren konnte – mitsamt einer von Menschen bewohnten Stadt, einer von Menschen bewohnten *Welt* drumrum.

Genau darüber durfte er nicht nachdenken. Hätte er sich vollständig vergegenwärtigt, was mit jedem Atemzug auf dem Spiel stand: Er wäre nicht mehr imstande gewesen, sich auch nur einen Schritt zu bewegen.

Genau das tat er aber. Im Schutze der Dunkelheit waren Rebecca und er unterwegs zum *cimitero acattolico* und passierten im Augenblick den finsteren Park zwischen Via Oddone und Piazza Albania. Amadeos Fiat parkte vor der *officina*. Das war immer noch besser, als wenn sie direkt vor dem Protestantischen Friedhof gehalten und ihre Gerätschaften ausgepackt hätten, die Amadeo jetzt in einem Rucksack auf dem Rücken trug: zwei Klappspaten, eine Spitzhacke und eine leistungsstarke Taschenlampe. Mit etwas Glück würde man sie vielleicht für Rucksacktouristen halten – immerhin hatte er einen auf. Trotzdem …

»Ich frag mich immer mehr, ob das eine so gute Idee ist«, sagte er leise. »Findest du nicht, wir sehen ziemlich verdächtig aus?«

Rebecca schwieg. Sie schien über irgendwas nachzugrübeln, und das reichte schon aus, dass in Amadeos Kopf in greller Dissonanz die Alarmglocken schrillten. Einen Moment lang fiel von einer Laterne her gelbliches Licht auf Rebeccas Gesicht. Sie sah angespannt aus, blass. Vorhin hatte sie sich wieder eine ihrer Injektionen ins Bein gejagt. Und seit heute Mittag hatte sie zwei Packungen Taschentücher verbraucht.

»Was?« Sie schüttelte sich, als hätte sie im Gehen geschlafen.

»Ich …« Amadeo wurde automatisch langsamer. »Ich meinte, dass wir schon irgendwie verdächtig …«

»Hier? Bei den Gestalten, die hier rumschleichen?«

Der Restaurator nickte. Ein paar Schritte hinter ihnen waren gerade wieder zwei abgerissene Figuren durch den Park unterwegs, mit alles anderem als sicheren Schritten.

»Genau wegen denen ist es gefährlich hier«, sagte er mit gedämpfter Stimme. »Ständig Kontrollen. Gut, die Mauer da vorne ist schon die Rückseite der Friedhofsgärtnerei, da ist die schlimmste Ecke vorbei, aber sonst: Drogensüchtige, Stricher, Pärchen, die drauf stehen, wenn sie jemand beobachtet beim … Hat Luigi erzählt«, sagte er rasch. »Der Dicke, der seinen Schreibtisch …«

»Ach?« Rebeccas Blick war geheimnisvoll, lauernd beinahe im Licht der Laterne. »Drück mich gegen die Mauer!«, flüsterte sie plötzlich mit rauer Stimme.

»Was?« Er blinzelte.

»Drück mich gegen die Mauer!«, zischte sie.

Amadeo spürte eine jähe Hitze. Er hatte durchaus schon ein oder zwei Damen gekannt, die solche spontanen Aktionen in der Öffentlichkeit zu schätzen wussten – Beatrice Travelli, die Tochter seines Vermieters. Und Panik hin, Panik her: Ihm selbst musste man das sicher nicht zweimal sagen, in keiner wie auch immer gearteten Situation – wobei Rebecca es eben gerade zweimal gesagt hatte. Doch er hätte niemals damit gerechnet, dass ausgerechnet sie und ausgerechnet … jetzt, unter diesen Umständen!

Doch die Umstände waren mit einem Mal weit weg. Mit seinem Körper schob er Rebecca gegen das Mauerwerk, spürte, wie sie reagierte. Das Gewicht des Rucksacks nahm er gar nicht mehr wahr. Aufgeregt glitt seine Hand über ihre Hüfte, über ihr Hinterteil in der nachtschwarzen Cargohose.

Und überall um sie herum waren Menschen in der Dunkelheit, Schritte, schemenhafte Gestalten, er war sich ihrer bewusst. Heiß und ungeschickt mühten seine Finger sich an Rebeccas Gürtelschnalle.

»Greif mir in den Blazer«, hauchte sie. Ihre Augen waren schmale, funkelnde Schlitze.

Amadeo spürte, wie *er* reagierte. Seine Hand bewegte sich hinauf zu ihrer Brust, löste einen, zwei Knöpfe. Ein Stück entfernt lachte jemand, eine junge Stimme. Waren das die Schritte? Nein, das Lachen war weiter entfernt, die Schritte jetzt ganz nah. So dunkel war es nicht im diffusen Lichtkreis der Laterne. Diese Leute konnten nicht übersehen, was sie beide miteinander trieben.

Seine Finger fanden Eingang in Rebeccas Bluse.

»Andere Seite!«, zischte sie. Amadeo hob die Augenbrauen. Sie hatte *sehr* genaue Vorstellungen.

»Runter zur Hüfte!«, flüsterte sie. »Nimm die Pistole!«

Amadeos Hand glitt tiefer – und erstarrte von einer Sekunde zur anderen.

Nimm die Pistole!

Die Gedanken in seinem Kopf überschlugen sich. Die Schritte! Mit einem Mal klangen sie völlig anders. Die letzten Menschen, an die er sich erinnern konnte, hatten sich kaum auf den Beinen halten können. Diese Schritte hörten sich zielstrebig an, sie kamen direkt auf sie zu, und in Rebeccas Rücken war die Mauer!

Verfolger! Der Mann im Jeansanzug? War der Mann Fernwaldts Mörder? *Oder aber er arbeitet nicht allein,* hatte Rebecca gestern vermutet. *Womit ich beinahe rechne.*

»Nimm die Pistole!«, zischte sie.

Amadeos Finger schlossen sich um das Metall der Waffe. Es war kalt wie Eis im ersten Moment.

Die Schritte waren heran, wurden langsamer. Ein Geräusch, das er nicht einordnen konnte. Seine Hand riss an der Waffe …

Etwas packte seinen Arm wie ein Schraubstock. Amadeo wollte keuchen, doch er kriegte keinen Ton raus.

»*Tutt'e due divertanno*«, kommentierte eine Männerstimme. *Hey, die beiden amüsieren sich aber!* Die Worte klangen gedämpft: Der Mann trug eine Atemmaske. Jemand gab Antwort, ein anzügliches Lachen.

Dann waren die Schritte vorüber.

Rebeccas Hand umklammerte noch immer seinen Arm, löste sich jetzt langsam.

»Entschuldige«, murmelte sie. In ihrem Gesicht stand Verwirrung, Unglaube. »Ich muss mich getäuscht haben.«

Die Pistole rutschte zurück in das Holster, das sie unterhalb von Rebeccas Rippen in Position hielt. Amadeos Finger waren mit einem Mal schlaff wie ein leerer Schlauch.

Nein, nicht nur die Finger.

Amadeos Puls wollte sich nicht beruhigen. Verfolger. Diesmal mochte Rebecca sich getäuscht haben, doch wenn der Blonde vorgestern vor der *officina* gewartet hatte, wenn er Amadeo nach Berlin gefolgt war und schließlich zu Fernwaldt… Wo war er jetzt, in diesem Augenblick?

Amadeo schluckte. Seite an Seite kauerten sie im Schatten hinter einer Häuserecke an der Via Caio Cestio. Die Straße wurde von Flutlichtern gnadenlos erhellt, und mit ihr die rötlich verputzte Mauer um den Protestantischen Friedhof auf der anderen Straßenseite. Seit einer gefühlten Viertelstunde hockten sie nun in ihrem Versteck. Amadeo hatte nicht auf die Uhr gesehen, Rebecca dagegen tat das andauernd – als ob sie auf etwas wartete. Dabei machte es keinen Unterschied: Um zwanzig nach zehn war ihr Unternehmen derselbe Wahnsinn wie um zehn nach zehn. Da spielte es auch keine große Rolle, dass die kleine Seitenstraße um diese Uhrzeit mehr oder weniger verlassen war. Die ganze Zeit über waren drei

Autos vorbeigekommen, alle vom Park und der Porta San Paolo her. Jedes Mal hatte Amadeo den Atem angehalten, doch niemand hatte von ihnen Notiz genommen.

»Denkst du, im Moment hat überhaupt jemand ein Auge darauf, ob einer versucht, auf den Friedhof zu klettern?« Rebeccas Stimme war ein Flüstern. »Das hier ist Rom«, wisperte er zurück. »Da sind die Toten wichtiger als die Lebenden. Garantiert gibt es an der Mauer eine elektronische Sicherung. Wenn im Moment niemand zu sehen ist, heißt das gar nichts. Die sind in zwei Minuten da, wenn wir was anstellen, wetten?«

»Ich denke, wir werden es herausfinden«, murmelte Rebecca. Sie löste sich aus der Deckung und ging in aller Seelenruhe auf die Mauer zu.

»Was soll das?«, zischte Amadeo. Mit drei Schritten war er an ihrer Seite. »Du willst hier einfach so rüber?«

»Gibt es eine Stelle, an der das unauffälliger geht?«

Der Restaurator zögerte. »An der Rückseite gibt es ein paar Büsche. Aber da ist viel mehr Verkehr, auch um diese Zeit. Außerdem ist die Mauer da höher.«

»Na also.« Sie sah an dem verputzten Gemäuer empor, das von Zinnen gekrönt wurde wie eine mittelalterliche Befestigung. Wenn man sich auf die Zehenspitzen stellte, konnte man zwischen ihnen hindurchspähen, was im Moment aber wenig Sinn hatte. Die Pforten des Friedhofs hatten sich vor fünf oder sechs Stunden geschlossen, und auf dem Gelände war es stockfinster.

»Vielleicht könnte einer von uns sie irgendwie ablenken«, wisperte Amadeo. »An einer anderen Stelle. Dann gibt es Alarm, alles läuft hin, und der andere klettert währenddessen hier rüber.«

»Und wer wär der eine?«, fragte sie neugierig. »Wer der andere?«

Amadeo biss sich auf die Lippen. Ein Verhör bei der *polizia* wegen versuchter Störung der Totenruhe oder allein über einen nächtlichen Friedhof irren, um Goethes Sohn auszugraben. Attraktive Wahlmöglichkeiten.

»Oder wir probieren es doch zusammen«, überlegte er laut.

»Mach mir eine Räuberleiter«, sagte sie. »Aber pass auf mein Bein auf.«

Amadeo sah sich über die Schulter um. Die Straße schlängelte sich in weitem Bogen um das unübersichtliche Gelände der Cestiuspyramide. Rebecca und er würden die Streifenwagen hören, bevor die Beamten sie beide sehen konnten. Zeit genug, um zu verschwinden? Die Flutlichter erhellten die gesamte Umgebung, doch gegenüber, zu Füßen eines hohen Flachdachgebäudes, hatte irgendein Unternehmen seinen Fuhrpark abgestellt. Möglichkeiten zum Verstecken gab es. Wenn sie Glück hatten und schnell genug waren.

Er verschränkte die Hände ineinander und gab Rebecca Hilfestellung. Eine Sekunde später spürte er das Profil ihrer Dockers, einen kurzen Ruck, und schon zog sie sich auf die Mauerkrone hoch.

Amadeo hielt den Atem an, lauschte. Nichts zu hören.

»Gib mir den Rucksack!«, wisperte Rebecca.

»Warte noch einen Moment«, bat er leise. »Vielleicht ist es ein stummer Alarm.«

»Dann ist er trotzdem seit zwei Minuten deaktiviert«, zischte sie. »Ich hab vorhin mit Duarte telefoniert, während du dein Mittagsschläfchen gehalten hast. Er kennt jemanden bei den römischen Stadtwerken.«

»Dua…« Ihm blieb die Spucke weg. »Und das machen die mit?«

»Das hier ist Rom«, zitierte Rebecca. »Da sind die Toten wichtiger als die Lebenden. – Er hat ihnen erzählt, es geht um Reliquien. Irgendwelche Knochen, die der Vatikan unbedingt haben will. Was Heiliges auf jeden Fall, und sie wollen's nicht an die große Glocke hängen.«

»Reliquien? Auf einem *protestantischen* Friedhof? Was denkst du, warum der überhaupt bewacht werden muss, der Friedhof? Im neunzehnten Jahrhundert hat die katholische Bevölkerung die Särge noch mit Unrat beworfen auf dem Weg zum Begräbnis.«

»Na, siehst du? Damit ist auch klar, warum's geheim bleiben soll mit den Knochen. – Gib mir jetzt den Rucksack!«

Mit einem Knurren löste Amadeo das Ungetüm von seinen Schultern und wuchtete es nach oben. Rebecca griff zu und ließ es auf der anderen Seite in die Tiefe fallen. Irgendwelches noch unsichtbares Gestrüpp dämpfte das Geräusch des Aufpralls; für Amadeo klang es trotzdem wie Kanonendonner. Die Elektronik mochte deaktiviert sein, doch der private Wachdienst, der auf dem Friedhofsgelände patrouillierte, ließ sich nicht einfach ausknipsen. Und wer auch immer hinter ihnen her war, *wenn* noch jemand hinter ihnen her war …

Rebecca streckte ihm die Hand entgegen. Im selben Moment hörte Amadeo von links das Brummen eines Motors. Gehetzt griff er zu, stieß sich mit den Füßen am Gemäuer ab. Als er sich ächzend auf die Mauerkrone schob, erhellten die Scheinwerfer die gegenüberliegende Häuserfront.

»Runter!«, ächzte Rebecca und ließ sich in die Tiefe fallen.

Amadeo holte Luft und löste sich von seinem Halt. Der raue Verputz schürfte ihm die Arme auf und ließ ihn schmerzerfüllt keuchen. Er konnte nicht sagen, was hier unten für Büsche wuchsen, aber sie hatten zentimeterlange Stacheln.

Das Blut rauschte in seinen Schläfen, dass es das Brummen des Motors beinahe übertönte, als der Wagen ohne abzubremsen vorbeifuhr.

»Rebecca?«, flüsterte er. »Bist du okay?«

Keine Antwort.

»Rebecca?«

»Geht schon wieder.« Ihre Stimme klang gepresst. »Mist, ich hab den Tacker nicht dabei.«

»Hat sich die Wunde wieder geöffnet?«

»Nein!«, knurrte sie. »Ich hab 'nen bösen Riss in meinem Abendkleid. So kann ich unmöglich unter die Leute gehen. – Komm jetzt!«

Schemenhaft sah er ihre Gestalt, die sich unter leisen Flüchen aus dem Gestrüpp befreite. Es mussten irische Flüche sein; er verstand kein Wort.

Amadeo strampelte sich selbst aus den Zweigen frei, wobei sich die Dornen noch einmal herzhaft in seinen Unterarm bohrten. Wütend riss er sich los. Falls sie scharfe Wachhunde hatten bei der Security, brauchten sie nur der Blutspur zu folgen.

»Rebecca?«

Im nächsten Moment lief er fast in sie hinein. Ihre undeutliche Silhouette war gerade dabei, sich den Rucksack auf die Schultern zu hieven, und er hinderte sie nicht daran. Er wusste, dass es keinen Sinn hatte.

»Wo müssen wir jetzt lang?«, flüsterte sie. »Du hast gesagt, du weißt, wo wir das Grab finden.«

Er hatte gesagt, dass er schon mal am Grab von Goethes Sohn gewesen war, tagsüber natürlich, aber es war besser, ihr diese Feinheiten nicht auseinanderzusetzen. Zumindest wusste er ungefähr, in welche Richtung sie sich bewegen mussten: nach rechts und parallel zur Mauer. Das Grab befand sich in einem der älteren Bereiche des *cimitero,* in der zweiten oder dritten Reihe an der Nordseite, so weit er sich erinnerte. Das einzige Problem bestand darin, dass er sich nicht völlig sicher war, wo genau sie selbst sich in diesem Augenblick befanden.

Rebecca tastete über ihren Blazer und brachte einen winzigen Gegenstand zum Vorschein. Im nächsten Moment erhellte ein bleistiftdünner Lichtstrahl die Finsternis. Erhellte war fast zu viel gesagt, doch mit Sicherheit war das Lichtlein unauffälliger als die Halogenleuchten in ihrem Rucksack.

Ein paar Schritte entfernt führte ein mit Steinplatten ausgelegter Weg an der Mauer entlang. Vorsichtig bewegte sich Amadeo darauf zu, versuchte sich gleichzeitig in der Deckung des Buschwerks zu halten. Einen Moment lang blieb er unschlüssig stehen.

»Ich glaube, ich weiß, wo wir sind«, sagte er schließlich leise »Es ist eine ganze Ecke von hier aus, aber eigentlich müssen wir immer nur dem Weg folgen.«

»Sicher?«

»Sicher.« Er nickte, deutete auf einen hellen Stein, der im Mondlicht schemenhaft zu erkennen war. »Da drüben ist die Grabstätte von John Keats. Dem englischen Dichter. *Here lies one whose name was writ in water*, steht auf der Rückseite. Darum hatte er auf dem Sterbebett gebeten.«

»Wenn mich das interessierte, würd ich eine Führung mitmachen«, knurrte sie. »Wenn's hell ist. – Los jetzt!«

Schweigend begannen sie ihre Wanderung durch die Finsternis. Es war nicht kalt für einen Novemberabend, wärmer jedenfalls als zwei Tage zuvor bei Amadeos Nachtspaziergang. In den Zweigen einer Platane rief ein Vogel, ein echter Vogel diesmal, keine Jalousie. Doch ein echter Vogel war unheimlich genug in dieser Umgebung.

Der *cimitero acattolico* war ein Labyrinth. Wer hätte sich vor ein paar hundert Jahren auch denken sollen, dass der kleine Friedhof für die Hand voll Protestanten, die in der Ewigen Stadt ihr Leben beschlossen, einmal solche Dimensionen annehmen würde? Wie viele der wohlhabenden Reisenden, die an der Schwelle zum Erwachsenenalter ihre Kavalierstour nach Italien unternahmen, hatten schon Ernst gemacht mit dem *Rom sehen und sterben*? Mit der Zeit waren es einfach mehr und mehr geworden – mehr Besucher und entsprechend auch mehr Leichen –, und natürlich hatte sich jeder ein besonders idyllisches Plätzchen gewünscht für die letzte Ruhe. Für Planmäßigkeit war da kein Platz gewesen.

In geschwungener Linie durchzogen Marmorbalustraden das unübersichtliche Gelände, immergrüne Hecken, schwarz im Licht des abnehmenden Mondes, der hin und wieder durch das Laubwerk der Bäume sichtbar wurde.

Der schmale Lichtstrahl von Rebeccas Taschenlampe huschte umher, fing Ausschnitte von Grabmälern ein, unsymmetrische Steine und welche von klassischem Ebenmaß, menschengroße Engelsskulpturen aus knochenweißem Marmor, die mächtigen Flügel in trauernder Geste gesenkt. Ein sachter Windhauch bewegte die Zweige der Bäume. Sie schienen das einzig Lebendige zu sein an diesem Ort des Todes.

Immer wieder wanderte Amadeos Blick nervös in die Dunkelheit. Der *cimitero* hatte eine eigene Security, doch das Gelände war riesig, und bisher war keine Menschenseele zu sehen. Er unterdrückte ein unruhiges Kichern. Seelen gab es hier mehr als genug, wenn man daran glaubte, dass die Toten eine besondere Verbindung zu der Stätte hielten, an der ihre sterblichen Leiber ruhten.

»Schon irgendwie *strange.*«

Er zuckte zusammen. Rebecca hatte ganz leise gesprochen, doch ihrer Verletzung zum Trotz ging sie mit einer katzengleichen Lautlosigkeit an seiner Seite. An das Schniefen hin und wieder hatte er sich fast schon gewöhnt. Beinahe hatte er vergessen, dass er hier nicht der einzige lebende Mensch war.

»Was ist strange?«, flüsterte er.

»Goethe«, murmelte sie. Die Taschenlampe wanderte nach links, beleuchtete kurz ein kleines Gebäude, das an einen griechischen Tempel erinnerte. »Ich meine, er zwingt uns, das Grab seines eigenen Sohnes aufzubrechen! Das ist doch nicht gesund!«

»Na ja«, sagte er mit gedämpfter Stimme. »Erst mal wissen wir noch gar nicht, ob wir's wirklich aufbrechen müssen, das Grab. Vielleicht gibt es ja irgendwo ein Versteck, im Stein oder …« Er schüttelte den Kopf. »Jedenfalls heißt es im Gedicht nicht *in Goethes Sohnes kühlem Grab*, sondern einfach nur *Goethes Sohnes kühles Grab*.«

Amadeo hielt inne. Nein, das glaubte er selbst nicht. Aus irgendeinem Grunde war er sich sicher, dass genau das von ihnen erwartet wurde: Goethe hatte ihnen aufgetragen, das Grab seines Sohnes zu schänden.

»Außerdem hatte der alte Goethe ein besonderes Verhältnis zum Tod«, sagte er schließlich. »Er war sich gar nicht so sicher, ob er selbst überhaupt sterben *konnte*.«

Der Lichtstrahl verharrte. »Durchgeknallt. Ich sag's doch.«

»Zumindest ziemlich von sich überzeugt«, schränkte Amadeo ein. »Er war halt ein Genie – da sollte das Universum drauf verzichten können? Im schlimmsten Fall müsste es ihm halt einen Ersatzkörper zuweisen.«

»Ah ja. – Und? Fühlst du dich manchmal ein bisschen wie Goethe?«

»Wenn überhaupt, dann ist er Helmbrecht«, brummte Amadeo. »Genauso ist der Mann drauf gewesen. Wie er mit Eckermann umgegangen ist und dann die Sache mit Schillers Schädel …«

»Schillers …« Rebecca brach ab. »Ich glaube nicht, dass ich das wissen will.«

»Moment«, flüsterte Amadeo. Aus dem Augenwinkel hatte er etwas gesehen, kaum auszumachen in den unterschiedlichen Schattierungen der Finsternis, doch plötzlich war eine verschüttete Erinnerung zum Vorschein gekommen an den Tag seines Besuchs auf dem *cimitero:* Eine amerikanische Touristin hatte Zeter und Mordio geschrien, dass irgendein drittklassiges Monument, das sie unbedingt vor die Linse bekommen wollte, ausgerechnet jetzt im Schatten läge. Amadeo hatte die Gelegenheit genutzt, um einen Moment lang in Ruhe vor dem Grab des August von Goethe zu verharren.

»Leuchte mal nach rechts«, bat er Rebecca.

Sie gehorchte, und der Restaurator nickte erleichtert.

Da war es: eine Art Türmchen in der Umfassungsmauer, wieder von Zinnen gekrönt. Das war der unwillkommene Schatten gewesen, über den die Frau sich aufgeregt hatte.

Langsam drehte Amadeo sich um, bis er mit dem Rücken zur Mauer stand. »Hier muss es irgendwo sein«, sagte er leise.

Rom, Via Oddone

»Glaub mir, das ist echt nichts besonders Aufregendes.« Fabios Schlüssel steckte bereits im Schloss der Glastür, durch die die verlassenen Arbeitstische der Werkstatt zu erkennen waren, doch noch hatte er ihn nicht umgedreht. »Viele alte Bücher halt, jede Menge seltsame Werkzeuge und ein paar ziemlich ätzende Tinkturen. Aber wirklich so richtig ätzend! – Und das warst du echt nicht, gestern?«

Alyssa schüttelte stumm den Kopf. Fabio hätte einiges

dafür gegeben, zu erfahren, was dort gerade vorging. Einen aufregenden Abend hatte sie ihm versprochen, zur Entschädigung, weil es gestern nicht geklappt hatte. *Dio mio*, dachte er. Er sollte froh sein, dass sie ihm keine Szene gemacht hatte, weil er ihr Date nicht eingehalten hatte. Stattdessen hatte sie sich bei ihm entschuldigt, dass *sie* das *appuntamento* hatte platzen lassen ohne abzusagen. Und im selben Atemzug hatte sie ihm vorgeschlagen, ihr doch mal *seine officina* zu zeigen, anstatt wie sonst irgendwo ein Hotelzimmer zu nehmen. Bei ihr konnten sie sich schließlich nicht treffen, wegen ihres Mannes, und Fabios Mutter hätte ihnen was erzählt, wenn sie bei ihm zu Hause aufgekreuzt wären. Sie würde ihm sowieso was erzählen, wenn sie Alyssa irgendwann zu sehen bekam.

Die Werkstatt dagegen: In einer echten *officina*, hatte Alyssa geheimnisvoll bemerkt, hätte sie noch nie… Ein Schauer der Erwartung durchfuhr den Jungen. Seine Finger zitterten, als er das Schloss öffnete.

Eine halbe Sekunde lang leuchtete das Display über der Tür in warnendem Rot, wechselte dann auf ein beruhigendes Grün.

»Tja.« Er trat zur Seite, um ihr weltmännisch den Vortritt zu lassen. »Das ist es dann.«

Neugierig sah sie sich um, betrachtete die Arbeitstische, auf denen einige der aktuellen Projekte lagen. Luigi hatte ein Stundenbuch aus dem Spätmittelalter in eine Presse gespannt, damit der nach mittelalterlichem Vorbild gemischte Leim über Nacht einziehen konnte. Zwei Tische weiter lag ein spätantiker Papyrus unter einer Glasplatte. Alyssa trat neugierig darauf zu, fasste aber nichts an. Das hatte sie Fabio versprochen, der trotzdem ein deutliches Magengrimmen hatte: Es war zwar nicht direkt verboten, dass er jemanden mit in die Werkstatt brachte, aber nach Dienstschluss? Und was heute Abend hier passieren würde, war garantiert nicht erlaubt.

Alyssa wanderte von einem Arbeitsplatz zum nächsten, blickte neugierig auf die Codices, blieb schließlich vor Giannas Tisch stehen. Fabio hatte der Stellvertreterin seines *capo* heute Nachmittag über die Schulter geschaut, als sie das Leder für einen Buchrücken in eine Schale mit grünlicher Lauge legte. Dort ruhte es immer noch. Der Junge verharrte ein paar Schritte hinter der Tür und beobachtete Alyssas Bewegungen. Sie hatte ihren Pelzmantel an, der ihr bis knapp über die Knie reichte. Darunter waren nur ihre hohen Stiefel zu erkennen und die schwarze Strumpfhose. Sekundenlang malte er sich aus, dass sie unter dem Mantel tatsächlich sonst nichts …

»Und wo arbeitet dein Chef?«, fragte sie plötzlich, ohne sich umzudrehen. »*Dottore* Fanucci?«

»Fanelli«, verbesserte er automatisch. »Er hat ein eigenes Büro, aber da können wir nicht rein. Unmöglich.« Gegen seinen Willen ging sein Blick zu der Tür neben dem Espressoautomaten, hinter der sich das geheiligte Arbeitszimmer des *capo* verbarg.

Im selben Moment hatte Alyssa sich umgedreht. Ihre Augen folgten seiner Blickrichtung, und dieser ganz bestimmte Ausdruck glomm in ihnen auf, der manchmal schon ausreichte, dass er weiche Knie bekam. Jetzt zum Beispiel.

»Wär das nicht aufregend?«, fragte sie. »Stell dir mal vor: auf dem Schreibtisch von deinem *capo* …«

Fabio japste und war sich selbst nicht sicher, warum: vor Entsetzen oder weil die Vorstellung in seinem Kopf ein so deutliches Bild zum Vorschein brachte, dass er wie von selbst zwei, drei Schritte weiter in den Raum trat, um sich notfalls an der Wand abstützen zu können.

Alyssas Hand in ihrem schwarzen Lackhandschuh lag

schon auf der Türklinke. »Was soll schon passieren? Du sagst doch, dein dottore ist gar nicht in der Stadt.« Es kam ihm vor, als ob sich ihr Tonfall um eine Winzigkeit veränderte. »Das sagtest du doch, oder?«

»Ich hab keine Ahnung, wo er ist«, gab Fabio zu. »Gianna sagt, er ist irgendwo auswärts. Aber er kriegt das hundertprozentig mit, wenn wir ... Und garantiert ist abgeschlossen.«

Die Türklinke senkte sich. Fabio machte die Augen zu, musste sie aber gleich wieder öffnen, weil ihm schwindlig wurde. Natürlich war nicht abgeschlossen.

»Hübsch«, hörte er Alyssas Stimme. Sie war schon ins Zimmer getreten. »Dein *capo* hat aber eine Menge Bücher.« Ein kehliges Lachen. »Garantiert was Unanständiges dabei, wetten?«

Fabio schwankte ihr nach. Das Schlimmste war, dass sie auch noch recht hatte. Er hatte das Buch vor ein paar Wochen durch Zufall entdeckt: Es musste ungefähr aus der Zeit Casanovas stammen; natürlich gab es keine Fotos, aber was da für Holzschnitte drin waren – so was hätte man in Rom höchstens unter dem Ladentisch gekriegt.

Aber das war nur eins von ein paar hundert Büchern, und sie hatte ihm schließlich versprochen, nichts anzurühren in der ...

Fabio keuchte. Alyssa hatte ihren Pelzmantel achtlos zu Boden gleiten lassen – der Moment, auf den er gewartet hatte. Doch darauf konnte er überhaupt nicht achten. Sie stand vor dem Bücherregal! Spielerisch ließ sie ihre Finger über die Rücken der Codices gleiten, die Faksimiles, die der *capo* hütete wie seinen Augapfel.

»Du hast versprochen, du fasst nichts an in der Werkstatt!«

»Klar. Soll ja nichts kaputtgehen von euren Arbeiten.

Aber das hier ist doch keine Arbeit, oder? *Ars amatoria*«, murmelte sie. »*Die Liebeskunst.*« Sie zog einen Band halb aus dem Regal. »Na, siehst du?«

»Bitte, Alyssa!«, flehte er. »Lass uns ins Hotel gehen!«

»Ist ja schon gut.« Seufzend ließ sie das Buch zurück an Ort und Stelle gleiten. »Ich lass sie alle im Schrank, okay?«

Sie wandte sich um und betrachtete mit rätselhafter Miene den Schreibtisch. »Schön groß«, sagte sie leise. »Sieht stabil aus. – Machst du uns noch einen *caffè*?«

»*Caffè*?« Er starrte sie an.

»Dein Wundercapo wird uns kaum Champagner kalt gestellt haben.«

»Bitte, Alyssa!« Seine Hände öffneten und schlossen sich.

Ihre Augen unter den langen, geschwungenen Wimpern lagen auf ihm. Sie sagte kein Wort mehr.

Mechanisch drehte Fabio sich um, trat durch die Tür an die Espressomaschine. Die Bereitschaftslampe leuchtete auf, kaum dass er auf den Schalter drückte. Der Apparat konnte noch nicht lange aus sein. Garantiert wieder Gianna, die bis spät in den Abend gearbeitet hatte. Rasch griff Fabio sich zwei der Porzellantassen, versuchte dabei, das Chefbüro im Auge zu behalten, doch sein Hals war einfach nicht lang genug. Was machte Alyssa da drin? Es war kein Ton mehr zu hören.

Mit einem gurgelnden Geräusch meldete sich die Maschine. Nervös beobachtete Fabio, wie die erste der beiden Tassen sich mit dampfender, aromatischer Flüssigkeit füllte. Kleine Strudel, die sich im heißen *caffè* bildeten.

Ein Arm legte sich um seine Schulter.

»Alyssa!«, ächzte er. Er hatte sie nicht kommen hören. »Willst du …«

Etwas presste sich vor seinen Mund. Erschrocken holte er Luft. Ein stechender Geruch, ein … Schwindel in seinem

Kopf, so plötzlich, so heftig – er taumelte, versuchte sich abzustützen, wurde einen Moment lang festgehalten.

Dann spürte er, wie seine Beine unter ihm nachgaben.

»Tut mir leid, Junge«, hörte er Alyssas Stimme. »Ehrlich.«

Seltsam, dachte er, das klang tatsächlich ehrlich. Er wusste selbst nicht, warum ihn das jetzt überraschte.

Rom, cimitero acattolico

Amadeos Augen folgten dem dünnen Strahl der Taschenlampe in Rebeccas Hand, der über die Steine glitt. Die meisten waren eher schlicht gehalten in diesem Bereich des *cimitero,* ganz nach dem klassizistischen Geschmack der damaligen Zeit.

»Dort drüben«, murmelte er. Der halbkreisförmige Abschluss hatte sich seinem Gedächtnis eingeprägt: Auf der anderen Seite und noch unsichtbar im Augenblick war an dieser Stelle ein rundes Porträtmedaillon eingefasst, auf Goethes – des Vaters – Anweisung. Es war die dritte Reihe von Gräbern, von der Mauer aus gezählt, genau wie in Amadeos Erinnerung.

Rebeccas Lichtstrahl wies ihm den Weg durch die Dunkelheit. Vorsichtig balancierte der Restaurator zwischen zwei überwucherten Grabstellen durch, die mit niedrigen Buchsbaumhecken gegeneinander abgesetzt waren, blieb an der Frontseite des Monuments stehen. Er hatte sich nicht getäuscht. »*Goethe filius patri antevertens*«, las er mit leiser Stimme vor, als Rebecca an seine Seite trat. »Goethe, der Sohn, dem Vater vorausgehend. Verstorben im Jahre 1830 im Alter von vierzig Jahren.«

Der Professor hatte ihnen gestern noch ein spontanes

Kurzreferat über den Verblichenen gehalten. August von Goethe war eine durch und durch tragische Gestalt gewesen: kein dummer Mensch, nein, aber nicht ansatzweise in der Lage, die hochgesteckten Erwartungen seines Vaters zu erfüllen. Niemand, der nicht selbst ein Genie war, wäre dazu in der Lage gewesen. Früh gealtert, dem Alkohol und der Ausschweifung ergeben – was man für Ausschweifung hielt in der Biedermeierzeit –, hatte das ungewohnte Klima Roms ihm den Rest gegeben. Hier, zu ihren Füßen, hatte er schließlich die ewige Ruhe gefunden. Ewig … ein großes Wort, wenn man den Mann gerade ausgraben wollte.

»Sah seinem Vater sogar ähnlich«, bemerkte Rebecca mit Blick auf das Medaillon. »Dieselbe Nase.«

»Wer weiß, wer da wirklich Modell gesessen hat«, grübelte Amadeo.

Nachdenklich blickte Rebecca auf den Stein. »Irgendwie seltsam, dass er die Leiche nicht mit nach Hause genommen hat, nach Deutschland.«

»Der alte Goethe?« Amadeo schüttelte den Kopf. »Klar, der war auch in Rom – die berühmte Italienische Reise –, aber das war mehr als vierzig Jahre vorher. Als sein Sohn nach Italien losgezogen ist, war Goethe schon uralt. Er selbst hat Rom nie wiedergesehen.«

Rebeccas Augenbrauen zogen sich zusammen. In einer Reflexion des Lichts konnte Amadeo es deutlich erkennen. »Und woher zur Hölle wusste er dann, wo sein Geheimnis gelandet ist? Dass sein Sohn in Rom sterben würde, hat er doch kaum ahnen können, oder?«

»Nein«, sagte Amadeo leise. »Ich habe keinen Schimmer, ehrlich gesagt.«

»Nun …« Der Lichtstrahl senkte sich auf das Gewirr immergrüner Ranken. »Vielleicht werden wir es ja gleich herausfinden.« Sie drückte Amadeo die Lampe in die Hand.

Mit einem unterdrückten Ächzen ließ sie den Rucksack zu Boden gleiten, ging in die Knie und begann die efeuumwucherte Umrandung des Grabes abzutasten. Amadeo selbst versuchte sein Glück auf der anderen Seite, eher halbherzig. Nein, er wusste, worauf es hinauslaufen würde. Auch der Grabstein: ein einziger nach oben hin abgerundeter Marmorblock auf einem Fundament aus demselben Material. Amadeos Finger fuhren über die Fuge. Nein, da war nichts. Kein Hinweis auf ein Geheimfach, einen verborgenen Mechanismus – was auch immer. Wie hätte Goethe das auch anstellen sollen? Hatte Amadeo nicht gerade selbst einen Vortrag gehalten, dass der steinalte Dichter gar nicht dabei gewesen war, als August starb? Das Depot durch irgendwelche Mittelsmänner in der Nähe der Grabstätte verstecken zu lassen, das wäre eine Gleichung mit zu vielen Unbekannten gewesen. Darauf hätte Goethe sich nicht eingelassen. Aber seinen Sohn drauf zu drillen, das Geheimnis im Fall der Fälle mit ins Grab zu nehmen – das traute Amadeo dem Alten ohne Weiteres zu. Plan B, dachte er. Wahrscheinlich hatte August das Depot ursprünglich irgendwo anders verstecken sollen, war aber nicht mehr dazu gekommen, bedingt durch sein Ableben. Ja, das ergab einen Sinn. Goethe hatte sein Babylon-Gedicht erst kurz vor seinem eigenen Tod niedergeschrieben und aus der Not eine Tugend gemacht. Kein Zweifel: Seines Sohnes Grab war nichts anderes als ein monströser Plan B.

Ächzend richtete Amadeo sich auf. »Hier ist nichts«, murmelte er. »Aber ich frag mich immer mehr …«

»Du fragst dich schon den ganzen Abend«, sagte Rebecca und lockerte ihre Schultern. »Und bisher ist nichts passiert. Hilf mir lieber mit dem Rankzeug – das lenkt ab.«

Wieder einmal hatte sie recht. Amadeo war schon mitten in der Arbeit, rupfte das Gesträuch innerhalb der steinernen

Einfassung beiseite, als ihm bewusst wurde, dass er völlig darüber hinweggekommen war, weiter zu grübeln. Es war seltsam: Vielleicht war es der Duft der frischen Erde, aber er musste plötzlich an seine Familie denken, an den Winzerhof am Rande der Marken, den jetzt seine Schwester und sein Schwager Ruggiero bewirtschafteten. Es gab Tage, an denen ihm das alles fürchterlich fehlte, die Arbeit an den Rebstöcken, die Abende im Anschluss an die Weinlese, wenn man jeden einzelnen Knochen im Leibe spürte. Schon manches Mal hatte er sich vorgestellt, eines Tages, wenn er alt und grau war, in das kleine Dorf zurückzukehren. Wer weiß, womöglich zusammen mit Rebecca, die sich jetzt aufrichtete, auf den Grabstein nebenan gestützt, der das antikisierende Relief eines nackten Kriegers zeigte. Sie reckte sich, wobei unter ihrem geöffneten Blazer ein schmaler Streifen aufregend blasser Haut sichtbar wurde. Welch ein Anblick: die Fleisch gewordene Göttin des Wein- und Gartenbaus.

»Bin ich froh, dass wir in Trastevere nur ein paar Balkonpflanzen haben«, murmelte die Göttin.

Amadeo sah die Vision ihres gemeinsamen Ruhestands zerrinnen – doch in diesem Moment gab es Wichtigeres.

»Und jetzt graben wir?«, fragte er.

An Stelle einer Antwort stieß sie ihren Spaten in den Boden. Amadeo fuhr zusammen. Bisher hatten sie nahezu lautlos gearbeitet. Was nun kam, war ohne einen gewissen Lärmpegel nicht zu machen. Konnte irgendein Security-Mensch das überhören, solange er nicht gerade mit dem iPod auf den Ohren rumrannte? Und der Wachdienst war noch die beste denkbare Möglichkeit.

Nervös spähte er in die Dunkelheit. Das umfriedete Gelände stieg zur Umfassungsmauer hin an. Sie befanden sich nahezu am höchsten Punkt des Friedhofs, geschützt nur durch ein paar besonders voluminöse Grabmonumente und die Vegetation, die aber schon weitestgehend auf Herbst geschaltet hatte.

Entschlossen wandte er sich ab und griff sich den zweiten Spaten. Je schneller sie arbeiteten, desto eher konnten sie von hier verschwinden. Doch ihre gruselige Arbeit ging langsamer vonstatten, als Amadeo gehofft hatte. Wann immer einer der Spaten mit einem dumpfen Laut auf etwas Festes stieß, lief es ihm eiskalt den Rücken runter. Holz, es war jedes Mal Holz, doch noch waren es nicht die verrotteten Bretter des Sarges, sondern das Wurzelwerk der mächtigen Bäume, die zu beiden Seiten der Grabstätte wuchsen.

Es war eine schweißtreibende Arbeit, echte Knochenarbeit eben, und Rebecca hielt sich kein Stück zurück dabei. Das gefiel Amadeo nicht, doch er kannte diese Stimmung bei ihr, in der sie Argumenten nicht zugänglich war.

»Ich glaube, ich hab was«, sagte sie unvermittelt. Sie klang eine Spur heiser. »Hörst du das?«

Amadeo erstarrte auf der Stelle, lauschte.

Probeweise ließ Rebecca ihren Spaten direkt zu ihren Füßen noch einmal in die Erde fahren. Ein dumpfes Geräusch, aber anders als zuvor. Es klang…

»Klingt hohl«, sagte er leise.

Sie befanden sich etwa einen Dreiviertelmeter unter dem Niveau des Bodens. Amadeo hatte Acht gegeben, dass sie der Marmorstele mit der Inschrift und dem Medaillon nicht zu nahe kamen. Er legte keinen Wert darauf, von einem Grabstein erschlagen zu werden.

Rebecca griff nach der Taschenlampe, die sie auf der Einfassung abgelegt hatte, leuchtete in die dunkle Tiefe. Amadeo konnte nichts erkennen, selbst als sie versuchte, mit ihrem Schuh das Erdreich beiseitezuschieben.

»Müsste er nicht tiefer liegen?«, fragte sie zweifelnd.

Amadeo schüttelte den Kopf: »Ich glaube nicht, dass es

damals schon Vorschriften gab. Auf den meisten Friedhöfen haben sie einfach gestapelt – deshalb stehen alte Kirchen heute oft auf Hügeln. Die sind nicht natürlich entstanden, sondern …«

»Ich werd beim nächsten Spaziergang dran denken«, brummte sie und ging vorsichtig in die Hocke. Ihre Handfläche strich über die Stelle vor ihren Dockers. »Wenn du mich fragst, ist das der Sargdeckel. – Kletter raus, dann kann ich ihn freilegen. Wir sind uns sonst gegenseitig im Weg.«

»Aber dein Bein! Wenn du dich hinhockst …«

»Ich hock schon.«

»Mir wäre es trotzdem lieber. Wer weiß, was da draußen rumläuft, und du hast die Pistole und kannst damit …«

Sie musterte ihn misstrauisch, doch schließlich nickte sie widerstrebend und kletterte mühsam aus der Grube heraus. Amadeos Blick folgte ihr beunruhigt: Nein, sie war alles andere als in Form.

Er wartete, bis sie oben war, ging dann selbst in die Knie, tastete nach dem Punkt, den sie eben untersucht hatte: glattes Holz. Als seine Finger etwas weiterwanderten, glaubte er sogar Reste der Lackierung zu spüren. Ja, es war der Sarg.

Seinen Spaten reichte er Rebecca nach oben. Mit bloßen Händen ließ sich jetzt besser arbeiten. Schweigend grub er sich durchs Erdreich, warf es auf den Hügel, den sie links des Grabes aufgetürmt hatten. Ein kleiner Teil rieselte immer wieder zurück.

Nach einigen Minuten hatte er das Kopfende des Sarges freigelegt – wenn das das Kopfende war, auf den Stein zu. Rebecca hatte die Lampe wieder an sich genommen und leuchtete in die Grube hinein.

»Ist er stabil?«, fragte sie leise. »Der Sarg?«

»Wenn er es nicht ist, bin ich der Erste, der das merken

wird«, hauchte Amadeo und wandte sich auf den Knien vorsichtig zum Fußende um. »Öffnen müssen wir ihn sowie …«

»Psst!« Der Lichtstrahl verlosch. Auf einen Schlag war es stockfinster.

Amadeos Herz hämmerte gegen seine Rippen. Rebecca hatte etwas gesehen, gehört, was auch immer. Er wagte es nicht, zu fragen, hielt den Atem an. Wenigstens war er gut getarnt in seiner Grube – anders als sie. Er konnte nur auf ihre Fähigkeit vertrauen, förmlich mit der Dunkelheit zu verschmelzen.

Amadeo horchte in die Finsternis. So leise wie möglich hatte er sich auf den Rücken gedreht, sah das unregelmäßige Rechteck der offenen Grube über sich und durch das schüttere Herbstlaub einen Ausschnitt des Novemberhimmels.

Und er hörte etwas, schabende, schlurfende Geräusche. Entschlossen drängte er die Vorstellung beiseite, die augenblicklich in seinem Schädel auftauchte. Nein, diese Laute kamen nicht von unten. Sie kamen nicht aus dem Sarg. Irgendjemand war dort draußen unterwegs.

Sekunden später konnte er die Schritte unterscheiden, Männerschritte. Mehrere Männer, zwei oder drei. Mit gedämpften Stimmen sprachen sie miteinander, auf Italienisch, wie Amadeo an der Melodie der Sprache erkannte, ohne die einzelnen Worte deuten zu können.

Der Wachdienst. Er betete, dass es *nur* der Wachdienst war. Hatten die Männer sie entdeckt? Klangen die Stimmen angespannt? Kamen sie näher? Amadeo konnte es nicht ausmachen.

Wie lange lag er schon hier unten? Er konnte die Zeit nicht messen – sein rasender Herzschlag war keine Hilfe.

Über allen Gipfeln ist Ruh, dachte er. Hier unten aber auch. In der Tiefe der Grube regte sich kein Hauch, trotzdem kam ihm die Kälte jetzt, als er sich nicht mehr bewegte, wieder wirklich zu Bewusstsein. Er hatte die abgetragene dunkle Jeans extra für diesen Anlass rausgekramt, und jetzt war eines der Hosenbeine ein Stück hochgerutscht. Irgendwas krabbelte über seine bloße Wade, doch er wagte nicht, es abzuschütteln.

Die Stimmen … Sie wurden leiser. Oder bildetete er sich das nur ein? Wollten die Männer die Eindringlinge in Sicherheit wiegen, während sie Verstärkung holten?

»Sie sind vorbei«, wisperte Rebecca nach einer Ewigkeit. Ihre Stimme klang wie das Rascheln von totem Laub.

»Der Wachdienst?« Mehr bekam er nicht raus.

»Ich denke schon«, flüsterte sie. »Warte noch einen Moment. Sie sind in die Richtung gegangen, aus der wir gekommen sind.«

Schweigend verharrte Amadeo in der Tiefe, bis unvermittelt das helle Licht in seine Augen stach. »Tut mir leid«, murmelte Rebecca, und der Strahl bewegte sich von ihm fort. Trotzdem dauerte es Sekunden, bis er wieder etwas erkennen konnte.

Rebecca war in die Knie gegangen und hielt die Lampe jetzt so, dass die Grube den größten Teil des Lichtes schluckte. Schon ein paar Schritte entfernt konnte nicht mehr zu erkennen sein als ein undeutlicher Schimmer.

Mit zusammengebissenen Zähnen machte sich Amadeo wieder an die Arbeit, hektischer jetzt. Gab es nur diese eine Patrouille auf dem Friedhof? Hatten die Männer feste Routen, die sie regelmäßig abschritten?

Seine Finger tasteten die Umrisse des Sarges ab. Das Holz war gut erhalten, wenn man bedachte, wie alt es war. Der Totenschrein war kein vollkommenes Rechteck, sondern verjüngte sich zum Kopf und zu den Füßen hin, sodass grob die Form eines Kreuzes angedeutet wurde. Die breiteste Stelle befand sich etwa auf Brusthöhe der Leiche.

Mit der rechten Hand folgte Amadeo der Form des hölzernen Corpus, schob sich tiefer ins Erdreich vor. Metall unter seinen Fingern: die Beschläge des Schreins. Aber wie sollte er den Deckel öffnen, solange sein Gewicht auf ihm lastete?

»Nimm die hier!« Rebecca beugte sich über die Grube, streckte ihm etwas entgegen. Der Stiel der Spitzhacke.

»Das macht Lärm!«, flüsterte er, ohne zuzugreifen.

»Aber es geht schneller«, zischte sie und sah sich über die Schulter um.

Widerstrebend nahm Amadeo die Spitzhacke an sich. Es war ein kleines Gartengerät aus dem Baumarkt, nichts, mit dem man im Steinbruch arbeiten konnte, doch für ihre Zwecke würde es genügen.

Amadeo richtete sich auf. Er spürte eine unüberwindliche Scheu. Wie ein Einbrecher, dachte er. Schlimmer als ein Einbrecher. Das letzte, kleinste, intimste Heim, das ein Mensch besitzen konnte. *Strange*, hatte Rebecca gesagt. Wie konnte man eine Rätselhandschrift im Grab des eigenen Sohnes verstecken? Nein, das war nicht einfach nur *strange*. Das war pervers, durch und durch pervers.

Er warf noch einen Blick auf Rebecca, stellte fest, dass sie außer Reichweite war. Dann holte er aus und ließ die Hacke niedersausen.

Sie drang durch den Sargdeckel wie durch Butter. Kein Krachen und Splittern; lediglich ein dumpfer Laut, als die morschen Bretter nachgaben. Helleres Holz kam zum Vorschein, unberührt von der Erde, die den Schrein bald zwei Jahrhunderte in ihrer Umklammerung gehalten hatte. Amadeo setzte die Hacke an wie ein Brecheisen, bog die Bretter nach oben. Einen Moment lang leisteten sie Widerstand, dann gaben sie dem Druck nach. Schwer atmend richtete Amadeo sich auf. Ein schmaler Spalt war zwischen den Brettern entstanden.

Rebeccas bleistiftdünner Lichtstrahl fand einen Weg durch die Bresche, glitt über eine ungleichmäßige, helle Oberfläche, die aussah wie alte Lumpen. Amadeo suchte nach einem neuen Ansatzpunkt für sein Werkzeug. Zweimal rutschte er ab, dann zwang er das Holz beiseite. Kalter Schweiß lief ihm in die Augen.

Es war tatsächlich das Kopfende, auf den Stein zu. Der Leichnam in einem farblosen Mantel von altertümlichem Schnitt war gut erhalten für sein Alter. Schmal und eingefallen, mit Haaren wie verfaultes Stroh, sah der Schädel aus einem gerüschten Kragen hervor. Die Augenhöhlen waren leer, doch über dem eingetrockneten Hals, den Kiefer- und Wangenknochen spannte sich noch dünn wie Pergament die Haut des Toten, die um den Mund herum zurückgewichen war. Der Leichnam grinste – so sah es aus. Ein siegesgewisses Grinsen. Ertappt!, schien der Tote zu wispern.

Amadeo schauderte. August von Goethe war nicht der erste jahrhundertealte Leichnam, mit dem er nähere Bekanntschaft machte, doch das war kein Anblick, an den man sich irgendwann gewöhnte – er jedenfalls nicht. Und die Umstände …

»Siehst du irgendwas?«, flüsterte Rebecca.

Amadeo sah eine Leiche, doch er wusste, dass sie das nicht meinte. Vorsichtig ließ er sich wieder auf die Knie nieder, stützte sich auf den unbeschädigten Rand des Schreins und schob die Reste des Sargdeckels beiseite, bevor er seine Hand hinab in die Höhlung zwang. Seine Finger waren eiskalt, doch er spürte die Struktur des Stoffes, steifes Leinen, brüchig vom Alter.

Die Hände des Toten waren über der Brust ineinandergelegt. Amadeo versuchte sich zu erinnern, ob das den Bestattungssitten in der ersten Hälfte des neunzehnten Jahrhunderts entsprach, fand aber keine schlüssige Antwort. Und da war etwas, ein kleiner, dunkler Gegenstand, halb versunken zwischen den Falten des Mantels, der viel zu weit geworden war für den knöchernen Leib des Toten.

»Geh bitte mal hierhin mit dem Licht«, sagte der Restaurator leise.

Rebecca gehorchte. Der Gegenstand war rechteckig, etwas größer als eine Zigarettenschachtel. Als Amadeo ihn widerstrebend unter den Fingern der Leiche hervorzog, stellte er fest, dass es ein kleines Büchlein war.

»Was ist das?«, wisperte Rebecca. »Eine Bibel?«

»Zu klein«, murmelte Amadeo. Es konnte ein Neues Testament sein, die Psalmen oder ein Katechismus, irgendeine Art von Brevier. Ganz vorsichtig schlug er die Seiten auf. Ein gedruckter Text und ... Notenlinien! Eine musikalische Komposition! Ein Kirchengesangbuch vielleicht, das man dem Toten mit ins Grab gegeben hatte? Amadeo kniff die Augen zusammen, betrachtete den Text unter der Notenlinie. »Das ist keine Fraktur«, sagte er leise.

Der Lichtstrahl zitterte. Wahrscheinlich waren es Rebeccas Hände, die zitterten. *Jedenfalls hat er kein hohes Fieber,* hatte Möbius an Helmbrechts Krankenlager gemurmelt. *Anders als andere Patienten.*

»Keine Fraktur?«, fragte Rebecca. »Ist das Buch beschädigt?«

Amadeo schüttelte den Kopf. Beschädigt war es außerdem; einige der hintersten Blätter schienen sich aus dem Einband gelöst zu haben. Doch das hatte er nicht gemeint. »Die Schriftart«, murmelte er. »Die Schriftart ist keine Fraktur. Du weißt schon, die altdeutsche Schrift. Bis in Goethes Zeit war das absolut die Norm im Buchdruck, wenn man nicht gerade lateinische Texte druckte. Aber das hier ist keine Fraktur. Das ist eine Antiqua.«

»Und das bedeutet?«

Amadeo schwieg, versuchte einige Buchstaben zu entziffern. »*Estranged*«, flüsterte er. »*Never to be found.*«

»Englisch?«

»Das passt zur Schrift.« Amadeo blätterte einige Seiten vor. Soweit er erkennen konnte, waren die Worte komplett in englischer Sprache geschrieben – gesetzt in den Lettern der Antiqua. »In anderen Ländern war die Antiqua viel früher und viel stärker in Gebrauch als in Deutschland«, murmelte er. »Dieses Buch kommt nicht aus Deutschland.«

»Kaum überraschend, wenn es englisch ist.« Rebeccas Zittern hatte sich verstärkt. »Was ist es denn für ein Buch?«

Amadeo schlug das Bändchen ganz am Beginn auf, versuchte den Titel zu lesen, solange das unruhige Licht das noch zuließ. »*The Tower of Babel*«, las er, »*Compos'd by*...« Sein Herz überschlug sich. »Mein Gott, das ist von Händel!«, hauchte Amadeo. »Ich... ich habe den ganzen Schrank voll und...«

»Du hast den Schrank voll mit Händel-CDs«, bestätigte sie. »Und mit welchen von Vivaldi und von Bach und von dem Menschen, den ich immer vergesse. Und das hier kennst du noch nicht, richtig? – Genau wie bei Goethe, oder? Bei Goethe war's ein Gedicht, hier ist es eine Oper.«

»Nein«, flüsterte Amadeo. »Keine Oper. Opern waren in italienischer Sprache geschrieben, auch bei Händel. Ein Oratorium. Ein Händel-Oratorium, und kein Mensch kennt es! Das ist ein ganz früher Druck. Ich finde das Jahr nicht, vielleicht steht das gar nicht...«

»Ist es das, was wir suchen?«

»Ich bin mir...«

Der Lichtstrahl verlosch. Amadeo bekam keine Luft. Im ersten Moment war es, als hätte sie ihm nicht allein die Helligkeit, sondern auch die Luft zum Atmen abgeschnitten.

»Was...« Seine Stimme war ein Krächzen.

Im selben Moment ertönte der erste Schuss. Die Stille, die darauf folgte, wollte ihm das Trommelfell zerreißen.

»Rebecc…«

Der zweite Schuss, ein dritter… Rufe, nein, Schreie.

»Verdammt!« Rebeccas Stimme. Auf einmal war das Licht wieder da. »Komm da raus! Die schießen!«

»Du bist…«

»Komm da raus!«, brüllte sie. »Das kommt von irgendwo da drüben, wo wir über die Mauer sind!«

»Worauf schießen die?« Mit fliegenden Fingern verstaute Amadeo das Brevier in seiner Jacke. Stolpernd kam er in die Höhe, stützte sich auf den Rand der Einfriedung, die das Grab umgab – umgeben hatte. Mühsam zog er sich hoch.

Rebecca antwortete nicht. Ehe er auf den Beinen war, hatte sie ihm die Taschenlampe in die Finger gedrückt. Sie selbst hielt bereits ihre Waffe in der Hand. »Los!«, zischte sie. »Wir müssen hier weg, über die Mauer.« Rebecca brach ab. Der Schusswechsel ging weiter. Wenn es überhaupt ein Schusswechsel war, wenn unterschiedliche Parteien aufeinander feuerten.

»Eine Seite hat schallgedämpfte Pistolen«, sagte sie jetzt leiser. Sie musste seine Gedanken gelesen haben. »Das kam zuerst. Die Security hat nur reagiert. Wie weit ist es zur entgegengesetzten Mauer von hier aus?«

Amadeo richtete den Lichtstrahl in die Dunkelheit. Unsichtbar zu sein half nun nichts mehr. »Ich… Wir können nicht…«

»Wie weit?«, knurrte sie.

»Hundert Meter, höchstens. Aber…«

»Komm!« Schon war sie an ihm vorbei, geschmeidig wie eine Katze, trotz der Verletzung, trotz der Grippe, und offenbar konnte sie jetzt auch im Dunkeln sehen wie eine Katze. Amadeo kam kaum hinterher mit der Lampe.

»Wir können da nicht lang!« Keuchend versuchte er mit ihr Schritt zu halten. Der Rucksack, die Werkzeuge blieben liegen. Was sie getan hatten, ließ sich sowieso nicht verbergen. Sie hatten, weswegen sie gekommen waren – wenn das kleine Brevier tatsächlich war, was er glaubte. Händel, in Gottes Namen. *Händel!* Aber das Büchlein war gedruckt, nicht handschriftlich. Bedeutete das … Nein, jetzt nicht darüber nachdenken.

Weiter, nur weiter. Kies stob unter seinen Füßen auf, Schlingpflanzen griffen nach seinen Beinen, Zweige peitschten ihm ins Gesicht. Zwielicht am Boden, im kahlen Geäst der Mond.

»Wir können …« Wo war Rebecca?

Zuckend glitt sein Lichtstrahl hin und her. Stufen aus dunklem Travertin, herbstliche Vegetation, das Laub von Zypressen, dazwischen schlanke Blätter von Palmen vor knochenweißem Marmor. Eine Engelsfigur, ein trauernder Jüngling, ein Etwas, das er nicht erkennen konnte. Und Rebecca. Mit finsterer Miene winkte sie ihn heran.

Amadeo atmete auf. Stolpernd suchte er sich einen Pfad zwischen den Grabsteinen. Irgendwo musste es Wege geben, auch hier, doch das machte keinen Unterschied, denn gleich dort vorne …

Neben Rebecca kam er zum Stehen. Wie mit dem Messer war die Vegetation abgeschnitten. Ein gepflasterter Weg, dahinter ragte eine hohe Balustrade auf – und Amadeo wusste, dass auf der anderen Seite ein Abgrund gähnte, mehrere Meter tief.

Die Ahnung eines Lichtschimmers bewegte sich über der Krone der Mauer entlang: Fahrzeuge unten auf der Straße, die zurück zur Porta San Paolo führte. Im Viertel auf dieser Seite des *cimitero* war mehr los als auf der Via Caio Cestio, das hatte Amadeo von Anfang an gesagt, noch bevor sie den

Friedhof betreten hatten. Im Übrigen hatte er auch von Anfang an betont, dass die Mauer auf dieser Seite höher war.

»Das ist die Aurelianische Stadtmauer«, sagte er schwer atmend. »Gegen die Barbaren, als sie die Grenzen nicht mehr sichern konnten. Am Anfang war sie nur sechs oder sieben Meter hoch, aber später hat man aufgestockt auf ...« Er sah Rebeccas Gesichtsausdruck. »Interessiert dich nicht im Moment«, stellte er fest.

Noch immer waren Schüsse zu hören, doch Amadeo musste die Ohren nun anstrengen. Wer immer da aufeinander feuerte, befand sich am entgegengesetzten Ende des Friedhofsgeländes. Für den Augenblick waren sie in Sicherheit.

Nur machte das kaum einen Unterschied. Von der Porta her, ein paar hundert Meter entfernt, tönte der Verkehrslärm. Es war nicht weit zur Amüsiermeile an der Piazza Albania, wo Amadeo vor zwei Tagen auf den jungen Niccolosi und seine Flamme gestoßen war, doch die Straße war unerreichbar von hier aus.

Ein neuer Laut mischte sich in die Geräuschkulisse: der grelle Ton von Sirenen. Hektische blaue Lichter, Streifenwagen. Sie rasten an der Porta vorbei, verschwanden in den Schatten Richtung Via Caio Cestio. Die Wachleute mussten Verstärkung gerufen haben.

»Was ist da bloß los?«, murmelte Amadeo. »Auf wen schießen die?«

»Wer immer es ist«, sagte Rebecca langsam. »Wir haben ihm den Weg frei gemacht.« Sie legte den Kopf etwas schief, horchte. »Nicht ihm«, murmelte sie. »Ihnen. Duarte hat ihnen den Weg frei gemacht, oder die Stadtwerke, als sie die Stromzufuhr gekappt haben. Sonst wären sie niemals über die Mauer gekommen – genau wie wir.«

»Denkst du, es sind ...« Amadeo war schwindlig. Er tastete über seine Jacke. Das Brevier war noch an Ort und Stelle. »Es sind die Leute, die Fernwaldt getötet haben? Der Blonde?«

»Alles andere wäre ein seltsamer Zufall«, murmelte sie. »Ich wohne noch nicht so lange in Rom wie du, aber dass es auf dem Friedhof regelmäßig Schießereien gibt, wär mir neu.«

»Aber wenn die uns …« Amadeo schüttelte den Kopf, auch in einem Versuch, ihn wieder klarzubekommen. »Das hätten sie doch viel einfacher haben können! Draußen auf der Straße, vorhin im Park. Ist das nicht merkwürdig, irgendwie? Wir hätten doch gar keine Chance gehabt! Die haben sogar Schalldämpfer! Bis da einer was mitgekriegt hätte!«

»Merkwürdig«, murmelte Rebecca. Ihre Stimme hatte einen seltsamen Klang. »Du sagst es. – Wie kommen wir hier raus?«

Rom, Via Caio Cestio

Steffen Görlitz starrte in die Finsternis. Die Nachbilder der Blaulichter zuckten noch vor seinen Lidern, doch von der Dachterrasse des Transportunternehmens aus hatten sie beobachtet, wie sich die Einsatzfahrzeuge entfernten. Der Protestantische Friedhof lag wieder im Dunkel.

Es machte keinen Unterschied. Verholens Männer hatten keinen Grund, dorthin zurückzukehren.

August von Goethes Grab war leer – bis auf die Leiche.

Fanelli war schneller gewesen.

Ein paar Schritte entfernt ging Verholen auf dem geschotterten Flachdach auf und ab wie eine Raubkatze im Käfig, zischte Befehle in sein Handy, hielt sekundenlang inne, um zu lauschen.

Ein Gefühl der Lähmung hatte von Görlitz Besitz ergriffen.

Es war ein Déjà-vu. Versagt, zum zweiten Mal versagt, dabei hatte er sämtliche Trümpfe in der Hand gehabt. Niemand kannte sich mit Goethes Handschrift aus wie Steffen Görlitz. Niemand – der alte Helmbrecht ausgenommen.

»Verfluchter alter Narr!«, flüsterte Görlitz. Der Professor musste Fanelli geholfen haben. Unmöglich, dass der Restaurator selbst den doppelten Code so schnell durchschaut haben sollte, der im Versmaß gelegen hatte *und* in der Form der Buchstaben.

»Das ist gegen die Regeln«, flüsterte Görlitz. Einstein wie Goethe hatten sich ganz eindeutig nur an den einen größten Geist der jeweiligen Generation gewandt. Immer nur einer! Immer nur der Beste! Von Teamarbeit war nie die Rede gewesen, und das war auch gut so. Die ganz Großen arbeiteten nicht im Team. Die ganz Großen waren einsame Wölfe; sie konnten keinen anderen neben sich dulden. Null oder eins, eins oder null. Leben oder Sterben.

Görlitz verstand das. Die ganz Großen waren Männer wie er.

Und Fanelli war zu seinem Professor gelaufen und hatte Bittebitte gemacht. Schon das bewies, dass der Kerl nicht das Geringste begriffen hatte.

Görlitz war außer sich vor Wut. Es fühlte sich an, als wollte diese Wut ihn von innen her verbrennen wie ein bösartiges Geschwür, weil in seinem Innern einfach nicht genug Platz war für diese Wut. Größer als die Wut war nur noch eines.

Seine Angst.

Der Blonde hatte ihn nicht mehr zur Kenntnis genommen, seitdem es begonnen hatte. Sie beide hatten hier oben ausgeharrt, beobachtet, wie die Männer, die für Görlitz' Auftraggeber arbeiteten, über die Mauer geklettert waren, auf das Gelände des *cimitero*. Wie es zum Kampf gekommen war, über dessen Ausgang es keinen Zweifel geben konnte. Verholen machte keine halben Sachen. Wenn er ein Risiko einging und seine Männer losschickte, war er sicher, dass er nicht verlieren konnte. Der alte Mann, der Einsteins Geheimnis gehütet hatte, war kein ernsthafter Gegner gewesen, und die Wachleute auf dem Friedhof waren es auch nicht – nicht gegen eine vierfache Übermacht.

Und doch hatte der Blonde diesmal verloren, und Görlitz wusste, wem er die Schuld anlasten würde.

Doch Fanelli hatte betrogen!

Das machte keinen Unterschied, nicht für Verholen. Görlitz wusste, spürte es, war unfähig sich zu bewegen.

Die Schritte in seinem Rücken hatten innegehalten. Der gezischte Wortschwall des Blonden war verstummt.

Es ist so weit.

Görlitz kämpfte darum, ein Wort aus seiner Kehle hervorzupressen, irgendeine Erklärung, doch er wusste, dass es keinen Sinn hatte. Sein Tod war beschlossene Sache. Wenn der Mann ihm einfach einen Stoß gab … Es ging etliche Meter in die Tiefe von der Dachterrasse aus. Wenigstens würde es schnell gehen.

»Wie es aussieht, waren wir wohl ein wenig zu langsam.«

Schon der Klang der Worte genügte, um die winzigen Reste von Luft aus Görlitz' Lungen entweichen zu lassen.

»*Dottore* Fanelli ist ein wahres Glückskind, wie mir scheint.«

Aus dem Augenwinkel sah er, wie der Blonde zu seiner Rechten an die hüfthohe Brüstung trat. »Gibt es da unten etwas Interessantes zu sehen«, erkundigte er sich höflich.

Mit äußerster Kraftanstrengung gelang es Görlitz, den Kopf zu schütteln.

»Nun, wir können wohl davon ausgehen, dass Ihr guter alter Freund die Gunst der Stunde genutzt hat«, murmelte Verholen. »Er und seine Begleiterin dürften das Gelände des Friedhofs verlassen haben, während unsere dienstbaren Geister und der Wachdienst miteinander beschäftigt waren.«

»Wir müssen ihn verfolgen!« Krächzend zwang Görlitz die Worte über seine Lippen, und jetzt, plötzlich, nachdem der Bann gebrochen war, sprudelten die Sätze aus ihm hervor. »Ich kenne Fanelli! Wenn es Schwierigkeiten gibt, gerät er in Panik. Er wird sich in der *officina* verkriechen oder in seiner Wohnung in Trastevere. Ich weiß, wo er wohnt. Ich habe alles über ihn herausgefunden. Ich hätte ihn längst... Wenn Seine Eminenz nicht...«

»Mein lieber Herr Görlitz!« Missbilligend schüttelte der Blonde den Kopf. »Sie glauben doch nicht, dass ich *dottore* Fanelli etwas antun würde? Dem Mann, der für mich arbeiten soll? – Sie verstehen doch, dass ich mich nun der Mitarbeit Fanellis versichern muss, nicht wahr? Ich bin es gewohnt, mit den Besten zu arbeiten, und er ist ja offenbar der größte Geist unserer Zeit. Er war schneller als sie. Warum sollte ich ihm abnehmen, was er auf dem Friedhof gefunden hat?«

»Er wird... Fanelli wird niemals für Sie arbeiten! Sie haben den Alten am See auf dem Gewissen! Ihnen ist nicht klar, wie der Kerl denkt... *wenn* er denkt. Ein Gutmensch! Völlig unfähig zur Initiative, aber Sie können ihn nicht...« Görlitz log nicht einmal. Er wusste nicht, warum Fanelli war, wie er war, aber so *war* er. »Sie können ihn nicht kaufen. Nicht einschüchtern. Er wird niemals für Sie...«

»Mein lieber, lieber Herr Görlitz. Sie mögen ja einer der größten Geister unserer Zeit sein – ein gutes Stück hinter unserem *dottore* natürlich, aber immerhin. Doch wie kann ein solcher Mensch dermaßen fantasielos sein?«

Aus dem Augenwinkel sah Görlitz, dass die Finger des Blonden mit etwas spielten. Eine Pistole? Seine Wirbelsäule war brennendes Eis. Nein … Nein, keine Pistole. Sein Mobiltelefon, oder … Nein, Verholens Gerät steckte in der Brusttasche seiner schmuddeligen Jeansjacke.

»Was ist das für ein Handy?«, flüsterte Görlitz.

»Oh, jetzt wird es interessant.« Auf den Lippen seines Auftraggebers zuckte ein dünnes Lächeln. »Sehen Sie, ich habe mir vom ersten Moment an gedacht, dass der verblichene Herr Fernwaldt nicht der Typ Mensch ist, der sich so ein Gerät zulegt. Und doch lag dieser kleine Apparat in seinem Wohnzimmer.« Er klickte sich durch die Menüs. »Ich hatte noch kaum Zeit, mich näher damit zu befassen – schließlich hatte ich ganz auf Sie gesetzt. Schau an …« Ganz kurz drehte er das Handy in Görlitz' Richtung, doch der war unfähig, etwas zu erkennen. Ihm war schwindlig, bunte Flecken vor seinen Augen.

»Gewagte Bilder, die Ihr lieber Freund da auf seinem Mobiltelefon lagert. Illustrationen aus dem Rokoko, tippe ich mal. Aber interessanter sind natürlich …« Ein letztes Klicken. »Das ist eine Nachricht von *Rebecca*, sehe ich gerade: *Ich bin in Weimar. Wo steckst du? – PS: Ich dich auch.* Allerliebst, nicht wahr? Eine hochinteressante Frau, diese Rebecca Steinmann. Eine Frau, die man im Auge behalten sollte, denken Sie nicht auch?«

Verholen schien tatsächlich auf eine Antwort zu warten. Görlitz bekam nicht mehr zustande als ein ruckartiges Nicken.

»Wie gut, dass wir nun ihre Nummer haben. Doch ich denke, ich werde sie nicht einfach anrufen. Es genügt, wenn wir aus der Ferne bewundernd ihre Schritte verfolgen. Für die technischen Details … Nun, wir haben unsere Fachleute.«

Handyortung. Görlitz' Schädel schwirrte. Doch Fanellis Hure war selbst beim Geheimdienst. Wusste der Blonde das nicht? Doch, natürlich wusste er das. Und es gab keine Sicherung, die so sicher war, dass sie sich nicht umgehen ließ, wenn man die richtigen Leute hatte.

Fanelli und seine Hure selbst würden ihn an sein Ziel führen, wenn das Depot aus *Goethes Sohnes Grab* noch nicht das Ziel war. Verholen würde ihnen auf der Spur sein, und er musste dazu keinerlei Risiko eingehen. Keine Gefahr, dass die Verfolger entdeckt wurden. Fanelli würde sich in Sicherheit wiegen. Selbst wenn er bemerkt hatte, dass er verfolgt worden war – er würde es verdrängen, vergessen. Und wenn er es am wenigsten erwartete, würde der Blonde zuschlagen.

Und Görlitz?

Er spürte den Blick seines Auftraggebers auf sich. Verholen lernte. Aus seinem Blick sprach eine Intelligenz, die Görlitz den Magen umdrehte. Ein einziges Mal hatte der Blonde auf nur eine Karte – auf Görlitz – gesetzt, und er hatte verloren.

Diesen Fehler würde er nicht wiederholen. Ein Plan B für den Fall, dass Fanelli scheiterte.

So lange würde Görlitz am Leben bleiben.

Und keine Stunde länger.

Rom, Parco della Resistenza

Amadeo ließ Rebecca das Tempo bestimmen. Es musste das pure Adrenalin gewesen sein, das ihr Kraft gegeben hatte – bis es ihnen gelungen war, am westlichsten Punkt des Friedhofs das Gelände zu verlassen. Die Mauer war nur etwas über mannshoch an dieser Stelle und stammte auch nicht aus Kaiser Aurelians Zeiten. Obendrein war sie sehr unschön mit Graffiti beschmiert, und der westlichste Punkt des *cimitero* bezeichnete gleichzeitig denjenigen Punkt, der von der *officina* am weitesten entfernt war. Doch sie hatten es geschafft.

Mit langsamen Schritten waren sie der Straße zu Füßen der Befestigung gefolgt, bis zur Cestius-Pyramide, der Porta San Paolo. Von den Streifenwagen war nichts mehr zu sehen, und wenn noch geschossen wurde, wurden die Geräusche übertönt vom Verkehrslärm.

Automatisch wollte Amadeo den Weg um den Park herum einschlagen, doch mit einem stummen Nicken deutete Rebecca auf den kiesbestreuten Pfad mitten hindurch. Es war unübersehbar, dass ihr Bein ihr Schwierigkeiten machte, und immer wieder wischte sie sich mit dem Jackenärmel übers Gesicht. Schweiß lag auf ihrer Stirn, und ihre Nase war wundgescheuert, das sah Amadeo selbst im matten Laternenlicht.

Wohin auch immer ihn das Brevier aus *Goethes Sohnes Grab* führen würde: Er schwor sich, dass er sich allein dorthin auf den Weg machen würde, und wenn er Rebecca vorher betäuben musste. Sie war nicht in der Verfassung für irgendwelche Abenteuer. Er musste versuchen, mit Duarte Kontakt aufzunehmen. Ihre Freunde im Vatikan konnten unter Garantie …

»Ich könnte schwören, wir haben das Licht ausgemacht.«

Amadeo blinzelte, folgte Rebeccas Blick. Durch kahles Geäst waren die Lichter an der Via Oddone deutlich zu erkennen, das Gebäude mit der *officina*, dahinter die Mietshäuser auf beiden Straßenseiten.

Sämtliche Fenster des Bürogebäudes hätten dunkel sein müssen um diese Uhrzeit. In keinem der Unternehmen, die dort untergebracht waren, gab es eine Nachtschicht. Und doch war ein einzelnes Fenster erhellt. Ein Fenster in der fünften Etage.

»Das ist mein Büro!«, keuchte Amadeo.

»Ich könnte schwören …«

Amadeo schüttelte den Kopf. »Das Licht *war* aus. Die Tür erkennt meinen Schlüssel. Sobald ich rausgehe, wird alles deaktiviert – und bleibt auch aus, bis am nächsten Morgen die Angestellten kommen. Oder die Putzfrau. Hat noch di Tomasi eingebaut.«

»Und wenn einer von deinen Restauratoren zurückgekommen ist?«

Gianna, dachte er. Ob sie Krach mit Rocco gehabt hatte? Aber was hatte Gianna in *seinem* Büro zu suchen?

»Da stimmt was nicht«, flüsterte er. Sie hatten den Park durchquert. Auf dem Gehsteig blieb Amadeo stehen, legte den Kopf in den Nacken. Die Jalousie war hochgezogen. Für jemanden, der heimlich in die Werkstatträume eingedrungen war, hätte es auch nichts gebracht, sie zu schließen: Die Lamellen waren nicht blickdicht; das Licht hätte trotzdem durchgeschimmert.

Angestrengt versuchte er etwas zu erkennen, schattenhafte Bewegungen, die Umrisse einer Gestalt. Aber da war nichts.

»Ich muss nachsehen, was da los ist.« Seine Stimme klang heiser. »Bitte gib mir die Pistole!«

»Du weißt genau, dass ich das nicht tun werde«, stellte sie fest. »Du hast den Schlüssel?«

Ohne seine Antwort abzuwarten, humpelte sie über die Straße auf das Gebäude zu.

»Das ist mein Ernst!«, beharrte Amadeo.

»Meiner auch.« Rebecca hatte ihre Waffe bereits zum Vorschein gebracht, prüfte mit einer routinierten Handbewegung das Magazin. Ja, sie hinkte immer noch, doch diese Frau schien über unbegrenzte Kraftreserven zu verfügen. Ihre Bewegungen waren zielstrebig, ihre Haltung angespannt.

Kampfmodus, dachte Amadeo. Wehe dem, der es wagte, sich ihr in den Weg zu stellen. Und wenn er selbst es war.

»Die können doch nicht dermaßen dämlich sein«, murmelte Amadeo, während er die Tür zum Foyer entriegelte. Zum Fahrstuhl waren es nur wenige Schritte. »Entweder rechnen sie nicht damit, dass jemand stutzig wird, oder sie *wollen*, dass genau das passiert.«

Rebecca nickte stumm. Aus ihrer Miene sprach Konzentration. Die Aufzugtüren öffneten sich. Amadeo drückte den Knopf für den fünften Stock, und der Fahrstuhl ruckte an.

Rebecca starrte auf die Wand aus mattem Stahl, die sich in wenigen Sekunden zur Seite bewegen würde.

»Bitte sei wenigstens vorsichtig«, bat er mit leiser Stimme. Er hätte auch mit der Wand sprechen können.

Der Eingang zur *officina*, die Glastür. Das Display leuchtete grün: Der Zugang war entriegelt.

Die Werkstatt selbst war dunkel, doch aus Amadeos Büro fiel ein Lichtstreifen in den größeren Raum, schälte die Umrisse der vordersten Arbeitsfläche aus der Finsternis.

Auf Luigis Stuhl saß eine Gestalt.

»Fabio!«, murmelte Amadeo, schob hastig die Glastür auf.

Der junge Niccolosi regte sich nicht, oder … Doch, eine schwache Bewegung. Im ersten Moment hatte es ausgesehen, als würde der Junge schlafen, doch jetzt hob er müde den Kopf. Nein, nicht müde: mühsam.

»*Capo* …«

Amadeo kniff die Augen zusammen. Fabios Stimme klang merkwürdig und sein Blick: wie ein Schleier, durch den der Junge nicht richtig hindurchsehen konnte.

»Sie … Sie hat …«

Rebecca schob sich an Amadeo vorbei, trat auf die offene Bürotür zu, die Waffe vor der Brust. Langsam drehte der Restaurator sich um.

Sein Büro war nicht leer.

Eine Frau saß auf seinem Schreibtischstuhl, die Füße auf der Arbeitsfläche übereinandergeschlagen. Ihre Hand steckte in einem Lackhandschuh, der fast bis zum Ellenbogen reichte – und sie hielt eine Pistole, die Rebeccas Waffe zum Verwechseln ähnlich sah. Aufmerksam blickten die Augen der Fremden Richtung Tür.

Nur war sie keine Fremde.

»Alyssa«, flüsterte Amadeo. »Das … Das ist Fabios Freundin«, erklärte er mit trockener Kehle. »Was …«

Rebecca rührte sich nicht. Sie hätte eine der Skulpturen auf dem *cimitero* sein können. Selbst ihr Gesicht war weiß wie der Marmor.

»Hallo, Rebecca.« Alyssa deutete ein freundliches Nicken an. »Ich würde ja gerne sagen: Gut siehst du aus. – Aber du kennst mich ja.«

Verwirrt blickte Amadeo von einer Frau zur anderen. Dieselbe Waffe, doch in diesem Augenblick hätten sie gegensätzlicher nicht sein können.

»Ihr kennt euch?«, fragte er perplex. »Eine … eine Freundin von dir?«

Krampfhaft holte Rebecca Luft. Ein zweites Mal. Amadeo streckte die Arme aus. Sie war drauf und dran, ohnmächtig zu werden.

»Keine Freundin«, sagte Rebecca tonlos. »Meine Schwester.«

»Was haben Sie mit dem Jungen gemacht?« Amadeos Stimme überschlug sich.

Rebeccas Schwester. Bis zu diesem Moment hatte er nicht mal gewusst, dass sie überhaupt eine Schwester hatte! Rebecca selbst stand weiter reglos an seiner Seite. Nein, ohnmächtig würde sie nicht werden, doch ganz offenbar war sie im Moment unfähig, noch einen Ton von sich zu geben.

»Machen Sie sich keine Sorgen«, sagte die Frau auf Amadeos Schreibtischstuhl. »Der Junge wird ein bisschen Kopfweh kriegen, das ist alles. Nicht schlimmer als ein mittelschwerer Kater.«

Amadeo starrte sie an. »Warum haben Sie das getan?«, flüsterte er. Ihre Pistole blieb auf ihn – nicht auf Rebecca – gerichtet. »Was tun Sie hier, zur Hölle?«

»Lesen?« Die Antwort klang wie eine Frage. Mit einer nachlässigen Handbewegung wies sie auf Amadeos Bücherregal. Zwei oder drei seiner Faksimiles lagen auf dem Schreibtisch, eines der Bücher war aufgeschlagen. Er konnte nicht erkennen, welches es war.

»Wer …« Er schüttelte den Kopf. Wer sie war, wusste er jetzt, auch wenn es schwerfiel, das zu begreifen. »*Was* sind Sie?«, fragte er. »Was ist das für eine Komödie … mit dem Jungen? Warum haben Sie das aufgezogen? Meinetwegen? Was wollen Sie von mir?«

»Sie ist eine Überläuferin.« Rebeccas Stimme klang wie Sandpapier. »Jemand, der diejenigen im Stich gelassen hat, die sich auf sie verlassen haben. Und die deswegen gestorben sind.«

Ein ganz kurzes Zucken ging durch Alyssas Gesicht, doch ihr Tonfall war unverändert. »Vor einigen Jahren habe ich aus bestimmten Gründen beschlossen, mich beruflich zu verändern«, bestätigte sie. »Deshalb bin ich heute hier. – Ihr hattet einen schönen Abend? War eine Menge Blaulicht unterwegs vorhin.«

Sie hob eine Augenbraue und betrachtete zuerst Amadeo, dann Rebecca demonstrativ von oben bis unten. Eine plötzliche Kälte durchfuhr den Restaurator. An sich hatten die beiden Frauen keine besondere Ähnlichkeit, doch jetzt, in der Art und Weise, wie Alyssa die Augenbraue hob: wie Zwillinge. Ein heller und ein dunkler Zwilling, ohne dass er in diesem Augenblick hätte sagen können, welches welcher war. Rebecca sah gerade aus, als wäre sie selbst zwei Jahrhunderte auf dem *cimitero* vergraben gewesen, Amadeo selbst vermutlich genauso.

»Was wollen Sie von mir?«, wiederholte er, während er unauffällig versuchte, sich vor Rebecca zu schieben, wohl wissend, dass das Blödsinn war. Es war sowieso Amadeo, auf den Alyssa zielte, und anders als Rebecca hatte er nicht mal eine Waffe.

»Was habt ihr da draußen getrieben?« Die Frau nahm seine Frage überhaupt nicht zur Kenntnis. »Habt ihr euch mit ihm getroffen?«

»Mit ihm?«, fragte Amadeo perplex.

»Verholen. – Oder wie auch immer er sich jetzt nennt.«

»Wer …«

»Verholen?« Rebeccas Stimme schwankte.

Alyssas Blick löste sich von Amadeo, ging zu ihrer Schwester. Die erste Regung an ihr, die nicht exakt berechnet war, dachte der Restaurator – ausgenommen das fast unmerkliche Zucken, als Rebecca die Leute erwähnt hatte, die durch Alyssas Verschulden gestorben waren.

»Du willst mir nicht erzählen, dass du nichts davon weißt.« Eine senkrechte Falte auf Alyssas Stirn, dieselbe wie bei ihrer Schwester.

Amadeos Partnerin holte Luft. »Ich habe keinen Schimmer, für wen *du* im Moment arbeitest – oder für wen Verholen arbeitet. Aber sag mir ins Gesicht, dass wir mit ihm zu tun haben, wenn du das kannst.«

Nachdenklich kaute Alyssa an ihrer Unterlippe. Ihre Augen wanderten zurück zu Amadeo.

»Was war das für ein Spaziergang vor zwei Tagen?«

Verwirrt sah der Restaurator sie an. »Was für ein Spaziergang? Ein Spaziergang eben. Sie standen doch daneben, als ich dem Jungen das erzählt habe.«

Ein unterdrücktes Stöhnen aus der Werkstatt bewies, dass Fabio noch immer damit beschäftigt war, sich zurück ins Bewusstsein zu kämpfen.

»Dann ist er Ihnen gefolgt«, sagte Alyssa leise. »Warum hat er das getan?«

»Wer ist dieser Verholen?« Amadeo zögerte. »Der Blonde?«

»Sie haben ihn gesehen?« Die Frage kam wie ein Peitschenhieb.

Amadeo schüttelte den Kopf. »Nicht an dem Abend. Am nächsten Morgen, in Berlin auf dem Flughafen. Wenn der Blonde dieser Verholen ist. Wir haben uns über das Gerokreuz …«

»Wir arbeiten nicht mit Verholen«, unterbrach ihn Rebecca. »Ich nicht und Amadeo auch nicht. Wie lange bist du an deinem Bübchen dran, dass dir das noch nicht klar ist? Amadeo ist Bücherrestaurator. Genau das, was er zu sein scheint, sonst nichts.«

»Er ist mit dir zusammen«, murmelte Alyssa, doch ihre Stimme klang jetzt unsicher.

»Er ist mit mir zusammen«, bestätigte Rebecca. »Und es ist wohl kaum ein Zufall, dass gerade du auf ihn angesetzt bist. Von wem auch immer.«

Alyssa sah zwischen ihrer Schwester und Amadeo hin und her. Sie dachte nach. Es war dasselbe undurchschaubare Gesicht, das Rebecca machte, wenn sie nachdachte. Und sie zu irgendwas zu drängen hatte vermutlich denselben Sinn, den es gehabt hätte, Rebecca zu etwas zu drängen. Alyssa würde eine Entscheidung treffen, und dann würde sie handeln.

Bis dahin blieb ihre Pistole auf Amadeo gerichtet.

»Jean-Lucien Verholen.« Auf dem Schreibtisch hatte Alyssa mehrere Fotos ausgebreitet. »Belgischer Staatsbürger, geboren 1962 in Antwerpen. Als Jugendlicher Mitglied einer rechtsextremen Splittergruppe, dann die übliche Söldnerkarriere: Südostasien, Schwarzafrika, Kosovo, zuletzt im Irak. Aber da war er längst ein gefragter Mann. Er denkt strategischer als andere, geht auf Nummer sicher. Vermutlich ist er deshalb noch am Leben.«

Auf den meisten Aufnahmen war der Blonde nur von Weitem zu sehen, und beim Rest war das Gesicht so verschwommen, dass sich kaum erkennen ließ, ob ein Mann oder eine Frau abgebildet war – kein Wunder bei der Mähne. Trotzdem, Amadeo hatte keinen Zweifel.

»Das ist er«, sagte er leise. »Der Blonde vom Flughafen.«

Alyssa neigte den Kopf. Seine Antwort war nur noch eine Formsache gewesen.

»Verholen.« Rebecca war für eine oder zwei Minuten in die Werkstatt verschwunden, um nach Fabio zu sehen. Sie musste sich für einen Moment im Türrahmen abstützen, nickte Amadeo kurz zu. Offenbar fehlte dem Jungen nichts Ernsthaftes. »Verholen«, wiederholte sie und schien eher zu sich selbst zu sprechen. »Ich dachte, der hätte sich zurückgezogen.«

»Das hat er auch«, bestätigte Alyssa, ohne von ihren Fotos aufzublicken. »Oder *hatte*, besser gesagt. Er ist zu sehr auf Nummer sicher gegangen diesmal, nehmen wir an – die falschen Investitionen, die Wirtschaftskrise …. Wir hatten bereits Hinweise, dass er wieder Aufträge annimmt. Auf eigene Rechnung natürlich.«

»Wir?« Fragend blickte Amadeo sie an.

»Stellen Sie sich einfach vor, dass ich dem militärischen Abschirmdienst der Bundesrepublik Deutschland angehöre.« Sie hielt einen Moment lang inne, schien ihre nächsten Worte sehr genau zu überlegen. »Das trifft es nicht vollständig, aber mehr werdet ihr nicht erfahren.« Es war hauptsächlich Rebecca, die sie dabei im Blick hatte, doch die reagierte mit keiner Regung auf die Eröffnung.

Amadeo spürte die Spannung zwischen den beiden Frauen. Was genau war zwischen ihnen vorgefallen? Wen hatte Alyssa verraten? Rebecca und ihre Kampfgefährten in Südamerika, ihren väterlichen Freund, der jetzt auf dem Stuhl Petri saß? Der Restaurator schüttelte sich. Darüber sollte er sich im Augenblick wirklich nicht den Kopf zerbrechen.

Er räusperte sich. »Und weshalb sind Sie … auf mich angesetzt?«, wandte er sich an Alyssa.

»Können Sie sich das nicht denken?« Mit der bloßen Andeutung eines Nickens wies sie auf die Faksimiles, die sie aus Amadeos Regal geholt hatte, scheinbar nach dem Zufallsprinzip, unsicher, wonach sie überhaupt suchte. Keines dieser Bücher hatte irgendwas mit Einstein oder Goethe zu tun – ausgenommen die Gutenberg-Bibel, in der Amadeo selbst nach dem exakten Wortlaut der Babylon-Erzählung gesucht hatte.

Exakt diese Seite aber war aufgeschlagen: *Es hatte aber alle Welt einerley zungen vnd sprache …*

Amadeo schluckte. »Sie wissen von …« Er brach ab.

Beinahe mitleidig sah die Frau ihn an. Versonnen strichen ihre Lackhandschuhe eine Haarsträhne aus dem Gesicht. Wieder eine Bewegung, die an Rebecca erinnerte.

»Wir wissen vom Babylontext«, bestätigte Alyssa. »Genau wie Verholen – sonst wäre er nicht hier. Selbst wenn wir nicht wissen, für wen er arbeitet und was diese Leute vorhaben: Sie sind offenbar bereit zu töten. Wenn dieses Heilmittel tatsächlich existiert, ist es mehr als ein Heilmittel. Es ist eine Waffe. Wer über die Verteilung des Mittels bestimmen kann, hat die Welt in der Hand, und die Geheimdienste …«

»Federalaia Slushba Benopanosti«, murmelte Amadeo.

Diesmal hob Alyssa *beide* Augenbrauen. »Wie kommen Sie jetzt darauf? Für wen auch immer Verholen arbeitet, für die Russen mit Sicherheit nicht.«

»Nur etwas …« Amadeo schüttelte den Kopf. »Etwas, das mir ein alter Mann erzählt hat, der jetzt tot ist.«

Er war ein solcher Esel! Er hätte sich in den Hintern treten können, musste aber befürchten, dass ihn das im Moment aus dem Gleichgewicht bringen würde. Hatte ihm der alte Fernwaldt nicht einen halbstündigen Monolog gehalten über Albert Einsteins Engagement für den Weltfrieden, sein einzigartiges Wissen um die Atomtheorie? Über die Geheimdienste in Ost und West, die den alternden Physiker misstrauisch beäugt hatten: Einstein – und seinen Briefwechsel? Ob Einsteins Schreiben an Helmbrecht nun mit Geheimdiensten zu tun gehabt hatte oder nicht: Wie groß war die Wahrscheinlichkeit gewesen, dass sie es *nicht* abgefangen hatten? Abgefangen – und kopiert.

Doch erklärte das wirklich alles? Amadeos Stimme klang belegt. »Aber wenn Sie die ganze Zeit wussten, was dieser Text bedeutet und wie wichtig er ist, warum haben Sie dann nicht längst …«

»Das wussten sie nicht«, sagte Rebecca. »Das wissen sie erst seit ein paar Wochen.« Ihr Blick fixierte ihre Schwester. »Seit Anfang Oktober, richtig? Nachdem der Professor angefangen hat, die Archäologen in Al-Hillah mit seinen Anrufen zu malträtieren.«

»Wenn du das sagst.« Ein Ausdruck, den Amadeo nicht recht einordnen konnte, blitzte über Alyssas Gesicht: eine Mischung aus Zynismus, Amüsement und widerwilliger Anerkennung. »Unsere Leute haben das Ausgrabungscamp sehr genau im Auge, und wenn jemand sich auffällig für bestimmte Dinge interessiert, für *Ausfälle wegen der Grippe*. Nun, du kennst das Verfahren: eine Datenbankabfrage in den Archiven. – *Ingolf Helmbrecht …*« Ihre Finger mit den blutrot lackierten Nägeln deuteten Tippbewegungen auf einer unsichtbaren Tastatur an. »Und schon hatten sie Einsteins Geschichte auf dem Desktop, um die sich fünfzig Jahre lang kein Mensch gekümmert hatte – mit allem, was dazugehört: *Finden Sie die Lösung und handeln Sie danach. Wenn Ihnen das bis zu Ihrem Tode nicht gelingt, geben Sie diesen Text weiter an denjenigen, den Sie für den – nach Ihnen – größten Geist Ihrer Zeit halten.* Nachdem sie Ihren Professor ein wenig unter die Lupe genommen hatten, war nicht schwer zu erraten, wen er sich aussuchen würde.«

Amadeos Hirn schien im Innern seines Schädels zu rotieren. Nein, da hatten sie nicht lange rätseln müssen. Also hatten sie auch ihn durchleuchtet, genau wie Helmbrecht. Und zu ihrer Überraschung hatten sie festgestellt, dass er mit Rebecca zusammen war, die selbst für einen Geheimdienst tätig war, den Geheimdienst Seiner Heiligkeit – und hatten ihm daraufhin Rebeccas eigene Schwester auf den Hals gehetzt. Monströs.

Aber nicht das war es, was ihm den Atem verschlug. Amadeo spürte, wie sein Mund sich ganz langsam öffnete. »Das *Ausgrabungscamp*?«, krächzte er. »Ihre Leute haben das *Ausgrabungscamp* im Auge?«

Alyssa musste ihm keine Antwort geben. Ihr Blick, der Rebeccas Blick so ähnlich war, genügte.

Sie wussten es! Warum observierte der deutsche Geheimdienst eine archäologische Ausgrabungsstätte in Mesopotamien? Die Geheimdienste der westlichen Welt und mit Sicherheit auch ihre Regierungen hatten die ganze Zeit gewusst, woher die vermeintliche Eastcoast-Grippe in Wahrheit stammte: aus den Ruinen des antiken Babylon. Und nachdem sie Einsteins Geschichte gelesen hatten, konnten sie sich auch ausrechnen, warum die Krankheit gerade dort ihren Anfang genommen hatte.

Und die Welt hatte nichts davon erfahren. *Er* hatte nichts davon erfahren. Sollten Geheimdienste nicht für die Menschen in ihren Ländern arbeiten? Die Geheimdienste der westlichen Welt für die Menschen der westlichen Welt? War Amadeo Fanelli aus den Marken nicht selbst ein Teil der westlichen Welt? Bisher war er davon überzeugt gewesen.

Von einer Sekunde zur anderen kam eine derartige Wut über ihn, dass ihm beinahe die Luft wegblieb. »Sie arbeiten für *mich*!«, schnauzte er die Frau an seinem Schreibtisch an. »Ist Ihnen das überhaupt klar?«

Wieder hob Alyssa eine Augenbraue, schaute kurz zu Rebecca. *Einen seltsamen Geschmack hast du.* Dieses eine Mal war ihr Gesichtsausdruck sehr deutlich zu lesen.

»Warum haben Sie mich nicht einfach gefragt?«, knurrte Amadeo. »Warum haben Sie mich nicht einfach nach allem gefragt?«

Alyssa fuhr sich mit der Zunge über die Lippen, doch Rebecca kam ihr zuvor: »So funktioniert Geheimdienstarbeit nicht. Das Geheime am Geheimdienst besteht darin, dass sie alles über dich wissen, du aber nichts über sie. Nicht mal, dass es sie gibt. Normalerweise.«

Amadeo lag eine scharfe Antwort auf der Zunge, doch er bremste sich. Agenten kannte er eher aus dem Kino – von Rebecca und ihren Kontaktleuten mal abgesehen –, aber dass man in diesem Geschäft nicht unnötig Informationen preisgab, leuchtete auch ihm ein.

Und doch hatte ihnen Alyssa eben eine Menge erzählt, das nach menschlichem Ermessen in Akten mit dicken, roten *Top-Secret*-Stempeln hätte schlummern sollen.

Nachdenklich sah er die Frau am Schreibtisch an, in ihrem hochgeschlitzten Abendkleid, das so überhaupt nicht in sein Büro passen wollte. Mit ihren blonden Haaren, die mit Sicherheit gefärbt waren. Ob sie in Wahrheit so rot waren wie bei Rebecca?

Diese Frau hatte sie beide in der Hand gehabt. Ihre Waffe war auf Amadeo gerichtet gewesen; Rebecca hatte nicht eingreifen können. Doch Alyssa hatte die Pistole weggelegt, sie hatte Fotos von Verholen ausgepackt und ihnen Dinge erzählt, die die Welt in ein Chaos stürzen würden, wenn sie bekannt wurden: Die Regierungen wussten, woher die Grippe stammte. Sie hatten die Bevölkerung vorsätzlich belogen. Alyssa hatte alle ihre Trümpfe weggeworfen. Warum?

Rebeccas Schwester trug wieder ihre ausdruckslose Maske, perfekt, wie eine zweite Haut. Es war dasselbe Gesicht, das Rebecca selbst beim Grübeln manchmal aufsetzte, doch Alyssa hatte diese Tarnung perfektioniert. Was in ihrem Kopf vorging, war nicht mal zu erahnen.

Und trotzdem glaubte Amadeo es zu wissen.

Sie waren verzweifelt: Alyssa, der gesamte Geheimdienst. Dieselbe Ratlosigkeit, die Amadeo schon einmal erlebt hatte, vierundzwanzig Stunden zuvor bei Doktor Möbius in Weimar. *Wie verzweifelt muss ich eigentlich sein, dass ich nach einem solchen Strohhalm greife?*, hatte der Mediziner gemurmelt.

Eine Heimsuchung biblischen Ausmaßes war über die Welt hereingebrochen, und weder die hochtechnisierte moderne Medizin konnte ihrer Herr werden noch der aufgeblähte Apparat der Geheimdienste.

Nichts davon. In Wahrheit hatten Alyssa und ihre Auftraggeber weniger als nichts in der Hand.

Ihre einzige Hoffnung war eine bizarre Überlieferung, eine Spielerei unter Gelehrten, von der Alyssa in diesem Moment noch gar nichts ahnen konnte, weil sie lediglich Einsteins Text kannte, nicht aber den von Goethe.

Ihre einzige Hoffnung war ein Bücherrestaurator, der das Pech gehabt hatte, zur falschen Zeit am falschen Ort zu sein.

Ja, so sah Verzweiflung aus.

Rebecca machte ein Gesicht, als wäre ihre Schwester dabei, ihr das Bein zu amputieren, anstatt lediglich die wieder aufgeplatzte Schusswunde neu zu versorgen. Amadeo hatte beide Frauen im Auge: Alyssa arbeitete schnell, mit sicheren Bewegungen, führte die medizinische Nadel ohne zu zögern durch das entzündete Fleisch. Nein, das machte sie nicht zum ersten Mal. Bei allen beiden Schwestern gehörte das vermutlich zum alltäglichen Geschäft. Wie hatte Rebecca es ausgedrückt, vor dem Haus des Professors? *Allgemeines Berufsrisiko.*

»Das wird eine Narbe geben«, murmelte Alyssa. »Jetzt bestimmt. Das ist dir schon klar.«

»Narben bin ich gewohnt«, sagte Rebecca. Ihr Tonfall war völlig neutral, aber war da nicht ein kurzes Aufblitzen in ihren Augen? Amadeo kam es vor, als ob Alyssa für einen winzigen Moment zusammenzuckte, die Nadel neu ansetzen musste. Nein, Rebecca hatte nicht allein von der Schusswunde gesprochen.

Die blonde Frau warf einen letzten, prüfenden Blick auf die neue Naht, nickte dann und richtete sich auf. »So weit zu deinem Bein«, sagte sie. »Das war das kleinere Problem.«

Bei der Verarztung des Oberschenkels hatte sie sich aus dem unergründlichen Handtäschchen ihrer Schwester bedient. Jetzt griff sie nach ihrem Pelzmantel, den sie schon vorgestern Abend angehabt hatte, als Amadeo dem jungen Niccolosi und seiner Flamme auf der Piazza Albania begegnet war.

»Was hast du vor?« Rebeccas Augen verengten sich.

Alyssa brachte eine Einwegspritze zum Vorschein und eine kleine gläserne Ampulle. »Dir wird kaum entgangen sein, dass du die Grippe bereits hast«, stellte sie fest. »Genau wie ich übrigens. Das hier …« Sie hob das Glasröhrchen an. »Unsere Vorräte sind begrenzt, Kapazitäten für ein paar hundert Menschen: die Sonderkommandos, Politiker … Du kennst die Vorschriften. Das hier ist experimentell, und es kann die Krankheit nicht heilen, aber es lindert die Symptome und ist das Wirksamste, was im Moment existiert.«

»Das Zeug von Dr. Möbius war aber auch nicht übel«, bemerkte Amadeo. »Oder?« Unschlüssig sah er zwischen den beiden Frauen hin und her.

Noch hatte er Alyssa seine Geschichte nicht erzählt. Der Name Möbius konnte ihr nichts sagen, doch das schien sie nicht zu stören. Mit ausdruckslosem Gesicht lehnte sie am Tisch, nachdem auf dem Bürostuhl jetzt Rebecca saß, im schwarzen Slip, die Wunde mit Jod eingepinselt.

»Dann gib mir schon deine Spritze«, murmelte sie und krempelte den Ärmel hoch.

»Warum wird nicht mehr davon hergestellt?«, fragte Amadeo, während Alyssa seiner Partnerin die Injektion setzte.

»Sie arbeiten schon mit Hochdruck in den Labors«, brummte Alyssa. »Vor zwei Tagen ist das Präparat in Serie gegangen. Aber sie werden nicht schnell genug sein, und wie gesagt …« Für zwei Sekunden presste sie einen Tupfer auf die Einstichstelle. »Das hier ist kein Heilmittel, und länger als ein paar Wochen machen die Nieren das nicht mit. Das Heilmittel wollen *Sie* doch finden.«

Aufmerksam sah sie ihn an. Das war das Stichwort.

Amadeo zögerte einen Moment. Alyssa hatte sie ins Vertrauen gezogen. Was blieb ihm jetzt übrig? Sie arbeiteten gegen die Zeit – und gegen den Blonden, der nun einen Namen bekommen hatte: Jean-Lucien Verholen, Söldner, Agent, Terrorist. Und gegen die unbekannte Macht, die hinter Verholen stand. Ohne Alyssa waren ihre Chancen schon bescheiden genug, *gegen* Alyssa – und die Geheimdienste der westlichen Welt – war ihr Unternehmen aussichtslos.

Sie mussten Rebeccas Schwester ins Vertrauen ziehen. Wenn sie eine Chance hatten, dann gemeinsam. Fast unmerklich nickte Rebecca ihm zu. Amadeo holte Luft und begann zu erzählen, angefangen mit dem Morgen hier in seinem Büro, als der Duft nach *Old Spice* ihm in die Nase gestiegen war. Einzig seine Träume ließ er aus. Alyssa lauschte aufmerksam.

Amadeos Kehle war rau, als er ans Ende seiner Erzählung kam, zu den Geschehnissen auf dem *cimitero acattolico,* zum Brevier aus *Goethes Sohnes Grab*. Alyssa war ans Fenster getreten und blickte auf das nächtliche Rom. Die beiden anderen Texte – Goethes eigenen und den Einsteins – hatte Amadeo an den entsprechenden Stellen wie Beweisstücke auf den Tisch gelegt. Rebeccas Schwester hatte sich jeweils nur ganz kurz über die Schulter umgesehen. Dieser Teil des Weges lag bereits hinter ihnen.

Jetzt aber, als Amadeo auf das Büchlein vom protestantischen Friedhof zu sprechen kam, drehte sie sich langsam zu ihm um. »Sie haben das Buch dabei?«

Amadeo nickte. Er hatte seine Jacke zwar geöffnet, aber nicht ausgezogen, trotz der einundzwanzig Komma sieben Grad in der *officina*. Suchend griff er in die Innentasche und brachte das zerfledderte Brevier zum Vorschein.

Erst jetzt, im Licht der Schreibtischlampe, konnte er es wirklich in Augenschein nehmen. Ganz hinten ragten ein paar Seiten aus dem Einband, aber davon abgesehen war die Bindung noch vollständig in Ordnung. »Ein Wunder, dass es noch in einem solchen Zustand ist«, murmelte er andächtig. »Aber auch der Sarg war ja überraschend gut erhalten nach zweihundert Jahren in der Erde.«

»Offenbar war Einstein vorsichtiger als Sie mit Ihrem Brecheisen.«

»Kein Brecheisen«, stellte Amadeo automatisch richtig. »Eine Spitzhacke.« Überrascht hielt er inne. »Einstein«, sagte er leise. Natürlich. Einstein hatte Goethes Code entschlüsselt, also musste auch ihn die Spur auf den *cimitero acattolico* geführt haben – und er musste dort bedeutend vorsichtiger vorgegangen sein als Amadeo. Jedenfalls hatte August von Goethes Sarg einen vollkommen intakten Eindruck gemacht, bis der Restaurator ihm mit der Hacke zu Leibe gerückt war. Wie hatte Einstein das angestellt? Ein Hüne von Gestalt war er nicht gewesen, wohl aber ein Meister der Mechanik als Physiker. – Doch ohne Kran und Flaschenzug?

»Er muss mehr Zeit gehabt haben als wir«, sagte Amadeo nachdenklich. »Ob er tagsüber da war, ganz offiziell? Schließlich war er … nun, er war eben Einstein.«

»Wenn der beim Friedhofskomitee geklopft hat, haben sie vielleicht ein Auge zugedrückt.« Rebecca war kaum zu verstehen, und ihre eigenen Augen waren halb geschlossen, alle beide. Noch war nichts davon zu spüren, dass Alyssas Mittel anschlug. Amadeo veränderte den Winkel der Schreibtischlampe, sodass der Bürostuhl nun stärker im Schatten lag.

»Sie müssen es sogar zweimal zugedrückt haben«, bemerkte Alyssa. Ihr Blick lag auf ihrer Schwester. »Schließlich hat er das Buch wieder zurückgebracht.«

Amadeo legte die Stirn in Falten. »Genau dasselbe hat er auch von mir verlangt«, sagte er leise. »Als es um sein eigenes Depot ging. Zurück in den Petzinsee. Das stand in der

Anweisung, die bei Goethes Gedicht lag. Und nur deshalb funktioniert es überhaupt! Nur deshalb können wir in der Zeit zurückgehen, von einem Text zum nächsten: weil alle diese Texte immer wieder an Ort und Stelle gekommen sind, nachdem der nächste große Geist sie gesichtet hatte. Hoffentlich. Das muss von Anfang an mit im Spiel gewesen sein! Damit wir genau das tun können, was wir jetzt tun!«

»Bemerkenswert«, sagte Alyssa leise. »Und was schreibt nun … Händel, sagen Sie?«

Amadeo brauchte einen Moment, um zum ganz unmittelbaren Gegenstand zurückzufinden. Mit jeder neuen Entdeckung wuchs seine Faszination für den ausgeklügelten, jahrtausendealten Mechanismus, nach dem das Geheimnis von Babylon funktionierte. Nachhaltigkeit, dachte er. Das große Wort am Beginn des einundzwanzigsten Jahrhunderts. Die Menschen von Babylon – diese Menschen vor Tausenden und Tausenden von Jahren – hatten *wirklich* gewusst, was das bedeutete. Von Einstein zu Goethe, von Goethe zu Händel … Und die nächste Etappe?

Mit einem Gefühl der Ehrfurcht drehte er das Büchlein in seinen Fingern hin und her, schlug es zuerst ganz am Ende auf, bei den losen Seiten. Er kniff die Augen zusammen. »Die hier sind handgeschrieben«, murmelte er, doch im selben Moment erkannte er die Schrift. »Goethe«, sagte er. »Das muss Goethes Beipackzettel sein, aus dem Einstein erfahren hat, was es mit dem Spiel der Gelehrten auf sich hat.« Er legte die Blätter beiseite. Dass er mit Goethes Handschrift seine Probleme hatte, hatte er schon in Potsdam feststellen müssen – und die Funktionsweise des Rätselspiels kannten sie bereits. Sollte Helmbrecht das Schreiben entziffern, falls die Menschheit wider Erwarten überlebte.

Stattdessen schlug Amadeo das Büchlein nun ganz am Anfang auf. Ein barock überladener Holzschnitt voller engelhaft-allegorischer Etwasse, die von Wolken umschwebt eine Schriftrolle mit dem Titel des Werkes in die Höhe hoben. »*The Tower of Babel. An Oratory*«, las Amadeo vor. »An dieser Stelle müsste jetzt eigentlich eine Angabe kommen im Stile von *As it is Perform'd at the Theatre Royal in Covent Garden*. Der Aufführungsort. Händel hat seine Stücke oft umgeschrieben von Aufführung zu Aufführung, aber hier …« Er machte eine Kunstpause, sah zwischen den beiden Frauen hin und her. Alyssa betrachtete ihn abwartend, Rebecca hatte die Augen nach wie vor geschlossen. Ihre Lippen schienen sich zu bewegen, doch es war kein Ton zu hören. Betete sie? Das hatte er noch nie mitbekommen bei ihr – erstaunlich genug für eine Frau, die vom späteren Papst quasi aufgezogen worden war.

»Hier fehlt das natürlich«, sagte Amadeo. »Es kann keine konkurrierenden Versionen geben – weil diese Komposition bis heute niemals aufgeführt wurde! Deshalb keine Angabe, auf welche Vorstellung die Noten sich beziehen, sondern einfach nur *Compos'd by Mr Handel.*«

»Niemals aufgeführt?« Alyssa trat zu ihm an den Tisch. Der aufdringliche Duft ihres Parfüms stieg ihm in die Nase. Wenigstens darin unterschieden sich die beiden Schwestern; aber vielleicht war das vulgäre Zeug auch nur einer ihrer Köder für Fabio gewesen, genau wie ihr Aufzug, in dem sie genauso gut unter der Laterne hätte stehen können, am Eingang zum Park an der Piazza Albania. »Wenn es sogar gedruckt ist, muss sich das doch mal jemand vorgenommen haben«, sagte die blonde Frau.

»Nein«, widersprach Amadeo entschieden. »Ich könnte schwören, dass kein Mensch dieses Oratorium kennt. Und das Buch auch nicht.«

»Sie meinen, es gibt nur dieses eine Exemplar?«

»Das wäre aufwendig gewesen«, murmelte Amadeo.

»Und entsprechend teuer, es drucken zu lassen. Andererseits macht ein gedrucktes Buch natürlich viel mehr her, und so was war wichtig für jemanden wie Händel. Überlegen Sie mal: Es war die Zeit des Barock, des Rokoko, die Epoche der Reifröcke und Duftwässerchen – und der Puderperücken für den Herrn. Diese französischen Könige, die alle Louis hießen. Und mitten dazwischen Händel, der so was wie ein Popstar war damals, der ganz große Fachmann fürs Repräsentieren. Der die Reichen und Mächtigen in Szene setzte und sich selbst.«

»Du meinst ganz sicher Händel?«, kam es vom Schreibtischstuhl. »Nicht Andy Warhol?«

Amadeo nickte nachdenklich. Er war sich nicht sicher, ob Rebecca das mitkriegte in ihrem Dämmerzustand, doch er wollte sich einbilden, dass ihre Wangen mittlerweile wieder eine Spur Farbe bekamen. Recht hatte sie auf jeden Fall. Genau diese Sorte war Händel gewesen: der Darling der Londoner Society, genau wie Warhol zweieinhalb Jahrhunderte später in New York.

Er blätterte um, betrachtete den Beginn der Komposition. Sie ging nicht im selben Maß ins Detail wie eine klassische Orchesterpartitur, die Bläser, Streicher und so weiter in einzelnen Stimmen auflistete. Lediglich zwei Linien waren angegeben, wobei die obere von ihnen offenbar die Gesangsstimme wiedergab, ausgenommen in den rein instrumentalen Passagen natürlich. Die untere dagegen, eröffnet mit dem Bassschlüssel, war dem *basso continuo* vorbehalten, der sich durch die gesamte Partitur zog und die Stimmung des Stückes prägte. Amadeo blätterte weiter. Hier setzte die eigentliche Handlung ein, und zur Gesangsstimme waren die Worte verzeichnet.

»*Alas, this land, my brethren all:/What place to rest! What place to dwell!*«, las er vor. »Das singt… ein Siedler.« Seine Augen überflogen den Text. Er blätterte um. »Die Menschen, die zu diesem Zeitpunkt noch ein und dieselbe Sprache sprechen, ziehen in ein Land im Osten.«

»Sinear.« Alyssa nickte.

»Hier bei Händel heißt es *Shinar*, aber das ist nicht ungewöhnlich. Das ist dieselbe Form wie in der englischen King James Bible.« Amadeo blätterte vor zur Mitte des Büchleins. »Davon abgesehen haben wir hier exakt dieselbe Geschichte wie bei Einstein und Goethe, nur noch altertümlicher diesmal und englisch natürlich. Und ziemlich bombastisch.«

»Auch die Komposition?«

Der Restaurator blickte auf. »Das nehme ich doch an. Sie stammt aus dem Barock. Von Händel.«

»Aber genau können Sie das nicht sagen? Ich denke, Sie haben den ganzen Schrank voll mit …«

Er räusperte sich. »Ich liebe die Musik, aber ich bin kein Musiker. Ich hatte nur eine …« Seltsam, plötzlich hatte auch Rebecca die Augen wieder offen. Erwartungsvoll sahen beide Frauen ihn an. »Mundharmonika«, murmelte er. »Fürs Lagerfeuer.«

»Dann haben wir ein Problem«, stellte Rebecca fest. Amadeo staunte. Vor fünf Minuten hatte sie noch mehr tot als lebendig in ihrem – seinem – Stuhl gehangen, jetzt setzte sie sich aufrecht hin, warf einen Blick auf Alyssa. »Du warst jedenfalls musikalisch wie 'ne Dose Thunfisch, und wenn ich mich für Musik interessiert hab, war's welche, die sich elektrisch verstärken lässt.«

»Meine Behörde hat natürlich Fachleute …«, begann Alyssa.

»Wenn wir etwas wissen müssen, fragen wir den Professor«, unterbrach Amadeo sie. So wenig er über Geheimdienste wusste: Ihm war klar, dass er jetzt aufpassen musste. Er war bereit, Alyssa und ihren Hintermännern zu vertrauen – so weit es eben notwendig war. Dem Professor war zwar ebenfalls jede Art von Manipulation zuzutrauen, aber wenigstens stand seine Integrität nicht in Frage. Und mit Sicherheit konnte er sie an einen Musikwissenschaftler verweisen, der sich mit Händels Oeuvre auskannte.

Doch wichtiger als die Musik war erst einmal etwas anderes. Amadeo schlug das Büchlein am Beginn des dritten und letzten Aktes auf, hatte dabei nicht die Noten, sondern den Text im Auge und versuchte herauszufinden, an welcher Stelle der Geschichte er sich befand. Da war die Rede von der *pestilence*, die die Boten Gottes über die Menschheit brachten, und von der *healing remedy*, dem Heilmittel. Eine Gänsehaut stellte sich auf seinen Armen auf.

»*Thou shalleth make a silver flagon*«, murmelte er. »Der Anführer der Babylonier lässt ein spezielles Gefäß anfertigen für das Heilmittel. Ein *flagon* kann durchaus ein Krug sein, wie es Goethe übersetzt hat. Er war offenbar aus Silber.«

»Wäre er aus Ton gewesen, hätten wir jetzt ein echtes Problem«, sagte Rebecca.

Amadeo nickte unbehaglich. Daran hatte er noch überhaupt keinen Gedanken verschwendet: Welche Art von Gefäß war in der Lage, die kostbare Substanz über Jahrtausende hinweg sicher zu verwahren? Welche Art von Gefäß, die man im alten Babylon bereits herstellen konnte? Oder war die Passage eher aus der Zeit heraus zu verstehen – aus Händels Zeit? In seiner Barockwelt wäre Silber gerade gut genug gewesen.

Nein! Amadeo zwang seine Augen zurück zum Text. Wenn er erst anfing, logisch zu denken, konnte er auch gleich die Hände in den Schoß legen und abwarten, dass die Seuche Gottes die Menschheit austilgte, endgültig diesmal. Nach logischen Gesichtspunkten war das Spiel von Anfang an verloren gewesen, und doch hatte er binnen zwei Tagen ebenso viele Codes entschlüsselt, an denen die größten Geister ihrer Generation sich jeweils ein ganzes Jahrhundert lang abgequält hatten. Und nun hielt er einen Text in der Hand, der ihn dem Ziel einen entscheidenden Schritt näherbringen konnte: der Pforte, dem Pass, eingeschnitten ins Gebirge …

Amadeo erstarrte.

»*From Bukhara to Samarkand*«, flüsterte er. »*To where a valley doeth extend / carved in the shoulders of the mount / estranged, never to be found.*«

»Das steht da?« Rebecca stand ebenfalls, allerdings nur für eine halbe Sekunde, dann kippte sie mit kalkweißem Gesicht zurück in ihren Stuhl.

»Unser Präparat geht am Anfang etwas auf den Kreislauf«, murmelte Alyssa. Ihrer Schwester warf sie nur einen Blick aus dem Augenwinkel zu und beugte sich stattdessen über das Brevier. »Man gewöhnt sich dran.«

Rebecca sah nicht aus, als wäre sie schon im Begriff, sich daran zu gewöhnen, doch sie nickte Amadeo zu. »Das steht da?«, wiederholte sie undeutlich.

»Hier!« Amadeos Blick wechselte zwischen ihr und der Partitur. »*Von Buchara nach Samarkand, / wo sich ein Tal ausdehnt, / das in die Schulter des Berges geschnitten ist, / in die Fremde hinein, sodass es niemals gefunden werden kann.* Sie sind nach Osten aufgebrochen von Babylon aus, aber der Ort … der Ort ist wirklich ein *ferner* Ort, weit, weit entfernt. Buchara, das ist im innersten Innerasien! Irgendwo in Kasachstan heutzutage oder sonstwo.«

»In Usbekistan.« Alyssa war um den Tisch herumgegangen, drehte das Buch zu sich um. Ihr blutroter Fingernagel fuhr über die Textzeile. »Genau wie Samarkand. Doch keine der beiden Städte liegt im Gebirge.«

Amadeo kramte in halb verschütteten Erinnerungen. Samarkand zählte zu den ältesten Städten der Erde; mit Sicherheit war es die älteste Stadt der Region.

»Die Seidenstraße«, sagte er leise. »Buchara und Samarkand: Beide Städte liegen an der Seidenstraße, der uralten Landverbindung zwischen dem Mittelmeerraum und dem Fernen Osten. Das muss die Route gewesen sein, die die Babylonier genommen haben.«

»Im Gebirge liegen sie deshalb noch immer nicht!«, brummte Alyssa. Nach wie vor starrte sie auf die in einer wirklich hübschen, klaren Antiqua gesetzten Worte, auf die Notenlinien für den Gesang und den *basso continuo*. »Aber…« Sie zögerte. »Müssen sie überhaupt im Gebirge liegen, wenn der Text den Verlauf einer Straße beschreibt mit einzelnen Stationen, eine nach der anderen? Von Buchara nach Samarkand und weiter, bis dorthin, wo sich ein Tal ausdehnt, das in die Schulter des Gebirges getrieben ist. Wie ging sie weiter, diese Seidenstraße? Buchara, Samarkand – und dann? Wo genau führte sie lang?«

Amadeo schüttelte den Kopf. »Die Seidenstraße dürfen Sie sich nicht wie eine moderne Asphaltpiste vorstellen mit Kilometersteinen und exaktem Verlauf. Im Innern Asiens mit seinen Steppen und Wüsten gab es mindestens ein halbes Dutzend Routen, die annähernd parallel liefen, von einer Oase zur nächsten. Welche Siedlungen man mitgenommen hat, das wechselte. Wenn die Hunnen mal wieder was abgefackelt hatten, oder die Parther oder die Mongolen, musste man ausweichen, nach Norden oder nach Süden. Nur dass sie im Norden noch wüster wurde, die Wüste. Und im Süden gab es zwar jede Menge bedeutende Städte, aber das Gelände wurde immer unübersichtlicher mit den Gebirgszügen des Pamir, des Hindukusch… das berühmte *Dach der Welt* eben.«

»Gebirgszüge«, sagte Alyssa nachdenklich. »Südlich von Usbekistan. In Afghanistan.«

Amadeo nickte, die Augen auf der Partitur, die für ihn jetzt auf dem Kopf stand. »Allein schon Bactra! Eine der wichtigsten Königsstädte der alten Perser und zeitweise Hauptquartier Alexanders des Großen, zigmal zerstört und wieder aufgebaut. Kennen Sie heute vielleicht aus den Nachrichten, als Masar-e Sharif, seitdem …« Amadeo stutzte, wurde langsamer. »… seitdem die ISAF und die deutsche Bundeswehr dort vor Ort sind.« Zentimeter um Zentimeter hob er den Blick.

Alyssa hatte den Kopf gesenkt, die Augen auf den Text gerichtet. Die Haare fielen ihr vors Gesicht wie ein Vorhang. Ein Vorhang – oder eine Tarnkappe.

»Sie gehören zum militärischen Abschirmdienst der Bundesrepublik Deutschland?«, flüsterte er.

»Wir haben Hinweise.«

Alyssa lehnte mit dem Rücken an der Fensterwand. Ihr Blick ging zwischen Amadeo und ihrer Schwester hindurch ins Nirgendwo – oder vielleicht auch in den Werkstattraum der *officina*, wo sich der bedauernswerte Fabio Niccolosi seit einigen Minuten vergeblich bemühte, wieder auf die Füße zu kommen.

Natürlich tat der Junge Amadeo leid, doch andererseits war Fabio selbst schuld. Wer Alyssa wirklich war, hatte er nicht ahnen können, aber dass fremde Damen nichts in der *officina* zu suchen hatten, und nach Dienstschluss schon gar nicht, das hätte ihm klar sein müssen. Eine ganz gute Lektion vielleicht, dachte Amadeo zerstreut. Vielleicht hielt der Junge seine Hormone das nächste Mal besser unter Kontrolle, wenn er erst wieder einen klaren Kopf hatte.

Amadeo selbst hätte in diesem Moment nicht weiter entfernt sein können von einem klaren Kopf.

»Hinweise?« Seine Stimme kam mit einem merkwürdigen Blubbern, das ihm selbst unangenehm in den Ohren klang. »Sie haben *Hinweise*? Die ganze Zeit haben Sie Hinweise, wo das Heilmittel liegt? Dass es in Afghanistan liegt? Hinweise woher? Hinweise von wem?«

»Wir haben Hinweise.« Alyssa betrachtete ihre Fingernägel. »Und mehr werden Sie nicht erfahren. Wenn Sie mir nicht glauben, fragen Sie meine Schwester.«

Amadeos Blick ging zu seiner Partnerin, der es gelungen war, sich aus ihrem Stuhl aufzurichten.

»Sie wird dir nichts verraten.« Unverwandt betrachtete Rebecca die Frau am Fenster. »Nicht, wenn sie wenigstens ein bisschen was gelernt hat.«

»Gelernt?«

Rebecca schüttelte den Kopf. »Afghanistan«, wandte sie sich an Alyssa. »Dort bist du eingesetzt, richtig? Ihr wollt das Heilmittel – und wir sollen euch helfen, es zu finden. Euch den Weg zeigen. Ich denke, das geht in Ordnung.«

Amadeo gab ein keuchendes Geräusch von sich.

»Nicht?« Rebecca sah ihn an, als ob sie einander höchstens flüchtig kannten.

Amadeo rang nach Luft. Ihm war klar, dass Rebecca in einer eigenen Welt lebte und dass diese Welt weit mehr mit der Welt ihrer Schwester zu tun hatte als mit seiner eigenen. Doch das änderte nichts an den Gesetzen, die der schiere gesunde Menschenverstand diktierte!

»Dieser Frau willst du das Heilmittel ausliefern? Diese … diese …« Er schüttelte den Kopf. Ihm lag einiges auf der Zunge, doch immerhin war Alyssa mit im Raum. »*Sie* hat Hinweise, weigert sich aber, uns zu verraten, was das für Hinweise sind. *Sie* weiß die ganze Zeit, was das für eine Seuche ist! Ihr ganzer Verein weiß das! Und was weiß die Welt? *Nichts!*«

Rebecca nickte. »Damit haben sie die einzig richtige Entscheidung getroffen.«

Amadeo starrte sie an. »Du…«, flüsterte er. »Du hättest das auch so gemacht?«

»Exakt genau so.« Sie wich seinem Blick nicht aus. »Was glaubst du wohl, was passieren würde, wenn man der Öffentlichkeit mitteilt, dass da nicht einfach nur ein neuer, etwas fieserer Grippevirus unterwegs ist, sondern eine der sieben Plagen Ägyptens? Hast du nicht gesehen, wie das in Weimar jetzt schon…«

»Die sieben Plagen haben gar nichts damit zu tun«, unterbrach Amadeo sie reflexartig. »Das war Jahrhunderte später nach biblischer Überlieferung.«

»Und genauso unheimlich«, ergänzte Rebecca. »Die Leute würden durchdrehen. *So richtig* durchdrehen. Die Grippe könnten wir uns da glatt schon schenken. Oder würdest du noch 'ne Münze in den Parkautomaten werfen, wenn Gott die Menschheit sowieso gerade vernichten will?«

»Ich…« Amadeo brach ab, schüttelte den Kopf. »Aber sie… Schau dir Fabio an! Ich weiß nicht, was sie damals getrieben hat, bei euch in Südamerika. Mir reicht schon völlig aus, was sie mit dem Jungen angestellt hat! Haben wir irgendeine Garantie, was die überhaupt vorhaben mit dem Heilmittel? Ob sie das rausrücken für die Allgemeinheit?«

»Die Garantie werden wir bekommen«, sagte Rebecca. »Weil ich die liebe Ally nämlich nach Afghanistan begleiten und persönlich darauf achten werde.«

Alyssa starrte sie an. Von einem Augenblick zum anderen war nichts mehr zu sehen von ihrer Maske. Auf dem Gesicht der blonden Frau stand nichts als pure, unverstellte Verblüffung.

»Das ist unsere Bedingung«, stellte Rebecca fest.

Minuten später war es Amadeo noch immer nicht gelungen, sich mit Rebeccas Vorhaben anzufreunden. Was seinen Widerspruch schließlich zum Verstummen gebracht hatte, war der schiere Mangel einer Alternative. Wenn sich das verzweifelt gesuchte Heilmittel tatsächlich irgendwo im Norden Afghanistans befand, würden sie gezwungen sein, mit den Leuten zusammenzuarbeiten, die dort im Augenblick die einzige wirkliche Ordnungsmacht darstellten: Alyssas Brötchengeber, die von den Deutschen angeführte ISAF-Verwaltung.

Und schließlich und endlich, was hatte er sich vorgestellt? Die ganze Welt konnte er schlecht mit seinem Fiat abklappern, um das Mittelchen zu verteilen. Doch er hatte eher an die großen internationalen Hilfsorganisationen gedacht: Helmbrecht hatte Kontakte zur UNESCO, und... Amadeo schüttelte den Kopf. Beim internationalen Einsatz in Afghanistan war mit Sicherheit einiges danebengegangen, doch natürlich gab es keinen Zweifel, dass dieser Einsatz gut gemeint war, dass anständige Menschen und anständige Ziele im Hintergrund standen. Wenn das Mittel erst einmal gefunden war, würden sie die Regierungen der westlichen Welt brauchen, um es rund um den Globus an den Mann, die Frau, das Kind zu bringen.

Und er spürte, dass Rebecca gut aufgehoben war an Alyssas Seite, ganz gleich, was genau damals in Südamerika passiert war. Es ließ sich nicht leugnen, dass ihr Geheimdienstpräparat tatsächlich zu Wunderdingen in der Lage war. Seit einer Viertelstunde war kein Nieser mehr zu hören.

Widerstrebend nickte er, mit finsterer Miene. Es konnte nicht schaden, wenn jemand diesen Leuten auf die Finger sah, während Amadeo selbst weiter den verschlüsselten Texten der Gelehrten folgte. Gedanklich hatte er bereits eine Mail an den Professor formuliert mit der Bitte, den Kontakt zu einem Händel-Experten herzustellen. Die Lage des babylonischen Verstecks würde deutlicher werden, je weiter er auf der Reise in die Vergangenheit vorankam. Die beiden Frauen würden seine Angaben dann vor Ort überprüfen – wenn Alyssa nicht ohnehin noch sehr viel mehr wusste als sie zugab.

Skeptisch betrachtete er die blonde Frau, bei der nicht allein die Pistole waffenscheinpflichtig war, sondern die gesamte Erscheinung, angefangen mit den Lackhandschuhen bis zum Schlitz im Abendkleid, der knapp unterhalb vom Schlüpfergummi endete. Wenn er sie jetzt so von oben bis unten ansah – die Schwestern hatten dann doch eine gewaltige Ähnlichkeit. Es war derselbe schlanke und geschmeidige, in Wahrheit aber bis in den kleinen Finger durchtrainierte Körper. Derselbe Blick, bei dem einem einfach heiß und kalt werden konnte, wenn man nur …

In genau diesem Moment stellte er fest, dass die Blicke *beider* Frauen gerade sehr aufmerksam auf ihm ruhten.

»Jaaaaaaa …« Er hüstelte. »Also der Text. Wo waren wir stehengeblieben?« Rasch zog er die Partitur zu sich heran, beugte das Gesicht aufmerksam über die Zeilen. »Ah, hier haben wir es.… *carved in the shoulders of the mount / estranged, never to be found.* – Und dann …«

Amadeo erbleichte.

»*And lo!*«, flüsterte er. »*Behold that stony arc / that leadeth t'ward an ancient dark.*«

Uralte Dunkelheit.

Ein unerträgliches Kribbeln überfiel ihn. Sein Traum! Der zweite Traum, der erst wenige Stunden zurücklag! Er hatte eine große, gewölbte Halle durchschritten, in der die Hand Gottes unleserliche Zeichen an die Wand geschrieben hatte – und zu seinen Füßen war eine Finsternis erwacht, flüsternd und schillernd.

Und nun das: *Schaut her auf jenen Bogen aus Stein,/der einer uralten Finsternis entgegenführt.*

»Das muss ein Zufall sein.« Er erkannte seine Stimme selbst nicht wieder. Paranoia, mehr nicht. Uralte Finsternis – na und? Die Babylonier hatten ihr Geheimnis verborgen, und wo sonst sollte man etwas mehrere Jahrtausende lang verbergen als an einem dunklen Ort unter der Erde? In einer Höhle vielleicht oder in einem gemauerten Keller, den man durch einen steinernen Torbogen betrat.

Alyssa musterte ihn aus zusammengekniffenen Lidern. Nein, dachte er entschlossen. Von seinen Träumen würde sie nichts erfahren. Wer die Träume eines Menschen kannte, gewann Macht über ihn. Die Mythologie der Altvorderen war voll mit solchen Geschichten, und um nichts in der Welt würde er sich Rebeccas finster-blondiertem Zwilling ausliefern.

»Bögen aus Stein gibt es bis zum Abwinken in der Gegend«, sagte Alyssa.

»Balkh, einer der Vororte von Masar, ist ein wichtiger Wallfahrtsort mit der Moschee, in der Ali beigesetzt wurde, der Schwiegersohn des Propheten Mohammed.«

»Der ist noch an ein paar anderen Orten beigesetzt«, murmelte Amadeo. »Seltsamerweise gelten sie alle als echt. Angeblich sucht er sie reihum auf.«

Alyssa winkte ab. »Die Ruinen, die für uns in Frage kommen, sind noch wesentlich älter, und das Gelände ist voll davon. Wenn wir einen Bogen aus Stein suchen, haben wir freie Auswahl.«

»Nur dass uns die nichts hilft«, sagte Amadeo. »Im Gegenteil. Irgendein Steinbogen ist auch nicht eindeutiger als irgendwelche Berge im Osten.«

»Und auf Verdacht losbuddeln ist auch nicht«, murmelte Rebecca. »Wenn der Ali da liegt.«

Amadeo nickte finster. »Nähere Angaben macht der Text nicht. Was danach noch kommt… *Thou shalleth keep this stuff disguised/until the things to come arrive.* Der Anführer der Babylonier weist seine Gefolgsleute an, das Heilmittel zu verbergen – für die Zeiten, die da kommen mögen.« Er sah die beiden Frauen an. »Für uns also, auch wenn weder Händel noch Goethe noch Einsteins das klar war. Für uns ist es die einzige Chance.«

Tag vier

Rom, Aeroporto Practica di Mare

Wind kam vom Meer, rau und unfreundlich, riss an Amadeos Haaren, seiner Jacke, deren Stoff zu dünn war für diese Witterung, doch der Restaurator rührte sich nicht. Amadeo fühlte sich zurückversetzt an den Morgen zwei Tage zuvor am Ufer des Petzinsees, nur dass die Luft nach Salz schmeckte auf dem Militärflugplatz vor den Toren Roms, einen Steinwurf von der Küste entfernt, vermischt mit einer Ahnung des Kerosins der startenden Maschinen.

Unverwandt sah Amadeo dem Militärflieger nach, der sich in grob östlicher Richtung entfernte. Ein Truppentransport nach Afghanistan – und Rebecca und Alyssa waren an Bord. Und Fabio Niccolosi. Zwei Frauen allein, hatte Alyssa betont, hätten wenig Chancen, ernst genommen zu werden bei der einheimischen Bevölkerung, und Fabio … Amadeo war gezwungen gewesen, sein Urteil zu revidieren: Ein Mann, der sich freiwillig zu einer Frau in den Flieger setzte, die ihn ein paar Stunden zuvor mit Chloroform betäubt hatte, konnte kein *ausschließliches* Opfer der Hormone sein. Es musste etwas anderes sein, und es war nicht zu erklären. Amadeo glaubte es auch auf Alyssas Gesicht gesehen zu haben, und vielleicht *war* es gar nicht zu erklären.

War denn Liebe überhaupt jemals zu erklären?

»Rebecca«, flüsterte er.

Ein paar Wochen, hatte Alyssa gesagt, länger hielten die

Nieren die Behandlung mit dem experimentellen Geheimpräparat nicht durch, doch an diesem Morgen war ihm Rebecca vollkommen gesund vorgekommen, als sie sich bereit machte, die Gangway hinaufzuklettern. Ihre grünen Augen hatten gefunkelt wie geheimnisvolle, unergründliche Wasserflächen, und erst ganz zum Schluss, als Amadeos und ihre Hände sich voneinander gelöst hatten, hatte der Restaurator geglaubt, dort noch etwas anderes zu erkennen.

Salziges Wasser. Salziges Wasser, das auch auf seinem Gesicht brannte, herangepeitscht vom Wind, vom Meer.

Amadeo sah der Maschine nach, bis sie über den grauen Ausläufern der Abruzzen zu einem winzigen Punkt geworden und schließlich vollständig verschwunden war.

Ein blechernes Geräusch.

Vai pensiero sull'ali dorate … Flieg, Gedanke, getragen von Sehnsucht. Der Chor der Gefangenen aus Nabucco – gesteuert von einem geheimnisvollen Timing.

»Ja?« Amadeo hatte sein neues Handy schon am Ohr – Rebeccas Überraschung zum Abschied, woher auch immer sie das Gerät so schnell organisiert hatte. »Rebecca?«, fragte er, presste die Handfläche gegen die andere Ohrmuschel. Hundert Meter entfernt rollte mit unterdrücktem Grollen eine neue Transallmaschine in Startposition.

»Zuhören!«, schnarrte es aus dem *telefonino*.

»Professor!« Unvermittelt spürte Amadeo eine unerklärliche Erleichterung – dabei hatte er gestern Abend erst mit Helmbrecht gesprochen und ihn auf den neuesten Stand gebracht, nachdem er ihm die entscheidenden Seiten aus Händels Büchlein eingescannt und als E-Mail-Anhang zugeschickt hatte.

»Wenig Zeit«, kam es aus dem Handy. Amadeo hatte Mühe, die abgehackten Worte zu verstehen. Mit raschen Schritten entfernte er sich an den Rand des Rollfelds. »Möbius nicht da heute«, schnarrte und knisterte es. »Krank vielleicht. Wenig Zeit. Muss was erledigen.«

»*Dio mio*, Professor«, flüsterte Amadeo. »Erledigen? Sie müssen auf der Stelle …« Seine Erleichterung war verschwunden, so schnell sie gekommen war.

»Zuhören!«, knurrte der alte Mann. »Wollten Experten! Habe … guten … guten Mann.«

»Sie haben jemanden? Einen Händel-Fachmann?«

»*Zuhören!* Adresse!«

»Ich habe nichts zum …«, murmelte Amadeo, doch er wagte es nicht, den Professor noch einmal zu unterbrechen. Er musste sich einprägen, was Helmbrecht ihm sagte, stockend, wort- und silbenweise. Eine Adresse in London.

»Studio!«, versetzte der alte Mann abschließend. »Machen … Aufnahmen. Weiß schon Bescheid. Spricht deutsch … nicht wie Sie und ich, aber spricht.«

Amadeo konnte nur hoffen, dass sich die letzte Angabe nicht auf Helmbrechts aktuelle Artikulationsfähigkeit bezog. Wer zu diesem Zeitpunkt den Nerv für irgendwelche Orchesteraufnahmen hatte, musste der Musik jedenfalls mit Leib und Seele verfallen sein.

»Und was machen Sie jetzt?«, fragte er ins Handy. »Sie müssen ins Krank …«

»*Geh nicht in Krankenhaus!* Muss … erledigen! Sie! Anrufen, wenn nächster Code!«

»Sie können doch nicht …«

Ein Knacken in der Leitung. Der Professor hatte das Gespräch beendet.

Mit einem Knurren drückte Amadeo ein paar Tasten, um Helmbrecht zurückzurufen. Er ließ es klingeln, dreimal, viermal …

»*Hinfliegen! Lösen! Anrufen!*«

»Professor!«

Ein langgezogener Piepton: der Anrufbeantworter. Helmbrecht hatte den Rückruf überhaupt nicht angenommen. Doch wenigstens war er noch imstande gewesen, das Gerät neu zu besprechen.

Unterdrückt vor sich hin schimpfend suchte sich Amadeo einen Weg in Richtung Hangar. Genauso gut hätte er aus Leibeskräften gotteslästerliche Flüche ausstoßen können. Gehört hätte ihn sowieso niemand – donnernd und röhrend hob die Transallmaschine ab.

Mit zusammengekniffenen Lidern spähte Amadeo in die dunkle Höhlung der Flugzeughalle. Nicht allein um von Rebecca und ihren Begleitern Abschied zu nehmen, war er hierhergekommen. Ein Blick ins Internet hatte gezeigt, dass die Linienflüge von Fiumicino und Ciampino jetzt fast vollständig eingestellt waren. Unter normalen Umständen wäre seine Reise an dieser Stelle zu Ende gewesen – es sei denn, er hätte sich mit seinem Fiat auf den Weg nach London machen wollen, und das hätte Zeit gekostet und Menschenleben mit jeder verlorenen Minute. Was genau Rebecca unternommen hatte, hatte er nicht mehr mitbekommen. Er wusste lediglich, dass man im hässlichen Wellblechschuppen des Hangars auf ihn warten würde, sobald er sein Ziel kannte.

Nun, jetzt kannte er es. Die Hauptstadt des Vereinigten Königreichs.

Mit dem Handrücken wischte er sich den Regen vom Gesicht. Da wartete tatsächlich jemand im Eingang der Flugzeughalle: eine dunkle Gestalt, eine … Amadeo kniff die Augen zusammen. Es lag nicht allein am Schatten: Die Gestalt war wirklich dunkel, schwarz gekleidet in eine Soutane, die bis auf die Schuhe reichte. Denselben mitternächtlichen Farbton besaßen auch Hals und Gesicht des Mannes, die aus einem schneeweißen Priesterkragen hervorsahen.

»*Commandante!*« Amadeo blieb die Luft weg.

Grinsend bleckte Bruder Duarte die Zähne – ein irgendwie verunsichernder Anblick in seinem dunklen Gesicht und vor dem Hintergrund der stockfinsteren Flugzeughalle.

»*Dottore* Fanelli, wie schön, dass wir uns einmal wiedersehen!«, begrüßte ihn Rebeccas … Was auch immer der Mann sein mag, dachte Amadeo, rechte Hand des Papstes und Rebellenführer in Südamerika. »Wobei ich mich unter anderen Umständen noch mehr gefreut hätte«, ergänzte der Mann in der Soutane.

Mechanisch ergriff der Restaurator seine ausgestreckte Hand – und zuckte unwillkürlich zusammen. Diese Pranke konnte noch ganz andere Dinge austeilen als Brot und Wein.

»Was tun Sie hier?«, fragte er verwirrt.

Den Blick, den Duarte ihm zuwarf, musste er mit Rebecca – und Alyssa – trainiert haben. Und wer weiß: Schließlich kannte der *commandante* beide Schwestern. Auch Alyssa. *Jemand, der diejenigen im Stich gelassen hat, die sich auf sie verlassen haben. Und die deswegen gestorben sind.* Ob diese Leute unter Duartes Kommando gestanden hatten?

Der *commandante* stützte sich gegen die Metallwand. Nein, er stützte sich nicht. Seine Hand schien etwas zu suchen.

Eine fast unmerkliche Bewegung, und unvermittelt war der Hangar in gleißendes Licht getaucht, eine funktionelle Konstruktion aus Wellblech und Beton von der Größe eines kleinen Fußballfelds, und sie war beinahe leer. Beinahe.

»Wenn ich vorstellen darf?« Duarte machte eine einladende Handbewegung. »Che.«

»*Che?*«

Im ersten Moment war sich Amadeo nicht mal sicher, ob er und Che sich nicht womöglich schon kannten, einander zumindest einmal begegnet waren: hier, in Practica di Mare, anlässlich einer Flugschau mit historischen Maschinen.

Che war ein winziges Propellerflugzeug, bis zum Heck keine zehn Meter lang, mochte von Flügelspitze zu Flügelspitze aber etwas mehr messen. Der Flieger war liebevoll in Tarnfarben lackiert, und dort, wo sich auf dem Heckruder normalerweise die Insignien der Fluglinie befunden hätten, prangte das Porträt des Mannes, dem er vermutlich seinen Namen verdankte: Ernesto »*Che*« Guevara, der legendäre lateinamerikanische Guerillaführer.

»Was – *ist* – das?«, hauchte Amadeo.

»Ein Flugzeug?«, schlug Duarte vor. »Eine ME 108 B *Taifun*, genauer gesagt. Gut, die korrekte Bezeichnung müsste eigentlich BF 108 lauten, BF für die Bayerischen Flugzeugwerke, weil Messerschmitt damals, 1934 …«

»Sie wollen, dass ich in diesen fliegenden Sarg steige?« Amadeo wich einen Schritt zurück.

»Wenn *Sie* Ihre Reise fortsetzen wollen. Wo soll es denn hingehen?«

Bösartig glitzerte das Neonlicht auf der Kabinenverglasung des Aeroplans aus der Vorkriegszeit.

»Jedenfalls nicht da rein«, flüsterte der Restaurator.

Amadeo hielt die Lider fest aufeinandergepresst. Doch das half nichts. Die Vibrationen, die das unebene Pflaster der Landebahn in seine Wirbelsäule sandte, machten ihm mehr als bewusst, wo er sich befand – und in wenigen Sekunden befinden würde: in der Luft, in einem Kasten aus Alublechen, die zu einem Zeitpunkt zusammengeschweißt worden waren, als keines von Amadeos Elternteilen auch nur in Planung gewesen war.

»Sie werden schon sehen«, bemerkte Duarte hörbar gut gelaunt. »In ein paar Minuten werden Sie den Flug genießen. Schon die Aussicht ist unschlagbar, wenn man in einem Kabinentiefdecker unterwegs ist.«

Genießen? Amadeo kämpfte mit der Übelkeit – noch stand es unentschieden, aber bestimmt nicht mehr lange. Genießen? Zumindest würde er nicht allzu lange leiden, weil er in kürzester Zeit ganz einfach ohnmächtig werden würde, sobald das Ausbleiben der Vibrationen ihm anzeigte, dass sie den Kontakt zum Erdboden verloren hatten.

Die Vibrationen blieben aus.

»Wussten Sie, dass noch 1971 eine Taifun den Deutschlandrundflug gewonnen hat?«, fragte Duarte. »Der älteste und zugleich der schnellste Flieger im Wettbewerb.«

»Interessant.« Amadeo war sich nicht sicher, ob seine Zähne selbsttätig klapperten oder ob das Gerüttel eine Folge des Luftwiderstands war, der ihnen entgegenschlug.

»Übernehmen Sie mal die Kurbel«, wies ihn der Mann in der Soutane an.

»Kurbel?« Amadeo riss die Augen auf.

Duarte nickte in eine Ecke des Cockpits, das auch zu einem Unterseebot hätte gehören können. »Für das Fahrgestell«, murmelte er. »Ich muss den Propeller justieren und kann nicht gleichzeitig …«

Amadeo kurbelte um sein Leben.

»Einige spätere Bautypen hatten eine automatische Argus-Verstellschraube«, erklärte der *commandante,* während er selbst mit sämtlichen Händen und Füßen unterschiedliche Kontrollen bediente. »Eine wesentliche Erleichterung beim Alleinflug.«

»Sie fliegen aber nicht allein!«, fauchte Amadeo. »Und *ich* möchte lebendig ankommen. Warum haben wir nicht wenigstens eine Maschine genommen, die nicht nur aus reiner Gefälligkeit in einem Stück bleibt?«

»Weil Che und ich uns schon ein halbes Leben kennen.«

Der dunkelhäutige Mann nahm ihm die Kurbel aus der Hand und drehte sie mit geübten Bewegungen weiter, bis sie auf Widerstand stieß. »Die Hälfte meines Lebens zumindest – bei ihm natürlich viel weniger im Verhältnis. Außerdem kann diese Maschine fast überall landen. Sie hätten das sehen sollen beim Einsatz in Südamerika.«

Amadeo wollte sich nicht einmal vorstellen, in diesem fliegenden Wrack auch noch unter Feuer zu geraten. »Und warum fliegen ausgerechnet Sie?«, fragte er. »Müssten Sie nicht bei Seiner Heiligkeit ... Ich meine, gerade jetzt?«

Duartes Miene wurde ernst. »*Sua Santita* bittet mich, Ihnen seine Grüße auszurichten. Seine guten Wünsche begleiten uns, und seine Gebete.«

Amadeo verkniff sich die Bemerkung, dass sie die auch gebrauchen konnten.

Und irgendwo spürte er beinahe so etwas wie Erleichterung, ja, Dankbarkeit. Er vertraute Duarte, und Rebecca wusste das. Deshalb hatte sie den dunkelhäutigen Mann verständigt, und das war richtig gewesen.

Schon jetzt wussten zu viele Leute vom Geheimnis der babylonischen Überlieferungen: Alyssa hatte ihnen zwar versichert, dass in ihrer Behörde nur einige wenige Menschen eingeweiht waren, doch da war noch immer Verholen. Amadeo vermied es, sich automatisch über die Schulter umzusehen. Fest hielt er die Augen auf die mechanischen Anzeigen des Cockpits gerichtet.

»Nach London also«, sagte Duarte. Er sprach eben laut genug, dass Amadeo ihn verstehen konnte. Das war allerdings schon ziemlich laut beim Motorengeräusch der Messerschmitt. »Und Ihr Professor ist sich sicher, dass dieser Experte uns helfen kann?«

»Deshalb wird er ihn ausgewählt haben«, murmelte Amadeo und sah, wie Duarte nickte.

»Jemand, den man kennt?«, erkundigte sich der Kirchenmann.

»Den man …« Amadeo stutzte. »Helmbrecht hat mir den Namen gar nicht gesagt.« Das kam ihm eben erst zu Bewusstsein: Er hatte lediglich die Adresse des Studios vor den Toren Londons. »Aber der Mann muss eine echte Koryphäe sein«, sagte er nachdenklich. »Barockmusik ist eine Wissenschaft für sich. Da kommt man als Laie gar nicht mit. Und Händel galt als der Größte der Großen damals.«

»Ich bevorzuge Bach.«

»Das tun heute viele Leute«, murmelte Amadeo. »Aber der konnte es im Bekanntheitsgrad zu seinen Lebzeiten nicht mit Händel aufnehmen. Dass gerade der als größter Geist seiner Epoche ausgewählt wurde, ist nachvollziehbar. Wer auch immer es war, der diese Wahl getroffen hat.«

»Haben Sie keine Vermutung?«

Amadeo hob die Schultern. »Im Grunde ist es dasselbe wie bei Einstein und Goethe: Wir wissen auch bei Händel nicht, ob ihn der Code seines Vorgängers direkt erreicht hat oder ob er durch ein halbes Dutzend Hände ging. Galilei war lange tot, Kepler sowieso. Monteverdi, Rembrandt, Leibniz … wir wissen es nicht. Es kann jemand sein, den wir nicht mal kennen.«

»Aber Sie sind sich sicher, dass es einen Vorläufer gab?« Duarte korrigierte den Kurs.

Amadeo spürte, wie der Flieger eine leichte Kurve beschrieb. Gegen seinen Willen hatte sein Blick sich nun doch von den Instrumenten gelöst. Die dunklen Wälder Umbriens glitten unter ihnen dahin, die dünn besiedelte Landschaft nördlich von Rom. In der dunstigen Ferne links von ihnen dehnte sich die glitzernde Fläche des Meeres. Ein eindrucksvoller Anblick, wild und schön auf seine Weise, noch kaum berührt von der Hand des Menschen. Älter als die Menschheit, dachte Amadeo. Das alles war schon hier gewesen, lange bevor die Menschheit auf den Plan getreten war, und es würde noch hier sein, wenn sie kaum noch eine Erinnerung war.

Und das konnte sehr, sehr schnell gehen, wenn Amadeo Fanelli versagte.

»Es muss einen Vorläufer geben«, sagte er. »Es sei denn, wir jagen einem Phantom nach, und dann ist sowieso alles gleichgültig. Außerdem ist da Händels Anschreiben. Er hält es für ein Spiel, wie Goethe, wie Einstein. Wir sollten doch unbedingt mitmachen bei dem *kurtzweyligen Späßken.*«

»Er schreibt auf Deutsch?«

»Im Anschreiben, ja«, murmelte Amadeo. »Er war Deutscher von Geburt, wenn er den größten Teil seines Erwachsenenlebens auch rund um London verbracht hat. Wahrscheinlich müssten wir sowieso nach England auf der Suche nach seinem Versteck.«

Docklands, London, England

Skeptisch betrachtete Amadeo das Gebäude, das sich hinter Helmbrechts Adresse verbarg. Der Adresse jedenfalls, die er aus dem Genuschel des Professors erlauscht zu haben glaubte. Unübersehbar handelte es sich um eine ehemalige Lagerhalle, und sie befand sich am Rande der Londoner Docklands – allerdings nicht in jenem Teil des ehemaligen Hafenviertels, der immer mal wieder als besonders *»in«* galt. Es sah zwar nicht eigentlich schmuddelig aus hier draußen, nur eben einfach …

»Sieht ziemlich tot aus hier«, brummte Duarte. »Sie sind sicher, dass wir richtig sind?«

Der dunkelhäutige Mann nickte über die Schulter auf die

verlassenen Kaianlagen. Es ging auf Mittag zu; ein kalter, aber sonniger Tag, wie er nicht untypischer hätte sein können für London im November. Amadeo wäre nicht überrascht gewesen, wenn der Wind einen dieser trockenen Büsche vorbeigetrieben hätte, die man manchmal in Wildwestfilmen zu sehen bekam – doch dazu fehlte der Wind.

Er schaute auf seine Notizen. »Ich bin mir sicher, dass das stimmt«, sagte er leise, musterte eine rostschutzlackierte Metalltür am Ende einer kurzen Holzstiege: der einzige Zugang zu der aus Ziegeln aufgemauerten Halle, zumindest von der Straße aus. Weder war ein Türschild zu sehen noch sonst irgendeine Beschriftung. Nicht einmal eine Klingel gab es.

Zögernd setzte der Restaurator einen Fuß auf die unterste Stufe. Sie trug sein Gewicht. Mit drei Schritten war er an der Tür, gefolgt von Duarte, unter dessen Soutane eine verräterische Ausbuchtung zu erkennen war. Nein, Amadeo hatte nicht ernsthaft angenommen, dass der *commandante* unbewaffnet gewesen wäre. Wenn er auf die Stimme lauschte, die aus seinem Innern sprach – aus seinem grollenden Magen, genauer gesagt –, war er nicht einmal unglücklich darüber.

Er drückte die Klinke nieder. Das Knarren, auf das er sich bereits eingestellt hatte, blieb aus. Die Tür öffnete sich lautlos.

Amadeo blieb die Spucke weg. Hinter der Tür begann eine andere Welt: ein langgezogener Korridor, indirekte Beleuchtung, so clever montiert, dass man auf der Stelle vergaß, dass keine Fenster nach draußen existierten. Zu beiden Seiten zweigten Türen ab, in den Wandzwischenräumen hingen metallisch glitzernde Devotionalien: goldene Schallplatten, Auszeichnungen der phonographischen Industrie. Am entgegengesetzten Ende gab es einen offenen Durchgang, hinter dem undeutlich mehrere Personen zu erkennen waren. Sie beugten sich über eine Art Instrumentenpult, das mindestens dreimal so breit war wie das Cockpit in Duartes Messerschmitt. Und alles war erfüllt vom Klang einer Stimme aus dem Niemandsland zwischen Bass und Bariton, die sich grollend und irgendwie knödelig an den Wänden des langgestreckten Korridors brach:

Oh my Lord. Pause. *Oh my LO-ho-ho-hord.* Pause. Dann wieder von vorn. *Oh my Lord.* Pause. *Oh my LO-ho-ho-hord.* Und noch einmal vom Anfang.

»*Das* ist Händel?« Fragend hob der *commandante* die Augenbrauen.

Stumm schüttelte Amadeo den Kopf. Auf jeden Fall war es Musik, doch sie hatte weder mit Händel zu tun noch überhaupt mit der barocken Art des Musizierens – es sei denn, Professor Helmbrechts Experte war gegenwärtig mit einem neuartigen Barock-Heavy Metal-Crossover befasst.

Mit gemischten Gefühlen folgte Amadeo dem Korridor. Die Gestalten an dem gigantischen Mischpult hatten ihn und seinen Begleiter noch nicht bemerkt. Kaum verwunderlich bei dem Höllenlärm. So klang es tatsächlich, dachte Amadeo: die Schreie einer gepeinigten Seele, die aus dem tiefsten der sieben Höllenkreise emporhallten, den Schöpfer in der Anrufung seines Namens zu verfluchen schienen: Mein Gott, warum hast du mich verlassen? *Oh my LO-ho-ho-hord!*

Rebecca wäre begeistert gewesen, jedenfalls musikalisch.

Oh my Lo…

»*Damn!*« Das war eine andere Stimme. Sie war mindestens genauso laut wie der knödelige Bariton, der mitten im Wort abbrach, wurde aber anders als dieser nicht durch höllenhaft elektronische Halleffekte verstärkt. »God's sake, Dorian! You shall sound like on the brink of despair, not as if you'd got a chainsaw in your ass!«

Eine der Gestalten löste sich vom Mischpult und baute sich vor einer vom Boden bis zur Decke verglasten Trennwand auf. Der Sänger, der sich auf der anderen Seite befinden musste, war außerhalb von Amadeos Blickfeld, und auch den vor sich hin schimpfenden Menschen sah er nur von hinten: eine Art Rumpelstilzchen in ausgeblichener Rockerkluft und mit strähniger schwarzer Mähne.

»Wahrscheinlich sind hier mehrere Studios untergebracht«, wandte Amadeo sich mit gedämpfter Stimme an Duarte. »Irgendwo muss es eine Treppe geben. Lassen Sie uns verschwinden, bevor wir jemanden …«

»God's sake! Emotion! Real emotion! Try to sound *black* – like soul, like gospel, like …«

Rumpelstilzchen fuhr herum – und erstarrte. »God's sake!«, flüsterte der Mann noch einmal. Seine Augen hefteten sich auf Amadeos dunkelhäutigen Begleiter. »That's what I call a twist of fate.«

»Bitte, Sie müssen mich Stevie rufen. Und wir müssen deutsch sprechen! Ich begrüße jede Gelegenheit, mich in Ihrer Sprache zu drillen!«

»Ich bin kein …«, versuchte Amadeo es zum dritten oder vierten Mal, doch Helmbrechts Experte hatte sich bereits abgewandt und ein Mikrofon zu sich herangezogen.

»Together! Both of you! – *Oh my Lord!*«

Die beiden Männer hinter der Glasscheibe nickten: Amadeos dunkelhäutiger Begleiter, dem der Restaurator gerade nicht in die Augen sehen mochte – und Dorian Grave, Sänger der Gothic-Rockband *Dead Art*, der mit einem Netz von Narben im leichenblass geschminkten Gesicht noch eine Spur unheimlicher aussah als Amadeos Gegenüber. Sein Gegenüber, das dem Restaurator helfen sollte, das Geheimnis einer an die dreihundert Jahre alten Barockkomposition zu lüften: Steven Barnaby Styx, Songschreiber, Bassist und Produzent der schwarzberockten Combo. Produzent erst neuerdings, wie der hyperaktiv wirkende Musiker ihm zwischen Tür und Angel anvertraut hatte.

Oh my Lord!, hallte es nun zweistimmig aus mannshohen Boxen. *Oh my LO-ho-ho-hord!*

»Great!«, sprach Styx in sein Mikrofon. »Now you must practice.« Er drückte einen Knopf auf seinem Mischpult, wandte sich zu Amadeo um. »Ich lasse sie drillen für eine Weile, denke ich«, murmelte er. »Es klingt verzweifelter, wenn sie sind heiser für den Beginn.«

Der Restaurator nickte. Zumindest brachte der Mann einen Sinn für unkonventionelle Methoden mit. Das war aber auch schon alles. Amadeo hatte Zeit gehabt während der vergangenen zehn Minuten, in denen Styx den *commandante* in den Aufnahmeraum genötigt und die übrigen Anwesenden – Sessionmusiker offenbar – rausgescheucht hatte. Er hatte Zeit gehabt, sich einen jener Monologe zurechtzulegen, die er seinem verehrten Mentor letztendlich doch niemals halten würde: effektvolle Worte darüber, was einen Experten eigentlich ausmachte, und über die nicht unerheblichen Feinheiten, die einen akademisch gebildeten Musikwissenschaftler von einem Rockkrachi unterschieden.

Oh my Lord! Oh my LO-ho-ho… Styx zog einen rot markierten Kontrollregler ganz nach unten, und der Gesang aus den Boxen verstummte. Amadeo beobachtete, wie die Lippen der beiden Männer im Aufnahmeraum sich weiterhin bewegten, scheinbar stumm.

»Ich bin erfreut, dass Professor Helmbrecht sich meiner entsonnen hat«, sagte Styx. »Ich hätte nicht erwartet, dass ich noch einmal etwas von ihm zu hören kriegen würde.«

Amadeo nickte, um einen möglichst neutralen Gesichtsausdruck bemüht. Das hätte er an Stelle des Bassisten auch nicht getan, aber wie die Dinge lagen, war der Kerl nun mal der einzige Musiker, der im Augenblick greifbar war, und die Zeit lief ab.

Amadeo griff nach seiner Aktentasche, zog Händels Brevier hervor und reichte es dem Bassisten. Styx hob überrascht die Augenbrauen, betrachtete das Büchlein aufmerksam von allen Seiten.

Dann schlug er es auf.

»Good god!« Der Musiker wurde blass. »Das ist ein Opus von Händel! Woher haben Sie das gezogen?«

Aus meiner Aktentasche, dachte Amadeo. Direkt vor Ihren Augen. Er wagte sich nicht auszumalen, wo Styx seine Kenntnisse der deutschen Sprache erworben haben mochte. Wohl kaum in einem regulären Sprachkurs wie der Restaurator selbst. Und dass der Musiker wenig Gelegenheit hatte, sich in der Sprache zu drillen, glaubte er ihm aufs Wort. Nicht, dass er im eigentlichen Sinne *falsch* sprach, nur eben wunderlich. Altertümlich. Wie aus dem neunzehnten Jahrhundert …

»Frappant«, murmelte Styx.

Oder aus dem achtzehnten.

»Wo haben Sie das her?«

Ehrfürchtig, beinahe erschrocken lag der Blick des Bassisten auf dem Brevier. Zumindest konnte dieser Styx ermessen, was er da in der Hand hielt. Oder nein, korrigierte Amadeo sich in Gedanken: Was diese Entdeckung für die Musikwelt bedeutete, konnte er vielleicht erahnen, aber das, worauf es in Wirklichkeit ankam, die Bedeutung für die Menschheit …

»Darüber darf ich nicht sprechen«, sagte Amadeo wahrheitsgemäß. »Wir vermuten, dass diese Komposition …« Er zögerte. »Dass jemandem, der sich eingehend mit Händel beschäftigt hat, möglicherweise etwas auffallen wird, wenn er sich mit dieser Partitur auseinandersetzt.«

Styx nickte. Seine Augen hatte er schon wieder in dem Büchlein versenkt, blätterte vor, schlug es dann plötzlich zu. »Befremdlich«, murmelte er, wandte sich ruckartig zum Mikrofon um, drückte einen seiner Knöpfe. »Really, really great. Carry on! Even more emphasis! – We'll be right back.«

Rebeccas *commandante* schien unmittelbar vor einem herzhaften Biss ins Aufnahmemikrofon zu stehen. Dorian Grave dagegen nickte konzentriert, und für einen Moment glaubte Amadeo ein merkwürdiges Glitzern in den Augen des totenblass geschminkten Sängers wahrzunehmen: einen winzigen Seitenblick auf die rot markierten Regler, die der Bassist auf Null gezogen hatte.

Styx war schon aufgestanden, winkte den Restaurator in den Flur.

Amadeo warf einen letzten Blick durch die Glasscheibe, froh, dass er hier rauskam. Styx war schon absonderlich genug – aber dieser Grave sah aus wie ein lebender Leichnam.

»Die Partitur ist rudimentär lediglich«, murmelte der Bassist. Er hatte eine der Türen geöffnet, die von dem langgestreckten Korridor abgingen, und Amadeo bedeutet, ihm zu folgen. Über eine gewundene Metallkonstruktion – eher eine Feuerleiter als eine echte Treppe – hatten sie die obere Etage der Lagerhalle erreicht. Zu Amadeos Verblüffung bestand sie aus einem einzigen, hellen Raum, dessen deckenhohe Fensterfront auf die Docks hinausging, den Flusslauf der träge dahinströmenden Themse und ein Meer von Häusern am jenseitigen Ufer, das bereits zu Greenwich gehören musste.

Vor den Fenstern aber stand ein Konzertflügel, ein wunderschönes Stück aus dunkel lackiertem Holz, an dem Styx sich niederließ.

»Sie sind gezwungen zu improvisieren, wenn Sie dies spielen wollen«, sagte er leise, stellte Händels Brevier vor sich hin und ließ in einer etwas dramatischen Geste seine Fingerknöchel knacken.

Ohne zu zögern, griff er in die Tasten. Amadeo war baff. Virtuos klang das nicht, doch er war sich nicht einmal sicher, ob Styx darauf überhaupt Wert legte. Nach einer barocken Komposition hörte es sich auf jeden Fall an, schwierig zu spielen, filigran in den musikalischen Wendungen. Die Stirn des Musikers legte sich in Falten. »Würden Sie die Seiten umwenden, wenn ich nicke? – Jetzt!«

Amadeo war eben schnell genug. Styx spielte weiter ohne abzusetzen. Er musste geahnt haben, wie die Melodie sich fortsetzte, und auch Amadeo selbst erkannte jetzt, dass es sich um Variationen ein und desselben Themas handelte. Ein Thema, das in einer Geschwindigkeit gespielt wurde, dass ihm schon vom Zuschauen die Luft wegblieb.

»Damn!«, brach Styx endlich ab. »Haben Sie das gehört? Er hat hineingegeben *demi-semiquavers* am Ende. Die Hälfte einer Sechzehntelnote ... wie sagen Sie in Ihrer Sprache?«

»Zweiunddreißigstel«, murmelte Amadeo. Automatisch übersetzte er ins Deutsche anstatt in seine eigentliche Muttersprache. Sollte der Musiker ihn weiter für einen Deutschen halten, das machte jetzt auch keinen Unterschied mehr. »Wissen Sie, ob Händel oft mit Zweiunddreißigsteln gearbeitet hat?«, fragte er.

»Surely.« Nachdenklich betrachtete der Bassist die Partitur, blätterte auf die erste Seite zurück. »Sie waren sehr neckisch im Barock und haben noch kürzere Noten genutzt teilweise. Oftmals können Sie diese Raffinesse gar nicht erfassen, wenn Sie lauschen.«

Der Restaurator nickte verstehend. Eindeutig: Helmbrecht hatte den richtigen Riecher gehabt, während Amadeo den Bassisten unterschätzt hatte. Selbst wenn Styx nach den Zweiunddreißigsteln der Schweiß auf der Stirn stand, war doch unübersehbar, dass sein musikalisches Wissen weit über die Beatles und die Stones zurückreichte.

Doch im Moment machte der Bassist keine Anstalten, weiterzuspielen. Mit grüblerischer Miene betrachtete er die Partitur, blätterte zwischen den ersten beiden Seiten vor und zurück. »Sie hatten gefragt, ob mir etwas ausfällt möglicherweise?«

Amadeo nickte. Styx sah nicht von den Noten auf. »Möglicherweise«, wiederholte er leise.

»Und was ist es?«, fragte Amadeo angespannt.

»Ich kann noch nicht den Finger darauf setzen«, murmelte Styx und schlug die folgenden Seiten um, wobei er ab und zu innehielt und kurze Passagen auf seiner Klaviatur griff. »Ich könnte im Irrtum sein.«

Schließlich war der Bassist auf den letzten Seiten angekommen. Amadeo trat hinter ihn, versuchte sich die Unruhe nicht anmerken zu lassen.

Zögerlich legte der Musiker die Finger auf die Tasten und begann zu spielen, eine längere Melodiefolge diesmal, die sich kompliziert anhörte, voller Wendungen und Spielereien, wie die Barockmusik sie liebte. Nach einigen Takten fing der Bassist leise an zu singen:

From Bukhara to Samarkand
To where a valley doeth extend
carved in the shoulders of the mount
estranged, never to be found.
And lo! Behold that stony arc
that leadeth t'ward an ancient dark.
Thou shalleth keep this stuff disguised
until the things to come arrive.

»Spukig.« Styx brach ab, betrachtete unverwandt den Text.

»Schon wieder Zweiunddreißigstel?«, erkundigte sich Amadeo.

Der Musiker schüttelte langsam den Kopf. »Da war nichts, das mir vertraut erschien über die gesamte Länge des Opus. Und nun ist es wieder da.«

»Dasselbe wie am Anfang? Ein Motiv, das sich wiederholt?«

Styx schien ihn nicht zu hören. Unsicher streckte er die rechte Hand nach den Tasten aus, griff eine Folge von vier, fünf Tönen, machte eine kurze Pause, dann noch einmal dieselben Töne. »Kennen Sie das? – *Bah... bah... Bah-ba-bah?*«

Amadeo runzelte die Stirn. Ob er das kannte? Er... Mit einem Mal war es da. »Händels Messias!«, flüsterte er. »Sein berühmtestes Oratorium! Die Tenorarie aus dem ersten Teil! *Ev'ry valley shall be exalted!*«

»Nur der Beginn«, murmelte Styx. »Nur die ersten fünf Töne. Sie können es kaum erlauschen, weil er einen anderen Akzent setzt mit dem *basso continuo*, aber diese fünf Töne sind identisch in beiden Kompositionen: *Ev'ry va-hal-ley* in seinem Messias und diese Stelle hier: *where a va-hal-ley*. Nicht allein der Text ist verwandt. Die Melodie ist es auch.«

»Könnte das ein Zufall sein?«

Der Bassist nickte. »Es könnte, doch ich kann daran nicht glauben.« Er starrte auf die Partitur. »Weil da ist der Beginn, die Ouvertüre...«

»Mit den Zweiunddreißigsteln?«

»Mit den Zweiunddreißigsteln«, bestätigte Styx. »Doch die Zweiunddreißigstel spielen keine Rolle hier.« Er blätterte zurück an den Anfang, holte Luft und begann das Stück noch einmal zu spielen. Amadeo lauschte, hatte den Eindruck, dass der Bassist die Partitur diesmal um eine Winzigkeit anders interpretierte, bestimmte Noten deutlicher betonte. Die Adern auf Styx' Handrücken traten hervor, wenn er einzelne Tasten kräftiger anschlug, gleichzeitig die Pedale ins Spiel brachte. Fast als wollte er der Komposition einen seltsam stampfenden Rhythmus aufdrücken, der nicht recht in die Barockzeit passen wollte: zu *natürlich*, um den verfeinerten Geschmack der Epoche zu treffen.

»Es klingt irgendwie seltsam«, sagte Amadeo leise, als der Bassist mit verkniffener Miene seine Hände ausschüttelte und mit dem Daumen die Handflächen knetete. »Wie ein Stakkato«, überlegte Amadeo. »Oder, nein, nicht ganz...«

Styx seufzte. Die dunkle Mähne klebte ihm feucht an der Stirn, doch noch einmal griff er in die Tasten, diesmal ohne auf die Partitur zu blicken. »Sie kennen dieses hier?«

Seine Finger huschten über die Klaviatur, mit der traumwandlerischen Sicherheit, die ein Musiker nur bei einem Stück besitzen konnte, das er viele Male gespielt hatte. Bei Amadeo war das nicht der Fall, und er bezweifelte auch, dass es überhaupt eine Bearbeitung für die Mundharmonika gab, doch auch er kannte diese Musik!

»Das Stück ist Ihnen vertraut«, stellte der Bassist fest, als er die Finger von den Tasten löste. »Es wird gerufen *The Harmonious Blacksmith*, wegen der ständigen Wiederholung ein und derselben Note hier an dieser Stelle...« Noch einmal griff er einen kurzen Tastenlauf. »Man könnte glauben, dass es wäre ein Hammer, der niederfährt wieder und wieder mit diesem Ton.«

»In Deutschland spricht man vom harmonischen Hufschmied.« Amadeo versuchte sich zu erinnern, wie viele unterschiedliche Einspielungen des Stückes er besaß. Doch der Zusammenhang zu dem, was Styx vorher gespielt hatte, der Ouvertüre des Babylon-Oratoriums, wollte ihm nicht aufgehen. Er liebte Händels Musik, doch mittlerweile spürte er ein vages Puckern hinter seiner Stirn, ein Klingeln und Pingeln, das eher nach Feueralarm als nach Hufschmied klang, drängend und warnend: *Wir haben keine Zeit mehr.*

»Ihnen wird die Ähnlichkeit nicht ausgefallen sein«, murmelte Styx. »Weil da sind gewaltige Unterschiede in der Melodie, aber es gibt Gemeinsamkeiten zwischen dem Hufschmied und der Ouvertüre von diesem *oratory* auf der anderen Hand. Ähnlichkeiten in der Art, wie er bestimmte Noten in den Vordergrund rückt schematikalisch.«

»Ein Schema«, murmelte Amadeo. »Genau danach suchen wir.« Er konnte nur hoffen, dass Rumpelstilzchen wusste, was es tat. Er selbst musste an dieser Stelle die Waffen strecken.

»Hier am Anfang ist ein solches Schema.« Styx nickte. »Aber es fehlt danach, bis zu der anderen Stelle, wenn es geht von Bukhara nach Samarkand. Dort könnte wieder ein Schema sein möglicherweise. Aber dieses Schema …« Er schüttelte den Kopf. »Dieses Schema ist anders.«

Auf Amadeos Unterarmen hatte sich eine Gänsehaut eingestellt. Sie waren Händel auf der Spur! »Stehen die beiden Systeme irgendwie miteinander in Zusammenhang?«, fragte er. »Bitte, Mr Styx, überlegen Sie genau. Dieser Zusammenhang könnte der Schlüssel sein!«

»Stevie«, korrigierte der Bassist, doch entschieden schüttelte er den Kopf. »Es ist eine andere Variation am Ende. Kurze Stellen lediglich, kurze Phrasen in der Melodie, wenn Sie so wollen, die sind vermischt in der Komposition.«

»Mehrere davon?«

»Ich habe gezählt fünf oder sechs, doch ich bin mir sicher, dass da sind noch mehr davon.«

Amadeo holte Luft. Seit Minuten schon hatte sich eine Idee in seinem Kopf eingenistet. »Könnte es sein, dass das Ganze – alles zusammen … dass man daraus eine bestimmte

Position konstruieren könnte? Die Koordinaten oder die Beschreibung eines bestimmten Ortes? Irgendetwas, wo sich Händel besonders gerne aufgehalten hat vielleicht?«

Schweigend blickte der Bassist auf das aufgeschlagene Brevier. Dachte er nach? Hatte er bereits eine Vermutung? Amadeo wagte nicht, ihn in seiner Konzentration zu stören.

Durch die deckenhohen Glasfenster drangen gedämpfte Hornsignale von Schiffen draußen auf der Themse. Über den klaren Himmel schien sich ein undeutlicher Vorhang gelegt zu haben, ein Dunst, der dichter wurde, wenn Amadeo nach rechts sah, auf die City of London hin.

Ruckartig stand der Bassist von seinem Hocker auf. »Haben Sie ein Fahrzeug? Wir sollten einen Ausflug auf uns nehmen.«

Mile End, London, England

»Good god!« Mit aufgerissenen Augen starrte Styx aus dem Beifahrerfenster. Amadeo konnte kaum auf ihn achten – er hatte mehr als genug damit zu tun, den Leihwagen durch das Chaos zu steuern, das auf Londons Straßen ausgebrochen war.

»Blutige Hölle, was ist hier im Gange?«, flüsterte der Bassist, halb an Duarte gewandt, der mit finsterer Miene auf der Rückbank saß. Doch der *commandante* antwortete nicht. Er hatte kein Wort gesprochen, seitdem sie ihn aus dem Aufnahmeraum befreit hatten.

»Die Grippe«, beantwortete Amadeo die Frage. »Sie sind lange nicht aus Ihrem Studio rausgekommen, nehme ich an?«

»Seit der Mitte vom Oktober. Wir haben genächtigt in der Halle sogar. Wir haben einen Kontrakt zu erfüllen über unseren neuen Album, und es ist nicht möglich, zu arbeiten, wenn die Fans einmal erfahren haben, wo wir produzieren. Wir wagen nicht, die Straße zu betreten. Und nun gewiss nicht, wie es schaut.« Styx zog die Nase kraus. »Ich kann das Feuer erschnuppern.«

Da muss man nicht lange schnuppern, dachte Amadeo. Wie schmutziger Nebel lag ein grauer Schleier in den Straßen, derselbe vermeintliche Dunst, den er durch die Studiofenster gesehen hatte. Doch es war kein Dunst. Der stechende Geruch bewies es, der durch die Lüftung des Fahrzeugs drang, die Gesichter der Menschen, die mit ängstlichen Schritten auf den Gehwegen hin und her liefen wie aufgescheuchte Hühner. Sie pressten sich Tücher oder Kleidungsstücke vor die Gesichter, ob gegen den beißenden Qualm oder aus Furcht vor dem ungreifbaren Atem der Krankheit, die London erfasst hatte. Und über all dem kreischten grelle Sirenen, an- und abschwellend, von überall her, besonders aber aus Richtung City, wohin der Restaurator den Wagen auf Styx' Geheiß steuerte.

Amadeo musste an Weimar denken, an den vollständigen Zusammenbruch der öffentlichen Ordnung, und er mochte sich nicht vorstellen, wie es hier aussehen würde, wenn die Nacht über die Stadt an der Themse hereinbrach. Er warf einen Blick auf die Digitalziffern der im Armaturenbrett eingelassenen Uhr: kurz vor halb drei. Noch zwei, drei Stunden Tageslicht.

Auf einer Konsole knapp unterhalb lag sein neues Handy. An Bord der Messerschmitt hatte ihn Rebeccas erste SMS erreicht. Halb drei. Irgendwann in diesen Minuten musste die Transall die ISAF-Basis erreichen, vielleicht nur wenige Kilometer entfernt von dem Ort, an dem unter Millionen Tonnen von Wüstensand das Geheimnis der Babylonier schlummerte.

»Sie sind tollkühne Männer«, sagte der Bassist nachdenklich. »Wenn Sie in diesen Tagen in die Stadt kommen wegen einer alten Komposition.«

Amadeo sah starr geradeaus. *Tollkühn.* Er hätte ein anderes Adjektiv gewählt. *Verzweifelt* vielleicht.

»Bangen Sie nicht, Sie könnten angesteckt werden?«

»Nein«, brummte der Restaurator wortkarg. Die Nervosität in Styx' Stimme gefiel ihm nicht. Er brauchte den Mann, gerade jetzt, da der Bassist offenbar bereits eine Vermutung hatte, oder zumindest eine Ahnung. Vor ihrem Aufbruch aus dem Studio war Styx noch einmal kurz in einem Nebenraum verschwunden und mit einem Gitarrenkoffer zurückgekehrt. Eine Gitarre, dachte Amadeo. Eine Gitarre war leichter zu transportieren als ein Konzertflügel, doch für einen geübten Musiker sollte sich Händels Komposition damit ebenso detailliert nachvollziehen lassen wie mit Klavier oder Cembalo.

Ein Knall zerriss die Luft. Schüsse. Styx zuckte zusammen. Wie in Weimar, dachte Amadeo grimmig. Sein Blick ging kurz in eine Seitenstraße. Nein, auch die qualmenden Mülltonnen fehlten nicht, und ein paar Schritte entfernt drängte sich der Mob vor den Schaufenstern eines Shops. In der Ferne waren Blaulichter zu sehen, doch es war nur eine Frage der Zeit, bis die Staatsgewalt die Waffen würde strecken müssen.

Im Rückspiegel fanden seine Augen den Blick des *commandante*. Duartes Rechte war in den Falten seiner Soutane verschwunden, und Amadeo wusste, was sie umklammert hielt.

Mit einem Fluch stieg er auf die Bremse. Eine Kreuzung, fünfzig Meter vor ihnen, fünf, sechs Fahrzeuge, die sich ineinander verkeilt hatten. Autotüren flogen auf, Menschen kletterten ins Freie, schwenkten drohend die Fäuste gegeneinander. Auf den Gehsteigen Passanten mit Atemschutzmasken, kopflos in diese, in jene Richtung unterwegs. Die zerlumpte Gestalt eines Menschen mit dunkler Hautfarbe und Rastafrisur, die eine überdimensionale Schrifttafel schwenkte: *Repent! The end is nigh! – Bereuet! Das Ende ist nah!*

»Rechts!«, keuchte Styx. »Drehen Sie rechts und dann immer geradewegs! Wir können links drehen, wenn wir Hampstead Heath umgefahren haben!«

Schimpfend trat Amadeo das Gas durch, scherte quer über die Gegenfahrbahn. Ein Hupkonzert ertönte, doch selbst in der Agonie des Grippeinfernos bewegten sich die Briten noch zurückhaltender als der alltägliche römische Feierabendverkehr.

Zehn Meter bis zur Kreuzung, drei Autolängen, aber jetzt waren sämtliche Spuren dicht. Amadeo riss das Steuer scharf nach rechts – ein Ruck, Passanten, die stolpernd zurückwichen.

»Sie befahren das Trottoir!«, protestierte Styx.

Amadeo achtete nicht auf ihn. Eine Faust drosch gegen die Windschutzscheibe. Für eine halbe Sekunde blickte Amadeo in ein wutverzerrtes Gesicht: der Typ mit der Rastafrisur, der – warum auch immer – versuchte, sich an der Motorhaube festzukrallen. Im nächsten Moment hatte der Leihwagen ihn abgeschüttelt.

Die Kreuzung. Laternenmasten, ein Hydrant, eine Telefonzelle, ein Stück weiter Absperrungen vor einem Straßencafè, doch dazwischen ein Fußgängerüberweg – und eine Lücke im Strom der Fahrzeuge, die sich an der blockierten Kreuzung stauten. Amadeo sah seine Chance. Ohne abzubremsen, schoss er auf die Stichstraße, riss das Steuer noch einmal scharf nach rechts. Das Heck brach aus, dann hatte er den Wagen wieder unter Kontrolle.

Die Fahrbahn vor ihnen war frei – für den Moment noch. Von der Kreuzung kam nichts mehr durch, doch schon schien der Gegenverkehr das bemerkt zu haben, und die ersten Fahrzeuge scherten aus. Die Hand auf der Hupe trat Amadeo das Gas durch. Styx hatte ihnen nicht verraten, wohin der Ausflug gehen sollte, doch wenn es ihnen jetzt nicht gelang, hier wegzukommen, würde es zu spät sein. Ein paar Stunden, vielleicht nur noch Minuten, und hier würde sich gar nichts mehr bewegen.

»Es wird ruhiger werden, wenn wir uns von der City trennen«, flüsterte der Bassist. Es klang wie ein Stoßgebet – und anscheinend wurde es erhört. Nach ein paar Minuten erreichten sie eine Art Verteilerkreisel, an dem ein Polizist mannhafte Versuche unternahm, den Verkehr zu regeln. Sie waren von vornherein zum Scheitern verurteilt.

Styx sagte überhaupt nichts mehr, doch nach und nach wurde die Bebauung lichter. Parkanlagen tauchten auf. Hampstead Heath, dachte Amadeo. Zeit, sich nach links zu wenden.

»Hier noch nicht«, meldete sich der Bassist. Er musste Amadeos Gedanken gelesen haben. »Sie müssen den Barnet Bypass einschlagen in einer Viertelmeile. Die Straße führt uns dann nach Edgware.«

»Raus aus der Stadt?«

»Edgware ist ein Distrikt von Middlesex gewesen bei den Ahnen, doch heute es ist ein Teil von Greater London.«

»Und was wollen wir da?«, meldete sich der *comman-dante* von der Rückbank.

»Ich bin nicht sicher«, murmelte Styx, und es war Amadeo, den er dabei ansah. »Es fühlte wie Intuition, als Sie von einem Ort sprachen, wo Händel sich gerne aufgehalten hat. Er ist ein Gast gewesen für zwei Jahre beim Duke of Chandos auf seinem Landsitz in Edgware, und es wird erzählt, dass er dort einem Schmied gelauscht hat an einem Tag, wie er mit dem Hammer geschlagen hat den … *the anvil.*«

»Den Amboss«, übersetzte Amadeo, stockte. »Der harmonische Hufschmied!«

»Diese Geschichte ist verbürgt erst lange nach Händels Tod«, schränkte der Bassist ein. »Doch wenn sie die Wahrheit ist, könnte es sein, dass es dieser Ort ist, auf den Händel verweisen will, wenn er ähnlich arbeitet in der Ouvertüre von Ihrem *oratory*. Schematikalisch.«

Amadeo nickte. Also dann, raus aufs Land, dachte er.

Ein Funke Hoffnung.

Masar-e Sharif International Airport, Afghanistan

Die Farben waren anders.

Das war das Erste, was Rebecca auffiel, als sie hinter Alyssa und Fabio die Gangway hinunterstieg. In Europa war jetzt noch heller Nachmittag, hier dagegen stand die Sonne schon tief, doch das war nicht der Grund. Nicht allein die Ockertöne der Wüste erschienen fremdartig, sondern auch der Himmel selbst, das Licht, das Anteile von Rot und Gelb zu enthalten schien, die in Europa einfach nicht vorkamen.

Sie hätte sich genauso gut auf dem Mond oder auf dem Mars befinden können, doch in Wahrheit war es einfach nur der dritte Kontinent in dreieinhalb Tagen: Südamerika, Europa, Asien.

Afghanistan, das Land, das im Grunde gar kein Land war, entstanden aus den Planspielen der Großmächte heraus. Unterschiedliche Völker, Paschtunen, Tadschiken, Usbeken, zusammengesperrt in den Grenzen eines einzigen Staates, der wegen seiner geographischen Lage zu wichtig war, um ihn einfach nur sich selbst zu überlassen. Ein Zankapfel der Weltpolitik, so lange er überhaupt existierte. Alle hatten sie sich blutige Köpfe geholt, die jemals geglaubt hatten, dieses Land dauerhaft unterwerfen zu können: von den alten Persern und dem großen Alexander über die Mongolen bis zu den Sowjets in den neunzehnhundertachtziger Jahren. Die internationale Allianz war gerade noch dabei, ihren Krieg zu verlieren, der dem Terror der Taliban ein Ende gesetzt und an dessen Stelle ein Vakuum hinterlassen hätte. Ein fragiles Gleichgewicht des Jeder-gegen-Jeden, eine Unsicherheit, Unbestimmtheit und Leere, die wie ein Spiegel der Wüstenlandschaft erschien, ewig eintönig und gleich und doch flüchtig und veränderlich mit jedem neuen Tag.

Rebecca kniff die Augen zusammen: Die schroffe Silhouette einer Bergkette beherrschte den gesamten Horizont, die Gipfel schon mit Schnee bedeckt. Rauer Wind fuhr ihr entgegen. Ein passender Empfang, dachte sie fröstelnd.

Doch sie riss sich zusammen. Alyssas Wundermittel wirkte, und sie sollte verdammt froh darüber sein. Auch ihr Bein machte keine Probleme, als sie bis an den Fuß der Gangway kletterte, wo ihre Begleiter auf sie warteten.

»Können wir?« Alyssas Gesicht war ausdruckslos wie immer. Ist sie wirklich schon immer so gewesen?, überlegte Rebecca. Schon damals, als sie in Südamerika auf Seiten der Rebellen gekämpft hatte, bis zu dem Tag, an dem sie beschloss, sich *beruflich zu verändern*? Vergeblich suchte Rebecca nach der anderen Alyssa, nach dem kleinen Mädchen, das von allen verwöhnt worden war in der Zuflucht der Rebellen – nicht zuletzt von ihr, Rebecca, selbst. Alyssa war fünf Jahre jünger als sie. Eine Ewigkeit, wenn man ein Kind war.

»Ich glaube, da hat uns schon jemand entdeckt«, murmelte Fabio Niccolosi. Der Junge war blass um die Nase, darüber konnte auch die veränderte Sonneneinstrahlung nicht hinwegtäuschen. Er hatte sich tapfer gehalten während des Fluges, doch musste er sich wirklich in allem seinen *capo* zum Vorbild nehmen? Sogar bei der Flugangst?

Rebecca folgte seiner Blickrichtung. Eine Art gigantische Barackensiedlung, zwei- oder dreihundert Meter entfernt. Das musste Camp Marmal sein, das Hauptquartier der ISAF für den gesamten Norden Afghanistans. Die deutschen Soldaten, die gemeinsam mit ihnen angekommen waren, trotteten den Unterkünften entgegen wie eine Herde Schafe auf dem Weg zur Futterkrippe. Von Gleichschritt hätte das nicht weiter entfernt sein können.

Auf einer Asphaltpiste kam der Kolonne ein Militärjeep entgegen, jagte an ihr vorbei, hielt mit hohem Tempo auf Rebecca und ihre Begleiter zu, wobei er eine Staubfontäne hinter sich herzog. Automatisch wanderte Rebeccas Hand zu ihrer Hüfte. Ihr Mundwinkel zuckte, als sie sah, dass Alyssa synchron dieselbe Bewegung ausführte.

»Wer immer das ist«, sagte die blonde Frau leise. »Kein Wort über die Babylontexte. Niemand im Camp weiß davon, und es soll auch niemand davon erfahren, solange wir selbst nicht alles wissen.«

Wenige Meter vor ihnen bremste das Fahrzeug ab, in einer neuen, noch weit mächtigeren Staubwolke. Rebecca hatte nur einen kurzen Blick auf den Fahrer werfen können – kurzgeschorene Haare, sonnenverbrannter Stiernacken, randlose Brille –, aber fahren konnte der Mann: Kein Staubkorn erreichte die Gruppe an der Gangway.

Alyssa musste den Fahrer erkannt haben. Sie war einen Schritt vorgetreten, deutete einen militärischen Gruß an. Offenbar nahm der Mann am Steuer einen höheren Dienstgrad ein als sie.

Der Uniformierte nickte ihr knapp zu, durch den Staubschleier nur schemenhaft zu erkennen, und stieg in derselben Bewegung aus dem Fahrzeug.

»Sie sind wieder hier«, stellte er fest, doch seine Augen waren schon weitergewandert, zu Rebecca, zu Fabio.

»Meine Schwester«, sagte Alyssa. »Rebecca Steinmann. Und unser Begleiter, Fabio Niccolosi. – Oberst Merthes.«

»Johannes Merthes, Regionalkommando Nord, *International Security Assistance Force.*« Kurz und knapp, dachte Rebecca, militärisch eben. Und nicht besonders liebenswürdig. »Was wollen Sie hier?«, fragte er brüsk. »Sie befinden sich auf militärischem Gelände. Besucher müssen angemeldet werden.« Der Blick, den er Alyssa zuwarf, war noch weniger liebenswürdig.

Während der Jeep vom Wüstenstaub verhüllt gewesen war, hatte Rebecca in ihren Blazer gegriffen.

»Wir sind Diplomaten«, sagte sie freundlich und hielt zwei Ausweise in die Höhe. Duarte musste irgendjemanden am frühen Morgen aus dem Bett geholt haben, um das Dokument für Fabio ausstellen zu lassen.

Die Brauen des Obersts zogen sich zusammen, als er ihr die Papiere aus der Hand rupfte. »*Pontifica Commissione per lo Stato dell' Vaticano …*« Wieder ging sein Blick zu Alyssa. »Wollen Sie mich auf die Schippe nehmen?«

Rebecca musste an ihre Begegnung mit den beiden *carabinieri* denken, auf dem Parkplatz in der Nähe der Via Oddone. Merthes war offenbar aus anderem Holz geschnitzt, wobei man ihm zugute halten musste, dass er vermutlich noch keinen im Vatikan ausgestellten Pass in die Hand bekommen hatte.

»Betrachten Sie uns als Militärbeobachter«, sagte Rebecca ruhig, behielt die Freundlichkeit in ihrer Stimme bei, ließ sie aber aus ihrem Gesicht verschwinden.

Merthes sah fürchterlich deutsch aus. Stahlblaue Augen –

fast ein Klischee. Er schielte ein wenig, das machte es erträglich, doch er schlug den Blick nicht nieder, sondern ließ ihn bestimmt in Richtung Jeep wandern. »Kommen Sie mit!«, brummte er. »Wir werden das prüfen.«

Sich für die Einladung zu bedanken hielt Rebecca für überflüssig. Kommentarlos kletterte sie auf die Rückbank, gefolgt von Fabio. Alyssa ließ sich auf den Beifahrersitz gleiten.

Mit düsterer Miene startete Merthes den Motor. Während der Fahrt wechselte er einige Worte mit Rebeccas Schwester. Auf der Rückbank kamen nur Fetzen an, doch immerhin glaubte Rebecca das Wort Grippe aufgeschnappt zu haben. Warum sollte die Krankheit auch ausgerechnet in Afghanistan kein Thema sein?

Rechter Hand war eine Gruppe olivfarbener Zelte zu sehen, rote Kreuze auf weißem Grund: das Feldlazarett. Mit raschen Schritten eilten Menschen hin und her, darunter auch Einheimische. Wie viele der Krankheitsfälle, die dort versorgt wurden, mochten schon der Grippe zuzuschreiben sein?

Der Asphalt holperte unter ihnen dahin. Rebecca warf einen kurzen Blick auf Fabio, dessen Augen starr auf Alyssas Nacken gerichtet waren. Von den Militärfahrzeugen, die sie jetzt passierten, nahm er keine Notiz – dabei waren sogar zwei Panzer dabei. Nein, sie wurde nicht klug aus dem Jungen.

Mehrfach kamen sie an Gruppen von Soldaten vorüber, im Tarnfleck ihrer Kampfanzüge. Einmal kreuzte sich Rebeccas Blick mit den Augen eines der Uniformierten. Sie glaubte eine Spur Neugier in ihnen zu lesen, vor allem aber Müdigkeit und Erschöpfung.

Es ist ein Krieg, dachte sie. Ganz gleich, wie sie es nennen. Ein Krieg gegen einen Feind, der unsichtbar ist, und das macht es noch sehr viel schlimmer.

Neben der Piste sah sie Tarnnetze, die am Boden ausgebreitet waren. Flugabwehrstellungen? Das Hauptquartier war mehr als einmal Ziel von Angriffen gewesen. So weitläufig es auf den ersten Blick auch wirkte, konnte Rebecca sich nur zu gut vorstellen, in was für einer Klaustrophobie man lebte, wenn man hier seinen Dienst ableistete. In jeder Richtung waren es nur ein paar hundert Meter zu den langgestreckten Barrikaden aus Sandsäcken, die sich rund um die Anlage zogen, zusätzlich gesichert durch Girlanden von Stacheldraht. Von hier aus wollte man dem Land beim Wiederaufbau helfen, beim Aufbruch in eine friedliche Zukunft?

Camp Marmal war eine belagerte Festung inmitten von Feindesland.

Schließlich erreichte das Militärfahrzeug die Unterkünfte, Container aus Wellblech in Reih und Glied, in einem Gelb, das den Augen wehtat. Hier und da ragten Flaggenmasten mit dem Schwarz-Rot-Gold der Deutschen auf, dazu die blau-weiß-roten Fahnen Schwedens und Kroatiens, die kleinere Kontingente stellten.

Vor einer Front von Baracken, die sich durch nichts von ihren Nachbarn unterschieden, brachte Merthes den Jeep zum Stehen. Erst jetzt sah Rebecca das Schild: *Headquarter. Regional Command North. Mazar E Sharif.* Das Emblem der ISAF mit weißer Schrift auf grünem Grund, daneben ein Wappen. Ein seltsam nüchterner Anblick. Militärisch wie die Kurverwaltung von Bad Münstereifel.

Wortlos stieg der Oberst aus, ohne darauf zu achten, ob sie ihm folgten. Gefangene sind wir offenbar nicht, dachte Rebecca. Die Metalltür der Baracke öffnete sich, noch bevor Merthes sie erreicht hatte. Zwei Männer in Tarnuniformen salutierten, traten beiseite, um ihn und seine Begleiter durchzulassen.

Hinter einem Schreibtisch saß eine Frau etwa in Rebeccas Alter, die ihnen über eine Halbbrille hinweg entgegensah. »Er wartet schon auf...« Vor dem letzten Wort fiel ihr Blick auf Rebecca und Fabio. Sie verschluckte sich. »... auf Sie«, vollendete sie schließlich.

Merthes stapfte an ihr vorbei zu einer Tür in der hintersten Ecke der Bürostube, klopfte an, kurz und militärisch.

»Ja, bitte, kommen Sie rein!« Die Stimme klang höflicher, als Rebecca erwartet hatte. Merthes öffnete, und ein weiterer Büroraum kam zum Vorschein, an den Wänden Regale und ein großer Monitor, der aber nicht eingeschaltet war. In der Mitte stand ein Schreibtisch, rechts und links die Fahnen der Bundesrepublik Deutschland und der Internationalen Schutztruppe.

»Ich bin gleich für Sie da.« Ein Mann mit Halbglatze, der ihnen den Rücken zudrehte. Er trug dieselbe Tarnfleckkleidung wie jeder im Camp, den Rebecca bisher zu Gesicht bekommen hatte – mit Ausnahme der Vorzimmerdame. »Das ist das erste Mal heute, dass ich mich mit den Jungs...« Der Uniformierte wandte sich um, und seine Stirn verwandelte sich in eine Ziehharmonika. »Frau Feldwebel?«

Alyssa salutierte. Die gleiche Vorstellungszeremonie wie mit Merthes an der Gangway. Rebecca hörte nur mit halbem Ohr hin. Sie hatte das Namensschild auf dem Schreibtisch schon entdeckt, hielt es allerdings für überflüssig mitsamt seiner Aufschrift *Brigadegeneral von Stoltenbeck*. Der Name ihres Oberkommandierenden sollte den Soldaten vertraut sein.

Das also war der Mann, dem die Streitkräfte der internationalen Allianz im Norden des Landes unterstanden: klein, untersetzt – und kurzsichtig offenbar. Doch als er hinter seinem Schreibtisch hervortrat, musste Rebecca selbst blinzeln: Auf einer Art Anrichte stand ein *Terrarium*, in dem irgendwas hin und her krabbelte, ohne dass Rebecca erkennen konnte, was für Tiere der General darin hielt. Nichts besonders Großes jedenfalls.

Stoltenbeck warf nur einen kurzen Blick auf die Dokumente, die Merthes ihm entgegenstreckte. Mit Sicherheit hatte auch er noch nie einen Ausweis des Vatikanstaats in der Hand gehabt, doch er trat auf Rebecca zu, schüttelte ihr die Hand und wiederholte dasselbe nach kurzem Zögern auch bei Fabio.

»Ich hatte kaum damit gerechnet, dass Sie überhaupt zurückkommen würden.« Seine Augen lagen auf Alyssa, und für eine Sekunde glomm ein Funke von Humor in ihnen auf. »Und jetzt bringen Sie sogar die Familie mit.«

»Wir sind nicht auf Vergnügungsreise«, gab Rebeccas Schwester kühl zurück. »Wie Sie gesehen haben, ist meine Schwester für eine befreundete Regierung tätig. Und wie Sie wissen, bin ich hier mit einem Vorgang befasst, der ...«

Stoltenbeck winkte ab, schüttelte müde den Kopf. »Ich weiß, ich weiß. Sie haben alle meine Unterstützung, wenn es denn so fürchterlich wichtig ist. Alles, was ich Ihnen zu diesem Zeitpunkt noch anbieten kann.«

»Sie haben Ausfälle durch die Grippe?«, fragte Rebecca.

Der General nickte. »Zu allem Übrigen auch das, obwohl es hier noch nicht so weit ist wie bei Ihnen in Europa. Ich habe Bilder aus London gesehen vorhin.« Stoltenbeck schüttelte den Kopf. »Aber im Grunde ist es dasselbe wie überall. Wenn ein bestimmter Punkt erreicht ist, sind die Leute nicht mehr ruhig zu halten.«

Und das ist natürlich sein Spezialgebiet, dachte Rebecca. Die Leute ruhig halten. Doch der General war anders, als sie ihn sich vorgestellt hätte, weniger barsch im Ton als sein Oberst, dessen Miene noch keine Spur freundlicher geworden war. Aber hätte Stoltenbeck nicht gewusst, wie man die

Truppe anpacken musste, hätte er es kaum zu seiner augenblicklichen Position gebracht. Galt Stoltenbeck nicht sogar als *Falke*, als besonderer Hardliner, Vertreter einer neuen Weltordnung unter Führung der Vereinigten Staaten und ihrer westlichen Verbündeten?

Rebecca beschloss, in Zukunft bei der Zeitungslektüre ein noch kritischeres Auge zu haben als sowieso schon. Besonders militaristisch wirkte der Mann jedenfalls nicht.

»Ich nehme an, wenn Sie wieder hier sind, sind Sie vorangekommen mit Ihren nachrichtendienstlichen Ermittlungen«, wandte der General sich an Alyssa.

Rebeccas Schwester trug nach wie vor ihr Pokerface. »Möglicherweise. – Ich möchte Sie bitten, meiner Schwester die Aufnahmen zu zeigen.«

Aufnahmen? Fragend sah Rebecca sie an, doch Alyssa wich ihrem Blick aus. Stoltenbeck jedenfalls schien einen Moment zu zögern, bevor er nickte. »Selbstverständlich.« Er ging um seinen Tisch herum und griff nach einer Fernbedienung, die er auf den großen Monitor richtete. »Wir haben alles auf der Festplatte«, sagte er leise. »Natürlich ist sie mehrfach gesichert gegen unbefugten Zugriff.«

Eine Desktopoberfläche erschien, mehrere Symbole für virtuelle Aktenordner: *»RCN«*, *»PRT I-V«*, *»CFC-A«*, *»JFC«* und – Rebecca kniff die Augen zusammen – *»privat: coleoptera«*. Stoltenbeck hatte sich auf seinem Bürostuhl niedergelassen, ließ den Zeiger einer Computermaus über den Bildschirm gleiten und klickte eines der Symbole an. Rebecca konnte so schnell nicht erkennen, welches es war, jedenfalls nicht der als privat gekennzeichnete Ordner.

Stoltenbeck hob kurz den Blick, sah ihr in die Augen. »Ich brauche Ihnen kaum zu sagen, dass alles, was Sie hier zu sehen bekommen …«

Sie nickte stumm. Wenn ich nicht den Mund halten

könnte, hätte ich mir den Job nicht ausgesucht, dachte sie und hoffte, dass das für Fabio genauso galt, der eine Miene aufgesetzt hatte, die er wohl für schwer durchschaubar hielt. Für Rebecca war unübersehbar, dass der Junge von der Situation überfordert war. Sie bereute inzwischen, dass sie keine Einwände gegen Alyssas Vorschlag erhoben hatte. Sie hätten Fabio niemals mitnehmen dürfen.

Auf dem Bildschirm öffnete sich ein Fenster, das den größten Teil des Desktops einnahm: verwackelte Bilder im schmutzigen Rot und Ocker der Wüste. Die Kamera zuckte unruhig hin und her, hatte für Sekunden mehrere Paare marschierender Stiefel im Blick.

»Die Aufnahmen stammen von unserem PRT«, murmelte Stoltenbeck. »Unserem Wiederaufbauteam hier in Masar. Sie sind im Juni gemacht worden.«

Rebecca hob die Augenbrauen. Im Juni. Zwei Monate *bevor* man mehrere Tausend Kilometer entfernt, in einem anderen von der internationalen Gemeinschaft besetzten Land, auf Schrifttafeln aus dem alten Babylon gestoßen war. Zwei Monate bevor die Seuche Gottes die ersten Opfer gefordert hatte nach Tausenden von Jahren.

Plötzlich veränderte sich etwas in der Aufnahme. Stoltenbeck hatte den Tonregler hochgedreht, doch bisher war nicht viel mehr zu hören gewesen als das Knirschen der marschierenden Stiefel im Sand der Wüste. Jetzt mit einem Mal Wortfetzen, Stimmen, zischend, gehetzt. Im nächsten Moment das Peitschen von Schüssen.

Sekundenlang zeigte die Kamera nichts als groben, ockerbraunen Sand, dann wurde der Winkel erneut verändert, und die Linse blickte über den Rücken eines Soldaten, der sich flach zu Boden duckte, den Lauf seiner Waffe vorgereckt.

Eine zerklüftete Felswand war zu sehen, rötlich braunes

Gestein, vielleicht fünfzig Meter entfernt. An mehreren Stellen flammten kurze Blitze auf, für Bruchteile von Sekunden: Mündungsfeuer.

»Ein Hinterhalt«, murmelte Rebecca. »Wo ist das passiert?«

»Südwestlich von hier«, murmelte Stoltenbeck. »Ein Stück in den Bergen. Die Männer waren auf einer gewöhnlichen Patrouille, und die Gegend galt als ruhig bis zu diesem Zeitpunkt. – Jetzt! Passen Sie auf!«

Die Kamera beschrieb einen Schwenk über die gesamte Breite der Felswand. Rebecca erkannte jetzt, dass das Geschehen sich am Grund einer Schlucht zutrug, einem Pass vielleicht. Sie versuchte die Stellen zu zählen, an denen das Mündungsfeuer ihr gegnerische Schützen verriet.

»Was sind das für …?«, begann sie, brach plötzlich ab. Die Kamera glitt weiter an der Felswand entlang. Schrunden, Klüfte, Spalten im Gestein, die huschenden Bewegungen der unfassbaren Angreifer, und dann, plötzlich, ein Abschnitt des Felsens, der vollkommen eben war, geglättet wie von Menschenhand. Nein, nicht eben. Es gab eine Struktur, aber sie war zu regelmäßig, um auf natürliche Weise entstanden zu sein.

»Was ist das?«, flüsterte Rebecca. »Sind das Schriftzeichen?«

Der Bildausschnitt war bereits weitergewandert. Vermutlich hatte der Soldat, der die Kamera führte, überhaupt nicht gemerkt, was er da gerade eingefangen hatte.

Stoltenbecks Mauszeiger schloss das Fenster mit dem Video und wählte eine andere Datei aus demselben Ordner: ein Standbild, die bearbeitete Fläche des Felsens in mehrfacher Vergrößerung. Der untere Bereich war abgeschnitten durch den Helm des zu Boden geduckten Soldaten.

»Wir haben mehrere Filter über die Aufnahme laufen lassen«, erklärte Stoltenbeck. »Stabilisatoren. Das hier ist das Beste, was sich machen lässt.«

Wie von selbst war Rebecca zwei Schritte auf den Monitor zugegangen – damit war sie bereits halb durch den Raum. Ja, das sah aus wie Schriftzeichen, doch sie konnte sie nicht entziffern. Dazu hätte es Amadeo gebraucht oder den Professor. Sie konnte lediglich erkennen, dass die Zeichen sehr *unterschiedlich* waren, im oberen Bereich fast an eine Art Bilderschrift erinnerten, in der Mitte dagegen seltsam verschnörkelt wirkten. Die Buchstaben ganz unten – falls es Buchstaben waren – waren so winzig, dass Rebecca sie kaum auseinanderhalten konnte. Und doch kamen ihr diese Zeichen noch am vertrautesten vor.

»Die unterste Schrift ist griechisch«, sagte Stoltenbeck. »Zumindest das, was ich entziffern kann. Durch meine private Passion …«

Rebecca hob fragend eine Augenbraue.

»*Coleoptera.*« Mit einer beinahe tätschelnden Geste legte der General die Hand auf sein Terrarium. »*Koleos* ist die lederne Schwertscheide, *pteron* der Flügel. *Hüllenflügler* – Käfer. Ihre Systematik ist kaum zu begreifen, wenn Sie nicht ein klein wenig Griechisch verstehen. Sie mögen es nicht glauben, aber Afghanistan ist ein wahres Mekka für Käfer.« Er hielt inne, und wieder blitzte ein amüsierter Funke in seinen Augen auf. »Gut, die Einheimischen würden möglicherweise einen etwas anderen Vergleich bemühen.«

Verblüfft starrte Rebecca auf die gläserne Vitrine.

»Oh, Sie können sich nicht vorstellen, zu welchen Dingen Käfer in der Lage sind«, murmelte Stoltenbeck, der ihren Blick anscheinend falsch gedeutet hatte. »Wir hatten zeitweise erwogen, hier im Land die Population des *ceutorynchus macula-alba* zu forcieren, des Mohnkapselrüsslers. Die Jungs hätten wirklich das Zeug, dem Mohnanbau endlich das Genick zu brechen. Es gibt Studien, nach denen bis heute die Hälfte des Heroins auf dem Weltmarkt letztlich aus Afghanistan stammt. Die Larven des *sitophilus oryzae* hingegen …«

»Sie haben den Text also übersetzt?«, fragte Rebecca.

Der General blinzelte, nickte dann aber. »Ja. Das, was ich lesen konnte. Ihre Schwester konnte wohl noch etwas mehr entziffern, aber Sie sehen selbst, wie verschwommen die Aufnahme ist. Und der unterste Bereich ist ja verdeckt.«

»Bessere Aufnahmen gibt es nicht?«

Stoltenbecks Gesichtsausdruck veränderte sich. Er schüttelte stumm den Kopf.

Merthes räusperte sich. Rebecca hatte den Oberst, der in ihrem Rücken stand, beinahe vergessen.

»Wir haben zwei Männer verloren an diesem Tag«, sagte er mit rauer Stimme, die ihn ihr zum ersten Mal eine Spur weniger unsympathisch machte. »Die Gegend da oben ist unübersichtlich, und der Widerstand dort hat zugenommen seitdem. Inzwischen sind die Berge ein Rückzugsgebiet der Rebellen.«

Rebecca nickte, wechselte unwillkürlich einen Blick mit ihrer Schwester. Das konnten sie beide gut nachvollziehen. Die Combattanten unter *commandante* Duarte hatten es nicht anders gemacht in Südamerika.

»Und wovon handelt der Text?«, fragte sie.

»Die Worte sind eine Warnung.« Es war Alyssa, die antwortete. Langsam trat sie auf den Monitor, den im Bild eingefangenen Ausschnitt des Felsenreliefs, zu. »Offenbar wurde sie in mehreren Sprachen niedergeschrieben, damit jeder sie versteht. Eine Warnung vor etwas, das in der Tiefe dieser Berge wartet, verborgen seit sehr langer Zeit. Dort unten: in der Dunkelheit.«

Canons Park, Edgware, England

Der Himmel über Edgware präsentierte sich in demselben Blau, das Amadeo schon am Mittag in den Docklands so unpassend vorgekommen war. Jetzt und hier, am Rande einer elegant geschwungenen Balustrade, die auf gepflegten englischen Rasen blickte, auf herbstliche Baumgruppen und mehrere Tennisplätze, wirkte die gesamte Szenerie einfach nur … Er suchte nach dem richtigen Wort.

Surreal, dachte er. Das war es. Auf einem der Tennisplätze lieferten sich zwei junge Leute sogar ein Match – mit Atemmasken zwar, doch in aller Seelenruhe und ganz auf das Spiel konzentriert. Frauen mit Kinderwagen flanierten durch den Park. Auf einer Bank saßen mehrere Herren in vorgerücktem Alter, wie es sie überall auf der Welt gab und zu jeder Zeit gegeben hatte.

Es war ein dermaßen alltäglicher Anblick – nein, das konnte nicht die Wirklichkeit sein. Die Welt fiel in Trümmer, *diese Stadt*, die Hauptstadt des Vereinigten Königreichs, stürzte ins Chaos der grippalen Agonie, und ihre Bewohner demonstrierten *business as usual*.

Doch unglaublicherweise war in Edgware tatsächlich noch nichts von den Verheerungen zu spüren, die ein paar englische Meilen entfernt stattfanden. Nicht einmal erschnuppern konnte man die Nähe des Verhängnisses. Der dichte Qualm über der City of London war lediglich eine ferne Ahnung.

»Spukig«, bemerkte eine Stimme in Amadeos Rücken.

»Weiß Gott«, murmelte der Restaurator.

»Spukig, dass hier wieder eine Villa ist in unseren Tagen.«

Etwas umständlich wandte Amadeo sich um – er trug Styx' Gitarrenkoffer über der Schulter. Der Bassist hatte den

Kopf in den Nacken gelegt und blickte an der Fassade eines Gebäudes empor, das den Mittelpunkt der Parkanlage bildete und heute offenbar eine Schule beherbergte.

»Wieder?« Amadeo musterte den weiß verputzten Bau – typische englische Rokokoarchitektur, wie sie sich an Hunderten größerer und kleinerer Herrensitze auf der gesamten Insel fand, die sich mal *manor*, mal *cottage*, mal sonstwie nannten. Das Gebäude war ein stattliches Herrenhaus, wie man es zu Händels Zeiten gebaut hatte. »Wollten wir nicht hierher, weil Händel in diesem Haus gelebt hat?«

Styx schüttelte den Kopf. »Händel hat hier gelebt, in der Tat, doch es war ein anderes Gemäuer noch, als der Duke of Chandos hier gehaust hat und versammelt hat einige der größten Geister von seiner Zeit.«

Der allergrößte war jedenfalls dabei, dachte Amadeo. Zumindest, was die Ahnenreihe der Babylontexte anbetraf.

»*The princely Chandos*«, referierte der Bassist. »Der fürstliche Chandos, wie man ihn rief, weil er ein sehr, sehr reicher Mann war und einen Hofstaat um sich versammelt hatte, wie er königlichen Prinzen vorbehalten war. Alle die party people von London damals, die sich trafen hier, als hätten Sie die Beckhams in unseren Tagen … und Boy George und Paris Hilton und die Frau, die sich hat gemacht die Brüste, und …« Er winkte ab. »Chandos' Gemäuer, das sich hier erhoben hat, wird gesagt, dass es das prächtigste in ganz England gewesen ist zu dieser Zeit. Und desgleichen der Park, den Sie sehen allrund. Nur dass das Gemäuer demoliert werden musste nach seinem Tod, weil seine Familie in finanziellen Schwierigkeiten war. Natürlich hatte er die *party people* damals schon weggetreten. Was Sie heute sehen, wurde erst zwanzig Jahre später erbaut vom fünften Viscount Torrington.«

»Aber die Stelle stimmt?«, unterbrach ihn Duarte.

Während Amadeo von der unwirklichen Atmosphäre noch wie paralysiert gewesen war, hatte der dunkelhäutige Mann in seiner Soutane die Umgebung des Herrenhauses abgeschritten und es von allen Seiten in Augenschein genommen, neugierig beobachtet durch eine Gruppe von Schülern.

»Die Stelle stimmt«, bestätigte Styx. »Ausgenommen vom Haus ist der Park noch im Zustand wie in Händels Zeiten – in Teilen zumindest, so fern als ich weiß. Da waren Gräben und Springbrunnen und Wege, die heute nicht mehr da sind. Und Skulpturen, die nach dem Tod des Duke veräußert worden sind. Im Grunde ist es doch sehr viel anders, wenn ich darüber nachdenke.«

»Immerhin«, murmelte Amadeo. »Die Stelle stimmt. Wenn es wirklich hier in Edgware war, wo Händel den harmonischen Schmied gehört hat.«

»Der Schmied dürfte kaum im Herrenhaus gearbeitet haben«, bemerkte Duarte. »Ist bekannt, wo genau sich die Schmiede befand?«

»Es gibt Forschungen darüber«, sagte Styx leise. »Aber ich glaube nicht, dass es die Schmiede ist, zu der wir uns aufmachen müssen.«

Fragend sah Amadeo ihn an. »Aber wenn der Code doch der Harmonische Hufschmied war?«

»Der erste Teil.« Noch immer musterte der Bassist nachdenklich die Villa. »Der erste Teil vom Code. Dieser erste Teil ist enthalten in der Ouvertüre, am Beginn der Komposition. Doch da sind …« Er schüttelte den Kopf. »Da ist noch ein zweites Schema in diesem *oratory*. Sie erinnern?«

Amadeo nickte zögernd. »Ich erinnere. *Ev'ry va-hal-ley*. Sie sagten, es seien noch mehrere solcher Phrasen versteckt, Mr Sty … Stevie. Fast am Ende diesmal, als die Babylonier ein Versteck für ihr Heilmittel suchen, das sie vor der Seuche Gottes gerettet hat.«

»Spukig«, murmelte der Bassist. »An diesen Teil der Erzählung kann ich gar nicht erinnern aus der Bibel. Spukig, dass da auch gerade jetzt ist eine Seuche auf dem Weg in unserer Zeit. Nur dass da ist kein Heilmittel.« Für einen Moment schien sich sein Gesichtsausdruck um eine Winzigkeit zu verändern. Der Restaurator biss die Zähne zusammen, schaute so unbeteiligt wie möglich, höchstens mit einer Spur höflichem Interesse.

Schließlich schüttelte der Bassist den Kopf. »Wir müssen diese Stellen prüfen.« Misstrauisch sah er sich über die Schulter um. »Sind die Schüler verbraucht?«, fragte er leise.

»Die Kinder sind nicht mehr da, wenn Sie das meinen«, sagte der *commandante.* »Vermutlich haben sie wieder Unterricht. In Ihrem Land haben Sie doch die Ganztagsschule, so weit ich weiß?«

»Haben wir«, murmelte der Musiker. »Geben Sie mir die Gitarre?«, wandte er sich an Amadeo.

Der Restaurator war froh, dass er das Ungetüm endlich loswurde. Styx hatte sein Möglichstes getan, sich unkenntlich zu machen, indem er sich aus Amadeos Gepäck bedient, ein zwei Nummern zu großes Sakko und eine Baseballkappe übergestreift hatte, doch wenn die Schüler ihnen mit der Klampfe in der Hand gesehen hätten, wären ihnen wohl trotzdem die Augen aufgegangen. *Dead Art*, der Name von Styx' Band, sagte selbst Amadeo etwas. Ein Auflauf jugendlicher Rockfans war das Letzte, was sie im Moment gebrauchen konnten.

Der Bassist schaute sich noch einmal prüfend um, dann öffnete er vorsichtig den Reißverschluss des Koffers. Amadeo hatte bereits Händels Brevier zum Vorschein gebracht und zu der Stelle vorgeblättert, an der die Babylonier sich auf der Reise befanden *from Bukhara to Samarkand* und weiter, zu einem geheimen Ort, der möglicherweise in Afghanistan lag.

Diesen Ort würde Händels Komposition ihnen nicht verraten, und doch war sie ihre einzige Chance, ihn überhaupt zu finden. Weil irgendwo in dieser Partitur ein *anderer* Ort verborgen lag, jener Ort, an dem Händel sein Depot versteckt hatte, die nächste Station der babylonischen Überlieferung, und von da aus …

»Ich glaube nicht, dass Händel einen Ort verzeichnet hat.« Styx' Stimme riss ihn aus seinen Gedanken.

Amadeo blinzelte. »Nicht? Sie sagen doch eben …«

Der Bassist schüttelte den Kopf. »Ich glaube, dass er eine *Route* verzeichnet hat und dass der Beginn von dieser Route genau hier ist, an diesem Palais, weil …« Probehalber zupfte er an einer Saite seiner Gitarre, zog sie dann über die Wirbel am Kopf des Instruments etwas straffer an. »Weil es hier ertönt … *From Bukhara-haha-ha-ha-ha-ha-ha …*« Styx trug die Silben seltsam stockend vor, folgte dem schwindelerregenden Auf und Ab der Melodie sehr viel langsamer als am Mittag in der Lagerhalle. Allerdings blieb ihm wohl auch kaum etwas anderes übrig: Bei den Griffen, die seine Finger auf den Bünden der Gitarre ausführten, hätte ein normaler Mensch sich sämtliche Finger gebrochen.

»Damn!« Ächzend schüttelte der Bassist seine Hände aus. »Händel hat das nicht für die Gitarre komponiert eindeutig. Es ist kaum zu erkennen, fürchte ich.«

Betreten sah Amadeo ihn an. Styx fürchtete zu Recht.

Der Bassist seufzte. »Die Melodie ist ähnlich zu einer Passage aus Händels *Belshazzar*, wenn Sie lauschen. Eines von seinen schönsten Oratories, das handelt vom König von Babylon, der eine große Party veranstaltet hatte in seiner Halle, als da kam die Hand von Gott, die hat geschrieben an der Wand … Mr Fanelli?«

Amadeos Kinnlade war der Schwerkraft gefolgt, Zentimeter um Zentimeter. »Belshazzar?«, röchelte er. »Belsazar? *Me … me …*«

»*Mene mene tekel*«, half ihm der *commandante.* »Das Buch vom Propheten Daniel, fünftes Kapitel.« Seine Augen wurden so schmal, dass das Weiße nicht mehr sichtbar war. »Was hat es damit auf sich? Sie sehen aus, als hätten Sie ein Gespenst gesehen.«

»Kein Gespenst«, sagte Amadeo heiser. Er starrte die beiden Männer an. Nein, weder mit einem Rebellenführer aus Südamerika noch mit einem händelbesessenen Gothicrocker wollte er die Erinnerung an seinen Albtraum teilen. Belsazar! Wieder einer seiner Träume, der auf völlig unvorhersehbare Weise Wirklichkeit geworden war! Einzig das zweite Element stand noch aus, die flüsternde Dunkelheit um seine Füße. Instinktiv wich Amadeo einen, zwei Schritte zurück, bis er mit dem verlängerten Rückgrat unsanft gegen die Balustrade stieß.

Das brachte ihn wieder ansatzweise zur Besinnung.

»Belshazzar«, stellte er fest. »Ah ja. Der Harmonische Hufschmied – und nun Belshazzar. Sehr interessant. Sehr interessant.«

»You're okay?« Der Zweifel des Bassisten war deutlich.

»Bestens.« Amadeo nickte eifrig. »Bestens.«

»Well …« Styx hob die Schultern. »Belshazzar, wie ich sagte. Es ist nur ein winziges Stück diesmal, eine Folge von Noten aus dem Rezitativ des Königs Cyrus, der die Stadt von Babylon erobert hat und nun zu einem von seinen Verbündeten spricht: *You, Gobryas, lead directly into the palace …* Sie lauschen? *From Bukhara-haha-ha-ha-ha-ha-ha-ha …*«

»Identisch«, murmelte Duarte.

»Es ist identisch *nahezu*«, korrigierte Styx. »Händel musste die Elemente anpassen, damit es eine Komposition ergibt, die gehorcht den Regeln von der Musik, wie sie waren festgelegt in jener Zeit. Aber es ist doch deutlich genug, zu sagen, dass er auf genau *diese* Stelle deutet.«

Amadeo blinzelte. Der Bassist nickte nachdrücklich *in Richtung Herrenhaus*.

»*The palace*«, flüsterte Amadeo. »*Das Schloss*! Directly into the palace – direkt ins Schloss! Mit dem Harmonischen Hufschmied hat er die allgemeine Gegend vorgegeben, aber der exakte Ort – ist das Schloss!«

»Right.« Styx nahm ihm die Partitur aus der Hand. »Und so geht es fort. Er hat eine Spur gelegt, wir haben zu folgen.«

Ein merkwürdiges Leuchten stand in seinen Augen. Amadeo spürte, dass das Rumpelstilzchen des Rock nicht weniger fasziniert war von Händels Geheimnis als er selbst. Kein Wunder, dachte er. Eine Route in einem musikalischen Code zu verschlüsseln: Für jemanden, der sich normalerweise mit simplen Drei-Minuten-Rocknummern herumschlug, musste das eine schier unglaubliche Vorstellung sein.

»Sehr gut«, murmelte der *commandante*. »Oder besser: gar nicht gut.« Düster nickte er in Richtung Schloss. »Demnach wäre der Ort, nach dem wir suchen, innerhalb des Herrenhauses zu finden. Zu finden *gewesen*. Das Gebäude existiert nicht mehr.«

Heftig schüttelte der Bassist den Kopf: »Sie sind falsch, wenn Sie das glauben. Denn schon hier, wo es heißt …« Er gab Amadeo das Büchlein zurück. »Würden Sie es halten?«

Konzentriert blickte Styx auf die Partitur, holte zweimal tief Atem, bevor er unvermittelt losschmetterte: »*To Saha-ha-ha-ha! To Saha-ha-ha-ha! Marka-ha-ha-ha-ha-ha-ha-ha-haaaaand!*« Keuchend sog er die Luft ein. »Ha … Haben Sie es erkannt diesmal?«

Amadeo biss sich auf die Lippen. Im ersten Moment hatte

er wirklich das Gefühl gehabt, dass sich in seinem Hinterkopf eine ferne Erinnerung regte. Auf der anderen Seite hatte Händel seine Komposition ganz eindeutig nicht für die Stimmlage des Bassisten geschrieben. Wenn man das Stimmlage nennen wollte. Styx war ein begnadeter Instrumentalist, aber sein Gesang …

Amadeo schloss die Augen: »*To Saha-ha-ha-ha …*«, summte er die Worte nach. Dieser Part wurde flott vorgetragen, genauso die Wiederholung: wie ein Echo. »*To Saha-ha-ha-ha …*« Dann änderte sich die Stimmung, wurde ruhiger, schwebender, zugleich aber fast jubelnd, hymnisch im Ton. »*Ma-ha-ha-ha …*« Amadeo brach ab.

»*Israel in Egypt*«, murmelte er. »Eines meiner Lieblingsoratorien. Der Aufbruch der Israeliten ins Gelobte Land! – *But as for his people / But as for his people / He le-hed / He le-hed / them fo-horth like sheep*. Den Ägyptern hat der Herr der Heerscharen die Pest auf den Hals gehetzt – und noch ein paar andere Plagen dazu. Sein Volk aber führte er davon wie ein Hirte seine Schafe.«

»Exakt«, grunzte der Bassist mit gönnerhafter Miene. Für eine Sekunde hörte er sich an wie der Professor. »Und ich habe noch nie gehört von Schafen, die im Innern von einem Schloss gebraust hätten im Rokoko. Es sei denn, wenn Sie zählen den Marquis de Sade. Da könnte ich das verstehen.«

»Also raus«, flüsterte Amadeo. »Raus aus dem Schloss auf die Weide. In den Park.«

»So scheint es. Doch dies ist die Stelle, wo es schwierig wird. Die Stelle, die ich Ihnen heute Mittag gesungen habe: *Where a va-hal-ley* und so fort, was klingt wie *Ev'ry va-hal-ley* aus dem *Messias*, wo es heißt, dass alle Täler erhöht und alle Berge geschrumpft werden sollen. Nur sind da keine Täler und Berge hier. Der Park ist gerade beinahe.«

»Erzählten Sie nicht von Gräben und Springbrunnen?«

»Von … *Dammit!*« Mit der flachen Hand schlug sich der Bassist vor den Kopf. »Händel ist noch am Leben gewesen, als das Anwesen veräußert wurde nach dem Tod des Duke! So er kann verfolgt haben, wie die Gräben verschüttet wurden: *Ev'ry valley shall be exalted!* Wir sollen diese Gräben passieren über den Boden vom Park!«

Amadeo nickte grimmig. Ganz allmählich begann er Händels Denken zu begreifen. Doch die Passage, in der Styx auf musikalische Versatzstücke und Zitate gestoßen war, war noch lang – sie umfasste den gesamten Rest der Partitur bis zum dramatischen Finale: *Thou shalleth keep this stuff disguised / until the things to come arrive.*

Amadeo blickte über die Weite der Gartenanlage. Die Schatten waren länger geworden, reckten sich über die Rasenfläche wie phantomhafte Giganten. Und der ferne Dunst über der City war nun mehr als eine bloße Ahnung. Er war düsterer geworden, bedrohlicher.

Until the things to come arrive, dachte Amadeo. Wie lange würde es dauern, bis die Heimsuchungen in den Straßen Londons auch auf diesen noch friedlichen Winkel der Themsestadt übergriffen? Die Dunkelheit … Um nichts in der Welt wollte er hier draußen von ihr überrascht werden.

Camp Marmal, Afghanistan

»Warum zum Teufel hast du nichts von dieser Inschrift erzählt?« Rebecca sprach gedämpft. Sie war sich nicht sicher, wie laut man draußen hören konnte, was in diesem Blechkasten geredet wurde, den Oberst Merthes ihnen als Gästequartier zugewiesen hatte. »Warum hast du sie uns nicht *gezeigt*? Irgendwelche Ablichtungen oder was weiß ich! Wenn ein Mensch das lesen kann, dann ist es Amadeo!«

Alyssa war dabei, ihr Gepäck in einem Spind zu verstauen. Fabio Niccolosi hatte man einen Blechsarg weiter einquartiert. Die Frauen waren allein in dem mit Etagenbetten ausgestatteten Container. Rebecca wehrte sich gegen die Bilder aus Südamerika, die unweigerlich in ihrem Kopf auftauchten. Zu sehr erinnerte dieser Raum an die Unterkunft, die die beiden Schwestern im Lager der Rebellen miteinander geteilt hatten.

»Ich hatte meine Gründe.« Alyssa schien mit einer schwarzen Kapuzenjacke zu reden, die sie auf einem der Zwischenböden ablegte. Mit zwanzig hatte Rebecca darüber gelächelt, wenn sie beobachtete, wie ihre kleine Schwester ihren Stil kopierte. Später, nach Alyssas Verrat, hatte sie gelernt, die Erinnerung daran zu hassen.

Die blonde Frau drehte sich um. »Mit jedem Wort, das ich vorweggenommen hätte, hätte ich ihn beeinflusst, seine Gedanken in eine bestimmte Richtung gelenkt.«

»Na und? Wenn es die richtige Richtung ist?«

»Das wissen wir aber nicht«, widersprach Alyssa. »Ich verstehe den Text noch etwas detaillierter, als ich Stoltenbeck verraten habe, doch er ist trotzdem alles andere als eindeutig. Die Inschrift markiert eine Grenze: eine Grenze zwischen dem Land, das Menschen betreten dürfen, und dem Land, in das sie nicht hineindürfen.«

»Ist ja ganz passend«, murmelte Rebecca. »Wenn sich jetzt niemand mehr hintraut.«

»Es ist kein Zufall, dass sie sich dort oben verstecken.« Alyssa drehte sich um und blickte auf eine Wand des Containers. Richtung Gebirge, dachte Rebecca. Ally hatte schon immer den besseren Orientierungssinn gehabt. »Diese Berge sind eine Art heiliger Ort für sie.«

Rebecca nickte. »Das Grab des Ali meinst du. Unten in der Stadt.«

Alyssa schüttelte den Kopf. »Die Berge meine ich. Natürlich sind die Afghanen seit Jahrhunderten Muslime – bis auf ein paar tausend Hindus und Sikhs. Doch dieses Land ist anders. Der Islam hat vielleicht überdeckt, was vorher da war, doch er hat es nicht verschwinden lassen – und das ist kein Widerspruch. Das ist wie auf Haiti, wo man gläubiger Katholik sein kann und gleichzeitig Voodoo praktiziert. Oder wie in Irland, wie ...« Ihre Stimme veränderte sich, um eine Winzigkeit nur. »Wie Mama, die zu Halloween den Geistern immer eine Schüssel Milch hingestellt hat.«

Rebecca blickte auf der Stelle zur Seite. Sie wollte mit dieser Frau nicht über ihre Eltern sprechen!

»Genauso ist es in Afghanistan.« Schon klang Alyssa wieder wie vorher. »Die Leute feiern bis heute das *Newroz*, das Neujahrsfest der alten Perser, sie verehren den Weihrauch wie ihre Vorfahren vor dreitausend Jahren – und ein paar Sachen, die noch eine ganze Ecke seltsamer sind. Und dort oben gibt es etwas, das sie aus irgendeinem Grund besonders verehren – oder fürchten. Wahrscheinlich beides.«

»Weil dort das Heilmittel versteckt ist«, sagte Rebecca leise. »In der Dunkelheit. Und sie fürchten den Ort, weil er vielleicht irgendwie gesichert ist, mit Fallen oder sonstwas – wie die Grabkammern in den Pyramiden, oder ...«

»Es kann das Heilmittel sein«, fiel Alyssa ihr ins Wort. »Oder etwas völlig anderes. Wir haben nicht die Spur eines Beweises. In diesem ganzen Land gibt es keinen Stein, der nicht irgendwie verflucht oder verhext ist. Aber du hast keine Chance, etwas darüber zu erfahren, wenn du keiner von ihnen bist. Schon gar nicht, wenn du einer von *uns* bist. – Wir sind nicht einfach nur Fremde«, murmelte sie, und wieder sah sie die oberflächlich verkleidete Blechwand an. »Fremde in einem fremden Land. Wir sind Besatzer. Diese Menschen haben so viele Besatzer gesehen, so viele

Leute, die es doch angeblich gut mit ihnen gemeint haben. Und uns sollen sie auf einmal glauben?«

»Wie lange bist du schon hier?« Gegen ihren Willen stellte Rebecca fest, dass sie das tatsächlich interessierte. Etwas an Alyssa hatte sich verändert. Sie würde nie wieder das kleine Mädchen sein oder die Kampfgefährtin aus Südamerika, doch sie war auch nicht mehr die Frau, die sich der CIA in die Arme geworfen hatte, während die Rebellen um ihr Leben kämpften.

»Vier Jahre.« Alyssa wandte ihr den Rücken zu. »Mit Unterbrechungen. Lange genug, um ein bisschen was mitzukriegen. Im Grunde bekommt man es sehr schnell mit. Die Männer da draußen – die Männer und Frauen, die Soldaten –, sie wissen es alle. Sie tun ihr Bestes. Sie wollen den Leuten hier im Land helfen. Ihnen helfen, sich ein besseres, ein friedlicheres Leben aufzubauen, doch es wird schlimmer von Jahr zu Jahr. Und wenn du ständig damit rechnen musst, dass aus irgendeinem Fenster jemand auf dich schießt: Irgendwann …«

»Irgendwann schießt du zurück«, murmelte Rebecca.

Alyssa nickte, noch immer von ihr abgewandt. »Oder du schießt als Erster. Du kommst hierher mit deinen großen, menschheitsbeglückenden Idealen, um die Menschen zu etwas zu machen, zu etwas … das sie nicht *sind*. Das sie nicht sein wollen und auch nicht plötzlich sein werden in ein oder zwei Monaten. Oder Jahren. Oder Jahrzehnten.«

»Die Conquistadoren«, sagte Rebecca nachdenklich. »In Mittel- und Südamerika. Cortez, Pizarro … Ich glaube nicht, dass sie es von Anfang an böse gemeint haben. Sie wollten den Leuten wirklich etwas geben, den Azteken, den Inka. Den wahren Glauben ihrer Kirche, den Segen ihrer überlegenen Zivilisation. Aber wirklich überlegen waren nur ihre Waffen.«

»Siehst du?« Jetzt endlich drehte sich Alyssa wieder um. »Und ist der Unterschied so groß? Natürlich haben die Taliban diese Menschen unterdrückt. Natürlich haben sich die Stämme ständig Scharmützel geliefert. Aber ist es besser geworden? Kann es besser werden, solange du die Leute nicht in etwas verwandelst, was sie nicht sind? Etwas, von dem vielleicht wir selbst uns nur einbilden, dass wir es sind? Etwas Besseres? Sie werden niemals …« Alyssa brach ab, schien zu lauschen.

Rebecca sah sie fragend an, aber im gleichen Moment hörte auch sie das Geräusch: ein hoher, pfeifender Laut, dessen Frequenz sich in Sekundenschnelle weiter in die Höhe schraubte.

»Runter!«, brüllte Alyssa.

Rebecca war bereits im Begriff gewesen, sich zu Boden zu werfen, doch schon erschütterte die Wucht der Detonation den Metallwürfel. Ein Stuhl knallte um. Die Kleidungsstücke, die Alyssa eben erst einsortiert hatte, wurden aus dem Spind geschleudert, doch die Schränke selbst, die Betten, waren fest in den Wänden verankert. Rebecca krallte sich am Bettgestell fest, blieb auf den Beinen.

Alyssa war schmerzhaft auf die Knie gestürzt, richtete sich ächzend wieder auf. Mühsam versuchte sie zu Atem zu kommen. Noch immer war ein Pfeifen in der Luft, unterschiedliche Frequenzen, die einander überlagerten.

»Das Camp wird angegriffen«, knurrte Rebecca. »Und das sind nicht nur ein, zwei Raketen.«

Auf den Spind gestützt hielt sich Alyssa auf den Beinen, fingerte ihre Pistole hervor. Ein dunkler Fleck breitete sich in Kniehöhe auf ihrem rechten Hosenbein aus. Laute Stimmen von draußen, eilige Schritte, erste Schüsse, neue Detonationen, ein Stück entfernt diesmal.

»Wir müssen raus!«, flüsterte Rebeccas Schwester. »Der

Junge!« Schon war sie an der Tür, stieß sie auf. Rebecca folgte ihr, jederzeit darauf gefasst, durch eine neue Detonation von den Füßen gerissen zu werden.

Es war nicht dunkel draußen. Batterien von Flutlichtern erhellten das Lager. Schon waren Brände ausgebrochen. Dreißig Meter entfernt stieg eine Rauchsäule in den Nachthimmel. Die Raketen hatten einen der gepanzerten Spähwagen getroffen. Ein Trupp von Soldaten stürmte an den beiden Frauen vorbei, zur Barrikade aus Sandsäcken, wo bereits Schüsse ertönten.

»Fabio?« Alyssa tastete sich an der Außenseite ihres Containers entlang, zum Blechkasten nebenan, zur Tür, die …

Die Tür stand offen.

»Fabio!«

Die blonde Frau löste sich von ihrem Halt, stolperte vorwärts. Rebecca setzte ihr nach, im Hinterkopf den Gedanken, dass es schon eine seltsame Ironie war: Gestern um diese Zeit war *sie* vor sich hin gehumpelt, und ihre Schwester hatte sie neu verarzten müssen.

»Fabio!« Aus Alyssas Gesichtsausdruck, aus dem Klang ihrer Stimme war klar zu erkennen, dass der Container leer war.

Suchend blickte Rebecca um sich. Seit der ersten Detonation war keine Minute vergangen. Menschen liefen umher, in Kampfanzügen, einige auch nur in olivgrünen Unterhemden. Jemand bellte Befehle. Merthes? Der General?

Rebecca versuchte sich zu orientieren. In welche Richtung konnte der Junge gelaufen sein? Verdammt, warum war er nicht zu *ihnen* gelaufen? Angst, blind zu werden, wenn er eine andere Dame als Alyssa im Schlafanzug sah? Amadeo wäre das zuzutrauen gewesen, und der war schließlich Fabios großes Vorbild.

Eine dünne Leuchtspur zog am Himmel ihre Bahn, dazu

ertönte von Neuem das pfeifende Geräusch. Rebecca versuchte abzuschätzen, wo die Rakete sich vom Boden gelöst haben musste: die offene Wüste, auf die Berge zu. *Es ist kein Zufall, dass sie sich dort oben verstecken.* Nett, dass sie mal vorbeischauen, dachte sie grimmig.

Irgendwo weit in ihrem Rücken schlug der Flugkörper ein.

»Fabio! – Siehst du ihn?« Alyssas Gesicht war wieder eine Maske – doch diesmal war es eine Maske der Angst. Der Bursche bedeutete ihr tatsächlich etwas. Rebecca musste das nicht verstehen, und es war auch gleichgültig. Sie selbst fühlte sich ja auch verantwortlich für den Jungen.

Noch immer stiegen neue leuchtende Spuren in den Himmel, doch gleichzeitig waren die Geräusche des Schusswechsels lauter geworden. Rebecca sah das Aufblitzen der Mündungsfeuer. Sie konnten nur hoffen, dass Fabio nicht diese Richtung eingeschlagen hatte, doch sie mussten sicher gehen.

»Kannst du laufen?«, wandte sie sich an ihre Schwester.

»Wenn ich muss, dann kann ich auch!«, presste Alyssa zwischen den Zähnen hervor und humpelte auf die Barrikade aus Sandsäcken zu, an der undeutlich die Gestalten von vielleicht zwei Dutzend Soldaten zu erkennen waren, die sich hinter den Schutzwall duckten. Und mitten zwischen ihnen …

»Fabio!«

Eine neue Detonation.

Auf einmal war es dunkel. Sekundenlang kam das einzige Licht von dem brennenden Fahrzeug und von zwei gleißenden Bahnen am Himmel, dann sprang widerwillig ein Notkreislauf an: gedämpftes Licht, gelblicher als vorher, und es ging nur von jeder dritten oder vierten Lampe aus.

Schreie.

Rebecca fuhr herum. Die Barrikade! Die Soldaten waren aufgesprungen, feuerten in die Nacht, denn aus der Dunkelheit …

Gewaltige Umrisse, wie ein Berg auf Rädern, nein, auf *Ketten*! Ein Panzer, der sich auf die Befestigung des Camps zubewegte, einzelne Schüsse abgab.

»Die haben Panzer?«, hauchte Rebecca ungläubig.

»Das ist der erste, den ich hier im Norden zu sehen bekomme«, flüsterte Alyssa.

In ihrem Rücken war vor einigen Sekunden ein Röhren entstanden. Die ISAF-Soldaten machten ihrerseits das schwere Gerät bereit, doch es würde dauern, bis sie damit in die Kämpfe eingreifen konnten.

Und der gegnerische Panzer war nicht allein.

Rebecca traute ihren Augen nicht.

Reiter! Zwei, drei … Nein, nein … Dutzende von Reitern, dunkelhäutige Männer in den traditionellen, weiten Gewändern der einheimischen Bevölkerung, die sich aus der Dunkelheit lösten, in breiter Front auf die Barrikade zugaloppierten und dabei aus unterschiedlichen Waffen Schüsse abgaben. Einige von ihnen trugen obendrein – Säbel! Krummsäbel wie ihre Vorfahren vor drei-, vierhundert Jahren.

Jetzt hatten die ersten von ihnen die Barrikade erreicht. Die Männer in den Tarnanzügen erwiderten das Feuer, doch sie wichen zurück, langsam zuerst, dann …

»Fabio!« Alyssa stürzte voran.

Rebecca hatte den Jungen nicht mehr gesehen, seitdem die Rakete den Generator getroffen hatte, doch fluchend hetzte sie ihrer Schwester hinterher.

Nur der Stacheldraht über der Barriere aus Sandsäcken verhinderte, dass die Aufständischen auf ihren Pferden einfach über das Hindernis hinwegsetzten. Doch sie waren vorbereitet, hatten Werkzeuge mitgebracht, Kneifzangen, die seit den Stellungskämpfen des Ersten Weltkriegs zum Handwerkszeug militärischer Auseinandersetzungen gehörten. Schon machten sie sich an den Drähten zu schaffen.

»Sie werden durchbrechen«, murmelte Rebecca. Endlich kriegte sie Alyssa zu fassen, versuchte sie in Deckung zu ziehen, doch ihre Schwester wehrte sich wie ein Berserker.

Die ISAF-Soldaten hatten sich zwischen den ersten Containern verschanzt, feuerten weiter auf die Angreifer.

»Haben Sie Waffen?«

Rebecca fuhr herum.

Merthes. Der Oberst blutete aus einer Platzwunde oberhalb der Stirn, das Blut lief ihm ins Gesicht. Er sah aus wie skalpiert – Haare hatte er ja sowieso keine mehr.

»Wir haben Pistolen«, knurrte Rebecca.

Alyssa hatte sich von ihr losgemacht. »Fabio ist irgendwo da vorn!«

»Und zwei Dutzend meiner Männer!«, brummte Merthes. »Kommen Sie mit!«

Geduckt huschten sie von Deckung zu Deckung, nutzten den Feuerschutz, den ihnen die Männer zwischen den vordersten Baracken gaben.

Einer der Aufständischen, der im Begriff gewesen war, sich zwischen den Stacheldrähten hindurchzuzwängen, sackte zusammen, doch sofort war ein anderer zur Stelle. Die ersten Angreifer begannen sich über die Barrikade zu schieben.

»Das ist unglaublich«, flüsterte der Oberst. »Ich habe noch nie etwas Vergleichbares ... Das ist eine konzertierte Aktion!«

Eher eine Invasion, dachte Rebecca. Doch das traf es nicht. *Sie* waren hier die Invasoren. Die Fremden. Die Besatzer. Diese Menschen konnten es nicht anders sehen.

»Warum tun sie das gerade jetzt?«, murmelte Rebecca.

»Das kann kein Zufall sein! Sie müssen doch auch Probleme haben durch die Grippe. Wie können sie …«

»Sie kriegen die Grippe nicht«, brummte Merthes.

»Selbst dann …«, begann Rebecca, hielt plötzlich inne. »*Was* sagen Sie?«, fragte sie scharf.

Der Oberst achtete kaum auf sie. Er tastete in seiner Armeemontur. Vielleicht suchte er ein Funkgerät – oder neue Munition.

»Sie kriegen die Grippe nicht«, murmelte er. »Sie müssen immun sein. Oder sie haben irgendein beduinisches Hausmittel. Scheißgottverdammt, egal! Sie kriegen sie eben nicht.«

Canons Park, Edgware, England

»*Daaaa-ha-ha-ha-hath exteeend!*« Eine Pause. »*Daaaa-ha-ha-ha-hath exteeend!*« Eine Pause.

Amadeos Zeigefinger massierten seine Schläfen. Er konnte es nicht mehr hören. Styx hatte sich im Schneidersitz im Schatten einer Baumreihe niedergelassen und wiederholte wieder und wieder ein und dieselbe, wenige Takte umfassende Passage. Längst hatte der Restaurator Händels Büchlein wieder einpacken können – selbst er konnte die Melodie inzwischen auswendig.

»*Daaaa-ha-ha-ha-hath exteeend!*« Der Bassist schüttelte den Kopf. »Ich kann den Händel nicht finden.«

»Sie meinen, es ist diesmal kein Zitat aus einer seiner eigenen Kompositionen?«, fragte Amadeo müde. »Von jemand anderem vielleicht, etwas Älteres? Monteverdi? Oder aus England … Thomas Tallis? Purcell?«

»Nein.« Verwirrt sah Styx ihn an. »Ich meine, ich kann nicht finden den *Händel. The handle.*«

»Die Handhabe. Sie können es nicht einordnen, meinen Sie?«

»Right.« Der Bassist nickte. »Ich bekomme nicht gefasst, was es bedeutet, obwohl ich die Stelle recht vom Beginn erkannt habe. Sie ist von Händel, aber sie ist nicht von einem *oratory* diesmal, sondern von einer Oper, die händelt von der Kaiserin Agrippina bei den alten Römern. Da ist ein instrumentaler Part, der geht genau so.«

Mit geschickten Fingern griff er eine kurze Melodie.

Amadeo wechselte einen Blick mit dem *commandante*. Styx hatte recht. Die Melodie war identisch – nur klang sie bedeutend angenehmer in den Ohren, wenn er sie auf den Saiten seines Instruments zupfte, anstatt sie zu singen.

Amadeo seufzte. Immer wieder ging sein Blick hinüber zu der Dunkelheit über dem Häusermeer der City. Sie schien sich zu verstärken, näherzurücken, wann immer er für einen Moment nicht hinsah.

»Nein, das ist wirklich eine Freude!«

Amadeo fuhr herum, doch da war nichts. Oder es war doch etwas da, nur nicht auf seiner Augenhöhe: Das Etwas war ein Jemand, ein Persönchen, das vielleicht eins fünfzig maß, eisgraue, zu einem Dutt gebundene Haare hatte und ein seltsam altersloses Gesicht, abgesehen von einem Netz von Lachfalten rund um die Augen. Mit einem Taschentuch tupfte sich die Frau imaginäre Tränen ab, trompetete dann hinein.

»Verzeihen Sie«, murmelte sie auf Englisch. »Ich fürchte, jetzt hat es mich auch erwischt.«

Amadeo nickte mitfühlend. Es – sie, die Grippe – würde noch viele Menschen erwischen.

»Ich hatte schon überlegt, ob ich überhaupt vor die Tür gehen sollte«, sagte die alte Frau seltsam gut gelaunt. »Aber eigentlich fühle ich mich noch nicht besonders schlecht im

Moment. Und wenn ich höre, dass es doch noch junge Leute gibt, die sich für diese wunderschöne Musik begeistern können.« Mit seligem Lächeln schloss sie die Augen, summte die Melodie nach, wobei sie den Kopf hin und her wiegte. »*Hmmm-hm-hm-hm-hm hm-hmmm.*« Sie kicherte leise. »Und das gerade hier.«

Der Restaurator nickte. Die alte Dame war eine Plaudertasche, und jede Ablenkung bedeutete eine Verzögerung. *Wir haben keine Zeit mehr*, dachte er. Dennoch: Die Frau war krank, schnaubte schon wieder in ihr Taschentuch. Selbst wenn es ihm irgendwie gelingen sollte, an das Gegenmittel zu kommen: Wie lange würde es dauern, das Präparat in den Labors zu reproduzieren? Wie viele von den Menschen, bei denen die Krankheit bereits fortgeschritten war, würden überhaupt noch zu retten sein?

»Es ist schon etwas Besonderes«, sagte er leise. »Gerade hier, wo Händel selbst musiziert und komponiert hat.«

Die Dame nickte eifrig. »Das natürlich auch. Aber es ist eine seltsame Ironie, dass Sie gerade *dieses* Stück an genau *dieser* Stelle …«

»An genau dieser Stelle?« Eine Gänsehaut stellte sich auf Amadeos Rücken ein. »Dies ist eine besondere Stelle?«

Man hatte einen recht guten Blick auf die Tennisplätze von hier aus, mehr konnte man eigentlich nicht sagen über ihren gegenwärtigen Standort. Links von ihnen zog sich an der Rasenfläche entlang eine lange Baumreihe nach Süden, auf das Zentrum Londons und die dräuende Dunkelheit zu. Selbst die Tiere schienen die Nähe des Verhängnisses jetzt zu spüren. Die Vögel in den Zweigen der Bäume schwiegen.

»Aber natürlich!« Die Stimme der Alten war ein merkwürdiger Kontrast dazu. »*Hmmm-hm-hm-hm-hm hm-hmmm.* – Der erste Akt von Händels *Agrippina*. Die schweren Violinen … und dann Nerones große Arie: *Qual piacer a un cor pietoso*. Wie er sich einschmeichelt beim römischen Volk. Wie er milde Gaben verteilt ... Aber wir kennen unseren Nero ja.« Sie zwinkerte Amadeo zu.

Ob sie ihn als Italiener erkannt hatte? Amadeo bezweifelte es. In seiner Zeit in Weimar war er bei den meisten Leuten als Einheimischer durchgegangen. Doch die Andeutung der Frau verstand er natürlich. Nero, einer der finstersten römischen Kaiser, den das Volk wohl nur deswegen so lange ertragen hatte, weil er eben ein Experte gewesen war in Sachen Brot und Spiele. Wobei die Spiele natürlich blutige Zirkusspiele gewesen waren im Circus Maximus.

»Stellen Sie sich vor: Genau hier ...« Die Dame deutete auf den Rasen zu ihren Füßen. »Genau hier stand zu Händels Zeiten die Skulptur eines Gladiators, vergoldet vermutlich. Das muss wunderschön ausgesehen haben, wie sie sich im Wasser des künstlichen Kanals spiegelte. Der ist natürlich auch nicht mehr da.«

Amadeo starrte auf den Rasen. Keine Spur mehr zu sehen von einer Skulptur, nicht einmal Reste des Fundaments oder auch nur Verfärbungen in der Vegetation, die darauf hindeutete, dass hier einmal etwas gestanden hatte.

Doch im frühen achtzehnten Jahrhundert hatte hier ein Gladiator Wache gehalten, Neros elementare Belustigung für den blutgierigen römischen Pöbel! Der exakte Gegenstand der Arie!

»Wir sind auf der richtigen Spur«, murmelte der Restaurator.

Styx hatte sich bereits aufgerappelt. »Indeed! Dann können wir fortfahren zur nächsten Station!« Aufgeregt nickte der Bassist.

»Station?« Die alte Dame hob die Augenbrauen. »Machen Sie eine Art ...« Sie suchte nach dem richtigen Wort. »Geocaching? Meine Enkelsöhne sind ja ganz begeistert davon.« Wieder kicherte sie, ein seltsam helles Kichern. »Als ich ein Kind war, haben wir das einfach Schnitzeljagd genannt.«

Amadeo biss sich auf die Lippen. Wenn er jetzt mit der Partitur rausrückte, würde das eine neue Verzögerung bedeuten. Andererseits schien die Frau sich hier auszukennen. Sie konnte ihnen helfen.

Doch er musste überhaupt nicht antworten. Die alte Dame redete bereits plappernd weiter. »Sie haben sich aber auch eine traumhafte Umgebung ausgesucht für Ihr Spiel.« Sie deutete in die Runde. Das Abendlicht tauchte die Bäume und weiten Rasenflächen in ein sanftes rötliches Licht. »Sehen Sie die Bäume? Das war damals die Hauptstraße hier. Die Whitchurch Avenue führte direkt an dieser Allee entlang – oder die Allee an der Avenue. Wenn der Duke und sein Hofstaat am Sonntag zur Kirche gingen, mussten sie genau diesen Weg nehmen. Malen Sie sich diese Pracht nur einmal aus! Die Herren mit ihren Perücken! Die Damen mit ihren spitzenbesetzten Kleidern, mit ihren eleganten Hüten!«

Wie selbstverständlich hatte sie sich beim *commandante* eingehängt, paradierte die ersten Schritte auf der bewussten Strecke entlang. Alte Damen besaßen ein besonderes Faible für Geistliche – Amadeo kannte das von seiner Mutter.

»Die nächste Stelle!«, wisperte Styx ihm zu. »Dort, wo es liest *carved in the shoulder of the mount*. Die Melodie ist ein Ausschnitt aus dem Triumphmarsch aus Händels *Giulio Cesare*! Stellen Sie vor, wie das geschaut haben muss zu seiner Zeit, wenn sie über die Bühne stolziert sind, Caeasar und Sesto und Cornelia und ihr Gefolge. Genau das, was die Matrone wiedergibt!«

Duarte sah über die Schulter zurück. Er musste die Worte gehört haben. Amadeo machte eine wedelnde Handbewegung. Bloß weitergehen! Die Frau war ihre Rettung! Fröhlich plapperte sie weiter, schnäuzte sich hin und wieder in ihr Taschentuch, bis der *commandante* aus den Falten seiner Soutane eine Packung Kleenex zum Vorschein brachte.

»Ist es nicht herrlich hier, Hochwürden?« Die Dame strahlte selig. Vermutlich hatte sie nicht einmal bemerkt, dass Duarte kein anglikanischer Geistlicher war, sondern römisch-katholischer Priester. »Diese Strecke ist mein Nachmittagsspaziergang. Wir haben einen Verein gegründet zur Pflege der historischen Gartenanlagen. Wie kommt es, dass Sie sich gerade unseren schönen Park ausgesucht haben für Ihre Schnitzeljagd? Wirklich eine wunderhübsche Idee! Machen Sie eine Fortbildung für Kirchenmusiker?«

Duarte murmelte etwas, das Amadeo nicht verstehen konnte, doch offenbar stellte es die Dame zufrieden. Munter plauderte sie fort, während sie der einstigen Whitchurch Avenue folgten, die heute nicht mehr war als ein Flanierweg an den Gehölzen entlang. In seinem Kopf konnte Amadeo förmlich vor sich sehen, wie Händel hier im Gefolge des Duke langspaziert war – leise vor sich hin kichernd, ganz wie ihre betagte Führerin, während er in Gedanken die einzelnen Versatzstücke seines musikalischen Codes zusammenmontierte.

»Wie geht es denn weiter in der Partitur?«, flüsterte Amadeo an den Bassisten gewandt. »Haben Sie das im Kopf?« In seiner Jacke suchte er nach dem Büchlein.

»Ich denke, dass ich die verbleibenden Zitate identifiziert habe«, wisperte Styx. »Und dass ich jetzt begreifen kann, was sie zu uns sprechen. Können Sie das erspähen dort vorne, auf der linken Handseite? Die kleine Erhöhung? Dieser Hügel ist nicht von den Kräften der Natur entstanden, sondern weil man dort Tote begraben hat rund um die Kirche Jahr um Jahr, sodass der Boden sich getürmt hat. Deshalb schaut es heute oft, als ob sich Kirchen würden erheben auf Hügeln.«

»Ich hörte davon«, murmelte Amadeo. »Das ist die Kirche, zu der der Duke mit seinem Gefolge gepilgert ist?« Das Laub war noch zu dicht, um etwas zu erkennen.

»Right. Und rund um die Kirche sind Gräber und eine Mauer um diesen Grabeshof, sodass es Sinn macht, wenn Händel erneut eine Phrase aus dem *Belshazzar* zitiert zu den Worten: *Estranged, never to be found*. Es ist die Stelle kurz vor dem Ende des *oratory*, wo der König Cyrus dem Krieg Einhalt gebietet: *Destructive war, thy limits know. Here, tyrant death, thy terrors end.*«

»Die Grenzen des Todes«, murmelte der Restaurator. »Die Friedhofsmauer!«

»Right! Und da ist ein besonderes Grab auf diesem Kirchhof, das den Leib von William Powell beherbergt, der gesagt wird, dass er der Harmonious Blacksmith gewesen ist.« Ein irgendwie ungesundes Glitzern lag plötzlich in den Augen des Gothicmusikers. »Könnte es sein gar, dass wir müssten ergraben den Leichnam am Ende?«

»Bitte nicht schon wieder«, stöhnte Amadeo.

Verwirrt sah der Bassist ihn an.

Amadeo schüttelte den Kopf. »Überlegen Sie lieber, was im Rest der Partitur noch versteckt sein kann: *And lo! Behold that stony arc/that leadeth t'ward an ancient dark./ Thou shalleth keep this stuff disguised/until the things to come arrive*. Das ist noch eine Menge Text, und wenn ich das richtig im Kopf habe, wird das meiste mehrfach wiederholt. Da kann der Friedhof doch noch nicht das Ende sein!«

»Viele Leute sagen, dass der Friedhof *ist* das Ende«, erwiderte Styx etwas eingeschnappt. »Wobei in diesem Fall ...«

»Saint Lawrence!« Ihre Führerin und der *commandante* waren stehengeblieben. »Ein mittelalterlicher Bau in seinen

Ursprüngen, doch der Duke of Chandos hat die Kirche umgestaltet, als er Händel dort als Organisten einsetzte. Der zweite Schwerpunkt von Händels Wirken hier bei uns, neben der Tätigkeit als Hofkomponist. – Bitte, Sie müssen sich die Kirche einfach ansehen!« Verschwörerisch zwinkerte sie dem *commandante* zu, fügte fast flüsternd hinzu: »Ich habe die Schlüssel!«

Fragend ging Amadeos Blick zu Styx. »Wollen wir?«

Nachdenklich betrachtete der Bassist den Kirchenbau, den gedrungenen, zinnengekrönten Turm, der auf den Park blickte. Den Turm hätte sich Amadeo auch in einem der Schlösser Heinrichs VIII. vorstellen können, während der Rest des Gebäudes vergleichsweise neueren Datums war: das Werk des Duke mit seiner Vorliebe für barocken Glanz und Gloria, zu Händels Zeit errichtet.

»Ich denke, wir sollten das tun.« Styx nickte.

Amadeo warf einen letzten Blick auf die Parkanlagen, auf die sich der Abend senkte. Sie waren nun beinahe menschenleer. Ein letztes Grüppchen von Spaziergängern eilte den Weg entlang, den sie selbst eben gekommen waren. Es wird dunkel, dachte Amadeo, und in der Ferne hörte er die ersten Sirenen. Die Menschen im friedlichen Edgware mochten noch nicht ahnen, was ihnen bevorstand, wenn das Tageslicht aus den Straßen wich, heute Nacht und in den kommenden Nächten. Amadeo dagegen wusste es, und er allein konnte verhindern, dass es noch viel, viel schlimmer kam.

»Wir haben keine Zeit mehr«, murmelte er.

Eilig folgte er dem *commandante* und der aufgeregt vor sich hin schnatternden und schnäuzenden Führerin, Styx an seiner Seite. Spazierweg und Park endeten an einer Straße, doch die kleine Dame wandte sich auf dem Gehsteig sofort nach links, an der Friedhofsmauer entlang bis zu einer von einem kleinen Wetterdach geschützten Pforte.

»Kommen Sie, meine Lieben, kommen Sie!« Strahlend winkte sie ihre Begleiter hindurch, griff ein einziges Mal kurz nach einem neuen Taschentuch aus dem Vorrat des *commandante*.

Während sie mit emsigen Trippelschritten zwischen den Grabsteinen hindurch auf die Kirchentür zueilte, nickte Styx kurz nach rechts: »Sie können den Grabstein nicht erspähen von hier. Er befindet sich hinter den Büschen. Doch es hat den Anschein, dass wir ohnehin in die Kirche treten müssen, weil da ist …«

Er verstummte. Die Kirchentür öffnete sich mit vernehmlichem Quietschen. Die alte Dame schlüpfte hindurch, und Sekunden später erwachte im Kirchenraum elektrische Beleuchtung zum Leben.

Staunend trat Amadeo ein, legte den Kopf in den Nacken. Wenn er mit allem gerechnet hatte … Das Innere des kleinen Gotteshauses war ein Juwel. Auf einmal konnte er begreifen, warum der große Händel bereit gewesen war, das Engagement in einem winzigen Dorfkirchlein zu akzeptieren. Nein, das war kein Dorfkirchlein, ganz und gar nicht. Die Wände des Längsschiffs waren glatt und eben, doch Amadeo musste zwei- oder dreimal hinsehen, bis er das begriffen hatte.

»Trompe-l'œil-Malerei«, murmelte er.

Was aussah wie eine durch Arkaden, Säulen und halbrunde Nischen reich gegliederte Architektur, war in Wahrheit flach wie ein Brett. Wen auch immer der bombastbesessene Duke hier engagiert hatte: Diese Leute waren echte Meister gewesen. Allein in dem symbolüberladenen Figurenprogramm an Wänden und Decke von Händels Arbeitsplatz hätte man Dutzende codierter Anspielungen unterbringen können. Doch der Code des Komponisten war nicht sichtbar, er war nur hörbar, und wie von selbst wanderte Amadeos Blick zu dem Instrument, an dem dieser Code – oder doch Teile von ihm – entstanden sein musste.

Die Orgel war wunderschön, wenn auch bescheiden in ihren Dimensionen. Dennoch waren die Maße – und mit Sicherheit auch der Klang – dem Kirchenraum genau angemessen, der nur durch die Malereien sehr viel gewaltiger wirkte, als er in Wahrheit war. Mit leuchtenden Augen betrachtete Styx das Instrument.

»Möchten Sie für uns musizieren?«, fragte ihre Führerin lächelnd.

Der Bassist keuchte, doch, scheinbar gegen seinen Willen, drehte er sich langsam um, ließ den Blick noch einmal durch den Kirchenraum schweifen. Er suchte etwas. Amadeo sah, wie sich seine Lippen bewegten, und wenn der Restaurator genau hinhörte, glaubte er einen leisen Summton zu hören. *»Behold that stony arc, behold that stony arc.«* Mit langsamen Schritten ging Styx auf die Orgel zu, die am entgegengesetzten Ende des Längsschiffs postiert war, durch eine niedrige Stufe vom Kirchenraum getrennt. Die Malereien sorgten dafür, dass der Blick geradezu magisch von dem Instrument angezogen wurde. Zu Hause in Italien hätte man an dieser Stelle einen pompösen Altar erwartet, dachte Amadeo. Hier aber bestand er nur aus einem schlichten Holztisch. Doch wie hätte man den Herrn der Heerscharen großartiger verehren können als in der Musik, die an diesem Ort entstanden war?

»*Behold that stony arc*«, murmelte Styx noch einmal, hielt dann zwei Schritte vor der Orgel inne, auf ein verziertes, niedriges Metallgitter gestützt, das den Altarbereich vom Gemeinderaum abgrenzte. »Irgendwo hier muss es geben Tore von Metall. – Vom *Belshazzar* wiederum: *Yet still the brazen gates*«, summte er zu derselben angedeuteten Melodie. »*Yet still the brazen gates. – Damn!*«

Aus dem Augenwinkel sah Amadeo, wie ihre Führerin kurz zusammenzuckte.

Langsam drehte der Bassist den Kopf nach links, reckte den Hals. »Wo führt diese Tür hin?«, fragte er auf Englisch, an die alte Dame gewandt.

Sie biss sich auf die Lippen. »Eigentlich darf ich dort nur zu den Führungen öffnen«, sagte sie ausweichend. »Aber …« Ihr Blick glitt zu Duarte. »Mit Sicherheit würde er sich freuen, wenn Sie ein Gebet für ihn sprechen!«

Der *commandante* zögerte einen Moment, nickte dann aber würdevoll. Vielleicht hatte er denselben Gedanken gehabt wie Amadeo: Als dieses Kirchlein entstanden war, war es kaum ein paar Jahrzehnte her gewesen, dass man sich auf den Britischen Inseln um den rechten Glauben noch den Schädel eingeschlagen hatte. Wessen Grab die alte Dame auch immer im Hinterstübchen hatte: Ob er über Fürbitten von der Konkurrenz so erbaut sein würde, wollte Amadeo bezweifeln.

Ihre Führerin fingerte bereits an ihrem Schlüsselbund. Seinen Dimensionen nach hätte es als Türöffner für sämtliche Kirchenräume im Umkreis von mehreren Meilen dienen können.

Jetzt hatte auch Amadeo die Stelle vor dem Altartisch erreicht, eben rechtzeitig, um zu sehen, wie die kleine Frau eine niedrige Tür öffnete, die auf den ersten Blick eher unscheinbar wirkte. Ein schlichter Raum kam zum Vorschein – ein Arbeitsraum, wenn man es so nennen wollte, offenbar die Sakristei des Gotteshauses. Amadeos Blick glitt nur kurz über ein Regal mit unterschiedlichen Gerätschaften und Aktenordnern und blieb dann automatisch an einem Durchgang hängen, der im rechten Winkel weiterführte. Wie erstarrt war der Bassist dort stehengeblieben.

»*Yet still the brazen gates*«, murmelte er noch einmal.

Beinahe ehrfürchtig berührten seine Finger ein verschnörkeltes Metallgitter. Es ähnelte den Schranken rund um den Altar, lief hier aber an den Innenseiten des Durchgangs entlang und fasste Styx' Kehrseite jetzt beinahe wie ein Bilderrahmen ein. Die Lücke innerhalb der geschmiedeten Stäbe konnte durch eine Tür geschlossen werden, die im Augenblick aber offen stand.

Mit zwei Schritten war Amadeo an der Seite des Bassisten, und was er sah, verschlug auch ihm die Sprache.

Amadeo Fanelli hatte bereits barocke Grabmäler gesehen. Rom war schließlich voll davon, doch in Rom rechnete man auch damit, dass einen hinter der nächsten Straßenecke unvermittelt eine Masse marmorner Manierismen ansprang, und in den Kirchen sowieso. Aber hier …

Auf einem etwa schulterhohen Podest stand die überlebensgroße Marmorskulptur eines Mannes in historisierender Rüstung, aber mit der typischen Allongeperücke aus den bizarrsten Jahrzehnten des Rokoko. Hohe Säulen zu beiden Seiten der Figur grenzten sie zu zwei knienden Frauengestalten hin ab. Das mussten Frau und Tochter des Toten sein, oder aber, wahrscheinlicher, zwei Frauen, mit denen er verheiratet gewesen war – nacheinander selbstverständlich. Wer der Mann war, daran hatte Amadeo keine Sekunde einen Zweifel. Auf den ersten Blick ließ sich ja nicht einmal sagen, ob sich die beiden Frauen in ihrer anbetenden Haltung an ihren Schöpfer wandten oder aber an den gemeinsamen Angetrauten, der sich selbst im Tode noch alle Mühe zu geben schien, ein eindrucksvolles Bild abzugeben:

Das also war der Duke of Chandos, dem sie – und Händel – letztendlich all die Spuren verdankten, denen sie den ganzen Nachmittag nachgelaufen waren: das verschwundene Palais, die verschwundenen Gräben und Bassins im Park, die verschwundene Gladiatorenfigur und nun schließlich die Kirche mitsamt dem Grabmal des Verstorbenen. Der Endpunkt der musikalischen Fährte, der wie durch ein Wunder noch vorhanden war.

Styx hob die Augen in Richtung Decke, und Amadeo folgte ihm automatisch. Wieder eine Malerei, wieder als Trompe-l'œil gestaltet. Man hätte glauben können, der Raum werde durch eine dramatische Kuppel gekrönt, in Wahrheit jedoch war die Decke flach.

»Hmm«, machte der Bassist. Keine Melodie diesmal, sondern ein nachdenklicher Laut. »Hmmm …«, wiederholte er, und nach und nach wurde nun doch eine Melodie daraus: »*Hmm-hm-hm-hm Hmm-hm-hm-hm-hm. Thou shalleth keep this stuff di-hisguised / until the-he thi-hings to co-home arrive.*« Styx brach ab. Grüblerisch sah er empor zur Figur des Duke, der mit verklärter, aber irgendwie nicht sonderlich scharfsinniger Miene unter seiner Lockenpracht hervorblickte, in unbekannte Weiten oder auf die versammelte Gemeinde zu seinen Füßen. »Hmm«, machte Styx noch einmal, doch dann, ohne erkennbaren Anlass, begann er plötzlich gackernd zu kichern. Ein Kichern, das immer höher wurde, bis Amadeo der Verdacht kam, der Bassist versuche sich auf die Frequenz von Händels berühmten Kastratentenören einzustimmen. Zweimal musste Styx ansetzen, bis es ihm wieder gelang, in eine Melodie zu finden. Eine Melodie, die offenbar identisch war mit der vorhergehenden, aber kaum zu verfolgen vor Japsen und Kichern: »*From Thy ete-he-herna-hal Throne/Look with a-han eye o-hof blessi-hing down.*«

Der Bassist hielt sich den Bauch: »Vile! Really, really, really vile! Monstrous! – Aber es ist so treffend, ist es nicht? So ungehört treffend!«

»Ich bin mir nicht sicher, ob ich Ihnen …«, begann Amadeo.

»*Judas Maccabeus*!« Styx trug noch immer Amadeos Sakko. Mit dem Ärmel tupfte er sich die Tränen ab. »Oh, I'm so sorry! Das *oratory* von Judas Maccabeus! Das ist ein Priester von den Israeliten, der das singt. Ein Priester, der fleht zu Gott, dass er sein ehrwürdiges Auge niederwerfen soll, zu segnen das tumbe Volk. Ich hatte geglaubt, dass damit ein Ort in der Kirche verschlüsselt sein müsste, wo der Herr vom Kreuz auf die Gemeinde blickt. Doch da war kein Altar in der Kirche.«

»Aber hier ist auch keiner«, bemerkte Amadeo. Warum nur hatte er das Gefühl, gerade hoffnungslos auf dem Schlauch zu stehen?

»Nein, hier ist auch keiner.« Noch immer prustend deutete Styx auf das überdimensionierte Grabmal. »Aber hier ist *er*! Der Duke, der auf uns niederblickt, als ob er noch wäre... der Chef von dem allen. Von dem Land, von Canons, vom Park und so fort. Aber in Wahrheit ist nichts mehr da vom Schloss und vom Park, wie er ihn ausgeformt hat – und Händel hat das gewusst, weil der Duke lange Jahre vor ihm verblasst ist. Und er war *finished*! Er war finished, der Duke, als er verblasst ist. Er war ruiniert mit seinen Finanzen. Wir wissen nicht, ob er Händel irgendwann gefeuert hat, aber der hat Canons jedenfalls nach einigen Jahren verlassen. Und hier, mit der letzten Station von seinem Code, sagt Händel... *revenge is sweet*. Wie sprechen Sie im Deutschen?«

»Rache ist süß?«, schlug eine höfliche Stimme vor.

Amadeos Haltung gefror.

Er erkannte die Stimme auf der Stelle.

Monatelang hatte er davon geträumt, dass er sie noch einmal hören würde, lange bevor die babylonischen Albträume begonnen hatten, ihn heimzusuchen.

Er hatte davon geträumt, dass sie zu ihm sprechen würde,

in exakt diesem Tonfall und in exakt einer solchen Situation. In einem Moment, in dem er sich in einer Sackgasse befand – einem finsteren Keller, einer Höhle oder eben einem Mausoleum, aus dem nur ein einziger Weg ins Freie führte. Und dieser Weg war versperrt.

Zollweise drehte Amadeo sich um.

Seine Glieder waren gefrorenes Eis.

Görlitz war... *War* das Görlitz? War das der Mann, mit dem er in Weimar Seite an Seite gearbeitet hatte? Steffen Görlitz mit seinen gegelten Haaren und seiner schmierigen Art, auf den Rebecca und er bei der Jagd nach der Letzten Offenbarung so unvorbereitet gestoßen waren? Der sie an den Kardinalstaatssekretär der Heiligen Kirche ausgeliefert und anschließend durch halb Europa verfolgt hatte?

Görlitz war nicht wiederzuerkennen. Sein Gesicht war in einem Hass verzerrt, der den freundlichen Ton seiner Stimme Lügen strafte. Doch selbst wenn es einen neutralen Ausdruck getragen hätte, wäre es Amadeo eiskalt den Rücken heruntergelaufen bei diesem Anblick. Görlitz war entstellt, seine Züge zerfetzt und zerschunden von schlecht verheilten Narben – und er hatte kein einziges Haar auf dem Kopf.

Das Schlimmste aber war...

»Ich habe dich gesehen«, flüsterte Amadeo. »Potsdam! Das Café! Vorgestern!«

»Es ist wirklich nicht zu glauben«, murmelte Görlitz tadelnd. Er stand in der Sakristei, machte keine Anstalten, sich von der Stelle zu rühren. Selbstverständlich trug er eine Waffe – sie war auf den Restaurator gerichtet. Und selbstverständlich war er nicht allein. Ein halbes Dutzend Pistolenläufe zielten auf Amadeo und seine Begleiter.

»Es ist wirklich nicht zu glauben. Kaum hat man einmal eine andere Frisur, schon erkennen einen die ältesten Freunde nicht wieder.« Bekümmert schüttelte Görlitz den

Kopf. »Aber du siehst ja sowieso nur, was man auf den ersten Blick erkennen kann. Du solltest wirklich lernen, die Kleinigkeiten im Auge zu behalten, mein Lieber. Hat dir das nicht schon Helmbrecht immer gesagt?«

Fragend sah er Amadeo an, bevor er im Plauderton anfügte:

»Zu seinen Lebzeiten?«

Camp Marmal, Afghanistan

»Wir müssen ihnen nach!« In Alyssas Augen lag ein Feuer, geboren aus Furcht und Verzweiflung. Ein Feuer, das keine Löschmannschaft dieser Welt würde unter Kontrolle bringen können, wie es nach mehr als einer Stunde mit den Bränden im Camp gelungen war.

»Ausgeschlossen im Moment.« Merthes' Tonfall machte deutlich, dass die Entscheidung des Oberkommandos unumstößlich war. »Nicht vor Tagesanbruch. Die Drohnen haben sie im Blick, und die Nachtsichtgeräte liefern scharfe Bilder. Wir wissen, wohin sie unterwegs sind.«

In die Berge, dachte Rebecca. Quer durch die freie Wüste.

Die Aufständischen waren auf dem Rückzug. Den Streitkräften der internationalen Allianz war es am Ende gelungen, den Angriff zurückzuschlagen, doch da war es bereits zu spät gewesen.

Geiseln, dachte Rebecca. Es war vor ihren Augen geschehen, zwanzig Schritte entfernt, doch sie hatten nichts unternehmen können. Ein Schuss in das Handgemenge zu beiden Seiten der Barrikade hätte die Angreifer treffen können – aber ebenso gut einen der ISAF-Soldaten oder Fabio Niccolosi. General Stoltenbeck hatte seine Drohnen aufsteigen lassen, dazu zwei Tornados und sogar einen mit Leuchtmunition ausgestatteten CH-53-Transporthubschrauber. Doch Merthes' Vorgesetzter war ein zu kluger Mann, um in einer solchen Situation den Feuerbefehl zu geben. Ein halbes Dutzend seiner Männer wurde vermisst, dazu der Junge aus der *officina*. Das deutsche Militär war vorsichtig seit dem berüchtigten Vorfall in Kunduz, bei dem die Zahl der Getöteten unter den – mehr oder weniger – unbeteiligten Zivilisten höher gewesen war als unter den Angehörigen des Taliban-Kommandos.

»Sie haben sie mitgenommen«, versuchte Rebecca ihre Schwester zu beruhigen. »Hätten sie sie töten wollen, hätten sie das hier vor Ort erledigen können, das wäre einfacher gewesen. Sie wollten sie lebend. Wahrscheinlich werden sie morgen früh ihre Bedingungen …«

»Bedingungen? Was sollten sie denn von uns wollen? Sie brauchen doch nur abzuwarten, bis die Grippe uns erledigt hat!«

Sehe ich auch so aus, wenn ich wütend bin?, fragte sich Rebecca. Wer Alyssa ansah, konnte es jedenfalls gerade mit der Angst bekommen. Doch ihre Schwester war nicht einfach nur wütend. Was Rebecca in ihren Augen las, war Panik, blanke Panik.

Oberst Merthes nickte den Frauen noch einmal knapp zu und verließ dann wortlos den Wohncontainer, in den die beiden Schwestern zurückgekehrt waren.

»Gleich bei Tagesanbruch«, versprach Rebecca. »Sobald es hell wird. Wir wissen, wo sie sich verstecken. Wir werden ihnen folgen – zur Not wir beide allein.«

»Fabio.« Mit einem Mal trug Alyssas Gesicht wieder einen vollständig neutralen Ausdruck. Doch das war noch wesentlich schlimmer, denn ihr Tonfall bildete einen schmerzhaften Kontrast dazu. »Fabio.«

»Er ist …« Rebecca setzte neu an, suchte nach einer Formulierung, die zumindest in ihren eigenen Ohren nicht hoffnungslos melodramatisch klingen würde. »Er spielt wirklich eine wichtige Rolle für dich«, sagte sie schließlich. »Nicht nur für den Auftrag.«

»Das kannst du nicht verstehen.« Die Antwort klang nicht feindselig, worauf sich Rebecca schon halbwegs eingestellt hatte. »Du kannst nicht verstehen, wie er ist. Er ist anders. Er ist … Er ist *unschuldig*. – Nein, nicht auf *diese* Weise!« Für einen Moment glomm nun doch etwas in ihren Augen auf, doch Rebeccas Nicken schien sie auf der Stelle zu beschwichtigen. »Wenn du gesehen hast, was ich gesehen habe … Diese ganze abgefuckte Welt, die Geheimdienste. Jeder tut seinen Job, und keiner fragt, ob es richtig ist, was wir tun. Im Grunde ist alles egal. Aber Fabio: Wenn du die Welt durch seine Augen siehst …« Die blonde Frau schüttelte den Kopf. »Du kannst es nicht verstehen«, sagte sie noch einmal.

»Vielleicht besser als du denkst«, murmelte Rebecca. Was Alyssa erzählte, hätte eine Beschreibung Amadeos sein können. Amadeo, der sich für Dinge begeistern konnte, die andere Menschen nicht einmal zur Kenntnis nahmen. Der sich über einen tausend Jahre alten Codex freuen konnte wie ein kleines Kind über die neue Spielzeugeisenbahn. Der einem Geheimnis nachjagte, nicht etwa weil ihm jemand einen Auftrag erteilt hatte oder weil irgendwelche höheren Interessen davon abhingen, sondern ganz einfach, weil dieses Geheimnis da war.

»Unschuldig«, murmelte Rebecca. Das Wort klang merkwürdig genug im Zusammenhang mit einem siebzehnjährigen Azubi, mit dem ihre Schwester offenbar ins Bett ging. Aber war es nicht eigentlich viel bedenklicher, wenn es auf Rebeccas eigenen Partner ebenso gut passte, der sich der vierzig näherte?

»Wir holen Fabio zurück«, versprach sie, holte Luft. »Lässt du mich nach deinem Bein sehen?«

Alyssa zögerte einen Moment, stand dann wortlos auf und streifte vorsichtig ihre Hosen ab. Rebecca zuckte unwillkürlich zusammen, als sie das blutverschmierte Bein sah. Alyssa hätte niemals mit rauskommen dürfen vorhin. Durch die Anstrengung hatte sich die Wunde noch weiter geöffnet.

Rebecca griff in ihre Medizintasche, zog ein schmerzstillendes Präparat auf, das sie in mehreren Stichen rund um die Verletzung injizierte. Die Wunde musste genäht werden, doch das Mittel brauchte Zeit, um zu wirken.

Müde richtete Rebecca sich auf. Jetzt, da der Kampf vorbei war und der Nachschub an Adrenalin ausblieb, kam ihr auch wieder zu Bewusstsein, was sie ihrem eigenen Körper seit Tagen zumutete. Und doch ging es ihr im Augenblick noch immer besser als zu jedem anderen Zeitpunkt seit dem Abend in Südamerika. Die neue Naht an ihrem Oberschenkel hielt diesmal, und die Symptome der Grippe beschränkten sich dank Alyssas Wundermittel auf das vage Gefühl einer verstopften Nase und einen unangenehmen Geschmack ganz hinten auf der Zunge.

Die Grippe … Merthes hatte mit ihnen einen Rundgang durchs Lager gemacht, am frühen Abend, als die ISAF-Welt noch einigermaßen in Ordnung gewesen war. Er hatte ihnen das Lazarett gezeigt, die Krankenbaracken, in denen fast jedes Bett belegt gewesen war – mit Grippekranken.

Sie kriegen die Grippe nicht.

Eine Gänsehaut stellte sich auf Rebeccas Armen ein, als sie sich an die Worte des Obersts erinnerte. Die Bewohner der Wüste waren immun gegen die Grippe, oder aber sie besaßen ein bisher unbekanntes Heilmittel. Beides lief auf dasselbe hinaus: Sie waren auf der richtigen Spur.

»Ich muss mit Amadeo reden«, murmelte sie und langte in ihren Seesack. Seine neue Nummer war bereits in ihrem Gerät gespeichert.

Der Ruf ging raus. Irgendwo, ein paar tausend Kilometer entfernt, ertönte jetzt der Chor der Gefangenen aus Nabucco. Er ertönte … und ertönte … Schließlich sprang die Mailbox an, die sich lediglich mit einer Ansage der Nummer meldete. Amadeo war noch nicht dazu gekommen, einen persönlichen Text aufzusprechen.

Rebecca fuhr sich über die Lippen. »Ich bin's«, sagte sie. »Bitte ruf mich zurück, sobald du kannst. Ich denke, wir bleiben wach.« Sie warf einen Blick auf ihre Schwester, die sie unverwandt betrachtete. »Ich … Ich vermisse dich«, sagte sie leise in die Sprechmuschel. Warum fiel ihr das so schwer in Alyssas Gegenwart? Sie drückte den Knopf, der den Anruf beendete.

»Er geht nicht ran«, wandte sie sich an die blonde Frau. »Seltsam eigentlich. In London ist es jetzt erst früher Abend.«

An diesem Morgen hatte er ihr auf dem Weg nach London eine SMS geschrieben, irgendwo über den Alpen, an Bord der Messerschmitt. Jetzt musste Rebecca an Stoltenbecks Worte denken, heute Nachmittag, kurz nach ihrer Ankunft. Der General hatte Bilder aus London gesehen, wo das Grippechaos anscheinend mit voller Gewalt ausgebrochen war. Hieß das, dass Amadeo in Gefahr war? Doch einen wirklich sicheren Ort gab es inzwischen sowieso nicht mehr. Nirgendwo auf der Welt. Die Grippe war überall.

Oder doch fast überall.

»Du hast das mitgekriegt vorhin?«, fragte Rebecca. »Die Afghanen kriegen die Grippe nicht.«

Alyssa nickte stumm.

»Ich frage mich, ob das für alle gilt«, murmelte Rebecca. »Alle Einheimischen hier in der Gegend – oder nur die

Leute aus den Bergen. Die Aufständischen.« Sie schüttelte den Kopf. »Du hast ja recht: Es ergibt keinen Sinn. Warum haben sie uns angegriffen, anstatt abzuwarten, bis sich das Problem von selbst erledigt? Die hören doch auch die Nachrichten und wissen, was los ist im Rest der Welt. Wozu nehmen sie Geiseln, wenn sie genau wissen, dass wir ihnen im Gegenzug nichts anbieten können? Wenn sie damit rechnen müssen, dass uns nur eines übrig bleibt ...« Nachdenklich betrachtete sie die Kunststoffverkleidung des Blechcontainers – dieselbe Stelle, auf die Alyssa früher am Abend geblickt hatte. Die Berge. Die Antwort lag in den Bergen.

»Nur eines – ihnen zu folgen. Was, wenn sie genau das erreichen wollten?«

St. Lambert Church, Edgware, England

»Zu seinen Lebzeiten?«

Amadeos Stimme zitterte.

Görlitz' Blick lag auf ihm, in den Augen ein übertriebenes Fragezeichen.

Der Restaurator hätte ihm diesen selbstgefälligen Ausdruck aus der Visage schmettern können – wäre er imstande gewesen, sich zu rühren.

Du solltest wirklich lernen, die Kleinigkeiten im Auge zu behalten, mein Lieber. Hat dir das nicht schon Helmbrecht immer gesagt? – Zu seinen Lebzeiten?

Nein! Amadeo weigerte sich, zu glauben, was diese Worte einschlossen. Görlitz hatte sie nur aus einem einzigen Grund gesprochen: weil er Amadeo mit einem einzigen Schlag vernichten wollte.

Doch brauchte er dazu – Worte? Ohne Regung hielten Görlitz' Begleiter die Läufe ihrer Kleinkaliberpistolen auf den Restaurator gerichtet, auf Duarte und Styx und auf die kleine Dame mit dem eisgrauen Dutt. Ihre Führerin konnte am allerwenigsten begreifen, was hier vorging. Sie hatte an Duartes Arm Schutz gesucht. Wortlos starrte der *comman-dante* Görlitz an. Die beiden Männer hatten einander schon einmal gegenübergestanden, erinnerte sich Amadeo.

Und über ihnen allen thronte hochmütig die marmorne Inkarnation des Duke of Chandos, die bald drei Jahrhunderte lang über Händels Depot gewacht hatte. Irgendwo hier in diesem Raum musste es sich befinden, unter ihren Füßen vermutlich. Amadeo war am Ziel, der Lösung des babylonischen Rätsels eine entscheidende Station näher – doch hier war seine Reise zu Ende.

Doch was zum Teufel tat Steffen Görlitz hier? Er war hinter Amadeo her, seit Potsdam schon, so viel war klar. Aber wie war er seiner Spur gefolgt, von Potsdam nach Weimar, weiter nach Rom und bis hierher, nach Canons und in die Dorfkirche Saint Lambert?

»Steffen.« Amadeo nahm alle Kraft zusammen. »Ich weiß nicht, für was…« Er schüttelte den Kopf. »Für wen…« Doch das war Unsinn. Er wusste sehr genau, für wen Görlitz arbeitete. Jean-Lucien Verholen: Söldner. Belgier. Terrorist. Nicht unbedingt in dieser Reihenfolge, aber das war auch gleichgültig.

Wer aber stand hinter Verholen? Nicht einmal Alyssa hatte eine Vermutung gewagt. Doch Amadeo wusste nur zu gut, in wessen Lohn und Brot Görlitz bei ihrer letzten Begegnung gestanden hatte.

»Der Kardinalstaatssekretär?«, hauchte er.

Görlitz' Mundwinkel zuckten. Sie zuckten ungleichmäßig. Die linke Seite seines Gesichts hing herunter wie bei einem Schlaganfallpatienten.

»Soll ich ganz ehrlich sein?« Er flüsterte beinahe. »Ich

habe nicht die geringste Ahnung. Und weißt du was? Es interessiert mich nicht die Bohne. Hier geht es nur um dich und mich. Du spielst ein falsches Spiel, Fanelli!«

Amadeo klappte der Unterkiefer runter. *Er* spielte ein falsches Spiel? Görlitz' – Verholens – Schergen bereiteten sich gerade darauf vor, ihn über den Haufen zu schießen!

»Mag sein, dass du Einsteins Code geknackt hast«, fuhr Görlitz fort. »Aber da hattest du auch Vorsprung. Als ich ihn in die Hände kriegte, warst du schon in Caputh. Aber Goethe? Der größte Geist unserer Zeit war gefragt – und du musst dir von dem alten Trottel in Weimar helfen lassen. Und das hier?« Sein Blick wanderte hinauf zur Grabskulptur des Duke in ihrer hehren Einfalt und stillen Größe. »Na, wer war's? Was habt ihr gefunden auf dem *cimitero acattolico?* Wer ist der Nächste in der Reihe? Alexander Pope?« Er studierte Amadeos Gesicht, warf plötzlich einen Seitenblick auf Styx, der sich nicht einen Millimeter von der Stelle gerührt hatte, seitdem Görlitz aufgetaucht war. Der Bassist umklammerte seine Gitarre wie einen Rettungsring. Oder wie ein Maschinengewehr, dachte Amadeo, mit dem er ihnen den Weg freischießen konnte aus dem Mausoleum, das sich für sie in eine Mausefalle verwandelt hatte.

»Händel also«, stellte Görlitz fest. »Du hast schon wieder betrogen, Fanelli! Und du suchst dir seltsame Leute aus für deine Betrügereien. – Du!« Die Augen in der zernarbten Wüste seines Gesichts durchbohrten Amadeo. »Oder ich! Wo ist das Depot? Hier im Raum?« Sein Blick kehrte zurück zu Styx. »Wo ist es?«

»I-ich …« Der Bassist konnte kaum sprechen, so sehr klapperten ihm die Zähne. Ein Held war er jedenfalls nicht. »Ich habe keine Planung! Es drischt die Hölle raus aus mir! Irgendwo hier, zu Füßen von der Skulptur, die segnend blickt auf uns herab …« Er zögerte. »Hinab?«

Kein Held, dachte Amadeo. Aber wissbegierig, selbst in diesem Moment noch.

»Der Boden«, murmelte Görlitz. Er betrachtete die hellen Fliesen. »Marmor«, sagte er nachdenklich. »Das wird nicht einfach.«

»Ich habe keine Waffe!«

Blinzelnd blickte Görlitz auf. Mit einer blitzartigen Bewegung hatte sich Amadeos Führerin vom Arm des *commandante* gelöst, war mit zwei Schritten im Durchgang zwischen Sakristei und Mausoleum und blockierte die Lücke im schmiedeeisernen Gitter – so gut das möglich war bei einer Größe von eins fünfzig.

»Nein, ich habe keine Waffe. Aber ich gehöre zu denjenigen, die jahrelang alles dafür getan haben, dass Cannons wieder ein Ort wird, für den sich das Vereinigte Königreich von Großbritannien und Nordirland nicht schämen muss! Als dieses Mausoleum restauriert wurde durch unseren Verein, unsere Väter, unsere Ehemänner und Söhne, habe ich selbst meinen kleinen Teil dazu beigetragen. Nein, ich habe keine Waffe, aber ich schwöre Ihnen: Wenn Sie und Ihre Papistenfreunde es wagen, Hand an diesen Ort zu legen, dann wird der Allmächtige meine Hilfe nicht brauchen. Dann wird er selbst Sie strafen mit Donner und Blitzen!«

Amadeo war sprachlos. Spontan musste er an eine Reihe von Krimis denken, aus der Feder von Agatha Christie – über eine kleine alte Dame aus Paddington. Genau so hatte er sich Miss Marple vorgestellt. Ganz genau so: furchtlos, unbeugsam – und britisch, wie ein Mensch nur sein konnte.

Und nicht auf ihn allein schien ihr Auftritt Eindruck zu machen. Duartes Augenbrauen hatten sich ganz leicht gehoben, als die Dame die »Papistenfreunde« erwähnte, doch aus seiner Miene sprach Hochachtung. Styx dagegen sah eher zerknirscht aus. Und Görlitz …

»Restauriert?«, fragte Amadeos ehemaliger Kollege. Er klang ausgesprochen respektvoll, doch gleichzeitig glaubte der Restaurator ein seltsames Glitzern in seinen Augen wahrzunehmen.

»Restauriert.« Die Stimme der Alten hätte Stahl zerschneiden können. »Jahrelang. Diese Kirche war eine Ruine. Die Wände mussten mit Balken gestützt werden. Wir haben Spenden gesammelt im gesamten Vereinigten Königreich, ein Pfund um das andere: für die Wände. Für den Boden. Für das Dach. Für die Ausstattung.« Jedes Wort kam wie ein Hieb, und Görlitz wirkte tatsächlich …

Er sieht nicht eigentlich getroffen aus, dachte Amadeo, aber *be*troffen auf jeden Fall.

Der Mann mit dem entstellten Gesicht nickte. Seine Miene wirkte betreten. »Das war mir nicht bewusst«, sagte er leise. »Sie haben alles erneuert? Von den Fundamenten an?«

»So ist es. Wir …«

»Was haben Sie gefunden?« Die Worte der alten Dame waren wie Florettstiche gewesen. – Görlitz drosch mit dem Säbel zurück, plump, aber wirkungsvoll. »Wo haben Sie es hingebracht?« Der Lauf seiner Waffe bewegte sich, glitt von Amadeo zu der winzigen Gestalt der Führerin, verharrte dort aber nur eine Sekunde lang, bevor er sich auf Duarte richtete. »Möglicherweise muss ich ein wenig unterstreichen, wie wichtig mir die Antwort ist.«

Die Augen der Alten weiteten sich, gingen zu dem dunkelhäutigen Mann in der Soutane. »Nein! – Ich … Bitte, das dürfen Sie nicht.« Bebend wandte sie sich zu Amadeo um. »Das würde er doch nicht tun, oder?«

Amadeo biss sich auf die Lippen, betrachtete den Mann, der einmal fast so etwas wie ein Freund für ihn gewesen war. »Ich bin mir nicht sicher«, sagte er leise. »Aber ich fürchte …«

Die alte Frau schien noch eine Winzigkeit mehr in sich zusammenzusinken. Ruckartig drehte sie sich wieder um. »Sie wollen die Pergamente?«, fragte sie mit rauer Stimme. »Wenn ich sie Ihnen gebe, bekomme ich dann Ihr Wort als …« Sie brach ab.

Ihr Wort als Gentleman, dachte Amadeo. Das hatte sie sagen wollen. Doch man musste nicht mit dem archaischen britischen Ehrencodex aufgewachsen sein, um zu erkennen, dass Görlitz da die falsche Adresse war.

»Wenn Sie die Pergamente bekommen, schwören Sie mir bei Ihrem … bei Ihrem Glauben, dass Sie diese Kirche nicht antasten?«

Görlitz zögerte – eine halbe Sekunde, länger nicht, dann nickte er knapp. »Einverstanden.«

Die Gestalt der kleinen Dame straffte sich. »Wir wollten sie der Öffentlichkeit zugänglich machen. Eine Ausstellung zum … zum Jubiläum. Sie sind im Gemeindehaus. Direkt … hier auf dem Gelände.« Sie holte Luft. »Ich habe die Schlüssel.«

»Sehr gut.« Zufrieden nickte Görlitz. »Dann werden wir beide uns Ihren Fund jetzt einmal ansehen.« Er wandte sich an seine Männer. »Wenn sich einer von ihnen rührt … oder wenn wir in zehn Minuten nicht zurück sind, fangt ihr an zu schießen. Ich denke …« Grübelnd schweifte sein Blick über Amadeo, den *commandante*, den bibbernden Bassisten, bevor er sich ganz langsam hob, zum ausdruckslosen Marmorantlitz des ersten Duke of Chandos. »Ich denke, mit *ihm* fangt ihr am besten an.«

Zehn Minuten. Wie viele von ihnen waren bereits vergangen? Amadeo wagte nicht die geringste Bewegung – nicht einmal, um auf die Uhr zu schauen. Görlitz' Männer sahen aus, als ob sie seine Anweisungen sehr, sehr ernst nehmen würden, so wenig bemerkenswert diese Männer sonst auch waren. Dutzendgesichter, dachte Amadeo. Hellhäutige Mitteleuropäer, deren Züge man sich unmöglich hätte einprägen können – wären sie nicht ohnehin zur Hälfte unsichtbar gewesen hinter ihren Atemmasken. Gesichter, die wie geschaffen waren für den Geheimdienst oder wie man Verholens Organisation auch bezeichnen wollte.

Kurz nachdem Görlitz und die alte Dame das Mausoleum verlassen hatten, hatte sich Amadeos Handy gemeldet. Rebecca. Es konnte nur Rebecca sein, niemand sonst hatte seine neue Nummer.

Doch natürlich war es ausgeschlossen, dass er den Ruf entgegennahm. Gespenstisch hallte der Chor der Gefangenen vom kalten Marmor wider, sekundenlang. Gefangene, dachte Amadeo. Gefangene in der Todeszelle. Dieses Mausoleum würde auch zu ihrem Grab werden, sobald Görlitz zurückkehrte. Daran hatte er keinen Zweifel.

Die Minuten krochen dahin. Amadeo wechselte einen Blick mit dem *commandante*. Duarte wirkte gefasst. Wenn ein Gefühl aus seiner Haltung sprach, so war es Wut, nicht aber Angst. Davon hatte Styx vermutlich genug für sie alle zusammen. Der Bassist stand mehrere Schritte entfernt, im hintersten Winkel der Grabkammer, den Rücken gegen den marmornen Sockel gestützt, auf dem sich die Skulpturen des Duke und seiner Gemahlinnen erhoben, zu kaltem, totem Stein erstarrt: so kalt und tot, wie auch sie selbst es in wenigen Minuten sein würden.

Amadeo wartete, wartete auf die Schritte ihres Henkers.

Sie klangen dynamisch, diese Schritte, als sie sich näherten. Das etwas leisere Trippeln, von dem sie begleitet wurden, bewies, dass Görlitz ihre Führerin nicht gleich an Ort und Stelle liquidiert hatte, worauf sich Amadeo schon halbwegs eingestellt hatte.

»Na, bin ich pünktlich?« Der Mann mit dem Narbengesicht sah auf seine Armbanduhr. »Auf die Minute, möchte ich sagen.«

Amadeo schüttelte sich: Wie konnte ein Mensch auf eine so grauenhafte Weise verändert und gleichzeitig doch genau derselbe geblieben sein? Dieselbe großkotzige Art, die den Restaurator schon bei ihrer letzten Begegnung abgestoßen hatte.

»Bestens.« Görlitz nickte. Mit einer einladenden Handbewegung wies er der alten Frau den Weg durch die Gittertür. Sie war jetzt wirklich eine alte Frau. Der aufgeregte Funke, der noch am Nachmittag in ihren Augen gelegen hatte, war erloschen. »Bestens«, wiederholte Görlitz. Er griff in seine dunkle Stoffjacke und holte einen Umschlag hervor. »Wie es aussieht, waren die Spenden der britischen Bevölkerung tatsächlich hervorragend angelegt, mein lieber Amadeo. Unsere eifrigen Denkmalschützer haben uns eine Menge Arbeit abgenommen. Du wirst überrascht sein, welch hübsches Brieflein hier auf uns gewartet hat.«

Amadeo biss die Zähne zusammen. Hatte er damit gerechnet, dass Görlitz jetzt übergangslos den Befehl zum Feuern geben würde? Nein, ausgeschlossen. Nicht, wenn man Görlitz war. Der Mann mit dem Narbengesicht würde seinen Triumph bis zum Ende auskosten. Amadeo sollte wissen, was ihm vorenthalten blieb. Erst dann würden ihn die Kugeln treffen.

»Sehr interessant«, murmelte Görlitz. »In der Tat.« Er hatte die Lasche des Umschlags geöffnet und eine Reihe von DIN-A4-Blättern in seine Hand gleiten lassen: frisches, weißes, nagelneues Papier.

Ungläubig kniff Amadeo die Augen zusammen: Das konnte unmöglich Händels Vorlage sein! Das Brevier des Komponisten war ja selbst schon an die dreihundert Jahre alt. Und die Führerin hatte vorhin ausdrücklich nicht von *Papier*, sondern von einem *Pergament* gesprochen. Aber Görlitz war doch kein Mensch, der sich mit einer Kopie zufriedengab, nur aus Rücksicht auf einen Kirchenverschönerungsverein im hinterletzten Edgware!

»Wirklich hübsch, wie er die Initialbuchstaben gestaltet hat…« Die Augen des Narbengesichtigen glitten über das Papier. »Eine solche Liebe zum Detail, wenn man überlegt, dass das normalerweise wohl kaum zu seinen Aufgaben gehörte.«

»Wessen Aufgaben?« Amadeo hätte sich auf die Zunge beißen können. Um nichts in der Welt gönnte er Görlitz diesen Triumph, doch er konnte einfach nicht anders. Er stand kurz vor dem Platzen vor Anspannung.

Traurig schüttelte Görlitz den Kopf. »Die Details, mein Lieber. Bitte, muss ich die Hoffnung denn wirklich aufgeben, dass du das noch lernst?« Er holte Luft, begann mit konzentrierter Miene vorzulesen. *»Nos Fridericus secundus divina favente clementia Romanorum imperator semper augustus, Hierusalem et Sicilie rex…«*

Amadeo keuchte. Er konnte es nicht verhindern. »Friedrich II.«, flüsterte er. »Nach dem Walten der göttlichen Gnade Kaiser der Römer und stetiger Mehrer des Reiches, König von Jerusalem und Sizilien. – Frie… Friedrich, mein…« Er wandte sich um zu Duarte, zu Styx, mit einem Mal unsicher auf den Beinen. »Der Mann, den ich…«

Amadeo konnte es nicht in Worte fassen. Was hätte er auch sagen sollen? *Ich bin einer seiner größten Fans?* Händel hatte mit Sicherheit seine Fans gehabt, und ihr schmalbrüstiger Bassistenbegleiter wurde heute von unzähligen jungen Leuten angehimmelt, genau wie es auch in Amadeos Jugendzeit Bands gegeben hatte, denen seine Schulkameraden heiße Verehrung entgegenbrachten. Doch wenn es für

Amadeo Fanelli aus den Marken jemals einen echten Star gegeben hatte, dann war da nur ein einziger Mensch in Frage gekommen, und der war seit mehr als sieben Jahrhunderten tot: Friedrich II., römisch-deutscher Kaiser, Philosoph, Künstler, Wissenschaftler auf dem Thron. Der erste moderne Mensch der Geschichte, *das Wunder der Welt und ihr wunderbarer Verwandler*.

»Der Antichrist auf dem Kaiserthron«, bemerkte der *commandante*. »Wenn wir den papsttreuen Chronisten glauben dürfen.«

»Er war modern«, wisperte Amadeo. »Seiner Zeit um Jahrhunderte voraus. Und er …« Unvermittelt musste er an sein Gespräch mit Gianna denken. Drei Tage erst war das her. Die Leute, denen der Kaiser den Bauch hatte aufschneiden lassen, um ihre Verdauung zu prüfen. Die Kinder, die er hatte aufziehen lassen, ohne ihnen das Sprechen beizubringen. »Seine Experimente sind natürlich fragwürdig, aber dieser Mann war …« Er stockte. »Ein Genie«, flüsterte er. »Der größte Geist seiner Zeit.«

»So sieht es aus, mein Lieber«, sagte Görlitz fröhlich. »Und jetzt bist du überrascht, dass er mit dabei ist in unserer Ahnenreihe? – In *meiner* Ahnenreihe natürlich«, verbesserte er sich.

Amadeo starrte ihn an. Friedrich II., sein ganz persönliches historisches Idol. Die Spur der babylonischen Fragmente hatte ihn von Einstein zu Goethe, von Goethe zu Händel und nun von Händel zu Friedrich II. geführt. Und nun …

»Schließen Sie die Tür!«, sagte Görlitz mit kalter Stimme und nickte einem seiner Männer zu. Der Bewaffnete gehorchte. Einer seiner Kumpane half ihm und brachte gleichzeitig einen Gegenstand zum Vorschein. – Ein Bündel mit Kabelbindern. Mit wenigen Handgriffen hatten die Männer die Gittertür versiegelt.

»Tja.« Auf Görlitz' entstellten Zügen breitete sich ein Lächeln aus, bei dem Amadeo übel wurde. Doch er würde den Blick nicht abwenden. Zumindest diesen Sieg sollte der Schweinehund nicht haben.

Sein einstiger Kollege kam auf die Gitterstäbe zu, den Lauf seiner Waffe auf Amadeo gerichtet, die Fotokopien noch immer in der Hand, während er den Umschlag wieder in seiner Jacke verstaut hatte.

»Dann ist es wohl an der Zeit, sich zu verabschieden, mein Lieber.«

Amadeos Kehle wollte zerspringen, doch mit Mühe presste er ein Wort hervor: »Bitte!«, knurrte er. »Bitte, wenn du mich… Aber lass wenigstens die anderen… Mr Styx – Stevie – und…« Er schüttelte den Kopf. »Ich weiß nicht einmal, wie die Dame *heißt*! Sie sind nicht gefährlich für dich. Sie haben dir nichts getan. Sie sind…«

Eine blitzartige Bewegung. »Hier!«

Amadeo starrte auf die Hand, die sich durch die Gitterstäbe streckte, auf die Fotokopien, die sie ihm entgegenhielt. Er konnte sogar die Form der gotischen Minuskeln auf dem Schriftstück erkennen, einzelne Oberlängen, die über die Zeilen hinausragten. Schwarz hoben sich die Buchstaben von dem mattgrauen Untergrund ab, der die Tönung des Pergaments wiedergab.

»Was soll das?«, krächzte er.

»Die Originale behalte ich. Keine Sorge, die Kopien sind absolut hinreichend. Ich habe jedes einzelne Blatt geprüft. Sollte ich noch etwas entdecken, was auf den Ablichtungen unsichtbar ist, bekommst du Nachricht. Diesmal wird es *wirklich* fair zugehen. Diesmal, Fanelli, haben wir dieselben Voraussetzungen. – Diese Figuren…« Seine Handbewegung schloss Duarte, aber auch den Bassisten und die alte Dame ein. »Es sollte mich schon sehr wundern, wenn dir einer von denen eine Hilfe sein könnte. Du!« Görlitz trat einen Schritt zurück. »Oder ich.«

Amadeo blinzelte. Er hielt die Kopien in der Hand, konnte sich nicht erinnern, wann er zugegriffen hatte.

»Du oder ich«, wiederholte Görlitz. Er stand bereits in der Tür, die von der Sakristei zurück in die Kirche führte. Seine Männer waren ebenfalls zurückgewichen, hielten aber nach wie vor ihre Waffen auf den Restaurator und seine Begleiter gerichtet. »Schreit ein wenig rum«, riet Görlitz. »Macht Rabatz. Euch wird schon jemand rausholen. Ich lass euch das Licht an, dann kannst du schon mal anfangen zu lesen.«

»Was ...« Amadeo musste sich an den Gitterstäben festhalten. »Aber warum ...«

»Du«, wisperte Görlitz. »Oder ich. Ich werde schneller sein, Fanelli, und ich werde auf dich warten.

Und *dann* wirst du sterben.«

Tag fünf

Der Himmel über London, England

Die Messerschmitt beschrieb einen Kurs, der den Flieger in einem großen Halbkreis noch einmal über die nördlichen und östlichen Stadtbezirke von Greater London hinwegführte.

Wirklich genießen konnte Amadeo den Flug auch heute Morgen nicht, doch immerhin bekam er es fertig, das Meer der Häuser mit den einzeln verstreuten Inseln aus Grün zu betrachten, ohne dass ihm gleich wieder speiübel wurde. Wenn man dem Tod ins Auge geblickt hatte, relativierte sich einiges – selbst die Flugangst.

Aus einer Höhe von einer halben englischen Meile wirkte Canons Park wie die Landschaft einer Spielzeugeisenbahn. Die weiten Rasenflächen mochten Matten aus fein aufgetragenen Sägespänen sein, die Kronen der Bäume winzige Fetzen aus gefärbtem Moos und die Dorfkirche von St. Lambert ein Bausatz im Format Ho. Nur dass sich Fahrzeuge auf den Straßen bewegten – zumindest hier und da noch –, passte nicht ins Bild, und die Brände natürlich, die Rauchsäulen, die aus den verschiedensten Vierteln aufstiegen.

Mit einer gewissen Erleichterung stellte Amadeo fest, dass die Straßenzüge, die er zum historischen Edgware zählte, von diesen Verheerungen nach wie vor ausgespart blieben. Er glaubte sogar das kleine Häuschen mit dem handtuchbreiten Grundstück und dem freundlichen Ziegeldach ausmachen zu können, in dem sich für die nächsten Wochen eine sonderbare Wohngemeinschaft etabliert hatte: eine schrullige alte Dame vom Kirchenverschönerungsverein und ein leicht desorientierter Bassist. Doch in Wahrheit sahen dort unten alle Häuser sehr, sehr ähnlich aus, und nur die Farbe der Dächer variierte. Auf jeden Fall war es eine Gegend, in der man immer genau wusste, was beim Nachbarn mittags auf den Tisch kam. Plünderer würden es hier erst einmal schwer haben. Amadeo konnte sich einreden, dass ihr finster rockender Helfer an diesem Ort so sicher war, wie man nur sein konnte in diesen Zeiten – solange er ihrer Führerin beim Wäscheaufhängen half und pünktlich jeden Samstag den Rasen mähte. Sicherer jedenfalls, als wenn er versuchte hätte, sich quer durch die Stadt in die Docklands durchzuschlagen, wo er offenbar auch privat logierte.

Die Maschine drehte ab. Fast unmerklich gewann der fliegende Oldtimer an Höhe. Der *commandante* vermied das Zentrum der Stadt und der Brände und flog über die östlichen Außenbezirke dem ländlichen Kent entgegen, auf die noch unsichtbare Meerenge von Dover zu.

Italien. Es ging zurück nach Italien. Duarte hatte nicht mal nach den Gründen gefragt, als der Restaurator das Flugziel vorgegeben hatte – und Amadeo war froh darüber. Vielleicht, weil dieses Ziel bisher kaum mehr als eine Eingebung war, deren Logik er selbst noch irgendwie durchdringen musste.

Der *commandante* steuerte den Flieger auf Sicht. Eine Flugsicherung, die diesen Namen verdiente, gab es nicht mehr. Bevor sie vom Rollfeld eines kleinen Privatclubs vor den Toren der Stadt abgehoben hatten, hatte Duarte unterschiedliche Frequenzen durchprobiert. Auf den meisten kamen nur noch automatische Ansagen; in einem einzigen Fall war die Stimme eines Menschen zu hören gewesen, der ohrenscheinlich unmittelbar vor einem Nervenzusammenbruch stand.

Vielleicht sollte man das, was mit der Welt gerade geschieht, genauso betrachten, überlegte Amadeo: als einen einzigen gigantischen kollektiven Nervenzusammenbruch. Konnte so ein Zusammenbruch nicht auch heilsam sein? Wenn es der menschlichen Spezies irgendwie gelang, zu überleben, würde sie dann womöglich eine Menschheit sein, die eine Spur … besser, nachdenklicher, sorgfältiger wäre? »Nachhaltiger«, murmelte Amadeo. »Ein bisschen mehr wie die alten Babylonier.«

Er griff in seine Jacke. Einer von Ches entschiedenen Vorteilen bestand darin, dass der Vorkriegsflieger über keinerlei empfindliche Mikroelektronik verfügte, die man mit einem popeligen Handytelefonat hätte irritieren können.

Automatisch tippte Amadeo als Erstes die Nummer des Professors ein. Irgendwie war ihm das in den letzten Tagen zur selbstverständlichen Gewohnheit geworden. *Zu seinen Lebzeiten*, dachte er. Görlitz' Worte waren ein Bluff gewesen. Er war sich beinahe hundertprozentig sicher.

Beinahe.

»*Hinfliegen! Lösen! Anrufen!*«

Der Anrufbeantworter. Die Ansage klang nicht anders als am vergangenen Morgen: heiser und ungeduldig, aber keineswegs so, als ob Helmbrechts Ableben unmittelbar bevorstände.

Wenn nicht jemand nachgeholfen hatte, ein alter Hippie im Jeansanzug zum Beispiel. Görlitz war gestern Abend in London gewesen, aber wo steckte Jean-Lucien Verholen selbst? Und wo steckte Helmbrecht?

Der Anruf, bei dem er Amadeo die Adresse des Aufnahmestudios mitgeteilt hatte, war sein letztes Lebenszeichen gewesen – und zum Abschied hatte er dem Restaurator mitgeteilt, dass er *was erledigen* wollte. Was hatte ein schwerkranker Paläograph jenseits der achtzig in diesen Zeiten *zu erledigen*?

Nein, das gefiel Amadeo nicht, ganz und gar nicht. Und dass der Professor sich nicht zurückmeldete, nachdem Amadeo ihm noch in der Nacht per Mail die Ergebnisse aus Edgware weitergegeben hatte, gefiel ihm noch weniger.

Friedrich II. von Hohenstaufen – Helmbrecht hätte elektrisiert sein müssen bei der bloßen Erwähnung dieses Namens.

Doch das Orakel von Weimar schwieg.

Natürlich war Amadeo in Sorge, mehr denn je, nachdem sich die Sorge um das Leben des Professors in die Sorge um den Fortbestand der menschlichen Spezies verwandelt hatte. Doch aus genau diesem Grunde waren ihm jetzt die Hände gebunden: Er konnte im Moment nichts tun für den Professor. Helmbrecht hatte den ersten Schritt gemacht, indem er sich vorsätzlich mit der Grippe infiziert hatte. Seitdem lag der Ball in Amadeos Feld: *Lesen! Lösen! Anrufen!* – oder wie auch immer der alte Mann den Spruch variierte. Jeden Tag aufs Neue, während die unterschiedlichen Versionen der babylonischen Überlieferung in Amadeos Kopf verschwammen: immer weiter in eine ferne, nebelhafte Vergangenheit hinein – und noch immer Jahrtausende vom Ursprung der Geschichte entfernt. *Wir haben keine Zeit mehr*, dachte Amadeo. Und das galt mehr denn je.

Der mürbe Kitt, der sich menschliche Zivilisation schimpfte, hatte Risse bekommen. Risse, die sich in atemberaubender Geschwindigkeit erweiterten, bis der Kitt nun abzuplatzen begann, an einzelnen Stellen zuerst, in Weimar, in London, doch wenn der Anfang einmal gemacht war … Eine kahle, schäbige Wand, dachte Amadeo. Mehr würde nicht übrig bleiben.

Es sei denn, in irgendeinem Regalfach des weltweiten Baumarkts lagerte ein geheimnisvoller Superzement, mit dem man den Kitt wieder in Schuss bekommen konnte. Nur die Fachnummer war generationenlang dermaßen schludrig abgekritzelt worden, dass sie kaum noch zu entziffern war. Und genau das war Amadeos Aufgabe: die Nummer entziffern und Rebecca zum richtigen Fach schicken. Dann konnten die Reparaturarbeiten beginnen.

Rebecca. Als Amadeo am Abend zuvor endlich dazu gekommen war, seinen eigenen Anrufbeantworter abzuhören, war es nach zehn gewesen, in Afghanistan entsprechend irgendwann gegen zwei Uhr nachts. Geheimdienstpräparat hin oder her, Rebecca hatte die Grippe. Und die Verletzung im Oberschenkel. Sie sollte jede Minute Schlaf bekommen, die sie irgendwie kriegen konnte.

Mit diesem Gedanken, Rebeccas Bild vor Augen, war Amadeo letzte Nacht eingeschlafen.

Es war beinahe zu einem Ritual geworden für ihn, wenn er lange nach Feierabend noch Stunden in der *officina* gesessen hatte und spätabends in die kleine Wohnung in Trastevere zurückkehrte: Er konnte zwanzig Minuten damit zubringen, Rebecca einfach nur zu beobachten in der diffusen Helligkeit des schmalen Lichtkegels, der vom Flur her auf die eins vierzig breite Matratze fiel, die eigentlich zu schmal war für sie beide:

Wie sie aussah, wenn sie schlief, meist auf dem Rücken und – was nicht unwesentlich zum Schauwert beitrug – lediglich mit einer seiner Boxershorts bekleidet. Wie ihre Brust sich hob und senkte, wenn sie im Traum die Decke beiseitegestrampelt hatte. Wie ihre Lippen sich im Schlaf bewegten, bevor ihr Gesicht sich wieder entspannte und eine tiefe Ruhe auf ihre Züge trat. Wie sie ein- oder zweimal aufgewacht war, als hätte der Instinkt, den das Leben in

Südamerika sie gelehrt hatte, ihr selbst im Schlaf verraten, dass sie nicht länger allein war. Wie sich ihre grünen Augen blinzelnd geöffnet, sich auf ihn gerichtet hatten und wie sie mit einer Stimme sprach, die rau war vom Schlaf…

»Verfluchte Hölle! Ich hoffe, du hast eine verdammt gute Erklärung, warum du dich jetzt erst meldest!«

Amadeo zuckte zusammen. Ohne es recht zu merken, hatte er Rebeccas Nummer gewählt.

Duarte warf ihm einen Seitenblick zu, hob andeutungsweise eine Augenbraue. Natürlich hatte er das gehört.

»Ich…« Amadeo hüstelte. »Äh, guten Morgen.« Er biss sich auf die Zunge. In Afghanistan war jetzt heller Mittag. »Ich wollte dich nicht…« Das Schweigen am anderen Ende ließ das Schlimmste befürchten. Eilig fasste er zusammen, was er zu seiner Verteidigung vorzubringen hatte. Rebecca unterbrach ihn nicht, was er diesmal für ein gutes Zeichen hielt. Erst als er auf Görlitz zu sprechen kam, sog sie überrascht die Luft ein. Im Hintergrund waren andere Geräusche zu hören, ein unterdrücktes Brummen, undeutliche Stimmen. Alyssa? Der Junge? Rebecca war unterwegs – und offenbar war sie motorisiert.

»Gut«, sagte sie schließlich. Das klang tatsächlich ein Stück weit besänftigt. Vor allem klang es sehr viel leiser – fast ein Flüstern. »Du hast also einen neuen Text. Wenn sich der Professor nicht getäuscht hat, müsste er noch detaillierter sein als die Fassung in Händels Partitur. Verrät er etwas Neues? Über das Versteck? Über die Pforte oder… Wie hieß es bei Händel… *carved in the shoulder of the mount*? Wir sind jetzt kurz vor dem Ali-Baba-Pass.«

»Ali Baba?«

»Kennt hier kein Mensch«, kam es aus dem Handy. »Ali Baba stammt zwar aus den Geschichten von Tausendundeiner Nacht, steht aber nicht im arabischen Original, sondern erst in einer französischen Übersetzung von siebzehnhundertsonstwas. Ich hab das geprüft. Wir haben Internetzugang im Camp.« Sie machte eine kurze Pause. »Jedenfalls jetzt wieder. Der Name kommt wohl von den ISAF-Soldaten, aber …«

Sekundenlang war nichts zu hören als das Brummen. Amadeo ging davon aus, dass die Verbindung einen Teil der Frequenzen herausfilterte. Das Geräusch wurde einen Moment lang lauter, kehrte dann wieder zur Ausgangslautstärke zurück.

»Jedenfalls passt der Name«, meldete sich Rebecca wieder. »Sieht nach Schatzhöhle aus, von Weitem jedenfalls, doch ich bin mir ziemlich sicher, das sind mehr als vierzig.«

»Vierzig?«

»Räuber.« Rebecca hielt inne. »Wir können noch nicht durch im Moment. Wir müssen warten, bis die Fuchs-Panzer da sind. Ich muss dir was erzählen«, murmelte sie. »Es geht um Fabio.«

Augenblicklich stellte sich eine Gänsehaut auf Amadeos Körper ein – selbst an Stellen, bei denen er es kaum für möglich gehalten hätte, dass sie fähig sein sollten, eine Gänsehaut hervorzubringen.

Er persönlich hatte es gestern übernommen, den Jungen bei seiner Mutter loszueisen. Er brauche Fabio, hatte er gefleht. Der Auftrag, an dem er gegenwärtig arbeite, sei undurchführbar ohne dieses Wunderkind der bücherrestauratorischen Handwerkskunst – und schließlich stände nicht weniger auf dem Spiel als die Existenz der *officina*! Zumindest das, tröstete er sich, war nicht gelogen. Ohne das babylonische Heilmittel würden die eventuell verbleibenden Reste menschlicher Zivilisation kaum noch Bedarf haben an einer Bücherrestauratorenwerkstatt.

»Fabio«, murmelte er, hielt den Atem an, während Rebecca erzählte: ein Aufstand in den Bergen. Videoaufzeichnungen von einem Hinterhalt – in Spuckweite einer mehrsprachigen Felseninschrift, die von einer uralten Gefahr in der Tiefe flüsterte. Und dann, gestern Nacht, ein Überfall auf das ISAF-Camp: ein Panzer. *Berittene Stammeskrieger.* Geiseln: mehrere Soldaten der internationalen Allianz – und Amadeos Azubi.

»Wozu …« Seine Stimme schwankte. »Wozu nehmen die Geiseln? Haben die nichts Besseres zu tun im Moment, oder wollen sie noch schnell, bevor sie die Grippe …«

»*Attentio!*«, zischte Rebecca. »*Senti!*« Unvermittelt verfiel sie ins Italienische. *Pass auf! Hör zu!* Amadeo runzelte die Stirn. Was kam jetzt? Noch geheimer als der Rest?

»Deshalb habe ich dich gestern angerufen«, sagte Rebecca, ohne zurück ins Deutsche zu wechseln. »Sie bekommen die Grippe nicht.«

»Wa …« Amadeo blieben die Worte im Hals stecken. »Was?«, hauchte er nach zehn Sekunden.

»Die Einheimischen bekommen die Grippe nicht. Allerdings gilt das offenbar nur für die Aufständischen in den Bergen. In der Stadt selbst, in Masar, läuft alles mit Mundschutz rum. – Vermutlich alles. Bei den Frauen lässt sich das zum Teil nicht sagen, weil sie Burkas tragen.«

»Sie sind immun in den Bergen?«, flüsterte Amadeo. »Oder sie … Sie haben das Heilmittel! Mein Gott«, hauchte er. »Dann ist es wirklich dort, in Afghanistan! Dann muss ich den Text gar nicht mehr … Dann müsst ihr mit allem, was ihr habt, mit den Panzern und …«

»Was glaubst du, was wir hier gerade machen?«, zischte sie. »Und was glaubst du, was Merthes anstellen würde, wenn ihm das alles so klar wäre?«

Wer war Merthes? Aber Amadeo unterbrach sie nicht.

»Und was glaubst du, was dann passieren würde?«, fragte

Rebecca mit gedämpfter Stimme. Selbst auf Italienisch war sie vorsichtig. Amadeo hatte jetzt Mühe, sie zu verstehen. »Im Moment hat das Leben der Geiseln noch Priorität für die ISAF. Wir sind unterwegs zu Verhandlungen – wenn wir jemanden finden, der bereit ist, mit uns zu verhandeln. Wir funken auf sämtlichen Kanälen. Doch wenn die ISAF-Leute begreifen, worum es wirklich geht … Amadeo, ich kenne solche Männer. Soldaten. Die wollen mit dem Kopf durch die Wand, und außerdem …« Sie verstummte.

»Was?«, wisperte er.

»Es ist …« Rebecca zögerte. »Es ist mehr ein Gefühl. Eine Ahnung. Aber ich glaube, dass es kein Zufall ist, der Angriff auf Camp Marmal – gerade jetzt, wo Alyssa und ich da sind. Es gibt Einheimische im Lager, und wenn sie nicht völlig auf dem Schlauch stehen in den Bergen, kriegen sie ziemlich schnell mit, was da unten passiert. Ich glaube, dass es kein Zufall ist, dass sie gerade Fabio haben. Ich glaube …« Sie zögerte. Vor seinem inneren Auge glaubte Amadeo ganz deutlich zu sehen, wie sie über sich selbst den Kopf schüttelte.

»Ich glaube, dass das eine Art Einladung ist.«

Der Himmel über Kontinentaleuropa

Eine Art Einladung. Ihr Telefonat war seit einer Viertelstunde beendet, doch der Klang von Rebeccas Worten schien noch immer in Amadeos Kopf widerzuhallen wie eine düstere Warnung.

Eine Warnung wie jene geheimnisvolle Inschrift, auf die vor wenigen Monaten ein ISAF-Team gestoßen war, um im nächsten Augenblick zur Zielscheibe eines beduinischen Terrorkommandos zu werden. Eine Warnung vor etwas, das unter den Gipfeln des Hindukusch in der Tiefe lauerte, seit sehr langer Zeit.

Welch eine Einladung, dachte er.

Doch andererseits: War die gesamte babylonische Überlieferung nicht genau das – eine Einladung? Eine Einladung, sich auf ein monströses, tödliches Spiel einzulassen? Eine Einladung, die mal ganz gemütlich vorgetragen wurde – hey, das kann lustig werden mit diesem *kurtzweyligen Späßken* –, mal eher ruppig: *Lesen! Lösen! Herbringen!* Was nun Friedrich II. von Hohenstaufen betraf, unüberwindlicher Kaiser der Deutschen und Römer, König von Jerusalem, Burgund und Sizilien … Der Kaiser lud nicht ein. Der Kaiser befahl.

Friedrichs Anschreiben, dessen bombastische Anfangszeilen Görlitz im Chandos-Mausoleum zitiert hatte, hatte Amadeo rasch beiseitegelegt. Verfasst im geschliffenen lateinischen Stil des Kaisers enthielt es doch inhaltlich nichts, was sie nicht schon wussten: entziffern, einen Reim drauf machen, sonst weiter an den nächsten Großgeist. Genauso wenig Neues bot Händels Beipackzettel, der sich von den übrigen Blättern durch die hemmungslos verschnörkelten Buchstaben abhob.

Entscheidend waren die übrigen sechs Seiten: Kaiser Friedrichs Babylontext. Eine Einladung zu einem Spiel, dachte Amadeo, und der Einsatz war das Überleben der Menschheit. Und für ihn selbst außerdem noch einmal sein eigenes Leben. *Du oder ich.* Amadeo Fanelli oder Steffen Görlitz, nur einer konnte der Erste am Ziel sein, der Schnellste und Beste.

Ich werde auf dich warten. Und dann wirst du sterben.

Sekundenlang presste Amadeo Daumen und Zeigefinger auf die Nasenwurzel.

»Doch nicht immun gegen die Grippe?«, fragte eine besorgte Stimme.

Amadeo blinzelte. Duarte hatte kein Wort gesprochen in der letzten Viertelstunde, sondern war voll und ganz mit seinen Flugkarten beschäftigt gewesen.

Müde schüttelte Amadeo den Kopf. »Gegen die Grippe schon. Gegen den Wahnsinn wohl weniger.« Seine Finger strichen über die Kopien. »Das ist jetzt der vierte Text in vier Tagen. Viermal dieselbe – und doch nicht dieselbe Geschichte. Jedes Mal ein winziges bisschen anders. Diesmal auf Latein. Der Anfang ist der exakte Wortlaut aus der Vulgata des heiligen Hieronymus, der im Mittelalter gültigen lateinischen Bibelübersetzung. *Erat autem terra labii unius et sermonum eorundum. – Es war aber damals auf Erden eine einzige Zunge und ein und dieselbe Sprache.* – Streng genommen müsste es eigentlich ›eine Lippe‹ heißen, nicht ›eine Zunge‹, aber ich kenne niemanden, der das so übersetzt.«

»Also ganz nah an der Bibel?«

Amadeo nickte. »Aber das war bei Einstein, bei Goethe und Händel nicht anders. Goethe war noch am weitesten weg vom Original, aber dafür war er schließlich Dichter. Erst zum Ende hin weichen unsere Texte von der Bibel ab, und da macht dieser hier keine Ausnahme, nur dass die Reiseroute noch detaillierter beschrieben wird als in den späteren Versionen. Gut, Friedrich bezeichnet den Hindukusch dabei als *Caucasus*, aber da herrschte allgemein Verwirrung im Mittelalter. Sobald es ins Detail geht, können wir die einzelnen Landmarken von hier aus sowieso nicht mehr beurteilen. Das kann nur Rebecca.«

Er seufzte, schüttelte den Kopf. Die wichtigsten Punkte hatte er Rebecca weitergegeben – ohne selbst aus ihnen schlau zu werden.

»Wenn wir Glück haben, wird Rebecca damit einen Schritt weiterkommen«, sagte er. »Aber bis ans Ziel …« Er schüttelte den Kopf. »Wir müssen näher ran ans Original, so weit wie irgend möglich. Rebecca ist unser Auge in Afghanistan, doch dieses Auge ist blind, wenn wir ihm nicht sagen, worauf es achten muss. Wir müssen jetzt herausfinden, wie Friedrichs Code funktioniert – das ist *unsere* Aufgabe.«

»Und da haben Sie eine Vermutung?«, fragte Duarte. »Einen Ansatz?«

Amadeo zögerte. »*Stella splendida et matutina*«, sagte er dann leise. »*Der leuchtende und morgendliche Stern.* Eine Formulierung, die ebenfalls aus der Bibel stammt, aber nicht aus der Geschichte vom Turmbau zu Babel. Trotzdem taucht sie in Friedrichs Erzählung auf, und nicht nur einmal …« Seine Augen glitten über die feierliche Minuskelschrift mit ihren dramatischen Längen, die wie Leuchttürme hoch über die eng beschriebenen Zeilen hinausragten. »Achtmal! Die Babylonier brechen auf mit ihrem Geheimnis, und sie wenden sich nach Osten, zunächst entlang der Seidenstraße. Friedrich führt die einzelnen Städte auf, ihre Stationen, fügt aber jedes Mal noch zusätzlich an, dass es der leuchtende Morgenstern ist, der ihnen den Weg zeigt. Eigentlich klar: Schließlich geht es nach Osten. Aber *acht* Mal? Woran denken Sie dabei?«

Duarte musterte seine Flugkarten, die Amadeo noch kryptischer erschienen als der Text des verstorbenen Kaisers. »An die drei Weisen aus dem Morgenland?«, fragte der dunkelhäutige Mann.

Amadeo stutzte. »Die drei Weisen waren Sterndeuter«, murmelte er. »Vermutlich sogar babylonische Chaldäer, aber …« Er schüttelte den Kopf. »Sie können nicht der Venus gefolgt sein. Der Stern von Bethlehem ist nur vorübergehend am Himmel erschienen, aus genau diesem Anlass: um sie zu leiten. Mit dem Morgenstern kann er nicht identisch sein. Der Morgenstern …«

Amadeo sah von seinen Blättern auf, blickte geradeaus. Eine waldige Gegend, die er für Savoyen hielt, flog unter ihnen dahin. Wenn er an etwas anderes dachte, war es zu ertragen.

»Der Morgenstern, die Venus, wird mit der babylonischen Göttin Ishtar identifiziert«, erklärte er. »Der Liebesgöttin, wenn Sie so wollen. Heutzutage wird die Venus durch das Zeichen dargestellt, das wir als das Symbol für das Weibliche kennen, ein Kreis mit einem Kreuz darunter: der Spiegel der Venus, wie es bei den alten Römern hieß, in dem die Göttin sich betrachtete, wenn sie sich noch ein wenig hübscher machte als gewöhnlich. Doch die alten Babylonier waren lange vor den alten Römern da, und die hatten ihr eigenes Symbol, das nie ganz in Vergessenheit geraten ist: ein achtstrahliger Stern, *commandante*. Das ursprüngliche Zeichen für den Morgenstern. *Acht*, verstehen Sie? Achtmal erscheint ein achtstrahliger Stern in dieser Handschrift! Acht! Eine heilige Zahl, mit die heiligste überhaupt. Der Felsendom in Jerusalem besitzt einen achteckigen Grundriss, die Pfalzkapelle Karls des Großen in Aachen, San Vitale in Ravenna und… Überlegen Sie! Denken Sie an Friedrich II.!«

Duarte stutzte, biss sich auf die Lippen. »Castel del Monte!«, murmelte er. »Deshalb wollen Sie zurück nach Italien!« Anerkennend pfiff er durch die Zähne, was Amadeo in diesem Moment als vage unangemessen empfand angesichts einer solchen Entdeckung. Doch letztlich stammte dieser Mann ja aus demselben Rebellenklüngel wie Rebecca. Was sollte er sich da noch wundern?

»Castel del Monte«, bestätigte Amadeo. »Friedrichs bedeutendstes und zugleich rätselhaftetes Bauwerk – in einer Gegend von Puglia, wo sich heutzutage Fuchs und Hase gute Nacht sagen. In Weimar musste ich den Leuten immer sagen: Sie wissen schon, im Absatz des italienischen Stiefels.

Ich denke, das sagt einiges. Eine achteckige Festung mit acht achteckigen Türmen rund um einen achteckigen Innenhof. *Acht!* Als wenn man das noch dem tumbesten Ziegenhirten in den Schädel hämmern wollte. *Acht!* – ein Symbol für den Kaiser selbst, für seine unbegrenzte, unendliche Macht auf Erden. Castel del Monte ist mehr als eine Festung. Es ist genau das, was wir suchen: ein *Zeichen*. Ein Code.«

»Sein persönlicher Babyloncode?«

»Es gibt die unterschiedlichsten Theorien«, murmelte der Restaurator. »Wobei auf die Babylongeschichte natürlich noch niemand gekommen ist. Schließlich wusste ja kein Mensch davon bis vor ein paar Tagen ... bis auf einen großen Geist pro Generation. Einige Forscher halten das Kastell für ein Jagdschloss, andere deuten es als Symbol der römisch-deutschen Kaiserkrone Friedrichs – die war ebenfalls achteckig. Wieder andere glauben, dass die Mauern nach astronomischen Maßstäben ausgerichtet wurden ...«

»Der Morgenstern«, murmelte Duarte.

»... was natürlich Unsinn ist wie neue Vermessungen bewiesen haben. Mit einem Wort: Wir wissen bis heute nicht, warum es wirklich da ist und wozu es dienen sollte. Vermutlich war es noch gar nicht fertiggestellt, als Friedrich starb. Castel del Monte ist einfach da, und seine reine Existenz ist rätselhaft genug. Doch möglicherweise ...« Amadeo betrachtete die Fotokopie. Was hätte er dafür gegeben, das Original in der Hand halten zu dürfen.

»Das ist der einzige Ansatz für einen Code, den ich bisher finden konnte«, gestand er. »Bei Einstein lag der Schlüssel in der Mathematik, bei Goethe in der Literatur. Händel hat seine Route in der Komposition versteckt. Und Friedrich ... Friedrich war einer der mächtigsten Männer seiner Zeit. Er stand im Briefwechsel mit jüdischen Gelehrten und arabischen Wissenschaftlern. Er verfasste ein Buch über die Falkenkunde, das bis ins zwanzigste Jahrhundert wegweisend blieb. Er sprach Latein, Französisch, Griechisch, Hebräisch, Arabisch und verschiedene italienische Dialekte – nur Deutsch nicht besonders gut. Ein Typ, den man nur lieben und verehren oder aber abgrundtief hassen konnte, wie die Kirche das tat. Der gottgesandte Kaiser der Endzeit oder der Antichrist in Menschengestalt … Der ganze Mann ist ein Rätsel, aber nirgendwo ist er rätselhafter als hier, in seiner rätselhaftesten Schöpfung. Und vielleicht …«

Ein Schauer durchfuhr Amadeo.

»Vielleicht sind wir ihm endlich auf der Spur«, flüsterte er.

Ali-Baba-Pass am Rande des Hindukusch, Afghanistan

»Bist du nicht neugierig, was er gesagt hat?«

Alyssa hob die Schultern, was sich unter diesen Umständen nur als Nein interpretieren ließ. Doch immerhin hatte sie nicht Nein *gesagt*, wie sie den ganzen Morgen noch kaum ein Wort gesprochen hatte, während sie mit stumpfem Blick durch die Frontscheibe des Bundeswehr-Jeeps vom Typ »Wolf« starrte. Auf die Berge, dachte Rebecca. Auf die Berge, in denen es irgendwo eine Felswand gab, die vor einem geheimnisvollen, dunklen Ort in der Tiefe warnte. Auf die Berge, in denen sich der … nun ja, *Mann* befand, den Alyssa liebte, in der Gewalt seiner Häscher. Auf die Berge, die schroffen Hänge und schneebedeckten Gipfel, die mit quälender Langsamkeit näherkamen.

Gleich einem urzeitlichen Reptil aus mit Tarnfarben lackiertem Stahl schleppte sich der Militärkonvoi über die unbefestigte Piste dahin. Wie ein Menetekel ragten links und rechts die Skelette von Militärfahrzeugen aus dem Boden, halb verschlungen vom Sand der Wüste: morbide Erinnerungen an die sowjetische Invasion, die noch keine dreißig Jahre zurücklag.

Die Wüste duldet nichts, was nicht hierher gehört, dachte Rebecca. Die Wüste nicht und genauso wenig die Berge. Das gesamte Land nicht.

»Der neue Text stammt von Kaiser Friedrich II. von Hohenstaufen«, wandte sie sich an ihre Schwester. »Aus dem dreizehnten Jahrhundert. Ist natürlich auf Latein, aber Amadeo hat mir die wichtigsten Stellen gleich übersetzt. Netter Service, oder?« Rebecca versuchte, ihrer Stimme einen munteren Klang zu geben, sprach aber leise. Der Soldat, der ihren Jeep lenkte, machte nicht den Eindruck, als wäre er besonders interessiert am Gespräch der beiden Frauen, doch hätte sich Rebecca ihr Leben lang auf den bloßen Augenschein verlassen, wäre es ein ziemlich kurzes Leben geworden.

Alyssa hob die Schultern. »Und was steht drin?«, fragte sie, ohne ihren sezierenden Blick von der afghanischen Bergwelt abzuwenden.

»Dasselbe wie in den anderen auch«, gab Rebecca zu. »Aber deutlicher. Die Babylonier haben das Heilmittel in den Osten gebracht – hierher, in den Hindukusch. Sie haben eine *lacuna in muro* durchschritten, eine Bresche in der Mauer – wahrscheinlich das Pendant zu der Stelle bei Händel, wo es heißt, der Engpass wäre *carved in the shoulder of the mount*. Der Ali-Baba-Pass«, murmelte sie und blickte für einen Moment in dieselbe Richtung wie ihre Schwester. »Vielleicht. – Der Unterschied ist, dass der Kaiser Andeutungen macht, was sich *dahinter* befindet. Nur dass Amadeo sich nicht sicher ist, ob er die richtig verstanden hat, weil sie möglicherweise irgendwie symbolisch gemeint sind und deshalb schwer zu übersetzen. Ein *arcus lapideus* ist jedenfalls ein steinerner Bogen; wohl derselbe, den Händel als *stony arc* bezeichnet. Aber frag mich mal, was eine *faux loricatorum* sein soll, ein *Tal der Gerüsteten*. Oder ein *domus araneae*, ein *Haus der Spinne*. Irgendwas mit einem Netz vielleicht?« Sie hob die Schultern. »Aber das kommt beides erst später.«

»Und was kommt vorher?«, fragte Alyssa. »Zuerst der Ali-Baba-Pass und dann?«

Rebeccas Blick glitt über die Wüste. »Auf jeden Fall bewohntes Gelände. Wir sollten nach einem *aedificium magnum* Ausschau halten, einem *großen Gebäude*. Einem Gutshof vielleicht, einem herrschaftlichen Anwesen. Das klingt nicht *zu* speziell.«

»Hier wär das schon ziemlich speziell«, sagte Alyssa leise. »Vom Pass bis Shah Anjir gibt es nichts, was man irgendwie als Siedlung bezeichnen könnte – und das sind um die fünfzig Kilometer. Luftlinie, quer durchs Gebirge. – *Jetzt!*«, zischte sie plötzlich. »Links vom Pass!«

»Was?« Rebecca blinzelte, schaute aber gleichzeitig in die gewiesene Richtung. Ein kurzes Aufblitzen an der rauen Flanke des Berges, vielleicht hundert Meter oberhalb des scharfen Einschnitts im Felsen. Schon war es vorbei. Nein, da war es wieder. Mündungsfeuer? Rebecca schüttelte den Kopf. Mündungsfeuer sah anders aus.

»Was ist das?«, flüsterte sie.

Wollte Alyssa antworten? Jetzt schwieg sie jedenfalls, denn im selben Moment brachte der Fahrer den Jeep zum Stehen. Rebecca sah, dass auch der Rest des Zuges angehalten hatte. Der Soldat murmelte irgendwas von Besprechung und verschwand ohne ein weiteres Wort.

Rebecca war sich sicher, dass er nichts von ihrem Gespräch mitgekriegt hatte – und auch sonst schien niemand im Zug ein Auge auf die Berge zu haben. Niemand bis auf Alyssa – und nun auch Rebecca selbst.

Minuten vergingen, ohne dass eine der beiden Frauen ein Wort sprach. Und da war es wieder! Hatte das Blitzen sich verlagert? War es um eine Winzigkeit nach oben gewandert? Es war … Eine Reflexion, dachte Rebecca. Ein metallener Gegenstand, auf dem sich die Sonne spiegelte, wenn er sich bewegte. Eine Waffe? Metallene Gegenstände bewegten sich nicht selbsttätig. Allmählich wurde ihr klar, warum ihre Schwester die ganze Zeit so schweigsam gewesen war. Nein, kein dumpfes Brüten, keine nachtschwarzen Gedanken um Fabio. So war Alyssa niemals gewesen – dazu waren die Schwestern einander zu ähnlich. Alyssa war ein Mensch, der blitzschnell handeln konnte, genau wie Rebecca selbst. Was die beiden unterschied, war die Bereitschaft zur Planung, zur Abwägung. Während Rebecca aus dem Bauch heraus entschied, war Alyssa eine Beobachterin. Ständig saugte sie Informationen in sich auf, und während man neben ihr saß und an nichts Böses dachte, war das Räderwerk in ihrem Hirn dabei, diese Informationen zu filtern, zu analysieren. Die ganze Fahrt über hatte sie scheinbar einfach geradeaus gestarrt, doch in Wahrheit hatte sie *beobachtet.*

»Was ist das?«, wiederholte Rebecca.

»So verständigen sie sich.«

Beide Frauen zuckten zusammen.

Oberst Merthes stand zwei Schritte neben dem Jeep – im toten Winkel, der nur für die beiden Schwestern ein toter Winkel war. Die Außenspiegel des Militärfahrzeugs waren eine Spezialanfertigung, mit der der Fahrer ständig sämtliche Richtungen im Blick behalten konnte. Nur dass der Fahrer sich in seiner Besprechung befand.

»Sie wissen sehr genau, dass wir ihnen technisch meilenweit überlegen sind«, murmelte der Oberst. Er trug seinen

Tarnanzug und einen Kampfhelm, den aber am Bügel in der Hand. Der Schweiß rann ihm in Tropfen von der Stirn, doch er hatte sicher nicht die ganze Zeit dort gestanden und sich die Sonne auf die Glatze scheinen lassen. Das Gebiet, in dem sein Kommando Halt gemacht hatte, war Feindesland. Er musste persönlich die Gegend ausgekundschaftet haben. Rebeccas Respekt vor dem Mann begann noch einmal zu wachsen.

Merthes' Blick lag auf dem fernen Aufblitzen. Jetzt, für Sekunden, war nichts mehr zu sehen. Der Oberst schüttelte den Kopf. »Ob sie nun Handys benutzen würden, CB-Funk oder sonst was. Ganz gleich, welche Frequenz sie wählen würden, und selbst wenn sie verschlüsselt senden: Sie müssten immer damit rechnen, dass wir die Botschaften abfangen. Also sind sie zu einem anderen System übergegangen. Ein System, das schon die alten Römer eingesetzt haben. – Alt wie die Welt.«

Rebecca hob die Augenbrauen. Jetzt! Da war es wieder. »Spiegel«, murmelte sie.

Merthes nickte, zog ein Taschentuch aus seinem Tarnanzug, nicht etwa, um reinzuschnauben, sondern er tupfte sich den Schweiß von der Stirn, bevor er seinen Helm wieder aufsetzte. »Wenn Sie eine Botschaft weitergeben wollen, von der Außenstehende nichts wissen dürfen, haben Sie zwei Möglichkeiten: Entweder müssen Sie verhindern, dass der Nachrichtenaustausch überhaupt sichtbar wird, oder aber Sie kommunizieren ganz offen miteinander, und nur der Inhalt der Botschaft bleibt dem Gegner verborgen.«

Oder beides zusammen, dachte Rebecca. Wie bei den Babylontexten.

»Und das ist der Fall?« Endlich hatte Alyssa sich von ihren Bergen abgewandt. »Sie wissen nicht, was die Zeichen zu bedeuten haben?« Ihre Fingerkuppen massierten ihre Schläfen. Kopfschmerzen hätt ich jetzt auch, dachte Rebecca, wenn ich eine Stunde lang den Pass hypnotisiert hätte.

»Wäre eher eine Aufgabe für Sie, oder?«, murmelte der Oberst an ihre Schwester gewandt. »Für den militärischen Abschirmdienst. Zumindest wissen wir, dass sie da sind. Schon das ist ein Vorteil.«

Rebecca nickte. Das war ein Vorteil – doch war es das tatsächlich?

Ihre Augen kehrten zurück zu dem unregelmäßigen Aufblitzen. Ein Vorteil, dachte sie. Ein Vorteil wäre es, wenn die Männer dort oben nicht ganz genau wüssten, dass die ISAF sie die ganze Zeit im Auge hatte. Sie wissen, grübelte Rebecca. Sie wissen, dass *wir* wissen.

Was, wenn sie genau deswegen hier sind? Wenn sie *wollen*, dass uns ihre Anwesenheit bewusst wird.

Im Anflug auf Castel del Monte, Puglia, Italien

Amadeo saß in einem Flieger, und er *genoss* den Ausblick.

Das ist nicht gesund, dachte er. Wenn eine seiner zentralen Phobien, die ihn begleitete, so lange er denken konnte, mit einem Mal so gar keine Rolle mehr spielte, das *konnte* einfach nicht gesund sein.

Er kannte Castel del Monte. Wie oft war er hier gewesen? Achtmal, neunmal? Zum ersten Mal mit elf oder zwölf Jahren, als sein Vater noch lebte. In dem kleinen Dorf in den Abruzzen hatten seine Eltern noch zu den wohlhabenderen Bewohnern gezählt mit ihrem Weingut, das seit Jahrhunderten in Familienbesitz war, doch ein eigener Wagen war trotzdem niemals ein Thema gewesen. Dafür hatten Ruggieros Eltern einen gehabt: Ruggiero, der zwanzig Jahre später Amadeos Schwester geheiratet hatte. Ruggieros Eltern hatten Amadeos Vater ihre Familienkutsche geliehen, und mit diesem klapprigen Gefährt war es aus der engen, kahlen Wildnis der Marken nach Süden gegangen, in die fruchtbaren Ebenen von Puglia, in das Hügelland der Murge, das schon dem alten Rom als Kornkammer gedient hatte.

Den elfjährigen – oder zwölfjährigen – Amadeo hatte es kaum auf dem Sitz gehalten. Unruhig war er hin und her gerutscht, auf und ab gehüpft auf dem rissigen Leder der ausgebleichten Sitzbezüge. Der Geruch … Er hatte den Geruch, den das Innere des altersschwachen Ford verströmte, noch immer in der Nase, doch zugleich schien es ihm, als wäre die Erinnerung seit Jahren nicht so deutlich gewesen wie in diesem Moment. Vielleicht lag es daran, dass es in der Fahrgastkabine der Messerschmitt ganz ähnlich roch.

Der Ford von Ruggieros Eltern hatte Städte durchquert, und bei jedem Ortsschild war Amadeo der Atem gestockt: *Lucera*, *Foggia*, *Andria*. Dem elfjährigen – oder zwölfjährigen – Jungen war es vorgekommen, als sei er schon einmal hier gewesen. Es gab keinen Zweifel. Und: *einmal?* Unsinn! Tausendmal, in seinen Träumen. Lucera, die Stadt, in der Friedrich II. seine treu ergebene Garde muslimischer Sarazenen angesiedelt hatte, mitten in einem christlichen Königreich. Foggia, das ihm so oft als Residenz gedient hatte. Andria, die Stadt, die ihm wie keine andere ergeben gewesen war. Und an allen diesen Orten gab es Überreste, spärliche Ruinen nur zum Teil, doch in Amadeos Kopf hatten sie sich mit Leben gefüllt, mit dem glänzenden Hofstaat des Kaisers, in dem sich Philosophen, Alchimisten, Astronomen die Klinke in die Hand gaben, aus Abendland und Morgenland. Am Himmel waren in seiner Fantasie die Jagdfalken gekreist, Friedrichs große Leidenschaft. Eine Menagerie exotischer Tiere, die den Kaiser auf seinen Reisen begleiteten, war durch Amadeos Kopf defiliert – Leoparden, Antilopen, sogar ein Elefant war dabei, der erste in Europa seit Jahrhunderten. Und dann die Favoritinnen des Kaisers, die Schleier tragen mussten wie bei den Muslimen und die in einem Harem lebten, bewacht von Eunuchen. Der elf … *Maledetto*, er musste dringend mit seiner Mutter reden, wie alt er wirklich gewesen war! … Der Junge jedenfalls hatte eher verschwommene Vorstellungen gehabt, was Favoritinnen oder ein Harem waren – und Eunuchen sowieso –, doch das hatte das Ganze nur noch aufregender gemacht. Alles zusammen hatte ein so unglaubliches, leuchtendes und zugleich geheimnisvolles Bild ergeben … Ein Traum. Und das Zentrum dieses Traums, der innerste Kern dieses großen, aufregenden Rätsels war ihr Ziel gewesen: Castel del Monte.

Immer wieder hatte es Amadeo seitdem zu Friedrichs rätselhafter Schöpfung gezogen, doch keiner dieser Besuche war zu vergleichen gewesen mit diesem allerersten Mal.

Keiner. Bis heute.

Was hätte Friedrich für diesen Blick gegeben?

Vorausgesetzt, er hatte die Fertigstellung von Castel del Monte überhaupt erlebt: Wie oft mochte er auf der Spitze eines der achteckigen Türme gestanden haben, die heute fast bis auf das Niveau des Haupttraktes abgetragen waren? Wie oft mochten seine Augen dem Flug seiner Falken gefolgt sein, die vor dem Blau des apulischen Himmels ihre Kreise zogen? Wie oft mochte er sich das Bild ausgemalt haben, das sich dort oben in den Lüften dem Blick der Tiere bieten musste? Die geometrisch ausgeklügelte Anlage in ihrer ganzen rätselhaft-symbolischen Majestät.

Der Blick der Falken. Derselbe Blick, den jetzt die Männer in der Messerschmitt 108 hatten, die der Kaiser in seinen kühnsten Träumen nicht einkalkuliert haben konnte. Für einen Menschen des dreizehnten Jahrhunderts war dieser Blick vor allem die Perspektive Gottes gewesen. Ihm, Gott, galt die Botschaft des Kaisers: *Acht!*, rief sie zu den Gestirnen empor. *Acht!* Die Zahl der Vollkommenheit, der Unsterblichkeit und Unendlichkeit … in der Mathematik ja bis heute als liegende Acht. *Schau her, Gott! Ein Mensch kann unendlich, unsterblich, vollkommen sein.* Dieser eine Mensch zumindest – ob er sich nun als Gottes vornehmster Diener auf Erden verstand oder sich selbst von einem Hauch der Göttlichkeit umflattert wähnte.

Castel del Monte, dachte der Restaurator, war Friedrichs persönlicher Turm zu Babel.

»Es muss anders ausgesehen haben damals«, sagte Amadeo mit rauer Stimme. »Mehr Wald hier und da, noch nicht so zersiedelt. Aber trotzdem: Castel del Monte war eine Landmarke, ein Fixpunkt, der schon von Weitem den Blick einfing. Die Krone Apuliens … wahrscheinlich noch deutlicher, als die Türme noch da waren. Bis zu Ludwig XIV., bis Versailles hat es so etwas nicht wieder gegeben. Eine ganze Landschaft, ausgerichtet auf den Willen und das Ego eines einzigen Menschen.«

»Stattlich«, murmelte der *commandante* einsilbig. Oder wenigstens zweisilbig, dachte Amadeo, aber das war schon das Höchste der Gefühle. »Darf ich jetzt landen?«, brummte Duarte. »Ich hab in London vollgetankt, aber viel Sprit haben wir nicht mehr.«

Amadeo nickte stumm. Der *commandante* sah ihn nicht an, schien es aber zu spüren – oder es war ihm egal.

Einer der Vorteile der ME 108, erinnerte sich Amadeo, bestand darin, dass sie praktisch überall zu Boden gehen konnte. Bis zu diesem Augenblick hatte er den Gedanken beiseitegedrängt, wie dieses *praktisch* unter Praxisbedingungen aussehen würde.

Der Vorkriegsvogel namens Che hatte zuletzt in gefälligen

Bögen über der waldigen Hügelkuppe gekreist, auf deren höchstem Punkt sich das Kastell erhob. Während Amadeo fasziniert den unglaublichen Blick genossen, in den brunnenschachtartigen, menschenleeren Innenhof gestarrt und sich die bange Frage gestellt hatte, ob Görlitz ihnen womöglich bereits zuvorgekommen war und sie nun mit gezogener Waffe erwartete … währenddessen hatte Duarte Zeit gehabt, nach einem Landeplatz Ausschau zu halten. Der *commandante* lenkte den Flieger jetzt ein Stück nach Norden, wo das Häusermeer der Stadt Andria in den Blick kam und entfernt am Horizont die ansichtskartenblaue Weite des adriatischen Meeres.

Doch schon drehte er nach links, hinaus auf die wellige Ebene mit ihren verstreuten Gehöften und kleinen Siedlungen, ihren Feldern und Obstbaumpflanzungen, verengte die Kurve allmählich und ging gleichzeitig tiefer, bis direkt vor ihnen wieder der Hügel mit dem Castel sichtbar wurde, im Hintergrund bereits die raueren Gipfel der Basilicata.

Was nicht sichtbar wurde, war eine Landepiste.

Es war ein heller, aber windiger Tag. Hoch oben in der freien Luft war wenig zu spüren gewesen von irgendwelchen Turbulenzen, doch je tiefer die Messerschmitt sank, desto heftiger erwischten die Windstöße den aluminiumverkleideten Rumpf. Schon auf dem Weg nach London hatte Duarte begonnen, über die Entstehungsgeschichte des Flugzeugtyps zu plaudern: Die Messerschmitt war bewusst leicht konstruiert. Das erhöhte die Reichweite und Geschwindigkeit der Maschine und erlaubte eine höhere Zuladung an Passagieren und Gepäck.

Duarte und Amadeo waren nur zu zweit, und der Restaurator hatte gerade mal Wäsche zum Wechseln dabei.

Eine unerwartete Böe trieb den Flieger meterweit nach rechts, drückte ihn gleichzeitig unsanft nach unten.

»Sie wissen, was Sie tun?«, erkundigte sich Amadeo nervös.

»Kurbeln?«, fragte Duarte zurück.

Der Restaurator brauchte einen Moment, bis er begriff, dass der *commandante* nicht sein eigenes Vorhaben beschrieben, sondern eine Anweisung erteilt hatte. Hektisch packte er die Kurbel, mit der man das Fahrwerk der Messerschnitt zum Vorschein brachte.

Wozu ein Fahrwerk?, dachte er unruhig. Wozu ein Fahrwerk, wenn die Piste noch nicht mal in Sicht ist?

Kurbelnd reckte er den Hals, um über Ches stumpfe Nase hinweg im Auge zu behalten, wohin Duarte den Vogel steuerte. Noch immer keine Piste. Olivenhaine, brachliegende Felder, ein Bauernhof. Menschen waren nicht zu sehen. Eine Landstraße, auf der sich ein einsames Fahrzeug bewegte – in leichten Schlangenlinien. Vielleicht hatte der Fahrer versucht, der grippalen Bedrohung mit Grappa entgegenzuwirken – oder aber er befand sich bereits im fortgeschrittenen Stadium der Krankheit. Jedenfalls schien er Mühe zu haben, den unvorhersehbaren Kurven und Wendungen des Asphaltbandes zu folgen. Erst ein Stückchen voran, auf den Hügel mit der Schlossanlage zu, lief die Straße für ein paar hundert Meter annähernd gerade wie eine …

»*Porca miseria!* Sie wollen doch da nicht landen!«

»Kurbeln!«, brummte der *commandante* aus zusammengebissenen Zähnen.

Olivenhaine links und rechts, dann, unvermittelt, wieder direkt unter ihnen. Das Schütteln und Rütteln nahm zu, je näher sie dem Erdboden kamen.

»Sie können unmöglich unter diesen Bedingungen …«

»Kurbeln!«

Für einen Moment befanden sie sich wieder unmittelbar über dem Asphalt. Das Laub der Olivenbäume war verwischtes, fahles Grün zu beiden Seiten, wenige Meter vom Straßenrand. Welche Spannweite hatte die Messerschmitt von Flügelspitze zu Flügelspitze? Keuchend drehte Amadeo an seiner Kurbel, bis er mit einem harten metallischen Laut auf Widerstand stieß. Der plötzliche Ruck fuhr ihm bis in die Schulter.

»Fertig?«

»Ich denke …«

»Festhalten!«, bellte der *commandante*.

Der Restaurator klammerte sich an seinen Sitz. Es gab einen Gurt, ja. Amadeo war sich nicht sicher, ob er zur Originalausstattung gehörte, fürchtete aber, dass genau das der Fall war. Duarte schien verstärkten Wert auf Authentizität zu legen. Vermutlich war selbst der Verbandskasten noch ungeöffnet, seitdem er die Messerschmitt-Werke verlassen hatte. Amadeo betete, dass sie nicht in die Verlegenheit kommen würden, das prüfen zu müssen.

Che senkte sich der Fahrbahn entgegen. Nein, er senkte sich nicht, er sackte einfach ab. Auf einmal schien keine Luft mehr unter ihnen zu sein, sondern – nichts.

»Das ist viel zu schmal! Die Flügel! Sie können nicht …«

Noch zwei, vielleicht drei Meter bis zum Boden. Unruhig neigte sich der Flieger nach links. Ruckartig startete der *commandante* noch einmal durch.

»Malede …«

Schon zeigte die Nase wieder Richtung Asphalt. Links und rechts die verkrüppelten Olivengewächse, dann – Amadeo atmete auf – offenes Land auf der Linken, offen bis auf …

»Was sind das für verfluchte Steinhaufen?«, schimpfte der Mann in der Soutane.

»Das sind …« Aus unerwarteter Richtung drosch eine Böe gegen den Flieger. »… keine Steinhaufen. Das sind Häuser, *trulli*. Die einheimische Bauweise, ohne Mörtel errichtet.«

»Festhalten!«

Ein Schlag traf das Flugzeug. Amadeo fuhr er durch die Wirbelsäule bis in den Schädel. Ein durchdringendes Knacken. Sie berührten den Boden, doch Che prallte zurück, wurde in einem ungeschickten Winkel in die Luft geworfen, sackte sofort wieder nieder. Ein neuer Schlag. Der Restaurator ruckte nach vorn. Der Gurt... Röchelnd stieß Amadeo den Atem aus. Hoppelnd pflügte die Messerschmitt durch das brachliegende Gelände. Die Bauern werden sich bedanken, schoss es Amadeo durch den Kopf, zwischen Ohnmacht und Bewusstsein.

Duarte knurrte etwas. Der Restaurator bekam es kaum noch mit. Ein Kegel aus aufgetürmtem hellem Stein raste ihnen entgegen. Jetzt...

Ein heftiger Ruck. Amadeos Kiefer schlugen aufeinander. Er schmeckte Blut in seinem Mund.

Dann Stille.

»Das war ein wenig ruppig diesmal«, murmelte der *commandante*. Vernehmlich stieß er die Luft aus.

Der Flieger stand.

Am Rande des Hindukusch, Afghanistan

Feindesland.

Widerstrebend hatten sich die beiden Schwestern bereit erklärt, in einen der Fuchs-Panzer zu klettern, das schwerste Gerät, über das die deutsche Bundeswehr in Afghanistan verfügte.

Carved in the shoulder of the mount, dachte Rebecca. Genau das war der Ali-Baba-Pass: wie ein Keil in die steile

Bergkette getrieben, wie eine Bresche in einer natürlichen Befestigung: *lacuna in muro*.

Nur undeutlich war zu erahnen, dass die Piste auf der anderen Seite noch weiterging, in unübersichtliches, von Felsen und tief eingekerbten Tälern beherrschtes Gelände hinein, wasserlos und abweisend.

Der Konvoi würde von nun an noch langsamer vorankommen als bisher schon, doch gleichzeitig gewährten die drei schwer gerüsteten Radpanzer ein Höchstmaß an Sicherheit. Und welche Rolle spielt das Tempo überhaupt?, dachte Rebecca. Welche Rolle spielt es, solange wir nicht genau wissen, wo wir hinwollen?

Präsenz zu zeigen im Gebiet der Aufständischen, das war der offizielle Auftrag des Konvois unter dem Kommando des Obersts. Die Stammeskrieger wenn möglich einzuschüchtern, sie zu bewegen, mit dem ISAF-Kontingent Kontakt aufzunehmen. Und die Gefangenen zurückzuholen.

Doch bisher blieben Kontakte aus.

Den Pass hatten sie hinter sich. Die nächste Landmarke sollte ein großes Gebäude sein, ein Gutshof, ein Palast, doch wenn Alyssa recht hatte, würde der Zug Stunden unterwegs sein, bis die nächste menschliche Ansiedlung in Sicht kam.

Schweigend verfolgten die beiden Frauen das Geschehen im Innern des Fuchs-Panzers. Oberst Merthes, der den Konvoi aus dem gepanzerten Gefährt heraus befehligte, gab hin und wieder halblaute Anweisungen und hielt ständig Kontakt mit einem seiner Soldaten, den er mit einem Maschinengewehr an der hinteren Kampfluke des Fahrzeugs postiert hatte. Dieser Mann musste quasi das gesamte Umfeld im Auge behalten, während das Frontfenster, mit Panzerglas gesichert, lediglich den Blick nach vorn erlaubte. Die seitlichen Öffnungen waren kaum mehr als Sichtschlitze für Fahrer und Beifahrer und ebenfalls nur von begrenztem Nutzen.

Rebecca war es bisher gelungen, das klaustrophobische Gefühl beiseitezudrängen. Dazu hatte sie zu viel erlebt und zu viel gesehen in Südamerika. Sie war nicht besonders empfänglich für diese Art von Ängsten … sie hatte ihre eigenen. Trotzdem konnte sie jeden Menschen verstehen, dem ausgesprochen unwohl wurde in diesem rollenden Monstrum aus Stahl, dessen Panzerung zwar einen *gewissen*, aber keineswegs einen vollkommenen Schutz darstellte – nicht einmal gegen gewöhnliche Handfeuerwaffen.

»Da ist es wieder! Links von uns!«

Der Oberst gab den beiden Frauen ein Zeichen. Zwischen Fahrer und Beifahrer hindurch wies er auf einen Punkt auf einer Anhöhe, knapp unterhalb der Linie, an der gewachsener Fels durch den kargen Boden brach.

»270 Grad«, rief er dem Mann an der Heckluke zu. »Erkennen Sie was?«

Der Soldat war mit einem Feldstecher ausgerüstet.

Sekunden vergingen. Rebeccas Augen suchten das Gelände ab, konnten aber nichts entdecken. Da! Ein kurzes Aufblitzen! Wieder!

»Ich würde ja sagen, sie folgen uns«, murmelte Merthes. »Aber wie es aussieht, sind sie uns voraus.«

»Zwei Personen!«, kam es durch die Luke. »Nicht zu erkennen, ob es Kombattanten sind.«

Rebecca tauschte einen kurzen Blick mit Alyssa. Sie wusste, dass das fast schmerzhafte Zucken ihrer Mundwinkel sie in diesem Moment um Jahre älter machte. Die paramilitärischen Verbände in Südamerika hatten niemals gefragt, ob sie Kombattanten, kämpfende Einheiten, vor sich hatten, wenn sie ins Gebiet der Rebellen vorgedrungen waren. Oder sie hatten zuerst geschossen und dann gefragt. Und Alyssa wusste sehr gut, wer diese Verbände finanziert und ihnen mit Militärbeobachtern zur Seite gestanden hatte. Dieselben Leute, denen sie sich verkauft hatte, um sich beruflich zu verändern.

Unwillig schüttelte Rebecca den Kopf. Keine Zeit für gestern!

Merthes hatte nach seinem Funkgerät gegriffen: »Kommandeur an Verband: an der Gabelung nach links! – Bestätigen Sie!«

Während die Rückmeldungen von den einzelnen Fahrzeugen einliefen, versuchte Rebecca zu erkennen, wie es vor ihnen weiterging. Die Piste, die vom Ali-Baba-Pass abwärtsführte, schien sich in mehrere unterschiedliche Routen aufzuteilen, die in Seitentäler des Gebirges hineinführten.

»Wir bewegen uns genau in die Richtung, die sie sich wünschen«, brummte Merthes. »Das gefällt mir nicht.«

Warum tun Sie's dann?, dachte Rebecca. Doch was blieb dem Oberst anderes übrig, wenn er mit den Aufständischen in Kontakt treten wollte? Zwei der kleineren Spähwagen im Konvoi hatten nur die eine Aufgabe, ständig auf den unterschiedlichsten Frequenzen Gesprächsangebote an die Rebellen zu übermitteln. Ganz nebenbei hatte Rebecca erfahren, dass ein weiteres Fahrzeug speziell zur *Käferbeobachtung* abgestellt war – aber das war eine andere Sache.

Immerhin, dachte sie. Bisher hat man noch nicht auf uns geschossen.

»Wie weit ist es von hier bis zu der Stelle, die Sie uns …?«, wandte sie sich an den Oberst, ließ den Satz aber im Ungefähren stehen. Es war unnötig, den Hinterhalt zu erwähnen, die Schriftzeichen an der Felswand. Merthes und sein Vorgesetzter hatten ihnen schließlich nur eine einzige Aufnahme von einem einzigen Überfall gezeigt.

»Die Richtung stimmt«, murmelte der Oberst, wobei er sich über die Glatze fuhr, als müsste er eine kaum zu bändigende Haarpracht zurückstreichen. »Aber von hier aus kommen wir da nicht hin – nicht mit diesem Gerät. Und deshalb sind wir nicht hier.« Scharf sah er sie an, bezog jetzt auch Alyssa ein. »Diese Leute haben sechs unserer Männer – und Ihren kleinen Freund.«

Die Art und Weise, wie er den *kleinen Freund* betonte, war hart an der Grenze zur Unhöflichkeit. Für Soldatenverhältnisse. Wenn man die Maßstäbe der zivilisierten – und in diesem Fall der *zivilistischen* – Welt anlegte, war sie weit jenseits davon. Rebecca sah, wie ihre Schwester sich anspannte, dann aber knapp und wortlos nickte.

Nein, auch Merthes passte es nicht, dass sie auf dieser Expedition dabei waren, und wenn es ihm in den Sinn kam, ließ er sie das auch spüren.

Warum zum Teufel tun wir uns das an?, dachte Rebecca.

Sie fing Alyssas Blick ein. Ihre Schwester musste denselben Gedanken gehabt haben: Weil wir keine andere Chance haben, schienen ihre Augen zu sagen.

Rebecca biss die Zähne zusammen. Alyssa konnte es schließlich fast egal sein. Ihr ging es mindestens genauso um ihren Fabio wie um das Heilmittel. Doch war nicht ohnehin alles eins: die Hinweise der babylonischen Aufzeichnungen, die Inschrift in der Felswand, die Entführung von Amadeos Azubi? Wies nicht alles in dieselbe Richtung? In die Berge?

Merthes' Konvoi brachte sie in die Berge, das war das Entscheidende. Die Richtung, und da hatte der Oberst ohne jeden Zweifel recht, die Richtung stimmte jedenfalls.

»Spätestens am Stuhl des Pharao müssen wir umkehren«, murmelte er, während er sich noch immer zwanghaft über die Glatze fuhr. »Und ganz gleich, ob wir so weit kommen: Mit Sicherheit wird niemand aussteigen. Ich werde keinen meiner Männer in Gefahr bringen.«

Aus dem Augenwinkel sah Rebecca, wie Alyssas Haltung

sich von Neuem veränderte – und auch sie selbst hatte gestutzt, schon am Beginn von Merthes' Einwurf.

»Pharao?«, fragte sie. »In Afghanistan gab's doch im Leben keinen Pharao. Wieder so ein ISAF-Slang?«

Der Oberst sah sie an, hob aber nur die Schultern. »Keine Ahnung. Ein Berg. Irgendwie muss man sie auseinanderhalten. – Kommandeur an Verband!«, sprach er in sein Funkgerät. »Position beibehalten, bis die Panzer aufgeschlossen haben! Bestätigen Sie!«

»*La sedia di faraone*«, sagte Alyssa leise.

Mit fragender Miene wandte Rebecca sich um.

»Die Bibel nennt die ägyptischen Könige durchweg Pharao«, murmelte Alyssa auf Italienisch. »Aber das ist ein Anachronismus. Erst ab der zweiundzwanzigsten oder dreiundzwanzigsten ägyptischen Dynastie haben sich die Herrscher selbst als *Pharao* bezeichet. Mit Sicherheit nicht vor dem Jahr tausend vor Christus. Bis dahin, und zum Teil sogar noch danach, bedeutet die Hieroglyphe *Pee-raa* – Pharao – etwas anderes: den ausgedehnten Palast, in dem er wohnt, der König, der eben noch nicht der Pharao ist.«

»Den Palast?«

Worauf wollte Alyssa hinaus? Ihre Miene war undurchschaubar, wie sie nur sein konnte.

Und dann, von einem Augenblick zum nächsten, begriff Rebecca.

»Der Palast«, flüsterte sie. »Ein großes Gebäude.«

Nahe Castel del Monte, Puglia, Italien

»Glauben Sie, Sie kriegen ihn wieder flott?«

Zweifelnd betrachtete Amadeo den Rumpf der Messerschmitt. Die Räder des Fahrwerks hatten sich zentimetertief in den Boden gegraben. Mehr denn je ähnelte Che einem verunglückten Vogel mit einem besonders platten Schnabel.

Mit finsterer Miene und langsamen Schritten umrundete der *commandante* den Flieger. »Haben Sie je ›*Der Flug des Phönix*‹ gesehen«, fragte er, »mit James Stewart, Hardy Krüger, Ernest Borgnine?«

Amadeo hob die Augenbrauen. »Nein.«

Duarte blieb stehen, betrachtete die Maschine. »Wenn wir ihn bis zur Straße kriegen, wird er auch wieder fliegen. – Aber darüber machen wir uns Gedanken, wenn wir hier fertig sind.«

Wenn wir hier fertig sind. Amadeo zwang das hysterische Gelächter, das ihm auf der Zunge lag, zurück in seine Kehle. Er besaß den Schimmer einer Ahnung, wie Kaiser Friedrichs Code möglicherweise funktionieren konnte – mehr aber auch nicht. Während des Fluges hatte er gewisse elektronische Vorbereitungen getroffen, doch er konnte ohne Weiteres komplett danebenliegen. Vor allem war er hier, weil er nach Inspiration suchte.

Aber wenn er das Duarte jetzt erzählte, würde ihn der Kirchenmann erschlagen.

Castel del Monte.

Der Restaurator hatte noch einmal nachgerechnet: Dies war sein zehnter Besuch am Rande der Murge. Und er hatte keinen Zweifel, dass er ihm in Erinnerung bleiben würde.

Amadeo musterte den bewaldeten Hügel, der vielleicht einen Kilometer entfernt aufragte. Geheimnisvoll blickten die obersten Schichten hellen Mauerwerks über die Wipfel der Bäume. Eine Krone, dachte er. Was auch immer Friedrich sich sonst noch gedacht haben mochte, aber das war der erste und stärkste Eindruck: eine Krone.

»Damals muss es anders …«, murmelte er.

»Das sagten Sie bereits«, unterbrach ihn der *comman-dante*. »Verlieren wir keine Zeit.«

Er drehte sich um und marschierte los. Amadeo kam kaum hinterher.

»Wollen Sie ihn … Che … wollen Sie ihn nicht abschließen?«

Über die Schulter warf ihm Duarte einen wortlosen Blick zu. Er wurde nicht langsamer dabei.

Nach wenigen Schritten hatten sie die Asphaltstraße erreicht. Kein Fahrzeug weit und breit; sie konnten mitten auf der Fahrbahn laufen, die sich eine Anhöhe hinabwand, direkt auf den Hügel mit der rätselhaften Festung zu. Links von der Straße befand sich ein Bauernhof; er sah verlassen aus, wie ausgestorben.

Ein merkwürdiges Gefühl überkam Amadeo. Sooft er das Kastell besucht hatte: Er war niemals allein gewesen. Castel del Monte war ein Touristenmagnet, egal zu welcher Jahreszeit, und sei es nur, weil die Anlage europaweit auf der Ein-Cent-Münze prangte.

Etwas war anders heute. Am Licht konnte es nicht liegen; der Himmel zeigte sich in jener Farbe, bei der man auf Postkartenfotos sofort von einer Nachbearbeitung ausging. Nur dass es in Puglia eben tatsächlich so aussah.

Nein, es war nicht das Licht. Nicht *allein* das Licht.

Amadeos Gefühl verstärkte sich mit jedem Schritt: Es war ein Zusammenspiel von Licht, Geruch, Geräusch – oder, in diesem Fall, der Abwesenheit von Geräuschen. Es war still, gespenstisch still. Still wie an einem Sommermorgen früh um fünf, wenn noch kein Wagen unterwegs war, kein Motorenlärm das Schweigen zerriss. Die einzigen Laute kamen von Vögeln in den Alleebäumen.

Es war … Seit hundert Jahren ist es hier nicht mehr so still gewesen, dachte Amadeo. Vielleicht überhaupt nicht mehr, seitdem das Kastell dort oben stand. Die Messerschmitt, ihre Verbindung zur Zivilisation, befand sich weit hinter ihnen, und es stand in den Sternen, ob sie je wieder abheben würde.

Es war, als ob sie sich ganz langsam, Schritt für Schritt, aus ihrer eigenen Welt, der Welt des einundzwanzigsten Jahrhunderts, in eine frühere Ebene der Zeit hineinbewegten. In die Welt des Kaisers und seiner rätselhaften Festung, seiner Alchimisten, Astrologen, Sarazenen, seiner Jagdfalken und Palasteunuchen. Eine Welt, in der das Wort eines einzigen Mannes genügte, und schon wurde einem zwecks Prüfung der Verdauung der Bauch aufgeschnitten.

Amadeo konnte nicht exakt sagen, woran es lag, aber dies war sein allererster Besuch, bei dem er nicht voll aufgeregter Vorfreude die Schritte zählte, die Minuten, bis er das Portal mit dem grandiosen antikisierenden Portikus durchschreiten würde. Ganz im Gegenteil.

»Ein Stückchen ist es noch«, wandte er sich an den *commandante*. »Die Straße führt östlich um den Hügel herum. Da zweigt dann der Fahrweg ab, in Serpentinen den Berg hoch.«

»Ich bin kein großer Mathematiker«, erwiderte Duarte, ohne sich umzudrehen. »Aber meines Wissens ist die kürzeste Entfernung zwischen zwei Punkten eine Gerade.«

Sie hatten soeben den tiefsten Punkt der Senke erreicht, wo die Straße zur Kurve rund um den Burghügel ansetzte. Duarte machte einen großen Schritt. Im nächsten Augenblick war er schon halbwegs im Gebüsch verschwunden.

Amadeo schluckte. Doch es waren Bäume, beruhigte er sich. Undenkbar, dass hier damals Bäume gestanden hatten. Drumrum ja, in der Umgebung, aber der Hügel selbst musste kahl gewesen sein – freies Sichtfeld von der Burg aus. Nein, versuchte er sich einzureden. Nein, es war ganz und gar nicht wie im Mittelalter. Sie befanden sich nach wie vor in der Welt, die er kannte, und alles war wie immer.

Abgesehen davon, dass diese Welt gerade in Stücke brach.

Zwischen den Bäumen sah er den Rücken des dunkelhäutigen Mannes und – eine Schneise, einen Weg, der schnurgerade bergauf führte. Nur die unregelmäßige Wölbung des Hangs verhinderte, dass sie die Festung bereits unmittelbar vor Augen hatten, ihre vorspringenden Türme, die sich dem Besucher entgegenreckten wie die Fangarme eines Kraken.

Maledetto, flüsterte er lautlos. Was ist mit mir los?

Der Hang war steil. Binnen Kurzem stand Amadeo Schweiß auf der Stirn. Endlich hielt der *commandante* einen Moment lang inne. Vielleicht die Hälfte des Anstiegs hatten sie geschafft.

»Hören Sie das?«, fragte Duarte leise.

Einen Moment lang war Amadeo damit beschäftigt, zu Atem zu kommen, dann …

Motorengeräusch.

Für die Dauer einer Sekunde spürte der Restaurator ein Gefühl der Erleichterung. Ein Auto. Ein Verbrennungsmotor. Zivilisation! Eine Sekunde, nicht länger. Er legte den Kopf auf die Seite, lauschte. Die Bäume verfälschten das Geräusch. Die Richtung ließ sich nicht genau bestimmen, aber sie schien zu wechseln. Mal wurde das Brummen lauter, dann wieder leiser, dass es kaum zu hören war, um sich im nächsten Moment wieder zu verstärken.

»Da fährt etwas die Serpentinen hoch«, flüsterte Amadeo.

»Ein etwas ungewöhnlicher Termin für eine Besichtigungstour«, bemerkte der *commandante*. »Meinen Sie nicht?«

Amadeos Puls schlug in seiner Kehle. »Sie denken, das ist … Das sind …«

»Görlitz hat dieselben Unterlagen wie wir«, stellte Duarte fest. »Er hat sogar die Originale. Und auf dem *cimitero acattolico* waren Sie ihm kaum eine halbe Stunde voraus. Es liegt mir fern, ihn für den größten Geist unserer Zeit zu halten, aber …«

»Es reicht schon aus, dass er das tut«, hauchte Amadeo.

Er war unfähig, sich zu rühren. Jetzt war es deutlich. Die Geräusche wurden lauter, der Motorenlärm ließ sich von einem anderen Geräusch unterscheiden, dem Knirschen von Reifen auf einer Schotterfläche: der Parkplatz am Kassenhäuschen. Unter Garantie war dort heute niemand zur Arbeit erschienen, aber einen Steffen Görlitz, der in dieser Situation brav seinen Eintritt zahlte, konnte Amadeo sich sowieso nicht vorstellen – und die Absperrungen rund um die Burganlage waren kein echtes Hindernis.

Görlitz. *Ich werde schneller sein. Und dann wirst du sterben.* Görlitz würde im Kastell auf ihn warten wie eine Spinne in ihrem Netz.

Das Haus der Spinne, fuhr es Amadeo durch den Kopf. Doch nein, diese Formulierung führte zu einem anderen Ort, einem Ort in Afghanistan. Friedrichs Code funktionierte auf andere Weise, er musste mit der Acht zu tun haben, mit dem Morgenstern, den astronomischen und zahlensymbolischen Geheimnissen, denen die Gelehrten seines Hofes auf der Spur gewesen waren. Mit dem Rätsel von Castel del Monte selbst.

Konnte Görlitz es bereits gelöst haben? Oder wusste er zu diesem Zeitpunkt nicht mehr als Amadeo selbst?

Machte das einen Unterschied?

Sie konnten umkehren, konnten versuchen, Che wieder flottzumachen. Aber dann hatten sie verloren. Dann würde Görlitz das Rätsel lösen, und Kaiser Friedrichs Depot würde ihm und Verholen in die Hände fallen – und mit dem Depot die gesamte weitere Fährte der babylonischen Überlieferung mitsamt dem Heilmittel an ihrem Ende.

Amadeo holte Luft. »Kommen Sie! Wir müssen weiter!«

Duarte hob die Augenbrauen, doch er nickte nur wortlos und schloss sich an, als Amadeo eilig weiterkletterte.

Der Bewuchs trat zurück. Direkt vor ihnen eine niedrige Trockenmauer, und dahinter, fünfzig, sechzig Meter entfernt, wuchsen die zyklopischen Wälle des Kastells aus dem Schoß des Berges hervor. So sah es aus: als müssten die Fundamente in unendliche Tiefen reichen, als wäre das kaiserliche Monument Teil des Berges selbst. Wie eine magische Pflanze aus den tiefsten Gründen von Puglia, die aus dem Hügel emporspross.

»Eine Blume aus Stein«, murmelte Amadeo. »Ob er das im Sinn gehabt hat?«

»Der Kaiser liebte Blumen?«

»Er hat sich mit allem Möglichen beschäftigt«, sagte Amadeo nachdenklich. »Astronomie, Dichtkunst, Mathematik, Zoologie – seine Falken. Botanik sicher auch. Aber die Blumen … Man hatte ihm geweissagt, er würde *sub fiore* sterben – unter der Blume. Deshalb hat er angeblich nie einen Fuß nach Florenz gesetzt, *Firenze* auf Italienisch. – Am Ende starb er dann auf Castel *Fiorentino*, ein Stück nördlich von hier.«

Er hielt inne. Das Bild in seinem Kopf, das Bild, wie der Code funktionieren konnte – möglicherweise: Es begann deutlicher zu werden. Doch es gab nur einen Ort, an dem er den noch immer undeutlichen Gedanken überprüfen konnte, und dieser Ort erhob sich unmittelbar vor ihnen.

Der Restaurator schüttelte den Kopf, verharrte einen Moment, musste sich orientieren.

Die Begrenzungsmauer war kaum hüfthoch – kein Hindernis, wenn Duarte seine Soutane ein wenig lüpfte. Der Parkplatz befand sich links vor ihnen, unsichtbar hinter der Kuppe des Hügels. Das Brummen des Motors war längst verstummt. Wenn sie sich rechts hielten, auf das Kastell zu, konnten sie die Mauern als Deckung nutzen. Görlitz und seine Männer würden sie nicht sehen. Doch was war damit gewonnen? Sie befanden sich an der Rückseite der Festung. Kaiser Friedrich hatte zwar an einen Hintereingang gedacht, doch der war heutzutage ständig verschlossen.

»Kommen Sie«, murmelte Amadeo. »Mit etwas Glück sind wir schneller als sie. Vom Parkplatz aus müssen sie noch ein paar hundert Meter laufen.«

Zweihundert maximal, schätzte er.

Mit einem Satz war er über die Mauer hinweg. Niedriges Buschwerk schirmte ihn gegen die Richtung ab, aus der Görlitz und seine Schergen sich nähern mussten. Wenn es tatsächlich Görlitz war.

Geduckt schlüpfte Amadeo zwischen den Büschen hindurch, wandte sich nach links, zum Hauptportal hin. Ein geschotterter Fahrweg führte einmal um das Bauwerk herum, gesäumt von einer geschwungenen Reihe von Pinien mit mächtigen Kronen – und bleistiftdünnen Stämmchen, die keine Deckung mehr boten.

Duarte war direkt hinter ihm. Aus dem Augenwinkel sah der Restaurator, dass der *commandante* seine Waffe zog. Sollte er ihn daran hindern? Schaden konnte die Waffe nicht, doch Görlitz hatte in London ein halbes Dutzend Gestalten dabeigehabt. Seine Männer würden ihnen auf jeden Fall überlegen sein, wenn es …

Es war Görlitz.

Die entstellende Glatze hatte er mit einer Baseballkappe bedeckt, doch wesentlich hübscher machte ihn auch das nicht. Er lümmelte auf einer vorgelagerten Böschung und blickte den beiden Männern aufmerksam entgegen. Seine Gorillas hatten ein paar Schritte hinter ihm Stellung bezogen.

»Sieht nicht gut aus, euer Flieger«, sagte der Mann mit dem Narbengesicht zur Begrüßung. Beiläufig nickte er über Amadeos Schulter hinweg.

»Wir kriegen ihn wieder flott«, erwiderte Duarte lakonisch.

Görlitz hob eine Augenbraue, was die Asymmetrie seines Gesichts noch zusätzlich betonte. Seine Züge lagen im Schatten unter dem Schirm der Mütze – Amadeo war dankbar dafür.

»Und?«, erkundigte sich Görlitz. »Habt ihr's?«

Amadeo fuhr sich über die Lippen, schüttelte stumm den Kopf. *Habt ihr's?* Das konnte nur bedeuten, dass sein einstiger Kollege die Lage des Depots ebenfalls noch nicht kannte. Unsicher glitt Amadeos Blick über die Phalanx seiner Totschläger. Görlitz war schneller gewesen – doch er machte keine Anstalten, irgendwelche Schießbefehle zu geben.

»Dann sind wir offenbar gleichauf«, stellte der Narbengesichtige fest. »Besonders verzwickt war es ja auch nicht bisher.« Nachdenklich betrachtete er die Fassade. »Acht«, murmelte er. »Symmetrisch und präzise. Klar und eindeutig. Natürlich, eine gewisse ... Härte gehört dazu, wenn es um große Dinge geht. Aber einer muss eben das Sagen haben. Ich denke, der Mann liegt mir. Irgendwie ...« Er löste sich von der Mauer und trat einige Schritte auf das Bauwerk zu. »Doch, ich denke, ich spüre eine geistige Verwandtschaft. Ein Mann, der wusste, was er will.«

»Er wollte nur seine Ruhe«, brummte Amadeo. »Seinen Frieden mit der Kirche, damit er seinen wissenschaftlichen Forschungen nachgehen konnte. Er war fähig zur Rücksicht, zur Diplomatie. Fähig, Kompromisse zu schließen.«

Duarte schien ganz leicht eine Augenbraue zu heben. Nachvollziehbar, nachdem Amadeo ihm gerade noch Vorträge über den egomanischen Willen des Kaisers gehalten hatte. Doch Friedrich war eben kein eindimensionaler Mensch gewesen, sondern ein Kind seiner Zeit – und doch weit über diese Zeit hinausweisend in seinem Denken. Auf jeden Fall war er *nicht* wie Görlitz gewesen. Amadeo weigerte sich, das zu glauben.

»Ah, Kompromisse.« Görlitz nickte. »Doch, ich denke, ich verstehe. Diese berühmte Geschichte, als er Moses *und* Jesus *und* Mohammed als die drei größten Betrüger der Geschichte bezeichnet hat. Vermutlich hat er da exakt einen Augenblick abgepasst, als *weder* Juden *noch* Christen *noch* Muslime anwesend waren – weil er ja so fürchterlich diplomatisch war. Gut, man könnte fragen, wer die Geschichte dann überliefert hat, denn eins von den dreien dürfte ja so ziemlich jeder gewesen sein, mit dem er zu tun hatte. Trotzdem: interessanter Kompromiss, wirklich sehr… wie sagt man noch?… kompromittierend?«

»Die Geschichte ist überhaupt nicht bewiesen!«, knurrte Amadeo. »Das war nichts als Propaganda des Heiligen Stuhls. Die Päpste hatten schon immer die niederträchtigsten Kreaturen in ihrem…« Unvermittelt spürte er, dass Duartes Blick sehr aufmerksam auf ihm ruhte. »Umfeld«, murmelte der Restaurator und fügte übergangslos an: »Wie gut, dass sich das heute geändert hat.«

»Ah!« Görlitz tippte sich mit zwei Fingern an die Stirn, als ob ihm gerade ein Licht aufginge. »Dann denkst du an diesen Brief, den berühmten Brief, den er an seine Geburtsstadt richtete, die passenderweise ja auch noch *Iesi* hieß: ›*So bist du nicht die kleinste unter unseres Geschlechtes Städten; denn aus dir ist der Herr entsprungen, des römischen Reiches Fürst, der über dein Volk herrsche.*‹ – Sie erkennen die Stelle wieder, verehrter *commandante*?«, wandte er sich an Duarte.

»Matthäus fünf, Vers sechs«, murmelte der Mann in der

Soutane. »›*Und du, Bethlehem im jüdischen Lande, bist keineswegs die kleinste unter den Städten in Juda; denn aus dir wird kommen der Fürst, der mein Volk Israel weiden soll.*‹«

»Exakt.« Görlitz nickte. »Stimmt, Amadeo, ein hübscher Kompromiss. Jedenfalls hat er sich nicht *expressis verbis* als Messias betitelt, genau wie er diese noble Hütte hier nicht *ausdrücklich* als Götzentempel bezeichnet hat. Als eine Kirche, in der nur einer anzubeten war – er selbst. Der größte Geist auf Erden. Doch, der Mann gefällt mir. – Wollen wir?« Fragend sah er Amadeo an.

»Wollen wir ... was?« Hundert Meter entfernt erhob sich das Kastell. Eine doppelte Freitreppe führte hinauf zum Portal, dessen Formen einem griechischen Tempel nachempfunden waren, in den sich ein gotischer Spitzbogen einfügte, der für mittelalterliche Kirchenbauten so typisch war: christliche Frömmigkeit und uraltes Heidentum, beides in einem. Wie ein Symbol für die Widersprüchlichkeit des Kaisers.

»Rein!«, schlug Görlitz vor. »Du oder ich, mein Lieber, schon vergessen? Keine Sorge, meine Männer werden dich erst erschießen, wenn ich die Lösung habe.«

Aufs Geratewohl schlenderte er los. Seine Totschläger folgten ihm auf dem Fuße. Wie gelähmt starrte Amadeo ihnen hinterher. »Dieser Mann ist verrückt«, flüsterte er.

Der *commandante* nickte. »Genie, *dottore* Fanelli – und Wahnsinn. Zwei Seiten ein und derselben Medaille.«

Unverwandt blickte auch er Görlitz und seinen Begleitern nach, die bereits die Freitreppen emporkletterten, dem Eingang des gewaltigen steinernen Achtecks entgegen. Plötzlich war sich Amadeo nicht mehr so sicher, wen Duarte mit seinen Worten nun eigentlich gemeint hatte: Görlitz – oder das Kastell und seinen Erbauer.

Und ob er nicht womöglich ein Stück weit recht hatte.

Der Stuhl des Pharao, Hindukusch, Afghanistan

»Es ist eine Falle, Himmelhölleherrgott!« Fluchend setzte Oberst Merthes den Feldstecher ab. »Das ist dermaßen offensichtlich, dass man schon wieder ins Grübeln kommt, ob es wirklich eine Falle ist! – Können diese Leute mich für derart bescheuert halten?«

Der letzte Satz klingt tatsächlich wie eine Frage, dachte Rebecca. Vermutlich war es besser, sie nicht zu beantworten.

Die Rauchfahnen, die hinter dem Bergsattel aufstiegen, den man »Stuhl des Pharao« nannte, waren mit bloßem Auge zu erkennen. Es waren freundliche Rauchfahnen: heller Qualm, wie er von einem gemütlichen Lagerfeuer ausging, von afghanischem Hochlandbüffel am Spieß. Das Bild sah, nun, einladend aus.

Die Anhöhe selbst wirkte nicht übermäßig steil. Das zerklüftete Gestein bildete beinahe so etwas wie eine natürliche Treppe. Man musste kein Bergsteiger sein, um die Erhebung zu überwinden, aber eines stand fest: Für die Militärfahrzeuge war das Gelände unzugänglich.

»Kommandeur an Verband«, bellte Merthes in sein Funkgerät. »Alles bleibt im Wagen. Alles! Verstanden? Bestätigen! – Spähwagen: Hat endlich jemand geantwortet? Und ist Nachricht aus dem Camp da?«

Er lauschte auf die nach und nach eintreffenden Rückmeldungen. Der Spähwagen hatte keine Neuigkeiten. Die Aufständischen schwiegen nach wie vor, doch das war fast schon in den Hintergrund getreten.

Vor einer Stunde war die Verbindung zum Camp Marmal abgebrochen.

»Was zum Teufel treiben die im Lager?«, brummte Merthes. »Ich brauche Bilder von den verdammten Drohnen.«

»Und ich will wissen, was da drüben los ist! Da drüben – hinter dem Berg!« Alyssa war neben ihrer Schwester durch die Luke des Beifahrerfensters geschlüpft. Über das gepanzerte Dach hinweg visierte sie den Oberst an. »Sie bleiben dabei? Sie weigern sich, Männer abzustellen, um uns …«

»Richtig erkannt, Goldkind! Ich habe die Anweisung bekommen, Sie beide mitzunehmen, und ich habe Sie mitgenommen. Und wissen Sie was? Heute ist Ihr Glückstag! Ich nehm Sie sogar wieder mit zurück. Aber ich denke nicht daran, das Leben auch nur eines meiner Soldaten aufs Spiel zu setzen, damit Sie sich eine Extrawurst braten und sich auf die Suche nach Ihrem *kleinen Freund* machen. Oder dass Sie Ihre vermaledeite Felswand begucken und damit die gesamte Mission in Gefahr bringen! Wir sind hier im Krieg! Ich wäre Ihnen sehr verbunden, wenn Sie das endlich zur Kenntnis nehmen würden!«

Aus blutunterlaufenen Augen starrte er Alyssa an. Er macht sich Sorgen, dachte Rebecca. Um das Camp, um seine Männer. Wahrscheinlich hat er schlicht und einfach Angst.

Außerdem hatte Merthes vor einer halben Stunde begonnen, sein Taschentuch für den eigentlich vorgesehenen Zweck zu nutzen.

Der Oberst hatte die Grippe.

Rebecca ließ den Blick über den Konvoi schweifen. Merthes hatte die Fahrzeuge am Ende der Schlucht versammelt, wichtige strategische Punkte auf halber Höhe aber mit den Fuchs-Panzern besetzt. Die Aufständischen würden im Fall der Fälle jedenfalls Mühe haben, ihnen den Weg abzuschneiden – es sei denn, sie jagten das gesamte Tal in die Luft.

Doch in jedem der Fahrzeuge sah Rebecca inzwischen Männer, die mehr oder weniger in ihren Sitzen hingen. Merthes' Verband war nicht ansatzweise in der Lage, eine ernsthafte militärische Konfrontation durchzustehen. Die Soldaten, die noch imstande gewesen wären, die beiden Schwestern zu begleiten, konnte man allmählich an einer Hand abzählen.

Welche Strategie also verfolgte Alyssa mit ihrer Attacke auf Merthes? Dass es irgendeine Strategie gab, bezweifelte Rebecca keinen Augenblick. Wenn jemand diese Frau kannte, dann war sie es. Aber es ergab keinen Sinn: Wie Merthes reagieren würde, wenn sie unerfüllbare Forderungen stellte, musste ihrer Schwester doch klar sein.

Alyssa straffte ihre Haltung. »Sie lassen mir keine andere Möglichkeit«, sagte sie kühl. »Oberst Merthes, hiermit suspendiere ich ...«

»Das wagen Sie nicht!« Die Augen des Obersts quollen aus seinem kahlen Schädel. Seine randlose Brille verstärkte den Effekt noch. »Das *können* Sie nicht!«

»Ich habe es schon ...«

»Herr Oberst!« Die Stimme des Soldaten an der Hecklafette kippte beinahe. »Herr Oberst, da ... da oben!«

Merthes, Alyssa, Rebecca selbst: Alle fuhren herum.

Sie waren zu dritt, und sie standen knapp unterhalb des Bergsattels. Nein, sie standen nicht: Mit langsamen Schritten bewegten sie sich den Hang hinab: eine helle, fast weiße Gestalt in der Mitte, die beiden anderen dunkler und etwas größer als der Mittlere, so weit sich das aus der Ferne erkennen ließ.

»Geben Sie mir das Fernglas!« Merthes streckte die Hand aus.

Ungeschickt rupfte der Soldat sich den Feldstecher vom Hals und reichte ihn seinem Vorgesetzten.

Seinem ehemaligen Vorgesetzten, dachte Rebecca. Oder war die Absetzung des Obersts gar nicht wirksam? Im entscheidenden Moment war Merthes Alyssa ins Wort gefallen. War jetzt der Zeitpunkt, sich darüber den Kopf zu zerbrechen?

Alyssa griff nicht ein. Sie kniff die Augen zusammen, spähte den Hang empor. Die Männer aus den Bergen waren mehrere Hundert Meter entfernt, Einzelheiten waren noch immer nicht auszumachen. Sie trugen die typische zeltartige Kleidung der Wüstenbewohner, die auf den ersten Blick lediglich aus langen Stoffbahnen zu bestehen schien.

»Das in der Mitte ist ein alter Mann«, murmelte Merthes, während er die Schärfe an den Okularen nachregelte. »Ein Dorfältester vielleicht oder einer ihrer Anführer. Die beiden anderen sind…«

»Eine Ehrengarde«, sagte Rebecca. »Können Sie sehen, ob sie bewaffnet sind?«

»Die Jüngeren ja, aber ich glaube nicht…«

Nein, auch Rebecca glaubte nicht, dass die Männer in feindseliger Absicht kamen. Sie waren Gesandte, Parlamentäre. Endlich hatten die Aufständischen auf Merthes' Versuche zur Kontaktanbahnung reagiert. Sämtliche Angehörigen des Konvois mussten das inzwischen begriffen haben, und alle blickten jetzt den zerklüfteten Hang empor, ausgenommen diejenigen Soldaten, bei denen die Krankheit so weit fortgeschritten war, dass sie überhaupt nichts mehr mitbekamen.

Alles blickte hinauf zu der felsigen Anhöhe – und in diesem Augenblick zerriss ein Knall die Stille, ein kurzer, schneller Laut, der sich an den Flanken der Berge brach, am Grunde der Schlucht gespenstisch widerhallte.

»Was zur…« Merthes setzte den Feldstecher ab. »Was…« Schon hatte er ihn wieder vor den Augen. »Mein Gott«, flüsterte er.

Rebecca sah es, auch ohne Fernglas. Die helle Gestalt, der Dorfälteste: Er war in sich zusammengesackt, seine Begleiter beugten sich über ihn.

»Wer in Dreiteufelsnamen war das?« Die Stimme des Obersts überschlug sich. »Wer *war* das?«

Unruhe im Konvoi, Verwirrung. Die Männer starrten einander an, einige waren bereits aus ihren Fahrzeugen gestiegen, sahen sich unruhig nach allen Seiten um.

»Wer – zur – Hölle – war – das?«, brüllte Merthes noch einmal.

Rebeccas Augen kehrten zurück zu der Stelle oben am Berg. Der alte Mann versuchte sich aufzurichten – oder seine Begleiter zogen ihn in die Höhe. Es war nicht zu erkennen, vier-, fünfhundert Meter entfernt.

Rebecca stutzte.

»Das ist viel zu weit«, flüsterte sie. Sie fuhr zum Oberst herum. »Haben wir Scharfschützen dabei?«, zischte sie.

»Wer zur …« Merthes brach ab, starrte sie an. »Haben Sie den Verstand verloren? Sollen wir die beiden andern auch noch umnieten?«

»Haben Sie Scharfschützen dabei?«

»Was wollen Sie mit …« Der Oberst brach ab. Ein überraschtes Zucken ging über sein Gesicht, der Ausdruck veränderte sich. »Nein«, sagte er sehr viel leiser. »Wir sind ein reiner Defensivverband. Aber wie kann …«

»Eine Falle«, murmelte Rebecca. »Heckenschützen! Jemand, der nicht zu uns gehört. Der …«

Ein neuer Knall, und diesmal kam sofort ein zweiter hinterher.

Rebecca spähte hinauf zu den Männern am Hang. Die beiden Jüngeren hatten den Alten in die Mitte genommen. Sie sahen nicht aus, als ob sie im Augenblick unter Feuer standen.

Doch unten in der Talsohle: Einer der Spähwagen – der Beifahrer fuhr plötzlich in die Höhe, griff sich an die Brust, kippte wie in Zeitlupe vornüber.

Und es folgten weitere Schüsse. Schüsse – auf die ISAF-Soldaten! Eine neue Salve. Ein unterdrückter Laut wie ein »*Uff!*«.

Zwei Meter entfernt: Der Soldat an der Hecklafette hatte den Mund geöffnet, starrte auf seine Brust, auf der sich ein dunkler Fleck ausbreitete.

»Runter!«

Etwas packte Rebecca an der Schulter. Sie war nicht darauf vorbereitet, hatte sich nur locker auf dem Rand der Luke abgestützt, halb auf Zehenspitzen. Sie versuchte sich festzuhalten, doch ihre Füße glitten weg; schmerzhaft schlug ihre Schulter gegen die Öffnung. Im nächsten Moment lag Rebecca halb betäubt im Transportraum, blickte aus vierzig Zentimetern Entfernung in das Gesicht eines Soldaten, dem sie im Fallen den Ellenbogen in den Bauch gerammt hatte.

»Verdammt, das ist ein Hinterhalt!« Alyssa war bereits an der Kommandantenluke, packte nach Merthes, um das Manöver, das ihr bei Rebecca geglückt war, mit dem Oberst zu wiederholen. »Kommen Sie auf der Stelle …«

Merthes folgte ihr freiwillig. Hasserfüllt starrte er sie an: »Na, zufrieden? *Das* ist Krieg. Was wollen Sie noch von mir? Ich denke, ich bin …«

»Ihre Suspendierung ist suspendiert«, sagte sie kühl.

»Alyssa Steinmann«, murmelte Rebecca lautlos. »Du bist das coolste Stück Scheiße auf Gottes Erdboden.«

Das Geräusch der Schüsse hielt an. Der Schüsse – des Schuss*wechsels*. Doch auf wen feuerten die ISAF-Soldaten?

Rebecca hastete nach vorn, zur Frontscheibe. Die Männer am Berg: Einer der beiden versuchte den Alten mit seinem Leib zu schützen, doch in ebendiesem Augenblick sackte er in sich zusammen.

»Verflucht!« Merthes reagierte sofort. Der richtige Mann am richtigen Platz – eben doch. Schon hatte er sein Funkgerät in der Hand. »Kommandeur an Verband! Feuer einstellen, sofort! Ich wiederhole! Stellen Sie sofort das Feuer ein!«

Rebecca konnte nicht beurteilen, ob die Anweisungen durchdrangen. Der Schusswechsel ging weiter – wer gegen wen, ließ sich nicht sagen. Die Aufständischen … sie mussten längst erkannt haben, was geschehen war. Nein, innerlich schüttelte sie den Kopf. Sie konnten es eben *nicht* erkennen. Der ISAF-Verband feuerte auf ihr Begrüßungskommando. Was sollten sie anderes tun, als das Feuer zu erwidern?

Ganz langsam ließ Merthes sein Funkgerät sinken. Es hatte keinen Sinn mehr. Es war zu spät.

Der Oberst war blass wie eine Leiche. Mit leerem Blick sah er auf den reglosen Körper des Soldaten, den seine Kameraden von der Hecklafette geborgen hatten.

»Primäre Waffensysteme bereit machen«, sagte er tonlos. »Und packen Sie die MILAN aus. – Wir müssen hier raus, so lange noch Zeit ist.«

Castel del Monte, Puglia, Italien

Amadeos Finger fuhren über die raue Oberfläche der *breccia rossa*, des geheimnisvoll leuchtenden, rötlichen Steins, mit dem der Portikus des Kastells verkleidet war.

Der Eingangsraum lag im Halbdunkel. Schmale Bahnen aus Licht fielen in das trapezförmige Innere, und geisterhaft hallte gedämpftes Gemurmel von den Wänden wider. Die Gruppe um Görlitz oder andere, ältere Stimmen? Ein Echo einer Vergangenheit, die an diesem Ort eine winzige Spur weniger *vergangen* war als anderswo. Die auf geheimnisvolle Weise *gegenwärtig* erschien, als wäre das Mittelalter niemals wirklich zu Ende gegangen in den Mauern von Castel del Monte.

»Verwirrend. Rätselhaft.« Amadeo stellte fest, dass er flüsterte. Die Geister der Hohenstaufen, dachte er. Wer in den Marken aufgewachsen war, wusste, dass man Geister nicht stören durfte. Er wies nach rechts. »Sehen Sie dort? Das ist die einzige Tür, durch die es von hier aus weitergeht. Erst im Nebenraum führt ein zweites Portal in den Innenhof. Umständlich und unerklärlich. Ganz untypisch für eine mittelalterliche Burganlage. Eigentlich müsste man einfach …« Er deutete auf die Wand geradeaus. »Mittendurch. Direkt Richtung Innenhof: ein Tor hinter dem anderen, gesichert durch Fallgatter.«

Duarte hatte automatisch den Kopf in den Nacken gelegt. »Und was ist das da oben?« Aus den Schatten des Torbogens funkelte bösartig eine lange Reihe eiserner Spitzen.

»Ein Fallgatter«, bestätigte Amadeo. »Aber eben nur zusätzlich. Und auch kein Original aus der Zeit des Kaisers.« Mit langsamen Schritten trat er in den Nebenraum. »Sämtliche Gemächer haben denselben trapezförmigen Grundriss: siebzehn Meter lang zur Außenmauer hin, gegenüber, Richtung Innenhof, nur noch elf Meter. In den meisten von ihnen gibt es mehrere Türen … zu den Nebenräumen, zum Hof oder zu den Türmen. Acht Räume auf der unteren Ebene und noch einmal acht im ersten Stock. Dabei gibt es nur eine einzige Sackgasse.« Er deutete zur Decke. »Der Raum direkt über uns. Einige Forscher halten ihn deshalb für den Thronsaal – andere sind der Meinung, er wäre der Kerker gewesen.«

»Das kann man nicht herausfinden?«

Amadeo hob die Schultern. »Beide Seiten haben dieselben Argumente: Man kommt umständlich rein und umständlich wieder raus. Noch so eine Sache, um die man sich heute den Schädel einschlägt. Wissenschaftlich natürlich, mit Bildbänden voller Planskizzen und Bauaufnahmen.«

»Schmerzhaft genug, wenn es richtig dicke Bände sind«, murmelte der *commandante*. Über Amadeos Schulter lugte er in den achteckigen Innenhof. Sie sahen eben noch den Rücken eines von Görlitz' Gorillas, der quer gegenüber in einem neuen Portal verschwand. »Denken Sie, Ihr verehrter Exkollege hat einen Plan?«, fragte Duarte leise. »Wie der Code funktioniert?«

»Wenn wir plötzlich einen Pistolenlauf an der Schläfe haben, wissen wir's«, murmelte Amadeo.

»Und haben *Sie* einen? Einen Plan?«

Amadeo war schon in den Hof hinausgetreten. Von oben, aus der Messerschmitt, hatte er an einen Brunnenschacht denken müssen. Wenn man hier unten stand, verstärkte sich dieser Eindruck noch. Der Himmel über Puglia war ein leicht verzerrtes Oktogon, die Kanten wie mit der Schere abgeschnitten.

»Der achtstrahlige Morgenstern, achtmal im Text verborgen.« Nach wie vor sprach er leise. Von ihren Gegnern war nichts mehr zu sehen – und nun war auch nichts mehr zu hören. Sperrte Görlitz seine Lauscher gerade ganz weit auf, oder ließ sein Ego das nicht zu? Möglichkeit zwei, dachte Amadeo. Görlitz wollte ihn schlagen, aber auf seine eigene, perverse Weise würde er alles dafür tun, dass es fair dabei zuging. »Die Fährte, die uns hierhergeführt hat, hat Friedrich mit der Astrologie gelegt«, sagte Amadeo leise. »Ich bin mir sicher, dass dort der Schlüssel zu suchen ist. – Astrologie oder Astronomie, das unterschied man damals nicht. Friedrich war von beidem besessen: vom Lauf der Gestirne und von den komplizierten Mechanismen, mit denen man angeblich die Zukunft aus ihnen lesen konnte. Michael Scotus, sein Hofastrologe, hat ihm die exakte Entfernung zwischen dem Himmel und dem Fußboden seines Thronsaals ausrechnen müssen – und das gleich mehrfach.«

»Einmal hat nicht gereicht?«

Amadeo schüttelte den Kopf. »Einmal hat nicht gereicht, weil Friedrich den Fußboden zwischendurch ein paar Meter tiefer legen ließ, ohne dass Scotus das mitbekam. Bei der nächsten Messung kriegte der dann tatsächlich ein bisschen mehr raus.«

»Und *das* glauben Sie?«

Amadeo senkte den Kopf. Einen Moment lang war er wie blind nach den azurblauen Frequenzen des apulischen Nachmittagshimmels. »Der Kaiser hat es jedenfalls geglaubt, und es gibt Hinweise, dass auch in der Architektur von Castel del Monte astronomische Einflüsse eine Rolle spielen.« Er deutete nach links. »Sehen Sie die Südwand?«

»Man spricht mich häufiger auf die Ähnlichkeit an«, brummte der *commandante*. »Aber ich *bin* nicht Ray Charles.«

Amadeo konnte sich ein Schmunzeln nicht verkneifen. Nachdem er bei Styx im Studio Duartes Gesang erlebt hatte, erschien ihm eine Verwechslung unwahrscheinlich. Doch er wurde sofort wieder ernst. »Zum *aequinoctium*, der Tagundnachtgleiche Ende März und Ende September, fällt der Schatten der Südwand um zwölf Uhr mittags beinahe exakt quer über den Hof.« Er wies nach rechts. »Er endet dann dort drüben an der Nordwand – nur ein paar Zentimeter über dem Boden.«

»Klingt ziemlich exakt«, nickte Duarte.

»Und war möglicherweise noch exakter zu Friedrichs Zeiten«, stimmte Amadeo zu. »Oder auch nicht. Niemand kann sagen, wie hoch die Wand ursprünglich war. In Wahrheit kann das Ganze purer Zufall sein.«

Ein leises Geräusch lenkte ihn ab. Es klang wie ein leises … Hämmern.

»Was treiben die da?«, flüsterte er. Görlitz hielt sich für

Friedrichs Erben im Geiste, und jetzt fing er an, in des Kaisers Vermächtnis die Wände aufzubrechen?

Natürlich, einiges sprach dafür, dass sich Friedrichs Depot irgendwo in den Mauern, Zwischenböden, Fundamenten der Burg versteckte – in einem Geheimfach, ähnlich wie das bei Händel ursprünglich der Fall gewesen war in der kleinen Dorfkirche in Edgware. Wenn man so dachte, musste man Castel del Monte eigentlich nur Stein um Stein in Schutt und Asche legen, und irgendwann ... Amadeo wurde übel.

»Kommen Sie mit«, murmelte er. »Wir müssen etwas tun, und sei es nur, um diesen Irren zu stoppen.«

Neben dem Eingang, durch den sie den Innenhof betreten hatten, gab es zwei weitere Portale. Amadeo wandte sich nach links. Der letzte von Görlitz' Männern war durch das rechte verschwunden.

Der neue Raum ließ sich im Halbdunkel kaum von denjenigen unterscheiden, durch die sie bereits gekommen waren. Man musste die Feinheiten kennen, wie Amadeo sie kannte, die unterschiedliche Form der Fenster, die Anordnung der Türen, Details der verzierten Halbsäulen an der Hof- und der Außenwand – oder man musste ganz einfach wissen, wo man gerade war. Dann fand man sich zurecht.

Amadeo trat durch die Tür, die rechter Hand in den Nebenraum führte, wandte sich dort sofort wieder nach links zu einem schmalen Durchgang in der Ecke.

»Eine Wendeltreppe«, murmelte der *commandante*.

Amadeo nickte. »Die einzige, die für uns in Frage kommt.« Er kniff die Augen zusammen. Licht fiel durch eine schmale Wandöffnung. Richtige Fenster gab es nicht in den Türmen; sie waren der trutzigste Teil der Festung.

Amadeo begann die Stufen hinaufzuklettern. Entgegen dem Uhrzeigersinn wand sich die Treppe um die steinerne

Mittelachse. Ein äußerst ungewöhnliches Bild für eine mittelalterliche Festung. Amadeo musste die Augen nicht einmal schließen, um sich die Situation vorzustellen: Schergen des Papstes, denen es gelungen war, in das Castel einzudringen, der Innenhof bereits in ihrer Hand. Kaiser Friedrich, der sich ins Obergeschoss zurückgezogen hatte, samt seinen Falken, Astrologen, Eunuchen, Favoritinnen und was sonst noch dazu gehörte. Und seine furchtlose Sarazenengarde, der die unangenehme Aufgabe zufiel, die Eindringlinge in den Treppenhäusern aufzuhalten. Mehr als unangenehm, denn in diesem Moment waren die päpstlichen Einheiten klar im Vorteil, wenn sie gegen den Uhrzeigersinn die Treppen emporstürmten: jede Menge Spielraum auf der rechten Seite, um mit richtig viel Schwung auszuholen mit ihren Schwertern, Dolchen, Mordinstrumenten. Die Verteidiger dagegen – abwärts kämpfend, *im* Uhrzeigersinn also – kamen ständig mit der Mittelachse ins Gehege, wenn sie mit dem rechten Arm zum Schlag ausholten. Falls der Kaiser seine Leibgarde nicht ausschließlich aus sarazenischen Linkshändern zusammengestellt hatte, waren diese Treppenhäuser ein militärstrategischer Wahnsinn – es sei denn, das Kastell wäre eben gar nicht als Festung gedacht gewesen.

Wie hatte Görlitz gesagt? Ein Götzentempel, in dem nur einer angebetet wurde: er, der Kaiser, selbst?

Tatsächlich er selbst?, grübelte Amadeo. Oder doch etwas, das sehr viel größer war, so groß, dass Friedrich es in seinem Babylontext achtmal erwähnte: die geheimnisvolle Macht und der Lauf der Gestirne. Was, wenn die gesamte Anlage Teil des verzwicktesten und aufwendigsten aller babylonischen Codes war, ersonnen nur zu einem Zweck und enträtselt erst nach Jahrhunderten – durch Georg Friedrich Händel? Und nun? War Friedrichs Geheimnis im Begriff, ein zweites Mal entschlüsselt zu werden – durch Amadeo Fanelli aus den Marken? Seine Ahnung war deutlicher geworden, doch noch immer wagte er es nicht, sie zu formulieren. Nicht, bevor er den Beweis antreten konnte.

Eine Türöffnung wurde sichtbar. Amadeo legte den Finger auf die Lippen, lauschte. Das Hämmern war verstummt. Wann war das geschehen? Hatten Görlitz' Männer bei ihren Abbrucharbeiten aufgegeben? Der Schall konnte täuschen auf Castel del Monte. Geräusche, die sich anhörten wie direkt von nebenan, konnten ihre Quelle am exakt entgegengesetzten Ende des Bauwerks haben. Das Kastell war durchlöchert wie ein Schweizer Käse, mit schmalen Schalllöchern und Horchverbindungen – ein weiteres Erbe der islamischen Architektur. Andererseits konnte Wand an Wand der Feind lauern, ohne dass auch nur das Geringste zu erlauschen war.

Nichts war zu hören. Amadeo nickte dem *commandante* zu: Weiter!

Sie kletterten weiter, ließen die Türöffnung hinter sich – und mit der Türöffnung ihre Gegner. Mit Sicherheit hatte Görlitz sich die Räume im ersten Stock vorgenommen, den Thronsaal – das war das Nächstliegende. Doch egal ob Eingebung oder logische Analyse: Amadeo war sich sicher, dass sie das Geheimnis dort nicht finden würden.

Licht von oben, Tageslicht, aber die beiden Männer kamen nicht etwa unvermittelt auf einer freien Dachterrasse an. Die Enge des steinernen Treppenhauses mündete in einen winzigen achteckigen Raum, der wie ein steinernes Sahnehäubchen auf dem südwestlichen Turm der Burganlage thronte.

»Das hier ist jünger als der Rest«, sagte Amadeo leise. »Kein historisches Erbe, sondern eine Art Schutzhäuschen für die Touristen. Eigentlich wollte ich raus aufs Dach, aber mit Sicherheit ist abgeschlo …«

Duarte hatte seine Waffe gezogen, setzte sie ans Schloss

einer eher unscheinbaren Pforte. »Gehen Sie ein paar Stufen runter!«, brummte er.

Amadeo gehorchte eilig. Zwei Sekunden später hörte er einen dumpfen Knall. Ganz gleich, wo sich Görlitz und seine Spießgesellen jetzt gerade aufhielten: Das mussten sie auf jeden Fall mitgekriegt haben.

Die Überreste der Tür hingen schief in den Angeln. Mit dem Fuß stieß der *commandante* sie auf. »Na, dann mal raus an die frische Luft«, murmelte er.

Sie war tatsächlich frisch, die Luft, wie Amadeo fröstelnd feststellte. Vor ein paar Minuten noch hatte sich über dem Kastell der unwirklich blaue Himmel gespannt, jetzt aber jagten von der Adria her zerrissene Wolkenfetzen heran. Amadeo versuchte sich im Windschatten der Schutzhütte zu halten, schloss mit klammen Fingern sämtliche verfügbaren Reißverschlüsse. Seine Regenjacke vom Schwielowsee war in Trastevere geblieben. Doch wichtiger als die Regenjacke war jetzt etwas anderes.

Die Stunde der Wahrheit. Seine Ahnung würde ein Stück weit Gewissheit werden – oder er würde sich eingestehen müssen, dass er ausgerechnet beim Code seines persönlichen Idols gescheitert war.

Ein Scheitern, das Konsequenzen haben würde. Plötzlich drangen wieder die Laute des Hämmerns zu ihnen, als wären Görlitz' Schergen bereits dabei, Amadeos Schafott zu errichten.

Duarte war an die steinerne Turmbrüstung getreten. »Eindrucksvolle Aussicht.« Am westlichen Himmel, über den schroffen Graten der Basilicata, waren die Wolken noch nicht angekommen. Unwirkliches Licht lag auf den welligen Höhen des Horizonts.

Amadeo nickte. Umständlich hatte er sein neues Handy zum Vorschein gebracht, warf einen Blick aufs Display.

Alles war bereit. Er war sich nicht sicher, auf wen das Gerät überhaupt angemeldet war und wer nun die Kosten für den Download übernehmen würde – vermutlich Duartes und Rebeccas kurialer Arbeitgeber –, aber auf jeden Fall schien alles geklappt zu haben.

»Südwest, denke ich«, grübelte der Restaurator. »Westsüdwest vielleicht.«

Der *commandante* sah ihn fragend an.

»Wir haben wieder eine Navigation«, erklärte Amadeo. »Seit Savoyen habe ich gesucht, weil ich eine bestimmte wollte. – Sie haben Ihren Blackberry dabei?«

Duarte nickte irritiert. »Ja.«

»Bitte gehen Sie ins Netz – das hat mit dem hier keinen Sinn. Ich gebe Ihnen eine URL.«

Der Mann in der Soutane gehorchte ohne Widerspruch. Man kann über die Kirche sagen, was man will, grübelte der Restaurator. Aber den einen oder anderen Vorteil haben sie mit ihrer eindeutigen Befehlskette.

Der Wind kam jetzt von hinten. Amadeo hatte den Kragen seiner Jacke hochgeschlagen, bereute, dass er keine Mütze mitgenommen hatte. Die Böen zausten ihm unangenehm über den Scheitel. Mit Entsetzen hatte er vor ein paar Wochen festgestellt, dass es rund um den Wirbel verräterisch zu schimmern begann wie helle, rosig blasse Babyhaut.

»Ich hab's«, murmelte Duarte. »Was ist das für eine Seite?«

»Ein Service zur Berechnung astronomischer Positionen«, sagte Amadeo. »Sie müssen sich anmelden … hier.« Er deutete auf die Stelle im Display. »Moment, ich gebe Ihnen unsere Koordinaten.«

Schritt für Schritt führte er den dunkelhäutigen Mann durch den Anmeldevorgang, während sich der Wind in ihrem Rücken zu einem veritablen Sturm verstärkte, der sie nun endgültig zwang, hinter dem aufgemauerten Ausstiegshäuschen Schutz zu suchen.

»Und nun?«, fragte der *commandante*, als sie die Prozedur hinter sich hatten.

»Nun werden wir feststellen, wo die Sonne untergeht«, erklärte der Restaurator.

Duarte fixierte ihn aus zusammengekniffenen Lidern. »Meines Wissens gibt es eine Stelle, an der sich das recht problemlos ablesen lässt – am Himmel.«

Amadeo nickte. »Wenn Sie wissen wollen, wo die Sonne *heute* untergeht, ist das richtig, aber wenn Sie bitte jetzt auf *›Sonne‹* klicken … hier. Und jetzt auf *›Ansicht/Daten‹*. Hier links die Startzeit: Unser Datum ist der dreizehnte Dezember des Jahres 1250.«

»Faszinierend«, murmelte Duarte. Auch ihm zauste der Wind durchs Haar. Für eine Sekunde sah es aus, als ob er spitze Ohren hätte. »Und warum gerade dieses Datum?«

»Der Todestag des Kaisers«, murmelte Amadeo. Das war der Punkt, über den er am längsten gegrübelt hatte, aber es war das einzige Datum, das einen Sinn ergab – wenn überhaupt. Angespannt blickte er auf die Finger des *commandante*.

»Go!«, sagte Duarte leise. Ein Klicken. Der Bildschirm des Blackberry füllte sich mit Tabellenfeldern und Zahlenkolonnen.

»Für uns sind die topozentrischen Koordinaten wichtig«, murmelte Amadeo. »Etwas weiter unten … hier. Aufgang … Transit … Untergang. Die Sonne sinkt um 16 Uhr 30 und einer halbe Minute bei einem Azimut von 238,9 Grad Westsüdwest.« Er hielt sein Handy neben Duartes Gerät. Mit zwei Klicken hatte er die gewünschte Funktion aktiviert: ein virtueller Kompass, der mit einer Präzision arbeitete, von der der verblichene Kaiser nur hätte träumen können.

Doch Friedrich hatte andere Möglichkeiten gehabt. Mit Hilfe komplizierter astronomischer Berechnungen ließ sich ein ähnlich genaues Ergebnis erzielen – und der Rest war eine Frage der Peilung.

Langsam hob Amadeo den Blick, folgte dem kleinen Pfeil, der innerhalb der Kompassrose die westsüdwestliche Richtung angab. Der Restaurator kniff die Augen zusammen. Ein bläulicher Umriss am Horizont, steil und schroff, das umgebende, wellige Land weit überragend.

»Ist das der Vesuv?«, fragte Duarte verblüfft. Er musste Amadeos Blick gefolgt sein.

Der Restaurator schüttelte den Kopf. »Die Richtung stimmt ungefähr, aber der Vesuv ist viel weiter weg und auf der anderen Seite des Appenin. Unsichtbar von hier aus. Das muss …« Er glaubte zu spüren, wie in seinem Hirn zwei Zahnräder ineinanderrasteten. »Das muss der Monte Vulture sein«, murmelte er. »Der *Geierberg*. – Noch einmal«, flüsterte er. »Genau denselben Vorgang, selbes Datum, aber diesmal für die Venus!«

Duartes Finger huschten über die winzigen Tasten. Der 13. Dezember des Jahres 1250, Aufgang, Transit, Untergang des Planeten Venus, des achtstrahligen Sterns.

»18 Uhr 49 und ein paar Zerquetschte«, hauchte Amadeo. »Die Venus erscheint also nicht als Morgenstern an diesem Tag, sondern als Abendstern. Aber das ist egal, denke ich mal. Venus ist Venus.… Azimut bei 240,8 Grad«, wisperte er. »Westsüdwest.«

Perplex starrte Duarte auf das Display. »Das ist ja fast identisch. – Ist das normal?«

»Die Venus ist näher an der Sonne als wir«, murmelte Amadeo. »Deshalb kann sie sich nicht besonders weit von ihr entfernen – aus unserer Perspektive. Aber weniger als ein Grad Abweichung ist ungewöhnlich, und die Werte werden sowieso auf Meereshöhe berechnet, während hier die Berge im Weg sind. Und auf jeden Fall …«

Der Sturm hatte weiter an Macht gewonnen, trug noch immer das Echo leisen Hämmerns zu ihnen. Doch Amadeo konnte kaum noch auf die Geräusche achten. Ein blasser Streifen am Horizont, vor dem sich die gezackte Silhouette des Monte Vulture abhob.

»*Cecidit quidem sol mundi*«, murmelte Amadeo. »So heißt es in einem Brief, den Manfred schrieb, Friedrichs Sohn, kurz nach dem Tod seines Vaters: *Versunken ist die Sonne der Welt, die über den Völkern geleuchtet hat. Versunken ist die Sonne der Gerechtigkeit, versunken der Hort des Friedens.*« Er hielt inne. »Versunken hinter dem Monte Vulture am dreizehnten Dezember des Jahres 1250. Die Sonne *und* die Venus. Beide stehen für ihn, für den Kaiser, selbst. – Gut«, murmelte er. Die Rädchen in seinem Kopf hatten Fahrt aufgenommen, und jetzt gab es kein Halten mehr. »Es gibt ein Problem. Man könnte einwenden, dass Friedrich seinen Todestag schlecht im Voraus kennen konnte. Jedenfalls nicht so lange im Voraus, dass er zwischendurch noch eine Burg hinstellen konnte, an Koordinaten, die auf astrologische Verhältnisse ausgerichtet sind, die nur an diesem Tag funktionieren.«

Duarte sah ihn zweifelnd an. Er schien nicht zu begreifen – und trotzdem nickte er: »Wenn Sie das sagen.«

Dafür ist er eben Guerillakommandant, dachte Amadeo mit einem Anflug von Selbstgefälligkeit. Nicht Kaiser Friedrich II., Händel, Goethe oder Einstein, Ingolf Helmbrecht oder Amadeo Fanelli. Wenn man Duarte war, konnte man vermutlich ganz gut damit leben, nicht zu verstehen – so lange sie am Ende dort herauskamen, wo sie hinwollten.

»Aber zumindest …« Der Restaurator spähte in die zunehmende Dämmerung. »Zumindest kannte er ja die Prophezeiung, nach der er *sub fiore* sterben würde, unter der Blume. Also ließ er ein Schloss erbauen, das geformt war wie eine Blume mit einem achtblättrigen Blütenblatt. An einem Ort, von dem aus betrachtet Sonne und Venus am dreizehnten Dezember 1250 hinter dem Monte Vulture sinken, dem *Geierberg*. Eigentlich tragisch.«

»Tragisch?«

»Er hat die Prophezeiung falsch gedeutet«, murmelte Amadeo. »Weil er zwar tatsächlich sub fiore starb, aber nicht hier, sondern in *Fiorentino*. Das hat es so undeutlich gemacht. – Und woher er von dem Termin wusste? Das ist schlicht nicht überliefert, wie es scheint. Nein«, flüsterte er. »Ich denke, die Botschaft ist deutlich.«

»Ah ja«, sagte der dunkelhäutige Mann. »Und was bedeutet das für uns?«

»Wie haben die das hingekriegt in *›Der Flug des Phönix‹*?«, erkundigte sich Amadeo. »James Stewart, Hardy Krüger, Ernest Borgnine?«

Am Stuhl des Pharao, Hindukusch, Afghanistan

»Kommen wir durch?«

Rebecca klammerte sich an ihrem Sitz fest. Den Gurten traute sie nicht mehr, seitdem im Innern des Fuchs Dinge hin und her schepperten, die nicht hätten scheppern dürfen. Das Einzige, was sich nicht – oder doch nur vorhersehbar – bewegte, war der Soldat, der auf der Hecklafette gestorben war und den seine Kameraden auf den Sitz Rebecca gegenüber geschnallt hatten. Wann immer der Panzer unvermittelt in eine Bodenwelle sackte, fuhr der Arm der Leiche in die Höhe und der Kopf des Toten wurde ruckartig in den Nacken geworfen; ein makabrer Anblick.

Das Schlimmste für Rebecca aber war, dass sie von ihrem Platz am Heck aus keine Chance hatte, durch die gepanzerte Frontscheibe zu spähen. Drei behelmte Köpfe waren im Weg und das blondierte Haar ihrer Schwester, das sich immer wieder aus dem Knoten löste, in den Alyssa es zu zwingen versuchte.

Der Oberst selbst saß auf dem Beifahrersitz, auf den Knien ein monströses stählernes Mordinstrument: die MILAN-Panzerabwehrwaffe. Rebecca fragte sich, was das hochgezüchtete Waffensystem überhaupt in Afghanistan verloren hatte, wenn der Gegner angeblich gar keine Panzer besaß.

Doch die MILAN ließ sich nicht allein gegen Panzer einsetzen. Sie war ein Instrument von einer Zerstörungskraft, die die konventionelle MG-Bewaffnung des Radpanzers weit übertraf. Nur dass im Moment nicht daran zu denken war, sie einzusetzen. Der Fuchs schwankte hin und her wie ein Schiff inmitten rauer See. Mit Mühe hielt Rebecca ihren rebellierenden Magen unter Kontrolle. Die vage Übelkeit führte sie auf Alyssas Geheimdienst-Wundermittel zurück. Lästig, dachte sie, und im Moment mehr als unangenehm.

Aber immer noch besser als die Grippe.

Der Transportraum des Fuchs war von einem Schnäuzen und Röcheln erfüllt, über das sich hin und wieder ein leises Wimmern legte. Einer der ISAF-Soldaten war an der Schulter verletzt worden, als ein Querschläger den Panzer getroffen hatte. Mit verbissener Miene presste er die Hand auf die blutende Wunde. Im Augenblick war es undenkbar, sie auch nur notdürftig zu versorgen.

Ein Dröhnen und Donnern lag in der Luft, mal lauter, mal leiser, zeitweise überlagert von einem hohen, pfeifenden Geräusch, demselben, das gestern Abend den Himmel über Masar-E Sharif erfüllt hatte: die Boden-Boden-Raketen der Aufständischen.

»Kommen wir durch?«, wiederholte Rebecca.

»Eine Viertelmeile, dann weitet sich das Tal«, stieß der Soldat am Steuer zwischen zwei Hustenanfällen hervor. »Wenn wir es bis dahin schaffen, haben wir eine Chance.«

Eine Chance, dachte Rebecca. Na, reizend.

»Festhalten!«, keuchte der Fahrer.

Ein Schlag traf den Panzer. Rebecca wurde in ihren Gurt geschleudert. Das Fahrzeug ruckte. Elektrische Beleuchtung erhellte das Innere des Transportraums – Rebecca wurde sich dessen erst in diesem Moment bewusst. Dem Moment, in dem die Anlage komplett ausfiel.

Sie hörte das schwere Atmen der Männer, spürte den Geruch ihrer Panik. Nein, vollkommen finster war es nicht. Diffuse Helligkeit kam von der Frontscheibe, gedämpft durch Fontänen aufgewirbelten Staubs, der draußen in der Luft lag.

Neues Donnern, das hohe Pfeifen von Raketen, dann das Geräusch einer Detonation – so nahe, dass der Ton aus Rebeccas eigenem Schädel zu kommen schien.

»180 Grad.« Die Stimme des Fahrers war kaum mehr als ein Flüstern, und doch schien sie jeden Winkel des Innenraums zu füllen.

Rebecca sah, wie Merthes sich auf dem Beifahrersitz vorbeugte, in den spezialgefertigten Seitenspiegel starrte. »Himmelhölleherrgott!«, wisperte er. Zwei Sekunden lang verharrte er reglos, dann hatte er sein Funkgerät an den Lippen. »Alles da raus, auf der Stelle! Kommandeur an TPz 1A4, raus da, auf der …«

Die letzten Worte gingen in einer Detonation unter, die alle bisherigen Einschläge weit in den Schatten stellte. Rebecca war taub, sekundenlang. Was geschah, verfolgte sie mit den Augen einer fremden, fernen – und tauben – Beobachterin. Eine Druckwelle traf den Panzer, hob ihn von rechts, der Seite, auf der Rebecca saß, in die Luft. Sie sah, wie sich die Münder der beiden lebenden Soldaten ihr gegenüber zu lautlos-entsetzten Schreien öffneten, während die Leiche die Arme in die Höhe warf – alle beide diesmal, als wollte sie sich, viel zu spät, dem Feind ergeben.

Der Fuchs verharrte, halb in der Luft, in einem unmöglichen Winkel, um dann unvermittelt auf die Räder zurückzukippen.

Der Aufprall trieb Rebecca die Luft aus den Lungen. Ihr Gehör kehrte zurück, doch gleichzeitig war sie beinahe blind, sah fluoreszierende Kreise vor den Augen. Stimmen, wild durcheinander. Mehr Stimmen, wie ihr schien, als Menschen im Panzer saßen.

Heiser brüllte Merthes in sein Funkgerät. Rebecca bekam nur Fetzen mit. »Raus … Kommandeur an … alles … Sammeln! Hundert Meter, 270 Grad vom FüFu!«

Im nächsten Augenblick schlugen die Geräusche über ihr zusammen. Eine Luke wurde aufgerissen, eine zweite öffnete sich, doch nur einen Spalt breit. Jemand fluchte lautstark, und jemand anders … Alyssa.

Ihre Schwester machte sich an Rebeccas Anschnallgurt zu schaffen.

»Was soll das?«, murmelte Rebecca. »Ich kann das …« Auf dem rechten Auge konnte sie plötzlich überhaupt nicht mehr sehen. Ein widerliches Gefühl auf ihrer rechten Gesichtshälfte. Sie tastete, zuckte zurück, starrte auf ihre Hand.

Ihre Finger waren rot vor Blut.

Puglia und Basilicata, Italien

Görlitz ließ sie gehen.

War Amadeo wirklich überrascht darüber? Der Mann mit dem zerschundenen Gesicht hatte ihn und seine Begleiter schon in London, nun, zwar nicht gehen lassen, aber er hatte sie eben lediglich eingesperrt im Mausoleum, anstatt sie an Ort und Stelle auszuschalten. Görlitz wollte ihm nicht ans Leben.

Jetzt noch nicht.

Amadeo spürte seine Blicke auf sich, als sie das Kastell verließen, selbst wenn er Görlitz nicht sehen konnte. Er wusste, dass er da war, lauernd, im Halbdunkel hinter den Arkadenfenstern des Thronsaals. Görlitz war dort, und er suchte nach einer Spur. Was, wenn er tatsächlich auf der richtigen Fährte war? Wenn das Depot und die Lösung von Friedrichs Code nun doch im Innern des Kastells lagen? Was, wenn Amadeo selbst sich täuschte?

Nein, dachte der Restaurator, während die zyklopischen Wälle der Festung hinter ihnen zurückblieben. Es war zu deutlich: Friedrich, der die Sonne der Völker gewesen war, und die Venus, der leuchtende, achtstrahlige Morgenstern. Friedrich, der an ebenjenem Tag gestorben war, an dem Sonne und Venus nahezu am selben Punkt hinter dem Horizont versanken: hinter dem Monte Vulture, dem »*Geierberg*«. Geier, die sich vom Aas der Toten ernährten, fast als Einzige unter den großen Räubern der Lüfte. Wer hätte das besser gewusst als der Kaiser mit seinem Faible für alles, was Flügel und messerscharfe Schnäbel hatte? Nein, es war zu deutlich.

Die Spur wies zum Monte Vulture, und Amadeo glaubte zu wissen, an welchen exakten Ort sie wies. Er war sich sicher: Eines der unzähligen Rätsel von Castel del Monte hatte er an diesem Nachmittag gelöst.

Eilig kehrten er und sein Begleiter zurück zu der Schneise am Hang des baumbestandenen Hügels: Es war der kürzeste Weg zu ihrer Maschine, eine Verbindung zwischen zwei Punkten: eine Gerade. Dem so logisch und wissenschaftlich denkenden Kaiser hätte das gefallen.

Als Amadeo sich noch einmal umwandte, hatte ihm der unregelmäßige Hang den Blick auf die kaiserliche Burg bereits genommen.

Es war seltsam. Mit einem Mal spürte er eine völlig unverständliche Gewissheit, dass es diesmal sehr, sehr lange dauern würde, bis er in das erträumte Märchenschloss seiner Kindheit zurückkehren würde.

Am Fuß des Hügels traten sie hinaus auf die gepflasterte Straße, auf der die Alleebäume mit ihren Schattenfingern vorauswiesen. Die Schritte der beiden Männer klangen eilig auf dem Pflaster.

Endlich hatten sie das gerade Stück Asphaltpiste erreicht, den brachliegenden Acker mit den aufgetürmten *trulli,* die heutzutage während der Saison an Touristen vermietet wurden.

Che hatte auf sie gewartet. Der Vorkriegsflieger blickte ihnen entgegen wie ein in die Jahre gekommener Albatros mit besonders plattem Schnabel. Unvorstellbar, dass dieses Etwas sich noch einmal vom Boden erheben sollte.

Zehn Minuten später waren sie in der Luft, weit einfacher, als Amadeo für möglich gehalten hatte. Erst jetzt begriff er, welchen Vorteil es bedeutete, dass die Maschine quasi nichts wog. Gleich beim ersten Versuch war es ihnen mit vereinten Kräften gelungen, den Vogel zurück auf die Asphaltstraße zu bugsieren. Beim albtraumartigen Startmanöver war Amadeo dann allerdings sekundenlang überzeugt gewesen, sie würden doch noch zu Opfern von Castel del Monte werden. Duarte hatte die Maschine Zentimeter über die Dachplattform hinweggesteuert, während Amadeo mit schweißnassen Händen das Fahrwerk hochkurbelte …

Doch letztendlich …

»Geschafft.« Schwer ließ sich der Restaurator in seinen Sitz zurückfallen.

»Im Grunde Routine«, murmelte der *commandante*.

Überzeugend klang das nicht, doch Amadeo gab keine Antwort. Das weite, offene Land der Murge glitt unter ihnen dahin. Puglia ging über in die Basilicata, und zunehmend mischten sich Waldstücke zwischen die Felder und Olivenhaine. Und Fahrzeuge: Autos bewegten sich auf den Straßen. Nein, noch flogen sie nicht durch eine leere Welt. Noch hatten sie eine Chance, die Welt, die sie kannten, vor dem Zusammenbruch zu bewahren.

Und das war immerhin mehr, als dem Kaiser gelungen war.

»*Rottet aus: Namen und Leib, Samen und Spross dieses Babyloniers*«, sagte Amadeo leise.

»Aus Friedrichs Text?« Fragend sah der *commandante* ihn an.

»Wie?« Amadeo schüttelte den Kopf. »Nein«, murmelte er. »Nein, das ist ein Satz *über* Friedrich. Ein Fluch. Mit dem Babylonier war er selbst gemeint. Dass der Kaiser nicht mehr am Leben war, reichte nicht aus. Die Päpstlichen wollten seine gesamte Familie vernichten, seine Nachkommen: Samen und Spross. Jede auch noch so unwahrscheinliche Chance, dass sie es je wieder mit einem Gegner zu tun bekommen würden, der, nun, wie Friedrich war: der es wagte, selbst zu denken, Fragen zu stellen. Über den Tag hinaus zu sehen auf das, was hinter dem Horizont liegt.«

Duarte antwortete nicht. Immerhin, er war ein Mann jener Kirche, die dem Kaiser so übel mitgespielt hatte. Trotzdem hätte Amadeo sich gewünscht, dass er ein Stück weit verstehen würde, wie groß, wie gewaltig die Geschichte war, von der sie kaum mehr als einen Fetzen erhascht hatten bei ihrem Kurzbesuch auf Castel del Monte.

»Die Päpstlichen hatten gesiegt«, sagte Amadeo schließlich leise. »Friedrichs Familie *wurde* vernichtet. Seine Enkel, noch keine sechs Jahre alt, legte man im Kerker von Castel del Monte in Ketten. Und dort siechten sie dahin, *commandante*, *vierzig Jahre lang*. Vierzig Jahre, bis der Tod sie erlöste – wenn sich das Gerücht auch hielt, dass irgendwo im Verborgenen noch andere Erben des Kaisers am Leben wären. Dass Friedrich, den sie den *Adler der Frühe* nannten, zwar gefallen sei, er aber weiterlebe in seinen Jungen.«

»Adler? Erst der Morgenstern, dann die Sonne und jetzt auch noch der Adler? Was kommt als Nächstes?«

»Das ist die Symbol- und Bildersprache des Mittelalters«, knurrte Amadeo. »Ich habe nie behauptet, dass das einfach ist. Ein Code für sich, gegen den unsere babylonischen Verschlüsselungen aussehen wie die Abzählreime, mit denen Sie zu tun hatten, als Sie noch in kurzen Hosen rumgelaufen sind als kleiner Chilene.«

»Kleiner Venezolaner«, korrigierte der Mann in der Soutane.

Amadeo winkte ab. »Die Sonne sinkt, doch sie geht wieder auf«, erklärte er. »Der Morgenstern verschwindet aus unserem Blickfeld, doch er erhebt sich wieder über den Horizont. Der Adler aber – das Wappentier des kaiserlichen Hauses – stirbt zwar, lebt aber dennoch weiter in seinen Nachkommen. Der neue Adler ist ein anderer, und doch ist er auf gewisse Weise derselbe wie vorher. Ein uralter Mythos … Wie der Phönix, der sich aus der Asche erhebt und …«

»Phönix?« Die Augenbrauen des dunkelhäutigen Mannes hoben sich. »Warum sagen Sie das nicht gleich?« Er holte Luft. »Die *Phönix*. – Stellen Sie sich das mal vor: Mitten in der Wüste stürzen sie ab mit ihrem Flieger: James Stewart, Hardy Krüger, Ernest Borgnine … und noch so ein paar andere Leute, die ich immer vergesse. Es gibt Verletzte und Tote. Sie sind am Verdursten. Sie haben keine Chance. Die Maschine ist Schrott, müssen Sie wissen.«

Muss ich das?, dachte Amadeo säuerlich. *Er* hatte diesem Kerl eine der gewaltigsten, anrührendsten Geschichten der gesamten, nun, Geschichte erzählt – und von Duarte kam ein Schinken aus der Goldenen Ära Hollywoods!

»Sie haben keine Chance«, sagte der Mann in der Soutane. »Und sie wissen es. Die Maschine wird nie wieder fliegen. Aber sie geben nicht auf, sondern bauen aus den Trümmern ein *neues*, ein viel kleineres Flugzeug zusammen: die *Phönix*. Und am Ende des Films …«

Amadeo wollte seine Haut nicht darauf verwetten, aber die Stimme des dunkelhäutigen Mannes klang tatsächlich ein wenig rau. »… am Ende erhebt sich die Phönix in die Luft, und dann kommt die Musik … Es ist so ein unglaublicher Augenblick.« Eindeutig: Der Mann schniefte. Und das war *nicht* die Grippe. Duarte setzte sich jeden Morgen brav eine Ration des geheimdienstlichen Präparats. »Es ist dieselbe Maschine – und doch nicht dieselbe. Es ist … Es ist derselbe Text, dem wir ständig hinterherlaufen!«, sagte der *commandante* verblüfft. »Und doch nicht derselbe.«

»Es ist eine einzige, gewaltige, große Geschichte«, murmelte Amadeo. Gelb stand das Licht am westlichen Himmel, unterbrochen vom schroffen Massiv des Monte Vulture. »Sie ist immer wieder neu erzählt worden, aber am Ende ist es doch ein und dieselbe.«

Und noch immer trennten sie mehr als viertausend Jahre vom Turmbau zu Babel. Sie befanden sich achthundert Jahre in der Vergangenheit mit dem Text Kaiser Friedrichs, doch das war nicht mehr als ein kleiner Bruchteil der gesamten, unendlich langen Zeitspanne. Sie hatten keine Chance – wie auch die Anhänger des Kaisers keine Chance gehabt hatten oder die Hollywood-Idole des Sonderlings in Soutane. Doch sie würden nicht aufgeben.

Eine andere Wahl hatten sie nicht.

Am Stuhl des Pharao, Hindukusch, Afghanistan

Rebecca war schwindlig. Nein, das war nicht das richtige Wort. Sie kam sich vor wie im Innern eines überdimensionierten Brummkreisels. Einer der niemals stehen blieb, höchstens hin und wieder um eine Winzigkeit langsamer wurde, um im ungünstigsten Moment von Neuem Fahrt aufzunehmen.

Die Welt drehte sich, die Felsen in rotem Ocker, verwackelt, unfassbar wie die Aufnahmen, die General von Stoltenbeck ihnen bei ihrer Ankunft im Camp auf seinem Monitor gezeigt hatte.

Der Hinterhalt der Aufständischen, die Felswand mit den eingemeißelten Schriftzeichen, irgendwo jenseits des Berges, der seit ein paar tausend Jahren Stuhl des Pharao hieß – in wechselnden Übersetzungen. Die Stelle musste hier ganz in der Nähe sein.

»Geht es?« Eine Hand berührte ihre Schulter. Alyssas Gesicht war verschwommen. »Du siehst fürchterlich aus.«

»Du wolltest doch immer die Hübschere sein von uns beiden«, murmelte Rebecca.

»Wenn du nicht gerade einen Schrapnellsplitter an den Schädel gekriegt hättest, würd ich dir jetzt eine scheuern«, knurrte ihre Schwester. »Kannst du laufen?«

»Siehst du doch!«

Wenn ich so laufe, wie es sich anfühlt, kann ich jedenfalls *nicht* laufen, dachte sie. Doch sie spürte, dass Alyssas Blick aus zusammengekniffenen Lidern auf ihr ruhte und die blonde Frau schließlich knapp nickte. »Komm!«, brummte Alyssa. Schwankend heftete sich Rebecca an ihre Fersen, höher hinauf in das unübersichtliche Gelände.

Das Artilleriefeuer der Bergbewohner hielt an, und doch

bestand zumindest für den Augenblick keine unmittelbare Gefahr. Merthes hatte den Fluchtweg geschickt ausgewählt – was von der Besatzung des Führungspanzers noch am Leben war, befand sich in einem toten Winkel. Die Aufständischen schienen nicht damit gerechnet zu haben, dass sie versuchten, sich in diese Richtung abzusetzen. Doch schon war zwischen den Felsen auf der anderen Seite des Tals unbestimmte Bewegung zu erkennen: schemenhafte Gestalten, die im Gestein umherhuschten, nach einer Position suchten, aus der sie die Reste des Konvois unter Feuer nehmen konnten.

»Weiter!«, brüllte der Oberst heiser. Merthes hatte selbst einen Treffer abbekommen – oder vielleicht war es gar nicht sein eigenes Blut, das von den Schultern bis zur Hüfte seinen Kampfanzug verklebte. Auf Händen und Knien zog er sich einen Felsenkamin empor. Matter Stahl glänzte auf seinem Rücken. Er hatte sich den kurzen, stämmigen Lauf der MILAN-Waffe zwischen die Schultern geschnallt.

Hundert Meter vom Leitpanzer entfernt sollten die Männer sich sammeln, das war seine Anweisung gewesen. Rebecca konnte nicht erkennen, ob aus den anderen Fahrzeugen überhaupt jemand entkommen war. Der Fuchs, der als Erster getroffen worden war, brannte noch immer lichterloh, zwei der Jeeps ebenfalls, aber trotzdem lag nach wie vor ein Brummen und Dröhnen in der Luft. Ein Teil des ISAF-Zuges war weiterhin in Bewegung, versuchte durchzubrechen.

Sie haben keine Chance, dachte Rebecca. Genauso wenig wie wir selbst.

Verholen hatte gewonnen; nur er konnte hinter dem heimtückischen Angriff stecken. Was auch immer sein Plan war – über die Absicht, Rebecca und ihre Verbündeten auszuschalten, hinaus: Niemand konnte ihn mehr daran hindern, diesen Plan in die Tat umzusetzen. Höchstens die Aufständischen selbst.

Dies war *ihr* Land, seit Jahrhunderten. Es hatte unterschiedliche Namen getragen, genau wie sie selbst, als Stamm, als Volk. Doch sie kannten jeden verfluchten Kieselstein hier.

Die raue Oberfläche des Felsenkamins war kühl unter Rebeccas Fingern, als sie sich in den Schatten nach oben zog, erschöpft innehielt, nachdem sie die steilste Stelle überwunden hatte. »Und was haben Sie jetzt vor?«, wandte sie sich an die uniformierte Gestalt, neben der sie zu stehen kam. War es überhaupt Merthes?

Die Gestalt schnaubte in ein verdrecktes Taschentuch, tupfte sich die Glatze ab. Richtig geraten, dachte Rebecca.

»Wir werden uns absetzen«, erklärte der Oberst. »Mit allem, was zu uns durchbrechen kann. – Sie sehen fürchterlich aus.«

»Ich hörte davon. – Sie wissen genau, was passieren wird. Die Afghanen werden am Pass auf uns warten …« Rebecca ahnte seinen Einwand, ließ ihn nicht zu Wort kommen – und wunderte sich selbst, woher sie plötzlich die Kraft nahm. »… und wenn wir den Pass umgehen, werden sie uns in der offenen Wüste abfangen, irgendwo zwischen hier und dem Camp. Oder ist Hilfe aus Masar unterwegs?«

Merthes betrachtete sie mit seinem stahläugigen Silberblick – von oben herab, wie es ihr vorkam, denn er stand tatsächlich zwei Schritte höher als sie. Rebecca spürte Wut in sich aufsteigen, doch sie war froh darüber, weil sie den Schwindel aus ihrem Schädel verdrängte, dafür sorgte, dass sie zumindest mit einem Auge wieder einigermaßen klar sehen konnte, Merthes' Miene lesen konnte, in der möglicherweise sogar eine Spur Anerkennung zu entdecken war.

»Wir wissen nicht, was im Camp geschehen ist«, sagte er

schließlich, und während er weitersprach, lösten seine Augen sich schon wieder von ihr und suchten zwischen den Felsen. Er nickte. Also doch Überlebende, dachte Rebecca. Männer aus den anderen Fahrzeugen, die sich die zerklüftete Anhöhe emporkämpften.

»Und das bedeutet, dass wir vom Schlimmsten ausgehen müssen«, fuhr der Oberst fort. »Wir haben gestern einen Angriff erlebt, den ich mir in meinen schlimmsten Albträumen nicht hätte ausmalen können. Was hier gerade geschieht, übertrifft diesen Angriff noch. Und wir müssen damit rechnen, dass sie das alles noch einmal übertreffen. Wir müssen damit rechnen …« Inzwischen hatte sich eine Traube von Menschen um sie gebildet. Fünfzehn, zwanzig Soldaten, die meisten von ihnen verletzt, fast alle im einen oder anderen Stadium der Grippe. Alyssa stand neben ihrer Schwester, halb hinter ihr. Bisher verfolgte sie das Gespräch zwischen dem Oberst und Rebecca ohne jeden Kommentar.

»Wir müssen damit rechnen«, sagte Merthes, »dass im Camp niemand mehr am Leben ist. Also werden wir uns über die Berge durchschlagen, zur Straße nach Pol-e Khomri, zu den Italienern … oder nach Baghran, da sind schon die Amerikaner.«

»Warum nicht gleich nach Kabul?«, murmelte Alyssa.

»Wenn es sein muss, auch nach Kabul«, erwiderte der Oberst und sah einen Moment lang Alyssa, dann die Wildnis der Felsen an, mit einem Blick, der fast schon auszureichen schien, um eine messerscharfe Kerbe in den Bergstock des Hindukusch zu treiben für die Überreste seines Konvois. Wie Moses, dachte Rebecca. Wie Moses am Roten Meer.

»Wenn es sein muss, auch nach Kabul oder meinetwegen bis nach Hause«, fluchte Merthes. »Womit auch immer sie rechnen: jedenfalls nicht, dass wir uns in diese Richtung bewegen.«

»Weil es Wahnsinn ist«, bemerkte Alyssa zustimmend, hielt unvermittelt inne. Als sie weitersprach, hatte ihre Stimme einen um eine Winzigkeit veränderten Ton angenommen. »Weil dieser Weg mitten durch das Gebiet führt, das sie kontrollieren.«

»Genau das.« Merthes ließ sie nicht aus den Augen. »Genau da, wo Sie hinwollten, Frau Feldwebel.«

Alyssa antwortete nicht, und auch Rebecca verkniff sich jedes Wort. Sie hatte das Funkeln in Alyssas Augen gesehen, bevor ihre Schwester sich abgewandt hatte und jetzt ihre Medizintasche auspackte, um Rebeccas Wunde zu versorgen. Rebecca hatte sie nicht darum gebeten, doch sie ließ die Prozedur über sich ergehen, froh über die Gelegenheit, einen Moment zu Atem zu kommen.

Der Stuhl des Pharao: Aus ihrer Deckung heraus war nur ein Teil des langgestreckten Bergsattels zu erkennen, doch auf jeden Fall war klar, dass sie über die Felsformation hinwegmussten, wenn sie den Weg nach Süden und Osten einschlugen, Richtung Baghran oder in das von den Italienern besetzte Kaff, dessen Namen Rebecca schon wieder vergessen hatte.

Sie mussten exakt jenes Gebiet passieren, an dessen Rand die Aufständischen vor einem halben Jahr der ISAF-Patrouille aufgelauert hatten.

Eine Felszeichnung, dachte Rebecca. Eine Inschrift, die verschwommen vor irgendetwas warnte, das in der Tiefe der Berge lauerte. Und der Name des Berges selbst, mehrfach hin und her übersetzt, der möglicherweise zur aktuellen Version der babylonischen Überlieferung passte.

Das war nicht viel, aber es war alles, was sie in der Hand hatten.

In der Ferne war noch immer das Donnern und Röhren der verbliebenen Konvoifahrzeuge zu hören. Es war leiser geworden, und Rebecca hatte den Eindruck, dass auch der Beschuss nachließ. Vielleicht schaffen sie es tatsächlich, dachte sie. Vielleicht hatten die Männer aus den Bergen begriffen, dass ihnen von diesem Teil des Zuges keine Gefahr mehr drohte, sondern vielmehr von der *anderen* Hälfte. Dass sie mit ihrem Angriff das exakte Gegenteil dessen erreichten, was sie beabsichtigt hatten: Der ISAF-Trupp war näher an ihrem geheimen Ort als je zuvor – und die Querschläger, die über ihren Köpfen von den Felsen abprallten, bewiesen, dass die Stammeskrieger ihm im Moment nicht beikommen konnten.

»Sitzt das zu stramm?«, fragte Alyssa. Turbanartig hatte sie ihrer Schwester einen Verband um den Schädel geschlungen.

Rebecca schüttelte den Kopf. »Passt jedenfalls in die Gegend«, murmelte sie. »Danke«, fügte sie hinzu.

Alyssa hob nur knapp die Schultern.

»Dann sind Sie fertig?«, erkundigte der Oberst sich unfreundlich. Die Frage war ebenso an seine Soldaten gerichtet, die dabei waren, ihre Blessuren zu versorgen.

»Gut«, murmelte er, ließ den Blick über seine Männer schweifen. Rebecca hatte unauffällig gezählt. Zweiundzwanzig, wobei sich die Hälfte nur noch mit Mühe auf den Beinen halten konnte. Dazu der Oberst und die beiden Frauen. Fünfundzwanzig insgesamt also.

»Machen wir uns auf den Weg«, brummte Merthes und stülpte sich seinen Helm über.

Vorsichtig bewegte er sich voran, den Hang empor, prüfte vor jedem Schritt den Untergrund. Der Boden war mit Geröll übersät, doch es schien sich um Geröll zu handeln, das schon längere Zeit in dieser Position lag. Farbloses Dorngestrüpp krallte sich in die Spalten und Zwischenräume. Als Rebecca dem Oberst folgte, sah sie, wie in einer blitzartigen

Bewegung eine winzige Kreatur unter seinem Stiefel davonhuschte. Sie hatte nicht erkennen können, was für ein Tier es gewesen war.

»Keine Spinne«, murmelte Alyssa in ihrem Rücken. »Eine Eidechse.«

Das Haus der Spinne, dachte Rebecca. *Das Tal der Gerüsteten.*

Verbissen kletterten sie weiter. Ein vorspringender Ausläufer des Bergmassivs hatte sie dem Zugriff ihrer Gegner nun vollständig entzogen, doch Rebecca gab sich nicht der Illusion hin, dass sie damit in Sicherheit waren. Die Stammeskrieger kannten das Gelände, und unter Garantie gab es Dutzende von Möglichkeiten, wie sie ihnen den Weg verlegen konnten.

Nach einer Viertelstunde erreichte der Zug einen Felsvorsprung, an dem es nahezu senkrecht hinaufging. Merthes bedeutete ihnen zu warten, während er sich zunächst allein an den Aufstieg machte, an ein, zwei Stellen Steigeisen ins Gestein schlug. Der Trupp war nicht vollständig ohne Ausrüstung. Einen Teil der Pioniergerätschaften hatten die Soldaten bergen können, bevor sie ihre Fahrzeuge verlassen hatten.

Rebeccas Blick ging hinab zu der langen, müden Reihe der ISAF-Männer. Ein Stückchen unterhalb hatte sich ein Grüppchen gebildet. Einer der Soldaten lag am Boden.

Plötzlich hatte Rebecca ein sehr ungutes Gefühl im Magen. Sie war im Begriff, umzukehren. Die Tasche mit ihren Instrumenten und ein paar Medikamenten hatte sie nach wie vor dabei. Vielleicht konnte sie etwas tun.

Mit zischenden Stimmen unterhielten sich die Männer, und dann, noch bevor Rebecca drei Schritte gemacht hatte …

Mit einem Mal hatte einer der Männer eine Pistole in

der Hand, reichte sie dem am Boden Liegenden, und – der Schuss hallte von den Bergen wider.

»Was zum …« Merthes fuhr herum. Er hatte sich eben über das Gesims geschoben.

Der Kamerad des Mannes nahm seine Waffe wieder an sich. Ein anderer Soldat faltete die Hände des Toten ineinander.

»Vierundzwanzig«, sagte Alyssa mit ruhiger Stimme.

»Verdammt!«, murmelte Merthes, doch sein Blick sagte alles.

Wie von selbst tastete Rebeccas Hand nach der Ausbuchtung der Waffe unter ihrer dunklen Jacke, die sich von den Kampfanzügen der Soldaten kaum unterschied. Wenn es so weit war, würde jeder von ihnen ganz allein die letzte Entscheidung treffen müssen. Es war kaum anders gewesen, damals bei den Rebellen. Rebecca konnte nur hoffen, dass sie auch heute die Kraft dazu haben würde.

Einer der Männer warf dem Oberst ein Seil hoch. Merthes sicherte es, und einer nach dem anderen zogen sie sich an der Felswand empor.

Der Kommandeur hatte den Feldstecher an seine Augen gebracht, blickte in die Ferne.

Noch immer bot der Ausläufer des Pharaonenstuhls ihnen einen gewissen Schutz, doch im Grunde hätten die Aufständischen auf der anderen Seite des Talkessels einfach nur ebenfalls höher klettern müssen, und schon hätten sie wieder freies Schussfeld gehabt. Doch die Schlucht lag wie ausgestorben im Dämmerlicht – ausgestorben im grauenhaftesten Sinne des Wortes. Von den Wracks der Konvoifahrzeuge stiegen einzelne Rauchfahnen auf. Leichen konnte Rebecca mit bloßem Auge nicht erkennen – vielleicht war das ja dem Oberst mit seinem Feldstecher möglich.

»Vielleicht denken sie, sie haben uns alle«, sagte einer der

Männer mit leiser Stimme – und einem Schniefen, bei dem sich Rebecca fragte, ob es wirklich nur auf die Grippe zurückzuführen war.

Automatisch sah sie genauer hin. Männer? Sofort wandte sie den Blick wieder ab. Der Junge hatte *Sommersprossen*! Er war kaum älter als Fabio Niccolosi. Aber, nein, sie musste sich täuschen. Die Deutschen setzten in Afghanistan niemanden ein, der einfach nur seinen Wehrdienst leistete. Alle diese Männer waren Berufssoldaten, und sie hatten sich klar sein müssen über die Risiken.

Doch kein theoretisches Szenario hält mit der Wirklichkeit mit, dachte Rebecca. Nicht, wenn die Wirklichkeit Krieg heißt.

»Wir haben noch eine halbe Stunde Licht«, brummte Merthes. »Kommen Sie! Weiter!«

Der Weg bergan tauchte nach wenigen Metern in eine Art Pass ein, zu beiden Seiten von hoch aufragenden Felswänden flankiert. Eine Stelle, die Rebecca auf unangenehme Weise an die Videoaufzeichnung erinnerte. Sie hatte eben den Mund geöffnet, als die Steilwände ein Stück zurückwichen, der Pass sich in eine tief ins Gelände eingekerbte Schlucht verwandelte.

Die geglättete Fläche mit den archaischen Schriftzeichen wirkte weit gewaltiger, als es aus den verwackelten Bildern zu erahnen gewesen war. Zwanzig, vielleicht dreißig Meter hoch insgesamt. Selbst die untersten Symbole, in griechischer Sprache, wie Rebecca inzwischen wusste, mussten jedes für sich noch mindestens so groß wie ihre Handfläche sein.

»Eine Grenze«, sagte Alyssa leise. Sie war an der Seite ihrer Schwester stehen geblieben. »Die Grenze zwischen dem Land, das Menschen betreten dürfen, und dem Land, in das sie nicht hineindürfen.«

Unruhig glitt Rebeccas Blick über die Felswände. Das Ocker des Gesteins wirkte wie getrocknetes Blut im Licht des Abends. Wo waren die Wächter, die dafür Sorge trugen, dass niemand diese Grenze überschritt? Genau an dieser Stelle hatten sie im Juni die ISAF-Patrouille erwartet. Jetzt aber lag die verwinkelte Schlucht menschenleer vor ihnen.

»Das gefällt mir nicht«, murmelte der Oberst.

Genau dieselben Worte hatte er an diesem Tag schon einmal gebraucht, erinnerte sich Rebecca. Gegen Mittag, als sie kurz hinter dem Ali-Baba-Pass die ersten Aufständischen gesichtet hatten, wie sie hoch an den Flanken der Berge mit ihren Spiegeln Nachrichten weitergaben. Der Konvoi bewege sich genau in die Richtung, die die Rebellen im Sinn hätten, hatte Merthes gebrummt.

War es ausgeschlossen, dass das noch immer so war?

Es ergibt keinen Sinn, dachte Rebecca. Wenn sie uns in die Falle locken wollten, warum haben sie dann Parlamentäre geschickt? Und nun, da sie glauben müssen, wir hätten ihre Parlamentäre getötet … Nun hätten sie weiß Gott allen Grund, uns in die Falle zu locken.

Aber das hier *war* die Falle. Mit noch so viel Fantasie: Einen strategisch günstigeren Ort konnte sie sich nicht vorstellen.

Steil führte der Pfad abwärts, tauchte immer tiefer zwischen die Felsen, im engen Bogen um die Wand mit den Schriftzeichen herum, bis er hinter dem blutfarbenen Gestein außer Sicht verschwand.

Der Oberst brummte etwas, das Rebecca nicht verstand. Mit einem Ächzen wuchtete er die MILAN-Waffe von seinen Schultern.

»Was haben Sie vor, Herr Oberst?« Es war der Junge mit den Sommersprossen, der sich an Rebecca vorbeischob. »Wenn Sie das Ding hier unten abfeuern …«

»Dann bleibt keiner von uns am Leben«, knurrte der Kommandeur. »Genauso wenig wie irgendwelche von diesen Hundesöhnen, falls sie unvermutet auftauchen. Und von ihrem Grafitti, das ihnen offenbar so wichtig ist.«

Er nickte abweisend, schnitt die Frage des Jungen ab, was es mit dem Grafitti auf sich hatte.

Mit düsterer Miene machte der Oberst den ersten Schritt in den Pass, die MILAN vorangerichtet wie die Panzerfaust, die sie letztendlich war, allerdings mit einer ungleich größeren Zerstörungskraft als ihre Urahnen im Zweiten Weltkrieg.

Der zusammengewürfelte Trupp folgte ihm in langer, weit auseinandergezogener Reihe. Gebannt starrte Rebecca auf die aufragenden Felswände, bildete sich Bewegung ein, wo keine war. Für die Spiegelkommunikation der Aufständischen war es schon zu dunkel, doch wenn sie hier irgendwo lauerten, hatten sie die auch nicht mehr nötig.

Die Inschrift in der Wand. Was hätte Amadeo dafür gegeben, hier sein zu können, grübelte Rebecca. Wie lange war es her, dass sie auf dem Flugplatz in Practica di Mare voneinander Abschied genommen hatten? Sechsunddreißig Stunden – oder ein halbes Leben?

Was würde ich dafür geben, jetzt seine Stimme zu hören, dachte sie. Ihr Mundwinkel zuckte, als sie sich an Alyssas Blick erinnerte, in Amadeos Büro in der *officina*: *Das* ist dein Freund?

Wie sollte sie ihrer Schwester erklären, was Amadeo ihr bedeutete? Aber wer weiß, vielleicht … Was Alyssa ihr über Fabio erzählt hatte: War es undenkbar, dass Alyssa verstehen würde …?

Merthes stieß ein Geräusch aus.

Zwei Schritte, dann war Rebecca bei ihm, verharrte wie angewurzelt, Alyssa an ihrer Seite.

Direkt hinter der Felswand hatte die Schlucht einen scharfen Knick beschrieben, um sich wenige Meter darauf noch einmal in die entgegengesetzte Richtung zu wenden, in eine Höhlung im Felsen hinein, durch die von der anderen Seite her schon wieder Licht schimmerte. Und dort …

Tief unter ihnen lag eine weite, nahezu ebene Fläche, umgeben von zerklüfteten, fernen Hängen. Der Himmel war von einem seltsamen Gewölk bedeckt, das in Farben schimmerte, die irgendwie unwirklich waren, nicht echt, nicht natürlichen Ursprungs sein konnten. Wolken, die sich zu rasch, zu ungleichmäßig bewegten für *Wolken*. Die aus sich selbst heraus zu leuchten schienen in ihren unirdischen Tönungen, als wäre das Ganze …

»Das ist nicht der Himmel«, hauchte Rebecca. »Das ist …«

»Eine Höhle.« Alyssas Stimme war kaum hörbar. »Eine gigantische, unglaubliche, *beleuchtete* Höhle.«

Beleuchtet durch Lichtfrequenzen, die der Himmel niemals hätte hervorbringen können. Am Boden der Senke fielen sie auf ein Labyrinth aus Felsen, nein, aus Mauern, aufgetürmt von Menschenhand. Zwischen den Mauern Wege, die hin und her führten in einem Muster, das chaotisch war und doch auf eine fremdartige Weise gegliedert. Es riss den Blick nach vorne, in die Ferne, über die weite Fläche des Labyrinths hinweg auf einen mächtigen Torbogen zu, in dem der Weg verschwand. Dahinter war schemenhaft ein dunkler Umriss zu erkennen – ein Gebäude, vielleicht.

War es derselbe Weg, der zu ihren Füßen in engen Serpentinen den felsigen Hang hinabführte? Ein ganzer Fächer von Wegen zog sich aus den unterschiedlichsten Winkeln des Irrgartens dem weit entfernten, dunklen Torweg entgegen. Wie ein schwarzes Loch, dachte Rebecca. Eine umgekehrte Sonne, die die Strahlen des Lichts in sich aufsog, oder wie …

»Ein Spinnennetz«, hauchte sie. Ihr Blick haftete an dem fernen, dunklen Umriss.

»*Domus arachneae*. Das Haus der Spinne.«

Abbazia di San Michele am Monte Vulture, Basilicata, Italien

Sie hatten fast zwei Stunden verloren. Eine davon auf der Suche nach einem Landeplatz in vertretbarer Entfernung vom Monte Vulture, die andere für den Fußmarsch bis zu ihrem Ziel.

Zwei Stunden, in denen viel geschehen sein konnte. Bei jedem Schritt bergan war Amadeo darauf gefasst gewesen, in ihrem Rücken das viel zu schnell näherkommende Motorengeräusch zu hören, das sie schon am Castel del Monte aufgeschreckt hatte. Wie lange würde es dauern, bis Görlitz begriff, dass er auf der kaiserlichen Festung in eine Sackgasse gelaufen war?

Ein letztes Mal sah sich der Restaurator unruhig über die Schulter um. Trügerisch glatt lag die Wasserfläche eines kleinen Sees im Abendlicht; ein idyllischer Ort, solange man nicht wusste, dass das gesamte lauschige Örtchen nichts anderes war als der Krater eines erloschenen Vulkans. Und *erloschen* bedeutete in Italien nicht viel mehr, als dass über den letzten größeren Ausbruch keine genaueren Aufzeichnungen existierten.

»Da untendrin, denken Sie? Sieht ziemlich tief aus.«

Amadeo zuckte zusammen. Er hatte den *commandante* fast vergessen.

»Nein«, murmelte er. »Ich meine: doch. Das Wasser ist ziemlich tief hier, und …« Er zögerte. Ob Duarte wusste, dass das kristallklare Nass nicht allein bei Touristen beliebt war, sondern gleichermaßen bei den örtlichen Dependancen der *Camorra* und *'Ndrangheta*? Was hier versenkt wurde – mit Beton an den Füßen –, tauchte so schnell nicht wieder auf.

»Nein«, murmelte Amadeo. »Nein, nicht der See ist das Versteck. Wenn ich versuche, zu denken, wie Friedrich gedacht haben muss, kommt im Grunde nur eine Möglichkeit in Frage. – Denke ich«, fügte er hinzu. »Doch, ich bin mir ziemlich sicher.«

»Satteln Sie bloß nie auf Gebrauchtwagenhändler um«, brummte der *commandante*.

Amadeo wandte sich langsam um: ein massiges, weiß gekalktes Gebäude, das auf den ersten Blick eher an eine Festung erinnerte als an das Kloster, das es in Wahrheit war. Man musste kein Architekturexperte sein, um zu erkennen, dass der Klotz erst Jahrhunderte nach Kaiser Friedrichs Tod entstanden war.

»San Michele«, sagte Amadeo. »Ursprünglich eine Gründung griechischer Mönche – elftes Jahrhundert, am Beginn der Normannenzeit. Heute natürlich nicht mehr das Originalgebäude. Die Anlage ist später von den Benediktinern übernommen worden und war dann ein bedeutender Wallfahrtsort.«

»Unser Ziel?«

»Unser Ziel«, bestätigte Amadeo. »Ich denke, das dürfte die Klosterpforte sein«, murmelte er und deutete eine steinerne Treppe empor.

Der *commandante* war schon beim Aufstieg. »Jedenfalls gibt es eine Klingel«, hörte Amadeo seine Stimme.

Aus dem Innern des Gebäudes war der weihevolle Laut einer Glocke zu vernehmen. Als Amadeo den Mann in der Soutane einholte, entdeckte er eine massige Holztür, die im Begriff war, sich einen Spalt breit zu öffnen.

»Mi dica?«

Was wünschen Sie? Einladend klang anders. Der durch eine Atemmaske gedämpfte Tonfall sagte mehr als die Worte.

Der feisteste Mönch, den Amadeo jemals zu Gesicht bekommen hatte. Er trug den dunklen Habit der Benediktiner, der in diesem Fall auch als Zweimannzelt hätte dienen können. Mit prüfendem, fast abweisendem Gesichtsausdruck musterte der Dicke Amadeos dunkelhäutigen Begleiter.

Eilig schob sich der Restaurator vor den *commandante.* »Wir … möchten das Felsenheiligtum aufsuchen«, erklärte er hastig, verfluchte sich jetzt, dass er bis zu diesem Moment ein Geheimnis aus ihrem genauen Ziel gemacht hatte. Duarte besaß eine natürliche Autorität, die in neun von zehn Fällen bereits ausreichte, um sein Gegenüber einzuschüchtern. Hier hatten sie offenbar den zehnten erwischt.

»Ich bedaure.« Der Dicke war schon im Begriff, die Tür wieder zu schließen. »Das ist gegenwärtig nicht möglich.«

»Wir …« Amadeo holte Luft. »Wir sind einen weiten Weg gekommen. Bitte, es ist wirklich wichtig! Wir wollen … äh … beten.«

Er biss sich auf die Zunge. Kaum ein ungewöhnlicher Wunsch, wenn Katholiken ein katholisches Heiligtum aufsuchten.

Doch der Dicke zögerte, kniff die Augen zusammen. Und er sah nicht Amadeo an, sondern blickte über die Schulter des Restaurators hinweg.

Ein Rascheln von Papier. »*Pontifica Commissione per lo Stato dell'Vaticano.*« Duarte sprach in verbindlichem Ton.

Die Augen des Dicken flackerten, doch er schüttelte den Kopf. »Ich bedaure, aber wir haben …« Wenigstens sein Ton hatte sich verändert. Klang er zweifelnd jetzt? Entschuldigend? Überzeugt klang er *nicht*. »Wir haben Bauarbeiten hier. Wirklich: Ich *kann* niemanden in die Räume lassen.«

Amadeo fuhr sich mit der Zunge über die Lippen. »Wir würden …« Er brach ab.

Motorengeräusch.

Sie waren keinem Wagen begegnet, seitdem Duarte die Messerschmitt zu Boden gebracht hatte, kilometerweit entfernt. Es gab Campingplätze rund um den See, die aber um diese Jahreszeit längst dicht waren. Kein Mensch verirrte sich um diese Uhrzeit hierher – unter den grippal gegebenen Umständen schon gar nicht.

Der Restaurator spürte, wie Duarte sich bewegte, über seine Soutane tastete.

»Ich bedaure«, wiederholte der Dicke noch einmal. »Aber ich fürchte, da kann ich nichts …«

Ich muss irgendwas tun, dachte Amadeo. Irgendetwas.

»Kennen Sie die Überlieferung vom Besuch des heiligen Franziskus bei Papst Innozenz III.?«, fragte er.

Verwirrt sah der Mann ihn an. »Wir sind ein Benediktinerkonvent«, bemerkte er höflich.

Amadeo schüttelte den Kopf. »Glauben Sie an Träume, *Fra* … Wie war Ihr Name?«

Wieder kniff der wohlbeleibte Benediktiner die Augen zusammen. »*Fra* Angelico«, sagte er. »Wie der Maler.«

»Monsignore, hören Sie das?«, flüsterte Amadeo an Duarte gewandt. »Das kann kein Zufall sein!«

Der *commandante* nickte stumm, mit einem Gesichtsausdruck, der alles bedeuten konnte. Der Dicke dagegen … Mit seiner Atemschutzmaske erinnerte er den Restaurator vage an eine Comicgestalt aus seiner Kindheit, ein Schweinchen, das sich regelmäßig Auseinandersetzungen mit dem Zeichentrickkater Sylvester geliefert hatte. Amadeo schüttelte sich.

»Nein. Unmöglich. Es *kann* kein Zufall sein.« Aus seinen Worten sprach felsenfeste Überzeugung. »*Fra* Angelico«, flüsterte er und spürte, dass Duartes Blick mit äußerster Skepsis auf ihm ruhte.

Die Motorengeräusche – sie kamen näher. Amadeo sah einen Lichtschimmer auf dem gekalkten Mauerwerk, Reflexion der Scheinwerfer. Diese Chance, dachte er. Sie hatten nur diese eine Chance.

Er riss sich zusammen. »Franziskus hatte den Papst um die Anerkennung seines neuen Ordens gebeten«, erklärte er eilig. »Doch Innozenz wollte ablehnen – bis er in der Nacht vor der Entscheidung einen Traum hatte: ein Erdbeben. Die Mauern von San Pietro wankten, als unvermittelt eine Gestalt die Kuppeln auf ihre Schultern lud, in der der Pontifex den heiligen Franziskus erkannte. Gott selbst, *fra* Angelico, Gott selbst hatte ihm den richtigen Weg gewiesen.«

»Ja?« Der Mönch sah ihn an, als wäre er allmählich im Zweifel, ob er einen Menschen mit klarem Verstand vor sich hatte.

Das Motorengeräusch veränderte sich, die Reifen knirschten auf dem Kies, der das letzte Stück des Weges vor den Klostergebäuden bedeckte.

»Genau dasselbe geschieht wieder!« Amadeo wagte kaum Luft zu holen. »Seine Heiligkeit persönlich sendet uns in dieser leidgeprüften Zeit an diesen Ort! Derselbe Traum, *fra* Angelico, und wieder wurde er dem Pontifex der Heiligen Kirche gesandt! Nur dass diesmal …« Er senkte die Stimme. »Diesmal war der Mönch, dessen starker Arm und dessen … kräftige Gestalt die Kuppel getragen hat, nicht in den braunen Habit der Franziskaner gehüllt, sondern …« Fast ehrfürchtig sah er den Dicken an. »Bitte! Ich beschwöre Sie! Sie *müssen* uns einlassen!«

Der Mönch stierte ihn an. »Wollen Sie mich …«

Eine Autotür klappte auf. Ein Geräusch wie eine Signalpistole, die das Startzeichen zu einem Wettrennen gab. Nein, dachte Amadeo: kein Wettrennen. Eine Hetzjagd.

Mit einem Satz war er an dem Dicken vorbei, Duarte direkt hinter ihm. Schwungvoll fiel die Tür ins Schloss.

»Was fällt Ihnen ein!«

Irgendwo schlug eine Glocke. Vermutlich war es nur das Zeichen zur vollen Stunde, doch es kam wie gerufen.

»Wollen Sie sich dem Willen des Herrn widersetzen?«, dröhnte Amadeo mit der besten ihm zu Gebote stehenden Donnerstimme. Helmbrecht wäre stolz auf ihn gewesen.

Fra Angelico war bleich geworden.

»Sie lassen niemanden rein!«, schärfte der *commandante* ihm ein. »Diese Leute sind gefährlich.«

Die Atemmaske des Dicken blähte sich. Er bekam den Mund nicht wieder zu.

»Kann ich mich auf Sie verlassen?«, bohrte Duarte nach.

Der Mönch schüttelte verständnislos den Kopf, sah den Blick des *commandante*, nickte ruckartig. »Ja … Ja …« Er zögerte. »Seine Heiligkeit hat tatsächlich von mir …?«

»Diese Dinge werden selbstverständlich noch von einer apostolischen Kommission zu prüfen sein«, erklärte Amadeo.

Der Dicke nickte. »Ich … Selbstverständlich stehe ich zur Verfügung, falls es Fragen gibt. Ich … *fra* …« Er schluckte. »Bitte merken Sie sich den Namen: *fra* Angelico. Aber nicht …«

Amadeo und sein Begleiter waren bereits weiter, einen spärlich beleuchteten Flur hinab. Von irgendwo ertönte der dumpfe Ton der Türglocke, doch der Mönch machte keine Anstalten, sich von der Stelle zu rühren.

»Aber nicht der *fra* Angelico, der schon tot ist«, murmelte er.

»Was *war* das?«

Duartes Stimme war ein Flüstern. Er hielt sich drei Schritte hinter Amadeo, der im Vorübergehen nach neuen Hinweisschildern spähte. *Fra* Angelico hatte nicht gelogen: Das Felsenheiligtum war gegenwärtig geschlossen. Dass der Weg dennoch ausgeschildert war, auf handgeschriebenen Schildchen, war ein hübscher Service. Ein Service für die Bauarbeiter vermutlich.

Amadeo erlaubte sich nicht, langsamer zu werden. Er war sich einigermaßen, aber nicht hundertprozentig sicher, dass der Dicke die Tür geschlossen halten würde.

»Eitelkeit der Eitelkeiten, spricht der Prediger«, murmelte er. »Alles ist eitel. Der eine hält sich für den größten Geist seiner Zeit, der andere wittert die eigene Heiligsprechung. Ich hoffe nur, Angelico ist nicht zu sehr darauf aus.«

»Zu sehr?«

»Wenn Görlitz und seine Freunde ihre Pistolen auspacken, könnte er auf den Gedanken kommen, seine Heiligenlaufbahn mit dem Märtyrertod zu krönen – und doch noch die Tür aufmachen.«

»Fünf Cent für Ihre Gedanken«, brummte der Mann in der Soutane. »Und meinen Respekt für Ihre Einfälle. – Aber in der Hölle werden Sie direkt neben Ihrem Kaiser Platz nehmen.«

»Ist das ein Versprechen?« Amadeo hörte nur mit halbem Ohr hin. Ein krakeliger Schriftzug wies nach links um die Ecke, doch noch bevor sie die Abbiegung erreicht hatten, war ein rotweißes Absperrband zu erkennen.

»Er kommt uns nicht nach?«, fragte der Restaurator, ohne sich umzusehen.

Duarte schüttelte den Kopf, hob das Band und ließ Amadeo durchschlüpfen, bevor er nach einem letzten, sichernden Blick folgte.

Der neue Flur war unbeleuchtet. Amadeo drückte probehalber auf einen Schalter. Kein Strom.

Eine Sekunde später erhellte ein Lichtkegel den Gang. Der Restaurator atmete auf. Er hatte sich mehr oder minder darauf verlassen, dass der *commandante* eine Taschenlampe dabeihatte.

Ein paar Treppenstufen, dann wieder ein Stück geradeaus, neue Stufen – und eine Tür. Duarte zog seine Pistole, visierte das Schloss an.

»Moment!«, bat Amadeo und probierte den Drücker. Die Tür öffnete sich anstandslos. »Na, was sagen Sie?«

»Keine dumme Variante«, murmelte der dunkelhäutige Mann.

Der Lichtkegel tastete durch die Finsternis. Es war, als wären die beiden Männer unvermittelt in eine andere Welt eingetreten. Scharfkantiges Lavagestein warf bizarre Schatten: Der rückwärtige Teil der Abtei war direkt in die erstarrte Magma des Vulkans geschlagen. Die Klostergebäude hatten ihr Gesicht gewandelt im Laufe der Jahrhunderte, doch was sich hier unten in eine Nische des Felsens kauerte, hatten die Mönche Generationen hindurch gehütet und bewahrt als das Allerheiligste, das es war. Wie es sich für ein Heiligtum gehörte, waren seit Jahrhunderten kaum Veränderungen vorgenommen worden.

Zur Rechten sah Amadeo eine verzierte Pforte: der reguläre Hauptzugang von der Abtei aus, wenn nicht gerade Bauarbeiten anstanden. Entlang der Felswand erhoben sich gesicherte Baugerüste und provisorisch eingezogene Stützpfeiler. Doch wie magisch wurde Amadeos Blick von mehreren steilen Treppenstufen angezogen, einige von ihnen noch mit Resten tausendjähriger Mosaiken versehen, und an ihrer Spitze, im Winkel der Felsenhöhle …

Wer nicht um die Bedeutung dieses Ortes wusste, hätte

den kleinen Rundbogen für ein gewöhnliches Feld-, Wald-, und Wiesenkapellchen halten können – nur dass es eben nicht in Feld, Wald oder Wiese stand, sondern in einer Höhle.

Doch das Heiligtum in der erkalteten Lava war mehr. Es war ein Ort, zu dem sich die Menschen seit Jahrhunderten aufmachten und schon zu einer Zeit aufgemacht hatten, als der mondäne Kurort, zu dem das Kloster heute gehörte, noch übel verschrien gewesen war als Unterschlupf von Straßenräubern.

»Sehen Sie das?«, wisperte Amadeo und machte einen Bogen um eine Skulptur des Erzengels Michael, die eindeutig jünger war als die Kapelle und auf den Stufen Wache hielt wie ein überdimensionierter Gartenzwerg.

»Die Formen sind noch ganz byzantinisch«, flüsterte Amadeo. »Obwohl Byzanz längst auf dem absteigenden Ast war hier in der Gegend. Die Augen? Sehen Sie die Augen?«

Vorsichtig stützte er sich auf den steinernen Bogen, der Einlass in das kleine gewölbte Viereck gewährte. Zwei Meter im Quadrat und kaum nennenswert höher, doch die Fresken, die den winzigen Raum schmückten, gehörten zum Eindrucksvollsten, das die mönchischen Maler des beginnenden Mittelalters hinterlassen hatten.

»Hier, an der Stirnseite, haben Sie Jesus Christus«, murmelte Amadeo. »Flankiert von der Gottesmutter und Johannes dem Täufer. Und hier, links und rechts, zwei Dreiergruppen von Heiligen. Leider ist nicht mehr zu erkennen, welche Heiligen es sein sollen, aber sind sie nicht unglaublich …« Er suchte nach Worten. »Unglaublich *unglaublich*?«, fragte er.

»Und wo liegt das Depot?«

Amadeo blinzelte. Ein unfreundliches Wort lag ihm auf der Zunge, aber der *commandante* hatte natürlich recht.

»Kommen Sie her«, sagte er und trat einen Schritt beiseite. In der Kapelle war gerade Platz genug für sie beide. Amadeo deutete nach oben in das Tonnengewölbe.

Er war zum ersten Mal hier, doch er hatte Abbildungen gesehen von dem, was er nun vor sich – über sich – hatte. Jetzt, aus nächster Nähe, erkannte er Einzelheiten, die in den Aufnahmen nicht sichtbar gewesen waren. In diesem Moment schwanden seine letzten Zweifel. Nein, er hatte sich nicht getäuscht.

»Ein Adler«, murmelte Duarte.

»Ein Adler«, bestätigte Amadeo und wies auf das Haupt des Vogels. »In der Literatur wird behauptet, er trage eine Schriftrolle im Schnabel, aber da bin ich mir nicht sicher. Vor allem trägt er – einen Heiligenschein.«

»Also ein Heiligensymbol?« Der *commandante* musterte das Tier. »Ein Evangelistensymbol. Der Mensch steht für Matthäus, der Löwe für Markus, der Stier für Lukas – und für Johannes der Adler.«

»Genau das wird vermutet.« Amadeo nickte. »Von der modernen Wissenschaft. Die Frage ist: Wie würden Sie den Adler deuten, wenn Sie der Kaiser wären?«

»Der Kaiser?«

»Kaiser Friedrich II., die Sonne der Gerechtigkeit und der achtstrahlige Morgenstern. Er stirbt am 13. Dezember 1250 – *sub fiore*, unter der Blume. An ebenjenem Tag, an dem Sonne und Morgenstern – Venus – aus der Perspektive jener Burg, die er nach dem Grundriss einer Blume hat anlegen lassen, bei einem Azimut von 240 Grad Westsüdwest versinken und zwar genau *hier*. So genau der Kaiser das angeben konnte. Der Kaiser, den seine Anhänger als Sonne verehrten, als Morgenstern und … na …?«

»Nicht übel, mein Bester.«

Amadeo erstarrte.

»Der Adler also.« Steffen Görlitz nickte. »*Wenn auch der Adler der Frühe gefallen ist*«, zitierte der Mann mit dem entstellten Gesicht. »*So lebt er doch weiter in vielen überlebenden Jungen, die aus ihm hervorgegangen sind.* – Das Vermächtnis des Kaisers an die Nachwelt, wenn wir so wollen. Und so wollen wir doch, mein lieber Amadeo, oder?«

Der Restaurator war zu keinem Wort fähig.

Görlitz lehnte an der verzierten Pforte, dem Haupteingang in die heilige Höhle, von der Abteikirche aus. Von der *Kirche*! Amadeo spürte eine derartige Wut auf sich selbst … Wie gelangte man für gewöhnlich in das Heiligtum eines katholischen Gotteshauses? Durch die Kirche. Und wie kam man wiederum in die Kirche? Durchs Portal, das Tag und Nacht unverschlossene Portal. Völlig unnötig, am Personaleingang irgendwelche Mönche an die Tür zu klingeln. Görlitz und seine Bande hatten einfach nur durch die Abteikirche spazieren müssen.

»Sonne und Morgenstern sind gesunken«, murmelte der Narbengesichtige. »Aber der Adler lebt weiter und bewacht sein Erbe, bis derjenige eintrifft, dem es gelungen ist, das Rätsel zu lösen. Hübsch, wirklich hübsch. Der Mann gefällt mir, Amadeo. Sagte ich das schon einmal?« Seine Stimme veränderte sich. »*Commandante*? Rein zufällig haben wir hier eine ganze Reihe von Gerätschaften des schweren Bauhandwerks versammelt. Wenn Sie wohl so freundlich wären, sich an die Arbeit zu machen? Irgendwie kommen Sie mir heute Abend vor, als stände Ihnen der Sinn nach körperlicher Betätigung.«

Allerdings, dachte Amadeo. Duarte hätte den Kerl längst mit bloßen Händen erwürgt – wäre da nicht das halbe Dutzend Pistolenläufe von Görlitz' Gorillas gewesen, die auf die beiden Männer in der winzigen Kapelle gerichtet waren.

Die Wallfahrtskapelle am Monte Vulture, ein heiliger Ort

schon zu Kaiser Friedrichs Zeit. Natürlich hatte der Kaiser sie gekannt, mitsamt der Darstellung eines heiligen Adlers. Der perfekte Wächter für sein Vermächtnis: ein Depot mit seiner persönlichen Vorlage der babylonischen Erzählung.

Amadeo hatte es gefunden.

Und Görlitz ebenfalls.

Halt suchend stützte sich der Restaurator gegen die Wand, knapp oberhalb des Hauptes der Gottesmutter.

Tag sechs

Das Haus der Spinne

Damit sind wir noch zwanzig, dachte Rebecca.

Vier der ISAF-Männer waren während der Nacht an der Grippe gestorben.

Jedenfalls war Rebecca aus ihrem Schlaf, der eher einer Ohnmacht geglichen hatte, nicht von Schüssen geweckt worden.

Reglos beobachteten die beiden Schwestern, wie die Soldaten Hügel aus Steinen über die Körper ihrer toten Kameraden häuften. Als Grabstätte hatten sie die kleine Hochfläche gewählt, die auf das Labyrinth in der gewaltigen Höhle blickte.

Das Haus der Spinne.

Der zusammengeschrumpfte Zug hatte gestern Abend hier Halt gemacht. Nachdem von den Aufständischen nichts zu sehen war, war ein Platz so gut wie der andere, und dieser hier bot sogar einen gewissen strategischen Vorteil.

Erst heute Morgen wollten sie ihren Marsch fortsetzen.

Alyssa gab ihrer Schwester ein Zeichen, und sie entfernten sich einige Schritte, damit die blonde Frau ihnen unauffällig die tägliche Dosis des Geheimdienstpräparats setzen konnte. Sie hatten jetzt noch achtzehn Tagesdosen – neun weitere Tage für sie beide, oder aber … Achtzehn Männer der Schutztruppe waren noch am Leben, den Oberst eingeschlossen.

Als die Frauen zu der Gruppe zurückkehrten, verharrten die Soldaten noch immer vor den Gräbern, lauschten, wie Merthes mit halblauter Stimme einige Worte sprach. Der Junge mit den Sommersprossen weinte ganz offen; mehrere der anderen standen offenbar kurz davor, wobei ein oder zwei von ihnen überhaupt nicht mehr stehen konnten, sondern mit glasigem Blick an den Felsen lehnten.

Die ISAF-Männer waren krank, jeder von ihnen. Sie hatten Fieber, sie schnieften, husteten, rangen nach Luft. Allerdings hatte noch keiner von ihnen irgendwelche sprachlichen Verwirrungen gezeigt. Keinerlei Symptome, die über das hinausgingen, was man bei einem Menschen mit hohem Fieber erwarten konnte.

Der Tod kam schneller als die speziellen Symptome der babylonischen Krankheit. Das Fieber reichte schon aus hier in der Wildnis, um den Männern den Rest zu geben. Die Anstrengung des Marsches, die unzureichende Versorgung …

Wie viele der Männer würden den heutigen Tag überstehen? Die Hälfte? Und die kommende Nacht?

Die beiden Schwestern warteten, bis Merthes seine Ansprache beendet hatte, dann nahm Alyssa den Oberst beiseite.

Als sie zwanzig Minuten später aufbrachen, hatte jeder der Männer eine Tagesdosis des experimentellen Präparats erhalten.

Das Haus der Spinne.

Die Szenerie hatte sich während der Nacht nicht verändert. Noch immer füllte fluoreszierendes Gewölk das Höhlengewölbe hoch über dem geschrumpften Zug der Überlebenden. Unstet zuckten elektrische Entladungen hin und her, warfen blitzschlagkurze Helligkeit mal aus dieser, mal aus jener Richtung. Als ob Sonnenlicht auf seidenfeinem Gewebe glitzterte, das sich in der Morgenbrise sacht bewegte: fremdartig schön und fazinierend – und tödlich zugleich.

»Das Haus der Spinne«, murmelte Oberst Merthes. »Der Name passt jedenfalls.«

Sie befanden sich auf halber Höhe der Serpentinen. Der Kommandeur war stehengeblieben, setzte seinen Feldstecher an die Augen und spähte hinab über das Labyrinth. Wie weit mag es sein?, überlegte Rebecca. Wie weit bis zu dem dunklen Torweg, der am anderen Ende die Felswand durchbricht? Mehrere Kilometer jedenfalls. *Das Tal der Gerüsteten,* hatte Amadeo die letzte Station vor dem Ziel, dem Heilmittel, umschrieben. Wer waren die *Gerüsteten*? Wächter des Heilmittels? Nein, die gerüsteten Wächter hatten sie schon kennengelernt, mit ihren Maschinengewehren, Boden-Boden-Raketen, ihrem Panzer, und und und ...

»Nichts zu sehen«, stellte Merthes fest. »Kein Lebenszeichen.«

»Hier bleibt bestimmt nichts lange lebendig«, murmelte Rebecca. »Da passen die Wächter schon auf.«

Der Oberst warf ihr einen Blick zu, sagte aber kein Wort.

»Sie passen auf.« Es war Alyssa, die Rebeccas Satz aufgriff. »Und doch haben sie uns durchgelassen, obwohl sie ganz genau wissen mussten, wohin wir unterwegs waren. Das lässt nur eine einzige logische Schlussfolgerung zu: Sie *wollten*, dass wir genau diesen Weg gehen, und dafür muss es Gründe geben.«

»Vielleicht ... die Spinne?« Der semmelblonde Junge mit den Sommersprossen biss sich auf die Lippen. Das unregelmäßige Pünktchenmuster in seinem Gesicht hob sich stärker ab denn je, bleich wie er war. Nicht wegen der Grippe im Moment, dachte Rebecca. In seinen weit aufgerissenen Augen stand der blanke Horror. »Vielleicht wohnt sie da hinten, wo es so dunkel ist, und sie schicken ihr Opfer ab und zu, und dann kommt sie raus und holt sie sich wie bei …«

Ganz langsam wandte sich sein kommandierender Offizier zu ihm um und musterte ihn aufmerksam, ohne jedes Wort.

»… King Kong«, vollendete der Junge. Seine Stimme schien in der Weite des Felsengewölbes zu versickern.

Merthes warf ihm einen letzten Blick zu, wandte sich dann wortlos ab und setzte den Abstieg fort. Für einen Weg, den seit babylonischen Zeiten niemand mehr benutzt hatte, war der Pfad tadellos in Ordnung. Andererseits gab es hier unten auch nichts, das ihn beschädigen konnte. In den Winkeln und Spalten des Gesteins wuchsen Moose und Flechten, doch höhere Vegetation konnte sich nicht ausbreiten an diesem Ort, an den niemals ein Sonnenstrahl drang. Das Einzige, das wirklich im Übermaß existierte, waren Käfer. Rebecca fragte sich, wovon sie sich ernährten. Voneinander wahrscheinlich. General Stoltenbeck wäre von einer Verzückung in die nächste gefallen, wäre er jetzt bei ihnen gewesen. Wäre er noch *am Leben* gewesen, verbesserte Rebecca in Gedanken. Niemand von ihnen erwähnte das Camp, doch wer konnte Zweifel haben, was dort geschehen sein musste?

Der Pfad wurde steiler, kurz bevor er den Boden der Senke erreichte. Deutlich erkannte man Treppenstufen, künstlich in den Fels getrieben.

»Spinnen brauchen keine Treppen«, hörte Rebecca ein Murmeln in ihrem Rücken. Der Junge klang fast schon hoffnungsvoll. »Spinnen haben Beine genug.«

Niemand kommentierte seine Theorie. Am Fuße der Felswand versammelte sich der kleine Trupp. Eine lehmverputzte Mauer, gut mannshoch, zog sich unterhalb des Abhangs dahin, nach links, nach rechts, dem Umriss der Senke folgend.

»Kann das fünftausend Jahre alt sein?« Rebecca legte die Handfläche auf das verputzte Mauerwerk.

»So bauen sie heute noch«, sagte Merthes nachdenklich. »Draußen in den Bergen ... In Shah Anjir, überall.«

Ein paar Schritte entfernt klaffte eine Lücke in der Mauer. Kein Gitter, keine Wachttürme – nichts. Einfach eine Lücke, vielleicht anderthalb Meter breit. Dahinter ging die Mauer weiter.

Als Rebecca auf die freie Stelle zutrat, sah sie, dass sich dort eine Gasse in das Labyrinth hineinzog, begrenzt vom selben gleichförmigen Mauerwerk wie an der Außenseite. Nach zwanzig Metern bog sie im rechten Winkel ab und verschwand aus dem Blickfeld.

»Gut.« Alyssa nickte. »Hat jemand von euch ein Garnknäuel dabei?«

»Garnknäuel?« Merthes hob die Augenbrauen.

Klassische Bildung gehört offenbar nicht zu den Anforderungen einer höheren Offizierslaufbahn, dachte Rebecca. Nicht dass sie selbst besonders viel damit im Sinn gehabt hätte, doch sogar sie hatte beim ersten Blick auf das Labyrinth an die Sage vom Minotauros denken müssen. Theseus, ein Held der griechischen Antike, hatte in den Höhlen des kretischen Königs Minos dem stierköpfigen Ungeheuer nachgestellt. Um den Weg nicht zu verlieren, hatte er dabei einen Faden abgespult.

Natürlich hatte in diesem Moment niemand von ihnen ein Garnknäuel im Gepäck, doch einer der Soldaten – einer, der die Geschichte zu kennen schien – holte mit einem scheuen Grinsen einen Edding aus der Tasche, streckte ihn Alyssa entgegen. »Ich denke, das wird funktionieren.«

Die blonde Frau griff zu, öffnete den Stift und brachte am Eingang des Labyrinths einen deutlich sichtbaren Pfeil an. »Dann mal rein ins Vergnügen«, murmelte sie.

Der Oberst nickte zweien seiner Männer zu, die die Führung übernahmen. Er selbst folgte direkt dahinter, seine MILAN-Wunderwaffe nach vorn gerichtet. Vorsichtig setzte er einen Schritt vor den anderen. Der Boden bestand aus einer Lehmschicht, die dieselbe Farbe hatte wie die Mauern zu beiden Seiten. Irgendwelche Spuren waren nicht zu entdecken. In letzter Zeit schien hier niemand durchgekommen zu sein. Auch hinter der Biegung: exakt dasselbe Bild, genauso hinter der nächsten und der übernächsten.

Bisher hatten sie noch gar keine Wahl gehabt zwischen links und rechts, doch Rebecca hatte die Orientierung jetzt schon fast verloren. Der Winkel, in dem die Schatten fielen, war keine Hilfe. Sie sprangen wild umher im willkürlichen Rhythmus der elektrischen Entladungen.

Schon gestern Abend hatte Rebecca getestet, ob das seltsame statische Phänomen irgendwelche Auswirkungen auf ihre Handyverbindung hatte – doch das war nicht der Fall. Sie konnte telefonieren, genau wie der Oberst, der sich immer wieder bemühte, jemanden an den Hörer zu kriegen bei den Amerikanern in Baghram oder bei den Italienern in … wie auch immer das Nest nun hieß.

Doch wen interessierten *die* Italiener? Rebecca ging es nur um einen einzigen Italiener, und der war gar nicht in Afghanistan, sondern im Moment wohl wieder in seinem Heimatland.

Das war das Letzte, was sie von ihm gehört hatte. Amadeos letztes Lebenszeichen, gestern Mittag, als er ihr die Landmarken aus Kaiser Friedrichs Text durchgegeben hatte. Er selbst war da gerade unterwegs nach Italien gewesen, zusammen mit Duarte, um irgendeine Theorie zu überprüfen, wie der Code funktionieren konnte, der sich in diesem Text versteckte.

An sich hatte er sich ganz zuversichtlich angehört.

Doch Steffen Görlitz besaß dieselbe Textvorlage. *Ich werde schneller sein als du, Fanelli. Und dann wirst du sterben.* Amadeo hatte versucht, Görlitz' Stimme zu imitieren am Telefon – nicht besonders überzeugend nach Rebeccas Einschätzung. Mit dem glucksenden Laut am Schluss hatte er wohl zeigen wollen, wie locker er das Ganze nahm. Doch Rebecca kannte Amadeo Fanelli.

Sie war in ihrem Leben Männern begegnet, für die eine frustrierte Mittelklasse-Ehefrau ihre Seele verkauft hätte – und womöglich sogar den sorgsam gehätschelten Zweitwagen. Lateinamerikanische Guerilleros. Gentleman-Agenten mit Umgangsformen wie regierende Fürsten. Einen Typen, der jetzt zum dritten Mal für den Oscar nominiert worden war. Männer, die einer Frau, die sich nach einem Abenteuer sehnte, als Fleisch gewordener feuchter Traum erscheinen mussten.

Keiner von ihnen konnte Amadeo Fanelli das Wasser reichen. Amadeo mit seinem Talent, in ausweglose Situationen zu geraten – und seiner ganz selbstverständlichen Bereitschaft, die Suppe auch wieder auszulöffeln, die er sich seiner Meinung nach selbst eingebrockt hatte. Rebecca kannte keinen tapfereren oder ehrenhafteren Mann. Keinen, der mit einer so offenen, unglaublichen Neugier das Kind in seinen Augen trug. Niemanden, dem sie bereitwilliger ihr Leben anvertraut hätte – wenn auch nicht unbedingt ihren Einkaufszettel.

Ihre Mutter hatte einmal gesagt, eine Frau habe in ihrem Leben eigentlich nur eine einzige Wahl: Sie könne entweder einen Mann haben, den sie brauchte, um das Leben zu führen, das sie sich als kleines Mädchen immer vorgestellt hatte, *oder* aber einen Mann, den sie liebte. Rebecca hatte bis heute nicht herausgekriegt, ob das nun ein altes irisches Sprichwort war oder ganz persönliche Lebenserfahrung.

Sicher war sie sich nur bei der Antwort:

Nein, sie brauchte Amadeo nicht.

Sie war sich nur nicht sicher, ob sie ohne ihn würde leben können.

Während sie ein Auge weiterhin auf Merthes' Rücken behielt, holte sie ihr Handy aus der Tasche, drückte die Wahlwiederholungstaste, lauschte … doch das Ergebnis war dasselbe wie bei den letzten Versuchen.

»Wo bist du, Amadeo Fanelli?«, murmelte sie.

Ihre Schwester warf ihr einen kurzen Blick zu. Auch sie hat jemanden, um den sie sich Sorgen macht, schoss es Rebecca durch den Kopf. Auf einmal hatte sie ein schlechtes Gewissen. Alyssa brauchte nicht mal zu versuchen, das Bübchen ihres Lebens ans Telefon zu kriegen.

Sie sah, dass der Blick ihrer Schwester sich veränderte.

Der Oberst war plötzlich stehengeblieben. »Was zur Hölle ist das?«

Mit drei Schritten waren die Schwestern bei ihm.

Hinter der Biegung führte der Gang weiter geradeaus – doch nur noch ein paar Schritte, bevor er sich nach links, nach rechts verzweigte. Sie hatten damit gerechnet, dass genau das irgendwann passieren würde. Womit niemand gerechnet hatte, war die Schrifttafel.

Sie war sehr viel kleiner als das felswandgroße Exemplar in der Schlucht. Vierzig Zentimeter im Quadrat vielleicht, mit einem schmalen Rahmen drumrum, in Augenhöhe an der lehmverkleideten Mauer angebracht. Nein, nicht angebracht. Rebeccas Finger fuhren über die Oberfläche. Die Zeichen waren direkt in den Putz geritzt.

Und sie hatte keine Ahnung, was sie zu bedeuten hatten.

Alyssa trat zu ihr. »Dieselbe Schrift wie in der Schlucht«, sagte sie. »Nicht das Griechisch ganz unten. Die oberste der drei. Seht ihr dieses Zeichen?« Sie tippte auf ein Symbol in der obersten Zeile, das aussah wie ein flach geklopftes und anschließend angeknabbertes Dreieck. »Eins der häufigsten auf der großen Tafel. Die meisten Schriften lassen sich früher oder später entziffern, indem man einfach die Häufigkeit der einzelnen Zeichen ausrechnet. Wenn eine bestimmte Kombination immer wieder auftaucht, kann das ein Name sein ... von einer Person, einem Ort ...«

»Sind die so viel häufiger als andere Worte?«

»Oder ein Wort wie *Mann*, *Sonne*, *Baum* oder eine Richtungsangabe oder oder oder ... Ein Wort, das häufig vorkommt in der Sprache, mit der man es zu tun hat. *Kamel*, wenn es eine Sprache der Wüste ist. Im Norden vielleicht *Eisbär*. Ich hab mir das immer wieder angeschaut in den Aufnahmen der Patrouille – aber ich bin keinen Schritt weitergekommen.«

»Das ist schlecht«, murmelte Rebecca. Genau das mussten sie schließlich: weiterkommen. Sie hatten keine Zeit, sämtliche Irrwege des Labyrinths einzeln durchzuprobieren. Doch in diesem Moment sah es aus, als bliebe ihnen schlicht keine andere Wahl.

»Und jetzt?«, fragte sie. »Kopf oder Zahl?«

»Wir gehen nach links«, sagte Alyssa.

Rebecca sah sie fragend an.

»Wir gehen von nun an immer nach links«, erklärte ihre Schwester. »Auf diese Weise können wir die Anlage systematisch erfassen und laufen nicht Gefahr, einen Weg doppelt zu gehen oder uns zu verirren. Wenn wir umkehren und jedes Mal rechts gehen, kommen wir exakt hier wieder raus.«

»Du glaubst doch nicht ernsthaft, dass das Labyrinth so funktioniert: jedes Mal links?«

Alyssa hob die Schultern, zeichnete oberhalb der Tafel einen Pfeil ein, der nach links wies. »Wenn einer von euch eine bessere Idee hat, sagt's nur.«

»Nein, ein Freund von dieser Rumfliegerei werd ich bestimmt nicht mehr«, murmelte der Mann mit dem Narbengesicht. »Aber wenn man vernünftige Reiselektüre dabeihat, ist es doch wenigstens erträglich. – Oder was denkst du, mein lieber Amadeo?«

Der Restaurator hielt die Lider fest aufeinandergepresst. Nichts, aber auch gar nichts konnte diesen Flug in irgendeiner Weise *erträglich* machen. Es existierten lediglich unterschiedliche Grade der Unerträglichkeit – und Steffen Görlitz dabei zuzusehen, wie er im Fahrgastraum des Transporthubschraubers vom Typ Sikorsky CH-53 umherschlenderte wie auf einem gemütlichen Nachmittagsspaziergang, bewegte sich eindeutig im Spitzenbereich der Unerträglichkeiten.

Am Klang von Görlitz' Stimme erkannte Amadeo, dass sein ehemaliger Kollege nicht wirklich bei der Sache war.

Görlitz studierte einen Papyrus.

Nicht irgendeinen, nein. Das Manuskript aus Kaiser Friedrichs Depot in den Innereien des Monte Vulture. Görlitz hatte es akribisch in zwei Hälften geteilt – eine für sich, die andere für Amadeo.

Es herrschte Gleichstand – so jedenfalls interpretierte Görlitz den Verlauf des *Spielchens*. Nahezu gleichzeitig waren sie am Felsenheiligtum in der Abtei San Michele eingetroffen. Wer von ihnen beiden der größere Geist war, ließ sich noch immer nicht entscheiden.

Damit war das Spiel in die Verlängerung gegangen. Eine Verlängerung, die bedeutend länger dauern würde als die schlappen zweimal fünfzehn Minuten, wenn Lazio gegen AS Rom antrat.

Auf jeden Fall, bis sie in Afghanistan ankamen: Amadeo,

Görlitz – und die Gorillas seines Ex-Kollegen. Der *commandante* war am Monte Vulture zurückgeblieben, nicht freiwillig natürlich. Nein, gewiss nicht freiwillig, dachte Amadeo. Aber wenigstens lebendig.

Diesmal sollte es wirklich fair zugehen, hatte Görlitz betont. Keine Hilfe von außen. Selbstverständlich hatte er auch Amadeos Handy eingezogen.

Und im Gegenzug hatte er dem Restaurator einen Platz in seinem Militärhubschrauber angeboten – mit vorgehaltener Waffe.

Einem Militärhubschrauber, der zu Amadeos Entsetzen dasselbe schwarz-rot-goldene Hoheitszeichen trug wie die Transall, mit der Rebecca und ihre Begleiter vor zwei Tagen nach Afghanistan geflogen waren!

Der CH-35 schaffte 240 Kilometer in der Stunde. Selbst mit der speziellen Umrüstung dieses Exemplars, die dem Hubschrauber erlaubte, zusätzliche Kraftstoffvorräte an Bord zu nehmen, hatten sie bereits zweimal nachtanken müssen. Vierzehn Stunden: Schneller war die Strecke von Süditalien nach Afghanistan nicht zu machen.

Viel Zeit für die Reiselektüre. Amadeo zwang seine Augen auf, richtete sie auf den Text, versuchte Görlitz' Gefasel, das Wummern der Rotoren auszublenden. Versuchte seine eigenen Gedanken auszublenden, die sich wild im Kreis drehten. Görlitz – und damit Verholen – arbeitete für die Deutschen!

Genau wie Alyssa, die doch angeblich auf Amadeos Seite stand!

Und ihre Schwester, die Frau, die Amadeo liebte, war zusammen mit Alyssa unterwegs – in einem deutschen Militärkonvoi.

Amadeos Finger zitterten. Seinen Teil der Papyrusrolle hatte er auf seinem Aktenkoffer abgelegt. Verzweifelt versuchte er sich auf den Text zu konzentrieren, die winzigen

Zeichen in griechischer Sprache, die sich dunkel von der faserigen Oberfläche abhoben.

Schon die Hintergrundgeschichte, Kaiser Friedrichs Beipackzettel, hätte ihn unter anderen Umständen schlichtweg umgehauen. Friedrich, der ja für jede Art von Wissenschaft zu haben gewesen war, hatte in der alten Kaiserstadt Ravenna archäologische Grabungen in Auftrag gegeben – ein Vorgang, der der wissenschaftlichen Forschung sogar bekannt war. Doch kein Mensch ahnte bis heute, was er dort gefunden hatte: ein eigenhändiges Manuskript Alexanders der Großen.

Alexander der Große, König der Makedonen, der größte Eroberer der Geschichte, Herr über quasi die gesamte damals bekannte Welt, stand am Beginn der babylonischen Rätselüberlieferung.

Dem Beginn?

Es gab einen fundamentalen Unterschied zwischen Alexanders Geschichte und allen anderen Versionen der Babylon-Erzählung, die Amadeo bisher in die Hände bekommen hatte.

Es gab keinen Code in diesem Text.

Alexander erzählte die Geschichte vom Turmbau zu Babel so klar und so deutlich, wie er nur konnte, berichtete vom göttlichen Zorn, von der Seuche, dem Heilmittel und dem Ort, an dem es verborgen worden war. Keine Sekunde ließ er einen Zweifel daran, dass er diese Geschichte für die Wahrheit hielt, für nichts als die Wahrheit. Kein Spielchen.

Die Wahrheit.

Von den Göttern sprach er dabei natürlich im Plural. Alexander der Große war Heide gewesen, aufgewachsen mit der Götterwelt der Griechen und der antiken Philosophie seines Lehrers Aristoteles. Welch eine Tradition, dachte Amadeo. Aristoteles, der selbst ein Schüler Platons gewesen war, welcher seinerseits beim großen Sokrates in die Lehre gegangen war.

Die größten Geister ihrer Zeit. Sie waren die Ahnherrn des babylonischen Rätsels. Von Aristoteles hatte Alexander die Geschichte erfahren. Doch offenbar war das Geheimnis bis zu diesem Zeitpunkt niemals verschlüsselt worden; der gerade aktuelle Großgeist hatte lediglich ganz genau aufgepasst, an wen er es weitergab: an den größten Gelehrten der nächsten Generation.

Sokrates.

Platon.

Aristoteles.

Jedes Mal eine gute Wahl, dachte Amadeo.

Und Alexander der Große.

Amadeo biss sich auf die Lippen.

Da hatte einer ziemlich danebengegriffen.

Alexander hatte wenig anfangen können mit gelehrten Spitzfindigkeiten. Konnte ein solcher Mann sich damit zufriedengeben, ein geheimes Wissen zu hüten und es bei seinem Tode weiterzugeben?

Alexander war ein Mann des Schwertes, besessen davon, mit diesem Schwert bis an die Grenzen der bewohnten Welt vorzudringen. Warum? Bis heute blickte die Geschichtsschreibung kopfschüttelnd auf diesen Menschen, der alles, alles diesem einen Ziel untergeordnet hatte. Tausende, Zehntausende von Toten, nur um immer, immer weiter in den geheimnisvollen, fremdartigen Osten vorzustoßen, bis in jene Landschaft hinein, die damals als Baktrien bekannt gewesen war, heute aber einen Teil Afghanistans bildete. Und dort hatte er einen ganzen Winter zugebracht. Womit eigentlich? Das wussten die Quellen nicht zu sagen.

Doch Amadeo wusste es.

So exakt, wie Alexander die Route der Babylonier mit ihrem Heilmittel beschrieb, konnte nur ein Mensch, der selbst vor Ort gewesen war, die Strecke schildern.

Was in den Texten Einsteins, Goethes, Händels, selbst bei Kaiser Friedrich noch unklar und verschwommen erschienen war: Hier stand es schwarz auf weiß … oder doch in dunklem Braun auf einer etwas helleren Beigeschattierung. Die *lacuna in muro*? Ein Pass durch eine Bergkette des Hindukusch. Das *aedificium magnum*? Ha! Dazu musste man wissen, dass Alexander ein besonderes Faible für die damals schon uralte ägyptische Kultur hatte, die unter dem späteren Herrschertitel *Pharao* ursprünglich das Wohngebäude des Herrschers verstanden hatte. Ein großes Gebäude: Irgendwo in Afghanistan gab es offenbar einen Berg, der *Pharaonenthron* oder ähnlich hieß. Zumindest in Alexanders Zeit hatte er so geheißen.

Und der *domus arachneae*?

Bis zu diesem Punkt des Textes hatte Amadeo geglaubt, er wäre endlich durch mit den Codes vergangener Zeiten. Einstein, Goethe, Händel, Kaiser Friedrich. Alexander hatte seine Geschichte direkt von Aristoteles erfahren. Es gab keinen älteren Text, kein Depot, auf das er in verschlüsselten Wendungen verweisen musste.

Aber einen Code gab es trotzdem.

Nur dass dieser Code nicht hier auf Amadeos Papyrusstreifen festgehalten war. Der Code war … Das *Haus der Spinne* war Alexanders Code, seine Schöpfung, die er in jenem Winter in Auftrag gegeben hatte. Der älteste und gefährlichste der babylonischen Codes. Gefährlich, weil dort nämlich …

An genau dieser Stelle brach der Text auf Amadeos Hälfte des Papyrus ab.

Die andere Hälfte hatte Görlitz, der nach wie vor im Innenraum des Helikopters auf und ab stolzierte.

Amadeo schloss die Augen. Das Haus der Spinne. War Rebecca schon so weit gekommen? Welche Art von Fallen lauerten dort auf sie? Alexander der Große war bald zweieinhalb Jahrtausende tot. Wenn er einfach nur irgendwelche Wächter postiert hatte, dürften die inzwischen ziemlich alt aussehen. Nein, da musste es noch etwas anderes geben!

Doch Rebecca war tough, versuchte der Restaurator sich zu beruhigen.

Rebecca war anders als er, sehr viel stärker auf ihre Weise. Kämpfe auf Leben und Tod waren geradezu ihre Spezialität. Wenn das Leben auf Erden auf einen Schlag ausgelöscht würde, durch einen nuklearen Overkill oder sonst wie: Ein paar Schaben oder Amöben würden das möglicherweise durchstehen, mit Sicherheit aber Rebecca Steinmann.

Seltsamerweise hatte sie nicht begeistert gewirkt, als er ihr seine These in einem romantischen Moment einmal anvertraut hatte.

Diese Frau war das Rätselhafteste, das ihm je begegnet war – kryptische Texte großer Gelehrter ausdrücklich inbegriffen.

Er hatte keinen Zweifel, dass Rebecca Steinmann die Frau war, an deren Seite er alt werden wollte. Zweifel hatte er lediglich, ob es dazu kommen würde, zum Altwerden. Wie sein Leben sich gestaltete, seit sie beide einander kannten, sprach wenig dafür.

In diesem Moment am allerwenigsten.

»Interessant, mein lieber Amadeo, wirklich interessant.« Nachdenklich faltete Görlitz seine Hälfte des Papyrus auf DIN-A5-Format zusammen. Dem Restaurator drehte sich der Magen um. Was immer dieses Schriftstück sonst noch war: Auf jeden Fall war es ein dreiundzwanzig Jahrhunderte altes Dokument! »War's bei dir auch so spannend?«, erkundigte sich sein ehemaliger Kollege.

»Du weißt genau, dass du die entscheidenden Stellen hast«, knurrte Amadeo. »Das nennst du Fairness?«

Görlitz musterte ihn. »Ich nenne es Rücksicht, mein Lieber.« Ein seltsamer Ausdruck lag in seinen Augen. »Du hast nie begriffen, wenn ich es gut mit dir meinte.«

»Wenn du davon sprichst, wie du versucht hast, mich auszustechen damals in Weimar, als mein Vertrag verlängert werden sollte …« Amadeo schüttelte den Kopf. »Nein, dann habe ich es wirklich nicht begriffen.«

»Ich wollte lediglich, dass du deine ganz persönlichen Fähigkeiten sinnvoll einsetzt. – Zu Hause. In Rom.«

»Du hast Rebecca und mich an den Kardinalstaatssekretär ausgeliefert! Einen Typen, der uns umbringen wollte!«

Missbilligend schüttelte Görlitz den Kopf. »Aber doch nur ganz am Anfang. Hat er euch nicht ein Angebot gemacht?«

»Er wollte uns *kaufen*!«, fauchte Amadeo. »Nennst du das ein Angebot?«

»Wie verschieden wir doch sind«, murmelte der Mann mit dem Narbengesicht. »Ich wollte dir einfach nur helfen – auch hiermit.« Er hob das zusammengefaltete Schriftstück. »Wenn ich den Goethetext in die Hände bekommen hätte oder den von Händel … Du wärst schlagartig aus dem Spiel gewesen. Außer Gefahr.«

Tot wäre ich gewesen, dachte Amadeo, doch er biss die Zähne zusammen. Irgendwie musste er Görlitz dazu bewegen, die beiden Hälften des Papyrus zu tauschen.

Doch der Mann, mit dem er einmal Seite an Seite gearbeitet hatte, kannte ihn einfach zu gut. Görlitz wusste, wo er ihn treffen konnte.

»Ach mein lieber, lieber Amadeo«, sagte der Mann mit dem Narbengesicht. »Glaube mir, ich würde dir diese Zeilen so gern zu lesen geben! Aber das kann ich dir einfach nicht antun. Ich weiß doch, in welcher Sorge du bist um Rebecca. Wenn du das hier liest: dieses Spinnenlabyrinth und… Nein, wirklich; du würdest sterben vor Sorge. Und das wollen wir doch nicht – zu diesem Zeitpunkt.«

Mit äußerster Willensanstrengung hielt sich Amadeo auf seinem Platz, widerstand dem fast unbezähmbaren Wunsch, dem Kerl den Ausdruck falschen Mitgefühls aus der narbigen Visage zu prügeln.

»Sterben«, nickte Görlitz, faltete den Papyrus wieder auseinander und begann von Neuem aufmerksam mit der Lektüre.

»Aber ich denk drüber nach«, murmelte er. »Großes Ehrenwort.«

Das Haus der Spinne

Alyssas Plan ging auf.

Am Anfang.

Der Zug wandte sich nach links, schob sich um ein, zwei Ecken und kam zu einer neuen Einmündung, einer neuen Tafel. Dasselbe Spiel. Wieder ein Pfeil nach links, ein kahler Gang, sechzig, siebzig Meter, mehrere Biegungen – und noch eine Tafel.

Der Text war kryptisch wie die anderen auch: vierzig, fünfzig Zeichen. Noch nicht mal Twitter-Länge, dachte Rebecca.

Alyssa zeichnete oberhalb der Tafel ihren Pfeil ein, nickte dem Oberst zu.

Merthes hielt einen Moment lang inne, lauschte. Ein Laut wie ein leises Zirpen lag in der Luft. Rebecca war das Geräusch schon gestern Abend aufgefallen, und sie brachte es mit den elektrostatischen Phänomenen in Verbindung, die das Höhlengewölbe über dem Haus der Spinne erfüllten. Doch es schien mal lauter, mal leiser zu werden, und im Moment war es lauter denn je.

Der Oberst nickte einigen seiner Männer zu, die sich daraufhin ein paar Schritte nach links, nach rechts entfernten, stehenblieben.

»Hier ist es kaum noch zu hören, Herr Oberst«, meldete sich der semmelblonde Junge, der mit der Gruppe nach rechts gegangen war – in die Richtung, in die sie sich *nicht* bewegen wollten.

Fragend sah Merthes in die andere Richtung. »Keine Veränderung«, gab einer der Soldaten Nachricht.

Zögernd gab der Oberst den Männern ein Zeichen, weiterzugehen, aber langsam. Er selbst hielt sich direkt hinter ihnen mit seiner Panzerabwehrwaffe, gefolgt von Rebecca und Alyssa.

Rebeccas Finger fuhren über die Oberfläche der Mauer. Trockener Lehmputz. Er konnte von letztem Jahr sein oder aus dem letzten oder vorletzten Jahrtausend. Es gab keinen Unterschied zu irgendeiner anderen Stelle des Labyrinths, die sie bereits passiert hatten.

Der Gang bog nach links, ohne dass sie eine Wahlmöglichkeit gehabt hätten, gleich darauf nach rechts, und ein paar Meter vor ihnen sah Rebecca schon die nächste …

Es ging zu schnell, um überhaupt zu begreifen, was geschah.

Wurde das Zirpen lauter, für den Bruchteil einer Sekunde? Im selben Moment ein sehr viel deutlicheres Geräusch, ein Laut wie ein *tschuck!* Ein Aufblitzen, rasch wie ein Blitzschlag, ein durchdringender Schrei. Ein Schrei, der nicht wieder aufhören wollte.

Merthes fuhr zurück, die MILAN …

Er feuerte sie nicht ab.

Der Schrei hielt an. Rebecca, in Angriffsstellung, warf sich nach vorn, um den Oberst beiseitezureißen. Doch es hatte keinen Sinn.

Die Männer der Vorhut stolperten zurück, alle – bis auf einen.

Eine Phalanx nadelspitzer Lanzen, die aus dem Boden geschossen war. Einer der Soldaten, durchbohrt von zweien, dreien der Spieße. Er war nicht tot, das war das Schlimmste; sein Körper zuckte, doch auf den ersten Blick war zu erkennen …

Merthes sagte kein Wort. Er ließ die Panzerfaust sinken, hatte eine kleine Waffe, eine Dienstpistole in der Hand. Ein seltsam gedämpftes Geräusch, als er sie an die Schläfe des Soldaten setzte und abdrückte.

Ein letztes Zucken. Leblos glitt der Körper des Mannes am Metall hinab.

Rebecca starrte auf das Bild.

Es war zu schnell gegangen. Zu schnell, um die Dinge überhaupt zu erfassen. Eine Falle. Eine heimtückische, jahrtausendealte Falle. Aber wie konnte … Nach *fünftausend* Jahren? Das war undenkbar! Konnte irgendeine Mechanik nach einer so langen Zeit noch …

Natürlich konnte sie! Die Falle war zugeschnappt!

Die ISAF-Männer wichen zurück. Merthes bellte einen Befehl. Zwei der erfahreneren Soldaten setzten sich an die Spitze, und mit langsamen Schritten schob sich der Trupp zurück zur letzten Einmündung, wo Alyssas Pfeil den Männern höhnisch entgegenblickte.

Diesmal haben wir die falsche Wahl getroffen, dachte Rebecca. Ihre Hände zitterten. Sie hatte schon Menschen sterben sehen, mehr als einmal. Es war kein Anblick, an den man sich gewöhnen konnte. Nicht, wenn er so unvorbereitet kam, ohne jede Vorwarnung. Doch das war nicht richtig.

Mit Sicherheit hatte es eine Warnung gegeben: Hier war sie zu lesen, direkt vor ihren Augen, in kryptischen Symbolen in den Lehm geritzt.

Und noch immer hatten sie keine Ahnung, was sie bedeuten sollten.

Die Gesichter der Soldaten waren bleich wie Wachs; ein harter Kontrast zum rötlichen Lehm der verputzten Wand.

Merthes war vor der Tafel stehengeblieben. Auffordernd streckte er Alyssa die Hand entgegen.

Rebeccas Schwester verstand sofort, reichte dem Oberst ihren Edding. Merthes beugte sich vor, die Miene wie aus Stein gemeißelt. Mit einer knappen Bewegung strich er den Pfeil aus, zeichnete einen neuen ein, nach rechts.

»Ich übernehme die Spitze«, erklärte er. »Major Reinold!«, wandte er sich an einen der Soldaten. »Falls etwas Unvorhergesehenes passiert, haben Sie das Kommando!«

Unvorhergesehen?, dachte Rebecca. Dieses Spiel war russisches Roulette! Das Labyrinth war gespickt mit tödlichen Fallen! Kein Mensch konnte daran noch zweifeln. Und sie hatten keine Chance, diese Fallen im Voraus zu erkennen, solange sie nicht entziffern konnten, was auf den Tafeln stand. Sie würden sie immer erst dann entdecken, wenn es einen von ihnen erwischte!

Doch was sollte sie sagen? Mit welchen Argumenten widersprechen? Sie hatten keine andere Wahl, keine Zeit zum Nachdenken, das Für und Wider abzuwägen.

Das Zirpen, war das Zirpen eine Spur? Der Zug setzte sich in Bewegung, und Rebecca lauschte. Das Geräusch lag in der Luft, wurde einen Moment lauter, um dann wieder abzuschwellen. Nein, es kam nicht von hier, nicht aus dieser Gasse. Aus dem Nebengang? Lauerte dort eine neue todbringende Sperre der Babylonier? War da noch ein zweiter Laut, ein Geräusch wie – Schritte? Nein, die ISAF-Männer bewegten sich leise, trotzdem war der Gang von Echos erfüllt. Es ließ sich nicht sagen.

Zwei Biegungen, einmal rechts, zurück nach links, eine neue Gabelung und eine neue Tafel. Inzwischen erkannte auch Rebecca bestimmte Symbole wieder, doch ein System, ein Ansatz für irgendeinen Sinn… Sie schüttelte den Kopf.

»Wo ist Schröder?« Die Stimme des semmelblonden Jungen schwankte. »*Schröder?*«, rief er mit nervöser Stimme.

Merthes verharrte mitten in der Bewegung, drehte sich um. Sein Blick schoss über die Reihen seiner Männer.

Rebecca hatte die Namen der Soldaten noch nicht im Kopf, doch sie brauchte nur Sekunden, um nachzuzählen.

Fünfzehn Männer.

Heute Morgen waren es siebzehn gewesen, dazu Merthes und die beiden Frauen. Minus einen, der jetzt zwei Gänge entfernt über einem Gitterrost hing. Es hätten sechzehn sein müssen.

»Wer hat Schröder zuletzt gesehen?«, fragte der Oberst scharf.

Betreten, unruhig blickten die Soldaten einander an.

»Am Eingang war er noch dabei, Herr Oberst«, meldete sich eine Stimme aus den hinteren Reihen. »Ich hab gesehen, wie er sich den Stiefel zugemacht hat. Er meinte, der geht immer auf.«

Immer?, dachte Rebecca. Vielleicht zwischendurch noch mal? Doch sie hatten an jeder Einmündung Pfeile angebracht. Es war eindeutig nachzuvollziehen, in welche Richtung sie sich jeweils gehalten hatten: zweimal nach links, beim dritten Mal dann nach rechts. So langsam, wie der Zug vorankam, hätte Schröder sie längst wieder einholen müssen – selbst wenn er auf Händen gelaufen wäre.

»Kehrt, marsch!«, befahl Merthes. Die Soldaten wichen

beiseite, als er durch ihre Reihen stürmte, um sich wieder an die Spitze zu setzen.

»Oberst!« Alyssas Stimme war geschliffener Stahl. »Dazu haben wir keine Zeit. Es tut mir leid um diesen Mann, aber wir dürfen keine Zeit verlieren!«

»Wir werden keinen *meiner Männer* verlieren!«, blaffte Merthes zurück. »Keinen einzigen mehr, wenn ich das verhindern kann.«

»Dann sind Sie exakt auf dem falschen Weg, Oberst. Sie werden *alle* Ihre Männer verlieren, wenn wir nicht weitergehen. Keiner von uns wird morgen oder übermorgen noch am Leben sein, wenn wir das Heilmittel nicht finden.«

Merthes starrte sie an. Rebecca sah, wie es in seinem Gesicht arbeitete.

»Reinold! Frerichs!«

Die beiden Soldaten nahmen Haltung an.

»Räuberleiter!«, befahl der Oberst. »Frerichs, Sie klettern auf die Mauer. Sagen Sie uns, was Sie sehen!«

Rebecca hob die Augenbrauen. Das war kein dummer Gedanke; nicht nur für die Suche nach dem verschwundenen Soldaten.

Die beiden Männer gehorchten eilig. Merthes hatte sie geschickt ausgewählt. Frerichs war ein sehniger, aufgeschossener Typ. In Sekunden hatte er über die Schultern des bulligen Majors die Mauerkrone erreicht, richtete sich balancierend auf.

»Was sehen Sie?«, fragte der Oberst.

Der Soldat drehte sich langsam im Kreis, die Arme zur Seite ausgestreckt, um das Gleichgewicht zu halten. »Mauern«, murmelte er. »Und sie …« Er hielt inne. »Schröder kann ich nicht sehen, aber ich seh ja nicht mal … Wo ist der Ausgang? – Der Eingang, meine ich. Und den Ausgang auch nicht, die dunkle Höhle da am Ende.«

»Sie müssen doch …«

»Wir sind in einer Art Tal.« Frerichs schluckte. »Einer Mulde. Ziemlich flach, würd ich sagen, aber ich kann nicht erkennen, wo das Labyrinth zu Ende ist. Ich kann die Mauer nicht sehen drumrum. Nur die Berge, aber die sind überall … überall ziemlich weit weg.«

Rebecca blinzelte. Die zerklüfteten Hänge waren auch vom Boden aus gut zu erkennen. Sie wusste nicht, wann es passiert war, aber ihre Route hatte sie schon weit ins Zentrum der Höhle geführt.

»Verdammt«, knurrte Merthes. »Kommen Sie wieder runter!« Schweißperlen standen auf seiner Stirn. Sein Blick ging zu Alyssa. »Haben Sie irgendeine Garantie …«

»Ich gebe Ihnen eine Garantie!«, knurrte sie. »In ein paar Tagen sind wir alle tot, wenn wir jetzt nicht weitergehen. Sorgen Sie dafür, dass sich Ihre Männer vernünftig die Schuhe zubinden, und wir werden …«

Sie brach ab. Rebecca sah sie fragend an, doch im selben Moment …

Schritte.

Also hatte sie sich nicht getäuscht vorhin!

Die ISAF-Soldaten waren vollständig erstarrt, lauschten.

»Schröder!«, brüllte der Oberst. »Hören Sie mich?«

Schweigen.

Nur die Schritte waren zu hören, gleichmäßig und …

»Das ist mehr als einer«, flüsterte Rebecca. Sie hatte einen Moment gebraucht, bis sie sich sicher war. Die Mauern, die unvorhersehbaren Biegungen und Einmündungen, warfen die Geräusche zurück, verzerrten sie. Es war unmöglich zu sagen, in welchem Gang die Fremden unterwegs waren, unmittelbar rechts von ihnen oder links, ein Stück entfernt oder … Rebecca tastete nach ihrer Waffe. *Oder kamen sie ihnen entgegen?*

»Reinold! Frerichs!«

Die beiden Soldaten gehorchten auf der Stelle. Schon war Frerichs wieder auf seinem Aussichtspunkt, drehte sich im Kreis.

Die Schritte waren verstummt.

Merthes legte den Kopf in den Nacken. »Können Sie…«

Ein Laut. Ein Laut wie ein Donnerschlag, ein rollender, tosender Donner.

Frerichs zuckte zusammen, ruderte mit den Armen, schwankte vor und zurück.

Jemand stieß einen erstickten Laut aus. Der semmelblonde Junge schlug die Hand vor den Mund – und in diesem Moment, als Frerichs oben auf der Mauer wild um sich rudernd nach hinten kippte, sah es auch Rebecca: Sein Hals, seine Kehle war eine einzige blutende Wunde.

Taumelnd brachte der Soldat die Arme nach vorn, kippte… Major Reinold, an dem er hochgeklettert war, sah ihm mit aufgerissenen Augen entgegen, streckte die Arme aus.

Zu spät. Die Brust voran schlug Frerichs auf dem Lehmboden auf, zuckte noch einmal – und lag dann still.

Merthes, die Männer, die beiden Frauen umstanden ihn, zu keinem Wort fähig.

Und in der Stille hörten sie, wie die Schritte sich langsam entfernten.

»Eins.«

»Zwei.«

»Drei.«

»Vier.«

Es war lächerlich. Rebecca kam sich vor wie in der Schule, am Wandertag oder auf dem Weg zum Sportunterricht. Und doch besaß die Anordnung des Obersts einen Sinn.

»Elf.«

»Zwölf.«

»Dreizehn.«

»Vierzehn«, kam es von dem Jungen mit den Sommersprossen.

Jeder der Soldaten hatte eine Nummer bekommen, und nun zählten sie durch, ununterbrochen, sofort wieder von vorn.

»Eins.«

»Zwei.«

»Drei.«

Merthes hatte keinen Versuch unternommen, Rebecca und Alyssa an diesem Spiel zu beteiligen. Nicht etwa, weil er ihnen gegenüber besondere Rücksicht nahm, sondern weil die beiden Frauen sich ohnehin direkt hinter ihm hielten, am Beginn des Zuges. Da würde sie schon keiner wegfangen.

Wer auch immer …

Nein, dachte Rebecca. Kein *Wer auch immer*. Ihr Gegner war unsichtbar, doch Frerichs Tod ging jedenfalls nicht auf das Konto der Babylonier mit ihren Grillrost-Fallen. Dieser Feind schoss mit modernster Kleinkalibermunition, DumDum-Projektilen, die beim Eintritt in den Körper nur eine nadelfeine Punktwunde verursachten, im Innern aber in mehrere Teile zerplatzten und beim Austritt einen widerlichen Krater ins Fleisch rissen. Wenn sie überhaupt wieder austraten. Natürlich war diese Munition international geächtet, aber ebenso natürlich war sie mörderisch beliebt in Terroristenkreisen: ein im wahrsten Sinne des Wortes todsicheres Mittel, ein menschliches Ziel auszuschalten, auf schmutzige, aber effektive Weise.

Nein, dieser Feind war kein *Wer auch immer*. Dieser Feind hatte strähniges blondes Haar und trug einen speckigen Jeansanzug, wenn er seine Garderobe inzwischen nicht gewechselt hatte.

Jean-Lucien Verholen hatte Witterung aufgenommen, und er hatte Verstärkung mitgebracht.

Verstärkung, dachte Rebecca. Steffen Görlitz?

Doch Görlitz war auf Amadeo angesetzt gewesen. Wenn er jetzt bei seinem Herrn und Meister war, bedeutete das nicht …

Rebeccas Finger waren eiskalt, als sie die Wahlwiederholung drückte, zum zehnten oder zwölften Mal an diesem Morgen. Sie brachte das Handy ans Ohr, ohne den Blick von Merthes zu nehmen, der sich, geduckt wie ein Panther, der nächsten Einmündung näherte, der nächsten kryptischen Hinweistafel.

Ihr Ruf ging raus … Irgendwo erklang jetzt der Chor der Gefangenen. Deaktiviert war Amadeos Handy nicht, so viel war klar. Der Anrufbeantworter hätte sich dann sehr viel schneller melden müssen.

Nach einer Minute sprang die automatische Ansage an. Rebecca drückte die Taste mit dem kleinen roten Telefon.

Sie war im Begriff, das Handy in ihre Tasche zurückzupacken, doch – es war ein Impuls, eine Eingebung. Rebecca klickte sich durch die Einträge in ihrem Telefonbuch und verharrte beim H.

Sie wusste, dass Amadeo den Professor tags zuvor nicht erreicht hatte, aber genauso war ihr klar, dass er es weiterhin versuchen würde. Was, wenn es ihm doch noch gelungen war? Nicht, dass sie sich große Chancen ausrechnete, aber den Versuch war es …

»Aphrodite höchstpersönlich muss es sein, die heute Morgen über den Wellen des Äthers wacht! Bei allen Göttern des Olymp! Frau Steinmann, welch freundlicher elektronischer Wind weht Sie zu mir?«

»Professor!«, flüsterte Rebecca.

»Sie haben tatsächlich meine Stimme erkannt?« Der alte Mann klang heiser. Vor allem klang er geschmeichelt. *Krank* klang er nicht.

»Ich habe Ihre *Nummer* gewählt.«

»Diese Worte schon bedeuten dem fiebernden Ohre Erquickung«, kam es blechern aus der Hörmuschel. »Wie geht es Ihnen?«

»So lala«, murmelte sie. »Mein Gott, Professor! Seit wann sind Sie wieder im Institut? Wo waren Sie die ganze Zeit? Amadeo hat versucht, Sie …«

»Ich hatte das Mobiltelefon dabei!«, verteidigte sich Helmbrecht. »Es wollte nur dauernd Dinge von mir, die ich ihm nicht geben konnte. Strom zum Beispiel.«

»Und wo waren Sie?«

Schweigen. Dann ein Räuspern. »Ich hatte etwas zu erledigen. Die Salzkekse waren alle«, gestand der alte Mann. »Ich hatte Hunger.«

»Sie haben neue Kekse geholt? Achtundvierzig Stunden lang?«

»Ich glaube nicht, dass Savonarola schon ein Handy hatte«, brummte der Professor. »Aber *wenn* er mobile Inquisitionsprozesse geführt hätte, hätte er genau Ihre Fragen gestellt. – War auf Usedom«, murmelte er undeutlich. »Hab meine Frau geholt. Jetzt gibt's wenigstens wieder zu essen.«

Rebecca stand der Mund offen.

»Wer ist das?« Merthes sah sie aus zusammengekniffenen Augen an.

»Ein alter Freund«, sagte sie leise. »Ein *sehr* alter Freund.« Sie hatte den Professor erst letztes Jahr kennengelernt, doch uralt war er auf jeden Fall. »Ein Wissenschaftler. – Entschuldigung«, murmelte sie ins Handy.

»Versteht er was von alten Schriften?«, brummte Merthes. »Sonst plaudern Sie nächste Woche weiter, falls Sie dann noch nicht tot sind.«

Genervt winkte Rebecca ab. Helmbrecht sagte etwas, laut und blechern, doch auf einmal …

Versteht er was von alten Schriften?

Rebecca keuchte.

»Gesundheit!«, kam es aus dem Handy. »Hat es Sie jetzt doch erwischt?«

»Professor«, flüsterte sie. »Wir haben hier etwas, das Sie sich unbedingt ansehen müssen.«

Der Himmel über Afghanistan

Sophokles.

Euripides.

Homer.

Amadeo starrte auf die zweite Hälfte des Papyrus, die Görlitz ihm schließlich doch noch ausgeliefert hatte – mit dramatischer Geste. Amadeo hatte einfach nur *bitte* sagen müssen. Höflichkeit, hatte die Narbenvisage ihm eingeschärft, Höflichkeit gehörte einfach dazu, wenn man die Chance bekam, am Spiel solch großer Geister teilzunehmen. Dann konnte man sich auch mit seinem Gegner verständigen und bei Gelegenheit die Texte tauschen.

Amadeo sah plastisch vor sich, wie er seinen ehemaligen Kollegen mit aller Höflichkeit in den Orkus beförderte.

Doch in Wahrheit sah er nur den Papyrus, sah die etwas zittrigen griechischen Buchstaben, die auf einen Schreiber schließen ließen, der normalerweise ein ganz anderes Werkzeug geführt hatte als die Feder.

Sophokles.

Euripides.

Homer.

Das Haus der Spinne, Alexanders perfider Beitrag zur Tradition der babylonischen Codes. Das Haus der Spinne war ein Labyrinth, ein unterirdisches System von Irrwegen, die hierhin, dorthin führten, ins Nichts zum Teil – und dieses Nichts war gespickt mit tödlichen Gefahren.

Doch es gab eine Chance, diesen Gefahren zu entgehen, den Weg ans andere Ende, zum Heilmittel, zu finden. Wer das Wissen der gesamten Zivilisation in sich vereinte, die Werke der großen Gelehrten in- und auswendig kannte: Die großen Dichter selbst würden ihm mit weisen Worten die Wege weisen.

Die literarischen Legenden aus der Zeit Alexanders des Großen, wohlgemerkt.

Sophokles.

Euripides.

Homer.

Rebecca Steinmann war die große Liebe in Amadeo Fanellis Leben. Gerade vorhin hatte er wieder darüber sinniert, wie fürchterlich tough sie doch war in nahezu jeder Beziehung.

Nahezu. Es gab Ausnahmen.

Das Wissen um altgriechische Literatur gehörte dazu. In ihrer Kinderzeit waren ihr wohl mal Gustav Schwabs *Sagen des Klassischen Altertums* in die Hände gefallen, doch damit hörte es dann auch auf. Bestimmt war ihr Homer dem Namen nach vertraut. Aber Sophokles? Euripides? Den Dichter der *Elektra*, der *Medea*, der *Iphigenie* würde sie womöglich für ein Darmvirus halten!

Geschweige denn, dass sie irgendwelche seiner Texte kannte! Wenn der richtige Weg durch das *Haus der Spinne* mit Dichterworten aus dem alten Hellas verschlüsselt war, konnte der Weg nur in eine Richtung führen: in die Katastrophe.

Görlitz hatte seine Wanderschaft durch den Transporthubschrauber endlich eingestellt. Amadeos Hälfte des Papyrus hatte er nur einen kurzen Blick gegönnt. Stattdessen lehnte er jetzt an einer Espressomaschine, die mit Sicherheit nicht zur Standardausrüstung des CH-53 gehörte. Der Restaurator wusste genau, dass er einfach nur *bitte* sagen musste, und schon würden die Gorillas ihm den besten, stärksten, dampfendsten *caffè* servieren, den ein vollautomatisiertes Brühsystem nur hervorbringen konnte. Aber ausgeschlossen: Ein Amadeo Fanelli aus den Marken hatte seinen Stolz.

Vai pensiero sull'ali dorate ...

Sein Klingelton war nur gedämpft zu hören. Das Motorengeräusch des Transporthubschraubers schluckte das meiste, und der protzige Aktenkoffer, in dem Görlitz Amadeos Handy verstaut hatte, tat ein Übriges. Aber eindeutig: Es war der Chor der Gefangenen.

Der Mann mit dem Narbengesicht betrachtete ihn, musterte ihn aus zusammengekniffenen Augen – nein, der Kerl *zwinkerte ihm zu*!

»Hach!«, seufzte Görlitz. »Muss Liebe schön sein.«

Wie du inzwischen aussiehst, sprichst du davon als Außenstehender, dachte Amadeo. Doch er schwieg.

»Ich könnte dir dein Spielzeug natürlich wiedergeben«, bemerkte Görlitz. »Also das Handy-Spielzeug. Dann könntest du Rebecca warnen – und ihr vielleicht ein wenig beim Knobeln helfen mit ihren Inschriften.«

Amadeo sah ihn an. »Das könntest du«, sagte er so ausdruckslos wie möglich.

»Auf diese Weise könntest du ihr dann das Leben retten«, grübelte der Mann mit dem Narbengesicht. »Wäre schon sehr großzügig von mir, wenn ich mir das so überlege. Kaum ohne Gegenleistung zu machen.«

»*Gegenleistung?*« Einen Moment lang war sich Amadeo sicher, dass er sich einfach verhört haben musste. Und über diesen Moment hinaus war er sich sicher, dass es nichts, aber auch gar nichts gab, was er Görlitz als Gegenleistung hätte anbieten können – es sei denn, er streckte freiwillig die Waffen und gab ihm den Weg frei, damit der sich als größter Geist ihrer Epoche beweisen konnte. Genau das aber würde sein ehemaliger Kollege niemals akzeptieren. Schließlich wollte er Amadeo besiegen. Ein Amadeo Fanelli, der freiwillig kapitulierte, war ohne Wert für ihn.

Görlitz betrachtete ihn. Sein Mundwinkel hob sich – nur der linke, über den rechten hatte er keine rechte Kontrolle mehr. »Ahnst du es nicht, mein Lieber? Na?« Er hielt inne. Sekundenlang war nichts zu hören als das Betriebsgeräusch des Helikopters. »Rebecca«, sagte er schlicht.

Amadeo keuchte. Er spürte einen Hustenanfall in sich aufsteigen, der dem Professor alle Ehre gemacht hätte. Görlitz' entstelltes Gesicht verschwamm vor seinen Augen. »Re …« Er rang nach Atem. »Re …«

»Mein lieber Amadeo, findest du nicht, dass du ein winziges bisschen übertreibst?«

»Re … – Das kann nicht dein Ernst sein! Unmöglich! Davon abgesehen, dass sie dir das Hirn wegschießen würde, sobald sie dich zu Gesicht bekommt: Was zur Hölle willst du von Rebecca?«

Görlitz schüttelte den Kopf. »Solltest du tatsächlich dermaßen lebensfremd sein? Ist sie nicht ein hübsches Ding an sich? Das dürfte dir doch kaum entgangen sein. Sicher sehr …« Schon für den Tonfall, in dem er das nächste Wort aussprach, hätte Amadeo ihn erwürgen können. »*Leidenschaftlich.*«

»Das ist nicht dein Ernst«, flüsterte der Restaurator. Er lauschte. Der Chor der Gefangenen schwieg. Wahrscheinlich hatte der automatische Anrufbeantworter sich gemeldet. »Du bist wahnsinnig, Steffen, und wahrscheinlich ist dir das sogar klar. Du bist absolut krank im Kopf, und dieses Spielchen, das du hier abziehst, wer von uns beiden der größere Geist ist … Du weißt ganz genau, dass das nur jemandem in den Schädel kommen kann, der völlig durch den Wind ist. Aber jemand, der dermaßen …« Er holte Luft. »Wer *dermaßen* durch den Wind ist, macht sich keinen Kopf mehr um irgendwelche Frauen, hübsch oder nicht.« Sein Blick fixierte Görlitz' entstelltes Gesicht. »Worum geht es wirklich? Warum willst du Rebecca?«

»Schau an, schau an …« Görlitz löste sich von seiner Espressomaschine und trat mit nachdenklicher Miene auf Amadeo zu. »Solltest du wirklich etwas begriffen haben?« Sein Gesichtsausdruck veränderte sich, sein Tonfall, mit einer solchen Plötzlichkeit, dass Amadeos allerletzte Zweifel verflogen. Görlitz war wahnsinnig, durch und durch. »Sie gehört dir.« Die Stimme war eine Klinge aus Glas, geschliffen mit Diamant. »Das reicht. Deshalb will ich sie haben.«

Vai pensiero sull'ali dorate …

»Sie scheint tatsächlich an dir zu hängen.« Und schon wieder war der Ton verändert, klang belustigt. »Aber was das andere betrifft, mit dem Kopf-Wegschießen. Nun … Es gibt Wege, oh, und es gibt *Mittel*. Zuverlässige Mittel. Vielleicht kennt sie das eine oder andere sogar, deine Holde. Sie kommt ja auch aus dem *Geschäft*. Da haben wir hin und wieder Verwendung für so was.«

Amadeo musste den Blick abwenden. Er konnte sich nicht erinnern, wann er zuletzt etwas gegessen hatte … Doch, am Monte Vulture, nachdem Duarte die Messerschmitt zu Boden gebracht hatte. Die pappige Pizza musste längst verdaut sein, doch irgendwas würde Amadeo hochkommen, wenn er den Mann auch nur noch eine Sekunde länger ansah.

»Selbst wenn …« Die Stimme des Restaurators versagte. »Selbst wenn du das irgendwie hinkriegen würdest. Wie kommst du darauf, dass ich dir …« Ihm war schwindlig. Der CH-53 flog ruhig, Amadeo wusste, dass er ruhig flog. Dennoch schien sich ihm der Boden des Transportraums entgegenzuneigen, sich wieder zu entfernen, von Neuem auf ihn zuzukommen. »Selbst wenn ich ja sagen würde«, flüsterte er. »Woher willst du wissen, dass ich … Warum sollte ich ein Wort, das ich dir gegeben hätte …« Er verstummte.

»Aber mein lieber Amadeo!« Empört sah der Mann mit dem Narbengesicht ihn an. »Das ist doch eine Frage der Ehre!«

Amadeo klammerte sich an den Sitz wie an sein Bewusstsein. Seine Stimme war rau. »Ehre? Du … du hast doch keine Ehre!«

»Aber natürlich nicht!« Amadeo konnte nicht mehr sehen. Alles war undeutlich hinter einem verschwommenen Schleier aus bleiernem Grau. Doch er hörte Görlitz' Worte. Sie klangen ausgesprochen gut gelaunt. »Natürlich habe ich keine Ehre! – Aber *du* hast eine!«

Das Haus der Spinne

Rebecca hatte es immer belächelt, wenn Amadeo behauptete, das Telefon würde irgendwie energischer klingeln, sobald Helmbrecht am anderen Ende der Leitung war.

Jetzt, als ihr Handy sich meldete, zehn Minuten nachdem sie dem Professor Aufnahmen der gerade aktuellen babylonischen Schrifttafel zugeschickt hatte …

No, I don't have a gun! No, I don't have a gun! Ihr Klingelton war derselbe alte Nirvana-Titel wie immer, doch irgendwie hörte er sich diesmal anders an: *Nein, ich habe keine Kanone – aber wenn Sie nicht auf der Stelle abnehmen, besorg ich mir eine!*

»Ist Ihnen klar, was Sie da vor sich haben?«, blaffte Helmbrecht. »Das ist demotisch! Gut, ein ziemlich hingeschludertes Demotisch und noch dazu eins, das man höchstens in der hinterletzten Diaspora so geschrieben hat, aber eindeutig Demotisch!«

»Demotisch?«, fragte Rebecca. »Ah ja.«

Aus dem Augenwinkel sah sie, wie sich die Lippen ihrer Schwester bewegten. Alyssa beugte sich vor, betrachtete die Schrifttafel mit neuem, kritischem Blick. Das Wort schien ihr irgendwas zu sagen, doch da war sie die Einzige. Schludrig oder gestochen scharf – Rebecca erfuhr gerade zum ersten Mal von der Existenz des Demotischen. »Und was schreiben die Demoten?«, erkundigte sie sich.

»*Demoten*?«, schnarrte der Professor. »Kokettieren Sie mit Ihrem Unwissen, oder ist Ihnen das wirklich nicht klar? Das Demotische ist nichts anderes als eine Weiterentwicklung des Hieratischen!«

»Ah ja?«

Die Laute, die jetzt aus der Hörmuschel kamen, besaßen vermutlich keinen Inhalt. Falls doch, war Rebecca ganz froh, dass sie ihn nicht mitbekam. Obwohl … Demotisch vielleicht? Oder hieratisch?

»Hieroglyphen!«, röhrte Helmbrecht. »Kennen Sie?«

»Schon mal gehört«, gab sie zu. »Diese Zeichen sind Hieroglyphen?«

»Diese Zeichen sind Abwandlungen einer Schrift, die eine Abwandlung einer Schrift darstellt, welche wir als Abwandlung einer anderen Schrift begreifen dürfen, die man als Abwandlung der ägyptischen Hieroglyphen bezeichnen kann. Die Sprache, in der man mit demotischen Buchstaben schrieb, war fast durchweg das Altägyptische.«

»Dann haben wir in einer Höhle mitten in Afghanistan altägyptische Texte gefunden?«

»Nein.«

Rebecca hob die Augenbrauen. Das war Helmbrechts erster Kommentar, den sie auf Anhieb verstanden hatte. Leider schien er nicht vorzuhaben, noch etwas hinzuzufügen.

»In welchen Sprachen kann man mit demotischen Buchstaben denn noch schreiben?«, fragte sie.

»In welchen Sprachen können Sie denn noch schreiben mit unserem eigenen Abc?«, erkundigte der Professor sich lauernd. »Na? Naaa? – *Cae-sar! A-kro-po-lis! Py-ra-mide! Mao-Tse-tung! Mon-te-zu-ma!* – Fault Ihnen die Hand ab? Sie können jede Sprache in jeder Schrift wiedergeben. Manchmal wird's etwas umständlich, aber probieren Sie's mal aus!«

Rebecca hatte gerade nichts zu schreiben dabei, aber das war auch unnötig. Der Professor hatte recht.

»Englisch«, stellte er fest.

Diesmal blieb Rebecca die Spucke weg. Alyssa stand nur ein paar Schritte entfernt, und Helmbrecht schepperte laut genug, dass noch das gesamte ISAF-Kontingent ihn verstehen konnte. *Englisch?*, las Rebecca von den Lippen ihrer Schwester.

»*There need's no ghost, my lord, come from the grave / To tell us this.* – Zu Deutsch: *Dazu braucht's keinen Geist, um uns das zu erzählen.*«

»Was?« Rebecca fand ihre Sprache wieder.

»Dass es in ganz Dänemark keinen Schurken gibt, der nicht gleichzeitig ein Schuft ist. – William Shakespeare: Hamlet, Prinz von Dänemark, erster Akt, fünfte Szene.«

»Sie …« Rebecca sah Alyssas fassungsloses Kopfschütteln. Die ISAF-Soldaten glotzten einfach nur. Der Gesichtsausdruck des Obersts war überhaupt nicht zu deuten. »Sie wollen sagen, dass hier ein Text von William Shakespeare eingemeißelt ist?«

»Nein.«

Rebecca öffnete den Mund, doch diesmal sprach der Professor weiter, bevor sie etwas sagen konnte.

»Ich will sagen, dass ein Text von William Shakespeare mit einem *Schreibgriffel* in den weichen *Lehm* gegraben wurde. Selbst aus Ihrer hundsmiserablen Aufnahme ist das noch eindeutig zu erkennen.«

»Aber wie konnten die alten Babylonier einen Text kennen, der erst ein paar tausend Jahre später entstanden ist? Und was soll das bedeuten?«

»Guck ich toten Babyloniern in die Köpfe?«, schnauzte der Professor. »Ist kein schöner Anblick, glauben Sie mir. Mein Freund Walewski hat mal einen mitgebracht.«

»Walewski?«

»Fjodor Walewski, Ägyptologe. Leider verstorben inzwischen«, murmelte Helmbrecht. »Wir haben ihn einbalsamiert. War sein Wunsch. – Keine Ahnung, woher sie den Hamlet kannten in Babylon. Müssen Sie schon selbst rausfinden. Ich kann Ihnen nur verraten, was auf der Tafel steht und warum.«

Ratlos blickte Rebecca die Hörmuschel an – bis ihr zu Bewusstsein kam, was der alte Mann ganz am Ende gesagt hatte.

»*Warum*?«, fragte sie.

»Wenigstens hören Sie zu«, grunzte der Professor. Er holte Luft. »*Why, right; you are i' the right*«, deklamierte er. »*And so, without more circumstance at all,/I hold it fit that we shake hands and part.* – Hamlets Antwort auf das Sprüchlein, das auf Ihrer Tafel in den Lehm geritzt wurde:

Recht so, recht so. Dann schütteln wir jetzt schön das Patschehändchen und sagen ein herzhaft dänisches ›farvel‹. Ich würd mal behaupten, die Botschaft ist eindeutig: An dieser Ecke geht's nach *rechts.*«

Rebecca tauschte einen Blick mit ihrer Schwester, mit dem Oberst, bei dem sie bis zum Schluss damit gerechnet hatte, dass er das Gespräch mit dem so offensichtlich wirren alten Mann unterbrechen würde.

Einem wirren alten Mann, dem es gelungen war, das wirre Geheimnis zu lüften, mit dem ihre wirren ägyptobabylonischen Freunde den Weg durch ihr Labyrinth verschlüsselt hatten.

Rebecca beobachtete, wie ihre Schwester ganz langsam nickte.

»Einverstanden«, murmelte Alyssa. »Gehen wir nach rechts.«

Der Professor war ein Phänomen.

Rebecca wusste das schon lange, doch dem Oberst und seinen Männern war Ingolf Helmbrecht noch nicht begegnet, und auch Alyssa kannte ihn noch nicht leibhaftig.

Nachdem der ISAF-Trupp sich auf Shakespeares Anweisung nach rechts gewandt hatte, waren sie an eine neue Gabelung gelangt mit einer neuen Tafel, auf der diesmal ein Text von Molière zu lesen war, der sie nach links schickte. Französisch, noch ein halbes Jahrhundert jünger als Shakespeare, und wiederum in demotischer Schrift.

Alle Texte waren in dieser Schrift geschrieben, und alle waren sie zwar uralt nach modernen Maßstäben, aber eben doch Jahrtausende nach dem Turmbau im antiken Babel entstanden.

Ein Ausschnitt aus dem mittelalterlichen Nibelungenlied: nach links.

Eine Sure aus dem Koran: noch einmal links.

Cervantes' Don Quichote: nach rechts.

Ein Stückchen aus Dantes Göttlicher Komödie: wieder nach links.

Ein Kamasutra-Schnipselchen, eher von der harmlosen Sorte. Nur der semmelblonde Jüngling kriegte rote Ohren, als Rebecca es den Männern wiederholte: rechts.

Sie kamen voran! Ihre Strategie ging auf, aber sie hatte einen entscheidenden Nachteil: Sie kostete Zeit. Beim Blick auf ihr Handy sah Rebecca, dass sie sich bereits den ganzen Vormittag im Labyrinth aufhielten. Das Präparat des Geheimdienstes war auf eine Wirkung von vierundzwanzig Stunden ausgelegt, und Vorräte besaßen sie nicht mehr. Sie waren krank, jeder von ihnen, selbst wenn die Symptome im Augenblick gedämpft wurden. Am nächsten Tag um diese Zeit würde die Krankheit mit voller Macht über sie hereinbrechen. Bis dahin mussten sie das verborgene Heilmittel gefunden haben – sonst war alles umsonst gewesen. Sonst war alles … zu Ende, dachte Rebecca. Eine zweite Chance würden sie nicht bekommen. Ihr zusammengewürfelter Trupp nicht und auch die Menschheit nicht.

Helmbrecht, dachte sie, hatte zumindest noch ein paar Tage Gnadenfrist. Ganz nebenbei hatte er Grüße an Alyssa ausrichten lassen mit einem Dankeschön für das hübsche Mittelchen, das da vorgestern per Eilboten eingetroffen war. Noch wesentlich besser als das Präparat des verschollenen Dr. Möbius – auch im Geschmack.

Alyssa hatte nicht mit der Wimper gezuckt, als Rebecca sie überrascht angesehen hatte.

Inzwischen hatte der geschrumpfte Zug die nächste Einmündung erreicht, die nächste Schrifttafel. Die achte oder neunte insgesamt seit dem Eingang. Rebecca ging in die Knie, machte eine Aufnahme, zur Vorsicht eine zweite.

Noch immer hatte sie keinen Schimmer, wofür die einzelnen Zeichen standen.

Rebecca richtete sich auf, drückte auf Senden. Jetzt konnten sie nur warten. Helmbrecht brauchte selten länger als eine Viertelstunde, bevor er mit der Übersetzung kam – und mit der jeweiligen Fundstelle des Textfragments gleich dazu, deren Fortsetzung sie nach rechts oder links schickte. Das System war geradezu lächerlich simpel – wenn man die jahrtausendealte Schrift entziffern konnte und die völlig unterschiedlichen Texte zu deuten wusste, aus denen die Babylonier ihre Zitate zusammengesucht hatten.

Die Babylonier.

Sie konnten keine Babylonier sein, undenkbar. Keine fünftausend Jahre alten Babylonier jedenfalls. Die Texte kamen aus sämtlichen Gegenden der Welt, lediglich der amerikanische Doppelkontinent, Ostasien, Schwarzafrika und Australien waren noch nicht dabei gewesen. Nur eines hatten sie alle gemeinsam: Sie waren ausnahmslos viel zu jung, als dass die Erbauer des Turms sie hätten kennen können.

»Jemand beobachtet uns«, sagte Alyssa leise.

Rebecca nickte. »So sieht es aus. Sie sind die ganze Zeit auf dem Laufenden geblieben in Sachen Literatur. Wahrscheinlich werden die Mauern alle paar Jahrhunderte neu verputzt, und dann machen sie gleich ein Update auf ihre Tafeln und suchen sich ein paar neue Texte aus.«

»Stimmt«, murmelte Alyssa. »Das auch. Aber sie beobachten uns *jetzt*. Und *hier*.«

Rebecca zuckte hoch. »Sie sind …«

»270 Grad«, sagte der Oberst mit ruhiger Stimme. »Von meiner Blickrichtung aus. Der andere ist ungefähr gegenüber von ihm, etwas tiefer am Felsen.«

»Beweg dich langsam«, zischte Alyssa. »Wir wissen nicht, ob sie nicht Feldstecher haben.«

Rebecca gehorchte, reckte sich demonstrativ, strich sich die Haare aus der Stirn und drehte sich langsam im Kreis. 270 Grad, rechts von Merthes also. Noch immer erfüllten die aufblitzenden Lichter das Höhlengewölbe, doch dieses Licht war anders, schwächer als die Blitze. Dafür kam es immer von derselben Stelle – und es hielt länger an. Mal eine Sekunde, mal zwei oder drei.

»Wie machen sie das?«, murmelte Rebecca. »Draußen haben sie mit ihren Spiegeln die Reflexion des Sonnenlichts eingefangen, aber hier?«

»Kein Sonnenlicht«, sagte Alyssa. »Keine Spiegel. Halogenstrahler, würde ich sagen. So viel zu dem Ort in der Tiefe, den zu betreten verboten ist. Verboten nicht für sie, offenbar.«

No, I don't have a gun! No, I don't have a gun!

Schon hatte Rebecca ihr Handy am Ohr. »Professor?«

»Nein, ich bin vom Mitteldeutschen Rundfunk. Wenn Sie sich mit ›*Ich höre Onkel Arnos Schlagerparade*‹ gemeldet hätten, hätten Sie einen Besuch im Funkhaus gewonnen, Kännchen Kaffee gratis. – Natürlich bin ich's. Wen hatten Sie erwartet?«

Rebecca hörte sofort, dass die Stimme des alten Mannes verändert klang.

»Sie können den Text diesmal nicht lesen?«, fragte sie ahnungsvoll.

Das war ein Schlag in die Magengrube. Damit hatte sie nicht gerechnet, nicht diesmal. Die Inschrift war sogar besonders kurz gewesen.

»Liebe Frau Steinmann, ich lese demotisch wie Sie Ihre Schulfibel aus der dritten Klasse! Selbst wenn es so ein Geschmiere ist!« Helmbrecht machte eine Pause. »Es muss nur ein Geschmiere sein, das einen Sinn ergibt. Shakespeare-Geschmiere. Nibelungenlied-Geschmiere. Kamasutra-Geschmiere. Aber kein: *Leider falsch abgebogen.* – Frechheit! Sie sind nicht falsch abgebogen! Es ging rechts beim letzten Mal! Ich hab ja wohl das Kamasutra noch im Kopf! Ich ...«

Helmbrecht brach ab. Ein Gemurmel im Hintergrund, das Rebecca nicht verstehen konnte. Alyssa sah sie fragend an, genauso der Oberst.

Ein Knistern, dann war der Professor wieder am Apparat. »Sie können sich nicht vorstellen, wie eifersüchtig diese Frau ist«, wisperte er. »Ich soll mich nicht mit fremden Damen über das Kamasutra unterhalten.« Vernehmlich stieß er den Atem aus. »Jedenfalls lasse ich meine Intelligenz nicht von irgendwelchen dahergelaufenen Babyloniern beleidigen. Sie sind nicht falsch abgebogen!«

»*Leider falsch abgebogen*?«, fragte Rebecca. »Das steht auf der Tafel?«

»So ungefähr.« Der Professor zögerte. »Nicht auf Deutsch. Auf Italienisch.«

»Auf ...« Rebecca konnte so schnell nicht umschalten. »Äh. *Deviato ...*«

»*Hai perso per la strada*«, fiel Helmbrecht ihr ins Wort. »Geht's deutlicher? *Du hast den Weg verloren.* Ich weiß, was Sie sagen wollen!«, fügte er ohne Atem zu holen an.

Da weiß er mehr als ich, dachte Rebecca.

»Nein, das ist etwas anderes als die Stellen, mit denen wir es bisher zu tun hatten. Kein Zitat. Weder Dante noch Petrarca noch Boccaccio haben in irgendeiner ihrer Schriften diesen Satz benutzt. Nicht mal Carlo Goldoni. Literarische Relevanz scheidet damit aus. Mir ist kein Text bekannt, in dem diese Worte stehen.«

Und wenn es einer war, den er *nicht* kannte? Helmbrecht war empfindlich. Wie sollte sie ihm das taktvoll nahebringen? Doch der Professor ließ sie gar nicht zu Wort kommen.

»Lassen Sie sich nicht verrückt machen!«, mahnte er. »Sie

haben den Weg nicht verloren. Wenn Sie ihn verloren hätten, wären Sie jetzt tot. Sind Sie tot? Nein. Wir müssen einfach nur herausfinden, was dieser schlechte Scherz zu bedeuten hat. Was wissen wir schon über den babylonischen Humor? Na? *Kommt ein Mann in die Oase ...* – Sehen Sie? Jetzt schauen Sie sich erst mal um! Gibt es irgendwo noch eine zweite Tafel? Gibt es irgendwo ...«

Alyssas Haltung veränderte sich. Sie legte den Kopf auf die Seite. Merthes warf ihr einen Blick zu, und im selben Moment sah Rebecca, dass auch er sich anspannte.

»Was ist los?«, fragte sie.

Schritte.

Die ISAF-Männer wurden lebendig. Major Reinold richtete sich auf, griff nach seiner Waffe. Merthes selbst hatte mit einer blitzartigen Bewegung die MILAN in der Hand. Rebecca grauste es bei der Vorstellung, dass er sie hier drin abfeuern könnte. In dem anderthalb Meter breiten Gang würde er sie alle in die Luft jagen.

»Vielleicht müssen Sie einfach nur die oberste Lehmschicht abkratzen«, kam es aus dem Handy.

»Wir können froh sein, wenn wir nicht selbst gleich abkratzen!«, zischte Rebecca in den Apparat und legte auf. Sie machte einen Schritt nach vorn.

»Sie bleiben, wo Sie sind!«, schnauzte Merthes. Ein Blick zu Alyssa. »Das gilt auch für Sie, Frau Feldwebel! Ihretwegen veranstalten wir diesen Zirkus!«

Rebecca setzte zu einem wütenden Widerspruch an, doch der Oberst sprach nur die Wahrheit. Er nickte zum Major, zwei weiteren Männern. Die Soldaten schoben sich nach vorn, mit langsamen Schritten den Gang hinab, den der Zug von der Kamasutra-Kreuzung her gekommen war.

Es war die Richtung, aus der die Schritte ertönten. Sie klangen anders als vorhin, als Frerichs getroffen worden war. Die Wände des Ganges verstärkten die Geräusche wie in einem Trichter.

»Wir müssen weiter!«

Rebecca schüttelte sich. Merthes sah sie an, seine Waffe geschultert. »Links oder rechts?«, fragte er.

»Ich ...« Rebecca starrte auf die Tafel. *Hai perso per la strada.* Links oder rechts? Wie konnten sie den richtigen Weg wählen, wenn sie den Weg schon verloren hatten?

Schüsse.

Rebecca fuhr herum – und blickte in eine Wolke aus aufstiebendem Lehmverputz, der Merthes' Stellvertreter und die beiden anderen Männer einhüllte. Neue Einschläge, dumpfe Geräusche, als Kugeln in die Mauern schlugen. Ein anderes Geräusch, ein kurzes, abgehacktes Stöhnen. Flüche.

»Links oder rechts?«, brüllte Merthes. »Diese Männer sterben gerade, damit wir uns absetzen können!«

Rebecca drehte sich um, stierte auf die Tafel. Sie *konnten* den Weg nicht verloren haben! Diese Zeichen waren ein Hinweis, auch wenn Helmbrecht das nicht begreifen wollte. Sie *mussten* ein Hinweis sein!

No, I don't have a gun! No, I don't have a gun!

Sie riss ihr Handy ans Ohr. »Professor!« Ihre Stimme kippte.

»Rebecca.«

»Pro ... – Amadeo!«, flüsterte sie.

»Rebecca, bist du in Ordnung?« Er klang unsicher. Klang er verletzt? Keine Zeit dazu. Neue Schüsse, neue Schreie.

»*Hai perso per la strada!*«, schrie sie ins Handy. »Das ist ein Zitat! Wo ist das her? Wie geht es weiter?«

»Was?« Er hielt inne. »Was ist da los?«

»Wie geht der Text weiter, verdammt? Du bist doch Italiener! *Hai perso per la strada!*«

»Du ...« Amadeo zögerte. »Das ist ein Songtext von

Gianna Nannini. Du brüllst ein paar Töne tiefer als sie, aber sonst … Rebecca, ihr müsst aufpassen! Wenn ihr am *Haus der Spinne* …«

»Wir sind mittendrin, verflucht! Rechts oder links?«

»Wie?«

Ein dumpfer Laut, ein paar Schritte rechts von ihr. Ein Keuchen. Einer der Soldaten stolperte zurück, die Hand gegen die Schulter gepresst. Blut quoll hervor.

»*Rechts oder links?* Wie geht der Text weiter?«

»Was … Moment. Es geht um jemanden, der den Weg verloren hat und … *Ti manca la mattina.* Dir fehlt der Morgen oder …« Überrascht holte er Atem. »*La manca*! Die Linke! Links!«

Er sprach noch weiter, doch Rebecca stürzte schon davon. Merthes brüllte etwas, winkte seinen Männern, ihr zu folgen.

Zwei der Soldaten waren in die Knie gegangen, daneben Alyssa. Sie gaben Schüsse in den Gang hinein ab.

»Lauf!«, schrie die blonde Frau.

Um sie her pfiffen Kugeln. Lehmputz splitterte. Ein Brocken traf Rebecca an der Hüfte, brachte sie aus dem Gleichgewicht. Der Oberst riss sie zurück auf die Füße, zerrte sie weiter.

Geduckt setzte Alyssa ihnen nach, die beiden Soldaten. Einer von ihnen zuckte plötzlich zusammen, brach in die Knie.

Der Gang nach links, Deckung hinter der Mauer, der Abzweigung. Merthes war stehengeblieben, tauschte einen Blick mit dem Verwundeten. Mit verzerrtem Gesicht schüttelte der Soldat den Kopf.

Der Oberst nickte mit zusammengebissenen Zähnen. Er setzte die MILAN an seiner Schulter an, zielte, in den Gang, in die Wolke von Lehmstaub. »Laufen Sie!«, brüllte er.

Alyssa riss Rebecca mit sich. Fünf Schritte, dann versank das Labyrinth in einem Ball aus Donner und loderndem Feuer.

Der Himmel über Afghanistan

»*Maledetto.*« Alles Blut war aus Amadeos Händen gewichen. »Was ist da los?«

Geschrei, Gepolter, eine Frauenstimme: *Lauf!* Rebecca? Oder ihre Schwester? Die beiden Stimmen ließen sich kaum unterscheiden, und da waren so viele andere Geräusche, so viele …

Ein rasselnder Laut, der seinen Apparat vibrieren ließ. Ein Donnern – und dann nichts mehr.

Die Verbindung war abgebrochen.

»Das hat sich angehört wie eine Explosion«, flüsterte Amadeo.

»Sie wird sich doch nichts getan haben?« Besorgt hoben sich Görlitz' asymmetrische Augenbrauen. »Das wäre wirklich ein ungeschickter Moment. Gerade jetzt, wo sie mir gehört.«

Amadeo starrte auf sein Handy. Sein Kopf fühlte sich an wie in Watte gepackt. *Jetzt, wo sie mir gehört.* Eine Geschichte aus dem Alten Testament schoss ihm durch den Sinn, fast so alt wie die Babylonerzählung selbst: Jakob, der Sohn des Erzvaters Isaak, hatte von seinem Zwillingsbruder Esau das Recht des Erstgeborenen erworben – für einen Teller Linsensuppe.

Amadeo hatte gerade die Liebe seines Lebens gegen ein Handytelefonat verschachert.

Görlitz' Miene trug einen Ausdruck tiefer Trauer – und reiner Glückseligkeit. »Ach, wie schwer es fällt, einen Menschen zu verlieren, der so ganz und gar zu einem gehört hat. Nach so schrecklich, schrecklich, *schrecklich* kurzer Zeit. Du wirst es dir natürlich nicht vorstellen können, mein Lieber. *Ich* hätte sie niemals freiwillig hergeben können.«

Amadeo sah den Mann, der sein Todfeind war, sah die Gorillas mit ihren halbautomatischen Waffen. Er hatte nur den einen Wunsch: seine Hände um den Hals dieser Bestie zu legen, zuzudrücken, nicht wieder aufzuhören, bis man seine verkrampften, leblosen Finger mit Gewalt von Görlitz' Gurgel würde lösen müssen.

Er konnte nicht.

Rebecca.

»Wir sind im Anflug auf Masar-e Sharif Airport«, meldete sich knisternd die Stimme des Piloten. »Soll ich runtergehen?«

Görlitz wandte sich um. »Fliegen Sie weiter!«, rief er nach vorn. »In die Berge. Versuchen Sie Kontakt zu bekommen zu unseren Leuten am Boden.«

Der Restaurator war noch immer zu keiner Regung fähig. Er spürte, wie der Helikopter seinen Kurs veränderte, wieder Tempo zulegte, nahm wahr, wie Görlitz an eines der Fenster trat, nach draußen blickte.

»Kein Mensch zu sehen auf dem Militärgelände. – Nun, schauen wir mal, was uns in den Bergen erwartet«, wandte er sich an Amadeo. »Das Heilmittel *und* die Liebe meines Lebens. Gut, tot offenbar, aber man soll ja nicht unbescheiden sein. Sind ja auch so schon zwei Dinge auf einmal. Was denkst du, mein lieber Amadeo? Sieht aus, als ob heute mein Glückstag wäre.«

Amadeo antwortete nicht. Der Helikopter sank tiefer. Aus dem Augenwinkel sah er die rauen Hänge des Gebirges vorbeiziehen. Der Pilot gab Meldung: irgendjemand, den er erreicht und der ihm Koordinaten durchgegeben hatte.

»Schau mal einer an«, murmelte Görlitz. »Amadeo, das musst du einfach sehen!« Eine Hand packte die Finger des Restaurators. »Dort unten! Vor uns! Rechts!«

Rötliches Gestein, zerrissenes, vernarbtes Land. Nichts, was den Blick hielt, bis auf – Rauch. Eine dünne Rauchsäule, die zusehends deutlicher wurde. Ein Vulkan?

»Die Koordinaten stimmen beinahe überein.« Die knisternde Stimme des Piloten. »Das sind sie. – Waren sie.«

Die Koordinaten ... Amadeo stierte in die Tiefe. *Die Koordinaten stimmen beinahe überein.* Kein Vulkan – die Rauchsäule einer Explosion tief unter der Erde. *Rebeccas* Koordinaten.

Ganz langsam drehte er den Kopf. »Wie ...?«, flüsterte er. »Woher habt ihr ...?«

Görlitz sah ihn an, mit der Karikatur eines verständnisvollen Lächelns. »Ach, mein lieber, ahnungsloser Amadeo. Wie dankbar ich dir sein muss. Dieses hübsche kleine Handy mit dem etwas pathetischen Klingelton, das uns so wichtige Informationen geliefert hat.«

Amadeo keuchte. »Mein altes *telefonino*«, flüsterte er. »Ich hatte es liegen lassen. In Fernwaldts Haus in Caputh.«

Görlitz nickte. »Ganz einfach war es wohl nicht, in Rebeccas System reinzukommen. Aber nachdem unsere Jungs mal drin waren, gab es kein Problem mehr, sie im Auge zu behalten. – Und dich natürlich auch, nachdem sie sich durch ihre Verbindungen geblättert hatten. Das führte dann zu unserem erfreulichen Zusammentreffen in Edgware.«

Der Hubschrauber entfernte sich ein kleines Stück von dem aufsteigenden Qualm, der den Ort der Vernichtung markierte. »Wir gehen runter!«, kam es aus den Lautsprechern. »Sie warten auf uns.«

Sie, dachte Amadeo. Görlitz' Verbündete, seine Leute am Boden.

Doch irgendetwas stimmte nicht. War da ein Flackern in Görlitz' Augen? Genau konnte man das nicht sagen; dazu war zu wenig Gesicht übrig.

Der Helikopter ruckte tiefer, setzte zur Landung an.

Eine felsige Fläche im Schatten eines höher gelegenen Bergmassivs. Dunkle Schatten, die sich bewegten, vor der Druckwelle des Flugapparats zurückwichen.

Mit einem schabenden Geräusch berührte der Helikopter das Gestein. Der Boden hatte sie wieder. Es war das erste Mal, solange Amadeo denken konnte, dass er in diesem Moment keine Erleichterung verspürte.

Nur Leere. Vollständige Leere.

Die Gorillas ließen ihn nicht aus den Augen, als ihm Görlitz mit einem Nicken bedeutete, als Erster aus dem Hubschrauber zu klettern. Amadeo musste die Augen zusammenkneifen vor der Nachmittagssonne.

Vier, fünf Gestalten, Zwillingsbrüder von Görlitz' Schergen. Und ein Mann in einem schmuddeligen Jeansanzug, die Hippiefrisur nun mit einem Gummi zum Pferdeschwanz gebunden. Hatte Amadeo noch irgendeinen Zweifel gehabt? Nein, nicht ernsthaft. Es war der Mann, mit dem er am Berliner Flughafen gesprochen hatte.

»Ah, *dottore* Fanelli!« Jean-Lucien Verholen kam ihm entgegen, hatte seine Hand gepackt, bevor er es verhindern konnte. »Herr Görlitz«, fügte er in deutlich kühlerem Tonfall hinzu, nickte knapp. Als ob er einem Hund winkte.

»Ich möchte Sie bitten, die Unannehmlichkeiten während der letzten Tage zu entschuldigen.« Verholen legte zwar nicht vertraulich den Arm um Amadeos Schultern, aber es fühlte sich an, als ob er das tat – nicht schleimig und höhnisch wie Görlitz, sondern wie man das bei einem wichtigen Geschäftspartner machte. »Ich kann mir vorstellen, dass Sie das alles sehr verwirrt haben muss.«

Verwirrt? Amadeos Kiefer öffneten sich, doch es kam kein Laut heraus. Verholen musterte ihn. »Doch, es ist mir schon klar, dass Sie Teile meiner Strategie nicht gutheißen. Aber Sie können mir glauben: Ich treffe solche Entscheidungen nicht leichtfertig. Wirklich, ich bedaure, dass ich wiederholt gezwungen war, zum letzten Mittel zu greifen. Doch mehr als jedem anderen muss Ihnen klar sein, was in diesen Tagen auf dem Spiel steht. Die Menschheit befindet sich am Abgrund. Wie die Situation sich darstellt, gibt es nur einen Weg, die Zivilisation zu retten: das Heilmittel, das in diesem Berg verborgen ist. Da stimmen Sie mir doch zu? – Natürlich tun Sie das.«

Amadeo starrte den Mann an, mit offenem Mund. Die Szene war surreal.

»Sehen Sie, und nichts anderes ist meine Absicht«, erklärte Verholen. »Es ist mir bewusst, dass Sie Ihre eigenen Vorstellungen haben, wie, von wem, zu welchem Zweck dieses Mittel eingesetzt werden sollte. Und dass die Vorstellungen meiner Auftraggeber davon abweichen. Doch ich frage Sie: Können Sie mir guten Gewissens versichern, dass Ihnen die einzige noch denkbare Alternative lieber wäre? Wünschen Sie sich, dass das Mittel *nicht* gefunden wird? Wünschen Sie sich, *dass es überhaupt nicht eingesetzt wird*? – *Mein* Weg, dottore Fanelli, oder *kein* Weg. Haben Sie eine Wahl?«

Das Tal der Gerüsteten

Sie hatten es wieder getan.

Sie hatten einen Turm gebaut, und diesmal war es ihnen gelungen, ihn fertigzustellen.

Amadeo war sich in den vergangenen Tagen niemals sicher gewesen, was eigentlich am Ende seiner Reise auf ihn warten würde. Das Heilmittel, wenn alles gut ging – aber einfach eine babylonische Amphore mit einem ominösen Zaubertrank, versteckt in einer Höhle, vergraben unter dem Sand der Wüste? Nein. Er hatte gespürt, dass es etwas Besonderes sein musste. Etwas, das der Bedeutung dieses Geheimnisses angemessen war.

Ein Turm.

Ein Turm *im Innern der Erde*.

Sie folgten einer Treppenflucht, die in die Tiefe führte, dem Fuß des mächtigen Bauwerks entgegen. Wer hatte diese steinerne Stiege geschaffen? Die Babylonier selbst? Alexander der Große? Auf jeden Fall war sie uralt.

Der Blonde ging voran, berichtete knapp, wie er mit einer Handvoll seiner *Mitarbeiter* auf den nur notdürftig getarnten Eingang gestoßen war. Er hatte nach einer Möglichkeit gesucht, das Haus der Spinne zu umgehen, während das Gros seiner Männer Rebecca und ihren Begleitern durch die Gänge gefolgt – und mit ihnen gestorben war. Alyssa hatte recht gehabt mit ihrer allerersten Einschätzung: Verholen war ein Mann, der auf Nummer sicher ging.

Er selbst hatte sich vornehm zurückgehalten – und tatsächlich hatte er einen anderen Weg gefunden.

Und das war falsch.

Vor fünf Jahrtausenden hatten Männer und Frauen aus Babylon einen gewaltigen Plan entworfen: Das Wissen um die wahre Geschichte des Turmbaus zu Babel sollte von einem großen Geist zum nächsten weitergegeben werden, damit es der Menschheit niemals verloren gehen konnte. Spätere Generationen hatten dann Hindernisse eingebaut. Sie hatten aufwendige Codes geschaffen, aus der Überlieferung selbst ein Geheimnis gemacht, dem man kaum noch folgen konnte. Die eigentliche Botschaft der Babylonier, die tatsächliche Existenz der Seuche und des Heilmittels, war währenddessen nach und nach vergessen worden.

Und doch hatte sich das Schema niemals verändert: ein geheimes Wissen, ein Ort, an dem dieses Wissen verwahrt wurde, und ein Weg, der zu diesem Ort führte. Eine Kette von Geheimnissen, alle miteinander verknüpft.

Das war der wahre Sinn des babylonischen Geheimnisses. Nur wer dem Weg, der langen Kette folgte, erwarb das Recht, sich dem Heilmittel zu nähern.

Amadeo und seine Verbündeten hatten dieses Recht erworben – aber nicht Jean-Lucien Verholen. Selbst Görlitz, der zumindest das eine oder andere Rätsel gelöst hatte, besaß noch ein größeres Anrecht.

Das ist *falsch*, dachte Amadeo. Irgendetwas hier ist ganz und gar *falsch*.

Der Turm.

Er erinnerte an eine babylonische Zikkurat, an die Stufenpyramiden aus Lehmziegeln, die die Völker des alten Mesopotamien an den Ufern von Euphrat und Tigris errichtet hatten – und er war doch ganz anders.

Er war höher. Er war schlanker, ja, graziler, wuchs Hunderte von Metern empor, in eine Höhle hinein, die nahezu den gesamten mächtigen Bergstock einnehmen musste, in dessen Schatten der Helikopter zu Boden gegangen war. Das Bauwerk bestand aus dunklem, matt schimmerndem Felsgestein, das mit einer Kunstfertigkeit verziert war, die unmöglich allein auf babylonische Vorbilder zurückgehen konnte. Die Erinnerung an unterschiedlichste Zivilisationen, unterschiedlichste kunsthistorische Epochen spiegelte sich wider in seinem verwirrenden Schmuck. Ein Architektur gewordenes Buch der Menschheitsgeschichte.

Die Wahl des Ortes, eine Höhle tief unter den Bergen des Hindukusch, mochte zum Teil einer Art Aberglauben zu verdanken sein: Wenn Gott – oder der Rat der Götterwelt – vom Himmel blickte, würde er nichts davon mitbekommen, was in den Eingeweiden der afghanischen Bergwelt langsam in die Höhe wuchs.

Doch war das der einzige Grund gewesen, gerade diesen Ort zu wählen?

An der Spitze des Turms war ein Leuchten, ein unwirklich violetter Schimmer: ein scharf umgrenzter, willkürlich hin und her zuckender Faden aus Licht – wie ein permanenter Blitzeinschlag.

Elektrischer Strom! Wie auch immer das Phänomen funktionierte und warum auch immer gerade an diesem Punkt der Welt: Die Babylonier hatten ihren Turm so weit gen Himmel gebaut, dass sie am Ende eine Spur des *göttlichen Funkens* für sich erobert hatten.

Die Gegenwart statischer Elektrizität erfüllte die Höhle, ein bedrohliches Summen wie von Hochspannungsmasten.

Doch da war noch ein zweites Geräusch.

Amadeo hatte von diesem Geräusch geträumt, drei Tage war es her, auf einem Autobahnparkplatz kurz vor dem Berliner Ring. Es war ein Flüstern in der Schwärze, ein Wispern, Zirpen, ein Rascheln.

Es klang wie das leise, aber tausendmillionenfache Aneinanderreiben winziger, chitinbedeckter Glieder, das es war.

Käfer.

Die wispernde Dunkelheit füllte eine tiefe Senke, die sich rund um den Turm der Babylonier zog wie der Graben um eine mittelalterliche Burganlage: *das Tal der Gerüsteten.*

Dies waren die wahren Wächter des babylonischen Geheimnisses: Millionen dunkler Käfer, die ihre Leiber, ihre chitinbedeckten Kiefer, aneinanderrieben.

Amadeo konnte seine Knie nicht mehr spüren, als sie das Ende der Treppe erreichten und am Rande des Grabens anlangten. Verholen blieb stehen, deutete nach rechts, auf eine Höhlung im Gestein, einen Torweg, und dahinter …

Amadeo hatte versucht, Rebecca vor dem Haus der Spinne zu warnen, vor den Sicherungen, die Alexander der Große dort eingebaut hatte. *Wir sind mittendrin!* hatte sie ins Handy gebrüllt. Ihre letzten Worte beinahe.

Doch, nein, es waren nicht die Fallen des makedonischen Königs gewesen, die sie getötet hatten. Amadeo hatte Schüsse gehört, ein Rasseln und Donnern wie von einer Explosion.

Dann nichts mehr.

Eine monströse Schutthalde, mehr war nicht geblieben. Lehmziegel, beleuchtet durch ein geisterhaftes Inferno von Blitzen, die über einen dunklen Himmel zuckten, der kein Himmel war.

Könnte es ein passenderes Bild geben?, dachte Amadeo traurig. Ein passenderes Bild für das Ende all seiner Hoffnungen?

Sein Fuß!

Amadeo schrie auf, zuckte zurück.

Da war ein Stechen gewesen, ein Schlag wie mit einer Fliegenklatsche.

Der Restaurator sah eine huschende Bewegung. Als er dazu kam, Ekel zu empfinden, war der Käfer bereits in den Schatten verschwunden.

»Was …«, flüsterte er, starrte ihm nach, in die Schwärze hinein. »Sie sind elektrisch geladen«, murmelte er und konnte nicht verhindern, dass sich eine widerwillige Faszination in seine Stimme stahl.

Verholen nickte stumm, doch dann wandte sein Blick sich ab, wanderte hinüber zum Turm, zu dem grässlichen Graben schwarzen Lebens, der ihn umgab.

Zu der Brücke, die sich über diesen Graben spannte.

In einem kühnen Bogen zog sie sich über die Käfergrube hinweg, endete an einer dunklen Öffnung, die ins Innere des Turms führte.

Fast gegen seinen Willen näherte sich Amadeo dem Zugang, berührte das verzierte Geländer. Stein? Oder Metall? Wenn es ein Gestein war, enthielt es eine hohe Konzentration von Erzen. Der gesamte Turm musste ein monströser Faraday'scher Käfig sein.

»Im Empire State Building gibt's jedes Jahr einen Wettlauf.« Amadeo zuckte automatisch zurück, als Görlitz' Stimme unmittelbar an seiner Seite ertönte. Der Mann mit dem zernarbten Gesicht betatschte das gegenüberliegende Geländer. »Wer als Erster oben ist«, murmelte er. »Warum nur bin ich mir so sicher, dass es so einfach nicht sein wird?«

»Wieder einmal beweisen Sie Ihr Talent, das Offensichtliche auszusprechen, mein lieber Herr Görlitz.«

Wie auf ein Kommando drehten die beiden Männer die Köpfe. Umgeben von seinen Gorillas stand Verholen am höchsten Punkt des Torwegs, in seinem Rücken die Verwüstungen im Haus der Spinne, die der Blonde zu verantworten hatte.

»Leider Gottes scheinen unsere babylonischen Freunde gewisse Vorkehrungen getroffen zu haben, die uns den Zugang verwehren«, erklärte Verholen. »Vorkehrungen, die wie geschaffen erscheinen für den größten Geist unserer Epoche: Amadeo Fanelli ... oder Steffen Görlitz. Eine typische Olympiasituation, wenn ich das so sagen darf: Besondere Herausforderungen waren schon immer förderlich für außergewöhnliche Leistungen – und möglicherweise können wir die Herausforderung noch ein wenig verstärken.« Er nickte, beinahe unmerklich. Seine Gorillas hoben die Waffen, legten an, auf Amadeo – und Görlitz. Der Restaurator sah, wie sein ehemaliger Kollege sich anspannte, doch überrascht wirkte Görlitz nicht. Er war nie mehr als ein Werkzeug gewesen für Jean-Lucien Verholen, und augenscheinlich war ihm das klar. Der Mann mit dem Narbengesicht zitterte nicht einmal. Für seine Verhältnisse wirkte er geradezu gefasst.

»Ich denke, Sie machen sich jetzt auf den Weg«, bemerkte der Blonde. »Wir haben noch eine weite Strecke vor uns – in der Vertikalen.«

Die beiden Männer gehorchten, wieder mit derselben, seltsam synchronen Bewegung. Amadeo gefiel es nicht, wenn er sich verhielt wie Görlitz – und Görlitz sich wie er. Selbst wenn es nur um eine solche Winzigkeit ging. Und dass sie sich jetzt beide in derselben Situation befanden, gefiel ihm noch viel weniger.

Nebeneinander hatten sie keinen Platz auf der Brücke. Amadeo ließ seinem ehemaligen Kollegen den Vortritt. Aus Höflichkeit? Nein. Das Bild, wie die Konstruktion unter ihren Füßen nachgab, zerbröckelnd in die Tiefe stürzte, in die chitingepanzerte Finsternis ... So weit zu deiner eigenen persönlichen Courage, dachte er düster.

Das Gestein oder Metall der Brücke vibrierte, doch es war nicht der Rhythmus ihrer Schritte, der den Effekt hervorrief. Das Zirpen, das Wispern und Rascheln der Käfer übertrug sich. Schon hier, hoch über dem Tal der Gerüsteten, kam Amadeo sich eingeschlossen vor, gefangen in einem Meer aus zu vielen winzigen Beinen, blicklosen, facettierten Augen, chitingepanzerten, hornigen Zangen.

Das abweisende Portal des Turms bedeutete beinahe einen Hafen der Sicherheit, als es Schritt um Schritt näherrückte, bis Amadeo erkannte:

Der Zugang war verschlossen. Eine fugenlose, matt glänzende Wand versperrte ihnen den Weg.

Görlitz verharrte auf den letzten Metern der Brücke, die

sich vor der verschlossenen Pforte verbreiterte, sodass sie nebeneinanderstehen konnten. Mit einem Blick über die Schulter stellte Amadeo fest, dass Verholen und seine Schergen sich nicht gerührt hatten. Die Waffen der Gorillas waren nach wie vor auf die beiden Männer gerichtet.

Es war eine seltsame Ironie. Fünf Jahrtausende der Codes und Verschlüsselungen hatte Amadeo hinter sich und Görlitz genauso, auf seine Weise. Und jetzt, vor dem ersten Hindernis, das die Babylonier selbst geschaffen hatten, standen sie Seite an Seite.

Amadeos Blick glitt über den Schmuck des Portals. Schon aus der Ferne hatte er erkannt, dass sich in diesem Turm die Stile der verschiedensten Epochen miteinander mischten. Er sah Gestalten, im Halbrelief in das mysteriöse Material getrieben, eine Frau auf der linken Seite, ein Mann auf der rechten, die einen Vorhang von der verschlossenen Öffnung beiseitezuziehen schienen. Sie waren hoch und übermenschlich schlank geformt wie die Figuren an den mächtigen gotischen Domen der Christenheit, während ihre seltsam starre Haltung an die original babylonischen Vorbilder erinnerte. Der Vorhang wiederum mit seinen dramatischen Falten stellte noch das Rokoko-Grabmal des Duke of Chandos in den Schatten, anderthalb Kontinente entfernt. Und das Ganze aus der finster funkelnden dunklen Substanz getrieben, die weder Stein noch Metall war und doch beides zugleich. Dämonisch. Ein anderes Wort gab es nicht.

»Ein Albtraum der Postmoderne«, murmelte Görlitz.

Amadeo blinzelte. Man konnte sagen was man wollte über Narbenvisage, aber das waren dieselben Worte, die er gerade selbst im Kopf gehabt hatte.

»Von so was muss Friedensreich Hundertwasser geträumt haben«, sagte er leise. »Wenn er abends zu viel Käse gegessen hatte.«

Görlitz' Mundwinkel zuckte. Da er Amadeo im Moment sein Profil zuwandte, war die unbewegliche Hälfte seines Gesichts unsichtbar.

»Die Darstellung muss ein Hinweis sein«, murmelte der Mann mit den entstellten Zügen. »Irgendwie muss man den Zugang öffnen können.«

In diesem Punkt jedenfalls hatte Verholen recht, dachte Amadeo. Görlitz liebte es, das Offensichtliche auszusprechen.

Der Restaurator trat noch etwas näher an die Reliefs heran, auf der rechten Seite, bei der Männerfigur. Der Reichtum der Details war atemberaubend. Das Gesicht der Gestalt wandte sich dem Betrachter frontal entgegen, in einem Winkel, den Amadeo höchstens den Artisten vom Chinesischen Nationalzirkus zutraute. Der Mann trug einen langen, mit einem Band durchwirkten Bart, wie er in einer bestimmten Epoche des alten Babylon Mode gewesen war. Seine rechte Hand hielt den Vorhang umfasst, während die linke vor der Hüfte angewinkelt war, zwei Finger ausgestreckt, als wenn sie auf etwas deuten würde – nur dass dort unten nichts mehr zu sehen war als der Saum seines Gewandes und seine Füße, die offenbar ohne Schuhe auskamen.

Am Rande seines Blickfelds nahm Amadeo wahr, dass Görlitz sich der anderen, der weiblichen Gestalt genähert hatte, mit den Fingern über ihre kunstvoll gestaltete Haartracht fuhr, dann langsam in die Knie ging. Die Haltung der Figur entsprach exakt dem männlichen Pendant auf Amadeos Seite: eine Hand am Vorhang, die andere …

Der Restaurator blinzelte. Er ging ebenfalls in die Knie. Der Saum des Gewandes endete über dem Oberschenkel und war damit kürzer, als es im Zweistromland üblich gewesen war. Selbst hier waren die Kleinigkeiten mit einer Feinheit gestaltet, dass Amadeo schlicht die Luft wegblieb.

Er glaubte die einzelnen Fäden der Borte zu erkennen. Verschlungene Motive, in den Stoff gewebt, schlängelnd, einander überkreuzend wie eine geheime …

»Eine Botschaft«, flüsterte er. »Hier steht etwas!« Seine Augen flogen zu Görlitz, dessen eigener Blick konzentriert auf dem Gegenstück am Gewand der Frau haftete. Sein ehemaliger Kollege nickte, wie in Zeitlupe.

»Hier auch«, sagte er leise. »In … das sind *griechische* Buchstaben!«

Amadeos Augen kehrten zurück zu der Männergestalt, zu den Fäden, die sich hin und her schlängelten, zufällige Formen zu bilden schienen, zufällig bis auf einen kurzen Bereich des Saumes, kaum einige Zentimeter lang.

»Ein *Psi*«, wisperte der Restaurator. »Und ein … der Bogen ist so flach, dass er kaum zu erkennen ist, aber das muss ein griechisches *Ypsilon* sein! Dann kreuzt es sich wieder, und …« Er sah zu Görlitz, der aber vollkommen in den Gewandsaum der Frau vertieft war, die Lippen lautlos bewegte. »Ein *Chi*«, flüsterte Amadeo. »Und am Ende ein … ein *Lambda*? Nein, es ist gebogen nach oben hin, es ist ein …« Ihm stockte der Atem. »Ein *Eta*! – *ps-y-ch-e*! Die Seele!« Ihm war schwindlig. »Was hast du? Kannst du es lesen?«

Görlitz biss sich auf die Lippen, nickte dann vorsichtig, holte Luft.

»Ein *Epsilon*«, begann er. »Dann ein *Sigma*, ein *Omikron*, *Pi*, *Tau*, *Rho*, noch ein *Omikron* und am Ende … Der Bogen ist wirklich ganz flach, aber es kommt noch ein *Ypsilon* hinterher! *e-s-o-p-t-r-o-y!* – Der Spiegel!«

Amadeo grinste, und Görlitz, so gut er dazu noch fähig war mit seinem Gesicht, grinste zurück, bis ihnen – offenbar beiden im selben Moment – aufging, wen sie da jeweils angrinsten.

»Ja.« Der Mann mit den vernarbten Zügen nickte und richtete sich auf. »Griechische Worte.«

Amadeo klopfte sich den Staub von den Knien. »Griechische Worte«, bestätigte er. »Und sie müssen irgendwas zu bedeuten haben, wenn die Figuren so deutlich darauf hinweisen. Seele und Spiegel. Spiegel und ...« Er brach ab.

»Seele«, flüsterte Görlitz.

Wie von selbst wandten sich ihre Gesichter, blickten zurück zu den steinernen Gestalten mit ihren verdrehten Köpfen, die ihnen aus seltsam leeren Augen entgegenstarrten.

»Die Augen«, hauchte Amadeo.

»Der Spiegel der Seele«, murmelte Görlitz.

Amadeos Hände hoben sich, tasteten über das Gesicht der gemeißelten Männerfigur. Sein ehemaliger Kollege, auf der anderen Seite des Portals, tat dasselbe bei der reliefierten Frauengestalt.

»Ich glaube, man kann sie eindrücken«, sagte der Restaurator mit rauer Stimme. »Auf drei?« Fragend sah er den anderen an, der wortlos nickte. »Eins«, flüsterte Amadeo. »Zwei. Drei.«

Ein kaum spürbarer Widerstand. Ein metallisches Klicken irgendwo im Innern des Gebäudes.

Ohne jeden Laut glitt die Wand aus matt poliertem Stein beiseite und gab den Weg frei in den Turm der Babylonier.

Das Haus der Spinne

Rebeccas Augen waren geschlossen. Gedämpfte Unterhaltungen ein Stück entfernt, ein zähflüssiger Wortbrei. Die Zutaten konnte sie nicht identifizieren.

Ein Kribbeln überall an ihrem Körper, nicht mal unangenehm.

Sie kannte das Gefühl.

Südamerika, dachte sie. Ich bin in Südamerika. Mühsam kramte sie die Erinnerungen zusammen, versuchte Wirklichkeit und Traum zu sortieren. Der Sturm auf die Drogenplantage. Das Betäubungsmittel der Indios.

Nie wieder, dachte sie. *Nie wieder.*

Sie hatte einen derart perversen Albtraum gekriegt von dem Zeug... Amadeo war drin vorgekommen, der Professor und... *Alyssa*, dachte sie. Ihr herzallerliebstes Schwesterlein!

Widerlich. Fünf Cent für ihr Unterbewusstsein.

Rebecca atmete tief durch. Schmerzen hatte sie nicht. Von der Schusswunde in ihrem Oberschenkel war nichts zu spüren. Sogar die war in ihrem Traum mit dabei gewesen. Zehn Sekunden gab sie sich noch, dann würde sie die Lider öffnen.

»Du bist wach?«, erkundigte sich Duarte.

Rebecca nickte mit geschlossenen Augen. »Nie wieder dieses Kraut«, murmelte sie. »Ich hab wirklich...«

»Du hast wirklich ein Schweineglück gehabt, meinst du«, sagte eine Stimme.

Rebecca riss die Augen auf.

Alyssa.

Kein Traum. *Wirklichkeit.* Aber...

Ihre Pupillen huschten nach rechts. »*Commandante!*«

Der dunkelhäutige Mann bleckte die Zähne. »Deine kognitiven Fähigkeiten scheinen jedenfalls nicht gelitten zu haben.« Doch er wurde sofort wieder ernst. »Du bist in Ordnung?«

Rebecca nickte fahrig, versuchte sich aufzurichten. Es war dunkel, aber nicht völlig finster. Feiner Staub lag in der Luft, der nach Asche schmeckte. Trümmer, gezackte Umrisse, hoch über ihnen ein undeutlicher Schimmer wie ein

Wetterleuchten. Die blitzartigen Lichter über dem Haus der Spinne – dem, was vom Haus der Spinne übrig war.

Die ISAF-Soldaten, ein halbes Dutzend von ihnen. Oberst Merthes, der aussah wie sein eigener Leichnam, der semmelblonde Junge, dessen Sommersprossen nicht mehr zu erkennen waren unter einer dicken Schicht Asche.

Und die Aufständischen.

Sie trugen die langen Gewänder der Wüstenbewohner, Tücher, die ihre Köpfe verhüllten und nur die Gesichter freiließen. An die Säbel in ihren Gürteln erinnerte sich Rebecca nur zu gut vom Abend des Angriffs auf Camp Marmal.

Und auch an den Mann, der auf einer Art Faltstuhl in ihrer Mitte saß. Seine Kleidung war schneeweiß, und Rebecca hatte keinen Zweifel, dass dies der älteste Mensch war, der auf Erden lebte. Unsterblich? *Wer weiß*, dachte sie. Am Stuhl des Pharao hatte er das Feuer der Scharfschützen überlebt.

Der Dorfälteste, der Anführer der Parlamentäre, die auf dem Weg zu ihnen gewesen waren, als Verholen das Inferno zwischen der ISAF und den Aufständischen entfesselt hatte.

Die Männer betrachteten sie schweigend.

Rebecca schüttelte den Kopf. Sie lebte. Das Labyrinth, das Haus der Spinne, war um sie her explodiert. Doch sie lebte. Und die Aufständischen waren hier.

Beinahe noch erstaunlicher aber war Duartes Anwesenheit.

»Wie kommst *du* hierher?«, wandte sie sich an den Mann in der Soutane.

Duarte hob die Schultern. »Mit Che«, sagte er knapp. »Jedenfalls bis kurz vor eure Felseninschrift. Schließlich wusste ich, wonach ich zu suchen hatte, und mit dem Tempo von Verholens Hubschrauber hält die Messerschmitt locker mit. Am Höhleneingang wartete dann schon das Empfangskomitee.«

»Verholens Hub …«

Eine raue Stimme. Rebecca verstummte sofort. Der Alte im Faltstuhl hatte die Hand ganz leicht gehoben, hielt jetzt lauschend inne. Einer seiner jüngeren Begleiter hockte an seiner Seite und murmelte ihm mit leiser Stimme etwas zu. Wahrscheinlich übersetzte er den Dialog zwischen Rebecca und dem *commandante*, schwieg nun, während der Alte einige Worte sagte, in einer Sprache, die Rebecca nicht verstehen konnte.

»Die Stunde, um deretwillen die Alten diesen Ort errichtet haben, ist gekommen«, wandte sich der jüngere Mann an Rebecca. »Noch ist Ihr Weg nicht zu Ende, aber die Rätsel im Haus der Spinne haben Sie und Ihre Gefährten überwunden. Nun stehen Sie unter unserem Schutz.«

Rebeccas Blick ging zu Merthes. »Haben sie uns geholfen?«, fragte sie leise.

Ein angedeutetes Nicken. »Fragen Sie mich nicht, was sie mit uns angestellt haben, während wir ohnmächtig waren – sie weigern sich, darüber zu sprechen. Muss mit Ihren alten Babyloniern zu tun haben. Meine Männer sind jedenfalls in Ordnung – die, die noch leben.«

Rebecca biss sich auf die Lippen. Sechs. Mit Merthes sieben. Sechs von sechzehn, die heute Morgen aufgebrochen waren.

Doch schon das war unglaublich! Selbst der Oberst war am Leben, der Mann, der die MILAN abgefeuert hatte! Nicht allein, dass die Grippe den Aufständischen nichts anhaben konnte; unübersehbar verfügten die Männer aus den Bergen über ein medizinisches Wissen, über Möglichkeiten, Fähigkeiten, die sie nur auf eine Weise erworben haben konnten.

Das Erbe der Babylonier.

»Sie sind die Wächter des Rätsels?«, fragte Rebecca an den Alten gewandt. »Des Heilmittels von Babel?«

Der Jüngere übersetzte mit leiser Stimme. Der Dorfälteste schien eine Sekunde lang zu zögern, schüttelte dann mit entschiedener Miene den Kopf.

»Wir sind die Hüter über den Weg«, gab der Jüngere wieder. »Wir sind diejenigen, die über den Weg gewacht, die ihn bezeichnet und verändert haben in den Zeiten, die gekommen und vergangen sind. Die Hüter über das Haus der Spinne seit der Zeit des großen Königs Alexander bis zu dem Tag, der nun gekommen ist. Dem Tag, da die Rätsel gelöst werden.«

Rebecca schüttelte den Kopf. »Das waren wir nicht allein«, sagte sie.

Wieder gab der Afghane die Worte wieder, lauschte auf die Antwort des Alten.

»Sie sind nicht die Einzigen hier«, wandte er sich an Rebecca. »Die Männer, die Sie verfolgt haben, sind gestorben. Für jene tragen wir keine Verantwortung. Doch es sind noch andere hier. Ihre Gefährten sind hier.«

»Meine …« Rebecca schnappte nach Luft. »Amadeo?« Warum sprach der Mann in der Mehrzahl?

Der Alte legte den Kopf auf die Seite. Er musste den Namen verstanden haben. Der junge Afghane horchte auf seine Worte, nickte. »Er und der Mann mit dem Berggesicht. Und sie sind nicht allein. Ein Mann mit Haaren wie Flachs ist bei ihnen, und er hat weitere Männer bei sich.«

Rebecca tauschte einen Blick mit Duarte. »Haare wie Flachs«, flüsterte sie. »Verholen.«

Der *commandante* nickte finster. »Und wer der Kerl mit dem Berggesicht ist, können wir uns ausrechnen.« Mit drei Sätzen erzählte er ihr, was ihm und Amadeo gestern widerfahren war: Castel del Monte, Kaiser Friedrichs Text, ein Versteck im Innern des Monte Vulture. Und Görlitz, der quasi gleichzeitig dort aufgetaucht war.

»Görlitz«, murmelte Rebecca. »Und Amadeo. Görlitz ist ein Arschloch …« Sie schüttelte den Kopf. »Der Kerl hat schon ein paar Mal versucht, uns kalt zu machen. Doch was die Paläographie anbetrifft, ist er auf jeden Fall ein verdammt fähiges Arschloch. Und Verholen hat sie jetzt beide. Beim nächsten Rätsel …«

Wieder hob der Alte die Hand, und wieder verstummte Rebecca sofort. Eine natürliche Autorität ging von diesem Mann aus.

»Es gibt kein nächstes Rätsel für Sie«, übersetzte der Jüngere. »Sie haben die Rätsel überwunden. Das nächste Rätsel ist der Turm selbst.«

»Der …« Rebecca blinzelte. »Der Turm?«

»Ihre Gefährten haben ihn bereits betreten. Selbst uns war das nicht gestattet in den Jahren, die gekommen und gegangen sind, ihnen aber haben sich seine Pforten geöffnet. Die äußersten dieser Pforten, hinter denen sich weitere Sicherungen verbergen und Geheimnisse ohne Zahl. Doch wenn Ihre Gefährten diejenigen sind, auf die wir gewartet haben, werden die Türen sich ihnen öffnen. – Aber sie sind in Gefahr.«

»Sobald er hat, was er will, macht Verholen sie kalt«, sagte Rebecca. »Wir müssen sofort …«

Wieder hob der Alte die Hand.

»Der Mann mit dem Flachshaar hat einige seiner Krieger zurückgelassen«, gab der junge Aufständische wieder. »Sie blockieren die Brücke. Zu dieser Stunde können Sie nicht in den Turm gelangen. Doch es ist die Stunde, sich bereit zu halten.«

Der Alte richtete sich mühsam auf, griff nach dem Arm des Übersetzers, nickte Rebecca und ihren Begleitern zu, machte eine einladende Handbewegung.

Rebecca tauschte einen Blick mit dem Oberst. Die ISAF-

Männer waren bereit. Mit langsamen Schritten ging der Alte voran, auf seinen Stab gestützt, fand zielsicher seinen Weg zwischen den Ruinen. Mit der Asche und der Dunkelheit schien er kein Problem zu haben.

In langgestrecktem Zug folgte ihm die zusammengewürfelte Gruppe. Rebecca hatte keinerlei Schwierigkeiten mit dem Laufen. Es ging ihr beinahe besser als vor der Explosion. Doch unruhig lag ihr Blick auf dem Rücken des Alten. *Zu dieser Stunde können Sie nicht in den Turm gelangen,* hatte er gesagt. Hieß das: später ja? Woher wollte er das wissen? Und selbst wenn er das aus irgendeinem Grunde wusste: Welche Garantie gab es, dass Amadeo dann noch am Leben war?

»Sobald wir an diesem Turm sind, müssen wir da rein«, murmelte sie. »Wenn Verholen auf die Idee kommt, Amadeo gleich an Ort und Stelle …«

Der Alte war stehengeblieben. Er hob seinen Stab, als wollte er seinen Begleitern eine Anweisung geben. Rebecca kniff die Augen zusammen. Nein, das war unmöglich! Vor ihren Augen schien sich der Dunst rings um die Gruppe zu verdichten, noch undurchdringlicher zu werden. Als gehorchte er einem geisterhaften Kommando.

Doch sie kam nicht zum Nachdenken. Geräusche, von links her, zwischen den Trümmern. Schemenhafte Gestalten. Die Aufständischen waren bereits mit den Ruinen verschmolzen. Rebecca, Alyssa, Duarte, die ISAF-Männer duckten sich. Gerade noch rechtzeitig.

Schwere Schritte, monoton. Jemand gab mit gedämpfter Stimme Befehle. Eine große Gruppe von Männern – im Marschtritt. Sie würden ihr Versteck wenige Meter entfernt passieren. Und an der Spitze …

»*Himmelhölleherrgott*«, wisperte Merthes.

»Florale Motive«, flüsterte Amadeo. Er strich über den Rahmen eines Portals, das sich vor wenigen Sekunden wie aus dem Nichts vor ihnen geöffnet hatte. »Der Stil des *art déco*. Europa oder die Vereinigten Staaten, Anfang des zwanzigsten Jahrhunderts. Aber das Drumherum …«

»Islamisch«, murmelte Görlitz. »Vielleicht sogar indisch mit diesen Ornamenten – und ein halbes Jahrtausend älter. Und trotzdem: Wieder passt es irgendwie zusammen. Eins zum andern.«

Alles in Amadeo wehrte sich dagegen, doch er musste zugeben, dass er Görlitz unterschätzt hatte. Wissenschaftlich zumindest. Ein Charakterschwein bleibst du trotzdem, dachte er. Wenn auch eine Sorte Charakterschwein, mit der sich nicht übel im Team arbeiten ließ.

Einzig ihnen beiden war es zu verdanken, dass sie so weit gekommen waren. Verholen und seine Schergen blieben immer ein paar Schritte hinter ihnen.

Amadeo Fanelli und Steffen Görlitz.

Wer von ihnen war nun der größte Geist auf Erden? Wie sollten sie das herausfinden, wenn sich sämtliche Rätsel, sämtliche Herausforderungen im Turm der Babylonier nur zu zweit lösen ließen?

Aus zusammengekniffenen Augen betrachtete der Restaurator die komplizierte Konstruktion, der sie gerade auf die Schliche gekommen waren: ein Mobile aus frei beweglichen Spiegeln, deren Reflexionen auf einen einzigen Punkt konzentriert werden mussten. Wie sollte man das allein anstellen? Ein Mensch hatte nur zwei Hände – maximal.

Einige Etagen tiefer waren sie auf eine hauchdünne Wand aus lichtdurchlässigem Material gestoßen, auf der sich Symbole der altsumerischen Keilschrift hin- und herschieben ließen. Sie sollten einen Sinn ergeben, aber von beiden Seiten der Wand aus gelesen. Ein Mensch hatte auch nur zwei Augen – und die saßen ziemlich dicht beieinander.

Gleichstand.

Jedes Mal, seitdem sie den Turm betreten hatten und Ebene um Ebene emporstiegen.

Als hätten sich die babylonischen Urväter das Ganze nur aus einem einzigen Grund ausgedacht: um Amadeo Fanelli und Steffen Görlitz etwas ganz Bestimmtes zu demonstrieren.

Hinter dem *art-déco*-Portal ging es eine schmale Treppe hoch. Die Wände waren mehrfach durchbrochen, gaben den Blick frei auf Details, mit denen die Konstrukteure die obersten Etagen ihres Bauwerks geschmückt hatten: ionische Säulen wie ein Direktimport aus dem antiken Griechenland. Ein paar Stufen weiter zuckerbäckerartige Türmchen, die jeder gotischen Kathedrale Ehre gemacht hätten. Dann wieder entfaltete sich der Stein zu Segeln wie am Opernhaus von Sydney aus der zweiten Hälfte des zwanzigsten Jahrhunderts.

Es war unglaublich. Jahrhunderte trennten die geistigen Epochen voneinander, denen die menschliche Zivilisation diese künstlerischen Ideen verdankte, und doch passte hier eins zum anderen, auf eine ganz natürliche Weise. Als wäre all dies nicht im eigentlichen Sinne konstruiert und erbaut worden, sondern auf eine organische Weise *gewachsen*. Was Menschen auch nur erdacht, erträumt, erkannt hatten: Alles war an einem einzigen Ort versammelt. Und nichts davon wirkte überladen oder unharmonisch, im Gegenteil.

Der Anblick war schön. Nicht mehr und nicht weniger. Schön. So viel mehr als ein Haufen aufgetürmten toten Steins … oder Metalls.

»Lebendig«, flüsterte Amadeo. Das unterschied den Turm von Babel von jedem anderen Bauwerk, das er jemals zu Gesicht bekommen hatte. »Als ob er lebt und atmet. Er ist lebendig.«

Er hatte zu niemandem Bestimmten gesprochen, am ehesten zu sich selbst, doch Görlitz hielt an seiner Seite inne.

»Weil er noch nicht fertig ist«, murmelte der Mann mit dem entstellten Gesicht. »Es wird noch immer an ihm gebaut. Er kann gar nicht fertig werden. Weil es nicht nur um die Geschichte der Babylonier geht, sondern um die ganze Menschheit. Mit jedem neuen Kapitel verändern sie den Turm.«

»Nichts, was sich jemals entwickelt hat, existiert für sich allein«, sagte Amadeo leise. »Es war nicht zu Ende, als Gott die Seuche gesandt hat. Es hat gerade erst begonnen, oder …« Er schüttelte den Kopf, war sich nicht sicher, woher die Worte kamen – aus derselben Quelle vielleicht wie seine Träume, mit denen für ihn alles angefangen hatte. »Oder vielleicht gibt es gar keinen Beginn und kein Ende, wenn alles zusammengehört. Die einzige Frage ist …«

Er verstummte, sah sich über die Schulter um. Verholen und seine Männer hielten Abstand, wie sie es die ganze Zeit getan hatten. Fragend sah Görlitz den Restaurator an.

»Die einzige Frage ist: Wo sind die Menschen, die diesen Turm erbaut haben?«, fragte Amadeo. »Die ihn immer noch bauen und verändern? Wo sind die Babylonier?«

Görlitz sah ihn an. Amadeo konnte den Ausdruck auf dem entstellten Gesicht nicht deuten. Görlitz betrachtete ihn, nein, der Blick seines Kollegen ging über Amadeos Schulter hinweg.

»Sieh selbst«, sagte Görlitz. »Die Muschelschalen, die aussehen wie aus der Renaissance.«

Amadeo hob die Augenbrauen, drehte sich suchend um.

Da waren die Muscheln. Sie waren kaum handtellergroß, bestanden aus demselben dunklen Material wie die gesamte Turmarchitektur und krönten eine giebelartige Form, die er um mehrere Jahrhunderte früher eingeordnet hätte. Auch hier der Eindruck des Lebendigen: als wenn sie zu atmen, ja, sich zu *bewegen* schienen.

Amadeo blinzelte.

Da bewegte sich tatsächlich etwas!

Er kniff die Augen zusammen. Der muschelgekrönte Giebel befand sich ein oder zwei Meter entfernt, war Teil eines vorgelagerten Erkers an der Fassade des Turms. Zu weit weg, um ihn mit den Fingern zu berühren, aber nahe genug, um …

»Käfer!«, hauchte er. »Was …« Ungläubig schüttelte er den Kopf, doch nur für einen kurzen Moment. Auf einmal war alles ganz klar, ganz logisch. Die Käfer, zwanzig, dreißig, vielleicht auch hundert von ihnen: Sie bewegten sich viel zu schnell, als dass man wirklich hätte erkennen können, was dort vorging, kletterten umeinander, übereinander, rund um die Muschelformen, die noch unvollständig schienen, als hätte der Künstler an dieser Stelle erst einen groben Entwurf umsetzen können. Doch die Details begannen sich abzuzeichnen. Sie würden deutlicher werden mit der Zeit.

Zeit. Es war ja genug davon da – fünftausend Jahre und mehr, in denen der Turm wuchs, lebte, atmete, umgestaltet wurde. Von Käfern.

»Die Babylonier …«, flüsterte Amadeo. »Sie selbst sind schon lange …« Er schüttelte den Kopf. »Die Käfer. Sie sind elektrisch. Sie müssen sie irgendwie …«

»Ich unterbreche Ihre Plauderei nur ungern«, meldete sich Verholens Stimme aus der Tiefe. »Doch ich darf Sie daran erinnern, dass Sie eine Aufgabe zu erfüllen haben.«

Amadeo nickte mechanisch, unfähig, die Augen von der

Arbeit der Käfer abzuwenden, ihren winzigen Leibern aus mattdunklem Chitin. Dieselbe Farbe wie die gesamte Architektur. Die Substanz des Turms von Babel war … Sekret aus Käferdrüsen? Was auch immer! Dies waren die wahren Architekten des Bauwerks. Es war mehr, als sein Verstand in diesem Moment fassen konnte.

Mühsam riss er sich von dem Anblick los. Seine Hirnwindungen waren in Bewegung geraten, die Zahnräder seines Verstandes hatten zu rotieren begonnen, schabten gegen den viel zu engen Käfig des menschlichen Schädels.

Zögernd, stolpernd setzte er seinen Weg fort, kletterte die Treppe weiter empor, Görlitz wenige Schritte hinter ihm, bis ein einziger großer Raum vor ihnen lag, Fenster nach allen Seiten.

Er war leer bis auf eine neue Treppe, die genau im Zentrum weiter nach oben führte. Eine Barriere schien es diesmal nicht zu geben, doch durch den Treppenschacht fiel ein phosphoreszierendes Leuchten.

Die Spitze des Turms, das hin und her zuckende Licht: ihr Ziel. Amadeo hatte es geahnt, tief im Innern hatte er es gespürt, vom ersten Blick auf den Turm an.

Die letzte Etappe lag vor ihnen, doch nun, als Amadeo ganz genau hinschaute …

»Und da ist doch was!«, flüsterte er.

Der Schimmer von oben war mehr als ein zufälliger Lichteinfall. Er war zu gleichmäßig, zu deutlich: wie eine warnende Grenzmarkierung rund um die Stufen. *Bis hierher. Und keinen Schritt weiter.*

Widerwillig wich der Restaurator beiseite, damit auch seine Begleiter den Raum betreten konnten. Görlitz blieb einen Moment lang staunend stehen, schob sich dann an Amadeo vorbei. Mit langsamen Schritten wanderte er außen um das unfassbare Glühen herum. Seine Gestalt wurde in einen violetten Filter getaucht, doch er hielt sorgfältigen Abstand von der angedeuteten Grenzlinie. »Nichts zu sehen. – Keine Bedieneinheit. Kein Text. Kein Rätsel. Als könnte man einfach durchmarschieren. Vielleicht.«

Amadeo nickte. »Genau das: *vielleicht*. Auf jeden Fall sollten wir …«

»Gute Idee«, unterbrach ihn Verholen. »Rex?« Seine Stimme war eine freundliche Aufforderung.

Einer seiner Gorillas hob den Kopf. Rex, dachte Amadeo. War das nicht ein Schäferhund gewesen? Der anwesende Namensträger hatte eher was von einer Bulldogge – zumindest war es derselbe stumpfe Blick, mit dem er die Treppe musterte.

Aufmunternd nickte Verholen ihm zu.

Der Blonde musste dieselbe Idee gehabt haben wie Amadeo. Irgendwie mussten sie testen, ob tatsächlich etwas im Weg war. Einen Gegenstand in das Feld werfen.

Doch Verholens Mann zuckte nicht mit der Wimper, sondern trat zwei Schritte vor und …

Amadeo öffnete den Mund – zu spät. Er wollte die Augen schließen, doch das hätte keinen Unterschied gemacht. Er hörte, roch …

Ein Zischen füllte die Luft, beißender Gestank. Rex krümmte sich, warf sich hin und her. Ein schriller Schrei hallte von den kahlen Wänden des Raumes wider.

Der Mann ging zu Boden, als hätte er keinen Knochen mehr im Leib. Ein dünner Blutsfaden sickerte aus seinem Mundwinkel, die bulldoggenhaften Züge geschwärzt von unsichtbarem Feuer.

»Schau an. Ein tödliches Energiefeld«, stellte Verholen fest. »Bemerkenswert. Aber letztendlich wie vermutet.«

»Wie vermutet?«, keuchte Amadeo. »Und Sie schicken diesen Mann …«

»Eine These«, sagte der Blonde scharf. »Eine These ist eine feine Sache. Allerdings nur bis zu dem Moment, in dem man die Möglichkeit bekommt, den experimentellen Beweis anzutreten.«

»Ich kenne einen alten Mann, der diesen Beweis wenigstens selbst angetreten hätte!«, schnappte Amadeo. Doch er wusste, dass es keinen Sinn hatte.

Nur aus einem Grund hatte Verholen nicht ihn oder Görlitz geschickt: Er war sich noch immer nicht sicher, ob er sie nicht womöglich doch noch beide brauchen würde.

Ein Geräusch.

Unruhig sah Amadeo sich um.

Ein Grummeln, ein dumpfes Poltern aus den Eingeweiden des Turms. Ein Poltern, das lauter wurde. Donnernde Schritte in der Tiefe, in den Gängen, auf den Stufen. Wortfetzen, barsch hervorgestoßen.

Mit einem Kopfnicken dirigierte Verholen seine Männer an beide Seiten des Treppenaufgangs. Etwas in seinem Gesicht hatte sich verändert.

Alles ist offen, dachte Amadeo. Sie hatten sämtliche Türen, Gänge und Treppen geöffnet auf dem Weg nach oben. Doch an strategischen Punkten hatte der Blonde einzelne seiner Schergen zurückgelassen. Wie waren die Eindringlinge an ihnen vorbeigekommen?

Die Schritte aus der Tiefe wurden von Sekunde zu Sekunde lauter. Schritte – Marschtritte! Ein irrwitziger Gedanke zuckte durch Amadeos Verstand: Rebecca, die ISAF-Männer unter… wie lautete der Name, den sie am Telefon gesagt hatte? Matthiesen? Nein. *Merthes.* Verholens Hubschrauber trug die Hoheitszeichen der Bundesrepublik Deutschland, doch Amadeo hatte sehr genau registriert, dass der Blonde lediglich mit einer Handvoll seiner Gorillas auf sie gewartet hatte. Und die trugen Zivilkleidung.

Eine Glatze wurde in der Treppenöffnung sichtbar. Ein untersetzter Mann in Uniform, die Brust voller Abzeichen. Das Gesicht, dachte Amadeo. Ich *kenne* dieses Gesicht!

Hinter dem Mann weitere Soldaten, in Zweierreihen.

Verholens Männer rührten sich nicht. Weder griffen sie an noch wichen sie zurück. Sie standen da wie … Amadeo wurde übel.

Wie ein Begrüßungskommando!

Verholen deutete ein Nicken an. »General. Ich hatte noch nicht mit Ihnen gerechnet.«

»Und ich hatte damit gerechnet, dass Sie längst fertig wären. – Ihre Aufgaben waren bescheiden genug. Jemanden zu finden, der uns hierherbringt, und alles zu eliminieren, was Sie nicht unter Kontrolle kriegen. Ich habe diese Frauen auf ein Himmelfahrtskommando geschickt. Sie hatten nicht mehr zu tun, als die Scherben zusammenzufegen.«

»Das ist geschehen«, sagte Verholen mit seltsam leiser Stimme. »Sie sind ausgeschaltet.«

»Himmelfahrtskommando?«, flüsterte der Restaurator.

»Sie sind der Büchermensch?«

»Ge … General Merthes?«

»*Oberst* Merthes war bei den Frauen. *Oberst* Merthes ist tot. – Friedrich Wilhelm von Stoltenbeck, Regionalkommando Nord, *International Security Assistance Force.*« Automatisch nahm der General militärische Haltung an.

Ganz anders als Amadeo, der Mühe hatte, sich auf den Beinen zu halten.

Stoltenbeck … Die Nachrichtensendung auf RAI uno, am letzten Abend vor seinem Aufbruch nach Deutschland! General F. W. von Stoltenbeck, der strategische Kopf hinter der neuen ISAF-Offensive, die die Taliban und ihre Unterstützer endgültig *zum Teufel jagen* sollte, wie der General sich ausgedrückt hatte.

Und nun hatte er bewiesen, dass ihm jedes Mittel recht war.

Verholens Auftraggeber war der Oberkommandierende der internationalen Allianz im Norden Afghanistans!

Amadeos Mund war trocken wie Asche. »*Sie* haben …«

»Wenn ich die Zeit hätte, Söhnchen«, schnitt Stoltenbeck ihm das Wort ab. »*Wenn* ich die Zeit hätte, würde ich Ihnen eine Lektion in Strategie erteilen. Strategie bedeutet, dass Sie abwägen müssen, jeden Augenblick. Ein Konvoi ist ersetzbar, Mannschaften, einzelne Zivilisten sind ersetzbar. Aber einen Krieg können Sie nur einmal verlieren. Der *Einzelne* ist *nichts*. – Passen Sie auf!«

Er drehte sich um.

»Wieblitz! Tschechow!«

Zwei seiner Soldaten traten vor. Sie trugen einen schweren Gegenstand, der an eine Transportbox für Haustiere erinnerte. Mit einem matten Geräusch wurde er am Boden abgesetzt. Einer der Männer betätigte eine Verriegelung, eine Klappe.

Käfer.

Wie dunkle Kiesel, nachtschwarze Murmeln rieselten sie hervor. Die einzelnen Exemplare maßen nur wenige Zentimeter, doch es mussten Hunderte sein, Tausende, ein wimmelnder, zirpender Hügel.

»*Coleoptera*.« Es war Amadeo, zu dem Stoltenbeck sprach, doch seine gesamte Aufmerksamkeit galt den Tieren. »Ich habe mir erlaubt, sie *agathidium stoltenbecki* zu taufen. Diese Art war der Forschung vollständig unbekannt bis vor einigen wenigen Wochen. Man könnte sie für Lucaniden halten, wegen der mächtigen Mandibeln. Wie den Hirschkäfer. Doch Lucaniden sind Waldbewohner, die sich von Baumsäften ernähren, während unsere Freunde hier ausschließlich … Pilze.« Er senkte die Stimme. »Sehen Sie?«, flüsterte er.

Das schimmernde Leuchten der Grenzlinie war nur wenige Schritte entfernt, und es schien die Tiere anzuziehen. Doch sie marschierten nicht etwa Brustschild über Kopf darauf los, sondern es kam eine sonderbare Form von Ordnung in den wimmelnden Haufen. Die Tiere bildeten eine weit auseinandergezogene Front, schienen abzuwarten, bis jedes von ihnen bereit war, seinen Platz gefunden hatte. Erst dann bewegte sich die chitingepanzerte Phalanx auf das Kraftfeld zu.

»Machtlos«, flüsterte Stoltenbeck. »Jeder für sich allein.« Nur für einen winzigen Moment sah er zu Amadeo auf. »Doch alle gemeinsam …«

Nur noch Zentimeter, dann hatte die Käferfront das Energiefeld erreicht.

Eine Sekunde lang schien es etwas stärker aufzuleuchten – dann war es verschwunden.

Und mit ihm die Käfer.

»Der Einzelne ist nichts«, stellte Stoltenbeck andächtig fest. »Selbst bei diesen Tieren, die wahrhaft einzigartig sind. Alles, was zählt – ist die Aufgabe.«

Das Flüstern der Elektrizität, das bis zu diesem Augenblick allgegenwärtig gewesen war, schwieg. Die jahrtausendealte Maschinerie der Babylonier stand still.

Der Weg war frei. Die Treppe zur obersten Ebene des Turms von Babel.

Das Tal der Gerüsteten

»Das kann nicht wahr sein«, flüsterte der Oberst. »Das *darf* nicht wahr sein.«

Rebecca hätte Mitleid mit ihm gehabt, wäre in ihrem Kopf noch Platz gewesen.

Platz für etwas anderes als die atemlose Anspannung, mit der sie das Leuchten an der Spitze des Turms beobachtete.

Dort oben war Amadeo.

Dort oben befand sich das Heilmittel.

Und General Friedrich Wilhelm von Stoltenbeck mit einem Elitekommando der internationalen Task Force für den Norden Afghanistans.

Mit einem Mal passte alles zusammen.

Stoltenbeck war als Allererster über einen ominösen verbotenen Ort in der Tiefe des Hindukusch informiert gewesen – Monate *bevor* die babylonische Seuche über die Menschheit hereingebrochen war.

Nur zu gut erinnerte sich Rebecca an die Videoaufnahmen, die der General ihnen gezeigt hatte. An die Inschrift im Felsen, deren unterster Teil durch den behelmten Schädel eines Soldaten verdeckt wurde. Bessere Aufnahmen gab es nicht.

Hatte Stoltenbeck behauptet.

Stoltenbeck, der selbst ein wenig Altgriechisch lesen konnte.

Was, wenn er in Wahrheit sehr viel bessere Aufnahmen in die Hand bekommen hatte? Aufnahmen mit dem vollständigen Text, Hinweisen, was dort versteckt war vielleicht? Hinweise auf den Turm von Babel, auf die Seuche und darauf, wie sie überwunden werden konnte? Die Ruinen von Babylon befanden sich im Irak, wo es nur so wimmelte von internationalen Schutztruppen. Ein Leichtes für den General mit seinen politischen Verbindungen, dort eine Grabung veranstalten zu lassen, um zu prüfen, ob die Geschichte stimmte.

Und sie stimmte. Die Archäologen hatten Überreste aus babylonischer Zeit gefunden, und die Seuche war ausgebrochen. Stoltenbeck kannte die Zusammenhänge. Nun fehlte ihm nur noch eins.

Das Heilmittel.

Dann konnte er sich alle seine Träume erfüllen, die afghanischen Aufständischen wie geplant zum Teufel jagen und jeden anderen gleich dazu, der sich seiner Vorstellung einer neuen Weltordnung entgegenzustellen wagte: die Nordkoreaner, die Iraner, als Nächstes vielleicht die Chinesen? Oder die Russen? Die Regime Südamerikas, die es wagten, die Politik des Westens kritisch zu betrachten?

Wenn er das Heilmittel einmal in der Hand hatte, konnte er sich in aller Ruhe überlegen, mit wem er es teilen wollte.

Diabolisch, dachte Rebecca.

Unter der Führung des Dorfältesten hatte ihr zusammengewürfelter Trupp eine Felsnische erreicht, von der aus sich das Gelände zu Füßen des Turms überblicken ließ. Ein breiter Graben umgab das Bauwerk, und in der Tiefe schillerte eine Armee von Käfern. *Käfer!* Zusätzliche Dreingabe für den General, dachte Rebecca düster.

Das Echo eines gespenstischen Lichts, das auf der Spitze des Turms tanzte, zog sich an den Fassaden hinab. Ausgenommen war nur eine schmale Brücke, die über den Abgrund führte – und dort hatte eine halbe Armee Stellung bezogen. ISAF-Männer, Soldaten des Generals. Vermutlich gar keine üblen Menschen in der Mehrzahl, doch Rebecca hielt es für aussichtslos, diesen Männern auseinanderzusetzen, warum das Verhalten ihres Oberkommandierenden nicht in Ordnung war.

Und die Alternative? Resigniert rechnete Rebecca ihre Verbündeten zusammen: sie selbst und Alyssa, dazu zwei Dutzend Stammeskrieger und die verbliebenen Soldaten des Obersts. Und ob Merthes und seine Männer, denen die beiden Schwestern die Hintergründe berichtet hatten, bereit sein würden, sich gegen ihren obersten Befehlshaber zu stellen, war zumindest eine offene Frage.

So oder so: Sie waren hoffnungslos unterlegen.

Zu dieser Stunde können Sie nicht in den Turm gelangen, hatte der Stammesälteste gesagt, und er hatte recht. Doch Rebecca begriff nicht, wie sich das ändern sollte, solange sich Stoltenbecks Militär nicht freiwillig in den Abgrund stürzte.

In diesem Moment begann das Leuchten an der Spitze des Turms zu flackern. Eine Sekunde lang glaubte Rebecca, sie hätte sich getäuscht, doch jetzt … Es war dunkel.

Aber die Dunkelheit war nicht vollkommen. Hoch oben im Gewölbe und entlang der Höhlenwände blitzten elektrische Entladungen auf, an einzelnen Stellen zuerst, dann überall. Dasselbe Phänomen wie über dem Haus der Spinne.

Einzig im Turm von Babel schwieg das Summen der Statik.

»Die Stunde ist gekommen.«

Rebecca wandte den Kopf.

Der Übersetzer des Dorfältesten blickte unverwandt auf die Turmkonstruktion. »Fünf Jahrtausende lang hat der Turm der Alten sein sehnsuchtsvolles Lied gesungen. Fünf Jahrtausende lang in Erwartung des Tages, da der Kreis seines Leuchtens sich öffnet und der Ring der Zeit sich schließt.«

Rebeccas Missionen hatten sie schon in ein paar wirklich seltsame Gegenden geführt, und sie hatte mit ein paar wirklich seltsamen Typen Bekanntschaft gemacht. Sie kannte die blumige Ausdrucksweise der Orientalen. Doch dieses Sprüchlein war jedenfalls nicht auf dem Mist dieses Mannes gewachsen. Eine alte Überlieferung vermutlich.

Und heute schien sie sich zu erfüllen. Die Männer aus den Bergen hatten auf sie gewartet – seit den Tagen Alexanders des Großen.

Rebecca nickte. »Er hat aufgehört zu leuchten. Und was bedeutet das für uns?«

»Er will sagen, dass der Weg jetzt frei ist.« Alyssa hatte die letzten Minuten in einem abgelegenen Winkel verbracht. Vielleicht eine Meditationsübung. Die südamerikanischen Rebellen hatten da ein paar eigene Techniken entwickelt. Jedenfalls lag eine Entschlossenheit in Alyssas Blick, die vor ein paar Minuten noch nicht da gewesen war. »Irgendjemand hat ihn frei gemacht.«

»Frei?« Rebecca nickte zur Brücke. »Das ist eine ganze Kompanie da unten!«

»Zwei Kompanien. Die dritte und die fünfte.« Wie in einem schmerzhaften Krampf traten die Wangenknochen in Oberst Merthes' Gesicht hervor. Ein Wunder, dass er die Zähne überhaupt noch auseinanderbekam. Er sah ihr fest in die Augen. »Es gibt Leute, die behaupten, Verrat sei eine Frage des richtigen Datums oder der größeren Zahl. Etwas, an das ich nicht glaube. – Was auch immer Sie vorhaben: Bauen Sie auf meine Männer und mich.«

Rebecca fuhr sich über die Lippen. »Oberst, das ist wirklich …« Das Wort, das ihr auf der Zunge lag – *nett* –, verschluckte sie besser. »… sehr ehrenhaft«, sagte sie stattdessen. »Aber was Ihre ehemaligen Kameraden da unten von uns übriglassen würden, wäre ein Fall für die Feldküche.«

Merthes Blick flackerte, doch ehe er antworten konnte, ergriff Alyssa das Wort. »Das ist richtig«, bestätigte sie. »Selbst wenn die Aufständischen uns unterstützen, haben wir zu wenige Männer, um diese Brücke zu stürmen.« Sie machte eine Pause, ließ den Blick langsam über die Szenerie gleiten.

»Aber es sind mehr als genug für ein Ablenkungsmanöver.«

Nervös blickte Rebecca um sich. Das Bauwerk der Babylonier war eine gewaltige Masse aus dunklem Stein, die beinahe ihr gesamtes Gesichtsfeld einnahm.

Noch immer befanden sie sich in den Schatten der Felsen, aber näher am Turm jetzt, wenige Meter vom Rand der Käfergrube entfernt. Ihre Körper waren mit Seilen gesichert: Duarte, Alyssa und Rebecca selbst, wobei der *commandante* ein zusätzliches, in lose Schlaufen gelegtes Seil bereithielt, das an einem Ende mit einem mehrzinkigen Haken beschwert war. Rebecca kannte solche *Kagi-Nawa* aus Japan, aber wahrscheinlich existierten sie in jeder Kultur, in der mal jemand irgendwo hatte reinkommen wollen, wo er nicht reinkommen sollte. Dieses Exemplar stammte jedenfalls aus dem Marschgepäck eines von Merthes' verbliebenen Männern. An einem Ende des Seils der Haken, das andere Ende hatte Duarte auf einer Kabelrolle vertäut, die fest zwischen den Felsen fixiert war.

Rebecca sah nach rechts. Die Brücke zum Turm war unsichtbar hinter der dunklen Masse des Bauwerks, doch sie würden schon mitkriegen, wenn der Oberst den Angriff eröffnete. Und von diesem Augenblick an …

Ein schrilles Pfeifen zerriss die Luft. Grelles Licht stieg hinter der Turmfassade auf: Boden-Boden-Raketen.

Im selben Moment sah Rebecca die blitzende Reflexion, mit der der *Kagi-Nawa* durch die Luft segelte. Sie hielt den Atem an. Über die ersten Schüsse hinweg glaubte sie das matte *Klonk* zu hören, mit dem der Wurfanker auf Stein traf.

Vorsichtig holte Duarte das Seil ein, Meter um Meter, bis er auf Widerstand stieß. Ein probeweiser Ruck, dann legte er sich mit seinem ganzen Gewicht in die geflochtene Leine, sekundenlang, gab schließlich ein zufriedenes Grunzen von sich. Sorgfältig begann er die überschüssigen Seilmeter aufzuspulen, bis die Verbindung zum Turm straff gespannt war. Mit einem sehr endgültigen Geräusch rastete an der Kabelrolle ein Mechanismus ein.

Duarte nickte den beiden Frauen zu, holte tief Luft und umklammerte mit beiden Händen das Seil. Ohne ein Wort löste er seine Füße vom Boden und ließ seinen Körper nach vorn schwingen. Das Seil spannte sich unter seinem Gewicht, doch die Konstruktion hielt. Eine Hand um die andere begann er sich vorzuhangeln, auf den Abgrund zu. Alyssa wartete, bis er die ersten Meter hinter sich hatte, dann war sie an der Reihe. Die Leine, die ihren Körper mit dem ihrer Schwester verband, straffte sich, und … *Jetzt!*

Mit aller Kraft stieß Rebecca sich vom Felsen ab, bekam das Seil zu fassen. Sofort spürte sie den Zug in ihren Schultern, fühlte, wie ihre Fingerknöchel weiß hervortraten. Ihre Augen waren starr auf den Rücken ihrer Schwester gerichtet, die sich mit geschickten Griffen vorarbeitete.

Quälend langsam kamen die undeutlichen Formen der Turmarchitektur näher. Duarte war weitere vier, fünf Meter vor Alyssa. Er hatte die Hälfte der Strecke jetzt hinter sich und die steinerne Balustrade erreicht, den Rand des Abgrunds.

Rebecca drehte den Kopf. Lichtblitze hinter der Turmfassade, Sperrfeuer von Stoltenbecks Männern. Die Soldaten des Obersts erwiderten die Schüsse. In zwei Gruppen hatten sie sich seitlich der Brücke postiert, während die Aufständischen den mittleren Abschnitt übernommen hatten. In leuchtenden Bahnen stiegen die Raketen auf. Die Artilleriegeschosse waren ein entscheidender Bestandteil des Plans. Merthes mit seiner Handvoll Figuren hätte den Männern an der Brücke unmöglich einen ernsthaften Angriff weismachen können.

Eine der Raketen, zu hoch gezielt, rammte die Fassade des Turms, keine dreißig Meter von Rebecca entfernt. Nicht gefährlich nah – aber gefährlich *hell*. Eine halbe Sekunde lang wurden die Menschen am Seil in grelles Licht getaucht. Fluchend steigerte Rebecca ihr Tempo.

Die Balustrade. Jetzt hatte auch sie die steinerne Brüstung erreicht. Halbzeit, aber hier begann die albtraumhafte Hälfte. Dies war der letzte Augenblick, sich fallen zu lassen – doch damit hätte sie auch ihre Schwester und den *commandante* in die Tiefe gezerrt, und die befanden sich längst über der zuckenden, zirpenden Finsternis.

Rebeccas Hände waren nahezu gefühllos, als sie die Brüstung mit zwei entschlossenen Griffen hinter sich ließ. Die Dunkelheit war unter ihr. Sie musste den Blick nicht senken, sie wusste es. Hypnotisierend hielt sie die Augen auf die verschnörkelte Fassade des Turms gerichtet, erkannte jetzt, wo sich der Wurfanker verfangen hatte: an einem verzierten Türmchen knapp oberhalb eines Fensters. Waren Stoltenbecks Männer komplett auf der Brücke konzentriert? Jeden Augenblick konnte in diesem Fenster ein Gesicht auftauchen, der Lauf einer Waffe. Nicht denken! Eine Hand vor die andere.

Eigentlich gab es nur einen echten Albtraum in ihrem Leben. Sie kannte ihre Angst vor großen Höhen, und bis vor einer halben Stunde war sie davon überzeugt gewesen, dass es keinen größeren Horror geben konnte als abzustürzen und zu wissen, dass man ein paar hundert Meter tiefer auf massivem Fels aufschlagen würde, und übrig bliebe ein Haufen aufgeplatztes Aas. Erst jetzt begriff sie, dass noch eine Steigerung möglich war: vergleichsweise weich zu landen, in einem Pfuhl aus wimmelndem Chitin.

Aas, das noch lebte, dachte sie. An ihrer Hüfte spürte sie den Druck ihrer Pistole. *Wenn* sie fiel ... nein, die hungrigen Biester würden sie nicht lebendig kriegen.

Der Turmkörper schnitt sie nun von den aufblitzenden Lichtern des Gefechts ab. Duarte war nur schemenhaft zu erkennen, als er die Hand ausstreckte, Halt suchte an der Fassade. Rebecca erlaubte sich ein ganz leichtes Aufatmen. Die Nächste würde Alyssa sein, und dann ...

Plötzlich wieder die Lichtspur einer Rakete. Sie hatte den Turm knapp verfehlt, zog über die beiden Frauen hinweg, die sich noch an das Seil klammerten. Hektisch warf sich Alyssa voran, die Fassade noch meterweit entfernt, Rebecca hinter ihr. Rechte Hand, linke Hand, rechte ...

Eine heftige Erschütterung. Das Seil! Ein Rucken, und auf einmal ...

»Festhalten!«, brüllte Duarte.

Auf einmal war kein Widerstand mehr. Leere Luft. Rebecca fiel! Die Rakete! Die Kabelrolle! Ein Schrei ... Ihre eigene Stimme, ihre ...

»Festhalten!«

Der neue Ruck riss ihr beinahe die Arme aus den Schultergelenken. Im selben Moment prallte sie gegen den Stein der Turmfassade.

»Nicht loslassen!«, kam es von oben. »Wir haben dich!«

Flüssiges Feuer in ihrer Brust, auf ihrer Zunge der Geschmack von Blut. Rebecca klammerte sich fest. Sie war gar nicht imstande, das Seil loszulassen. Wie nahe war sie den Käfern? Das Zirpen, Rauschen, Zischeln war direkt in ihrem Ohr – oder war es das Geräusch des Blutes in ihren Schläfen?

Ihr Körper schrammte über den rauen Stein, als der *commandante* und ihre Schwester sie emporhievten, Meter um Meter.

Hände, die sie packten, auf einen schmalen Vorsprung zerrten.

Schillernde Kreise vor ihren Augen – und Alyssas Gesicht. »Süße, du musst echt an deiner Kondition arbeiten.«

Der Turm von Babel

Der Einzelne ist nichts, dachte Amadeo.

Stoltenbecks elektrische Käfer hatten das Energiefeld zum Kollabieren gebracht, indem sie alle zugleich über die Grenze geschritten waren mit ihren winzigen, chitingepanzerten Gliedern – und diesen Grenzübertritt mit dem Leben bezahlt hatten.

Kein größter Geist. Kein Geheimnis.

Nur das stand am Ende der babylonischen Rätsel:

Der Einzelne ist nichts.

Das ist *falsch*, dachte Amadeo. Es war dasselbe Gefühl, derselbe Gedanke, der ihm auf Verholens Geheimtreppe durch den Schädel gefahren war.

Es widersprach dem Schema. Der Einzelne war nicht nichts. Die Käfer waren kein Nichts, der Konvoi von Oberst Merthes war kein Nichts gewesen, und Rebecca ...

Amadeo schloss die Augen, setzte mechanisch weiter einen Fuß vor den anderen.

Nein, Rebecca war kein Nichts gewesen. Weil sich etwas veränderte, wenn sie nicht mehr da war. Weil er, Amadeo, nicht mehr der war, der er gewesen war. Weil er nicht mehr vollständig war ohne sie.

Nein, der Einzelne war nicht nichts.

Auf den Einzelnen kam es an, auf den größten Geist der Epoche, aber auch auf jeden anderen. Wenn es eine Lehre aus diesem Abenteuer gab, dann war es diese.

Jeder der Codes, die ihn auf seiner Reise einen Schritt weiter geführt hatten, war anders gewesen, hatte Amadeo gezwungen, aus anderen, neuen Augen zu sehen. Jeder Einzelne, der ihn auf dieser Reise begleitet oder ihm geholfen hatte – der Professor, Rebecca, Fernwaldt, Duarte, Styx, ja, selbst Steffen Görlitz: Jeder von ihnen hatte anders gedacht auf eine einzigartige Weise. Der Einzelne war wichtig, und das gesamte Geheimnis war noch einmal mehr als die Summe dieser einzelnen Teile.

Stoltenbeck dachte zu kurz.

Und doch hatte die Phalanx seiner Käfer den Zugang geöffnet.

Es war falsch.

Und doch ging Amadeo weiter voran, stieg die Stufen empor.

Warum der General trotz allem ausgerechnet ihn vorschickte, war Amadeo schleierhaft.

Kanonenfutter vermutlich. Wie seine Käfer.

Amadeo spürte keine Angst. In seinem Innern war nur Leere und Verwirrung.

Die Treppe, die auf die oberste Ebene des Turms führte, war anders als alle zuvor. Eine Wendeltreppe, die sich um eine Basis aus nachtschwarzem Stein wand: den babylonischen Blitzableiter. Doch jetzt war die Stromzufuhr unterbrochen – zum ersten Mal seit fünftausend Jahren. Das erste Mal seit fünftausend Jahren, dass einem Menschen Zugang gewährt wurde zur Spitze des Turms von Babel.

Das Dach des Turms lag vor ihm. Es war flach, von einer niedrigen Brüstung umgeben, und es war leer – ausgenommen eine Art Antenne, die aus einer seltsamen Konstruktion hervorwuchs: einer Thronbank unter einem steinernen Baldachin.

Und diese Bank war besetzt.

Ein Mann blickte Amadeo entgegen, gekleidet in ein bodenlanges Gewand von unbestimmter Farbe. Ein babylonisches Gewand?

Der Mann war keine fünftausend Jahre alt.

Genauer gesagt war er nicht einmal volljährig.

Es war Fabio Niccolosi.

Stocksteif blieb Amadeo stehen.

Fabio Niccolosi.

Er starrte den Jungen an – und der Junge starrte zurück, rührte sich nicht. Erkannte er seinen *capo*?

Der Restaurator öffnete den Mund, schloss ihn wieder. Ein Brett vor dem Kopf, dachte er. Genau so muss sich das anfühlen: zwei Zentimeter dickes Leimholz, mit Wucht vor den Schädel geknallt.

Mühsam rang er um Fassung, suchte nach Worten – doch er kam nicht zum Sprechen.

Ein Geräusch war plötzlich in der Luft. Ein Geräusch, das an den Wind erinnerte, wenn er an unfreundlichen Herbsttagen heulend den Tiber aufwärts fegte und in Trastevere die leeren Mülltonnen scheppernd durch die Straßen trieb. Und ein zweites Geräusch.

Schüsse.

Schüsse aus der Tiefe.

Roh rempelte ihn jemand beiseite. Amadeo stolperte, ging in die Knie. Direkt neben ihm wurde eine zweite Gestalt zu Boden gestoßen: Görlitz.

Militärstiefel, die an ihnen vorüberpolterten, zur Brüstung stürmten. Stoltenbeck, der Befehle brüllte.

»Was ist das?« Görlitz schüttelte sich.

Amadeo versuchte sich aufzurichten, doch eine unsichtbare Pranke stieß ihn zurück. »Sie bleiben unten!« Verholens Stimme.

»Das ist ein Angriff«, murmelte Amadeo. Er brauchte Sekunden, bis er begriff, was das bedeutete. *Ein Angriff.* Der Turm befand sich in Stoltenbecks Hand, und nun wurde er angegriffen. Von den Aufständischen? Warum hätten sie dann überhaupt erst zulassen sollen, dass die ISAF-Männer das Monument betraten?

Aber wer sollte es sonst sein? Amadeos Herz begann zu rasen. Rebecca! Aber Rebecca war tot, begraben unter den Trümmern des Labyrinths.

Gab es dafür einen Beweis?

»Ausgeschaltet?« Stoltenbecks Stimme war ganz nahe, doch Amadeo wusste, dass er nicht mit ihm sprach. »Sie sagen, Sie haben sie ausgeschaltet?« Vorsichtig drehte er sich um. Der General hatte sich vor Verholen aufgebaut, der ihn um einen halben Kopf überragte. »Das nennen Sie *ausgeschaltet*?«

Der Blonde biss die Zähne zusammen, erwiderte keine Silbe.

Stoltenbeck fuhr herum, kniff die Augen zusammen. »Sie!« Sein Blick durchbohrte Amadeo, dann dessen Kollegen. »Aufstehen! – Alle beide! Machen Sie sich keine Illusionen, dass Sie hier irgendwie rauskommen! Wenn Sie irgendeine Hoffnung haben, dann bin *ich* Ihre Hoffnung. Tun Sie exakt, was ich Ihnen sage, und Ihnen passiert nichts. Machen Sie irgendeinen Fehler, dann …«

»Und was sagen Sie uns exakt?«, erkundigte sich Görlitz, der an Amadeos Seite in die Höhe gekommen war. Was man ihm auch vorwerfen konnte, Mangel an Schlagfertigkeit jedenfalls nicht.

Der General starrte von einem zum anderen. »Das Heilmittel«, sagte er knapp. »Ich will das Heilmittel.« Sein Blick fand die Mitte zwischen den beiden: die Thronbank, Amadeos Azubi. »Sie kennen den Mann? – Reden Sie mit ihm!«

Amadeo fuhr sich über die Lippen, wandte sich um.

»Fabio?«, fragte er vorsichtig.

Keine Reaktion.

Zögernd trat er auf die Sitzbank zu. »Fabio? Hörst du mich?«

»Ich denke mal, das kannst du dir sparen.« Görlitz stand zwei Schritte hinter ihm. »Er ist nicht mehr in Betrieb.«

Fragend sah Amadeo ihn an.

»Der General hat den Stecker gezogen.«

Verkrampft lag Stoltenbecks Hand auf dem Saum seiner Uniformjacke, öffnete, schloss sich wieder, Zentimeter über dem Pistolenholster. Sein Blick fixierte Görlitz. »Den Stecker?«, fragte er mit gefährlich leiser Stimme.

»Überlegen Sie doch mal! Ein Mechanismus komplizierter als der andere – und als Krönung ein popeliger Kurzschluss?« Amadeos Kollege klang erfreut, seine Erkenntnis loswerden zu können. Von dem Schwert, das über seinem Haupte schwebte, schien er nichts zu bemerken. »Oh, bestimmt war das irgendwie vorgesehen – aber nur als Sicherung, falls die falschen Leute auf der Matte stehen. Diejenigen, die *nicht* an das Heilmittel kommen sollten.« Er nickte dem General zu. »Et voilà: *Quod erat demonstrandum.*«

»Herr General?«

Stoltenbeck fuhr herum. Einer seiner Soldaten. »Herr General, uns ist etwas aufgefallen da unten.«

Stoltenbeck straffte sich. »Sie ziehen sich zurück?«

Der Soldat schüttelte den Kopf. »Nein«, sagte er. »Seltsamerweise nicht. Dabei haben sie kaum Feuerkraft, abgesehen von ihren Raketen. Sie haben keine Chance, die Brücke …«

Mit einer Handbewegung schnitt der General ihm das Wort ab.

»Keine Chance«, murmelte er. »Und trotzdem machen sie

weiter. Zu welchem Zweck? – Geben Sie mir das Fernglas!« Er rupfte dem Soldaten seinen Feldstecher aus der Hand, trat an die Brüstung. »Die Afghanen. Aber nicht allein. – Merthes«, murmelte er düster. »Ich hätte es wissen müssen. Doch ich sehe keine der beiden Frauen.« Er setzte das Fernglas ab. »Sie könnten bereits gefallen sein, oder aber …« Sein Gesichtsausdruck veränderte sich. »Ein Ablenkungsmanöver«, flüsterte er. »Der Strom ist aus, unsere Einheiten sind komplett auf der Brücke konzentriert. Sie sind hier im Turm!«

Verholen nickte. »Sie kommen rauf. Und wir haben keine Ahnung, wie stark sie sind. Wir müssen weg, bevor sie …«

Stoltenbeck schüttelte den Kopf. »Ausgeschlossen. Nicht ohne das Heilmittel!«

»Verdammt, sehen Sie ein Heilmittel hier?« Verholens Stimme wurde eine Spur lauter – und nervöser. »Der Junge hätte uns vielleicht was erzählen können, aber Sie mussten ihm ja den Strom abdrehen!«

Die Blicke der beiden Männer bohrten sich ineinander, doch zu Amadeos Überraschung war es Stoltenbeck, der schließlich nickte.

»Sie haben recht«, murmelte er, winkte einem Soldaten. »Geben Sie Kommando an die dritte durch: Sie sollen uns entgegenkommen. Die fünfte bleibt unten mit dem schweren Gerät. – Wir selbst gehen runter.« Er deutete auf Amadeos Azubi. »Ihn nehmen wir mit.«

Amadeos Blick ging zu dem Jungen. Fabio rührte sich nicht, aber …

Das ist falsch!

Wieder derselbe Gedanke, zum dritten Mal, und diesmal war er stärker als jemals zuvor. Eine Gänsehaut auf Amadeos Armen, von einer Sekunde zur anderen. Er wusste nicht, woher das Gefühl kam, vielleicht durch die Jahrtausende hindurch aus Babylon selbst, aber …

Das ist falsch!

»General …«, begann er – doch es war schon zu spät.

Einer der Soldaten griff Fabio an den Schultern. Der Junge wehrte sich nicht, ließ sich ohne Widerstand in die Höhe ziehen.

Doch in diesem Moment …

Es war wie ein Kitzeln in Amadeos Fußsohlen. Ein Kitzeln, das sich übertrug, durch seinen gesamten Körper ging. Als wäre irgendwo in der Tiefe des Turms ein verborgener Motor zum Leben erwacht.

Automatisch sah er nach oben, doch die Antenne ragte in die leere Luft, unverändert. Kein Leuchten, nichts.

Amadeo blinzelte.

Er blinzelte noch einmal, wischte sich mit der Hand über die Augen.

Irritiert betrachtete er seinen Handrücken: Staub.

Die Vibrationen hatten sich verstärkt. Auch die Soldaten blickten sich jetzt um, legten den Kopf in den Nacken.

»Die Höhle«, murmelte Görlitz. »Das ist die Höhle!« War das ein Grinsen? Nein, dazu war nicht mal Steffen Görlitz in der Lage in so einem Moment, doch seine entstellten Züge ließen es so aussehen. »Und noch eine Sicherung«, flüsterte er fasziniert.

»G36 nach vorn!«, brüllte Stoltenbeck. »Kommando an die dritte: weiter vorrücken! Wir gehen jetzt runter, Marsch!«

In einer einzigen, synchronen Bewegung wandten sich seine Männer um. Wie die Käfer, dachte Amadeo. Käfer mit schweren Waffen, G36-Sturmgewehren, an der Spitze.

Unsanft wurden er und sein Kollege gepackt, mitgeschubst. Der junge Niccolosi war ein Stück vor ihnen, ließ alles mit sich geschehen wie ein Schlafwandler.

Die Wendeltreppe. Türmchen, Säulen, Bögen huschten vorbei im wirren Kreisel. Die Stufen unter Amadeos Füßen. Stoltenbecks Männer nahmen keine Rücksicht, ob er jede von ihnen erwischte.

Die Vibrationen hatten weiter zugenommen. Staub rieselte nieder, vermischt mit ersten kieselgroßen Bröckchen. Eine gedämpfte Stimme hielt per Funkgerät Kontakt zu den Männern, die ihnen von unten her entgegenkamen.

Die dritte Kompanie, dachte Amadeo. Wie stark war eine Kompanie? Ein-, zweihundert Soldaten? Wenn Rebecca und ihre Schwester tatsächlich im Turm waren: Wie viele Männer hatten sie bei sich?

Mit Sicherheit zu wenige.

Fabio war neun gewesen, als seine Eltern ihm erlaubt hatten, in den Eishockeyverein einzutreten. Seine Mutter war deswegen ein paar Wochen lang ziemlich nervös gewesen, doch das hatte sich mit der Zeit gelegt.

Bis zu dem Tag, an dem es passierte.

Fabio hatte nicht ins Tor gehen wollen. Es war langweilig im Tor, doch wie immer war gleich am Anfang ausgelost worden, wer das machen musste. Und diesmal hatte es Fabio getroffen.

Er sah den Puck nicht kommen. Zu viele Beine im Weg. Das Nächste, an das er sich erinnerte, war eine Männerstimme, etwas zu laut und etwas zu schrill, die sich mit seinen Eltern unterhielt. Sie sollten sich keine Sorgen machen, sagte die Stimme. Fabios Zustand sei *stabil.*

Der Junge hatte sich gefragt, was das wohl heißen sollte: stabil. Wenn etwas stabil war, hieß das doch, dass es nicht so schnell kaputtgehen konnte. Aber bei ihm war irgendwas kaputtgegangen. Warum sonst konnte er sich nicht bewegen? Er wollte den Mann danach fragen – und erst da begriff er, dass er auch nicht sprechen konnte.

Seine Eltern hatten ihm später erzählt, dass es drei Tage

gedauert hatte und dass man diesen Zustand *Wachkoma* nannte. Jemand, der im Wachkoma lag, kriegte nichts mit. Normalerweise. Man kriegte nicht mit, wie die Krankenschwestern sich unterhielten, als wäre man überhaupt nicht da, während sie doch gerade dabei waren, einem frische Windeln anzulegen. Man kriegte nicht mit, wie die eine von ihnen, die, die immer ein bisschen nach Pesto roch, jedes Mal von ihren Nachbarn erzählte, die wieder die ganze Nacht irgendwas miteinander angestellt hatten. Dieselbe Frau war es dann auch, die – wieder beim Windelnwechseln – eine Bemerkung machte über Fabios ja wohl nun *wirklich* winzigen …

Das hatte ihn aus irgendeinem Grund dermaßen aufgeregt: Zwei Stunden später hatte er aufrecht im Bett sitzen können, und nach ein paar Wochen war er wieder zur Schule gegangen. Nur das mit dem Eishockey hatte er sich geschenkt seitdem. Bis heute stellte er den Fernseher ab, wenn da über ein Spiel berichtet wurde.

Ein Wachkoma.

Genauso fühlte es sich an.

Wieder konnte er sich nicht erinnern, wie es passiert war. Er hatte versucht zu schlafen in seinem Blechcontainer im Camp, sich geärgert, dass Alyssa nicht hier bei ihm war, sondern nebenan bei ihrer Schwester – und dann war draußen das Getöse losgegangen. Wie er nach draußen gestolpert war, zur Barrikade, hatte er noch vor Augen. Ein Panzer und Reiter und Schüsse und …

Und dann musste ihn irgendwas getroffen haben.

Der Rest war verschwommen.

Zwischendurch war er noch mal aufgewacht, und irgendwie hatte es *geschwankt* unter ihm, obwohl er nicht mal stand, sondern auf irgendetwas lag. Ja, und er erinnerte sich, dass er geniest hatte. Die Grippe, hatte er gedacht. Jetzt also doch.

Und von da an war alles undeutlich. Er konnte nicht sagen, ob es echte Erinnerungen waren oder ein sehr, sehr seltsamer Traum von einem großen Fluss und einer Stadt mit lauter ockerfarbenen Häusern und einem sehr hohen Turm. Und Leuten, die mit ihm gesprochen hatten in einer Sprache, die er nicht kannte.

Und die er trotzdem verstanden hatte.

Der *capo*.

Erst da wurde es wieder deutlicher. Plötzlich stand sein *capo* vor ihm. Fabio war nicht überrascht. Er hatte gewusst, dass *dottore* Fanelli irgendwann kommen würde, um ihn hier rauszuholen – wo auch immer *hier* sein mochte. Auf den *capo* war Verlass.

Und jetzt ging es eine Wendeltreppe runter. Vor Fabio war der Rücken eines Mannes, der eine Tarnuniform trug. Der *capo* musste Soldaten aus dem Camp mitgebracht haben. Hinter Fabio war noch einer. Der Junge spürte eine Hand auf seiner Schulter, die sicher nicht *dottore* Fanelli gehörte. Der hätte nicht so fest zugedrückt.

Der *capo* … Aber wo war Alyssa? Seltsam: Erst jetzt konnte er wieder richtig an sie denken. Fabio spürte, dass irgendwas anders war als in den letzten Tagen. Stunden? Wochen? Etwas hatte sich verändert, als die Soldaten ihn hochgezogen hatten aus diesem seltsamen Stuhl, auf dem er ziemlich lange gesessen haben musste.

Fabio merkte, dass sein Hintern wehtat vom langen Sitzen, seine Oberschenkel. Er spürte, wie seine Füße Schritte machten auf den Stufen der Wendeltreppe. Das war neu, ein kleines bisschen wie damals im Krankenhaus.

Der Soldat vor ihm blieb plötzlich stehen. Ein Ruck an Fabios Schulter.

Und dann war der Soldat verschwunden und stattdessen …

Der Mann war ein Priester. Er war schwarz. Er trug eine Soutane – und eine Pistole. Und er schoss.

Auf einmal war überall Geschrei, Geräusche. Ich kann hören, dachte Fabio. Doch im selben Moment war die Hand auf seiner Schulter verschwunden.

Ein Stoß, er stolperte – die Stufen, es waren nur noch eine oder zwei, aber er konnte sich nicht abstützen. Sein Knie! Uniformen, überall und Schüsse und …

Alyssa.

Der Junge erstarrte.

»*Alyssa!*« War das wirklich zu hören? Fabio selbst hörte es. »Alyssa!«

Sie duckte sich hinter eine niedrige Mauer, ein Treppengeländer, und sie hatte eine Pistole. Sie schoss! Sie schoss auf die ISAF-Männer, die Männer des *capo*!

»Nein!« Ja, das war seine Stimme, aber sie nuschelte. »*Alyssa, nein!*«

Er sah, wie ihre Augen in seine Richtung gingen, und einen Moment lang …

Alles geschah auf einmal: die Soldaten, die versuchten, die Treppe runterzukommen. Eine Gestalt, die sie beiseiteschubste. Eine Gestalt, die kein Soldat war: ein Mann mit blonden, nein, mit weißen Haaren. Fabio kannte den Mann! Er hatte ihn nur ganz kurz gesehen an der Piazza Albania, aber es war der Mann, der Verholen hieß. Der Typ, der hinter dem *capo* hergewesen war. Und jetzt …

Auch Verholen hatte eine Pistole. Sie sah aus wie Alyssas Waffe und diejenige des Priesters. Er legte an …

Alyssa. Sie hatte Fabio entdeckt. Er sah, wie ihr Mund sich öffnete – und plötzlich erstarrte sie.

Es war ein winzig kleines Loch, knapp oberhalb ihres Schlüsselbeins. Fabio begriff im ersten Moment gar nicht, dass es ein Loch war.

Erst als das Blut kam.

Er schrie. Auf einmal war er wieder vollkommen ... *da*. Er konnte sehen, hören, sprang auf, zwei Schritte. Er schrie. Verholen warf ihm einen Seitenblick zu. Er sah nicht ängstlich aus, sondern verärgert vor allem, doch in diesem Moment hatte Fabio ihn erreicht.

Der Mann war größer als er und wog mindestens fünfzehn Kilo mehr, doch der Junge stürzte sich mit einer solchen Gewalt auf ihn, dass Verholen stolperte, einen, zwei Schritte machte, die er nicht hatte machen wollen. Fabio stolperte mit. Er wollte den Hals, den Hals dieses ...

Etwas explodierte.

Fabio konnte nicht sagen, was es war. Grelles, violettes Licht überall, Schreie. Verholen war es, der schrie wie am Spieß, wie ein Wahnsinniger. Seine Haare, die weiß waren oder blond und – brannten! Die in lodernden Flammen standen.

Und überall das Licht, das violette Licht, und von irgendwoher eine Stimme. Fabio kannte sie nicht, aber sie hörte sich sehr zufrieden an.

»Ich würde sagen, wir haben wieder Strom.«

Rebecca!

Sie lebte. Sie war hier. Rebecca!

Amadeo hatte zweimal hinsehen müssen: Sie trug eine Art Turban, vielleicht als Zeichen des Bündnisses mit den Aufständischen, aber sonst sah sie aus wie immer – wie eine Kriegsgöttin nur aussehen konnte am Beginn des einundzwanzigsten Jahrhunderts in staubigen Cargos und Kampfstiefeln.

Sie ließ sich zu Boden fallen, war in derselben, fließenden Bewegung wieder auf den Füßen, als Stoltenbecks Männer sich mit ihren Sturmgewehren gegenseitig in die Quere kamen. Zwei Schritte nach rechts, sie duckte sich, gab Schüsse ab, sprang zurück …

Amadeos Herz schlug bis in die Schläfen.

Die Männer des Generals hatten ihre Gefangenen am Fuß der Wendeltreppe roh zu Boden gestoßen, waren selbst in die Knie gegangen, zielten. Doch das Schussfeld war nicht frei, die Treppe im Weg. Einer der Soldaten stieß einen Schrei aus, ließ seine Waffe fallen. Rebeccas Treffer?

Alyssa! Der … der *commandante*!

Und Rebecca.

Sie mussten sich bewusst gerade hier auf die Lauer gelegt haben. Nur hier an der Wendeltreppe konnten sie die Männer des Generals von allen Seiten unter Feuer nehmen.

Aber wo waren ihre Verbündeten? Sie konnten doch unmöglich nur zu dritt …

Sie waren nur zu dritt. Amadeo begriff es im selben Moment, in dem Verholen die Treppe hinabstürmte, Stoltenbecks Soldaten zur Seite drängte, seine Waffe anlegte. Und abdrückte.

Alyssa. Amadeo war zu keiner Bewegung fähig. Rebeccas Schwester rührte sich nicht, selbst als das Blut in pulsierenden Wellen aus der Wunde zu spritzen begann.

Im selben Moment sprang Fabio vor, stürzte sich auf Verholen, packte ihn …

Und von einer Sekunde zur anderen, inmitten des Chaos von danteschem Ausmaß, war das Kraftfeld wieder da.

»Ich würde sagen, wir haben wieder Strom.«

Görlitz' einziger Kommentar.

Natürlich.

Amadeo war noch immer nicht imstande, den Blick von Alyssa zu nehmen, doch sein Verstand funktionierte mit glasklarer Präzision. Natürlich, dachte er. Görlitz ist wahnsinnig.

Man vergaß das viel zu schnell, wenn man mal wieder Hand in Hand mit ihm arbeitete, aber es blieb eine Tatsache: Der Mann mit dem Narbengesicht war nach herkömmlichen Maßstäben schlicht nicht bei Verstand.

Strom.

Ja, den hatten sie.

Und im selben Moment wusste Amadeo, dass sie verloren hatten.

Es war zu Ende. Der Turm war im Begriff, über ihnen zusammenzustürzen, und über dem Turm die Höhle. Und sie konnten nicht raus. Sie waren gefangen innerhalb des babylonischen Energieschilds.

Fabio hatte es noch geschafft – warum auch immer das Feld ihn nicht erfasst hatte wie Verholen, an den er sich geklammert hatte, als das Leuchten zurückkehrte. Der Blonde stand noch immer aufrecht, eine lebende Fackel, stieß ein Wimmern aus, das nicht mehr menschlich klang, bis irgendjemand sich erbarmte und eine Kugel in seine Richtung schickte.

Die Schießerei ging weiter. Stoltenbecks Soldaten polterten die Stufen hinab, behinderten sich gegenseitig. Einer von ihnen stolperte, machte einen ungeschickten Schritt nach vorn, schrie auf, als er das unwirkliche Glimmen berührte. Jähes Feuer – Amadeo konnte nicht hinsehen.

Wenigstens war es diesmal schneller vorbei.

»Käfer, verdammt! Wir brauchen Käfer!« Aus dem Treppenschacht die Stimme des Generals, donnernd wie Gottvater persönlich. »Kommando an die fünfte! Hochkommen und Käfer mitbringen!«

Stoltenbeck war nicht zu sehen, wohl aber seine Männer. Zwei von ihnen lagen jetzt reglos am Boden, doch ständig drängten weitere Soldaten nach, gaben Schüsse ab.

Fabio war nicht mehr zu sehen. Er hatte die Verletzte

hinter den aufgemauerten Treppenabgang in Deckung gezogen. Rebecca und der *commandante* wichen mit langsamen Schritten ebenfalls zurück, geduckt, um möglichst wenig Angriffsfläche zu bieten.

Rebecca. Hatte sie gesehen, was mit ihrer Schwester passiert war? Amadeos Herz schlug bis zum Hals. Sie war so nah – doch unerreichbar. Er würde den tödlichen Energieschild nie wieder verlassen. Dies war das letzte Mal, dass er sie …

Ihre Blicke trafen sich. »Rebecca«, flüsterte er, richtete sich vorsichtig auf. Als kauerndes Bündel sollte sie ihn nicht in Erinnerung behalten.

»Verdammt, komm her!«, fauchte sie. Ihre Pistole zuckte. Eine Kugel pfiff Zentimeter an seinem Ohr vorbei. Ein dumpfes *Uff!* hinter seinem Rücken. Treffer.

Amadeo schüttelte den Kopf. Begriff sie nicht? Der Energieschild …

Eine Hand an seiner Schulter. Görlitz. Eindeutig, die Augen eines Wahnsinnigen: »Los!«

»Was …« Amadeo hatte sich eben erst aufgerappelt.

Görlitz' Schulter rammte gegen seine Brust. Der Stoß kam völlig unerwartet. Ächzend stieß Amadeo den Atem aus, taumelte.

Wahnsinnig, jagte es durch seinen Kopf. Der wahre Görlitz war zurück, der die letzte Chance für seine Rache nutzen wollte, ehe er selbst …

Amadeo stemmte sich gegen ihn an, vergeblich. Noch einen Schritt.

Und mit einem Mal war er im Feuer, im phosphoreszierenden, violetten Licht, und er sah …

Es ging zu schnell.

Es war vorbei, im selben Moment. Es war ein winziger Eindruck gewesen, blitzartig, der doch keine Zeit zu kennen schien: ewig – und eigentlich gar nicht da. Wie die Babylonier, ihr Turm und ihr Geheimnis, das jeder und keiner Zeit gehörte.

Amadeo sah, hatte gesehen und würde sehen.

Was immer es war, existierte nur in der Erinnerung.

Er war hindurch, auf der anderen Seite, Görlitz mit ihm. Keine Flammen, keine Schmerzen. *Nichts!* Er lebte!

»Wie …«

Mit zusammengebissenen Zähnen stieß Görlitz ihn weiter.

»Das Feuer«, flüsterte Amadeo. »Warum sind wir nicht …?«

Noch drei Schritte, zwei … Die Deckung. Stolpernd warf er sich voran, rutschte halb besinnungslos die Stufen runter, Görlitz neben, halb auf ihm.

Rebecca, die sich noch mal umdrehte, Schüsse abgab. Duarte schon die Treppe hinab, Fabio, die Verletzte.

»Alyssa!«

Es war zu schnell gegangen, es war zu nahe. Eine Etage über ihnen noch immer Lärm und Geschrei, sogar Schüsse, obwohl niemand mehr dort war, auf den Stoltenbecks Männer hätten feuern können.

Sie waren in Sicherheit.

Doch das machte keinen Unterschied.

Bedrohlich knirschte das Deckengewölbe, Staub rieselte herab. Fugen waren entstanden, von denen Amadeo sich nicht erklären konnte, woher sie stammten, wenn der Turm doch aus einem einzigen, gigantischen Block von Käfersekret geschaffen war, eine monströse, schwarze Skulptur für die Ewigkeit.

Und jetzt war er im Begriff, über ihnen einzustürzen. Gewaltige, nachtdunkle Quader begannen sichtbar zu werden, die sich gegeneinander verschoben, millimeterweise zunächst, doch während Amadeo noch hinsah …

Wie lange noch? Minuten? Augenblicke nur?

Der Weg in die Tiefe war ihnen versperrt. Stoltenbecks Verstärkung stürmte die Treppen empor. Schon war das Poltern zu hören.

Sie waren gefangen. Gefangen in dem Raum mit den Spiegeln, die Amadeo und Görlitz kompliziert auf einen bestimmten Punkt hatten ausrichten müssen.

»Alyssa!«

Diesen Ton hatte Amadeo bei Rebecca noch nie gehört. Einmal, ansatzweise, in der Sixtinischen Kapelle, als Pedro de la Rosa, ihr väterlicher Freund, zu ihren Füßen gelegen hatte – sterbend, wie sie glaubten.

Doch das hier … Amadeo war unfähig, etwas zu sagen. Alles, was er tun konnte, war, die Hand auszustrecken, sie auf ihre Schulter zu legen. Sie sollte spüren, dass er bei ihr war, auch wenn es nichts gab, das er hätte tun können, das irgendjemand von ihnen hätte tun können.

Sie alle spürten diese Hilflosigkeit. Selbst Görlitz hielt im Augenblick den Mund.

Alyssa war blass, als wäre schon kein Leben mehr in ihr, doch noch bewegten sich ihre Lippen, ohne dass ein Wort hörbar gewesen wäre. Rebecca hatte Verbandsmaterial zum Vorschein gebracht, versuchte die Blutung zu stillen. Binnen Sekunden waren die Verbände vollgesogen mit leuchtendem Scharlach.

Fabio kniete über der Verletzten, seine Hände auf ihrer Brust, als könnte er sie festhalten, sie daran hindern, an einen Ort zu gehen, an den ihr niemand folgen konnte. Auch seine Lippen bewegten sich, auch er blieb stumm dabei. Ein gespenstisches Bild. Wie eine Schleife in der Zeit, die sich auf ewig zu wiederholen schien.

Das Blut, ein dünnes Rinnsal, mit dem Alyssas Leben …

Ein dünnes Rinnsal.

Rebecca schubste die vollgesogene Gaze beiseite, drückte in derselben Bewegung eine frische Kompresse auf. Rot, blutiges Rot sickerte ein, doch es sickerte langsamer.

Noch immer dasselbe Bild. Fabio, der über der Verletzten kniete, Rebecca, die sich nicht bewegte, Amadeos Hand, die auf ihrer Schulter lag.

Plack!

So hörte es sich an, in die Stille hinein.

Ein Comicgeräusch, dachte Amadeo. Wie beim Kater Sylvester und dem Schwein, an dessen Namen er sich noch immer nicht erinnern konnte.

Trotzdem hob er die Augen und blickte genau auf die Fensterhöhlung: auf einen seltsamen Gegenstand, der sich in den Stein gehakt hatte und im ersten Moment an eine metallene Luftpumpe mit langen, gebogenen Stacheln erinnerte.

Rebecca bewegte sich. Sie musste gespürt haben, wie sich seine Haltung veränderte, folgte seiner Blickrichtung – und erstarrte.

»Ein *kagi-nawa*!«, flüsterte sie.

»Irgendwie macht der Junge mir Angst«, murmelte Görlitz. »Ist der immer so?«

»Für Überraschungen war er schon immer gut«, sagte Amadeo leise.

Was genau hatte Fabio Niccolosi getan in den Minuten, in denen seine Hände auf Alyssas Brust gelegen hatten?

Die blonde Frau saß aufrecht am Boden, den Rücken gegen ihre Schwester gestützt und die Lider geschlossen. Sie sah noch immer aus wie der Tod, doch die Blutung war tatsächlich zum Stillstand gekommen. Wenn Rebeccas Pressverband sie nicht erwürgte, hatte sie womöglich doch noch eine Chance.

Sie alle hatten vielleicht noch eine Chance.

Der *kagi-nawa* hatte sich im Rahmen des Fensters verhakt. Ein schmales Seil war an ihm befestigt, das in die Dunkelheit führte, auf die schemenhaft erkennbare Felswand zu. Irgendetwas – irgendjemand – schien sich dort zu bewegen.

Doch ihr Rettungsanker schillerte im bösartigen, tödlichen Glühen der wiedererwachten babylonischen Elektrizität.

Das Bild Verholens, gefangen als lodernde Fackel inmitten des Energieschilds, hatte sich Amadeos Gedächtnis für alle Zeiten eingebrannt. Er verstand nicht, warum er selbst und Görlitz nicht ebenfalls tot waren, doch er würde den Teufel tun, Anker oder Fenster freiwillig zu berühren.

Genau das aber tat Fabio Niccolosi.

Die Finger des Jungen folgten den Konturen der Fensterlaibung, aufwärts, abwärts, von der Mitte zum Rand und umgekehrt. Amadeo war sich nicht sicher, aber er glaubte einen komplizierten Rhythmus zu erkennen. Und die ganze Zeit bewegten sich Fabios Lippen, lautlos fast.

Aber eben nur *fast*.

Amadeo lauschte, versuchte alles andere auszublenden: das stetig zunehmende Knirschen im Gemäuer, mit dem sich größere und größere Teile der Konstruktion aus dem Verbund lösten. Den anschwellenden Lärm, mit dem sich Stoltenbecks Verstärkungen näherten. Er versuchte, nur auf Fabios Worte zu horchen. Waren es Worte?

Magie, dachte er. Zauberei. Oder doch etwas ganz anderes?

Amadeo war Anleitungsleser: *Viermal Schraube F mit Unterlegscheibe G durch die Bohrungen in Teil B*. Das war seine Welt.

Ganz genauso hörte sie sich an, die babylonische Magie.

Es war, als versuchte sich Fabio eine Gebrauchsanweisung ins Gedächtnis zu rufen. Eine Anleitung in einer Sprache, deren Klang die Welt seit fünftausend Jahren nicht mehr gehört hatte.

Was um alles in der Welt hatten sie mit dem Jungen angestellt?

Fabio ächzte. Zischende, flüsternde Laute von seinen Lippen, etwas, das klang wie … *e-kur-kur*! – *e-kur-kur*! Eine heftige Armbewegung, als wollte er unsichtbare Fensterflügel aufstoßen. *E-kur-kur*!

Er taumelte zurück. Das elektrische Flimmern … es war fort.

Mit pochendem Herzen näherte sich Amadeo dem Fenster, spähte hinaus. Nein, die Fassade changierte noch immer in jenem bedrohlichen Violett, doch rund um das Fenster war eine Lücke entstanden.

»Dann los!«, flüsterte Görlitz. Mit zusammengebissenen Zähnen schwang er sich auf den Fenstersims, prüfte den Sitz des Ankers. Schon hing er über dem Seil, begann sich Hand um Hand vorzuarbeiten.

Aus den Tiefen des Turms die donnernden Schritte, lauter und lauter mit jeder Sekunde.

Amadeo biss sich auf die Lippen. »Wenn sie hier sind, bevor wir drüben ankommen …«

»Wenn sie hier sind, während wir noch grübeln, erst recht«, murmelte Rebecca.

Doch auch sie machte keine Anstalten, durch das Fenster zu klettern, genauso wenig Duarte.

Ihre Blicke lagen auf Alyssa.

»Ihr Seil.« Fabio hatte kein Wort gesprochen, seitdem sie den Raum betreten hatten – jedenfalls keines in einer noch lebenden Sprache. Jetzt deutete er auf die Hüfte des *commandante*.

Amadeo spürte ein seltsames Gefühl in der Magengegend: Das war derselbe Junge, der letzte Woche reflexartig seine Zigarette hatte verschwinden lassen, als er vor der *officina* seinem *capo* begegnet war – und doch nicht derselbe. Stand wirklich Fabio Niccolosi vor ihm oder ein fünftausend Jahre alter Babylonier?

Duarte nickte, löste das geflochtene Tau und befestigte es um Fabios Körper. Vorsichtig halfen Amadeo und seine Partnerin der Verletzten auf. Noch hielt Rebeccas Pressverband.

Das schafft sie nie, dachte der Restaurator, wagte es nicht, in Rebeccas Richtung zu sehen.

Doch hatten sie eine andere Chance?

Es war Wahnsinn. Amadeo konnte nicht atmen, als er beobachtete, wie sein Azubi sich über den Sims schob, Alyssa an seinen Leib gefesselt wie eine leblose Last. Der Junge schloss beide Hände um das Seil, ließ sich fallen, begann sich voranzukämpfen, Meter um Meter.

Geisterhaft: Während das Seil nach einer kurzen Strecke unsichtbar wurde, schien Fabios weites babylonisches Gewand in der Finsternis zu leuchten, als könnte der Junge sich durch die leere Luft bewegen. Nicht dass Amadeo sich darüber noch gewundert hätte.

»Jetzt Sie beide! Ich komme nach, sobald Sie drüben sind.«

Duarte wandte ihnen den Rücken zu, die Pistole auf die Treppenöffnung gerichtet. Die Schritte, die Stimmen! Sie waren direkt unter ihnen.

Unmöglich, dachte der Restaurator. Nur noch Sekunden, und die Soldaten würden hier sein. Selbst wenn es Duarte gelang, Amadeo und Rebecca die entscheidende Zeit zu erkaufen. Er selbst würde keine Chance haben.

»Verdammt!«, knurrte der *commandante*. »Entweder Sie gehen, oder wir sterben alle drei!«

Schritte in der Tiefe. *»G36 nach vorn!«*, bellte eine Stimme.

Hektisch glitt Amadeos Blick über den Raum, das Mobile aus Spiegeln. Görlitz und er hatten sie in unterschiedlichen Winkeln ausrichten müssen, und bei jeder Bewegung waren unheimliche Geräusche aus dem Boden, den Wänden, der gewölbten Decke zu hören gewesen, mit denen ein verborgener Mechanismus die Einstellungen registrierte. Was, wenn ...

Amadeos Blick ging nach oben.

»Oder keiner von uns«, flüsterte er. »Rebecca, deine Pistole! – *Commandante*, hierher!«

Überrascht hob Rebecca die Augenbrauen, doch sie zögerte keine Sekunde. Amadeo nahm die Waffe, spannte, zielte ... Begriff Duarte, was er vorhatte? Der *commandante* löste sich von der Treppe, eilte zu Rebecca, zum Fenster.

Amadeo fasste die Waffe mit beiden Händen und feuerte, in die Aufhängung des Mobiles hinein, eine einzige, glitzernde Verstrebung am höchsten Punkt des Deckengewölbes.

Der Schuss hallte von den Wänden wider – und wurde im nächsten Moment übertönt durch ein anderes Geräusch, ein Bersten, Donnern und Rumpeln. Der gesamte Turm schien zu wanken, schüttelte sich wie ein waidwunder Gigant. Quadern lösten sich aus der Decke, sausten in die Tiefe, zersplitterten auf dem marmorartigen Boden. Auch der Boden bekam Risse, die sich erweiterten, schneller als ein Atemzug.

Amadeo sprang beiseite, auf das Fenster zu, wo Rebecca noch ausharrte, Duarte sich schon nach draußen schob. Rufe, Schreie von der Treppe her. Schemenhafte Umrisse, die sich bewegten.

Neue Erschütterungen. Das Gewölbe selbst begann einzubrechen, Spalten klafften in den Wänden.

Rebecca streckte ihm die Hand entgegen, zog ihn auf den Sims, führte seine Finger zur rauen Oberfläche des geflochtenen Taus.

Die Nacht schloss sich um ihn, Dunkelheit, in der Tiefe das wimmelnde Gemenge der elektrischen Käfer.

Er hatte Mühe, sich zu halten. Das Seil, das am Turm keinen festen Halt mehr fand, schien wild umherzuflattern. Amadeo mühte sich voran, aber zu langsam, zu langsam …

Wir schaffen es nicht!

Rebecca war direkt hinter ihm.

»Verflixt!«, brummte sie. »Derselbe Mist wie vorhin – jetzt mach ich's schon freiwillig!«

Er sah über die Schulter. Ein blitzender, kleiner Gegenstand in ihrer Hand.

»Festhalten!«, brüllte sie, als sie mit einer einzigen heftigen Bewegung das Seil durchtrennte.

Was folgte, sollte für immer verschwommen bleiben.

Es waren Momentaufnahmen, einzelne Bilder, die sich in seiner Erinnerung nicht zu einem fortlaufenden Film fügen wollten.

Der Schock des Sturzes durch die Dunkelheit.

Das Glitzern des Chitins unter ihnen.

Die gemauerte Balustrade um die Käfergrube.

Der Boden der Höhle, der auf sie zuraste.

Und der Aufprall.

Amadeo wusste, dass sie alle beide reif fürs Krankenhaus waren, doch irgendwas in ihrem Innern gab ihnen die Kraft, wieder auf die Beine zu kommen.

Sollte man es ein Wunder nennen? Wie durch einen Nebel sah er Duarte, Görlitz. Hinter ihnen weitere Gestalten, die sich aus den Schatten der Höhlenwand lösten, mit raschen, teilweise humpelnden Schritten auf sie zukamen. Einige von ihnen trugen Uniformen, und intuitiv wusste Amadeo, dass ein vierschrötiger Kerl mit Glatze Oberst Merthes sein musste. Doch auch die geisterhafte Erscheinung des jungen Niccolosi war dabei, Alyssa auf seine Schultern gestützt, noch weniger bei Bewusstsein als Amadeo selbst, aber eindeutig am Leben.

Um sie her war Staub und Lärm, war das Bersten und Grollen, mit dem das unterirdische Vermächtnis der Babylonier nach Tausenden von Jahren in Trümmer fiel. Am Durchgang zur größeren Höhle, die einmal das Haus der Spinne beherbergt hatte, drängte sich eine wimmelnde Masse von … nein, nicht von Käfern. Soldaten. Stoltenbecks dritte Kompanie? Die fünfte? Alle beide? Der größte Teil der Männer des Generals musste die einzig vernünftige Entscheidung getroffen und den Befehl verweigert haben. Eben noch rechtzeitig: Risse entstanden im Gewölbe, und Sekunden später sausten Felsbrocken in die Tiefe, schnitten den Weg in die größere Höhle ab.

Nun gab es nur noch einen einzigen Weg nach draußen.

Amadeo spähte in die Dunkelheit. Dort! Er hatte es gefunden. Stufe um Stufe schleppten sie sich nach oben. Keiner von ihnen, der nicht die eine oder andere Verletzung davongetragen hatte.

Ein Notausgang, dachte Amadeo. Wie dumm war er gewesen, als er sich gefragt hatte, wozu diese Treppe gut sein sollte, auf die Verholen so unverhofft gestoßen war?

Nichts in diesem Spiel, nichts in diesem uralten Plan, war einfach nur so da. Alles hatte seinen Sinn.

Aber wie war das möglich? Wie hätten die Babylonier vor fünftausend Jahren wissen sollen, dass der Geschäftsführer einer römischen Bücherrestauratorenwerkstatt heute auf diese Treppe angewiesen sein würde?

Alles ist relativ, dachte Amadeo. Schon Einstein und auch

Helmbrecht hatten das erkannt. Was war zuerst da, die Henne oder das Ei? Das Prinzip von Ursache und Wirkung: War es in Stein gemeißelt wie die Keilschrift der Babylonier?

Die Dinge, dachte er, sind so, wie sie sind.

Wie sonst war es zu erklären, dass er noch am Leben war?

Kurz bevor der zerbröckelnde Fels ihm die Aussicht auf die Höhle nahm, blickte er ein letztes Mal zurück, wurde Zeuge, wie der zweite Turm von Babel wie in Zeitlupe in sich zusammensackte.

Nein, Stoltenbeck hatte keine Chance gehabt, gefangen hinter dem Energieschild. Jetzt war er mit seinen Käfern vereint. Es war mehr, als er verdient hatte.

Der Restaurator wandte sich ab.

Licht vor ihnen, dämmriges Abend- oder Morgenlicht. Amadeo war es gleichgültig. Ihm kam es vor, als hätte er Jahre seines Lebens in diesen Höhlen verbracht.

Die ersten – oder letzten – Strahlen der Sonne brachen sich auf dem Chrom des CH-53-Transporthubschraubers.

Amadeos Blick suchte Duarte: »Können Sie so was fliegen?«

Der *commandante* hob eine Augenbraue. »Ich könnte es mal versuchen.«

Amadeo nickte, zu erschöpft für irgendeine Regung.

Sie hatten es geschafft. Sie waren draußen. Und doch …

Müde beobachtete er, wie sich Rebecca an ihm vorbeischob und mit ein paar Handgriffen – und ohne Schlüssel oder programmierte Chipkarte – die Verriegelung des Einstiegs öffnete.

Einer nach dem anderen kletterten die Überlebenden in den Helikopter, Alyssa wurde vom jungen Niccolosi ins Innere gehoben. Als Rebecca einsteigen wollte, bot ihr ein semmelblonder Junge in Uniform weltmännisch die Hand.

Amadeo selbst folgte als Letzter, ließ sich schwer auf den Sitz sinken – denselben, den er auf dem Hinflug gehabt hatte.

Wie verzweifelt war er gewesen.

Und wie viel verzweifelter war er jetzt.

Als der Hubschrauber sich vom Boden löste, hob sich sein Blick, glitt hinaus über das zerschundene Gelände, aus dem jetzt nicht mehr nur an einer, sondern an unzähligen Stellen Rauchfahnen aufstiegen, Fanal des Untergangs der babylonischen Welt.

»Wir sind am Leben«, murmelte Amadeo. »Aber wofür? Wir haben es nicht geschafft. *Ich* habe es nicht geschafft. Das Mittel ... die Grippe ... die *Welt*!« Er schüttelte den Kopf. »Dieses ganze Theater – um nichts. *Maledetto!* Das *ergibt keinen Sinn!*«

»*Capo?*«

Der junge Niccolosi saß ihm quer gegenüber, Alyssas Kopf auf seinem Schoß, Rebecca den beiden zu Füßen mit einem großen Koffer, der die medizinische Notfallausrüstung des Helikopters enthielt.

Fragend sah Amadeo den Jungen an.

Fabio räusperte sich. »Also die Grippe – die hatte ich auch.«

Der Restaurator spürte, wie sein Herz aus dem Takt geriet.

»Hatte?«, fragte er. Der Junge sah gesund aus – und er war tagelang von jeder medizinischen Versorgung abgeschnitten gewesen!

»Es ist alles etwas undeutlich.« Fabios Blick ging an seinem *capo* vorbei. Seine Stimme wurde ganz leise. »Eigentlich war es eher eine Art Traum.«

»*Traum?*«, flüsterte Amadeo. Jedes einzelne Haar an seinem Körper stand ihm zu Berge.

»Jedenfalls habe ich geniest und gehustet, und Fieber hatte ich mit Sicherheit auch. Aber dann …« Ganz vorsichtig nahm der Junge Alyssas Kopf von seinem Schoß, legte ihn behutsam auf Rebeccas zusammengefalteten Blazer. Er stand auf, wandte Amadeo den Rücken zu – und ließ mit einer einzigen Bewegung das weite babylonische Gewand von seinen Schultern gleiten. Sein Hintern wurde von Boxershorts im Design der italienischen Trikolore verhüllt, doch auf seinem Rücken …

Käfer.

Ein halbes Dutzend Exemplare, parallel zueinander angeordnet zwischen den Schulterblättern, nahe der Taille, in Hüfthöhe zu beiden Seiten der Wirbelsäule.

Käfer. Elektrische Käfer.

»Deshalb muss das auch mit dem Stromkreis passiert sein, als ich da durch bin«, erklärte Fabio. »Gut, sie werden eine ganz bestimmte Spannung haben, aber das kann man ja sicher herausfinden. Vor allem, denke ich, kommt es auf die richtigen Stellen an, und … *capo*? Sind Sie in Ordnung?«

Amadeo nickte stumm.

»Na ja …« Der Junge betrachtete ihn zweifelnd. »Man muss sie halt an die richtigen Stellen setzen. So geht das doch auch bei der … wie heißt das?«

»Akupunktur«, murmelte Rebecca. »Elektrische Akupunktur.«

Epilog

Rom, Via Oddone

»Also, ich wär sehr, sehr vorsichtig an Ihrer Stelle!« Ingolf Helmbrecht setzte seine Tasse auf Amadeos Schreibtisch ab und hob warnend den Zeigefinger. »Erinnern Sie sich, wie uns damals im Institut immer Filtertüten weggekommen sind? – Hat schlagartig aufgehört, nachdem er gekündigt hatte.«

Amadeo hüstelte. »Ich habe den Eindruck, dass Steffen – Herr Görlitz – aus seinen Fehlern gelernt hat.«

»Ich wäre mir da nicht so sicher«, murmelte der Professor. »Einmal kriminell, immer kriminell. So einen Menschen zu resozialisieren ...«

»Er hat mir das Leben gerettet«, bemerkte Amadeo. »Am Energieschild.«

»Jaaaaaaaaaa.« Helmbrecht zog die Silbe übertrieben lang. »Der Energieschild. Das ist eine Sache, die ich noch nicht begriffen habe. Sie hatten in diesem Moment also noch gar nicht erkannt, was es damit auf sich hatte? Sie dachten, Sie wären gefangen wie der General und seine Männer?«

»Genau das.« Amadeo nickte. »Natürlich, im Nachhinein ist alles logisch: Der Schlüssel war die Elektrizität. Im Grunde wussten wir das schon, seitdem wir die Käfer beobachtet hatten, wie sie an diesen Muscheln am Arbeiten waren. Die Käfer waren *programmiert*, wie auch immer die Babylonier das angestellt haben vor fünftausend Jahren. Auf irgendeine Weise waren sie fähig, den Fortgang der Menschheitsgeschichte wahrzunehmen und in der Architektur des Turms darauf zu reagieren. Ohne Zweifel mussten sie eine Form von kollektiver Intelligenz besitzen. Der ganze Turm besaß eine Intelligenz. Ein Gedächtnis. Und mehr als das vielleicht.«

»Ein Bewusstsein?« Der Professor klang nicht überzeugt.

»Wie immer Sie es nennen wollen. Die Babylonier hatten Vorsorge getroffen. Sie wollten Kontakt mit uns aufnehmen – mit denjenigen, die der Spur ihrer Überlieferung gefolgt waren.«

»Durch Fabio Niccolosi.«

»Durch Fabio Niccolosi«, bestätigte Amadeo. »Deshalb haben sie uns zur Spitze des Turms geführt. Das aber musste bedeuten …«

»Dass Herr Görlitz und Sie, die beiden Männer, die die Rätsel des Turms gemeinsam gelöst hatten, den Energieschild gefahrlos durchqueren konnten. Die Elektrizität wurde ja an der Spitze gebraucht.«

»Genau.« Amadeo nickte. »Wahrscheinlich hat sich der Turm unsere DNA gemerkt, unseren genetischen Fingerabdruck, was weiß ich. Stoltenbeck hat genau das Falsche getan, als er plötzlich auftauchte und den Energieschild zum Kollabieren brachte. Doch so weit hätte ich nie gedacht. Ich wäre nie auf die Idee gekommen, da einfach durchzulaufen.«

»Das wäre Herr Görlitz vermutlich auch nicht mehr, falls es *Sie* zerbritzelt hätte. Sind Sie auf den Gedanken schon mal gekommen?«

Amadeo nickte. Das war er. Doch wie sollte er dem Professor erklären, dass da noch mehr war als die Dankbarkeit für die Rettung seines Lebens? Wie sollte er erklären, was er gefühlt hatte, als sich Rebecca an Bord des Transporthubschraubers an ihn geschmiegt hatte und er im Begriff gewesen war, den Arm um sie zu legen – und sich in diesem Moment sein Blick mit Görlitz' Blick getroffen hatte?

Amadeos Bewegung war eingefroren, für einen Moment, der ewig zu dauern schien oder vielleicht doch so kurz war wie der Flügelschlag einer Libelle.

Ich habe kein Anrecht mehr auf sie, war ihm durch den Kopf geschossen. Görlitz hatte ihm das Schlimmste angetan, was ein Mann einem anderen nur antun konnte: Er hatte ihm Rebecca nicht einfach weggenommen, o nein: Er hatte Amadeos Wort, dass der Restaurator sie ihm freiwillig ausliefern würde!

Doch jetzt, an Bord des Helikopters, hatte der Mann mit dem Narbengesicht ganz kurz den Kopf geschüttelt. *Behalt sie. Ihr beide gehört zusammen.* In seinen Augen hatte ein Ausdruck gelegen, den Amadeo niemals vergessen würde: Neid, Verzweiflung, Resignation. Welches dieser Gefühle am stärksten gewesen war, hätte Amadeo nicht sagen können. Er wusste nur eins: Nein, Görlitz war nicht wahnsinnig. Und er wusste sehr genau, in welcher Situation er sich befand. Die Hölle. Narbenvisage hatte mindestens so viel auf dem Kasten wie Amadeo selbst. Die babylonischen Rätsel hatten sie beide gemeinsam gelöst – einen Sieger gab es nicht. Und doch hatte Görlitz verloren. Alles verloren. Ein ganzes Leben.

Und das war nicht fair.

Und deshalb hatte Amadeo den Vertrag aufgesetzt.

Wenn er Görlitz jetzt die Chance gab, noch einmal neu anzufangen, als Mitarbeiter in der *officina di Tomasi* – mussten sie dann nicht nach menschlichem Ermessen quitt sein? Ein Leben für ein Leben. Der Vertrag war vorbereitet. Es fehlte nur noch Görlitz' Unterschrift.

»Eine zweite Chance«, murmelte Amadeo leise. »Es fühlt sich noch immer so unwirklich an, auch jetzt noch, nach …«

»Nächste Woche haben wir Weihnachten«, half Helmbrecht.

»Nach mehr als sechs Wochen.« Amadeo nickte. »Eine zweite Chance für die Menschheit. Elektrische Stimulation von Nervenbahnen, überall auf der Welt zu machen, wenn man die richtigen Punkte kennt, das exakte Maß der elektrischen Spannung. Keine monatelangen Verzögerungen, weil die Labors nicht nachkommen.... Wussten Sie, dass sie in den Vereinigten Staaten sogar schon auf der richtigen Spur waren?«

»Ein paar Yogis und Verrückte!«

»Die Universität von Berkeley, Kalifornien!«

»Ein paar Yogis und Verrückte«, bestätigte Helmbrecht. Er seufzte. »Die Gesundbeter dieser Welt wird's freuen: ganzheitliche Methode.«

»Das muss nicht die schlechteste sein«, widersprach Amadeo. »Ich habe viel nachgedacht in letzter Zeit. Was war als Erstes da, habe ich überlegt. Die Henne – oder das Ei?«

Ein Klopfen an der Bürotür.

»Herein«, sagte Helmbrecht, bevor der Restaurator den Mund öffnen konnte. »Frau Steinmann, würden Sie einem alten Mann einen frischen *caffè* bringen?« Ohne sich umzusehen, streckte er ihr seine leere Tasse entgegen. »Niemand vermag das mit einer solchen Eleganz.«

Rebecca hob die Augenbrauen, nahm die Tasse aber entgegen. Sekunden später war das sanfte Brummen der Espressomaschine zu hören, das die gedämpften Unterhaltungen in der Werkstatt übertönte.

»Henne oder Ei?«, schnarrte der Professor in Richtung Amadeo. »Wer hat Ihnen so einen Bockmist in den Kopf gesetzt? Vor der Henne und dem Ei war der Saurier, und vor Ihnen und mir waren Einstein, Goethe und Konsorten, und vor denen waren die Babylonier. Aber...« Er streckte die Hand aus, nahm seine Tasse entgegen. »*Aber*«, betonte er. »Vor uns allen zusammen war der alte Herr mit dem Rauschebart, der anscheinend wieder mal sämtliche Hühneraugen zugedrückt hat. Und genau das …« Nachdenklich führte er die Tasse zum Mund. »Genau das ist schwer zu erklären. Wenn wir einmal überlegen: Warum hat der Herrgott die Seuche damals geschickt? Weil die Babylonier einen Turm gebaut haben und Gott spielen wollten. Kann er sich nicht bieten lassen, klar. Also verwirrt er ihre Sprache, zerstreut sie und sagt sich: Nie, nie, *nie* wieder. Im Verein sind sie fürchterlich, das weiß er genau. Und jetzt, schlappe fünftausend Jahre später, geht die ganze Geschichte von vorne los. Diese sogenannten Menschen haben sich exponenziell vermehrt. Der hiesige Planet ist nicht wiederzuerkennen, und niemand wird behaupten, dass er an Attraktivität gewonnen hätte. Und wieder rotten sie sich zusammen. Sogar die babylonische Seuche und das Heilmittel wollen sie als Waffe einsetzen. Und was tut er, der Herrgott? Er greift nicht ein.«

»Stoltenbeck hat das Heilmittel aber nicht gekriegt«, warf Rebecca ein. Sie hatte sich auf die Lehne des Bürostuhls gleiten lassen, strich Amadeo versonnen übers Haar, was er sich wohlig gefallen ließ – auch, weil sie die Haare immer wieder sorgfältig über der lichten Stelle platzierte. »Wenn Gott jemanden hat gewähren lassen, dann waren es Amadeo Fanelli und Steffen Görlitz«, erklärte sie. »Und die wollten es nicht als Waffe einsetzen, sondern haben sogar zusammengearbeitet. – Am Schluss jedenfalls.«

»Meine Rede.« Helmbrecht nickte eifrig. »Sie haben *zusammengearbeitet*. Genau das, was Gott verhindern wollte – und zum Dank kriegen sie das Heilmittel? Warum sollte der alte Herr das zulassen?«

Rebecca hob die Schultern. »Die beiden haben nicht nur

an sich gedacht. Sie wollten die Menschheit retten. Vielleicht hat er einfach dazugelernt.«

»*Gelernt?*« Ein Hustenanfall schüttelte den Professor. Halt suchend griff er nach seiner Tasse. Seine Nase hatte die Farbe des Feuerlöschers angenommen, der in seinem Rücken neben der Tür hing. »*Gott?*«

Nachdenklich sah Amadeo von Helmbrecht zu Rebecca. *Gelernt.* Da waren die größten Geister aller Zeiten im Spiel gewesen mit ihren kompliziertesten Rätseln. Amadeo war gezwungen gewesen, zu lernen, die Dinge aus unterschiedlichen Blickwinkeln zu betrachten. Und am Ende hatte er sogar lernen müssen, wieder mit Görlitz zusammenzuarbeiten! War es nicht im Grunde die ganze Zeit darum gegangen: zu lernen?

»Gelernt«, sagte schließlich auch der Professor, schien dem Klang des Wortes nachzulauschen. »Erstaunlich. Aber das wäre eine Möglichkeit.« Nachdenklich betrachtete er Rebecca. »Nein, das ist gar kein dummer Gedanke. – Was denken Sie, mein lieber Amadeo? Ob wir das nicht alles sehr viel einfacher hätten haben können, wenn bei so viel großen Geistern auch ein paar Frauen dabei gewesen wären?«

Amadeo war allein mit Görlitz.

Helmbrecht hatte sich verabschiedet, als Gianna den Besucher angekündigt hatte. Rebecca brachte ihn gerade ins Hotel. Vermutlich besser, dass die beiden Männer sich nicht sahen. Selbst wenn das Gespräch nicht auf die Filtertüten gekommen wäre.

»Unterschreiben?« Steffen Görlitz starrte auf den Vertragsentwurf. »*Das?*«

Amadeo schluckte.

»Ich …« Er suchte nach Worten. »Ich wollte dir irgendwie danken.«

Görlitz starrte ihn an. »*Danken?*« Das Wort klang entschieden unappetitlich, wie er es aussprach.

Amadeo biss sich auf die Zunge. Irgendwas musste sein ehemaliger Kollege falsch verstanden haben. Dachte Görlitz, er wollte ihm ein Almosen anbieten?

»Du weißt, dass ich gerade einen wichtigen Mitarbeiter verloren habe«, sagte Amadeo vorsichtig.

Das waren jedenfalls die falschen Worte.

Görlitz' Blick schien ihn zu durchbohren. »Ich hörte schon davon. Dein Botenjunge hat sich entschlossen, in Afghanistan zu bleiben.«

»Fabio Niccolosi hat sich entschlosen, meine ... äh ... Schwägerin bei einem Projekt zu unterstützen, das die Arbeit der internationalen Hilfsorganisationen in Masar-e Sharif koordinieren soll. Sie dürften ziemlich einmalige Kontakte zur einheimischen Bevölkerung haben.«

»Es geht ihr also wieder gut?«, brummte Görlitz.

Amadeo nickte. »Oberst ... ich meine: *Generaloberst* Merthes kann jede Hilfe gebrauchen nach allem, was geschehen ist. Doch offenbar wirken unsere Freunde in den Bergen beruhigend auf die Bevölkerung ein. Der Dorfälteste scheint eine örtliche Größe zu sein.«

Seine Finger strichen über den Vertragsentwurf. Wie es Rebeccas Unterstützern gelungen war, die Höhle zu verlassen, wusste er bis heute nicht. Doch er konnte damit leben, nicht alles zu begreifen. Schließlich befand er sich in guter Gesellschaft: Wenn nicht die größten Geister der Menschheit jahrhundertelang an einer Geschichte gearbeitet hätten, die sie für ein neckisches Rätselspiel gehalten hatten, säße er jetzt nicht mehr hier.

Eigentlich hatte er nur noch einen einzigen Wunsch. Er konnte nicht anders, aber irgendwie wollte er sich bei Steffen Görlitz bedanken.

Doch der strich sich bereits die Hose glatt, stand auf, betrachtete Amadeo von oben bis unten.

»Pass mal auf, Fanelli. Du und ich am selben Projekt – das würde nie und nimmer gut gehen. Und irgendwie wär's doch auch schade. So einen Gegner wie dich finde ich im Leben nicht wieder.« Sein Grinsen war unsymmetrisch wie immer, doch in diesem Moment kriegte Amadeo es einfach nicht hin, es un*sympathisch* zu finden.

»Ich glaube, dies ist der Beginn einer ganz wunderbaren Feindschaft«, sagte Görlitz und reichte ihm die Hand. »Heißt es nicht, ein Mann werde gemessen an der Größe seiner Feinde? Und kann ich mir einen besseren Feind wünschen – als den größten Geist unserer Zeit?«

Danksagung

An erster Stelle ist wie stets meiner Frau zu danken, die dieses Buch mit tausend Impulsen begleitet hat. Würde ich einmal auf die Idee einer Transaktion im Stile der Herren Fanelli und Görlitz kommen, wäre vermutlich nur ein Leben in Gefahr: meines.

Thomas Montasser, meinem Freund und Agenten, danke ich für Ermunterung, offene Ohren und ebensolche Kritik. Rainer Schöttle, meinem niegelnagelneuen Lektor, für die Präzision, mit der er den Smoke on the Water gelichtet hat – nicht allein über dem Pe(n)tzi(e)nsee. Urban Hofstetter vom Blanvalet Verlag, der *dottore* Fanelli sogar mit ins Bett nimmt.

Ich danke: meinen Betalesern, allen voran Stella »Alexandra« Bernau und Clarion Zelenka und Philip Montasser, der Stimme Gottes. Meinem Vater für seine rasche Genesung. Meiner Mutter und meinem Bruder Michael. Ille Riem für Karpfen und Wiedervereinigung. Dr. Jochen Führer, meiner akademischen Geheimwaffe Frau Dr. Ulrike Böhm für Ötzis Tätowierungen. Corry Abbassi-Götte, den Herren Seibold & Seybold und allen Fans und Rezensenten – you just keep me hanging on.

Leonie Hartheim aber möchte ich danken, dass sie mir dieses schmale Hemd von einem Bassisten ausgeliehen hat (»Das Geheimnis des Dorian Grave« und »Der Fluch des Dorian Grave« sind im Baumhaus Verlag erschienen).